O ASSASSINO DO REI

A SAGA DO ASSASSINO
VOLUME II

O
ASSASSINO
DO REI

Tradução
Jorge Candeias

Copyright © 1996 by Robin Hobb
Publicado mediante acordo com a autora através de The Lotts Agency, Ltd.
Todos os direitos reservados.

*Grafia atualizada segundo o Acordo Ortográfico da Língua Portuguesa de 1990,
que entrou em vigor no Brasil em 2009.*

Título original
Royal Assassin

Capa
Alceu Chiesorin Nunes

Ilustração de capa
Rogério Borges

Lettering de capa
Jackson Alves

Preparação
Emanoelle Veloso

Revisão
Luciane H. Gomide
Adriana Bairrada

Dados Internacionais de Catalogação na Publicação (CIP)
(Câmara Brasileira do Livro, SP, Brasil)

Hobb, Robin
    O assassino do rei / Robin Hobb ; tradução Jorge
    Candeias. — 1ª ed. — Rio de Janeiro : Suma, 2022. —
    (A saga do assassino ; v. 2)

      Título original: Royal Assassin
      ISBN 978-85-5651-098-3

      1. Ficção norte-americana I. Título.

22-99431	CDD-813

Índice para catálogo sistemático:
1. Ficção : Literatura norte-americana   813

Cibele Maria Dias – Bibliotecária – CRB-8/9427

[2022]
Todos os direitos desta edição reservados à
EDITORA SCHWARCZ S.A.
Praça Floriano, 19, sala 3001 — Cinelândia
20031-050 — Rio de Janeiro — RJ
Telefone: (21) 3993-7510
www.companhiadasletras.com.br
www.blogdacompanhia.com.br
facebook.com/editorasuma
instagram.com/editorasuma
twitter.com/editorasuma

Nota para esta edição:

No universo criado por Robin Hobb para A saga do assassino, muitos dos personagens são batizados ao nascer com nomes que representam características que, no futuro, podem ou não moldar seu caráter. Em edições anteriores, esses nomes haviam sido traduzidos para o português, mas neste volume os mantivemos em sua forma original, em inglês.

Para o leitor que desejar compreender um pouco melhor o significado por trás do nome dos personagens, ao fim deste livro há um glossário com todos os termos relevantes da história.

Para Ryan

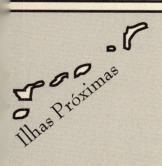
Ilhas Próximas

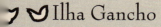
Ilha Gancho

Ilha Besham
ldaltos

ha Galhada
Ilha do Linho

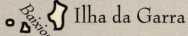
Baixios   Ilha da Garra

Baía Limpa

Ilha de Vigia

Ilha Ovo

Seis Ducados

O	TORRES
⌒⌒	FRONTEIRA
- - - -	PLATAFORMAS DE GELO

PRÓLOGO

SONHOS E DESPERTARES

Por que é proibido registrar conhecimentos específicos de artes mágicas? Talvez porque todos tenhamos medo de que esse tipo de conhecimento caia nas mãos de alguém que não seja digno de usá-lo. É fato que sempre houve um sistema de aprendizado que assegurasse a transmissão do conhecimento específico de magia somente àqueles que fossem treinados e julgados merecedores dele. Embora essa pareça uma tentativa louvável para nos proteger de praticantes que não sejam dignos das artes arcanas, ela ignora o fato de que as artes mágicas não são derivadas desse conhecimento específico. A predileção por certo tipo de magia ou é inata ou é ausente. Por exemplo, a capacidade para a magia conhecida como Talento está intimamente ligada a laços sanguíneos com a linhagem real dos Farseers, embora também possa ocorrer como uma "tendência selvagem" em pessoas cujos ancestrais provenham tanto das tribos do interior como dos ilhéus. Alguém treinado no Talento é capaz de sondar a mente de outra pessoa, por mais distante que esteja, e de saber o que ela está pensando, ou de ter conversas com ela sem dizer uma palavra. Para conduzir uma batalha, ou para obter informações, é um instrumento de grande utilidade.

Diz a lenda que há uma magia ainda mais antiga, atualmente muito desprezada, conhecida como Manha. Poucos admitem ter capacidade para essa magia e é por isso que ela é sempre atribuída ao povo do vale vizinho, ou àqueles que vivem do outro lado da cordilheira. Suspeito que, em outra época, era a magia natural daqueles que viviam como caçadores, como nômades. Uma magia para aqueles que tinham afinidade com os animais selvagens da floresta. A Manha, dizem, dá à pessoa a capacidade de falar as línguas dos animais. Além disso, adverte-se que aqueles que praticam a Manha por muito tempo ou bem demais se transformam no animal ao qual se vinculam. Mas isso talvez seja só uma lenda.

Existem as magias Equívocas, embora eu nunca tenha sido capaz de determinar a origem desse nome. São artes mágicas ao mesmo tempo comprovadas e suspeitas, que incluem a leitura de mãos, a adivinhação pela água, a interpretação dos reflexos dos cristais e uma infinidade de outras artes que tentam prever o futuro. Em uma categoria à parte e sem nome, encontram-se as artes mágicas que causam efeitos físicos, como a invisibilidade, a levitação, a arte de dar vida ou mover objetos inanimados — todas as artes mágicas das antigas lendas, desde a Cadeira Voadora do Filho da Viúva à Toalha de Mesa Mágica do Vento do Norte. Não conheço ninguém que reivindique essas artes como suas. Parecem ser apenas conteúdos de lendas atribuídas aos povos que viveram antigamente ou em lugares longínquos, ou a seres tidos como míticos ou semimíticos: dragões, gigantes, os Antigos, os Outros ou os pecksies.

Faço uma pausa para limpar a pena. A minha letra oscila entre rabiscos finos e borrões neste papel de má qualidade. Mas não quero usar um bom pergaminho para estas palavras. Ainda não. Não tenho sequer certeza de que devem ser escritas. Me pergunto por que colocar tudo isso no papel. Será que esse conhecimento não será transmitido de boca a boca àqueles que forem merecedores? Talvez. Mas talvez não. O que hoje consideramos certo, o conhecimento sobre essas coisas, um dia poderá ser dúvida e mistério para nossos descendentes.

Há muito pouco sobre magia em qualquer uma das bibliotecas. Trabalho incessantemente, seguindo um fio de conhecimento em uma colcha de retalhos de informações. Encontro referências dispersas, alusões a passagens, mas nada mais. Ao longo dos últimos anos, eu as reuni e as armazenei na minha mente, sempre com a intenção de passar meus conhecimentos para o papel. Anotarei o que sei a partir da minha experiência pessoal, assim como o que conseguir escavar. Talvez para fornecer respostas a outro pobre coitado, em tempos que ainda estão por vir, que possa estar tão desgastado quanto eu por causa das artes mágicas em conflito dentro dele.

Mas quando me sento para pôr as mãos à obra, hesito. Quem sou eu para opor a minha vontade à sabedoria daqueles que partiram antes de mim? Devo registrar, em letras simples, os métodos usados por uma pessoa que tem a Manha para poder ampliar seu alcance ou se vincular a uma criatura? Devo detalhar o treino pelo qual se deve passar antes de ser reconhecido como Talentoso? Nunca fui adepto das magias Equívocas e artes lendárias. Será que eu tenho o direito de desenterrar os segredos delas e costurá-los no papel como tantas outras borboletas ou folhas recolhidas para estudo?

Tento pensar no que é possível fazer com um conhecimento desses, obtido de forma injusta. Isso me faz pensar no que esse conhecimento me deu. Poder, riqueza, o amor de uma mulher? É como zombar de mim mesmo. Nem o Talento nem a Manha nunca me ofereceram nada disso. Ou, se o fizeram, eu não tive sequer o bom senso e a ambição de agarrá-los quando me foram oferecidos.

Poder. Não acho que alguma vez o tivesse desejado por si só. Eu o desejei algumas vezes, quando fui oprimido ou quando as pessoas mais próximas de mim sofriam por submissão àqueles que abusavam dos seus poderes. Riqueza. Nunca pensei realmente nisso. Desde o momento em que eu, seu neto bastardo, me entreguei ao rei Shrewd, ele sempre cuidou que as minhas necessidades fossem satisfeitas. Eu tinha o suficiente para comer, mais instrução do que às vezes desejava, roupas, fossem simples, fossem irritantemente elegantes e, com bastante frequência, uma ou duas moedas para gastar. Crescendo em Torre do Cervo, isso era suficiente e mais do que a maior parte dos rapazes da Cidade de Torre do Cervo poderia querer. Amor? Bem. A minha égua Fuligem gostava bastante de mim, a seu modo sereno. Pude contar com a lealdade inabalável de um cão de caça chamado Narigudo, e isso o levou à morte. Um filhotinho de *terrier* dedicou a mim o amor mais arrebatador que se possa imaginar, e isso também foi a morte para ele. Estremeço só de pensar no preço voluntariamente pago por me amar.

Desde sempre vivi na solidão de alguém educado no meio de intrigas e segredos, o isolamento de um rapaz que não pode confiar a ninguém tudo o que tem no seu coração. Não podia falar com Fedwren, o escriba da corte, que elogiava a minha letra habilidosa e as ilustrações coloridas que eu fazia, e contar-lhe em segredo que eu já era um aprendiz de assassino real e que, portanto, não poderia seguir o ofício de escrever. Tampouco podia contar para Chade, meu mestre na diplomacia da navalha, sobre a frustrante brutalidade que tive de aguentar ao tentar aprender o Talento com Galen, o mestre do Talento. E eu não me atrevia a falar abertamente com ninguém sobre a minha propensão cada vez mais perceptível para a Manha, a antiga magia dos animais, tida como sinônimo de perversão e vergonha para qualquer um que a usasse.

Nem mesmo com Molly.

De tudo o que tinha, Molly era o que eu mais estimava: um verdadeiro refúgio. Ela não tinha absolutamente nada a ver com a minha vida do dia a dia. Não só por ser do sexo feminino, embora isso já fosse suficientemente misterioso para mim. Eu cresci praticamente na companhia exclusiva de homens, privado da convivência não só com meus pais verdadeiros mas também com qualquer pessoa com quem eu tivesse laços sanguíneos e que me reconhecesse abertamente. Quando criança, fui confiado aos cuidados de Burrich, o rude mestre do estábulo que tinha sido o braço direito do meu pai. Guardas e rapazes do estábulo eram meus companheiros cotidianos. Assim como hoje, havia mulheres nas companhias de guardas, embora não tantas naquela época como agora. Mas, assim como seus colegas homens, tinham deveres a cumprir, e suas vidas e famílias, quando não estavam em serviço. Eu não podia exigir o tempo delas. Não tinha mãe nem irmãs ou tias. Não havia nenhuma mulher que me oferecesse a ternura especial que se atribui ao universo feminino.

Nenhuma, a não ser Molly.

Ela era apenas um ou dois anos mais velha que eu, e crescera como o galho de uma planta que força seu caminho através de uma fenda nas pedras da calçada. Nem a embriaguez quase constante e a violência frequente do pai nem as tarefas massacrantes de uma criança que tentava manter a pretensão de um lar e do negócio de família conseguiram reprimi-la. Quando a conheci, ela era tão selvagem e desconfiada como um filhote de raposa. Entre as crianças da rua, era conhecida como Molly Sangra-Nariz. Frequentemente eram visíveis as marcas das surras que o pai lhe dava. Apesar de sua crueldade, ela gostava dele. Nunca compreendi aquilo. Ele resmungava e a repreendia mesmo enquanto ela o levava cambaleando para casa, depois de uma das suas bebedeiras, e o punha na cama. E, quando acordava, ele nunca sentia remorso por ter bebido ou por ter dito palavras rudes. Havia apenas mais críticas: por que a casa de velas não tinha sido varrida e por qual motivo não havia juncos frescos no chão? Por que ela não tinha cuidado das colmeias, se quase não havia mais mel para vender? Por que ela tinha deixado o fogo da caldeira de sebo se apagar? Fui uma testemunha muda mais vezes do que gostaria de lembrar.

Mas, no meio daquilo tudo, Molly cresceu. Desabrochou, em um verão repentino, e se transformou em uma jovem mulher que me deixava espantado com suas maneiras habilidosas e seus encantos femininos. Quanto a ela, parecia completamente inconsciente de como seus olhos eram capazes de se encontrar com os meus e transformar a minha língua, dentro da boca, em um pedaço de couro. Nenhuma magia que eu dominasse, nenhum Talento, nenhuma Manha, nada me fazia resistir ao toque inesperado da sua mão na minha nem conseguia evitar que eu ficasse atrapalhado diante da curva de seu sorriso.

Deveria falar então de seu cabelo balançando contra o vento ou detalhar como a cor de seus olhos variava entre um âmbar-escuro e um tom profundo de castanho, dependendo do humor e da cor do seu vestido? Eu vislumbrava sua saia escarlate ou o xale vermelho no meio da multidão no mercado, e de repente não via mais ninguém. Essas foram as artes mágicas que eu testemunhei e, embora eu pudesse colocá-las no papel, nenhuma outra pessoa seria capaz de executá-las com tamanha habilidade.

Como foi que eu flertei com ela? Com os galanteios desastrados de um garoto, seguindo-a boquiaberto, como um tolo observando os discos rodopiantes de um malabarista. Ela soube que eu a amava antes de eu sabê-lo. E permitiu que eu flertasse com ela, embora fosse alguns anos mais novo, não fosse um garoto da cidade e não tivesse uma boa condição de vida, pelo que ela sabia. Ela pensava que eu era o garoto de recados do escriba, um ajudante ocasional no estábulo, um mensageiro da torre. Ela nunca suspeitou que eu fosse o bastardo, o filho não reconhecido que derrubou o príncipe Chivalry do seu lugar na linha de sucessão. Só isso já era um segredo suficientemente grande. Das minhas habilidades mágicas e da outra profissão ela não sabia nada.

Talvez fosse por isso que eu podia amá-la.

Com certeza foi por isso que eu a perdi.

Deixei que os segredos, fracassos e dores das minhas outras vidas me mantivessem muito ocupado. Eu tinha habilidades mágicas para aprender, segredos para desvendar, homens para matar, intrigas às quais sobreviver. Rodeado por tudo isso, nunca passou pela minha cabeça que eu poderia recorrer a Molly em busca de um pouco da esperança e compreensão que fugiam de mim por todos os outros lados. Ela estava à parte dessas coisas, não era contaminada por elas. Eu a protegi cuidadosamente para que não fosse tocada por elas. Nunca tentei atraí-la para o meu mundo. Em vez disso, fui até o dela, a cidade portuária e pesqueira onde vendia velas na sua loja, fazia compras no mercado e, às vezes, passeava pelas praias comigo. Para mim, era suficiente que ela existisse para eu amá-la. Não me atrevia sequer a ter esperança de que ela pudesse corresponder a esse sentimento.

Houve um momento em que o treinamento para o Talento me reduziu a uma tristeza tão profunda que eu não achava que seria capaz de sobreviver a ela. Não me perdoava por não conseguir aprendê-lo, sequer imaginava que meu fracasso pudesse não ter importância para os outros. Encobri meu desespero com um afastamento rude. Deixei que longas semanas se passassem sem vê-la e sequer lhe enviei uma mensagem dizendo que pensava nela. Por fim, quando não havia mais ninguém a quem recorrer, eu a procurei. Tarde demais. Cheguei à Casa de Velas Erva-Cidreira, na Cidade de Torre do Cervo, com um presente nas mãos, a tempo de vê-la sair. E não sozinha, mas com Jade, um marinheiro de peito largo, com um ousado brinco numa orelha e a masculinidade confiante própria da idade. Sem ser notado, me sentindo derrotado, recuei discretamente e observei os dois se afastarem de braços dados. Eu a deixei ir e, nos meses seguintes, tentei me convencer de que meu coração também a tinha deixado ir. Imagino o que teria acontecido se eu tivesse corrido atrás dela naquela tarde, se eu tivesse suplicado para falar com ela uma última vez. É estranho pensar que tantos acontecimentos dependem do orgulho inconveniente de um rapaz e de sua aceitação conformada das derrotas. Eu a tirei dos meus pensamentos e não falei dela para ninguém. Continuei com a minha vida.

O rei Shrewd me enviou como seu assassino com a grande caravana de pessoas que iam testemunhar os votos da princesa da montanha, Kettricken, como noiva do príncipe Verity. Minha missão era matar o irmão mais velho da princesa, o príncipe Rurisk, discretamente, é claro, para que ela então se tornasse a única herdeira do trono da Montanha. Mas, quando cheguei lá, o que encontrei foi uma trama de enganação e mentiras engendrada pelo meu tio mais novo, o príncipe Regal, que esperava derrubar Verity da linha de sucessão e reivindicar Kettricken como sua noiva. Eu era o peão que ele ia sacrificar para alcançar esse objetivo, e fui o peão que, em vez disso, derrubou as peças do jogo à volta dele, fazendo recair sobre mim a sua fúria e vingança, mas salvando a coroa e a princesa para o príncipe Verity. Não acho que isso tenha sido heroísmo. Tampouco foi um gesto mesquinho de despeito para me vingar daquele que sempre me ameaçou e humilhou. Foi o ato de um rapaz que se tornava homem, e fazendo aquilo que tinha jurado fazer anos antes de compreender o custo de uma promessa como essa. O preço foi o meu corpo jovem e saudável, que eu nunca havia pensado estar em risco.

Por muito tempo depois de ter derrotado a conspiração de Regal fiquei preso a uma cama, doente, no Reino da Montanha. Mas finalmente chegou uma manhã em que acordei e acreditei que aquele longo período de doença tinha finalmente chegado ao fim. Burrich havia chegado à conclusão de que eu estava suficientemente recuperado para iniciar a longa viagem de volta aos Seis Ducados. A princesa Kettricken e sua comitiva tinham partido para Torre do Cervo havia semanas, quando o tempo ainda estava bom. Agora, a neve de inverno já encobria as regiões mais altas do Reino da Montanha. Se não saíssemos logo de Jhaampe, seríamos forçados a passar o inverno lá. Naquela manhã, eu estava de pé logo cedo, empacotando o restante das minhas coisas, quando os primeiros pequenos tremores começaram. Eu os ignorei resolutamente. *Estou apenas fraco*, disse a mim mesmo, pois ainda não tinha tomado café da manhã e estava ansioso pela viagem de volta para casa. Vesti as roupas que Jonqui tinha nos dado para a viagem invernal pelas montanhas e planícies. Para mim, ela tinha separado uma blusa vermelha comprida, forrada de lã. As calças acolchoadas eram verdes, com bordados vermelhos na cintura e nas bainhas. As botas eram como sacos de couro, tão macias que quase não tinham forma até que meus pés estivessem firmes dentro delas. Eram forradas de lã bem aparada e com uma tira de pele na borda. Prendiam-se aos pés com longas tiras de couro. Amarrá-las tornou-se uma tarefa difícil para os meus dedos trêmulos. Jonqui tinha nos dito que eram maravilhosas para a neve seca das montanhas, mas que evitássemos molhá-las.

Havia um espelho no quarto. A princípio eu sorri para o meu reflexo. Nem mesmo o bobo da corte do rei Shrewd se vestia de modo tão chamativo. Mas, por cima do vestuário colorido, meu rosto estava magro e pálido, fazendo meus olhos escuros parecerem grandes demais, enquanto meu cabelo preto e arrepiado, raspado por causa da febre, estava eriçado como os pelos da cernelha de um cão. A doença tinha acabado comigo. Mas disse a mim mesmo que finalmente estava a caminho de casa e virei as costas para o espelho. Enquanto empacotava os últimos presentinhos que tinha escolhido levar para os meus amigos, em casa, a falta de firmeza das minhas mãos foi aumentando.

Burrich, Hands e eu nos sentamos para tomar café da manhã com Jonqui uma última vez. Agradeci novamente por tudo o que ela tinha feito para me curar. Peguei uma colher para comer o mingau, e a minha mão de repente se contorceu. Deixei a colher cair. Assisti à forma prateada cair, e caí logo atrás dela.

A próxima coisa de que me lembro é dos cantos escuros do quarto. Fiquei deitado durante muito tempo, sem me mover e sem falar. Passei de um estado de vazio para a consciência de que tinha tido outro ataque. Tinha passado, tanto meu corpo como minha mente estavam de novo sob meu controle, mas eu não os queria mais. Aos quinze anos, uma idade em que a maioria das pessoas chegava à plenitude das suas forças, eu já não podia confiar no meu corpo para executar a mais simples das tarefas. Ele estava lesionado, e eu o rejeitava com ferocidade. Eu me sentia violentamente vingativo contra aquela carne e aqueles ossos que me enclausuravam e desejei alguma forma de expressar minha decepção e minha raiva. Por que eu não conseguia me curar? Por que não havia me recuperado?

— Vai demorar um pouco, só isso. Espere até que se passe meio ano do dia em que você foi ferido. Então veja por si mesmo.

Era Jonqui, a curandeira. Ela estava sentada perto da lareira, mas sua cadeira tinha sido puxada para trás, para a sombra. Não tinha percebido sua presença até ouvi-la falar. Ela se levantou lentamente, como se o inverno provocasse dor nos seus ossos, e veio até perto da minha cama.

— Não quero viver como um velho.

Ela apertou os lábios.

— Mais cedo ou mais tarde você vai ter de viver assim. Pelo menos eu desejo que você sobreviva anos suficientes para isso. Eu sou velha, e o meu irmão, o rei Eyod, também. Não achamos que isso seja um fardo assim tão grande.

— Eu não me importaria de ter um corpo de velho se isso fosse efeito dos anos que passaram. Mas não posso mais ficar desse jeito.

Ela balançou a cabeça, confusa.

— Claro que pode. A recuperação às vezes é entediante, mas dizer que não pode continuar... não compreendo. Talvez seja uma diferença entre as nossas línguas?

Tomei fôlego para responder, mas nesse momento Burrich entrou.

— Acordado? Se sentindo melhor?

— Acordado. Não me sentindo melhor — resmunguei.

Mesmo para meus próprios ouvidos, soava como uma criança birrenta. Burrich e Jonqui trocaram olhares por sobre minha cabeça. Ela veio até a cama, deu uns tapinhas no meu ombro e depois saiu em silêncio do quarto. A tolerância óbvia deles era humilhante, e a minha ira impotente ergueu-se como uma onda.

— Por que você não consegue me curar? — perguntei a Burrich.

Ele se surpreendeu com a acusação presente na pergunta.

— Não é tão simples assim — começou.

— Por que não? — endireitei-me na cama. — Eu vi você curar todos os tipos de enfermidade nos animais. Doenças, ossos partidos, lombrigas, sarna... você é o mestre do estábulo, e vi você cuidar de todos eles. Por que não consegue me curar?

— Você não é um cão, Fitz — disse Burrich em voz baixa. — É mais simples quando se trata de um animal quando está gravemente doente. Já tomei medidas drásticas, dizendo a mim mesmo às vezes: "Bem, se o animal morrer, pelo menos não vai mais sofrer, e isso pode curá-lo". Mas não posso fazer isso com você. Você não é um animal.

— Isso não é resposta! Metade das vezes os guardas vêm procurar você em vez de irem ao curandeiro. Você tirou a ponta de uma flecha de Den. Abriu o braço dele inteiro para tirar! Quando o curandeiro disse que o pé de Greydin estava infeccionado demais e que ela iria perdê-lo, ela foi procurar você, e você o salvou. Mesmo que o curandeiro não parasse de dizer que a infecção iria se espalhar, que ela morreria e que a culpa seria sua.

Burrich apertou os lábios, controlando a sua irritação. Se estivesse saudável, eu tomaria cuidado com a raiva dele, mas sua contenção enquanto eu estava convalescente tinha me deixado atrevido. Quando ele falou, sua voz estava calma e controlada.

— É verdade, foram decisões arriscadas, mas as pessoas que quiseram ser tratadas sabiam dos riscos. E — disse, levantando a voz para abafar a objeção que eu estava prestes a proferir — eram coisas simples. Eu sabia qual era a causa. Tirar a ponta e o cabo de uma flecha do braço de Den e limpá-lo. Pôr um unguento e drenar a infecção do pé de Greydin. Mas sua doença não é tão simples assim. Nem Jonqui nem eu sabemos realmente o que você tem. São sequelas do veneno que Kettricken lhe dera quando pensou que você tinha vindo para cá para matar seu irmão? São efeitos do vinho envenenado que Regal lhe deu? Ou da surra que você levou depois? Ou por quase ter se afogado? Ou são todas essas coisas juntas que fizeram isso com você? Nós não sabemos, e por isso não sabemos como curá-lo. Simplesmente não sabemos. — A voz dele se concentrou nas últimas palavras, e de repente eu vi como a compaixão que sentia por mim se sobrepunha à frustração. Ele deu alguns passos e depois parou para encarar a lareira. — Discutimos muito sobre isso. Jonqui tem muitos conhecimentos da montanha, coisas de que eu nunca tinha ouvido falar. E eu falei para ela de tratamentos que eu conheço. Mas ambos concordamos que a melhor coisa era lhe dar tempo para se curar. Risco de morrer você não corre, pelo menos pelo que podemos ver. Pode ser que seu corpo, no tempo dele, expulse os últimos resquícios de veneno ou cure qualquer lesão dentro de você.

— Ou então — acrescentei em voz baixa — é possível que eu fique assim para o resto da vida. Que o veneno ou o espancamento tenham causado lesões permanentes a alguma coisa. Maldito seja Regal, por ter me chutado daquela forma quando eu já estava imobilizado.

Burrich ficou imóvel como se fosse feito de gelo. Então, deixou-se cair na cadeira que estava na sombra. A derrota dominava sua voz.

— Sim. Essa possibilidade é tão válida como a outra. Mas você não vê que não temos escolha? Eu poderia lhe dar um purgante para tentar forçar o veneno a sair do seu corpo. Mas se você estiver assim por causa da surra, e não do veneno, tudo o que eu faria seria deixá-lo ainda mais fraco, e assim seu corpo demoraria muito mais tempo para se restabelecer.

Ele ficou encarando a chama, levantou uma das mãos e tocou uma faixa branca que estava sobre suas têmporas. Eu não tinha sido o único ferido por causa da traição de Regal. O próprio Burrich tinha acabado de se recuperar de um golpe na cabeça que teria matado qualquer um que tivesse uma cabeça menos dura que a dele. Eu sabia que ele tinha suportado muitos dias de tontura e visão turva. Não me lembro de ter escutado uma reclamação sequer dele. Tive a decência de sentir um pouco de vergonha.

— Então o que eu faço?

Burrich levou um susto como se eu o tivesse acordado de repente.

— O que já estamos fazendo. Esperar. Comer. Descansar. Você deve se poupar. Vamos ver o que acontece. Isso é tão ruim assim?

Ignorei a pergunta.

— E se eu não melhorar? E se eu só ficar assim, com tremores e ataques que podem acontecer a qualquer momento?

Ele demorou para responder.

— Você vai ter de aprender a viver com isso. Muitas pessoas vivem com coisas bem piores. Na maior parte do tempo você fica bem. Você não está cego. Não está paralisado. Sua cabeça ainda funciona. Pare de focar no que você não pode fazer. Por que você não pensa naquilo que você não perdeu?

— O que eu não perdi? O que eu não perdi?

A minha raiva se exaltou como um bando de pássaros levantando voo, alimentada pelo pânico.

— Estou incapacitado, Burrich. Não posso voltar assim para Torre do Cervo! Sou um inútil. Pior que inútil, uma vítima à espera. Se eu pudesse voltar e espancar Regal até esmagá-lo, talvez valesse a pena. Mas, em vez disso, vou ter de me sentar à mesa com o príncipe Regal, ser educado e respeitoso com um homem que conspirou para derrubar Verity e, como toque final, tentou me matar. Não posso tolerar que ele me veja tremendo de fraqueza, ou tendo um ataque. Não quero ver o sorriso dele diante daquilo que ele fez comigo; não quero vê-lo saborear seu triunfo. Ele vai tentar me matar de novo. Nós dois sabemos disso. Talvez ele tenha aprendido que não é um oponente à altura de Verity, talvez respeite o reinado e a nova esposa do irmão mais velho. Mas duvido que estenda o respeito a mim. Eu serei mais um caminho para ele atacar Verity. E, quando ele vier me atacar, como eu estarei? Estarei sentado em frente à lareira, como um velho entrevado, sem fazer nada. Nada! Tudo aquilo para o que fui treinado, todo o treinamento de Hod com as armas, todos os ensinamentos cuidadosos de Fedwren sobre as letras, até mesmo tudo o que você me ensinou sobre cuidar de animais! Tudo um desperdício! Não posso fazer nada. Eu voltei a ser só um bastardo, Burrich. E me disseram uma vez que um bastardo real vive enquanto for útil.

Eu estava praticamente gritando. Mas, mesmo naquele momento de fúria e desespero, não toquei no nome de Chade nem em nada sobre meu treino como assassino. Para isso também eu era inútil agora. Todos os meus movimentos discretos e a destreza das minhas mãos, todas as maneiras precisas para matar um homem com um simples toque, a mistura cuidadosa de venenos, tudo isso foi negado a mim pelas sacudidas do meu próprio corpo.

Burrich ficou sentado em silêncio, ouvindo o que eu dizia até o fim. Quando meu fôlego e minha raiva se esgotaram e eu fiquei ofegante na cama, apertando as mãos traiçoeiramente trêmulas uma contra a outra, ele falou com calma:

— Bom, você está dizendo que nós não vamos voltar para Torre do Cervo?

Aquilo me pegou de surpresa.

— Nós?

— Minha vida foi entregue ao homem que usasse esse brinco. Há uma longa história por trás disso, uma história que talvez um dia eu conte para você. Patience não tinha o direito de lhe dar isso. Achei que ele tinha ido para a cova com o príncipe Chivalry. Provavelmente ela pensou que se tratava de uma joia comum usada pelo marido, algo que podia simplesmente guardar ou dar de presente. Seja como for, quem está usando o brinco agora é você. Para onde você for, eu o acompanho.

Coloquei a mão no brinco. Era uma pedra azul minúscula, presa a uma teia de fio de prata. Comecei a tirá-lo.

— Não faça isso — disse Burrich.

As palavras eram calmas, mais profundas que o rosnar de um cão, mas a voz dele era ao mesmo tempo ameaçadora e autoritária. Deixei a mão cair, incapaz de questioná-lo, pelo menos a respeito daquilo. Era estranho ver o homem que cuidou de mim desde que eu era uma criança abandonada colocar seu futuro agora nas minhas mãos. No entanto, ali estava ele, sentado em frente à lareira, esperando as minhas palavras. Fiquei observando o que eu conseguia ver dele à luz tremeluzente do fogo. Antigamente eu o via como um gigante carrancudo, sombrio e ameaçador, mas também um protetor feroz. Agora, talvez pela primeira vez, eu o observei como homem. O cabelo e os olhos escuros eram dominantes entre aqueles que tinham sangue ilhéu, e nisso éramos parecidos. Mas seus olhos eram castanhos, em vez de pretos, e o vento tinha dado às bochechas dele um tom avermelhado, acima da barba encaracolada, o que indicava um ancestral de pele mais clara, em algum lugar. Quando andava, mancava, de forma muito evidente nos dias frios. Era o preço que ele havia pagado por afastar um javali que tentara matar Chivalry. Ele não era tão grande como eu achava. Se eu continuasse crescendo, provavelmente antes de um ano ficaria mais alto do que ele. Ele também não era todo musculoso, mas havia nele uma resistência que o predispunha a usar tanto os músculos quanto o cérebro. Não foi o tamanho que tinha feito dele um homem temido e respeitado em Torre do Cervo, mas seu temperamento hostil e sua determinação. Uma vez, quando eu era muito novo, perguntei se ele já tinha perdido uma briga. Ele tinha acabado de domar um garanhão jovem e teimoso e o estava acalmando na baia. Burrich sorriu, mostrando os dentes brancos como os de um lobo. O suor brotava de sua testa e as gotas lhe escorriam pelo rosto, para dentro da barba preta. Por cima da divisória que separava a baia onde estava, ele me perguntou, ainda sem fôlego:

— Perder uma briga? A briga não acaba até que você vença, Fitz. Lembre-se apenas disso. Não importa o que o outro homem pense. Ou o cavalo.

Fiquei imaginando se eu era uma briga que ele tinha de ganhar. Frequentemente ele me dizia que eu era a última tarefa que Chivalry tinha lhe dado. O meu pai tinha abdicado do trono, envergonhado pela minha existência. Mas tinha me entregado aos cuidados daquele homem e lhe dito para me criar bem. Talvez Burrich pensasse que ainda não havia concluído essa tarefa.

— O que você acha que eu devo fazer? — perguntei a ele, com humildade, embora nem as palavras nem a humildade tenham sido fáceis de encontrar.

— Se recupere — disse ele, depois de um momento. — Espere o tempo que for preciso para você se curar. Isso não pode ser apressado.

Ele olhou de relance para as próprias pernas, estendidas na direção do fogo. Os seus lábios se contorceram em algo que não era um sorriso.

— Você acha que devemos voltar? — insisti.

Ele se recostou na cadeira, cruzou os pés calçados com botas e encarou o fogo. Demorou muito tempo para responder. Finalmente, quase relutante, disse:

— Se não voltarmos, Regal vai pensar que venceu. E vai tentar matar Verity. Ou pelo menos vai fazer o que quer que ele ache que precisa para pegar a coroa do irmão. Eu prestei um juramento ao meu rei, Fitz, assim como você. Neste momento, este rei é o rei Shrewd. Mas Verity é o príncipe herdeiro. Não acho certo que ele tenha esperado em vão.

— Ele tem outros soldados, mais capazes do que eu.

— E isso o liberta da sua promessa?

— Você argumenta como um sacerdote.

— Não estou argumentando. Eu só fiz uma pergunta. E outra: o que você abandonaria se deixasse Torre do Cervo para trás?

Foi minha vez de ficar em silêncio. Pensei no meu rei e em tudo aquilo que eu tinha jurado a ele. Pensei no príncipe Verity, na sua honestidade sem cerimônias e no modo generoso como me tratava. Lembrei-me do velho Chade e do seu sorriso demorado quando eu finalmente dominava um pouquinho do saber oculto. Lady Patience e sua aia, Lacy, Fedwren e Hod, até mesmo Cook e a sra. Hasty, a costureira. Não eram muitas as pessoas que tinham cuidado de mim, mas isso as tornava mais importantes, e não menos. Sentiria falta de todos se nunca mais voltasse para Torre do Cervo. Mas o que reavivou dentro de mim como uma brasa reacendendo foi a lembrança de Molly. E, sem saber como, comecei a falar dela para Burrich, e ele apenas balançava a cabeça enquanto eu contava toda a história.

Quando ele finalmente falou, disse apenas que tinha ouvido dizer que a Casa de Velas Erva-Cidreira tinha fechado quando o velho bêbado do dono morreu endividado. A filha tinha sido obrigada a ir para outro vilarejo, onde tinha alguns parentes. Ele não sabia o nome do vilarejo, mas tinha certeza que eu conseguiria descobrir, se estivesse disposto a isso.

— Saiba o que se passa no seu coração antes de fazer qualquer coisa, Fitz — ele acrescentou. — Se você não tiver nada a oferecer a ela, deixe-a em paz. Você está incapacitado? Só se você achar que está. Mas, se você acha que é um incapacitado agora, então talvez não tenha o direito de ir atrás dela. Imagino que você não iria querer a piedade dela. Isso é um péssimo substituto para o amor.

Então, ele se levantou e me deixou sozinho, encarando o fogo e refletindo.

Eu era um incapacitado? Eu tinha perdido? O meu corpo estava tão dissonante como as cordas desafinadas de uma harpa. Isso era verdade. Mas a minha vontade, e não a de Regal, tinha prevalecido. O meu príncipe Verity ainda estava na linha de sucessão ao trono dos Seis Ducados, e a princesa da montanha era agora sua esposa. Eu deveria ter receio do sorriso afetado de Regal por causa das minhas mãos trêmulas? Eu não poderia devolver o sorriso a ele, que jamais seria rei? Uma satisfação cruel tomou conta de mim. Burrich tinha razão. Eu não tinha perdido. Mas podia garantir que Regal soubesse que tinha sido eu o vencedor.

Se eu tinha conseguido vencer Regal, será que não podia também conquistar Molly? Havia algum empecilho entre nós? Jade? Mas Burrich tinha ouvido dizer que ela tinha deixado a Cidade de Torre do Cervo, não que tinha se casado. Que tinha ido embora, sem uma moeda sequer, para viver com parentes. Jade devia se envergonhar se permitiu uma coisa dessas. Eu iria procurá-la, encontrá-la e conquistá-la. Molly, com seu cabelo solto ao vento, com sua saia e seu xale vermelho-vivo, corajosa como um pássaro cardeal-vermelho e de olhos igualmente brilhantes. Quando pensei nela, um arrepio desceu pela minha espinha. Sorri para mim mesmo, e então senti meus lábios se contraírem em um esgar, e o arrepio se transformou em um tremor. O meu corpo se sacudiu com um espasmo e a minha nuca bateu violentamente na cabeceira da cama. Soltei um grito involuntário, um grito gorgolejante sem palavras.

Em um instante, Jonqui estava ali, chamando Burrich de volta, e então os dois seguraram os meus braços e pernas que se sacudiam. Burrich jogou todo o peso do seu corpo em cima de mim, esforçando-se para limitar e conter os meus movimentos. Foi então que eu perdi os sentidos.

Saí da escuridão para a luz, como quem volta à superfície após um mergulho profundo em água morna. A cama funda de penas era como um berço que me embalava, as mantas eram macias e quentes. Senti que estava a salvo. Por um momento, tudo estava em paz. Fiquei tranquilamente deitado, sentindo-me quase bem.

— Fitz? — perguntou Burrich, debruçando-se sobre mim.

O mundo voltou. Percebi que eu não passava de uma coisa defeituosa e digna de pena, uma marionete com metade das cordas emaranhadas ou um cavalo com um tendão rompido. Nunca voltaria a ser como antes; não havia lugar para mim no mundo em que um dia eu vivi. Burrich tinha dito que a piedade era um péssimo substituto para o amor. Eu não queria a piedade de ninguém.

— Burrich.

Ele chegou mais perto de mim.

— Não foi tão ruim assim — ele mentiu. — Só descanse. Amanhã...

— Amanhã você volta para Torre do Cervo — eu disse.

Ele franziu o cenho.

— Vamos com calma. Dê alguns dias para você se recuperar, e depois nós...

— Não.

Eu me arrastei até conseguir me sentar e coloquei toda a força que restava nas palavras:

— Tomei uma decisão. Amanhã você vai voltar para Torre do Cervo. Há pessoas e animais à sua espera lá. Eles precisam de você. É a sua casa e o seu mundo. Mas não é o meu. Não mais.

Ele ficou em silêncio por bastante tempo.

— E você vai fazer o quê?

Balancei a cabeça.

— Isso já não é mais da sua conta. Nem da sua nem de ninguém além de mim.

— A garota?

Balancei a cabeça de novo, com mais violência.

— Ela já cuidou de um incapacitado, e passou a juventude fazendo isso, para depois descobrir que ele a deixara endividada. Será que eu deveria voltar e procurá-la, neste estado? Deveria pedir para ela me amar para que eu pudesse ser um fardo para ela, como o pai dela foi? Não. Sozinha ou casada com outro, ela está melhor agora.

Ficamos em silêncio por um bom tempo. Jonqui estava ocupada no canto do quarto, preparando mais um xarope de ervas que não me ajudaria em nada. Burrich estava em pé, ao meu lado, sombrio e carregado como uma nuvem de tempestade. Eu sabia como ele queria muito me sacudir, como desejava arrancar de mim a teimosia, na marra. Mas não fez isso. Burrich não batia em incapacitados.

— Então — ele enfim disse —, só resta o seu rei. Ou será que você se esqueceu de que é jurado como homem do rei?

— Não me esqueci — eu disse, em voz baixa. — E se eu acreditasse que ainda sou um homem, voltaria. Mas não sou, Burrich. Sou um estorvo. No tabuleiro, eu me transformei em nada mais do que uma das peças que têm de ser protegidas. Um refém à espera de ser capturado, impotente para me defender sozinho ou a quem quer que seja. Não. A última tarefa que eu posso desempenhar como homem do rei é me retirar, antes que outra pessoa faça isso e prejudique o meu rei no processo.

Burrich se virou, afastando-se de mim. Ele era só uma silhueta delineada no quarto escuro, e seu rosto era ilegível à luz da lareira.

— Amanhã conversamos — começou.

— Só para nos despedirmos — interrompi. — Estou determinado a fazer isso, Burrich.

Levantei a mão para encostar no brinco que estava na minha orelha.

— Se você ficar, então eu também terei de ficar. — Havia uma ferocidade na sua voz baixa.

— Não é assim que as coisas funcionam — respondi. — Uma vez, meu pai disse para você ficar para trás e criar um bastardo para ele. Agora eu digo para você ir embora servir a um rei que ainda precisa de você.

— FitzChivalry, eu não...

— Por favor. — Não sei o que ele ouviu na minha voz. Só sei que de repente ficou imóvel. — Eu estou tão cansado. Tão terrivelmente cansado. A única coisa que sei é que não sou capaz de cumprir o que todo mundo acha que devo fazer. Simplesmente não sou capaz — minha voz estremeceu como a de um velho. — Não importa o que tenho de fazer. Não importa o que jurei que faria. Não sobrou o suficiente de mim para cumprir minha palavra. Isso talvez não seja o certo, mas as coisas são assim. Os planos de todos, os objetivos de todos, nunca os meus. Eu tentei, mas...

O quarto sacudiu em volta de mim, como se outra pessoa estivesse falando, e eu fiquei chocado com o que ela estava dizendo. Mas não podia negar a verdade daquelas palavras.

— Agora preciso ficar sozinho. Para descansar — eu disse, simplesmente.

Os dois apenas me olharam, sem falar nada. Eles saíram do quarto, lentamente, como se esperassem que eu mudasse de ideia e os chamasse de volta. Não foi o que fiz.

Depois que eles saíram, e eu fiquei sozinho, me permiti suspirar. Fiquei tonto com a decisão que havia tomado. Não ia voltar para Torre do Cervo. Não tinha ideia do que faria. Eu varrera do tabuleiro os cacos da minha vida. Agora havia espaço para recolocar as peças que eu ainda tinha, para planejar uma nova estratégia para viver. Aos poucos, percebi que não tinha nenhuma dúvida. Mágoa e alívio lutavam entre si, mas eu não tinha dúvidas. Não sabia por quê, mas era muito mais suportável seguir adiante com uma vida em que ninguém se lembraria de quem eu havia sido um dia. Uma vida que não estivesse entregue à vontade de outra pessoa. Nem mesmo à do meu rei. Estava acabado. Recostei-me na cama e, pela primeira vez em semanas, me senti completamente relaxado. *Adeus*, pensei, exausto. Gostaria de poder ter dito adeus a todos, de estar uma última vez diante do meu rei e ver seu breve gesto, indicando que eu tinha agido bem. Talvez pudesse fazê-lo compreender o motivo de eu não querer voltar. Não era aquele meu destino. Agora estava acabado, tudo acabado.

— Sinto muito, meu rei — murmurei.

Fiquei contemplando as chamas que se agitavam na lareira até cair no sono.

BAÍA DO LODO

Ser príncipe herdeiro ou princesa herdeira é cavalgar firmemente a barreira entre a responsabilidade e a autoridade. Diz-se que a posição foi criada para satisfazer a ambição por poder de um príncipe herdeiro, enquanto seu exercício lhe era ensinado. O filho mais velho da família real assume essa posição no seu décimo sexto aniversário. Desse dia em diante, o príncipe herdeiro ou a princesa herdeira assume totalmente a partilha da responsabilidade pelo governo dos Seis Ducados. Em geral, assume de imediato aqueles deveres com os quais o monarca se preocupa menos, e esses têm variado muito de um reinado para outro.

Sob o reinado do rei Shrewd, o primeiro príncipe herdeiro foi o príncipe Chivalry. A ele, o rei Shrewd cedeu tudo aquilo relacionado às fronteiras e delimitações: guerra, negociações e diplomacia, os desconfortos de longas viagens e as condições miseráveis que frequentemente eram encontradas em campanha. Quando Chivalry abdicou, o príncipe Verity se tornou príncipe herdeiro e herdou todas as incertezas da guerra contra os ilhéus e a agitação civil que essa situação criara entre os Ducados do Interior e os Costeiros. Todas essas tarefas se tornavam ainda mais difíceis na medida em que, a qualquer momento, suas decisões podiam ser anuladas pelo rei. Era frequente que fosse obrigado a lidar com uma situação que não fora ele a criar, armado apenas com opções que não eram de sua escolha.

Ainda menos sustentável, talvez, era a posição da princesa herdeira Kettricken. Os seus costumes da Montanha marcavam-na como estrangeira na corte dos Seis Ducados. Em tempos de paz, ela talvez tivesse sido recebida com mais tolerância. Mas a corte em Torre do Cervo fervia com a agitação geral dos Seis Ducados. Os Navios Vermelhos vindos das Ilhas Externas assolavam a nossa linha de costa como não o faziam havia gerações, destruindo muito mais do que aquilo que roubavam. O primeiro inverno do reinado de Kettricken como princesa herdeira viu também o primeiro ataque invernal que alguma vez experimentamos. A ameaça constante de ataques e o tormento prolongado dos Forjados no nosso seio abalavam as funda-

ções dos Seis Ducados. A confiança na monarquia era baixa, e Kettricken ocupava a posição pouco invejável de ser a rainha forasteira de um príncipe herdeiro que não era admirado.

A agitação civil dividia a corte, pois os Ducados do Interior davam voz ao seu ressentimento relativo aos impostos que pagavam para proteger a linha de uma costa da qual não faziam parte. Os Ducados Costeiros exigiam navios de guerra, soldados e um modo eficaz de combater os salteadores que atacavam sempre onde estávamos menos preparados. Criado no interior, o príncipe Regal procurava ganhar poder cortejando os Ducados do Interior com presentes e atenções sociais. O príncipe herdeiro Verity, convencido de que seu Talento já não era suficiente para manter os Salteadores à distância, depositou sua atenção na construção de navios de guerra para proteger os Ducados Costeiros, deixando pouco tempo para dedicar à sua nova rainha. Acima de todos, o rei Shrewd mantinha-se agachado como uma grande aranha, esforçando-se para manter o poder distribuído entre si e os seus filhos, para manter tudo em equilíbrio e os Seis Ducados, intactos.

Acordei com alguém tocando minha testa. Com um resmungo aborrecido, afastei a cabeça do toque. Tinha as mantas todas enroladas à minha volta; lutei para me libertar daquele aperto e depois me sentei para ver quem tinha se atrevido a me perturbar. O Bobo do rei Shrewd estava empoleirado em uma cadeira ao lado da minha cama, parecendo ansioso. Fitei-o furiosamente, e ele recuou perante meu olhar. Uma inquietação me assaltou.

O Bobo deveria estar em Torre do Cervo, com o rei, a muitas milhas e dias dali. Nunca soubera que ele tinha deixado a companhia do rei durante mais do que algumas horas ou uma noite de repouso. Ele era meu amigo, pelo menos tanto quanto a sua estranheza lhe permitia ser amigo de alguém. Mas uma visita sua sempre tinha um objetivo, e esse objetivo raramente era trivial ou agradável. Parecia mais exausto do que eu jamais o vira. Usava uma roupa de retalhos verdes e vermelhos que não me era familiar e trazia um cetro de bobo com uma cabeça de ratazana no topo. A roupa berrante contrastava com sua pele sem cor. Transformava-o em uma vela translúcida engrinaldada de azevinho. Suas roupas pareciam ter mais substância do que ele próprio. O cabelo fino e claro escapava do chapéu como o cabelo de um afogado no mar, enquanto as chamas dançarinas da lareira brilhavam em seu olhar. Esfreguei meus olhos remelentos e afastei um pouco o cabelo do rosto. Estava com o cabelo úmido; suara durante o sono.

— Olá — consegui dizer. — Não esperava vê-lo aqui.

Sentia a boca seca, e a língua grossa e amarga. Tinha estado doente, me lembrei. Os detalhes pareciam difusos.

— Onde eu deveria estar? — Ele lançou um olhar triste sobre mim. — Enquanto dormia você parecia menos descansado. Recoste-se, senhor. Permita-me que o deixe confortável.

Ele começou a arrumar meus travesseiros meticulosamente, mas com um gesto pedi para que se afastasse. Algo estava errado ali. Ele nunca tinha sido tão gentil comigo. Embora fôssemos amigos, as palavras do Bobo eram sempre duras e azedas, como fruta meio madura. Se aquela súbita gentileza era uma exibição de piedade, eu não queria saber dela.

Olhei de relance a minha camisola bordada, a rica cobertura da cama. Algo nelas parecia estranho. Estava muito cansado e fraco para descobrir por quê.

— O que você está fazendo aqui? — perguntei-lhe.

Ele inspirou e suspirou.

— Vim cuidar de você. Vigiá-lo durante o sono. Sei que acha isso uma bobagem, mas, afinal, eu sou o Bobo. Portanto, sabe que tenho de fazer bobagens. No entanto, você me faz essa mesma pergunta toda vez que acorda. Deixe-me então propor algo mais sensato. Suplico, senhor, deixe-me mandar buscar outro curandeiro.

Recostei-me nas almofadas. Estavam úmidas de suor e cheiravam mal. Sabia que podia pedir ao Bobo que as trocasse, e ele o faria, mas eu simplesmente suaria de novo. Era inútil. Agarrei-me aos cobertores com dedos nodosos. Perguntei-lhe diretamente:

— Por que você veio até aqui?

Ele tomou a minha mão nas suas e deu-lhe palmadinhas.

— Senhor, desconfio dessa súbita fraqueza. Parece não obter nada de bom dos cuidados desse curandeiro. Temo que seus conhecimentos sejam muito menores do que a opinião que tem deles.

— Burrich? — perguntei, incrédulo.

— Burrich? Bem gostaria que ele estivesse aqui, senhor! Ele pode ser o mestre dos estábulos, mas apesar disso garanto que é mais curandeiro do que esse Wallace que o medica e faz suar.

— Wallace? Burrich não está aqui?

O rosto do Bobo ficou mais sério.

— Não, meu rei. Ele está nas Montanhas, como você bem sabe.

— Seu rei — eu disse, e tentei rir. — Que piada.

— Nunca, senhor — disse ele, gentilmente. — Nunca.

A sua ternura me confundiu. Aquele não era o Bobo que eu conhecia, cheio de palavras retorcidas e adivinhas, de cutucadas maliciosas, trocadilhos e insultos astuciosos. Senti-me subitamente esticado como uma corda velha, e tão desgastado também. Apesar disso, tentei ajustar as coisas.

— Nesse caso estou em Torre do Cervo?

Ele anuiu lentamente.

— Claro que sim — a preocupação apertou-lhe a boca.

Fiquei em silêncio, sondando toda a profundidade da traição que sofrera. De algum modo tinha sido trazido de volta para Torre do Cervo. Contra a minha vontade. Burrich sequer tinha achado por bem me acompanhar.

— Deixe-me que lhe traga um pouco de comida — suplicou-me o Bobo. — Sempre se sente melhor depois de comer. — Ergueu-se. — Trouxe-a para cima há horas. Mantive-a aquecida junto à lareira.

Meus olhos seguiram-no fatigadamente. Junto à grande lareira, ele se agachou para tirar do fogo uma terrina coberta. Ergueu a tampa e veio-me ao nariz um rico cheiro de guisado de carne de vaca. Encheu uma tigela com uma concha. Tinham se passado meses desde a última vez que comera carne de vaca. Nas Montanhas, só se comia carne de veado, carneiro e cabra. Os meus olhos vaguearam cansadamente pelo quarto. As pesadas tapeçarias, as cadeiras de madeira maciça. As pedras da lareira, os dosséis da cama ricamente trabalhados. Conhecia aquele lugar. Aquilo era o quarto do rei em Torre do Cervo. Por que eu estava ali, na cama do rei? Tentei perguntar ao Bobo, mas foi outro que falou com os meus lábios:

— Sei coisas demais, Bobo. Já não consigo me impedir de sabê-las. Às vezes é como se outra pessoa controlasse minha vontade e empurrasse minha mente para onde eu preferiria que ela não fosse. Foi aberta uma brecha nas minhas muralhas. Tudo jorra para dentro como uma maré.

Inspirei profundamente, mas não consegui afastá-lo. Primeiro um formigueiro gelado, depois foi como se estivesse submerso em um rápido fluxo de água fria.

— Uma maré enchente — ofeguei. — Trazendo navios. Navios de quilhas vermelhas...

Os olhos do Bobo esbugalharam-se de alarme.

— Nesta estação, Majestade? Certamente que não! No inverno, não!

Sentia a respiração apertada no peito. Lutei para falar.

— O inverno chegou com demasiada brandura. Poupou-nos tanto de suas tempestades como de sua proteção. Olhe. Olhe para ali, por sobre as águas. Vê? Eles vêm. Eles vêm do nevoeiro.

Levantei o braço para apontar. O Bobo se aproximou às pressas para ficar ao meu lado. Agachou-se para espreitar para onde eu apontava, mas eu sabia que ele não podia ver. Mesmo assim, pousou lealmente uma mão hesitante no meu ombro magro e olhou como se pudesse afastar à força as muralhas e as milhas que se interpunham entre si e a minha visão. Ansiei por ser tão cego como ele. Agarrei a pálida mão de longos dedos que descansava no meu ombro. Por um momento, olhei para minha mão murcha, para o anel com o sinete real que aderia a um dedo ossudo por trás de uma articulação inchada. Então meu olhar relutante foi atraído para cima, e minha visão, levada para longe.

A mão que apontava indicava o porto calmo. Lutei para me sentar mais ereto, para ver melhor. A vila escurecida estendia-se à minha frente como uma manta de retalhos de casas e estradas. O nevoeiro jazia nas zonas baixas e era espesso na baía. *Uma mudança de tempo que aí vinha*, pensei comigo mesmo. Algo se agitou no ar que me enregelava, arrefecendo tanto o suor velho na pele que me fez tremer. Apesar do breu da noite e do nevoeiro, eu conseguia, sem dificuldade, enxergar tudo perfeitamente. Uma visão de Talento, disse a mim mesmo, mas depois tive dúvidas. Não era capaz de usar o Talento, não de forma predizível, não de forma útil.

Mas enquanto observava, dois navios saltaram das névoas e emergiram no porto adormecido. Esqueci-me do que era ou não capaz de fazer. Os navios eram lustrosos e estavam em bom estado e, embora parecessem negros ao luar, eu sabia que seus cascos eram vermelhos. Salteadores dos Navios Vermelhos vindos das Ilhas Externas. Os navios moviam-se como facas pelas pequenas ondas, cortando seu caminho para longe do nevoeiro, fendendo a água protegida do porto como uma lâmina fina fende a barriga de um porco. Os remos moviam-se em silêncio, em perfeito uníssono, com as pás abafadas com farrapos. Ousadamente se aproximaram das docas, como mercadores honestos vindos para negociar. Do primeiro barco saltou um marinheiro com ligeireza, trazendo uma corda para amarrá-lo a uma estaca. Um remador manteve-o afastado da doca, até que a corda de ré foi atirada e também amarrada. Tudo com tanta calma, com tanta audácia. O segundo navio estava seguindo o exemplo do primeiro. Os temidos Navios Vermelhos tinham chegado à vila, atrevidos como gaivotas, e estavam atracados à doca das suas vítimas.

Nenhuma sentinela deu o alarme. Nenhum vigia soprou um corno ou atirou um archote para a pilha de lenha de pinheiro-duro previamente preparada para acender um sinal de fogo. Procurei-os e encontrei-os instantaneamente. De cabeças apoiadas nos peitos, estavam inativos nos seus postos. Boa lã fiada em casa passara de cinzenta a vermelha, encharcada com o sangue de suas gargantas cortadas. Os seus assassinos chegaram em silêncio, por terra, cientes de cada um dos postos de sentinela, para silenciar todos os vigias. Ninguém alertaria a aldeia adormecida.

Não havia muitas sentinelas. Não havia muito naquela pequena vila, que por pouco não merecia um ponto no mapa. A vila contava com a humildade das suas posses para escapar de ataques como aquele. Criavam ali boa lã e fiavam um bom fio, era certo. Pescavam e defumavam o salmão que subia o seu rio, e as maçãs dali eram minúsculas, mas doces, e davam um bom vinho. Havia uma boa praia para amêijoas a oeste da vila. Essas eram as riquezas de Baía do Lodo e, embora não fossem grandes, eram o bastante para afortunar a vida daqueles que ali viviam. Era certo, porém, que não valiam um ataque com lâmina e archote. Que homem são julgaria que um barril de vinho de maçã ou uma prateleira de salmão defumado valiam o tempo de um salteador?

Mas aqueles eram Navios Vermelhos, e não vinham saquear riquezas ou tesouros. Não procuravam o gado premiado de reprodução nem mesmo mulheres para esposas ou rapazes para escravos das galés. As gordas ovelhas de lã seriam mutiladas e abatidas, o salmão defumado seria espezinhado, os armazéns de novelo e vinho, incendiados. Levariam reféns, sim, mas só para a Forja. A magia da Forja os deixava menos que humanos, desprovidos de todos os sentimentos e de qualquer pensamento à exceção dos instintos mais básicos. Os Salteadores não ficariam com esses reféns, eles os abandonariam ali, para gerarem sua angústia debilitante naqueles que os tinham amado e chamado de família. Despidos de toda a sensibilidade humana, os Forjados vagueariam por sua terra natal com a implacabilidade de carcajus. Esse uso dos nossos próprios familiares como Forjados contra nós era a mais cruel das armas dos ilhéus. Eu já sabia disso enquanto observava. Eu já tinha visto as consequências de outros ataques.

Observei a onda de morte erguer-se para inundar a pequena vila. Os piratas ilhéus saltaram do navio para as docas e subiram em fluxo até a aldeia. Gotejaram em silêncio pelas ruas em bandos de dois e três, tão mortíferos quanto veneno diluído em vinho. Um grupo pequeno fez uma pausa para vasculhar os outros navios amarrados à doca. A maior parte das embarcações era composta de pequenos barcos abertos, mas havia dois navios de pesca maiores e um navio mercante. Suas tripulações encontraram uma morte rápida. Suas lutas frenéticas foram tão patéticas como o bater de asas e os guinchos das galinhas quando uma doninha entra no galinheiro. Chamaram por mim com vozes cheias de sangue. O espesso nevoeiro engoliu-lhes os gritos com avidez. Transformou a morte de um marinheiro em nada mais do que o lamento de uma ave marinha. Depois, os barcos foram incendiados, descuidadamente, sem que um pensamento fosse dedicado ao seu valor de espólio. Aqueles Salteadores não levavam um verdadeiro saque. Talvez um punhado de moedas, se fosse fácil encontrar, ou um colar arrancado do corpo de alguém que tivesse sido violado e morto, mas pouco mais do que isso.

Eu não podia fazer nada além de observar. Tossi pesadamente, depois encontrei fôlego para falar:

— Se ao menos conseguisse compreendê-los — disse ao Bobo. — Se ao menos soubesse o que querem. Esses Navios Vermelhos não fazem sentido. Como podemos combater aqueles que guerreiam por um motivo que não divulgam? Mas se pudesse compreendê-los...

O Bobo franziu os lábios pálidos e refletiu.

— Eles participam da loucura daquele que os guia. Só podem ser compreendidos por quem partilha dessa loucura. Eu mesmo não tenho qualquer desejo de compreendê-los. Compreendê-los não os deterá.

— Não...

Não queria assistir à vila. Vira aquele pesadelo com demasiada frequência. Mas só um homem sem coração conseguiria afastar os olhos como se aquilo se tratasse de um espetáculo mal encenado de marionetes. O mínimo que podia fazer pelo meu povo era vê-lo morrer; e isso também era o máximo que podia fazer por ele. Estava doente e incapacitado, um velho em um lugar distante. Nada mais podia ser esperado de mim. Por isso, observei.

Vi a pequena vila acordar de um sono suave com o rude apertar de uma mão estranha na garganta ou no peito, com uma faca por cima de um berço, ou com o súbito grito de uma criança arrancada do sono. Luzes começaram a tremular e cintilar por todo o povoado; algumas eram velas acesas ao ouvir o alarido feito por um vizinho; outras eram archotes ou casas em chamas. Embora os Navios Vermelhos já aterrorizassem os Seis Ducados havia mais de um ano, para aquelas pessoas tudo se tornava completamente real naquela noite. Tinham ouvido as histórias de horror e decidido que nunca permitiriam que elas acontecessem com eles. Mas, assim mesmo, as casas ardiam e os gritos erguiam-se no céu noturno como se fossem transportados pela fumaça.

— Fale, Bobo — ordenei com a voz rouca. — Recorde para mim o que está por vir. O que é que dizem de Baía do Lodo? Um ataque a Baía do Lodo, no inverno.

Ele inspirou, estremecendo.

— Não é fácil, nem claro — hesitou. — Tudo ondula, tudo é ainda mudança. Há muitas coisas em fluxo, Majestade. O futuro derrama-se aí em todas as direções.

— Fale de qualquer coisa que consiga ver! — ordenei.

— Fizeram uma canção sobre essa vila — observou o Bobo com um ar vazio.

Ainda continuava agarrando o meu ombro; através da camisa de dormir, o aperto dos seus dedos longos e fortes era gelado. Um estremecimento passou entre nós, e eu senti o modo como ele se esforçava para continuar em pé ao meu lado.

— Quando cantada em uma taverna, com o refrão sincopado ao ritmo de canecas de cerveja batendo em uma mesa, nada disso parece muito mau. É possível imaginar como essas pessoas lutaram com valentia, preferindo cair em combate a render-se. Nenhuma pessoa foi capturada viva e Forjada. Nenhuma.

O Bobo fez uma pausa. Uma nota de histeria se misturou com a frivolidade que ele forçou transparecer na voz.

— Claro, quando se está bebendo e cantando, não se vê o sangue. Nem se cheira a carne queimada. Nem se ouvem os gritos. Mas isso é compreensível. Alguma vez você já fez uma rima toada para "criança destroçada"? Alguém tentou uma vez "lembrança desgraçada", mas o verso continuou não soando bem.

Não há alegria na sua ironia. Os seus gracejos ácidos não conseguem proteger nem a ele nem a mim. Ele então voltou a ficar em silêncio, meu prisioneiro condenado a partilhar comigo seus dolorosos conhecimentos.

Assisto em silêncio. Nenhum verso falaria de um pai que forçou colocar uma bolinha de veneno na boca de uma criança para que ela não caísse nas mãos dos Salteadores. Ninguém cantaria sobre crianças gritando pelas dores causadas pelo rápido e duro veneno, nem sobre as mulheres que eram estupradas enquanto jaziam moribundas. Nenhuma rima ou melodia poderia suportar o peso de contar a história de arqueiros cujas flechas mais precisas mataram familiares capturados antes de poderem ser arrastados para longe. Espreitei o interior de uma casa incendiada. Através das chamas, vi um menino de dez anos oferecendo a garganta para o golpe da faca da mãe. Segurava o corpo da irmã bebê, já estrangulada, pois os Navios Vermelhos tinham chegado, e nenhum irmão que a amasse a entregaria aos Salteadores ou à voracidade das chamas. Vi os olhos da mãe enquanto erguia os corpos dos filhos e os levava consigo para as chamas. É melhor não recordar coisas como essas. Mas não me foi poupado esse conhecimento. Era meu dever saber dessas coisas, e recordá-las.

Nem todos morreram. Alguns fugiram para os campos e florestas ao redor. Vi um jovem levando quatro crianças com ele para debaixo das docas, para se agarrar, dentro da água gelada, aos pilares cobertos de cracas até os Salteadores partirem. Outros tentaram fugir e foram mortos enquanto corriam. Vi uma mulher de camisola saindo sorrateiramente de uma casa. Chamas já corriam pela parede lateral do edifício. Ela carregava uma criança nos braços e outra agarrava-se às suas saias e a seguia. Mesmo na escuridão, a luz vinda das cabanas incendiadas despertava-lhe reflexos lustrosos no cabelo. Olhou ao redor, atemorizada, mas a longa faca que levava na mão livre estava erguida e a postos. Vislumbrei uma pequena boca com uma expressão severa, uns olhos ferozmente semicerrados. Então, por um instante, vi seu orgulhoso perfil delineado contra a luz do fogo.

— Molly! — murmurei.

Estendi para ela a mão com uma garra. Ela ergueu um alçapão e enxotou as crianças para dentro de um armazém subterrâneo que se abria por trás da casa em chamas. Baixou silenciosamente o alçapão sobre todos eles. Segura?

Não. Dobraram uma esquina, dois deles. Um levava um machado. Andavam lentamente, pavoneando-se e rindo alto. A fuligem que lhes manchava o rosto fazia realçar os dentes e o branco dos olhos. Um era uma mulher. Ela era muito bela e ria enquanto andava. Destemida. O cabelo descia-lhe pelas costas trançado com um fio de prata. As chamas tremulavam em vermelho nela. Os Salteadores avançaram até a porta do armazém, e o do machado brandiu-o num grande golpe em arco. O machado se enterrou profundamente na madeira. Ouvi o grito aterrorizado de uma criança.

— Molly! — guinchei.

Saí atabalhoadamente da cama, mas não tive forças para me levantar. Engatinhei na direção dela.

O alçapão cedeu, e os Salteadores riram. Um morreu rindo, quando Molly surgiu saltando através dos restos despedaçados do alçapão para lhe enfiar a longa faca na garganta. Mas a bela mulher com a prata brilhante no cabelo tinha uma espada, e enquanto Molly lutava para libertar a faca do moribundo, essa espada caía, caía, caía.

Nesse instante, algo cedeu na casa incendiada com um estrondo penetrante. A estrutura oscilou e então ruiu em uma chuva de fagulhas e numa erupção de chamas que rugiam. Uma cortina de fogo ergueu-se entre mim e o armazém subterrâneo. Não conseguia ver nada através daquele inferno. Teria a casa caído sobre a porta do armazém e sobre os Salteadores que a atacavam? Não conseguia ver. Atirei-me para a frente, tentando alcançar Molly.

Mas, num instante, tudo desapareceu. Deixaram de existir casas incendiadas, vilarejos saqueados, portos profanados, Navios Vermelhos. Só restava eu, agachado junto à lareira. Tinha atirado a mão para o fogo, e os dedos agarravam um carvão em brasa. O Bobo gritou e pegou meu pulso para tirar a minha mão do fogo. Sacudi-o, e então olhei entorpecido para os meus dedos cheios de bolhas.

— Meu rei — disse o Bobo num tom lastimoso.

Ele se ajoelhou ao meu lado, deslocou cuidadosamente a terrina de sopa que estava perto do meu joelho. Umedeceu um guardanapo no vinho que tinha servido para a minha refeição e o dobrou sobre os meus dedos. Permiti que o fizesse. Não conseguia sentir a pele queimada devido ao grande ferimento que tinha dentro de mim. Seus olhos preocupados fitaram os meus. Quase não conseguia vê-lo. Parecia uma coisa insubstancial, ostentando as chamas vacilantes da lareira nos seus olhos sem cor. Uma sombra como todas as outras sombras que vinham me atormentar.

Meus dedos queimados começaram a latejar de repente. Agarrei-os com a outra mão. O que fiz, o que pensei? O Talento me assaltara como se fosse um ataque, e então partira, deixando-me tão seco como um copo vazio. O cansaço correu para dentro de mim e me preencheu, e a dor montou-o como se fosse um cavalo. Lutei por reter na memória aquilo que vira.

— Que mulher era aquela? É importante?

— Ah — o Bobo pareceu ainda mais abatido, mas tentou se recompor —, uma mulher em Baía do Lodo? — Fez uma pausa como se estivesse torturando os miolos. — Não. Não tenho nada. É tudo uma confusão, meu rei. É muito difícil saber.

— Molly não tem filhos — disse a ele. — Não podia ter sido ela.

— Molly? O nome dela é Molly? — quis saber.

A minha cabeça latejava.

— Por que me atormenta assim?

— Senhor, não sei de nenhuma Molly. Venha, volte para a cama, e eu lhe trarei um pouco de comida.

Ajudou-me a ficar em pé, e eu tolerei o seu toque. Encontrei a minha voz. Eu flutuava, o foco dos meus olhos ia e vinha. Em um momento conseguia sentir a sua mão no meu braço, no seguinte parecia que sonhava com o quarto e os homens que ali conversavam. Consegui falar.

— Tenho de saber se aquela era Molly. Tenho de saber se ela está morrendo. Bobo, tenho de saber.

O Bobo soltou um pesado suspiro.

— Não é algo que eu controle, meu rei. Você sabe disso. Assim como as suas visões, as minhas me controlam, e não o contrário. Não posso puxar por um fio da tapeçaria, mas tenho de olhar para onde os olhos estão virados. O futuro, meu rei, é como uma corrente em um canal. Não posso lhe dizer para onde uma gota de água vai, mas posso lhe dizer onde o fluxo é mais forte.

— Uma mulher em Baía do Lodo — insisti. Parte de mim apiedava-se do meu pobre Bobo, mas outra parte persistia. — Não a teria visto com tanta clareza se não fosse importante. Pense. Quem era ela?

— Ela tem significado?

— Sim. Tenho certeza. Oh, sim.

O Bobo se sentou no chão de pernas cruzadas. Levou os seus longos dedos às têmporas e fez pressão como quem tenta abrir uma porta.

— Não sei. Não compreendo... É tudo uma confusão, tudo é entroncamento. Os trilhos foram pisoteados, os cheiros estão todos errados...

Ergueu os olhos para mim. Sem saber como, tinha me levantado, e ele estava sentado no chão aos meus pés, erguendo os olhos para mim. Seus olhos pálidos estavam arregalados na sua cara de casca de ovo. Cambaleou de tensão, sorrindo tolamente. Olhou pensativo para o cetro da ratazana, encostou-lhe o nariz.

— Conheceu alguma Molly assim, Ratita? Não? Não me parece que conheça. Talvez devêssemos perguntar a alguém que esteja mais em posição de saber. Os vermes, talvez.

Uma risadinha parva apoderou-se dele. Criatura inútil. Tolo adivinho cheio de enigmas. Bem, ele não podia evitar ser o que era. Deixei-o e regressei calmamente à cama e sentei-me na borda.

Descobri que tremia como se estivesse com calafrios. Um ataque, disse a mim mesmo. Tenho de me acalmar, senão arrisco um ataque. Iria querer que o Bobo me visse me contorcendo e ofegando? Não me importava. Nada importava, exceto descobrir se aquela era a minha Molly e, se fosse, se teria sucumbido. Tinha de saber. Tinha de saber se ela morrera e, se sim, como morrera. Saber alguma coisa nunca fora tão essencial para mim.

O Bobo estava agachado no tapete como um sapo pálido. Umedeceu os lábios e sorriu para mim. A dor pode por vezes arrancar um sorriso daqueles de um homem.

— É uma canção muito contente, a que cantam sobre Baía do Lodo — observou. — Uma canção triunfante. Os aldeões ganharam, compreende? Não ganharam a vida, não, mas uma morte limpa. Bem, seja como for, uma morte. A morte, e não a Forja. Ao menos alguma coisa. Alguma coisa para servir de tema a uma canção e a que possamos nos agarrar nestes dias. É assim que as coisas são agora nos Seis Ducados. Matamos os nossos para que os Salteadores não o possam fazer, e depois fazemos canções de vitória sobre isso. É espantoso aquilo de que as pessoas retiram conforto quando não têm mais nada a que se agarrar.

Minha visão se suavizou. Soube de repente que estava sonhando.

— Eu nem sequer estou aqui — disse com uma voz suave. — Isso é um sonho. Estou sonhando que sou o rei Shrewd.

Ele ergueu a mão pálida à luz do fogo, examinou os ossos tão claramente delineados na carne magra.

— Se o diz, meu soberano, deve ser verdade. Então eu, também, sonho que é o rei Shrewd. Se beliscá-lo, eu mesmo acordarei, talvez?

Olhei para as minhas mãos. Eram velhas e cheias de cicatrizes. Fechei-as, observei as veias e tendões fazendo uma saliência sob a superfície fina como papel, senti a resistência de areia dos nós inchados dos meus dedos. Sou agora um velho, pensei comigo mesmo. É assim que realmente nos sentimos quando somos velhos. Não doente, num estado em que se pode ficar melhor. Velho. Quando cada novo dia só pode ser mais difícil, cada mês, mais um fardo para o corpo. Tudo deslizava para o lado. Julgara, brevemente, ter quinze anos. De algum lugar vinha o cheiro de carne chamuscada e cabelo queimado. Não, era um rico guisado de carne de vaca. Não, era o incenso curativo de Jonqui. A mistura de cheiros me deu náuseas. Perdi a noção de quem era, do que era importante. Esgravatei na lógica escorregadia, tentando dominá-la. Era inútil.

— Não sei — murmurei. — Não compreendo nada disso.

— Ah — disse o Bobo. — Tal como lhe disse. Só se pode compreender uma coisa quando se transforma nela.

— Então é isso que significa ser o rei Shrewd? — quis saber. Aquilo me abalava até o âmago. Nunca o vira assim, torturado pelas dores da idade, mas ainda inexoravelmente confrontado pelas dores dos seus súditos. — É isso que ele tem de aguentar, dia após dia?

— Temo que seja, meu soberano — respondeu o Bobo, com gentileza. — Venha. Deixe que eu o ajude a voltar para a cama. Certamente amanhã se sentirá melhor.

— Não. Ambos sabemos que não me sentirei.

Não proferi aquelas terríveis palavras. Elas vieram dos lábios do rei Shrewd, e eu as ouvi, e soube que aquela era a verdade debilitante que o rei Shrewd aguentava todos os dias. Estava extremamente cansado. Todas as minhas partes doíam. Não sabia que a carne podia ser tão pesada, que o mero dobrar de um dedo pudesse exigir um esforço doloroso. Queria descansar. Voltar a dormir. Seria eu, ou Shrewd? Devia deixar que o Bobo me pusesse na cama, deixar que o meu rei obtivesse repouso. Mas o Bobo continuava mantendo aquele bocado de informação essencial por cima da minha mandíbula cerrada. Fazia malabarismo com a única partícula de informação que eu desejava saber para ser completo.

— Ela morreu ali? — quis saber.

Ele me olhou com tristeza. Inclinou-se subitamente para a frente, voltou a pegar seu cetro de ratazana. A minúscula pérola de uma lágrima escorreu pelo focinho de Ratita. Focou-se nela, e seus olhos partiram para longe novamente, vagueando através de uma tundra de dor. Falou com um murmúrio.

— Uma mulher em Baía do Lodo. Uma gota de água na corrente de todas as mulheres de Baía do Lodo. O que pode ter lhe acontecido? Morreu? Sim. Não. Muito queimada, mas viva. O braço cortado junto ao ombro. Encurralada e violada enquanto lhe matavam os filhos, mas deixada viva. Mais ou menos.

Os olhos do Bobo ficaram ainda mais vazios. Era como se lesse uma lista em voz alta. A voz não tinha entonação.

— Queimada viva com as crianças quando a estrutura em chamas caiu sobre eles. Tomou veneno assim que o marido a acordou. Morreu sufocada com a fumaça. E morreu de uma infecção de um ferimento de espada poucos dias depois. Morreu de um golpe de espada. Afogada no próprio sangue enquanto era violada. Cortou a própria garganta depois de matar os filhos enquanto os Salteadores arrombavam sua porta. Sobreviveu e deu à luz o filho de um Salteador no verão seguinte. Foi encontrada vagando dias mais tarde, muito queimada, mas sem se lembrar de nada. Teve a face queimada e as mãos cortadas, mas viveu um curto...

— Pare! — eu lhe ordenei. — Pare com isso! Eu imploro, pare.

Ele fez uma pausa e encheu os pulmões de ar. Os olhos regressaram a mim, focaram-se em mim.

— Pare com isso? — ele suspirou. Pôs o rosto nas mãos, falou através de dedos que lhe abafavam as palavras. — Pare com isso? Foi o que gritou a mulher da Baía do Lodo. Mas já está feito, meu soberano. Não podemos parar aquilo que já está acontecendo. Uma vez as coisas desencadeadas, é tarde demais.

Ele ergueu o rosto das mãos. Parecia muito cansado.

— Por favor — implorei —, não pode me falar da mulher que vi?

De repente não conseguia mais recordar o seu nome, recordava apenas que ela era muito importante para mim.

Ele balançou a cabeça, e os pequenos guizos de prata no seu barrete tilintaram fatigadamente.

— A única maneira de descobrir seria indo até lá. — Ergueu os olhos para mim. — Se ordenar, eu o farei.

— Mande chamar Verity — disse-lhe. — Tenho instruções para lhe dar.

— Nossos soldados não podem chegar a tempo de parar esse ataque — recordou-me o Bobo. — Só para ajudar a apagar os incêndios e assistir às pessoas de lá recolhendo por entre as ruínas aquilo que lhes resta.

— Então é isso que devem fazer — eu disse, em voz pesada.

— Primeiro, deixe-me ajudá-lo a voltar para a cama, meu rei. Antes que apanhe um resfriado. E deixe-me trazer comida para você.

— Não, Bobo — eu lhe disse, tristemente. — Deverei comer e ficar aquecido enquanto os corpos de crianças estão arrefecendo na lama? Busque antes o roupão e os borzeguins. E depois vá procurar Verity.

O Bobo resistiu corajosamente.

— Acha que o desconforto que impõe ao seu corpo dará mais um sopro a uma criança que seja, meu soberano? O que aconteceu em Baía do Lodo está feito. Por que há de sofrer?

— Por que eu hei de sofrer? — encontrei um sorriso para dar ao Bobo. — Essa é decerto a mesma pergunta que todos os habitantes de Baía do Lodo fizeram esta noite ao nevoeiro. Sofro, meu bobo, porque eles sofreram. Porque sou rei. Mas, mais do que isso, porque sou um homem e vi o que aconteceu lá. Pense nisso, Bobo. O que aconteceria se todos os homens dos Seis Ducados dissessem a si próprios: "Bem, o pior que lhes pode acontecer já aconteceu. Por que haveria eu de abrir mão da minha refeição e cama quente para me preocupar com isso?". Bobo, pelo sangue que tenho no corpo, aquela é a minha gente. Sofrerei eu esta noite mais do que qualquer um deles sofreu? O que são as dores e os tremores de um homem comparados com aquilo que aconteceu em Baía do Lodo? Por que eu deveria me refugiar enquanto a minha gente é morta como gado?

— Três palavras são tudo que preciso dizer ao príncipe Verity — o Bobo enfadou-me com mais palavras. — "Salteadores" e "Baía do Lodo", e ele ficará sabendo tanto quanto qualquer homem precisa saber. Deixe-me que o instale na cama, senhor, e depois correrei para ele com essas palavras.

— Não.

Uma nova nuvem de dor desabrochou na parte de trás do meu crânio. Tentou afastar o sentido dos meus pensamentos, mas resisti firmemente. Forcei o meu corpo a andar até a cadeira junto à lareira. Consegui abaixar-me até ela.

— Passei a juventude definindo as fronteiras dos Seis Ducados com qualquer um que as desafiasse. Será a minha vida tão valiosa para ser arriscada agora, que resta tão pouca, e tão crivada de dor? Não, Bobo. Traga meu filho imediatamente. Ele usará o Talento por mim, visto que minha força nele está no fim por esta noite. Juntos, refletiremos sobre o que virmos e tomaremos nossas decisões quanto ao que terá de ser feito. Agora vá. vá!

Os pés do Bobo tamborilaram no chão de pedra quando ele fugiu.

Fui deixado só comigo mesmo. Conosco. Levei as mãos às têmporas. Senti um sorriso doloroso preguear-me o rosto quando me encontrei. *Então, garoto. Aí está você*. Meu rei virou lentamente sua atenção para mim. Estava cansado, mas me estendeu seu Talento, para tocar minha mente com a suavidade de uma teia de aranha soprada pelo vento. Sondei desajeitadamente, tentando completar o vínculo de Talento, e tudo correu mal. Nosso contato esfarrapou-se, rasgando-se como pano podre. E então ele desapareceu.

Estava agachado, sozinho, no chão do meu quarto no Reino da Montanha, desconfortavelmente perto do fogo que ardia na lareira. Tinha quinze anos, e a roupa de noite que trajava era macia e limpa. O fogo na lareira já estava baixo. Meus dedos cheios de bolhas latejavam furiosamente. O início de uma enxaqueca de Talento pulsava nas minhas têmporas.

Movi-me lentamente, erguendo-me com cuidado. Como um velho? Não. Como um jovem cuja saúde ainda estava convalescendo. Agora sabia a diferença.

A minha cama macia e limpa me chamava, como um amanhã suave e limpo.

Recusei ambos. Escolhi a cadeira junto à lareira e fitei as chamas enquanto refletia.

Quando Burrich veio me dizer adeus à primeira luz da aurora, eu estava pronto para seguir com ele.

O REGRESSO AO LAR

A fortaleza de Torre do Cervo tem vista para o melhor porto de águas profundas dos Seis Ducados. Ao norte, o Rio Cervo deságua no mar, e com as suas águas transporta a maior parte dos bens exportados pelos ducados de Lavra e Vara. Íngremes falésias negras servem de base para o castelo, que sobranceia a foz do rio, o porto e as águas que se estendem além dele. A Cidade de Torre do Cervo agarra-se precariamente a essas falésias, bem afastada da planície de inundação do grande rio, com uma boa porção dela construída sobre docas e cais. A fortaleza original era uma longa estrutura construída pelos primeiros habitantes da área como defesa contra os ataques dos ilhéus. Foi conquistada em tempos antigos, por um atacante chamado Taker, que passou a ali residir após a tomada do forte. Ele substituiu a estrutura de madeira por paredes e torres de pedra negra cortada das próprias falésias e, nesse processo, afundou mais as fundações de Torre do Cervo na pedra. A cada uma das sucessivas gerações da dinastia Farseer, as paredes foram sendo fortificadas, e as torres reconstruídas mais altas e mais robustas. Desde Taker, o fundador da dinastia Farseer, Torre do Cervo nunca caiu em mãos inimigas.

A neve beijou-me o rosto e o vento afastou meu cabelo da testa. Me agitei de um sonho escuro para outro mais escuro, uma paisagem de inverno em território florestal. Sentia frio, exceto onde o calor que se elevava da minha dedicada égua me aquecia. Abaixo de mim, Fuligem caminhava impassível pela neve aglomerada pelo vento. Achei que já cavalgava há muito tempo. Hands, o rapaz do estábulo, cavalgava à minha frente. Virou-se na sela e gritou qualquer coisa para mim.

Fuligem parou, de uma forma que não foi abrupta, mas eu não estava à espera e quase deslizei de cima da sela. Agarrei-me à sua crina e equilibrei-me. Flocos caíam regularmente encobrindo a floresta à nossa volta. Os abetos estavam carregados de neve acumulada, e as bétulas esparsas entre eles eram silhuetas negras e nuas ao luar enevoado de inverno. Não havia sinais de trilha. A floresta à nossa volta era densa. Hands refreara seu castrado negro à nossa frente; fora por isso que Fuligem parara. Atrás de mim, Burrich montava sua égua ruana com a facilidade experiente de alguém que cavalgara a vida inteira.

Eu estava com frio e trêmulo de fraqueza. Olhei em volta, entorpecido, me perguntando por que teríamos parado. O vento soprava em rajadas penetrantes, fazendo meu manto ensopado bater no flanco de Fuligem. Hands apontou de repente.

— Ali! — olhou para mim. — Viu aquilo, não viu?

Inclinei-me para a frente, para espreitar por entre a neve que caía como uma cortina de renda esvoaçante.

— Acho que sim — disse, apesar de o vento e a neve que caía engolirem minhas palavras. Por um instante, vislumbrara minúsculas luzes. Eram amarelas e estacionárias, ao contrário do pálido azul de fogo-fátuo que ainda me atormentava ocasionalmente a visão.

— Acha que é Torre do Cervo? — gritou Hands através do vento que aumentava.

— É — asseverou calmamente Burrich, cuja voz profunda se projetava sem esforço. — Sei onde estamos. Foi aqui que o príncipe Verity matou aquela grande corça há cerca de seis anos. Lembro-me porque, quando a flecha a atingiu, ela saltou e caiu por aquele barranco. Levamos o resto do dia para descer até lá e trazer a carne para cima.

O barranco que ele indicou com um gesto não passava de uma linha de arbustos vislumbrada através da neve que caía. Mas de repente tudo começou a fazer sentido na minha cabeça. A disposição daquela encosta, os tipos de árvores, aquele barranco, então Torre do Cervo era para lá, restava apenas uma breve cavalgada até conseguirmos ver claramente a fortaleza nas falésias que dominavam a baía e a Cidade de Torre do Cervo, abaixo. Pela primeira vez em dias, soube com absoluta certeza onde estávamos. As pesadas nuvens tinham impedido que confirmássemos nosso rumo pelas estrelas, e o nevoeiro excepcionalmente forte alterara a disposição do terreno; até mesmo Burrich parecera inseguro. Mas agora sabia que meu lar estava a não mais que uma pequena cavalgada de distância. No verão. Mas juntei o que restava de minha determinação.

— Já não falta muito — disse a Burrich.

Hands já pusera o cavalo em marcha. O pequeno e atarracado castrado avançou valentemente, abrindo uma trilha através da neve acumulada. Toquei Fuligem com os calcanhares, e a grande égua avançou relutantemente. Quando ela se inclinou para a colina, eu deslizei para um dos lados. Enquanto me remexia futilmente na sela, Burrich pôs o cavalo ao lado do meu. Estendeu a mão, agarrou-me pelo colarinho e me endireitou.

— Já não falta muito — concordou. — Você vai conseguir.

Concordei com um aceno. Aquela era apenas a segunda vez que ele tivera de me equilibrar na última hora. "Uma das minhas melhores noites", disse amargamente a mim mesmo. Firmei-me na sela e endireitei resolutamente os ombros. Estava quase em casa.

A viagem fora longa e árdua. O tempo estivera mau, e as constantes dificuldades não tinham melhorado minha saúde. Lembrava-me de grande parte como um sonho escuro; dias de solavancos na sela, quase inconsciente do caminho que seguíamos, noites em que jazia entre Hands e Burrich em nossa pequena tenda e tremia com uma fadiga tão grande que nem conseguia dormir. Quando nos aproximamos do Ducado de Cervo, achei que a viagem se tornaria mais fácil. Não contara com a cautela de Burrich.

No Lago do Bode, paramos uma noite em uma estalagem. Pensara que arranjaríamos passagem numa barcaça fluvial no dia seguinte, pois, embora o gelo adornasse as margens do rio Cervo, sua forte corrente mantinha o canal livre durante todo o ano. Fui logo para o quarto, pois não tinha muita energia. Burrich e Hands estavam contando com comida quente e companheirismo, para não falar de cerveja. Não esperava que viessem depressa para o quarto. Mas mal passaram duas horas quando ambos subiram para dormir.

Burrich estava sombrio e silencioso, mas, depois que ele se deitou, Hands cochichou-me da sua cama como o rei era malfalado naquela vila.

— Se soubessem que éramos de Torre do Cervo, duvido que teriam falado tão livremente. Mas, vestidos com essas roupas de montanha, tomaram-nos por mercadores ou comerciantes. Uma dúzia de vezes achei que Burrich iria desafiar um deles. Na verdade, não sei como ele conseguiu se conter. Todos se queixam dos impostos para a defesa da costa. Escarnecem, dizendo que, apesar de todos os impostos que os sangram, os salteadores chegaram sem ser vistos no outono, quando o tempo estava bom, e queimaram mais duas vilas. — Hands fez uma pausa e acrescentou, hesitantemente: — Mas falam especialmente bem do príncipe Regal. Ele passou por aqui acompanhando Kettricken a Torre do Cervo. Um homem à mesa chamou-a de grande peixe branco em forma de esposa, digno do rei da Costa. E outro interveio, dizendo que o príncipe Regal, pelo menos, apresenta-se bem, apesar de todas as suas dificuldades, e que tem o aspecto que um príncipe deveria ter. Então beberam à saúde e à longa vida do príncipe.

Um frio instalou-se em mim. Respondi-lhe em um sussurro:

— As duas aldeias Forjadas. Ouviu quais eram?

— Mandíbula de Baleia, lá em cima, em Bearns. E Baía do Lodo, no próprio Cervo.

A escuridão ficou ainda mais negra ao meu redor, e eu passei a noite inteira a vigiá-la.

Na manhã seguinte deixamos o Lago do Bode. A cavalo. Por terra. Burrich nem sequer quis que nos mantivéssemos na estrada. Protestei em vão. Ele escutou minhas queixas, me puxou de lado e vociferou:

— Você quer morrer? — Olhei-o, sem expressão. Ele fungou com desagrado. — Fitz, nada mudou. Você continua sendo um bastardo real, e o príncipe Regal ainda te enxerga como um obstáculo. Ele tentou se livrar de você não uma, mas duas vezes. Acha que vai lhe dar as boas-vindas em Torre do Cervo? Não. Para ele seria ainda melhor se definitivamente não regressássemos. Portanto, vamos tratar de não sermos alvos fáceis. Vamos por terra. Se ele ou seus mercenários nos quiserem apanhar, terão de nos caçar pelos bosques. E ele nunca foi grande caçador.

— Mas Verity não nos protegeria? — perguntei debilmente.

— Você é um homem do rei, e Verity é príncipe herdeiro — disse Burrich, curto e grosso. — É você quem protege seu rei, Fitz, e não o contrário. Não que ele não tenha consideração por você e não faça tudo o que pode para protegê-lo. Mas tem assuntos mais pesados a tratar. Navios Vermelhos. Uma nova noiva. E um irmão mais novo que pensa que a coroa ficaria melhor na própria cabeça. Não. Não espere que o príncipe herdeiro cuide de você. Cuide você mesmo disso.

Tudo que consegui pensar foi nos dias a mais que ele estava colocando entre mim e minha busca por Molly. Mas não lhe forneci essa razão. Não lhe contara o sonho que tivera. Em vez disso, disse:

— Regal teria de estar louco para tentar nos matar outra vez. Todos saberiam que era ele o assassino.

— Louco não, Fitz. Apenas impiedoso. Regal é impiedoso. Nunca vamos supor que Regal se submeta às leis que nós observamos, ou até que ele pensa como nós. Se Regal vir uma oportunidade para nos matar, haverá de aproveitá-la. Não se importará com quem suspeitar, desde que ninguém o possa provar. Verity é nosso príncipe herdeiro, e não nosso rei. Ainda não. Enquanto o rei Shrewd estiver vivo e no trono, Regal arranjará maneiras de rodear o pai. Ele vai se safar de muitas coisas. Até de assassinato.

Burrich levara o cavalo para fora da estrada principal, mergulhara entre montes de neve acumulada e subira a encosta nevada que se erguia por trás deles, para traçar uma rota direto para Torre do Cervo. Hands me olhava como se estivesse se sentindo doente. Mas fomos em frente. A cada noite em que dormimos amontoados em uma única tenda para nos aquecer, e não em camas em uma estalagem acolhedora, eu pensara em Regal. A cada passo incerto em encosta, mais levando os cavalos pelo arreio do que de fato montando, a cada descida cautelosa, eu pensara no príncipe mais novo. Ia contando as horas entre mim e Molly. Os únicos momentos em que sentia uma força agitar-se dentro de mim era quando sonhava acordado e espancava Regal até aniquilá-lo. Não podia jurar vingança. Vingança era propriedade da coroa. Mas se eu não podia ter vingança, Regal não teria satisfação. Regressaria a Torre do Cervo e me ergueria, alto, à sua frente, e, quando seus olhos negros caíssem sobre mim, não vacilaria. Tampouco, jurei, Regal me veria alguma vez tremer, ou encostar-me a uma parede em busca de apoio, ou passar a mão sobre os olhos embaçados. Ele jamais saberia como estivera perto de ganhar tudo.

E assim chegamos à Torre do Cervo, não pela sinuosa estrada litoral, mas pelos montes arborizados atrás do castelo. A neve diminuiu e depois cessou. Os ventos noturnos afastaram as nuvens, e uma bela lua fez as paredes de pedra de Torre do Cervo brilharem negras como azeviche contra o mar. A luz brilhava amarela em suas torres e ao lado do portão lateral.

— Estamos em casa — disse Burrich calmamente.

Descemos uma última colina, atingimos finalmente a estrada e demos a volta até o grande portão de Torre do Cervo.

Um jovem guarda cumpria o turno da noite. Baixou a lança para bloquear a passagem e exigiu nossos nomes.

Burrich afastou o capuz da cara, mas o rapaz não se moveu.

— Sou Burrich, o mestre dos estábulos! — informou-o Burrich, incrédulo. — Sou mestre dos estábulos aqui há mais tempo do que você tem vida, provavelmente. Acho que eu é que devia perguntar-lhe o que está fazendo aqui no meu portão!

Antes que o desorientado rapaz conseguisse responder, ouviu-se uma confusão de ruídos, e uma torrente de soldados saiu do posto dos guardas.

— É realmente Burrich! — exclamou o sargento do turno.

Burrich transformou-se instantaneamente no centro de um aglomerado de homens, todos gritando saudações e falando ao mesmo tempo, enquanto Hands e eu nos mantínhamos montados nos nossos cavalos, fatigados, na periferia da confusão. O sargento, um tal de Blade, finalmente gritou que se calassem, para que ele pudesse falar com mais tranquilidade.

— Não estávamos à sua espera até a primavera, homem! — declarou o velho soldado corpulento. — E, mesmo assim, nos disseram que você poderia não ser mais o homem que saiu daqui. Mas você parece estar bem, parece mesmo. Com um pouco de frio e vestido como forasteiro, com uma ou duas cicatrizes, mas ainda é você mesmo. Houve boatos de que estava muito ferido e que o bastardo estava à beira da morte. Peste ou veneno, era o que diziam.

Burrich riu-se e estendeu os braços, para que todos pudessem admirar sua roupa de montanha. Por um momento vi Burrich como eles deviam vê-lo, com as calças púrpura e amarelo acolchoadas, o casacão e os borzeguins. Eu já não pensava mais sobre o modo como tínhamos sido interpelados ao portão, mas sim sobre os rumores.

— Quem disse que o bastardo iria morrer? — perguntei, curioso.

— Quem pergunta? — retorquiu Blade. Olhou de relance minhas roupas, olhou-me nos olhos e não me reconheceu. Mas, quando me endireitei no cavalo, teve um sobressalto. Ainda hoje acredito que ele reconheceu Fuligem e foi assim que me reconheceu. Não escondeu o choque. — Fitz? Você está praticamente metade do que era! Parece até que pegou a Peste do Sangue.

Foi o primeiro indício que tive de que meu aspecto não estava nada bom.

— Quem disse que fui envenenado ou atingido pela peste? — repeti a pergunta, em voz baixa.

Blade hesitou e olhou de relance sobre o ombro.

— Oh, ninguém. Bem, ninguém em especial. Sabe como é. Quando não voltou com os outros, bom... houve quem imaginou isso, outros imaginaram aquilo, e depressa foi como se soubéssemos. Rumores, falatórios do posto dos guardas. Mexericos de soldados. Nós nos perguntávamos por que você não tinha voltado, só isso. Ninguém acreditava em nada do que diziam. Espalhamos muitos boatos para dar algum crédito a fofocas. Só nos perguntávamos por que é que você, Burrich e Hands não tinham voltado.

Por fim percebeu que estava se repetindo e ficou em silêncio perante meu olhar. Permiti que o silêncio se estendesse o suficiente para deixar claro que não tencionava satisfazer sua curiosidade. Então, afastei-a com um encolher de ombros.

— Não tem problema, Blade. Mas pode dizer a todos que o bastardo ainda não está acabado. Pestes ou venenos... deveriam saber que Burrich me medicaria e me faria recuperar. Estou vivo e bem; só pareço um cadáver.

— Oh, Fitz, rapaz, não era isso que eu queria dizer. É só que...

— Eu disse que não tem problema, Blade. Deixe isso para lá.

— Muito bem, senhor — respondeu ele.

Assenti com a cabeça e olhei para Burrich, que me encarava estranhamente. Quando me virei para trocar um olhar intrigado com Hands, encontrei a mesma surpresa no rosto dele. Não consegui adivinhar o motivo.

— Bem, boa noite, sargento. Não brigue com o homem da lança. Ele fez bem em barrar estranhos ao portão de Torre do Cervo.

— Sim, senhor. Boa noite, senhor.

Blade bateu continência para mim, e os grandes portões de madeira escancararam-se à nossa frente enquanto entrávamos na fortaleza. Fuligem ergueu a cabeça e algum peso saiu-lhe das costas. Atrás de mim, o cavalo de Hands soltou um suave relincho, e o de Burrich resfolegou. Nunca antes o caminho da muralha da fortaleza ao estábulo pareceu *tão longo*. Enquanto Hands desmontava, Burrich pegou-me pela manga e refreou-me. Hands saudou sonolento o rapaz do estábulo que apareceu para nos iluminar o caminho.

— Estivemos durante algum tempo no Reino da Montanha, Fitz — acautelou-me Burrich em voz baixa. — Lá em cima, não interessa a ninguém de que lado dos lençóis você nasceu. Mas agora estamos em casa. Aqui, o filho de Chivalry não é um príncipe, mas um bastardo.

— Eu sei disso. — Senti-me atingido pela franqueza dele. — Soube disso toda a minha vida. Vivo isso desde sempre.

— É verdade — ele admitiu. Uma estranha expressão cobriu-lhe o rosto, um sorriso meio incrédulo e meio orgulhoso. — Então por que está exigindo relatos do sargento e distribuindo ordens, cheio de autoridade, como se fosse o próprio Chivalry? Quase não acreditei no jeito como falou e em como aqueles homens lhe obedeceram. Você nem sequer reparou no modo como eles responderam a você, nem sequer notou que se adiantou e me tirou do comando.

Senti um ligeiro rubor tomar-me o rosto. No Reino da Montanha todos tinham me tratado como se fosse mesmo um príncipe, em vez de o bastardo de um príncipe. Teria eu me acostumado assim tão depressa com essa posição mais elevada?

Burrich riu baixinho da minha expressão, mas rapidamente ficou sério.

— Fitz, você precisa reencontrar a cautela. Mantenha os olhos baixos e não erga a cabeça como um jovem garanhão. Regal entenderá como um desafio, e isso é algo que não estamos prontos para enfrentar. Ainda não. Talvez nunca.

Anuí sombriamente, de olhos postos na neve batida do pátio dos estábulos. Havia me tornado descuidado. Quando me reportasse a Chade, o velho assassino não ficaria satisfeito com seu aprendiz. Teria de responder por isso. Não tinha dúvidas de que ele saberia tudo sobre o incidente ao portão antes de me convocar novamente.

— Não seja preguiçoso. Desça daí, garoto! — Burrich interrompeu-me os pensamentos abruptamente.

Saltei em obediência ao seu tom de voz e percebi que também ele estava se reajustando às nossas posições comparativas em Torre do Cervo. Por quantos anos eu havia sido seu rapaz de estábulo e protegido? Era melhor que retomássemos esses papéis tão fielmente quanto possível. Evitaria mexericos de cozinha. Desmontei e, levando Fuligem pelo arreio, segui Burrich para os estábulos.

Lá dentro era pequeno e quente. A escuridão e o frio da noite de inverno ficavam fechados do lado de fora pelas espessas paredes de pedra. Ali era a minha casa, as lanternas brilhavam, amarelas, e os cavalos respiravam lenta e profundamente. Mas, à medida que Burrich ia passando, os estábulos voltavam à vida. Nenhum cavalo ou cão que ali estivesse deixou de lhe reconhecer o cheiro, e todos se ergueram para saudá-lo. O mestre dos estábulos estava em casa, e era recebido calorosamente por aqueles que o conheciam melhor. Dois rapazes do estábulo rapidamente passaram a nos seguir, tagarelando ao mesmo tempo sobre as mais insignificantes novidades acerca de falcões, cães ou cavalos. Burrich estava ali em pleno comando, acenando sabiamente e fazendo uma ou duas perguntas concisas enquanto absorvia cada detalhe. Seu jeito reservado só mudou quando sua velha cadela de caça Raposa veio cumprimentá-lo, caminhando rigidamente. Ficou sobre um joelho para abraçá-la e acariciá-la; ela se contorceu como se fosse um filhote e tentou lhe lamber o rosto.

— Ora, eis um cachorro de verdade — disse ele, saudando-a. Então voltou a se erguer, para prosseguir sua ronda. Ela o seguiu, balançando os quadris a cada sacudidela da cauda.

Deixei-me ficar para trás, sentindo o calor roubar a força dos meus membros. Um rapaz voltou a correr para deixar uma lâmpada comigo e depois se apressou a saudar Burrich. Cheguei à cocheira de Fuligem e destranquei a porta. A égua entrou avidamente, resfolegando seu apreço. Pousei a luz na respectiva prateleira e olhei em volta. Casa. Aquilo era a minha casa, mais do que o meu quarto no castelo, mais do que qualquer outro lugar no mundo. Uma cocheira no estábulo de Burrich, em segurança em seus domínios, uma de suas criaturas. Se ao menos pudesse fazer os dias voltarem para trás, submergir-me na palha profunda e puxar uma manta de cavalo por cima da cabeça...

Fuligem voltou a resfolegar, dessa vez em tom de censura. Tinha me transportado ao longo de todos aqueles dias e de todos aqueles caminhos, e merecia todo o conforto que eu pudesse lhe dar. Mas todas as fivelas resistiam a meus dedos anestesiados e cansados. Arrastei-lhe a sela de cima do dorso e quase a deixei cair. Levei um tempo infinito remexendo nos freios, com o metal brilhante das fivelas dançando diante de mim. Por fim, fechei os olhos e deixei que os dedos trabalhassem sozinhos para soltar os freios. Quando abri os olhos, Hands estava ao meu lado. Acenei para ele, e os freios caíram dos meus dedos sem vida. Ele os olhou de relance, mas nada disse. Limitou-se a despejar o balde de água fresca que havia trazido no bebedouro de Fuligem, serviu-lhe aveia e foi buscar uma braçada de feno doce ainda muito verde. Peguei as escovas de Fuligem, e ele estendeu o braço e as tirou de minhas mãos débeis.

— Eu faço isso — disse ele em voz baixa.

— Cuide primeiro do seu cavalo — eu o censurei.

— Já cuidei, Fitz. Veja. Não pode fazer um bom trabalho com ela. Deixe-me fazê-lo. Quase não consegue se manter em pé. Vá descansar. — E acrescentou, quase com gentileza: — Em outro momento, quando montarmos juntos, você poderá tratar de Coração Robusto por mim.

— Burrich me esfola se eu deixar os cuidados do meu animal para outra pessoa.

— Não esfola nada. Ele não deixaria um animal aos cuidados de alguém que mal se sustenta em pé — observou Burrich de fora da cocheira. — Deixe Fuligem com o Hands, garoto. Ele conhece seu trabalho. Hands, encarregue-se um pouco das coisas aqui. Quando terminar com Fuligem, vá ver aquela égua malhada na ponta sul dos estábulos. Não sei quem é seu dono ou de onde ela veio, mas parece doente. Se achar que está, diga aos rapazes para separá-la dos outros cavalos e lave a cocheira com vinagre. Voltarei assim que levar FitzChivalry para seus aposentos. Trarei comida, e vamos comê-la no meu quarto. Ah, e diga a um rapaz para nos acender a lareira. Provavelmente está frio como uma gruta lá em cima.

Hands fez um aceno, já ocupado com meu cavalo. Fuligem tinha o focinho enfiado na aveia. Burrich me pegou pelo braço.

— Venha — disse, como se falasse com um cavalo. Dei por mim apoiando-me involuntariamente nele enquanto percorríamos a longa fileira de cocheiras. À porta, ele pegou uma lanterna. A noite pareceu mais fria e mais escura depois do calor dos estábulos. Enquanto percorríamos o caminho gelado até as cozinhas, a neve começou a cair novamente. Minha mente rodopiava e pairava com os flocos. Não tinha certeza de onde tinha os pés.

— Agora tudo mudou, para sempre — observei, dirigindo-me ao anoitecer. Minhas palavras se dissiparam no turbilhão de flocos de neve.

— O que é que mudou? — perguntou Burrich com cautela. Seu tom de voz revelava a preocupação de que eu pudesse estar ficando febril novamente.

— Tudo. Como você me trata. Quando não está pensando nisso. Como Hands me trata. Há dois anos ele e eu éramos amigos. Apenas dois rapazes que trabalhavam nos estábulos, mas esta noite me tratou como um fracote enfermiço qualquer... alguém a quem sequer se possa insultar a esse respeito. Como se eu simplesmente devesse esperar que ele fizesse aquelas coisas por mim. Os homens ao portão nem sequer me reconheceram. Até você, Burrich, se há seis meses ou um ano eu adoecesse, teria me arrastado para sua sala e me medicado como se fosse um cão de caça. E, se eu me queixasse, não teria nenhuma tolerância. Agora me leva até as portas das cozinhas e...

— Pare de choramingar — disse Burrich com impaciência. — Pare de se queixar e de ter pena de si mesmo. Se Hands estivesse com o aspecto que você está, faria o mesmo por ele. — Quase involuntariamente, acrescentou: — As coisas mudam porque o tempo passa. Hands não deixou de ser seu amigo. Mas você não é o mesmo rapaz que deixou Torre do Cervo na época das colheitas. Esse Fitz era um garoto de recados de Verity e tinha sido meu rapaz do estábulo, mas não era muito mais do que isso. Um bastardo real, sim, mas isso parecia ter pouca importância para qualquer um, além de mim. Mas lá em cima, em Jhaampe, no Reino da Montanha, você revelou ser mais do que isso. Não importa se seu rosto é pálido ou se mal consegue andar depois de um dia na sela. Move-se como o filho de Chivalry deveria se mover. É isso o que transparece no seu porte, e foi a isso que aqueles guardas responderam. E Hands também. — Inspirou e fez uma pausa para abrir a pesada porta da cozinha com o ombro. — Até eu, que Eda nos ajude a todos — acrescentou em um murmúrio.

Mas então, como que para desmentir as próprias palavras, levou-me para a sala de turno junto à cozinha e despejou-me sem cerimônia em um dos longos bancos da riscada mesa de madeira. A sala de turno cheirava incrivelmente bem. Era para ali que qualquer soldado, por mais enlameado, coberto de neve ou embriagado que estivesse, podia ir para obter conforto. Cook sempre mantinha ali um caldeirão de guisado em fogo brando; pão e queijo esperavam sobre a mesa, assim como uma fatia de manteiga amarelo-sol da despensa. Burrich serviu-nos tigelas de guisado quente com cevada e canecas de cerveja fria para acompanhar o pão, a manteiga e o queijo.

Durante um momento, limitei-me a olhar a comida, fatigado demais para erguer a colher. Mas o cheiro tentou-me à primeira colherada, e foi o suficiente. No meio da refeição fiz uma pausa para despir o casacão e partir outra fatia de pão. Ergui os olhos da segunda tigela e me deparei com Burrich me olhando divertidamente.

— Melhor? — perguntou.

Parei para pensar.

— Sim. — Estava aquecido, alimentado e, embora estivesse cansado, tratava-se de uma fadiga boa, uma fadiga que podia ser curada com um simples sono. Ergui a mão e olhei-a. Ainda conseguia sentir os tremores, mas já não eram evidentes à vista. — Muito melhor.

Fiquei em pé e descobri que as pernas estavam firmes embaixo de mim.

— Agora está apto a se reportar ao rei.

Fitei-o, incrédulo.

— Agora? Esta noite? O rei Shrewd já está há muito na cama. Não passarei pelo guarda à sua porta.

— Talvez não, e deve ficar grato por isso. Mas ao menos tem de se anunciar esta noite. A decisão sobre o momento de recebê-lo cabe ao rei. Se for mandado embora, então poderá ir para a cama. Mas eu aposto que, se o rei Shrewd não lhe quiser receber, o príncipe herdeiro Verity ainda desejará um relatório. E é provável que imediatamente.

— Vai voltar para os estábulos?

— Claro. — Sorriu com uma autossatisfação lupina. — Aqui sou só o mestre dos estábulos, Fitz. Não tenho nada a relatar. E prometi a Hands que lhe levaria alguma coisa para comer.

Observei-o em silêncio encher uma tigela. Cortou o pão no sentido do comprimento e cobriu duas tigelas de guisado quente com uma fatia, depois acrescentou uma porção de queijo e uma grossa fatia de manteiga amarela.

— O que acha de Hands?

— É um bom rapaz — disse Burrich, de má vontade.

— É mais do que isso. Você o escolheu para ficar no Reino da Montanha e vir para casa conosco, enquanto mandava todos os outros embora com a caravana principal.

— Precisava de alguém que fosse firme. Nessa época você estava... muito doente. E eu não estava muito melhor, que a verdade seja dita. — Levou a mão a uma madeixa branca no cabelo escuro, prova do golpe que quase o matara.

— Como foi que o escolheu?

— Na verdade não escolhi, ele veio até mim. Descobriu onde nos tinham alojado, não sei como, e depois conseguiu convencer Jonqui a deixá-lo entrar. Eu ainda estava com a cabeça enfaixada e não conseguia enxergar direito. Senti-o ali, em pé, mais do que o vi. Perguntei o que queria, e ele disse que eu precisava pôr alguém no comando, porque, comigo doente e Cob morto, o trabalho nos estábulos estava sendo negligenciado.

— E isso impressionou você.

— Ele foi direto ao ponto. Nada de perguntas inúteis sobre mim, ou sobre você, ou sobre o que estava acontecendo. Encontrou aquilo que podia fazer, e tinha vindo fazê-lo. Gosto disso em um homem. Saber o que pode fazer, e fazê-lo. Então o coloquei no comando. Ele se saiu bem. Mantive-o comigo quando enviei os outros para casa porque sabia que podia precisar de um homem capaz de fazer isso. E também para ver com meus próprios olhos o que ele era. Seria só ambição, ou haveria nele uma compreensão genuína daquilo que um homem deve a um animal quando afirma ser seu dono? Ele queria poder sobre os subalternos ou o bem-estar dos animais?

— E o que acha dele agora?

— Não sou mais tão jovem. Acho que ainda pode haver um bom mestre dos estábulos em Torre do Cervo quando eu já não conseguir lidar com um garanhão de mau temperamento. Não que eu espere deixar meu posto logo. Ele ainda tem muito a aprender, mas ainda somos ambos suficientemente novos, ele para aprender e eu para ensinar. Encontro nisso satisfação.

Fiz um aceno com a cabeça. Um dia, supunha eu, ele planejara que esse lugar fosse para mim. Agora ambos sabíamos que isso nunca aconteceria.

Ele se virou para ir embora.

— Burrich — eu disse em voz baixa, e ele fez uma pausa —, ninguém pode substituí-lo. Obrigado. Por tudo o que fez ao longo destes últimos meses. Devo a vida a você. Não apenas por ter me salvado da morte, mas porque me deu a minha vida e me fez quem eu sou. Desde os meus seis anos. Chivalry foi o meu pai, eu sei, mas nunca o conheci. Você me serviu de pai dia a dia, durante uma porção de anos. Nem sempre estimei...

Burrich resfolegou e abriu a porta.

— Guarde discursos como esse para quando um de nós estiver morrendo. Vá se reportar e depois vá para a cama.

— Sim, senhor — ouvi-me dizer, e soube que ele já sorria enquanto o dizia. Encostou um ombro à porta e levou o jantar de Hands para os estábulos. Lá ele estava em casa.

E ali, na torre, era a minha casa. Era hora de eu lidar com esse fato. Parei um momento para desamassar a roupa úmida e passei a mão pelo cabelo. Tirei a mesa e dobrei o casacão molhado sobre o braço.

Enquanto saía da cozinha e entrava no corredor e depois no Grande Salão, senti-me confuso com o que estava vendo. Estavam as tapeçarias brilhando mais vivamente do que antes? Teriam as ervas no chão cheirado sempre tão bem e a madeira trabalhada das portas reluzido sempre tão calorosamente? Durante um breve momento, atribuí essas mudanças ao meu alívio por finalmente estar em casa. Mas, quando fiz uma pausa na base da grande escadaria para pegar uma vela que iluminasse meu caminho até o quarto, reparei que a mesa, ali, não estava salpicada de cera; e mais, que um pano bordado a decorava.

Kettricken.

Havia agora uma rainha em Torre do Cervo. Dei por mim com um sorriso tolo no rosto. Muito bem. Este grande castelo fortificado sofrera uma inspeção na minha ausência. Teria Verity posto mãos à obra, as suas e as do seu povo, antes da chegada dela, ou teria a própria Kettricken exigido essa vasta limpeza? Seria interessante descobrir.

Ao subir a grande escadaria, reparei em outras coisas. As antigas marcas de fuligem por cima de todas as arandelas tinham desaparecido. Nem mesmo os cantos dos degraus tinham poeira. Não havia teias de aranha. Os candelabros estavam cheios e brilhantes de velas em todos os andares. E, em cada andar, havia um armário com armas, prontas para a defesa. Então era aquilo que significava ter uma rainha morando no castelo. Mas nem mesmo quando a rainha de Shrewd era viva me lembrava de Torre do Cervo parecer ou cheirar tão a limpeza ou de estar tão bem iluminada.

O guarda de rosto severo à porta do rei Shrewd era um veterano que eu conhecia desde os seis anos. Como homem calado que era, examinou-me bem, e então reconheceu-me. Concedeu-me um breve sorriso enquanto perguntava:

— Algo de crítico a relatar, Fitz?

— Só que estou de volta — disse, e ele fez um aceno conhecedor.

Ele estava habituado às minhas idas e vindas, com frequência a umas horas muito estranhas, mas não era homem para fazer suposições ou tirar conclusões, ou até para falar com aqueles que poderiam fazer tudo isso. De modo que entrou silenciosamente nos aposentos do rei para transmitir a alguém a notícia de que Fitz estava ali. Em um instante voltou com a informação de que o rei me convocaria quando lhe fosse conveniente, mas também que estava feliz por eu estar a salvo. Afastei-me em silêncio de sua porta, dando mais significado à mensagem do que se aquelas palavras tivessem vindo de qualquer outro homem. Shrewd nunca proferia frivolidades bem-educadas.

Mais adiante, no mesmo corredor, ficavam os aposentos de Verity. Ali fui novamente reconhecido, mas quando pedi ao homem que informasse Verity de que eu estava de volta e que desejava fazer um relatório, ele respondeu que o príncipe Verity não se encontrava em seus aposentos.

— Então está na sua torre? — perguntei, curioso com o que ele poderia estar vigiando naquela época do ano. As tempestades de inverno mantinham nossa costa a salvo de Salteadores, ao menos durante aqueles poucos meses do ano.

Um sorriso lento insinuou-se no rosto do guarda. Quando viu meu olhar confuso, o sorriso abriu-se mais.

— O príncipe Verity não está neste momento em seus aposentos — repetiu. E então acrescentou: — Assegurarei que ele receba sua mensagem assim que acordar de manhã.

Fiquei ali em pé durante mais um momento, estúpido como um poste. Então me virei e me afastei em silêncio. Sentia uma espécie de pasmo. Ter uma rainha em Torre do Cervo também significava aquilo.

Subi mais dois lances de escada e atravessei o corredor até meu quarto. Cheirava a mofo, e não havia fogo na lareira. Estava frio de desuso e empoeirado. Ali não havia nenhum toque de mão de mulher. O quarto parecia tão nu e desprovido de cor como uma cela, mas ainda era mais quente do que uma tenda na neve, e a cama de penas era tão mole e funda como eu a recordava. Livrei-me da roupa de viagem enquanto caminhava para a cama. Caí nela e no sono.

RENOVANDO LAÇOS

A mais longínqua referência aos Antigos na biblioteca de Torre do Cervo é um pergaminho em mau estado. Vagas descolorações no velo sugerem que proveio de um animal com duas cores, malhado de uma maneira que não é familiar a nenhum dos nossos caçadores. A tinta usada para a escrita é feita de tinta de lula e raiz de campainha. Resistiu bem ao teste do tempo, muito melhor do que as tintas coloridas que originalmente forneceram ilustrações e iluminuras ao texto. Essas não só desbotaram e esborrataram, como em muitos pontos atraíram a atenção de uma espécie de ácaro que roeu e endureceu o pergaminho anteriormente flexível, fazendo partes do rolo se tornarem quebradiças demais para serem desenroladas.

Infelizmente, os danos estão mais concentrados na parte central do pergaminho, a qual tratava de episódios das missões do rei Wisdom não registrados em nenhum outro lugar. A partir desses restos fragmentários, podia-se deduzir a grave necessidade que o levara a procurar a pátria dos Antigos. Seus problemas são familiares: navios atacavam sem misericórdia sua linha costeira. Fragmentos sugerem que ele partiu em direção ao Reino da Montanha. Não sabemos por qual motivo ele suspeitou que essa direção o levaria à terra dos míticos Antigos. Infelizmente, as últimas etapas de sua viagem e o encontro com os Antigos parecem ter sido ricamente ilustradas, pois aí o pergaminho está reduzido a uma teia rendada de desesperadores pedaços de palavras e partes de corpos. Nada sabemos sobre esse primeiro encontro. Tampouco temos alguma indicação sobre o modo como ele induziu os Antigos a se tornarem seus aliados. Muitas canções, ricas em metáforas, contam o modo como os Antigos desceram, como "tempestades", como "ondas de maré", como "a vingança dourada" e "a fúria encarnada em carne de pedra" para expulsar os Salteadores de nossas costas. As lendas também dizem que eles juraram a Wisdom que, se algum dia os Seis Ducados tivessem necessidade de sua ajuda, voltariam a erguer-se em nossa defesa. É possível conjecturar; muitos fizeram-no, e a variedade de lendas que rodeiam essa aliança é prova disso. Mas o relato do escriba do rei Wisdom sobre o acontecimento foi perdido para sempre para o bolor e os vermes.

Meu quarto tinha uma única janela alta, da qual se podia ver o mar. No inverno, uma persiana de madeira mantinha os ventos tempestuosos do lado de fora, e uma tapeçaria pendurada sobre ela dava ao quarto uma ilusão de calor aconchegante. E assim acordei na escuridão, fiquei algum tempo deitado, em silêncio, me orientando. Gradualmente, os sutis sons da fortaleza infiltraram-se em mim. Sons matinais. Sons do amanhecer. Lar, compreendi. Torre do Cervo. E no instante seguinte:

— Molly — disse em voz alta no escuro.

Meu corpo ainda estava dolorido e cansado. Mas não exausto. Saí desajeitadamente da cama para o frio do meu quarto.

Tropecei até a lareira há muito sem uso e acendi uma pequena labareda. Precisava trazer mais lenha logo. As chamas dançarinas emprestaram ao quarto uma inconstante luz amarela. Tirei roupas da arca que tinha ao pé da cama e descobri com estranheza que o vestuário me servia mal. A longa doença desgastara-me os músculos, mas ainda assim consegui de algum modo que meus braços e pernas se tornassem mais longos. Nada me servia. Peguei a camisa que usara no dia anterior, mas passar uma noite em uma cama limpa já me refrescara o nariz. Já não conseguia suportar o cheiro de roupa suja de viagem. Voltei a remexer a arca de roupa. Encontrei uma camisa marrom macia que antes ficava longa demais nas mangas e que agora servia bem. Vesti-a com as calças acolchoadas de montanha e os borzeguins. Não duvidava de que, assim que encontrasse lady Patience ou a sra. Hasty, seria atacado e a situação, remediada. Mas não, esperava eu, antes do café da manhã e de uma viagem à Cidade de Torre do Cervo. Havia lá vários lugares onde poderia obter notícias de Molly.

Encontrei o castelo agitado, mas ainda não inteiramente desperto. Comi na cozinha, como fazia quando era criança, achando que ali, como sempre, o pão era mais fresco e o mingau de aveia, mais doce. Cook gritou quando me viu, um minuto comentando sobre o quanto eu tinha crescido, e no seguinte lamentando-se sobre como parecia magro e esgotado. Supus que antes de o dia terminar estaria farto desses comentários. Quando o tráfego na cozinha aumentou, fugi, levando comigo uma grossa fatia de pão com bastante manteiga e carregado de frutos de rosa-mosqueta em conserva. Dirigi-me de volta a meu quarto para arranjar um manto de inverno.

A cada aposento por onde passava, encontrava mais e mais sinais da presença de Kettricken. Uma espécie de tapeçaria, tecida com gramíneas de várias cores e representando uma cena de montanha, agora decorava a parede do Salão Menor. Não se arranjavam flores nessa época do ano, mas em lugares estranhos encontrei potes de cerâmica cheios de seixos, que sustentavam ramos despidos, mas graciosos, cardos ou taboas secas. As mudanças eram pequenas, mas inconfundíveis.

Dei por mim em uma das seções mais antigas de Torre do Cervo, subindo os degraus empoeirados que levavam à torre de vigia de Verity. Ela tinha uma vista ampla da nossa costa marítima, e às suas janelas altas Verity mantinha sua vigília estival à espera de navios invasores. Era ali que se dedicava à magia do Talento que mantinha os Salteadores afastados, ou pelo menos nos dava algum aviso de sua vinda. Por vezes era uma fraca defesa. Ele devia ter um círculo de subalternos treinados nessa magia para ajudá-lo. Mas eu mesmo, apesar do sangue bastardo, nunca fui capaz de controlar minhas habilidades no Talento. Galen, nosso mestre do Talento, morreu antes de treinar mais do que alguns pupilos. Não havia ninguém para substituí-lo, e àqueles que ele treinara faltava uma verdadeira comunhão com Verity. Então Verity usava sozinho o Talento contra os nossos inimigos. Isso o envelhecera antes do tempo. Eu me preocupava com a possibilidade de ele se desgastar e sucumbir à fraqueza viciante daqueles que usavam o Talento excessivamente.

Quando cheguei ao topo das escadas em espiral da torre, estava sem fôlego e doíam-me as pernas. Empurrei a porta, e ela cedeu com facilidade, rodando sobre dobradiças oleadas. Obedecendo a um longo hábito, entrei na sala em silêncio. Na verdade, não esperava encontrar ali Verity ou qualquer outra pessoa. As tempestades marinhas eram nossos guardas no inverno, protegendo nossas costas dos Salteadores. Pisquei diante da súbita luz cinzenta da manhã que jorrava das janelas abertas da torre. Verity era uma silhueta escura contra um céu cinzento e tempestuoso e não se virou quando entrei.

— Feche a porta — disse em voz baixa —, a corrente de ar que sobe das escadas torna esta sala tão ventosa como uma chaminé.

Foi o que fiz e depois parei, tremendo de frio. O vento trazia consigo o cheiro do mar, e eu o inspirei como se fosse a própria vida.

— Não esperava encontrar você aqui — eu disse.

Ele manteve os olhos na água.

— Ah, não? Então por que veio? — Havia prazer em sua voz, isso me fez hesitar.

— Não sei bem. Estava indo para o meu quarto... — minha voz sumiu quando tentei recordar o motivo pelo qual tinha ido até ali.

— Eu usei o Talento em você — disse ele.

Fiquei em silêncio e pensei sobre aquilo.

— Não senti nada.

— Não pretendi que sentisse. É como lhe disse há muito tempo. O Talento pode ser um suave murmúrio ao ouvido de alguém. Não precisa ser um grito de ordem.

Ele se virou lentamente para me encarar, e, quando meus olhos se ajustaram à luz, meu coração saltou de alegria com a mudança que vi nele. Quando deixara Torre do Cervo, na época das colheitas, ele era uma sombra gasta, esmaecido pelo peso dos deveres e pela vigília constante. Seu cabelo escuro ainda estava salpicado de cinzento, mas havia de novo músculos no corpo robusto, e a vitalidade ardia em seus olhos escuros. Tudo na aparência dele remetia a um rei.

— O casamento parece combinar bem com você, meu príncipe — disse eu, tolamente.

Aquilo o perturbou.

— Em alguns aspectos — admitiu, enquanto um rubor juvenil lhe subia às bochechas e então voltou-se rapidamente para a janela. — Venha ver os meus navios — ordenou.

Foi a minha vez de ficar desconcertado. Aproximei-me da janela, ao seu lado, olhei para o porto e depois para o próprio mar.

— Onde? — perguntei, desorientado. Ele me segurou pelos ombros e me virou em direção ao estaleiro.

Um longo edifício semelhante a um celeiro, feito de pinho novo e amarelo, havia sido construído. Homens entravam e saíam dele enquanto fumaça saía das chaminés e ferrarias. Contrastando com a neve branca estavam várias das imensas tábuas escuras que haviam sido parte da oferta pelo noivado com Kettricken.

— Às vezes, quando estou aqui em cima em uma manhã de inverno, olho para o mar e quase consigo ver os Navios Vermelhos. Eu sei que eles virão. Mas por vezes também vejo os navios que teremos para enfrentá-los. Eles não encontrarão sua presa tão indefesa nesta primavera, meu rapaz. E no próximo inverno pretendo ensinar-lhes o que é ser atacado. — Falava com uma satisfação selvagem que teria sido assustadora se eu não a partilhasse. Senti que meu sorriso refletia o dele quando nossos olhos se encontraram.

E então sua expressão mudou.

— Você está com uma aparência péssima — disse —, tão ruim quanto a roupa que está vestindo. Vamos para algum lugar mais quente arranjar um pouco de vinho aquecido e qualquer coisa para você comer.

— Eu já comi — respondi. — Estou muito melhor do que estava há alguns meses, obrigado.

— Não seja rabugento — aconselhou-me. — E não me diga o que eu já sei. Nem minta para mim. Subir as escadas te deixou exausto e agora está tremendo.

— Está usando o Talento em mim — acusei, e ele confirmou com a cabeça.

— Há alguns dias já sabia de sua aproximação. Fiz diversas investidas em sua direção, mas não consegui que tomasse consciência de mim. Fiquei preocupado quando deixaram a estrada, mas compreendo o cuidado de Burrich. Alegra-me que ele tenha cuidado tão bem de você; não só por trazê-lo para casa em segurança mas por tudo aquilo que aconteceu em Jhaampe. Não faço ideia de como recompensá-lo. Terá de ser discreto. Levando-se em conta quem esteve envolvido, não poderá haver um agradecimento público. Alguma sugestão?

— Uma palavra de agradecimento sua será tudo o que ele aceitará. Ficaria ofendido se você pensasse que ele precisa de mais. O que sinto é que nenhum objeto que lhe desse poderia equivaler àquilo que ele fez por mim. O modo de lidar com isso é dizendo-lhe para escolher um novo cavalo dentre os potros de dois anos, pois seu cavalo está ficando velho. Ele compreenderá. — Refleti, com cuidado. — Sim, deveria fazer isso.

— Ah, deveria? — perguntou-me Verity secamente. Havia certa acidez na diversão em sua voz.

Fiquei subitamente espantado com minha ousadia.

— Esqueci-me de minha condição, meu príncipe — disse, com humildade.

Um sorriso curvou seus lábios, e sua mão caiu sobre meu ombro em uma palmada pesada.

— Bem, eu perguntei, não foi? Por um momento poderia ter jurado que era o velho Chivalry quem me instruía sobre como lidar com os meus homens, em vez de o meu jovem sobrinho. A viagem a Jhaampe o mudou bastante, rapaz. Venha. Falava sério quando mencionei um lugar mais quente e um copo de qualquer coisa. Kettricken quer vê-lo mais tarde. E Patience também, imagino.

Meu coração afundou-se enquanto ele amontoava tarefas que me aguardavam. A Cidade de Torre do Cervo atraía-me como um ímã. Mas aquele era meu príncipe herdeiro. Curvei a cabeça à sua vontade.

Deixamos a torre e eu o segui pelas escadas abaixo, conversando sobre frivolidades. Ele me disse para dizer a sra. Hasty que eu precisava de roupa nova; perguntei por Leon, seu lobeiro. Ele parou um rapaz no corredor e pediu-lhe para trazer vinho e empadões de carne para sua oficina. Segui-o, não para seus aposentos, mas para uma sala mais abaixo, que me era ao mesmo tempo familiar e estranha. Da última vez que estivera lá, Fedwren, o escriba, a usava para escolher e secar ervas, conchas e raízes, a fim de fazer suas tintas. Todos os sinais daquilo tinham sido limpos. Um fogo brando ardia na pequena lareira. Verity cutucou-o e acrescentou-lhe lenha enquanto eu olhava em volta. Havia uma grande mesa esculpida em carvalho e outras duas menores, uma porção de cadeiras, um armário de pergaminhos e uma desgastada estante cheia dos mais diversos objetos. O início de um mapa dos Estados de Chalced encontrava-se estendido na mesa.

Seus cantos estavam presos com um punhal e três pedras. Diversos pedaços de pergaminho que se espalhavam sobre o tampo da mesa estavam cobertos com a letra de Verity e esboços preliminares cobertos de anotações. A desordem amigável que cobria as duas mesas menores e várias das cadeiras me parecia familiar. Após um momento, reconheci-a como as coisas de Verity que anteriormente estavam espalhadas em seu quarto. Verity ergueu-se depois de avivar o fogo e sorriu tristemente diante de minhas sobrancelhas erguidas.

— Minha princesa herdeira tem pouca paciência para a desordem. "Como pode esperar criar linhas precisas no meio de uma bagunça dessas?", diz ela. Os aposentos dela têm a precisão de um acampamento militar. Então me escondo aqui embaixo, pois logo descobri que em um quarto limpo e espaçoso não consigo produzir rigorosamente nada. Além disso, fornece-me um lugar para conversas calmas, onde nem todos sabem procurar-me.

Mal acabara de falar, e a porta se abriu para deixar entrar Charim com uma bandeja. Cumprimentei com um aceno o criado de Verity, o qual não só não pareceu surpreendido por me ver como acrescentara ao pedido de Verity certo tipo de pão de especiarias de que eu sempre gostara. Andou brevemente de um lado para o outro na sala, arrumando de passagem uma coisa aqui, outra ali, enquanto deslocava alguns livros e pergaminhos para liberar uma cadeira para mim, e depois voltou a desaparecer. Verity estava tão acostumado ao homem que quase não pareceu dar por ele, à parte o breve sorriso que trocaram quando Charim saiu.

— Bom — disse ele, assim que a porta foi firmemente fechada —, vamos ouvir um relatório completo. A partir do momento da partida de Torre do Cervo.

Aquilo não era um simples relato de minha viagem e dos acontecimentos que a rodearam. Eu fora treinado por Chade para ser tanto espião quanto assassino. E, desde meus primeiros dias, Burrich sempre exigira que eu fosse capaz de oferecer um relatório detalhado de qualquer coisa que acontecesse nos estábulos em sua ausência. Desse modo, enquanto bebíamos e comíamos, ofereci a Verity um relatório de tudo o que vira e fizera desde a partida de Torre do Cervo. Isso foi seguido por um resumo daquilo que concluíra a partir de minhas experiências, e depois por aquilo de que eu suspeitava, baseado no que aprendi. A essa altura, Charim regressara com outra refeição. Enquanto a consumíamos, Verity limitou a conversa a seus navios de guerra. Não conseguia esconder seu entusiasmo por eles.

— Mastfish veio supervisionar a construção. Fui buscá-lo pessoalmente em Fundaltos. Ele ficou dizendo que agora era um velho. "O frio vai emperrar meus ossos; já não consigo construir um navio no inverno" foi a resposta que havia me enviado. Então coloquei os aprendizes para trabalhar e fui pessoalmente buscá-lo. Ele não conseguiu dizer não na minha cara. Quando chegou aqui, levei-o lá embaixo ao estaleiro e mostrei-lhe o barracão aquecido, grande o suficiente para albergar um navio de guerra, construído para que pudesse trabalhar sem ter frio, mas não foi isso que o convenceu. O que o convenceu foi o carvalho branco que Kettricken trouxe para mim. Quando viu a madeira, mal conseguiu esperar para lhe meter a raspilha. O veio é reto e firme de uma ponta à outra. A produção das tábuas já está avançada. Serão uns navios adoráveis, com rodas de proa recurvas, sinuosos como serpentes na água. — Aquele entusiasmo jorrava dele. Quase conseguia imaginar o subir e descer dos remos, o enfunar das velas quadradas quando estivessem em viagem.

Então os pratos e talheres foram afastados, e ele começou a me interrogar sobre os acontecimentos de Jhaampe. Obrigou-me a voltar a olhar cada incidente separado de todos os pontos de vista possíveis. Quando terminou, eu revivera todo o episódio, e a raiva que sentia pela traição estava de novo fresca e vívida.

Verity não ficou cego a ela. Recostou-se na cadeira para alcançar mais um pedaço de lenha. Atirou-o para a lareira, fazendo uma chuva de fagulhas subir pela chaminé.

— Você tem perguntas — observou. — Dessa vez pode fazê-las. — Dobrou calmamente as mãos sobre o colo e esperou.

Tentei controlar minhas emoções.

— O príncipe Regal, seu irmão — comecei com cautela —, é culpado da mais alta das traições. Arquitetou a morte do irmão mais velho de sua esposa, o príncipe Rurisk. Tentou pôr em prática um plano que teria resultado em sua morte. O objetivo era usurpar-lhe tanto a coroa quanto a esposa. Para completar ele tentou me matar duas vezes. E a Burrich. — Fiz uma pausa para respirar, forçando o coração e a voz a regressar à calma.

— Você e eu aceitamos essas coisas como verdade. Mas seria difícil prová-las — observou Verity, brandamente.

— E ele conta com isso!

Cuspi, e então virei o rosto para o lado até conseguir dominar minha fúria. Sua intensidade assustava-me, não me permitira senti-la até agora. Meses antes, quando precisava de toda a minha esperteza para permanecer vivo, pusera-a de lado para manter a mente clara. Tinham se passado os meses desgastantes da convalescença enquanto me recuperava da tentativa falha que Regal fizera de me envenenar. Nem mesmo a Burrich eu fora capaz de dizer tudo, pois Verity deixara claro que não desejava que ninguém mais soubesse sobre a situação além do que era inevitável. Agora estava perante meu príncipe e tremia com a força de minha fúria. Minha face se contraiu subitamente, com uma violenta série de espasmos. Isso me deixou consternado o suficiente para conseguir forçar-me de volta à calma.

— Regal conta com isso — disse em voz mais baixa. Verity não se movera nem mudara de expressão, apesar de minha explosão. Estava gravemente sentado à ponta da mesa, com as mãos marcadas pelo trabalho unidas à sua frente, observando-me com os olhos escuros. Baixei os olhos para o tampo da mesa e percorri com a ponta de um dedo os arabescos esculpidos no canto. — Ele não o admira, não respeita que defenda as leis do reino, ele enxerga isso como uma fraqueza, como uma forma de rodear a justiça. Pode tentar te matar de novo. É quase certo que fará uma tentativa contra mim.

— Então temos de ser ambos cautelosos, não é verdade? — observou Verity, com brandura.

Ergui os olhos para encará-lo.

— Isso é tudo o que tem a dizer? — perguntei, tenso, engolindo a afronta.

— FitzChivalry, eu sou seu príncipe. Sou seu príncipe herdeiro. Está juramentado tanto a mim quanto a meu pai. E, vendo bem as coisas, também está juramentado a meu irmão. — Verity ergueu-se subitamente e pôs-se a passear pela sala. — Justiça. Eis algo de que sempre teremos sede e que sempre nos deixará ressequidos. Não. Contentemo-nos com a lei. Quanto mais alta é a posição de um homem, mais legítimo isso se torna. A justiça o colocaria em primeiro lugar na linha de sucessão ao trono, Fitz. Chivalry era meu irmão mais velho. Mas a lei diz que você nasceu à margem do casamento e que, portanto, não poderá nunca ter qualquer pretensão à coroa. Alguns poderiam dizer que eu surrupiei o trono ao filho de meu irmão. Devo me surpreender se meu irmão mais novo quiser tomá-lo de mim?

Nunca tinha ouvido Verity falar assim, com a voz tão regular, mas tão plena de emoção. Mantive o silêncio.

— Você acha que eu deveria puni-lo. Eu poderia. Não preciso provar seus crimes para lhe tornar a vida desagradável. Poderia enviá-lo para a Baía Fria como emissário, em alguma demanda imaginária, e mantê-lo lá, em condições desconfortáveis, longe da corte. Poderia praticamente bani-lo. Ou poderia mantê-lo aqui na corte, mas encarregá-lo de tantos deveres desagradáveis que não teria tempo para aquilo que o diverte. Ele iria compreender que estava sendo punido. E qualquer nobre com metade de um cérebro também, e aqueles que simpatizam com ele se reuniriam em sua defesa. Os Ducados do Interior poderiam imaginar alguma emergência na terra da mãe que exigisse a presença do filho. Quando lá chegasse, poderia construir uma base maior de apoio para si. Poderia muito bem fomentar a agitação civil que já procurou antes e arranjar um reino interior que fosse leal apenas a ele. Mesmo se não alcançasse esse objetivo, causaria agitação suficiente para me privar da unidade que preciso ter se quiser defender nosso reino.

Ele parou de falar. Ergueu os olhos e olhou ao redor da sala. Segui seu olhar. As paredes estavam cobertas com seus mapas. Ali estava Bearns, ali estava Shoaks, e ali estava Rippon. Na parede oposta, Cervo, Vara e Lavra. Todos feitos pela mão precisa de Verity, todos os rios pintados de azul, todas as vilas nomeadas. Ali estavam seus Seis Ducados. Ele os conhecia como Regal nunca conheceria. Percorrera aquelas estradas, ajudara a colocar os marcadores daquelas fronteiras. Seguindo Chivalry, negociara com a gente fronteiriça às nossas terras. Brandira uma espada em sua defesa e soubera quando baixar essa espada e negociar uma paz. Quem era eu para lhe dizer como governar em casa?

— O que fará? — perguntei em voz baixa.

— Vou mantê-lo. Ele é meu irmão. E filho do meu pai. — Serviu-se de mais vinho. — O mais querido e mais novo dos filhos de meu pai. Fui falar com meu pai, o rei, e sugeri que Regal talvez ficasse mais contente com o que lhe cabia se tivesse mais a ver com o governo do reino. O rei Shrewd consentiu. Espero estar muito ocupado com a defesa de nossas terras contra os Navios Vermelhos, então sobre Regal cairá a responsabilidade de cobrar as receitas de que necessitaremos, e também será ele a lidar com quaisquer crises internas que possam surgir. Com um círculo de nobres que lhe assistam, claro. Ele é totalmente bem-vindo para lidar com as picuinhas e divergências deles.

— E Regal está contente com isso?

Verity esboçou um fino sorriso.

— Não pode dizer que não está. Pelo menos se quiser manter a imagem de um jovem versado no governo e apenas à espera de uma oportunidade para provar o seu valor. — Ergueu o copo de vinho e virou-se para fitar a lareira. O único som na sala era o estalar das chamas enquanto consumiam a madeira. — Quando vier ter comigo amanhã... — começou.

— Preciso do dia de amanhã para mim — disse-lhe.

Ele pousou o copo de vinho e virou-se para me olhar.

— Ah, precisa? — perguntou em um tom estranho.

Ergui os olhos e encontrei os dele. Engoli a seco. Pus-me de pé.

— Meu príncipe — comecei formalmente —, pediria a vossa indulgente permissão para ser dispensado de meus deveres amanhã, a fim de poder... levar a cabo demandas pessoais.

Ele me deixou ficar em pé por um momento. E então:

— Oh, sente-se, Fitz. Mesquinho. Suponho que isso foi mesquinho da minha parte. Pensar em Regal me deixa nesse estado de espírito. Claro que pode tirar o dia, rapaz. Se alguém perguntar, está tratando dos meus assuntos. Posso perguntar que demanda urgente é essa?

Olhei para as chamas trepidantes na lareira.

— Minha amiga estava morando em Baía do Lodo. Tenho de descobrir...

— Oh, Fitz. — Havia mais comiseração na voz de Verity do que eu fui capaz de suportar.

Uma súbita onda de fadiga varreu-me. Senti-me feliz por voltar a me sentar. As mãos começaram a tremer. Coloquei-as debaixo da mesa, apertando-as para imobilizá-las. Ainda sentia os tremores, mas ao menos agora ninguém podia ver minha fraqueza.

Ele pigarreou.

— Vá para o quarto e descanse — disse ele, com gentileza. — Quer um homem que te acompanhe amanhã à Baía do Lodo?

Sacudi a cabeça, atordoado, súbita e infelizmente seguro do que iria descobrir. A ideia me deixou doente. Outro tremor me assaltou. Tentei respirar lentamente, para me acalmar e me afastar do ataque que ameaçava chegar. Não conseguia suportar a ideia de me envergonhar dessa maneira perante Verity.

— A vergonha é minha, não sua, por ter ignorado quão doente você está. — Ele se ergueu em silêncio. Pôs seu copo de vinho à minha frente. — Os danos que sofreu, sofreu-os por mim. Estou abismado com tudo o que deixei acontecer a você.

Forcei-me a enfrentar os olhos de Verity. Ele sabia tudo o que eu tentava esconder. Sabia, e se sentia infeliz e culpado.

— Não é tão mau frequentemente — disse-lhe.

Ele sorriu para mim, mas seus olhos não mudaram.

— Você é um excelente mentiroso, Fitz. Não pense que sua tentativa falhou. Mas não pode mentir a um homem que esteve tanto contigo como eu, e não só nestes últimos dias, mas frequentemente durante sua doença. Se algum outro homem lhe disser "Eu sei exatamente como se sente", pode encarar como uma delicadeza. Mas, de mim, entenda essa frase como verdadeira. E sei que contigo é como com Burrich. Não lhe oferecerei um potro de dois anos à escolha daqui a alguns meses. Mas lhe ofereço meu braço, se o quiser, para voltar a seu quarto.

— Eu dou conta — disse, com uma voz tensa.

Estava consciente da honra que ele me concedia, mas também da clareza com que via minha fragilidade. Queria estar sozinho para me esconder. Ele anuiu, compreendendo.

— Teria sido bom que tivesse dominado o Talento. Podia oferecer-lhe força, tal como a roubei com bastante frequência.

— Não poderia aceitar — murmurei, incapaz de disfarçar como acharia desagradável absorver a força de outro homem para substituir a minha. Arrependi-me imediatamente do momento de vergonha que vi nos olhos de meu príncipe.

— Eu também já pude falar com tanto orgulho — disse ele em voz baixa. — Vá descansar, rapaz. — Virou-me lentamente as costas e atarefou-se novamente no preparo das tintas e do velo.

Eu saí em silêncio.

Ficamos fechados o dia inteiro. Lá fora era noite cerrada. O castelo tinha o ar tranquilo de uma noite de inverno. Com as mesas já limpas, as pessoas estariam reunidas em volta das lareiras no Grande Salão. Menestréis talvez estivessem cantando, ou um titereiro movendo seus bonecos desengonçados através de uma história. Algumas pessoas estariam assistindo enquanto colocavam penas em flechas, outras manejariam agulhas, crianças estariam girando piões, jogando jogos da memória ou então cochilando sobre os joelhos ou ombros dos pais. Todos estavam seguros. Lá fora, os ventos de tempestade sopravam e mantinham-nos a salvo.

Caminhei com o cuidado de um bêbado, evitando os espaços comuns onde as pessoas tinham se reunido para a noite. Curvei os ombros e cruzei os braços, como se estivesse com frio, e assim evitei o tremor neles. Subi lentamente o primeiro lance de escadas, como se estivesse perdido em pensamentos. No primeiro andar, me permiti uma pausa para contar até dez e então me forcei a continuar.

Mas assim que coloquei o pé no primeiro degrau, Lacy apareceu pulando os degraus. Embora fosse uma mulher rechonchuda e vinte anos mais velha do que eu, ainda descia as escadas com um passo saltitante de criança. Ao chegar ao fim da escada, agarrou-me com um grito de "Aí está você!", como se eu fosse uma tesoura que tivesse caído do seu cesto de costura. Pegou-me firmemente pelo braço e virou-me para o corredor.

— Hoje já subi e desci essas escadas uma dúzia de vezes, pelo menos. Eda, como você cresceu! Lady Patience está fora de si, e a culpa é sua. A princípio ela esperava que você batesse à sua porta a qualquer momento, estava tão contente por você finalmente estar em casa. — Ela fez uma pausa para me olhar com seus brilhantes olhos de passarinho. — Isso foi esta manhã — confidenciou. E continuou: — Você *anda* doente! Está com umas olheiras! — Sem me dar chance de responder, prosseguiu: — No começo da tarde, quando você não veio, começou a sentir-se insultada e um pouco zangada. Na hora do jantar estava em um tal humor por causa da sua má-educação que quase não conseguiu comer. Foi então que decidiu acreditar nos rumores sobre você ter estado muito doente. Ela estava certa de que você havia desfalecido em algum lugar ou que Burrich tinha te mantido nos estábulos limpando a sujeira de cães e cavalos apesar de sua saúde. E agora aqui estamos, ao seu encontro, eu o encontrei, senhora!

E empurrou-me para dentro dos aposentos de Patience.

A tagarelice de Lacy tinha uma entonação esquisita, como se ela estivesse evitando alguma coisa. Entrei hesitantemente, me perguntando se a própria Patience teria estado doente ou se algum infortúnio teria caído sobre ela. Se assim era, então o que quer que tivesse acontecido não lhe afetara os hábitos. Seus aposentos estavam muito semelhantes ao que sempre tinham sido. Suas plantas tinham crescido, se retorcido, tinham perdido folhas. Uma nova onda de interesses súbitos sobrepunha-se aos abandonados. Duas pombas haviam sido acrescentadas à sua coleção de animais. Cerca de uma dúzia de ferraduras encontrava-se espalhada pelo quarto. Uma grossa vela de louro ardia sobre a mesa, soltando um aroma agradável e pingando cera sobre um conjunto de flores e ervas secas dispostas em uma bandeja a seu lado. Um embrulho de alguns gravetos estranhamente esculpidos também estava ameaçado. Pareciam ser paus divinatórios, como os que os Chyurda usavam. Quando entrei, sua pequena cadela *terrier* aproximou-se para me cumprimentar. Parei para lhe fazer uma festa e depois me perguntei se conseguiria me erguer de novo. Para disfarçar a demora, peguei cuidadosamente uma tabuinha que se encontrava caída no chão. Era bastante antiga, e provavelmente rara, feita para ser usada com os paus divinatórios. Patience afastou os olhos do tear para me cumprimentar.

— Oh, levante-se e deixe de ser ridículo! — exclamou ao me ver agachado. — Ficar de joelhos é uma idiotice. Ou será que acha que isso me faria esquecer sua grosseria de não vir me visitar imediatamente? O que é isso que me trouxe? Oh, que atencioso! Como soube que os venho estudando? Sabe que procurei em todas as bibliotecas do castelo e não encontrei grande coisa sobre os paus de profecia?

Tirou-me a tabuinha da mão e sorriu pelo suposto presente. Por sobre o ombro da patroa, Lacy dirigiu-me uma piscadela. Respondi-lhe com um discreto encolher de ombros. Voltei a olhar para lady Patience, que colocava a tabuinha no topo de uma cambaleante pilha de tabuinhas, antes de virar-se de novo para mim. Por um momento, olhou-me calorosamente, e então franziu o cenho. As sobrancelhas se juntaram acima dos olhos cor de avelã, enquanto a pequena boca reta se contraiu em uma linha firme. O efeito de seu olhar reprovador foi bastante estragado pelo fato de que ela chegava apenas ao meu ombro agora e de que tinha duas folhas de hera presas a seu cabelo.

— Com licença — disse, tirando ousadamente as folhas dos indisciplinados caracóis escuros.

Ela as tirou da minha mão com seriedade, como se fossem importantes, e colocou-as em cima da tabuinha.

— Onde esteve todos esses meses, quando era necessário aqui? — quis saber. — A noiva do seu tio chegou há meses. Você perdeu a boda formal, perdeu os banquetes, as danças e a reunião dos nobres. Estou eu aqui gastando todas as minhas energias para me assegurar de que seja tratado como o filho de um príncipe, e você evita todas as suas obrigações sociais. E, quando finalmente chega em casa, não vem me visitar; em vez disso fica passeando pela fortaleza onde todos os outros podem falar contigo, vestido como um maltrapilho esfarrapado. Que demônio o possuiu para cortar o cabelo assim? — A esposa do meu pai, uma vez horrorizada por descobrir que ele fora pai de um bastardo antes de se casarem, deixou de me detestar, para passar a me lapidar de um modo agressivo. Por vezes era mais difícil lidar com isso do que se ela me ignorasse. Agora perguntava: — Não passou pela sua cabeça que poderia ter deveres sociais mais importantes a cumprir aqui do que perambular por aí com Burrich olhando cavalos?

— Lamento, minha senhora. — A experiência ensinara-me a nunca discutir com Patience. Sua excentricidade deliciara o príncipe Chivalry. Nos dias bons distraía-me. Naquela noite, sentia-me esmagado por ela. — Durante algum tempo, estive doente. Não me sentia suficientemente bem para viajar. Quando me recuperei, o mau tempo nos atrasou. Lamento ter faltado ao casamento.

— E é só isso? Essa foi a única razão para seu atraso? — falou com um tom penetrante, como se suspeitasse de alguma decepção horrenda.

— Foi — respondi, gravemente —, mas pensei em você. Tenho uma coisa para você nos meus embrulhos. Ainda não os trouxe dos estábulos, mas farei isso amanhã.

— O que é? — quis saber ela, curiosa feito uma criança.

Inspirei profundamente. Sentia uma desesperada ânsia por estar deitado em minha cama.

— É uma espécie de herbário. Simples, pois eles são delicados, e os mais ornamentados não teriam resistido à viagem. Os Chyurda não usam tabuinhas ou pergaminhos para ensinar as ervas, como nós. É um estojo de madeira. Quando abri-lo, descobrirá minúsculos modelos de cera de cada erva para facilitar a aprendizagem. A escrita é em chyurda, claro, mas mesmo assim penso que irá gostar.

— Parece muito interessante — disse ela, e seus olhos brilharam. — Mal posso esperar para vê-lo.

— Devo trazer uma cadeira para ele, senhora? Ele realmente tem ares de ter estado doente — interveio Lacy.

— Oh, claro, Lacy. Sente-se, rapaz. Diga, que doença o acometeu?

— Comi qualquer coisa, uma das ervas estrangeiras, e tive uma forte reação a ela.

E pronto. Aquilo era verdade. Lacy trouxe-me um pequeno banco, e eu me sentei, sentindo-me grato. Uma onda de fadiga passou por mim.

— Oh, estou vendo. — Patience deixou minha doença de lado. Inspirou, olhou em volta, e então perguntou de repente: — Diga uma coisa. Alguma vez pensou em casamento?

A abrupta mudança de assunto era tão típica de Patience que eu fui obrigado a sorrir. Tentei refletir sobre a pergunta. Por um momento, vi Molly, com o rosto ruborizado pelo vento que agitava seu cabelo solto. Molly. Amanhã, prometi a mim mesmo. Baía do Lodo.

— Fitz! Pare com isso! Não quero que você olhe através de mim como se não estivesse aqui. Está me ouvindo? Está bem?

Com esforço, me obriguei a me focar novamente.

— Não muito — respondi com honestidade —, tive um dia cansativo...

— Lacy, arranje ao rapaz um copo de vinho de sabugueiro. Ele realmente parece fatigado. Este talvez não seja o melhor momento para conversar — decidiu lady Patience, hesitantemente. Pela primeira vez olhou realmente para mim. Uma preocupação genuína cresceu em seus olhos. — Talvez — sugeriu em voz baixa, passado um momento — não saiba a história completa de suas aventuras.

Baixei os olhos para meus borzeguins acolchoados de montanha. A verdade pairou dentro de mim, despencou e se afogou no perigo de ela saber toda essa verdade.

— Uma longa viagem. Comida ruim. Estalagens sujas, com más camas e mesas pegajosas. Isso resume tudo. Não me parece que realmente queira ouvir todos os detalhes.

Uma coisa estranha aconteceu. Nossos olhos se encontraram, e eu soube que ela enxergou minha mentira. Anuiu lentamente, aceitando-a como necessária, e afastou o olhar. Perguntei-me quantas vezes meu pai lhe teria contado semelhantes mentiras. Quanto lhe custaria anuir?

Lacy deu-me firmemente o copo de vinho na mão. Ergui-o, e o doce ardor do primeiro gole devolveu-me à vida. Segurei-o com ambas as mãos e consegui sorrir a Patience por cima dele.

— Conte-me — comecei, e minha voz, contra a vontade, tremeu como a de um velho. Pigarreei para estabilizá-la —, como anda? Imagino que ter uma rainha aqui em Torre do Cervo tornou sua vida muito mais ocupada. Conte-me tudo o que perdi.

— Oh! — disse ela, como se tivesse sido picada por um alfinete. Agora foi a vez de Patience afastar o olhar. — Sabe como sou uma criatura solitária. Minha saúde nem sempre é forte. Ficar acordada até tarde, dançando e conversando, deixa-me depois na cama por dois dias. Não. Apresentei-me à rainha e sentei--me à mesa dela uma ou duas vezes. Mas ela é jovem e anda ocupada e envolvida com sua nova vida, e eu sou velha e estranha; minha vida está repleta dos meus próprios interesses...

— Kettricken partilha o seu amor por coisas cultiváveis — ousei. — Provavelmente ficaria muito interessada... — Um súbito tremor sacudiu-me os ossos, e os dentes chacoalharam até se imobilizarem. — Só estou... com um pouco de frio.

Pedi perdão e voltei a erguer a taça de vinho. Engoli de um trago em vez de dar um só gole, como pretendia. As mãos estremeceram e o vinho derramou-se sobre meu queixo e o peito da camisa. Fiquei em pé de um salto, consternado, e minhas mãos traiçoeiras largaram o copo, que caiu sobre o tapete e afastou-se rolando, deixando um rastro de vinho escuro como sangue. Voltei a me sentar, abruptamente, e enrolei os braços à minha volta para tentar aquietar os tremores.

— Estou muito cansado — tentei dizer.

Lacy veio até mim com um pano e começou a me limpar com ele, até que o tirei de suas mãos. Limpei o queixo e absorvi a maior parte do vinho da camisa. Mas, quando me agachei para limpar aquilo que tinha derramado, quase caí de cara no chão.

— Não, Fitz, esqueça o vinho. Nós limpamos isto. Está cansado e adoentado, vá para a cama. Venha me visitar depois de descansar, tenho algo sério para discutir com você, mas esperará mais uma noite. E agora, fora, rapaz. Já para a cama!

Ergui-me, grato pelo adiamento, e fiz minhas cautelosas cortesias. Lacy levou-me à porta e depois ficou me observando, ansiosa, enquanto me encaminhava para o patamar. Tentei caminhar como se as paredes e o chão não estivessem tremendo. Fiz uma pausa nas escadas para lhe dirigir um pequeno aceno e comecei a subir os degraus. Três degraus acima e, já fora de sua vista, parei para me encostar à parede e recuperar o fôlego. Ergui as mãos para proteger os olhos da luz brilhante das velas. A tontura me acometia em ondas. Quando abri os olhos, tinha a visão nublada com névoas arco-íris. Fechei bem os olhos e pressionei-os com as mãos.

Ouvi um passo ligeiro descendo as escadas na minha direção. Parou dois degraus acima de mim.

— Você está bem, senhor? — disse alguém em um tom hesitante.

— Um pouco de bebida a mais — menti. Com certeza o vinho que despejara em cima de mim me fazia cheirar como um bêbado. — Ficarei bem logo mais.

— Permita-me que o ajude a subir as escadas. Um tropeção aqui pode ser perigoso. — Havia agora uma firme desaprovação na voz. Abri os olhos e espreitei através dos dedos. Uma saia azul, do mesmo tecido que todas as criadas usavam. Não havia dúvida de que ela já antes tivera de lidar com bêbados.

Abanei a cabeça, mas ela ignorou o gesto, tal como eu teria ignorado se estivesse em seu lugar. Senti uma mão forte agarrar firmemente meu braço, enquanto a outra me rodeava a cintura.

— Vamos só subir as escadas — encorajou-me.

Apoiei-me nela, contra a vontade, e subi aos tropeções até o andar seguinte.

— Obrigado — murmurei, pensando que ela me deixaria ali, mas a moça continuou me segurando.

— Tem certeza de que é este seu andar? Os aposentos dos criados ficam um lance acima, sabia?

Consegui confirmar com a cabeça.

— Terceira porta. Se não se importa.

Ela ficou em silêncio durante mais do que um momento.

— Esse é o quarto do bastardo. — As palavras foram arremessadas como um frio desafio.

Não me esquivei perante as palavras, como teria feito em tempos anteriores. Nem sequer ergui a cabeça.

— Sim. Agora pode ir — Mandei-a embora com igual frieza.

Em vez de se afastar, ela se aproximou. Agarrou meu cabelo, puxou minha cabeça para cima para encará-la.

— Novato! — silvou, em fúria. — Devia deixá-lo caído aqui mesmo.

Ergui a cabeça de repente. Não conseguia obrigar meus olhos a entrar em foco, mas mesmo assim a reconheci, reconheci a forma do seu rosto, o modo como o cabelo lhe caía sobre os ombros e seu cheiro, um cheiro como uma tarde de verão. O alívio rebentou sobre mim como uma onda. Era Molly, a minha Molly, a veleira.

— Você está viva! — gritei. O coração saltou dentro de mim como um peixe num anzol. Tomei-a nos braços e a beijei.

Ou pelo menos tentei. Ela me afastou com um braço firme, dizendo em tom áspero:

— Nunca beijarei um bêbado. Essa é uma promessa que fiz a mim mesma e que sempre manterei. Nem serei beijada por um. — Sua voz estava tensa.

— Não estou bêbado, estou... doente — protestei. A vaga excitação fizera minha cabeça rodar mais do que nunca. Oscilei sobre as pernas. — Seja como for, não importa. Está aqui e em segurança.

Ela me equilibrou. Um reflexo que aprendera cuidando do pai.

— Oh, estou vendo. Não está bêbado. — Repugnância e incredulidade misturaram-se em sua voz. — E também não é aprendiz do escriba. Nem um rapaz do estábulo. Começa sempre mentindo às pessoas? Parece que pelo menos é como acaba sempre.

— Não menti — disse num tom de lamúria, confundido pela ira em sua voz. Desejei obrigar os olhos a encontrar-se com os dela. — Só não lhe contei bem a... é muito complicado. Molly, estou tão contente por você estar bem. E aqui em Torre do Cervo! Pensei que ia ter de procurá-la... — Ela continuava a me segurar, me mantendo de pé. — Não estou bêbado. É verdade. Menti há pouco porque era uma vergonha admitir quão fraco estou.

— E portanto mentiu. — Sua voz cortava como um chicote. — Devia ficar mais envergonhado por mentir, Novato. Ou será a mentira permitida ao filho de um príncipe?

Ela me largou e eu desabei contra a parede. Tentei controlar o turbilhão de pensamentos enquanto mantinha o corpo vertical.

— Não sou filho de um príncipe — disse por fim —, sou um bastardo. É diferente. E, sim, admitir isso também era demasiado embaraçoso. Mas nunca lhe disse que não era o bastardo. Só que sempre senti... quando estava com você eu era o Novato. Era bom ter alguns amigos que olhavam para mim e pensavam "Novato", em vez de "o bastardo".

Molly não respondeu. Em vez disso, agarrou-me, muito mais bruscamente do que antes, pelo peito da camisa, e arrastou-me ao longo do corredor até meu quarto. Fiquei espantado com a força que as mulheres têm quando estão com raiva. Ela abriu a porta com um encontrão, como se fosse uma inimiga pessoal, e me empurrou para a cama. Assim que me aproximei, ela me largou, e eu caí contra o móvel. Endireitei-me e consegui me sentar. Apertando bem as mãos uma à outra e enfiando-as entre os joelhos, consegui controlar os tremores. Molly ficou em pé, fuzilando-me com os olhos. Não conseguia propriamente vê-la. Sua silhueta estava desfocada, e seus traços eram um borrão, mas conseguia ver pelo modo como se posicionou que estava furiosa.

Após um momento, aventurei-me a dizer:

— Sonhei com você. Enquanto estive longe. — Ela continuou sem dizer nada. Senti-me um pouco mais corajoso. — Sonhei que você estava em Baía do Lodo. Quando a vila foi atacada. — As palavras saíram tensas com o esforço que fazia para evitar que a voz tremesse. — Sonhei com incêndios e com o ataque de Salteadores. No meu sonho havia duas crianças que você tinha de proteger. Parecia que eram suas. — O silêncio dela aguentou como uma muralha contra minhas palavras. Provavelmente pensava que eu era dez tipos diferentes de idiota tagarelando sobre sonhos. E por que, oh, por que, entre todas as pessoas do mundo que poderiam ter me visto assim tão fraco, por que tinha de ser Molly? O silêncio se prolongava. — Mas está aqui, em Torre do Cervo e a salvo. — Tentei estabilizar minha voz trêmula. — Fico feliz que esteja a salvo. Mas o que está fazendo em Torre do Cervo?

— O que estou fazendo aqui? — sua voz estava tão tensa como a minha. A ira deixava-a fria, mas me pareceu também que sua voz estava coberta de medo. — Vim à procura de um amigo. — Fez uma pausa e pareceu relutante por um momento. Quando voltou a falar, sua voz veio artificialmente calma, quase gentil. — Bem, o meu pai morreu e deixou-me endividada, então os credores tiraram-me a loja. Fui para a casa de parentes, ajudar com as colheitas, para ganhar dinheiro e recomeçar, em Baía do Lodo. Não consigo sequer imaginar como você veio a saber disso. Ganhei algum dinheiro, e meu primo estava disposto a emprestar-me o resto. A colheita tinha sido boa. Devia voltar para Torre do Cervo no dia seguinte. Mas Baía do Lodo foi atacada, e eu estava lá, com minhas sobrinhas... — por um momento, sua voz desvaneceu.

Me lembrei junto com ela. Os navios, o fogo, a mulher com a espada, rindo. Ergui os olhos para ela e quase consegui focá-los. Não fui capaz de falar. Mas ela estava olhando para o outro lado, por cima da minha cabeça. Continuou falando calmamente.

— Meus primos perderam tudo o que possuíam. E tiveram sorte, porque os filhos sobreviveram. Não podia mais pedir-lhes que me emprestassem dinheiro. A verdade é que nem poderiam pagar pelo trabalho que fiz, se tivesse pensado em pedir. Portanto, voltei para Torre do Cervo, com o inverno chegando e sem ter onde ficar. Então pensei: *Sempre fui amiga do Novato. Se há alguém a quem possa pedir dinheiro emprestado e que me ajude a me manter, é ele.* Então subi até a torre e perguntei pelo aprendiz do escriba. Mas todos encolheram os ombros e me mandaram falar com Fedwren. E Fedwren escutou enquanto o descrevia, franziu a sobrancelha e mandou-me a Patience. — Molly fez uma pausa cheia de significado. Tentei imaginar esse encontro, mas me afastei dele com um estreme-cimento. — Ela me contratou como criada — disse Molly em voz baixa. — Disse que era o mínimo que podia fazer, depois de você ter me envergonhado.

— Envergonhado? — Endireitei-me de repente. O mundo sacudiu à minha volta, e minha visão enevoada dissolveu-se em faíscas. — Como? Envergonhado como?

A voz de Molly continuava calma.

— Ela disse que era óbvio que tinha conquistado o meu afeto, para depois me abandonar. Deixando-me falsamente supor que poderia um dia se casar comigo, eu havia deixado que você me cortejasse.

— Eu não... — hesitei, e então: — nós éramos amigos. Eu não sabia que você sentia mais do que isso...

— Não sabia? — Ela ergueu o queixo; eu conhecia esse gesto. Seis anos antes, teria sido seguido de um murro no estômago. Ainda me encolhi. Mas ela se limitou a falar mais calmamente: — Suponho que eu devia ter esperado que dissesse isso. É uma coisa simples de se dizer.

Foi a minha vez de me irritar.

— Foi você quem me deixou, sem sequer uma palavra de despedida. E com aquele marinheiro, o Jade. Acha que não sei dele? Eu estava lá, Molly. Eu a vi dando-lhe o braço e indo embora com ele. Por que foi então que não veio falar comigo antes de partir com ele?

Ela se endireitou.

— Eu era uma mulher com boas perspectivas. Então, tornei-me, sem cons-ciência disso, uma devedora. Você acha que eu sabia das dívidas que meu pai con-traiu e depois ignorou? Só depois de ele estar enterrado é que os credores vieram bater-me à porta. Perdi tudo. Deveria ter vindo falar com você como uma pedinte, esperando que me recebesse? Achava que você gostava de mim. Que queria... Que El o amaldiçoe, por que tenho eu de admitir isso para você? — As palavras dela me atingiram como pedras arremessadas. Sabia que seus olhos ardiam, que seu rosto estava ruborizado. — Achava que queria se casar comigo, que queria um futuro comigo. Quis trazer qualquer coisa comigo, e não vir a você sem dinheiro e sem perspectivas de futuro. Imaginei-nos com uma lojinha, eu com minhas velas, ervas e mel, e você com seus conhecimentos de escriba... E assim fui ter com meu primo, para lhe pedir dinheiro emprestado. Ele não tinha nenhuma reserva, mas me arranjou uma passagem para Baía do Lodo, para ir falar com o irmão mais velho, Flint. Já lhe contei como isso acabou. Consegui voltar para cá trabalhando em um barco de pesca, Novato, eviscerando e salgando peixes. Voltei para Torre do Cervo como um cão arrependido, engoli o orgulho, vim até aqui naquele dia e descobri como tinha sido estúpida, como você fingiu e me enganou. Você é um bastardo, Novato. Você realmente é.

Por um momento escutei um som estranho e tentei compreender o que era. Então compreendi. Ela estava chorando, em pequenos soluços. Sabia que, se tentasse me levantar e ir até ela, cairia de cara no chão. Ou então a alcançaria e ela me empurraria, fazendo-me cair estatelado. Estupidamente, como qualquer homem embriagado, repeti:

— Bem, e Jade? Por que achou assim tão fácil encontrá-lo? Por que não veio falar comigo primeiro?

— Já lhe disse! Ele é meu primo, seu cretino! — Sua fúria explodiu através das lágrimas. — Quando estamos em apuros, procuramos a família. Pedi-lhe ajuda, e ele me levou à fazenda da família, para ajudar com as colheitas. — Um momento de silêncio. E então continuou, incrédula: — O que foi que pensou? Que eu era o tipo de mulher que podia ter outro homem de reserva? — disse friamente. — Que deixaria que me cortejasse enquanto andava com outra pessoa?

— Não. Não disse isso.

— Claro que pensou — ela disse, como se de repente tudo fizesse sentido. — Você é como meu pai. Ele achava que eu mentia, porque ele próprio dizia muitas mentiras. Exatamente como você. "Oh, eu não estou bêbado", quando fede a bebida e quase não se aguenta em pé. E sua estúpida história: "Sonhei contigo em Baía do Lodo". Todos na cidade sabiam que eu tinha ido para Baía do Lodo. Provavelmente ouviu a história toda nesta noite, enquanto estava sentado em alguma taberna.

— Não, não ouvi, Molly. Precisa acreditar em mim. — Agarrei-me às mantas da cama para me manter direito.

Ela me virara as costas.

— Não, não preciso! Já não tenho de acreditar em ninguém. — Fez uma pausa, como quem reflete sobre algo. — Sabe, um dia, há muito tempo, quando eu era uma menininha muito pequena, antes ainda de conhecê-lo... — A voz dela estava ficando estranhamente mais calma. Mais vazia, mas mais calma. — Foi na Festa da Primavera. Lembro-me de pedir ao papai umas moedas para as barracas da feira, e ele me deu um tabefe e disse que não ia desperdiçar dinheiro em tolices como essas. E depois me trancou na loja e foi beber. Mas eu já sabia como sair da loja. Fui às barracas mesmo assim, só para vê-las. Uma tinha um velho que lia a sorte em cristais. Sabe como eles fazem. Seguram o cristal à luz de uma vela e predizem seu futuro a partir da forma como as cores chegam a seu rosto.

Fez uma pausa.

— Eu sei — admiti ao seu silêncio.

Conhecia o tipo de feiticeiro de que ela falava. Vira a dança de luzes coloridas no rosto de uma mulher de olhos fechados. Naquele momento só desejava conseguir ver Molly claramente. Pensei que, se conseguisse olhá-la nos olhos, poderia levá-la a enxergar a verdade dentro de mim. Desejei atrever-me a ficar em pé, para ir ter com ela e tentar abraçá-la. Mas ela achava que eu estava bêbado, e eu sabia que iria cair. Não voltaria a me envergonhar na frente dela.

— Muitas outras moças e mulheres estavam tendo a sorte lida. Mas eu não tinha dinheiro, portanto só podia assistir. Mas, passado um tempo, o velho reparou em mim. Suponho que pensou que eu fosse tímida. Perguntou-me se eu não queria saber a minha sorte, e eu desatei a chorar, porque queria, mas não tinha dinheiro. Então Brinna, a peixeira, soltou uma gargalhada e disse que eu não precisava pagar para sabê-la, todos já sabiam meu futuro: era filha de um bêbado, ia ser mulher de um bêbado e mãe de bêbados. — E depois sussurrou: — Todo mundo desatou a rir. Até o velho.

— Molly — eu disse.

Acho que ela nem sequer me ouviu.

— Continuo sem ter dinheiro — disse ela, lentamente —, mas pelo menos sei que não serei mulher de um bêbado. E acho que também não quero ser amiga de um.

— Precisa escutar o que digo. Não está sendo justa! — Minha língua traiçoeira embaralhou-me as palavras. — Eu...

A porta bateu com estrondo.

— ... não sabia que gostava de mim dessa maneira — disse eu, estupidamente, para o quarto frio e vazio.

Os tremores tomaram conta de mim. Mas não iria voltar a perdê-la assim tão facilmente. Fiquei em pé e consegui dar dois passos antes de o chão balançar debaixo de mim e eu cair de joelhos. Fiquei ali por um tempo, com a cabeça pendente como a de um cão. Achei que ela não iria se comover se fosse atrás dela engatinhando. Provavelmente me daria um pontapé. Se eu pudesse ao menos encontrá-la... Engatinhei de volta e subi desajeitadamente na cama. Não me despi, limitei-me a arrastar a borda da manta para cima de mim. A visão escureceu, fechando-se negra a partir das bordas, mas não adormeci imediatamente. Em vez disso, fiquei ali deitado pensando no garoto estúpido que fora no verão anterior. Cortejara uma mulher, achando que estava apenas passeando com uma garota. Aquela diferença de dois anos em nossas idades tivera tanta importância para mim, mas de todas as maneiras erradas. Pensava que ela me via como um garoto, e um garoto desesperado para conquistá-la. Então agi como um garoto, em vez de tentar fazê-la me enxergar como homem. E o garoto a magoou e, sim, a enganou e, provavelmente, a perdeu para sempre. A escuridão fechou-se, negrume por todo lado, à exceção de uma faísca rodopiante.

Ela amara o garoto e previra uma vida para nós. Agarrei-me àquela faísca e afundei-me no sono.

DILEMAS

Com relação à Manha e ao Talento, suspeito que todos os seres humanos tenham pelo menos um pouco dessas habilidades. Já vi mulheres abandonarem repentinamente suas tarefas para se dirigir a um quarto adjacente onde um bebê está começando a despertar. Não poderá ser isso uma forma de Talento? Também testemunhei a cooperação muda que surge entre uma tripulação que há muito maneja o mesmo barco. Funciona, sem que palavras sejam pronunciadas, de uma forma tão próxima como um círculo, de modo que o navio quase se transforma em um animal vivo, e a tripulação, em sua força vital. Outras pessoas sentem afinidade por certos animais e a expressam em um brasão ou nos nomes que dão aos filhos. A Manha abre-nos para essa afinidade. A Manha permite uma consciência de todos os animais, mas a sabedoria popular insiste que a maior parte dos utilizadores da Manha acaba desenvolvendo um vínculo com determinado animal. Algumas histórias relatam que utilizadores da Manha acabaram adotando os hábitos e, por fim, a forma dos animais aos quais estavam vinculados. Essas histórias, acredito, podem ser postas de lado, como histórias de terror, destinadas a desencorajar as crianças à prática da magia dos animais.

Acordei à tarde. Meu quarto estava frio. Não havia fogo. A roupa suada grudava na minha pele. Desci as escadas cambaleando até a cozinha, comi qualquer coisa, saí para ir à casa de banhos, comecei a tremer e voltei para o quarto. Tornei a me enfiar na cama, tremendo de frio. Mais tarde, alguém entrou e falou comigo. Não lembro o que foi dito, mas me lembro de ter sido sacudido. Foi desagradável, mas eu podia ignorá-lo e foi o que fiz.

Acordei no começo da noite. Havia fogo na lareira e uma pilha de lenha no balde. Uma pequena mesa fora puxada para junto da cama e nela havia um pouco de pão, carne e queijo em uma bandeja posta sobre um pano bordado com uma bainha de renda. Uma gorda jarra com um preparado de ervas no fundo esperava pela água do enorme caldeirão que fumegava sobre o fogo. Uma banheira e sabão tinham sido colocados do outro lado da lareira. Uma camisola limpa estava ao pé da cama; não era uma de minhas velhas camisas. Podia ser que me servisse.

Minha gratidão se sobrepôs à perplexidade. Consegui sair da cama e tirar proveito de tudo aquilo. Depois, me senti muito melhor, a tontura foi substituída por uma sensação de leveza pouco natural, mas isso rapidamente sucumbiu ao pão e ao queijo. O chá continha uma pitada de casco-de-elfo; suspeitei imediatamente de Chade e me perguntei se teria sido ele quem tentara me despertar. Mas não, ele só me chamava durante a noite.

Estava enfiando a camisola limpa pela cabeça quando a porta se abriu silenciosamente e Bobo deslizou para dentro do quarto. Usava sua vestimenta de inverno, preta e branca, e sua pele sem cor parecia ainda mais pálida por causa disso. Sua roupa era feita de um tecido sedoso qualquer e tinha um corte tão largo que ele parecia uma vareta enrolada. Tornara-se mais alto e ainda mais magro, se é que era possível. Como sempre, seus olhos brancos eram um choque, mesmo naquela cara descorada. Sorriu para mim e mostrou a língua rosa-pálida, zombeteiro.

— Você — conjecturei, indicando com um gesto o que me rodeava. — Obrigado.

— Não — negou ele. Seu cabelo claro flutuou como um halo debaixo do barrete quando sacudiu a cabeça —, mas ajudei. Obrigado por ter tomado banho. Isso faz minha tarefa de verificar como está ser menos pesada. Estou feliz que tenha acordado. Você tem um ronco pavoroso.

Deixei passar o comentário.

— Você cresceu — observei.

— Sim. E você também. Tem estado doente e dormiu por muito tempo. Agora está acordado, banhado e alimentado. Ainda está com uma cara péssima. Mas já não cheira mal. Estamos no fim da tarde. Há mais algum fato óbvio que queira rever?

— Sonhei com você. Enquanto estive longe.

Ele me deu um olhar duvidoso.

— Ah, sim? Que comovente. Não posso dizer que sonhei contigo.

— Senti saudade de você — disse, divertindo-me com a breve expressão de surpresa que passou pela cara do Bobo.

— Que engraçado. Será que isso explica por que você tem feito tanto papel de bobo?

— Suponho que sim. Sente-se. Conte-me o que aconteceu enquanto estive fora.

— Não posso. O rei Shrewd está à minha espera. Ou melhor, não está à minha espera, e é precisamente por isso que devo vê-lo imediatamente. Quando se sentir melhor, deverá visitá-lo. Especialmente se ele não estiver à sua espera. — Virou-se abruptamente para ir embora. Saiu com rapidez pela porta, mas em seguida voltou, debruçando-se para dentro. Ergueu os guizos de prata que trazia na ponta de uma manga ridiculamente longa e tilintou-os para mim. — Adeus, Fitz. Tente ser um pouquinho melhor em não deixar que o matem.

A porta se fechou silenciosamente atrás dele.

Fui deixado só. Enchi outra xícara de chá e bebi um gole. A porta se abriu novamente. Ergui os olhos, esperando o Bobo. Lacy espreitou para dentro e anunciou:

— Oh, ele está acordado! — E então, com maior severidade, perguntou: — Por que não disse como estava cansado? Quase me matou de susto, assim, dormindo o dia inteiro. — Não esperou que a convidasse e meteu-se quarto adentro, trazendo nos braços lençóis, cobertores limpos e lady Patience em seu encalço.

— Oh, ele *está* acordado! — exclamou ela para Lacy, como se tivesse duvidado.

As duas ignoraram a humilhação que senti ao ser confrontado com elas ainda de camisola. Lady Patience sentou-se na cama enquanto Lacy saracoteava pelo quarto, arrumando-o. Não havia muito a fazer em meus despojados aposentos, mas ela empilhou a louça suja, espevitou o fogo na lareira, soltou estalinhos desaprovadores com a língua ao ver a água suja do banho e minha roupa jogada. Eu fiquei na beirada da lareira enquanto ela tirou a cama e colocou lençóis limpos, juntou minha roupa suja nos braços, deu uma fungadela desdenhosa, olhou em volta e então zarpou porta afora com o saque.

— Eu ia arrumar aquilo — murmurei, embaraçado.

Mas lady Patience pareceu não reparar. Indicou a cama com um gesto autoritário. Relutantemente, meti-me nela. Não creio que alguma vez tenha me sentido em maior desvantagem. Ela fez questão de enfatizar ao se aproximar e enrolar as mantas à minha volta.

— E quanto a Molly — anunciou de repente —, seu comportamento naquela noite foi repreensível. Usou sua fraqueza para atraí-la a seu quarto. E perturbou-a até não poder mais com suas acusações. Fitz, não permitirei que faça isso de novo. Se não estivesse tão doente, estaria furiosa com você. Então, estou realmente desapontada. Nem consigo pensar no que dizer sobre o modo como enganou aquela pobre menina e deu-lhe falsas expectativas. Portanto, simplesmente direi que isso não voltará a acontecer. Vai se comportar de forma honrosa com ela, em tudo.

Um simples desencontro entre mim e Molly tinha de repente se transformado em um assunto sério.

— Houve um mal-entendido — disse, tentando soar firme e calmo. — Molly e eu temos de esclarecê-lo. Conversando os dois, em particular. Posso assegurar-lhe, para que mantenha a paz de espírito, que as coisas não são como está pensando.

— Tenha em mente quem você é. O filho de um príncipe não...

— Fitz — recordei-lhe com firmeza. — Sou FitzChivalry. O bastardo de Chivalry. — Patience fez uma expressão magoada. Voltei a notar como havia mudado desde que partira de Torre do Cervo. Já não era um rapaz que ela pudesse supervisionar e corrigir. Ela tinha de me ver tal como eu era. Mesmo assim, tentei suavizar o tom de voz quando a fiz notar: — Não sou o filho legítimo do príncipe Chivalry, minha senhora. Sou apenas o bastardo de seu marido.

Ela se sentou ao pé da cama e olhou para mim. Seus olhos encontraram-se com os meus e não vacilaram. Enxerguei além de sua frivolidade e distração, uma alma capaz de mais dor e de um remorso mais vasto do que alguma vez suspeitara.

— Como pode pensar que eu seria capaz de me esquecer disso? — perguntou em voz baixa.

Minha voz ficou presa na garganta quando procurei uma resposta. Fui salvo pelo regresso de Lacy. Ela recrutara duas criadas e dois rapazinhos. A água suja do meu banho e a louça foram levadas em um instante por eles, enquanto Lacy punha na mesa uma bandeja com pequenos doces e mais duas xícaras e media uma porção de ervas frescas para fazer mais chá. Patience e eu ficamos em silêncio até os criados saírem do quarto. Lacy fez o chá, serviu xícaras para todos, e depois se instalou com seu onipresente crochê.

— É precisamente por causa de quem é que isso é mais do que um mal-entendido. — Patience retomou o assunto como se eu nunca tivesse me atrevido a interrompê-la. — Se fosse só o aprendiz de Fedwren, ou um rapaz do estábulo, então poderia estar livre para cortejar e se casar com quem quisesse. Mas você não é, FitzChivalry Farseer. Você tem sangue real. Mesmo um bastardo — ela tropeçou ligeiramente na palavra — dessa linhagem tem de obedecer a certas tradições. E ser discreto com certas coisas. Pense na sua posição na família real. Precisa da permissão do rei para se casar. Com certeza sabe disso. Para cortejar, o rei Shrewd exige que lhe informe sua intenção, para que ele possa pesar os méritos do caso e dizer se lhe agrada ou não. E ele os pesará. É um bom momento para se casar? O casamento beneficia a coroa? A união é aceitável, ou é provável que cause escândalo? O casamento interferirá em seus deveres? O sangue da senhora é aceitável? É desejo do rei que tenha descendentes?

A cada questão que ela colocava, sentia o baque se aprofundando. Recostei-me nas almofadas e fitei o dossel da cama. Nunca realmente me propus a cortejar Molly. A partir de uma amizade de infância, tínhamos caminhado para um companheirismo mais profundo. Eu sabia qual rumo meu coração desejava, mas minha cabeça nunca parou para refletir sobre ele. Patience leu-me o rosto com clareza:

— E lembre-se também, FitzChivalry, que já prestou um juramento a outra pessoa. Sua vida já pertence ao rei. O que ofereceria a Molly caso se casasse com ela? Suas sobras? Os restos de tempo que ele não exigisse? Um homem cujo dever é, por juramento, servir a um rei tem pouco tempo para qualquer outra pessoa em sua vida. — Lágrimas brotaram repentinamente em seus olhos. — Algumas mulheres estão dispostas a receber o que um homem assim pode honestamente oferecer e a se contentar com isso. Para outras, não basta. Nunca poderia bastar. Tem de... — Hesitou, e pareceu que as palavras lhe eram arrancadas. — Tem de pensar nisso. Um cavalo não pode levar duas selas. Por mais que o deseje... — Sua voz sumiu nas últimas palavras. Fechou os olhos, como se algo a machucasse. Então inspirou fundo e prosseguiu vivamente, como se não tivesse parado — Precisa reconsiderar, FitzChivalry. Molly é, ou era, uma mulher com perspectivas de futuro. Tem um ofício e o conhece bem. Acredito que conseguirá voltar a se estabelecer, depois de passar algum tempo contratada. Mas e você? O que lhe levaria? Escreve com uma letra bonita, mas não pode dizer que tem todos os conhecimentos de um escriba. É um bom rapaz do estábulo, sim, mas não é com isso que ganha seu pão. É o bastardo de um príncipe. Vive na torre, é alimentado, é vestido, mas não tem renda fixa. Este pode ser um quarto confortável para uma pessoa. Mas esperava trazer Molly para viver aqui com você? Ou será que realmente acreditava que o rei lhe daria permissão para deixar Torre do Cervo? E, se o fizesse, e depois? Iria viver com sua mulher e comer o pão que ela arranjasse com o suor de seu trabalho, sem fazer nada? Ou iria se contentar em aprender seu ofício, tornando-se seu ajudante?

Patience finalmente parou. Não esperava que eu respondesse a nenhuma de suas perguntas, e eu não tentei. Ela respirou fundo e continuou:

— Você se comportou como um menino impulsivo. Eu sei que não pretendeu fazer nenhum mal, e temos de nos assegurar de que nenhum mal venha da situação. Para ninguém, mas especialmente para Molly. Você cresceu entre as fofocas e as intrigas da corte real. Ela, não. Deixará que se diga dela que é uma concubina, ou pior, uma prostituta da torre? Por longos anos Torre do Cervo tem sido uma corte de homens. A rainha Desire era... a rainha, mas não era uma anfitriã tão admirável como a rainha Constance. Temos de novo uma rainha em Torre do Cervo. As coisas já estão diferentes por aqui, como irá perceber. Se realmente tem esperança de fazer de Molly sua esposa, ela terá de ser introduzida pouco a pouco à corte. Senão se sentirá uma excluída no meio de acenos bem-educados. Estou falando com clareza com você, FitzChivalry. Não para ser cruel. Mas é muito melhor eu ser cruel com você agora do que Molly ter uma vida de crueldades casuais. — Lady Patience falava com toda a calma, sem nunca afastar os olhos de meu rosto.

Esperou até que eu perguntasse, desamparado:

— O que devo fazer?

Por um momento, baixou os olhos para as mãos. Então voltou a enfrentar meu olhar.

— Por enquanto, nada. E isso é exatamente o que quero dizer. Fiz de Molly uma de minhas criadas. Estou ensinando a ela os usos da corte da melhor maneira que posso. Ela está se revelando uma aluna competente, bem como uma professora muito agradável no campo das ervas e do fabrico de aromas. Vou fazer Fedwren ensinar-lhe as letras, algo que está muito ansiosa por aprender. Mas, por enquanto, isso é tudo o que pode acontecer. Ela tem de ser aceita pelas mulheres da corte como uma das minhas damas de companhia... não como a mulher do bastardo. Daqui a algum tempo, poderá começar a visitá-la. Mas agora seria inadequado ficar com ela a sós ou mesmo encontrá-la.

— Mas eu tenho de falar com ela a sós. Só por uma vez, brevemente, depois prometo que acatarei suas regras. Ela pensa que eu deliberadamente a enganei, Patience. Pensa que ontem à noite eu estava bêbado. Tenho de explicar...

Mas Patience já abanava a cabeça antes de a primeira frase sair da minha boca, e continuou até que minha voz sumisse.

— Já tivemos um chuvisco de rumores, porque ela veio até aqui procurá-lo. Ou pelo menos era o que se dizia. Eu acabei com eles, assegurando a todos que Molly veio falar comigo porque estava enfrentando dificuldades e que a mãe dela foi dama de companhia de lady Heather durante os tempos da corte da rainha Constance. O que é verdade, então ela realmente tem o direito de me procurar, pois não era lady Heather minha amiga quando cheguei a Torre do Cervo?

— Conheceu a mãe de Molly? — perguntei, curioso.

— Não muito. Ela já havia partido para casar com um fabricante de velas, antes de eu vir para Torre do Cervo. Mas conheci lady Heather, e ela foi boa para mim. — E pôs de lado minha pergunta.

— Mas eu não poderia ir a seus aposentos e falar com ela lá, em particular, e...

— Não permitirei um escândalo! — declarou ela, com firmeza. — Não instigarei um escândalo. Fitz, você tem inimigos na corte. Não quero que Molly se torne vítima deles em sua ânsia de atingi-lo. Pronto. Será que finalmente fui clara?

Ela foi bem clara, e sobre coisas que eu achava que ela não soubesse. Quanto saberia ela sobre os meus inimigos? Julgaria a inimizade meramente social? Se bem que isso era o suficiente na corte. Pensei em Regal e em seus gracejos maliciosos, em como ele se virava e falava em voz baixa a seus puxa-sacos em um banquete, e em como todos então sorriam afetadamente uns para os outros e acrescentavam comentários murmurados à crítica do príncipe. Pensei em como queria matá-lo.

— Pela tensão em seu maxilar, vejo que compreende. — Patience se levantou, pousando a xícara na mesa. — Lacy, creio que agora deveríamos deixar FitzChivalry descansar.

— Por favor, diga-lhe pelo menos para não ficar brava comigo — supliquei. — Diga a ela que ontem à noite eu não estava bêbado. Diga que nunca pretendi enganá-la ou causar-lhe algum mal.

— Não levarei nenhuma mensagem! E você também não, Lacy! Não pense que não vi essa piscadela. Aos dois, insisto que mantenham o decoro. Lembre-se disso, FitzChivalry: você não conhece Molly, a Dona Veleira. E ela não o conhece. É assim que tem de ser. Agora venha, Lacy. FitzChivalry, espero que descanse esta noite.

Elas saíram. Embora eu tenha tentado encontrar os olhos de Lacy e conquistar sua aliança, ela se recusou a olhar para mim. A porta se fechou atrás das duas mulheres, e eu me recostei nas almofadas. Tentei não deixar que minha mente tagarelasse contra as restrições que Patience me impusera. Por mais aborrecido que estivesse, ela tinha razão. Só podia esperar que Molly visse meu comportamento como imprudente, em vez de enganoso ou intriguista.

Levantei-me da cama e fui cutucar o fogo. Então me sentei à lareira e percorri o quarto com os olhos. Depois dos meses passados no Reino da Montanha, parecia realmente um lugar sem vida. Aquilo que meus aposentos tinham de mais próximo de uma decoração era a tapeçaria muito empoeirada que retratava o rei Wisdom travando amizade com os Antigos. Já estava no quarto quando eu chegara, o mesmo se passava com a arca de cedro ao pé da cama. Fitei criticamente a tapeçaria. Era velha e estava comida pelas traças; conseguia entender por que fora banida para ali. Quando era mais novo, tinha me dado pesadelos. Tecida em estilo antigo, o rei Wisdom parecia estranhamente alongado, enquanto os Antigos não ostentavam semelhanças com nenhuma criatura que eu já tivesse visto. Havia uma sugestão de asas em seus ombros protuberantes. Ou talvez se pretendesse que aquilo fosse um halo de luz a rodeá-los. Recostei-me na lareira para refletir sobre eles.

Eu cochilei e acordei com uma corrente de ar no ombro. A porta secreta junto à lareira que levava aos domínios de Chade estava escancarada e convidativa. Levantei-me com firmeza, me espreguicei e subi os degraus de pedra. Fora assim que os subira pela primeira vez, há tanto tempo, vestido então como agora, com nada mais do que a camisola. Seguira um velho assustador com uma cara marcada por pústulas e olhos penetrantes e brilhantes como os de um corvo. Ele se ofereceu para me ensinar a matar pessoas. Também se oferecera, sem dizer nada, para ser meu amigo. Eu aceitara ambas as ofertas.

Os degraus de pedra estavam frios. Ali ainda havia teias de aranha, poeira e fuligem por cima das arandelas nas paredes. Então a limpeza não tinha chegado àquela escadaria. Nem aos aposentos de Chade. Estavam tão caóticos, com tão mau aspecto e tão confortáveis como sempre. Em um extremo do quarto ficava a lareira de trabalho, um chão de pedra nua e uma mesa imensa. A desarrumação habitual transbordava dela: almofarizes e pilões, pratos pegajosos de restos de carne para Sorrateiro, a doninha, vasos de ervas secas, tabuinhas e pergaminhos, colheres e pinças, e um caldeirão enegrecido, ainda soltando uma fumaça fétida que ondulava pelo quarto.

Mas ele não estava ali. Não, ele estava na outra ponta do aposento, onde uma cadeira bem acolchoada se encontrava virada para uma lareira onde o fogo dançava. Ali, tapetes sobrepunham-se uns aos outros no chão e uma mesa elegantemente esculpida continha uma tigela de vidro com maçãs do outono e uma garrafa de cristal com vinho de verão. Chade encontrava-se aconchegado na cadeira, com um pergaminho parcialmente desenrolado erguido contra a luz enquanto lia. Ele o estaria segurando mais longe do nariz do que antes? E estariam seus braços magros mais ressequidos? Me perguntei se ele teria envelhecido durante os meses que eu passara fora, ou se eu simplesmente não havia reparado antes. Sua túnica de lã cinzenta parecia tão gasta como sempre, e o longo cabelo grisalho cobria-lhe os ombros e parecia da mesma cor. Como sempre, fiquei em pé e em silêncio até que ele se dignasse a olhar para cima e reconhecer minha presença. Algumas coisas mudavam, outras não.

Ele finalmente baixou o pergaminho e olhou na minha direção. Tinha olhos verdes, e aquela cor clara era sempre surpreendente no seu rosto Farseer. Apesar das cicatrizes puntiformes que lhe pontilhavam o rosto e os braços, sua linhagem bastarda era quase tão evidente quanto a minha. Suponho que podia chamá-lo de tio-avô, mas nossa relação de aprendiz e mestre era mais chegada do que um laço de sangue. Ele me fitou de cima a baixo e eu me endireitei melhor, constrangido, sob seu exame. A voz soou grave quando ordenou:

— Garoto, venha aqui para a luz.

Avancei uma dúzia de passos e parei, apreensivo. Ele me analisou tão atentamente quanto estudava o pergaminho.

— Se fôssemos traidores ambiciosos, você e eu, poderíamos nos assegurar de que as pessoas reparassem na sua semelhança com Chivalry. Poderia ensinar-lhe a ficar em pé como ele ficava; você já caminha como ele. Poderia mostrar-lhe como adicionar rugas a seu rosto para fazê-lo parecer mais velho. Tem quase a altura dele. Poderia aprender suas frases características e o modo como ele ria. Lentamente, poderíamos reunir poder, de um modo discreto, sem que ninguém percebesse o que estava acontecendo. E, um dia, poderíamos avançar e tomar o poder.

Fez uma pausa.

Lentamente abanei a cabeça. Então, ambos sorrimos, e eu fui me sentar nas pedras da lareira, a seus pés. O calor do fogo nas minhas costas me fez bem.

— É o meu ofício, suponho. — Suspirou e bebeu um gole de vinho. — Tenho de pensar nessas coisas, pois sei que outros irão fazê-lo. Um dia, mais cedo ou mais tarde, algum nobre sem importância irá julgar que teve uma ideia original e o abordará com ela. Espere e verá se não tenho razão.

— Rezo para que esteja enganado. Já tive minha cota de intrigas, Chade, e não me safei tão bem desse jogo como esperava.

— Não se saiu mal, com as cartas que lhe vieram parar às mãos. Sobreviveu. — Olhou além de mim, para o fogo. Uma pergunta pairava entre nós, de uma forma quase palpável. Por que tinha o rei Shrewd revelado ao príncipe Regal que eu era um assassino? Por que ele tinha me colocado na posição de responder e receber ordens de um homem que queria me ver morto? Teria ele me usado como moeda de troca com Regal, para distraí-lo de seus outros descontentamentos? E se eu tivesse sido um peão sacrificial, estaria ainda pendurado como isca para distração para o príncipe mais novo? Acho que nem mesmo Chade poderia ter respondido a todas as minhas questões, e perguntar qualquer uma delas teria sido a mais sombria das traições àquilo que tínhamos ambos jurado ser: homens do rei. Há muito nós dois havíamos entregue nossas vidas à guarda de Shrewd, para a proteção da família real. Não nos cabia questionar como ele decidia nos usar. Por aí se chegava à traição.

Então ele ergueu o vinho estival e encheu um copo que estava ali à minha espera. Conversamos brevemente sobre coisas que não tinham qualquer importância para ninguém, a não ser para nós, e que por isso mesmo eram mais preciosas. Perguntei por Sorrateiro, a doninha, e ele ofereceu condolências hesitantes pela morte de Narigudo. Fez uma ou duas perguntas que me informaram de que estava sabendo de tudo o que eu relatara a Verity, e de muitos dos mexericos do estábulo também. Fui posto a par dos mexericos menores da fortaleza e de tudo o que acontecera entre o povo e o que eu tinha perdido enquanto estive longe. Mas, quando lhe perguntei o que pensava de Kettricken, nossa rainha sucessora, seu rosto ficou sério.

— Ela enfrenta um caminho difícil. Vem para uma corte sem rainha, onde ela própria é e ainda não é a rainha. Chega em uma época de dificuldades, a um reino que enfrenta tanto ataques como agitação civil. Mas o mais difícil para ela é vir para uma corte que não compreende seu conceito de realeza. Foi cercada com festas e reuniões em sua honra. Está acostumada a caminhar entre o povo, a cuidar de seus jardins, teares e ferrarias, a resolver disputas e a se sacrificar para poupar o povo de dificuldades. E descobre que aqui sua sociedade é apenas a nobreza, os privilegiados, os ricos. Não compreende o consumo de vinho e de alimentos exóticos, a exibição de tecidos dispendiosos no vestuário, a ostentação de joias que são o objetivo de tais reuniões. E assim não "se apresenta bem". É uma mulher bem bonita, à sua maneira. Mas é grande demais, muito musculosa e muito pálida entre as mulheres de Torre do Cervo. É como um cavalo de oficial no estábulo de animais de montaria. Tem bom coração, mas não sei se tem qualidades suficientes para a tarefa que lhe cabe, rapaz. Na verdade, tenho pena dela. Veio para cá sozinha, sabe? Os poucos que a acompanharam já há muito regressaram às Montanhas. Aqui ela está muito sozinha, apesar de todos os que lhe fazem a corte.

— E Verity? — perguntei, perturbado. — Ele não faz nada para aliviar essa solidão, para lhe ensinar nossos costumes?

— Verity não tem muito tempo para ela — disse, sem rodeios. — Ele tentou explicar isso ao rei Shrewd antes de o casamento ser arranjado, mas o rei não lhe deu ouvidos. O rei Shrewd e eu estávamos seduzidos pelas vantagens políticas que ela oferecia. Esqueci-me de que haveria uma mulher aqui, nessa corte, dia após dia. Verity é muito ocupado. Se fossem só um homem e uma mulher, e tivessem tempo, acho que poderiam vir a gostar genuinamente um do outro. Mas, aqui e agora, têm de dedicar todos os seus esforços às aparências. Em breve, será exigido um herdeiro. Eles não têm tempo para conhecer um ao outro, que dirá para gostar um do outro. — Deve ter visto a dor no meu rosto, pois acrescentou: — Para a realeza, sempre foi assim, rapaz. Chivalry e Patience foram a exceção, e eles compraram a felicidade à custa de vantagens políticas. Era inédito o sucessor do rei se casar por amor. Tenho certeza de que já ouviu dizer inúmeras vezes que foi uma grande tolice.

— E eu sempre me perguntei se ele se importava.

— Custou-lhe — disse em voz baixa. — Não me parece que tenha se arrependido da decisão. Mas era o príncipe herdeiro. Você não tem essa liberdade.

Aí vinha. Já suspeitava de que ele sabia de tudo. E era inútil esperar que nada dissesse. Senti um rubor lento subindo ao rosto.

— Molly.

Ele assentiu, lentamente.

— Uma coisa era quando se passava lá embaixo, na cidade, e você era mais ou menos um garoto. Isso podia ser ignorado. Mas agora é visto como homem. Quando ela chegou aqui à sua procura, as línguas foram se afiando, e as pessoas começaram a especular. Patience foi notavelmente ágil em abafar os rumores e se encarregar da situação. Não que eu teria mantido essa mulher aqui, se fosse comigo. Mas Patience administrou muito bem as coisas.

— Essa mulher... — repeti, magoado. Se ele tivesse dito "essa prostituta" não teria me ferido mais. — Está enganado a respeito dela. E de mim. Começou como uma amizade, há muito tempo, e se alguém tem culpa do... do modo como as coisas se passaram, sou eu, não Molly. Sempre pensei que os amigos que fiz na cidade e o tempo que passei lá como "Novato" me pertenciam — gaguejei, ouvindo a tolice de minhas palavras.

— Acreditava que podia levar duas vidas? — A voz dele era suave, mas não gentil. — Nós pertencemos ao rei, rapaz, homens do rei. Nossas vidas pertencem a ele, cada momento de cada dia, dormindo ou acordados. Você não tem tempo para suas preocupações. Só para as dele.

Me movi levemente para olhar o fogo. Refleti no que sabia de Chade, àquela luz. Conhecera-o ali, na escuridão, naqueles aposentos isolados. Nunca o vira vaguear por Torre do Cervo. Ninguém me falara no seu nome. Ocasionalmente, disfarçado de lady Thyme, aventurava-se a sair. Tínhamos cavalgado juntos uma vez, durante a noite, até aquele primeiro e horrível ataque em Forja. Mas mesmo isso fora às ordens do rei. Que vida tinha Chade? Um quarto, boa comida e bom vinho, e uma doninha como companhia. Era o irmão mais velho de Shrewd. Se não fosse sua bastardia, estaria no trono. Seria sua vida um presságio daquilo em que a minha se tornaria?

— Não.

Eu não falara, mas quando ergui os olhos para o rosto de Chade, ele adivinhou meus pensamentos.

— Eu escolhi essa vida, rapaz. Depois que uma poção mal manuseada explodiu e me marcou. Em tempos fui bem bonito. E vaidoso. Quase tão vaidoso como Regal. Quando desfigurei meu rosto, desejei morrer. Durante meses não saí dos meus aposentos. Quando finalmente pus os pés na rua, foi com disfarces, não como lady Thyme, não ainda, não. Mas com disfarces que me cobriam o rosto e as mãos. Deixei Torre do Cervo por uma longa temporada. Quando regressei, aquele jovem bonito que eu tinha sido estava morto. Há muito mais nessa história, rapaz. Mas fique sabendo que eu escolhi o modo como vivo. Não foi algo que Shrewd me tenha forçado a fazer. Fui eu que fiz. O seu futuro pode ser diferente. Mas que não passe pela sua cabeça que está às suas ordens.

A curiosidade me instigou.

— É por isso que Chivalry e Verity sabem de você, mas Regal não?

Ele sorriu de uma maneira estranha.

— Fui uma espécie de tio adotivo bondoso para os dois rapazes mais velhos, se conseguir acreditar nisso. Vigiei-os, de certa forma. Mas, depois de ficar marcado, mantive-me afastado até mesmo deles. Regal nunca me conheceu, sua mãe tinha horror das minhas cicatrizes. Acho que ela acreditava em todas as lendas sobre o Homem Pustulento, mensageiro do desastre e do infortúnio. Aliás, ela tinha um terror quase supersticioso de qualquer um que não estivesse inteiro. É possível enxergar isso nas reações de Regal em relação ao Bobo. Nunca ficaria com uma aia com uma perna de pau, nem mesmo com um criado com um ou dois dedos amputados. Então... Quando regressei, nunca fui apresentado à senhora, ou à criança que ela deu à luz. Quando Chivalry se tornou príncipe herdeiro de

Shrewd, eu fui uma das coisas que lhe foram reveladas. Fiquei chocado ao descobrir que ele ainda se lembrava de mim e que sentira minha falta. Nessa noite, ele trouxe Verity para me ver. Tive de repreendê-lo por causa disso. Foi difícil fazê-los compreender que não podiam vir me visitar sempre que quisessem. Aqueles garotos... — Balançou a cabeça e sorriu às suas memórias. Não consigo explicar a pontada de ciúme que senti. Atraí de novo a conversa para mim.

— O que acha que devo fazer?

Franziu os lábios, bebericou o vinho e pensou.

— Por enquanto, Patience deu-lhe bons conselhos. Ignore ou evite Molly, mas não de forma óbvia. Trate-a como se fosse uma nova criada; com cortesia, se a encontrar, mas sem familiaridade. Não a procure. Devote-se à princesa herdeira. Verity ficará contente em vê-lo distraí-la. Kettricken ficará contente com um rosto amigável. E, se sua intenção é conquistar a autorização para se casar com Molly, a princesa herdeira poderá ser uma aliada poderosa. Enquanto divertir Kettricken, vigie-a também. Tenha em mente que existem alguns cujos interesses não apoiam a possibilidade de Verity ter um herdeiro. Essas mesmas pessoas não ficarão entusiasmadas se você tiver filhos. Portanto, seja cauteloso e alerta. Mantenha a guarda.

— Isso é tudo? — perguntei, intimidado.

— Não. Trate de descansar. O que Regal usou em você foi raiz-morta?

Anuí, e ele balançou a cabeça, espremendo os olhos. Então ele me olhou diretamente no rosto.

— Você é jovem. Talvez seja capaz de se recuperar, quase por completo. Já vi outro homem sobreviver, mas passou o resto da vida tremendo. Ainda vejo os pequenos sinais do veneno em você. Não ficará muito evidente, exceto àqueles que o conhecem bem. Mas não se canse demais. A fadiga trará tremores e visão desfocada. Muito esforço lhe trará ataques. Não quer que ninguém saiba que tem uma fraqueza, então o melhor caminho é conduzir sua vida de forma que a fraqueza nunca se mostre.

— Era por isso que havia casco-de-elfo no chá? — perguntei, sem necessidade.

Ele me olhou com a sobrancelha erguida.

— Chá?

— Talvez tenha sido obra do Bobo. Acordei com comida e chá no meu quarto...

— E se tivesse sido obra de Regal?

Precisei de um momento para que a compreensão assentasse.

— Eu poderia ter sido envenenado.

— Mas não foi. Pelo menos dessa vez. Não, não fui nem eu nem o Bobo. Foi Lacy. Aí há alguém com mais profundidade do que imagina. O Bobo descobriu você, e algo o possuiu para contar a Patience. Enquanto ela se enervava, Lacy ordenou calmamente que tudo fosse feito. Acredito que, em particular, o considera tão desmiolado como sua patroa. Dê-lhe a menor abertura, que ela entra e põe ordem em sua vida. Por melhores que sejam suas intenções, não pode permitir isso, Fitz. Um assassino precisa de privacidade. Arranje um trinco para sua porta.

— Fitz? — perguntei em voz alta.

— É o seu nome, FitzChivalry. Como não parece mais te atormentar, vou passar a usá-lo. Estava começando a me cansar de "garoto".

Inclinei a cabeça. Pusemo-nos a conversar sobre outras coisas. Faltava cerca de uma hora para o nascer do sol quando deixei seus aposentos sem janelas e regressei aos meus. Voltei para a cama, mas o sono me fugiu. Sempre abafara a fúria escondida que sentia devido à minha posição na corte. Agora ela ardia dentro de mim e não me deixava descansar. Atirei para longe as mantas e vesti minhas roupas grandes demais, saí da fortaleza e desci até a Cidade de Torre do Cervo.

O vento vigoroso que soprava da água era úmido e frio como uma bofetada molhada no rosto. Me envolvi melhor no manto e ergui o capuz. Caminhei apressado, evitando os pontos de gelo na íngreme estrada que descia até a cidade. Tentei não pensar, mas descobri que o pulsar do sangue aquecia mais minha raiva do que minha carne. Os pensamentos dançavam como um cavalo puxado pelas rédeas.

Quando chegara pela primeira vez à Cidade de Torre do Cervo, ela era um lugarejo movimentado e sujo. Na última década crescera e adotara uma aparência de sofisticação, mas suas raízes eram ainda muito claras. A cidade agarrava-se às falésias sob o Castelo de Torre do Cervo, e quando essas falésias davam lugar às praias pedregosas, os armazéns e as cabanas eram construídos em docas e sobre estacas. O bom e profundo ancoradouro que se abrigava sob Torre do Cervo atraía navios mercantes e comerciantes. Mais ao norte, onde o rio Cervo se encontrava com o mar, havia praias mais suaves e o largo rio que levava barcaças de mercadorias para o interior, até os Ducados do Interior. Os terrenos mais próximos da foz do rio eram suscetíveis a inundações, e o ancoradouro era imprevisível como o rio que mudava de curso. Então as pessoas da Cidade de Torre do Cervo viviam amontoadas nas íngremes falésias sobre o porto como as aves nas escarpas dos ovos. Isso dava lugar a ruas estreitas e mal pavimentadas, que ziguezagueavam de um lado para o outro ao longo das ladeiras que desciam até a água. As casas, lojas e estalagens agarravam-se humildemente à face da falésia, esforçando-se para não oferecer qualquer resistência aos ventos que eram ali quase constantes. Mais alto, na falésia, as casas e os edifícios comerciais mais ambiciosos eram feitos de madeira, com as fundações cortadas na pedra da própria falésia. Mas eu pouco conhecia dessa camada. Quando criança, correra e brincara entre as lojas mais humildes e estalagens de marinheiros que ficavam literalmente quase na água.

Quando cheguei a essa área da Cidade de Torre do Cervo, estava ironicamente pensando que tanto Molly como eu estaríamos melhor se nunca tivéssemos nos tornado amigos. Eu comprometi sua reputação e, se mantivesse meu interesse, provavelmente a transformaria em um alvo da malícia de Regal. A angústia que senti quando pensei que ela havia alegremente me trocado por outro não passava agora de um arranhão se comparada à hemorragia de saber que ela acreditava que eu a havia enganado.

Emergi desses pensamentos sombrios quando percebi que meus pés traiçoeiros tinham me trazido precisamente à porta de sua velaria. Agora era uma loja de chás e ervas. Exatamente o que faltava à Cidade de Torre do Cervo, mais uma loja de chás e ervas. Me perguntei o que teria acontecido com as colmeias de Molly. Senti uma angústia súbita ao compreender que, para Molly, a sensação de deslocamento devia ser dez vezes, não, cem vezes pior. Eu aceitara tão facilmente o fato de Molly ter perdido o pai e, com ele, seu ganha-pão e suas perspectivas de vida. Tão fácil me fora aceitar a mudança que fez dela uma criada na fortaleza. Uma criada. Cerrei os dentes e continuei caminhando.

Vagueei sem destino pela cidade. Apesar do meu humor soturno, reparei no quanto ela havia mudado nos últimos seis meses. Mesmo naquele dia frio de inverno estava em grande alvoroço. A construção dos navios trouxera mais gente, e mais gente queria dizer mais comércio. Parei em uma taberna onde Molly, Dirk, Kerry e eu costumávamos partilhar um pouco de conhaque de vez em quando. Normalmente tomávamos o conhaque de amoras silvestres mais barato. Sentei-me sozinho e bebi em silêncio a cerveja, mas à minha volta as línguas estavam soltas e fiquei sabendo de muitas coisas. Não era só a construção dos navios que reforçara a prosperidade de Torre do Cervo. Verity divulgara um apelo aos marinheiros para tripularem seus navios de guerra. O apelo tivera ampla resposta, por homens e mulheres provenientes de todos os Ducados Costeiros. Alguns vinham com contas a ajustar, para vingar os mortos ou Forjados pelos Salteadores. Outros tinham vindo em busca de aventuras e com esperança no espólio, ou simplesmente pela falta de perspectiva das aldeias devastadas. Alguns provinham de famílias de pescadores ou mercadores e possuíam tempo de mar e conhecimentos aquáticos, outros eram os ex-pastores e agricultores de aldeias saqueadas. Pouco importava. Todos tinham vindo para a Cidade de Torre do Cervo ansiosos por derramar sangue dos Navios Vermelhos.

Por enquanto, muitos estavam alojados naquilo que em outros tempos tinham sido armazéns. Hod, a mestre das armas de Torre do Cervo, fornecia-lhes treinamento militar, selecionando aqueles que lhe pareciam adequar-se aos navios de Verity. Aos outros seria oferecida contratação como soldados. Eram essas as pessoas adicionais que enchiam a cidade e lotavam as estalagens, tabernas e restaurantes. Também ouvi queixas de que alguns dos que tinham vindo para tripular os navios de guerra eram ilhéus imigrantes, expulsos da sua própria terra pelos mesmos Navios Vermelhos que agora ameaçavam nossas costas. Também eles afirmavam estar ansiosos por vingança, mas poucas pessoas dos Seis Ducados confiavam neles, algumas lojas na cidade se recusavam a fazer negócio com eles. Isso conferia uma atmosfera feia e pesada à agitada taberna. Havia uma discussão sarcástica sobre um ilhéu que fora espancado nas docas no dia anterior. Ninguém chamara a patrulha da cidade. Quando a discussão se tornou ainda mais séria, insinuando que aqueles ilhéus eram todos espiões e que queimá-los seria uma precaução sensata e razoável, deixei de ter estômago e saí da taberna. Não haveria nenhum lugar para onde pudesse ir e ficar livre de suspeitas e intrigas, nem que fosse por uma hora?

Caminhei sozinho pelas ruas geladas. Uma tempestade se aproximava. O implacável vento percorria as ruas tortuosas, prometendo neve. O mesmo frio furioso torcia-se e agitava-se dentro de mim, alternando-se entre raiva, ódio e frustração, e voltando à raiva, acumulando uma pressão insuportável. Eles não tinham o direito de fazer aquilo comigo. Eu não nasci para ser sua ferramenta. Tinha o direito de viver livremente minha vida, de ser quem nasci para ser. Será que pensavam que podiam me dobrar à sua vontade, me usar sempre que quisessem, sem que eu nunca retaliasse? Não. O momento chegaria. O meu momento chegaria.

Um homem caminhou depressa em minha direção, com o rosto oculto pelo capuz, defendendo-se do vento. Olhou de relance para cima, e nossos olhos se encontraram. Ele empalideceu e deu meia-volta, apressando-se a voltar por onde tinha vindo. E, bem, tinha motivos para isso. Senti minha fúria arder com um calor insuportável. O vento chicoteava meu cabelo e tentava me congelar, mas eu me limitava a caminhar mais depressa e sentia a força do meu ódio tornando-se mais quente. Chamava-me, e eu o seguia como seguiria o cheiro de sangue fresco.

Virei uma esquina e dei por mim no mercado. Ameaçados pela tempestade que se aproximava, os mercadores mais pobres tiravam seus produtos dos cobertores e esteiras. Os que possuíam barracas fechavam as persianas. Passei por eles a passos largos. As pessoas fugiam do meu caminho. Passava por elas aos encontrões, sem me preocupar com o modo como me olhavam.

Cheguei à barraca do vendedor de animais e fiquei cara a cara comigo mesmo. Ele era magro, com olhos escuros e sombrios. Fitou-me de um modo maligno, e as ondas de ódio que jorravam dele submergiram em mim como uma saudação. Nossos corações batiam no mesmo ritmo. Senti que meu lábio superior se arreganhava, como que para começar a rosnar e exibir meus miseráveis dentes humanos. Endireitei as feições, espanquei as emoções até as ter de novo sob controle. Mas o filhote de lobo enjaulado com o sujo pelo cinzento ergueu os olhos para mim e levantou os lábios negros para revelar todos os seus dentes. *Eu o odeio. Todos vocês. Venha, venha para mais perto. Mato você. Rasgo sua garganta depois de desmembrá-lo. Vou me banquetear com suas entranhas. Eu o odeio.*

— Quer alguma coisa?

— Sangue — eu disse em voz baixa. — Quero seu sangue.

— O quê?

Meus olhos saltaram do lobo para o homem. Era sebento e sujo. Fedia, por El, como fedia. Conseguia sentir nele o cheiro de suor, da comida rançosa e de seus próprios excrementos. Estava envolto em peles mal curadas, e o mau cheiro que elas exalavam também pairava à sua volta. Tinha olhos pequenos de doninha, mãos cruéis e sujas e um bastão de carvalho reforçado com metal que lhe pendia do cinto. Foi com dificuldade que resisti à tentação de pegar aquele maldito pau e transformar seus miolos em papa. Ele usava botas grossas nos pés que serviam para chutar. Aproximou-se muito de mim, e eu agarrei meu manto para evitar matá-lo.

— Lobo — consegui dizer. A voz soou-me gutural, sufocada. — Quero o lobo.

— Tem certeza, rapaz? Ele é mau.

Empurrou a gaiola com o pé, e eu saltei sobre ela, batendo com os dentes nas barras de madeira, machucando novamente o focinho, mas não me importava, se ao menos conseguisse agarrar-lhe a carne, eu a arrancaria, ou nunca a largaria.

Não. Afaste-se, saia da minha cabeça. Sacudi a cabeça para clarear a mente. O mercador me olhou de um jeito estranho.

— Sei o que eu quero — falei secamente, recusando as emoções do lobo.

— Ah sabes, hã?

O homem olhou-me, avaliando meu valor. Cobraria o que achasse que eu podia pagar. Minha roupa grande demais não lhe agradou, e minha juventude também não. Mas eu desconfiei que ele já tinha o lobo há algum tempo. Esperara vendê-lo quando filhote. Agora, com o lobo precisando de mais comida e sem obtê-la, o homem provavelmente aceitaria qualquer coisa. Por mim, ótimo. Não tinha muito dinheiro.

— Para que o quer? — perguntou o homem em tom de conversa.

— Rinha — disse eu, com ar indiferente. — Ele parece que só tem ossos, mas ainda pode haver nele um pouco de energia.

O lobo atirou-se subitamente contra as barras, de boca escancarada, os dentes brilhantes. *Mato-os, mato-os a todos, rasgo-lhes a garganta, abro-lhes a barriga...*

Fique calado, se quiser sua liberdade. Mentalmente, dei-lhe um empurrão, e o lobo saltou para trás como se tivesse sido picado por uma abelha. Recolheu-se para o canto mais afastado da gaiola e aninhou-se lá, com os dentes à mostra, mas o rabo enfiado entre as pernas. A incerteza inundou-o.

— Briga de cães, hã? Oh, ele há de dar boa luta. — O mercador voltou a empurrar a jaula com uma bota grossa, mas o lobo não respondeu. — Ele vai fazer você ganhar muito dinheiro, ah vai. É pior que um carcaju. — Deu um pontapé na gaiola com mais força, e o lobo se encolheu ainda mais.

— Oh, certamente parece que sim — eu disse com desdém.

Afastei os olhos do lobo como se tivesse perdido o interesse. Estudei as aves engaioladas atrás dele. Os pombos e as pombas pareciam estar bem tratados, mas duas gralhas e um corvo estavam enfiados em uma gaiola imunda, cheia de restos de carne em putrefação e excrementos de ave. O corvo parecia um mendigo em farrapos de penas negras. *Biquem o inseto brilhante,* sugeri às aves. *Talvez encontrem uma maneira de sair.* O corvo permaneceu fatigadamente empoleirado no mesmo lugar, com a cabeça profundamente enfiada nas penas, mas uma gralha voou até o poleiro mais alto e começou a dar bicadas e a puxar o pino de metal que mantinha a gaiola trancada. Voltei a olhar de relance para o lobo.

— Seja como for, não pensava em colocá-lo para lutar. Ia só atirá-lo aos cães para aquecê-los. Um pouco de sangue os deixa prontos para uma luta.

— Oh, mas ele dá um belo lutador. Olhe, veja isso. Isso foi o que ele me fez ainda há menos de um mês. Estava tentando alimentá-lo quando ele se atirou a mim.

Puxou uma manga para cima e descobriu um pulso encardido riscado com golpes pálidos, mas ainda só meio cicatrizados.

Inclinei-me para a frente como se estivesse levemente interessado.

— Parece infectado. Acha que vai perder a mão?

— Não está infectado. A cicatrização é lenta, apenas isso. Olhe aqui, rapaz, vem aí uma tempestade. Vou pôr a mercadoria na carroça para ir embora antes que ela chegue. E então, vai fazer uma oferta pelo lobo? Ele lhe daria um belo lutador.

— Pode dar para atiçar ursos, mas não muito mais do que isso. Dou-lhe, ahm, seis cobres. — Tinha um total de sete.

— Cobres? Rapaz, estamos falando de pratas, no mínimo. Veja, ele é um belo animal. Alimente-o um pouco, e ele ficará maior e mais feroz. Conseguiria que me dessem seis cobres só pela pele, agora mesmo.

— Então é melhor tratar disso antes que ele fique ainda mais esquelético. E antes que decida arrancar-lhe a outra mão. — Aproximei-me da jaula, *empurrando* enquanto o fazia, e o lobo se encolheu ainda mais. — Ele me parece doente. Meu mestre ficaria furioso comigo se o levasse e os cães ficassem doentes depois de o matarem. — Olhei para o céu. — A tempestade vem aí. É melhor eu ir andando.

— Uma prata, rapaz. E isso é dar o animal.

Nesse momento, a gralha conseguiu puxar o pino. A porta da gaiola se abriu, e ela saltitou até a beirada da porta. Eu me coloquei casualmente entre o homem e a gaiola. Atrás de mim, ouvi as gralhas saltando para cima da gaiola dos pombos.

Porta aberta, fiz o corvo notar. Ouvi-o sacudir as patéticas penas. Peguei a bolsa que trazia à cintura, ergui-a pensativamente. — Uma prata? Não tenho uma prata. Mas na verdade não importa. Acabei de lembrar que não tenho maneira de levá-lo comigo para casa. O melhor é não comprá-lo.

Atrás de mim, as gralhas levantaram voo. O homem rogou uma praga e passou por mim em direção à gaiola. Consegui enrodilhar-me nele de modo a ambos cairmos. O corvo chegara à porta da gaiola. Libertei-me do mercador e me levantei em um pulo, chocando-me com a gaiola para assustar o pássaro e levá-lo a sair para o ar livre. Ele bateu as asas penosamente e elas o levaram até o telhado de uma estalagem próxima. Quando o mercador pesadamente ficou em pé, o corvo abriu suas velhas asas e crocitou em tom de escárnio.

— Perdi uma gaiola inteira de mercadoria! — começou ele em tom acusador, mas eu apanhei meu manto e apontei para um rasgão.

— Meu mestre vai se zangar com isso! — exclamei, e fitei-o com a mesma fúria que ele me fitava.

Ele olhou para o corvo. A ave eriçara as penas contra a tempestade e enfiara-se no abrigo de uma chaminé. Nunca voltaria a apanhar aquele pássaro. Atrás de mim, o lobo soltou um ganido de repente.

— Nove cobres! — ofereceu o comerciante de súbito, desesperado. Podia apostar que ele não vendera nada naquele dia.

— Já disse, não tenho como levá-lo para casa! — retorqui. Coloquei o capuz para cima, olhei o céu de relance. — A tempestade chegou — anunciei no momento em que os grossos flocos úmidos começaram a cair. Aquilo seria um clima desgraçado, quente demais para gelar, frio demais para derreter. Ao nascer o dia, as ruas brilhariam de gelo. Virei-me para ir embora.

— Nesse caso, dê-me a porcaria dos seis cobres! — berrou o mercador, frustrado.

Estendi-os, hesitante.

— E você o carrega até onde eu moro? — perguntei quando ele os tirou da minha mão.

— Carregue você, rapaz. Acabou de me roubar, e sabe disso.

Com essas palavras, pegou a gaiola de pombos e pombas e içou-a para a carroça. A gaiola vazia do corvo seguiu-a. Ignorou meus protestos irritados enquanto subia no banco e sacudia as rédeas do pônei. O velho animal arrastou consigo a carroça, entre rangidos, penetrando na neve e na penumbra que iam se tornando mais densas. O mercado à nossa volta encontrava-se abandonado. O único tráfego era agora composto por gente que corria para casa através da tempestade, com colarinhos e mantos bem apertados como defesa contra o vento úmido e a neve que ele trazia.

— E agora o que eu faço com você? — perguntei ao lobo.

Deixe-me sair. Liberte-me.

Não posso. Não é seguro. Se soltasse um lobo ali, no coração da cidade, ele nunca chegaria vivo à floresta. Havia muitos cães que se juntariam para massacrá-lo, muitos homens que o abateriam pela pele ou por ser um lobo. Debrucei-me na gaiola, tentando levantá-la para ver quão pesada era. Ele se precipitou sobre mim, com os dentes à mostra.

Para trás! Fiquei instantaneamente furioso. Era contagioso.

Eu o mato. É igual a ele, um homem. Quer me manter nesta jaula, é? Eu o mato, rasgo sua barriga e luto com suas tripas.

Para trás! Empurrei-o, com força, e ele voltou a se encolher. Rosnou e ganiu a confusão que o que eu fizera lhe causava, mas se afastou de mim e aninhou-se em um canto da jaula. Peguei-a, levantei-a. Era pesada, e as frenéticas mudanças de posição do peso dele não facilitavam em nada o transporte. Mas conseguia transportá-la. Não até muito longe, e não por muito tempo. Mas, se a levasse por etapas, conseguiria sair da cidade com ele. Quando adulto, ele provavelmente pesaria tanto quanto eu. Mas era muito magro e jovem. Mais jovem do que eu pensara à primeira vista.

Ergui a gaiola, segurei-a na altura do peito. Se ele me atacasse agora, poderia causar alguns danos. Mas se limitou a ganir e a afastar-se ao máximo de mim. Isso tornava o transporte muito desconfortável.

Como foi que ele o apanhou?

Odeio você.

Como foi que ele o apanhou?

Ele recordou uma toca e dois irmãos. Uma mãe que lhe trazia peixe. E sangue, e fumo, e os irmãos e a mãe transformados em peles fedorentas para o homem das botas. Fora o último a ser arrastado para fora e atirado para dentro de uma jaula que cheirava a doninhas, e mantido vivo com carne putrefata. E ódio. Fora o ódio que o alimentara.

Foi parido tarde, se sua mãe estava o alimentando com os peixes que sobem o rio.

Ele estava emburrado comigo.

Todas as estradas subiam, e a neve começava a se acumular. Minhas botas gastas escorregavam nas pedras geladas do pavimento, e os ombros doíam-me devido à carga incômoda da jaula. Temi começar a tremer. Tinha de parar com frequência para descansar. Quando o fazia, recusava-me firmemente a pensar no que estava fazendo. Disse a mim mesmo que não me vincularia àquele lobo, ou a qualquer outra criatura, eu tinha me prometido isso. Ia apenas alimentar aquele filhote e depois soltá-lo em algum lugar. Burrich nunca precisaria saber. Eu não teria de enfrentar seu desgosto. Voltei a levantar a jaula. Quem poderia imaginar que aquela criazinha sarnenta podia ser tão pesada?

Sarnenta não. Indignada. *Pulgas. A gaiola está infestada de pulgas.*

Então não estava imaginando aquela coceira no peito. Maravilha. Teria de tomar outro banho naquela noite, a menos que quisesse passar o resto do inverno compartilhando a cama com pulgas.

Tinha chegado ao limite da Cidade de Torre do Cervo. A partir dali, haveria apenas algumas casas espalhadas, e a estrada seria mais íngreme. Muito mais íngreme. Pousei mais uma vez a jaula no chão nevado. O filhote aninhou-se lá dentro, pequeno e infeliz, sem a ira e o ódio para sustentá-lo. Tinha fome. Tomei uma decisão.

Vou soltá-lo. Vou te levar no colo.

Nada veio dele. Observou-me firmemente enquanto eu manejava o fecho da jaula e abria a porta. Achei que ele investiria sobre mim e desapareceria na noite e na neve que caía, mas ele ficou agachado no mesmo lugar. Enfiei a mão na gaiola e puxei-o para fora pela pele do pescoço. Em um instante, estava em cima de mim, arremetendo contra meu peito, com as mandíbulas escancaradas selvagemente em direção à minha garganta. Ergui o braço a tempo de lhe enfiar o antebraço nas mandíbulas. Não soltei seu pescoço e enfiei o braço com força em sua boca, mais profundamente do que ele desejaria. Suas patas traseiras tentaram rasgar minha barriga, mas o colete que vestia era suficientemente grosso para absorver a maior parte dos danos. Num instante, estávamos rolando na neve, ambos a morder e a rosnar como loucos. Mas eu tinha a vantagem do peso, da força e da experiência de anos a lutar com cães. Apanhei-o pelas costas e segurei-o assim, impotente, enquanto ele sacudia a cabeça de um lado para o outro e me chamava por nomes ofensivos, para os quais os humanos não têm palavras. Quando ficou exausto, debrucei-me sobre ele. Agarrei-lhe a garganta e me abaixei para fitá-lo nos olhos. Aquilo era uma mensagem física que ele compreendia. Acrescentei: *Eu sou o lobo. Você é o filhote e vai me obedecer!*

Segurei-o ali, fitando-o nos olhos. Ele rapidamente desviou o olhar, mas continuei a segurá-lo, até que ele voltou a olhar para mim e eu vi a mudança em seus olhos. Larguei-o, fiquei em pé e me afastei. Ele ficou quieto. *Levante-se. Venha cá.* Ele rolou e veio comigo, com a barriga raspando no chão, a cauda entre as pernas. Quando se aproximou, deitou-se de lado, e então mostrou a barriga. Soltou um pequeno ganido.

Após um momento, fiquei menos severo. *Está tudo bem. Só tínhamos de compreender um ao outro. Não pretendo lhe fazer mal. Venha agora comigo.* Estendi a mão para lhe fazer um carinho no peito, mas quando o toquei ele ganiu. Senti o clarão vermelho de sua dor.

Onde está ferido?

Vi o bastão reforçado com metal do homem da gaiola. *Em todos os lugares.*

Tentei ser cuidadoso ao apalpá-lo. Velhas crostas, nódulos nas costelas. Fiquei em pé, tirei a gaiola do nosso caminho com um violento pontapé. Ele se aproximou e se encostou à minha perna. *Fome. Frio. Tão cansado.* Seus sentimentos estavam de novo a sangrar sobre os meus. Quando o toquei, foi difícil separar os meus pensamentos dos dele. A indignação contra o modo como ele fora tratado seria minha ou dele? Decidi que não importava. Peguei-o com cuidado e me levantei. Sem a gaiola, seguro junto ao peito, não pesava quase nada. Era praticamente pelo e longos ossos em crescimento. Arrependi-me da força que usara nele, mas também sabia que era a única língua que ele teria reconhecido.

— Vou cuidar de você — forcei-me a dizer em voz alta.

Calor, pensou ele com gratidão, e eu parei por um momento para pôr o manto sobre ele. Seus sentidos alimentavam os meus. Conseguia farejar, com mil vezes mais intensidade do que desejava. Cavalos, cães e fumo de madeira e cerveja, e um vestígio do perfume de Patience. Fiz o possível para bloquear a consciência de seus sentidos. Aconcheguei-o a mim e levei-o pelo íngreme caminho até Torre do Cervo. Conhecia uma cabana que não era usada. Um velho criador de porcos vivera nela, nos fundos, atrás dos celeiros. Ninguém vivia lá agora. Estava muito arruinada e ficava distante demais de todas as outras pessoas de Torre do Cervo. Mas iria servir para o que queria. Ia colocá-lo lá, com alguns ossos para roer, um pouco de cereais cozidos e palha onde dormir. Uma semana ou duas, talvez um mês, e ele ficaria suficientemente recuperado e forte para cuidar de si. Então o levaria para o oeste de Torre do Cervo e o libertaria.

Carne?

Suspirei. *Carne*, prometi. Nunca nenhum animal sentira tão completamente meus pensamentos ou expressara os seus com tanta clareza. Seria bom não ficarmos juntos durante muito tempo. Seria bom que ele fosse embora em breve.

Calor, ele me contradisse. Pousou a cabeça no meu ombro e adormeceu, com o focinho a fungar, úmido, contra minha orelha.

GAMBITO

Certamente existe um antigo código de conduta, certamente seus costumes eram mais duros do que os que temos hoje. Mas eu me arriscaria a dizer que não nos afastamos desses costumes mais do que uma camada superficial. A palavra de um guerreiro ainda é sua obrigação pela palavra dada, e entre aqueles que servem lado a lado nada existe de pior do que alguém que mente para seus companheiros e os leva à desonra. As leis de hospitalidade ainda proíbem que aqueles que partilharam o sal à mesa de um homem derramem sangue no seu chão.

O inverno aprofundou-se em volta do Castelo de Torre do Cervo. As tempestades vinham do mar, atacavam-nos com uma fúria gelada e depois partiam. Normalmente, eram acompanhadas de neve, que se depositava sobre as ameias como pasta doce em bolo de nozes. As noites se tornaram mais escuras e mais longas, e quando elas eram claras as estrelas ardiam frias sobre nós. Após minha longa viagem para casa, vindo do Reino da Montanha, a ferocidade do inverno não me ameaçava como ameaçara outrora. Ao fazer as rondas diárias pelos estábulos e pela velha cabana de porcos, minhas bochechas podiam arder de frio e os cílios congelar e se colar uns aos outros, mas sabia sempre que o lar e uma lareira quente estavam perto. As tempestades e os grandes frios que rosnavam como lobos à nossa porta eram também as feras vigilantes que mantinham os Navios Vermelhos afastados de nossas costas.

O tempo, para mim, arrastava-se. Visitava Kettricken todos os dias, como Chade sugerira, mas nossa impaciência era recíproca. Tenho certeza de que eu a irritava tanto quanto ela a mim. Não me atrevia a passar muitas horas com o filhote, para que não nos vinculássemos. Não tinha outros deveres fixos. Havia horas demais em um dia, e estavam todas cheias com meus pensamentos em Molly. As noites eram o pior momento, pois a mente adormecida estava fora do meu controle, e meus sonhos enchiam-se da minha Molly, da minha resplande-cente vendedora de velas da saia vermelha, agora tão composta e monótona com o azul das criadas. Se não podia estar perto dela durante o dia, meu eu sonhador cortejava-a com um fervor e uma energia que meu eu acordado nunca reunira coragem para igualar. Quando passeávamos pelas praias após a tempestade, a mão dela estava na minha. Beijava-a intensamente, sem incertezas, e olhava-a nos olhos sem segredos a esconder. Ninguém podia separá-la de mim. Nos meus sonhos.

A princípio, o treinamento de Chade seduziu-me a espioná-la. Sabia qual dos quartos do andar dos criados era o seu, sabia qual das janelas era a sua. Fiquei sabendo, por acaso, as horas de suas idas e vindas. Ficava envergonhado por perma-necer onde pudesse ouvir seus passos nas escadas ou obter um breve vislumbre dela tratando de seus assuntos ao mercado, mas, por mais que tentasse, não conseguia me proibir de estar ali. Sabia quem entre as criadas eram suas amigas. Embora não pudesse falar com ela, podia cumprimentar as outras, sempre com a esperança de ouvir alguma menção casual a Molly. Desejava-a desesperadamente. O sono me fugia, e a comida não tinha nenhum interesse. Nada tinha nenhum interesse.

Certa noite estava sentado na sala dos guardas junto à cozinha. Arranjara lugar em um canto, onde me podia encostar à parede e apoiar as botas no banco em frente para desencorajar companhia. Havia uma caneca de cerveja, que já es-quentara havia horas, à minha frente. Faltava-me até a ambição de me entorpecer com a bebida. Estava olhando para o nada e tentando não pensar quando o banco foi de súbito tirado de debaixo de meus pés. Quase caí de onde estava sentado; depois de me recuperar, vi Burrich sentando-se na minha frente.

— O que o aflige? — perguntou ele, sem sutilezas. Debruçou-se para a frente e ajustou a voz para que só eu o ouvisse. — Teve outro ataque?

Olhei para a mesa. Falei igualmente baixo.

— Alguns tremores, mas nenhum ataque de fato. Eles parecem me acometer só se me cansar demais.

Ele acenou gravemente com a cabeça e esperou. Ergui o olhar para encontrar seus olhos escuros postos em mim. A preocupação que vi neles tocou qualquer coisa em mim. Abanei a cabeça, de súbito, sem voz.

— É a Molly — disse, passado um momento.

— Não conseguiu descobrir para onde ela foi?

— Sim, ela está aqui, em Torre do Cervo. Trabalhando como aia de Patience. Mas Patience não me deixa vê-la. Diz que...

Os olhos de Burrich arregalaram-se ao ouvir minhas primeiras palavras. Agora olhava ao redor e então inclinou a cabeça para a porta. Ergui-me e o segui de volta aos estábulos e depois ao seu quarto. Sentei-me à sua mesa, em frente à lareira, e ele trouxe o conhaque bom de Lavra e duas taças. Então pegou as ferramentas de emendar couro e sua eterna pilha de arreios para consertar. Passou-me para as mãos um cabresto que precisava de uma nova correia. Para si, preparou um trabalho delicado em uma aba de sela. Puxou o banco para mais perto e me olhou.

— Essa Molly. Quer dizer que já a vi, nos pátios de lavagem com Lacy? Com um porte de cabeça orgulhoso? Reflexos vermelhos no casaco?

— Seu cabelo — corrigi-o, com má vontade.

— Quadris largos e bonitos. Dará facilmente à luz — disse ele, com ar aprovador.

Fitei-o, furioso.

— Obrigado — eu disse, com uma voz gelada.

Ele me surpreendeu com um sorriso.

— Fique bravo. Prefiro você bravo a cheio de autocomiseração. Então, me conte.

E eu contei. Provavelmente muito mais do que teria contado na sala dos guardas, pois ali estávamos a sós, o conhaque descia morno pela minha garganta e os objetos e cheiros familiares do seu quarto e o trabalho me rodeavam. Ali, mais do que em qualquer lugar em minha vida, sempre estive a salvo. Parecia seguro revelar-lhe minha dor. Ele não falou nem fez qualquer comentário. Mesmo depois de eu contar tudo até o fim, manteve-se em silêncio. Vi-o esfregando corante nos traços do cervo que gravara no couro.

— E então, o que devo fazer? — ouvi-me perguntar.

Ele largou o trabalho, bebeu o resto do conhaque e voltou a encher o copo. Passou os olhos pelo quarto.

— Você está me perguntando, é claro, porque notou meu singular sucesso em arranjar para mim uma esposa dedicada e muitos filhos? — A amargura em sua voz me surpreendeu, mas, antes de poder reagir, ele soltou uma gargalhada abafada. — Esqueça o que eu disse. No fim das contas, a decisão foi minha, e tomada há muito tempo. FitzChivalry, o que você acha que devia fazer? — Fitei-o, taciturno. — O que levou as coisas pelo caminho errado, em primeiro lugar? — Não respondi, e ele me perguntou: — Não acabou de dizer que a cortejou como garoto, e que ela encarou sua proposta como a de um homem? Ela estava à procura de um homem. Portanto, não ande por aí amuado como uma criança contrariada. Porte-se como um homem. — Ele emborcou metade do conhaque e voltou a encher ambos os copos.

— Como? — Eu quis saber.

— Do mesmo modo que se mostrou um homem em outras situações. Aceite a disciplina, erga-se à altura da tarefa. Então não pode vê-la. Se sei alguma coisa das mulheres, isso não quer dizer que ela não o vê. Mantenha isso em mente. Olhe para si mesmo, seu cabelo está parecendo a pelagem de inverno de um pônei.

Aposto que está com essa camisa há uma semana, e está magro como um potro de inverno. Duvido que volte a conquistar o respeito dela dessa maneira. Alimente-se, arrume-se todos os dias e, em nome de Eda, faça algum exercício em vez de andar cabisbaixo pela sala dos guardas. Arranje algumas tarefas e dedique-se a elas.

Concordei lentamente com aquele conselho. Sabia que ele tinha razão. Mas não pude evitar protestar:

— Mas nada disso me servirá de alguma coisa se Patience continuar não me deixando ver Molly.

— A longo prazo, meu rapaz, a questão não é entre você e Patience. É entre você e Molly.

— E o rei Shrewd — eu disse, com uma careta.

Ele me olhou com cara de interrogação.

— Segundo Patience, um homem não pode estar juramentado a um rei ao mesmo tempo que entrega por completo o coração a uma mulher. "Um cavalo não pode levar duas selas", ela me disse. E isso veio de uma mulher que se casou com um príncipe herdeiro e se satisfez com o tempo que ele tinha para ela. — Estendi a mão para entregar a Burrich o cabresto consertado.

Ele não pegou. Parara no ato de erguer a taça de conhaque. Pousou-a sobre a mesa com tanta força que o líquido saltou derramando pela borda.

— Ela disse isso? — perguntou com uma voz rouca. Seus olhos perfuraram os meus.

Anuí, lentamente.

— Disse que não seria honroso esperar que Molly se contentasse com o tempo que o rei deixasse para mim.

Burrich recostou-se na cadeira. Uma corrente de emoções conflituosas percorreu seu rosto. Desviou os olhos para a lareira e então voltou a apontá-los para mim. Por um momento pareceu prestes a falar. Então, endireitou-se, bebeu o resto do conhaque de um trago e ficou abruptamente em pé.

— Isso aqui está calmo demais. Vamos descer à Cidade de Torre do Cervo, está bem?

No dia seguinte, levantei-me e ignorei meu coração palpitante para me dedicar à tarefa de não me comportar como um garoto doente de amor. A impetuosidade e a falta de cuidado de um garoto foram o que me levou a perdê-la. Resolvi experimentar a contenção de um homem. Se esperar algum tempo era o único caminho que me restava para chegar até ela, aceitaria o conselho de Burrich e usaria bem esse tempo.

Então passei a me levantar cedo todos os dias, antes mesmo de os cozinheiros matinais estarem de pé. Na privacidade do meu quarto, me espreguiçava e me dedicava a exercícios marciais com um velho cajado. Esforçava-me até começar a suar e a ser atacado por tonturas, então descia para os banhos e mergulhava no vapor. Lentamente, muito lentamente, minha energia começou a regressar. Ganhei peso e comecei a reconstruir os músculos em volta dos ossos. O novo vestuário que a sra. Hasty me impingira começou a servir em mim. Ainda não estava livre dos tremores que por vezes me assaltavam. Mas tinha menos ataques e conseguia sempre regressar a meus aposentos antes de me envergonhar caindo. Patience me disse que minha cor havia voltado, enquanto Lacy ficava muito satisfeita em me alimentar em qualquer oportunidade. Comecei a me sentir eu mesmo de novo.

Todas as manhãs comia com os guardas, onde a quantidade consumida era sempre mais importante do que as maneiras. O café da manhã era seguido de uma ida aos estábulos para trazer Fuligem para um galope sobre a neve, a fim de mantê-la em forma. Quando a devolvia aos estábulos, havia um conforto doméstico em cuidar dela pessoalmente. Antes de nossas desventuras no Reino da Montanha, Burrich e eu tínhamos nos desentendido por causa do meu uso da Manha. Minha entrada nos estábulos tinha sido praticamente barrada. Então havia mais do que satisfação em escová-la e tratar eu mesmo de sua ração. Encontrava lá o movimento dos estábulos, o cheiro morno dos animais e os mexericos da torre como só os rapazes do estábulo podiam contar. Nos dias felizes, Hands ou Burrich gastavam algum tempo parando e conversando comigo. Nos outros dias, nos dias movimentados, havia a satisfação agridoce de vê-los discutindo sobre a tosse de um garanhão ou medicando o javali debilitado que algum agricultor havia trazido até a torre. Nesses dias eles tinham pouco tempo para brincadeiras e, sem que fosse de propósito, me excluíam do seu círculo. Era como tinha de ser. Eu havia mudado de vida, não podia esperar que a antiga ficasse eternamente entreaberta para mim.

Esse pensamento não evitava uma alfinetada de culpa todos os dias quando me esgueirava até a cabana abandonada atrás dos celeiros. A cautela perseguia-me sempre. Minha nova paz com Burrich não existia há tempo suficiente para considerá-la inabalável; a dor que a perda de sua amizade me causara ainda estava bem fresca na memória. Se Burrich sequer suspeitasse de que eu voltara a usar a Manha, me abandonaria tão rápido e completamente como fizera antes. Todos os dias perguntava a mim mesmo o porquê exato de estar disposto a arriscar sua amizade e seu respeito por causa de um filhote de lobo.

Minha única resposta era que não tive alternativa. Não seria capaz de desviar de Lobito assim como não seria capaz de abandonar uma criança esfomeada e enjaulada. Para Burrich, a Manha que me deixava aberto às mentes dos animais era uma perversão, uma fraqueza repugnante à qual nenhum homem de verdade cedia. Ele praticamente admitiu possuir a capacidade latente para usá-la, mas insistia firmemente que nunca o fizera. E, se o fizera, eu nunca o apanhara.

O oposto não era verdade. Com uma percepção inquietante, ele sempre sabia quando eu era atraído para um animal. Quando garoto, minha entrega à Manha com um animal geralmente resultava em uma palmada na cabeça ou um tabefe para me despertar de volta a meus deveres. Quando vivera com Burrich nos estábulos, ele fizera tudo o que estivera a seu alcance para evitar que eu me vinculasse a algum animal. Fora sempre bem-sucedido, com duas exceções. A cortante dor de perder meus companheiros de vínculo convencera-me de que Burrich tinha razão. Só um tolo se permitiria algo que inevitavelmente traria tamanha dor. E, portanto, eu era um tolo, e não um homem capaz de virar as costas às súplicas de um lobinho espancado e faminto.

Surrupiava ossos, restos de carne e cascas de pão e fazia o possível para que ninguém, nem mesmo Cook ou Bobo, soubesse da minha atividade. Fazia planos elaborados para variar os momentos de minhas visitas diárias e para usar todos os dias um caminho diferente, a fim de evitar criar uma trilha batida até a cabana dos fundos. O mais difícil tinha sido contrabandear para fora dos estábulos palha limpa e uma velha manta para cavalos. Mas consegui.

Chegasse quando chegasse, encontrava Lobito à minha espera. Não era apenas a vigilância de um animal que esperava comida. Ele pressentia quando eu começava minha caminhada diária até a cabana atrás dos celeiros e esperava por mim. Sabia quando eu tinha bolos de gengibre nos bolsos e logo passou a gostar deles. Não que o receio que sentia de mim tivesse desaparecido. Não. Eu sentia sua cautela e o modo como ele se encolhia em si mesmo sempre que eu chegava a seu alcance. Mas a cada vez que não lhe batia, a cada pedaço de comida que lhe trazia, uma tábua a mais de confiança era colocada na ponte entre nós. Era um laço que eu não queria estabelecer. Tentei permanecer severamente afastado dele, conhecê-lo o mínimo possível por via da Manha. Temi que ele pudesse perder o caráter selvagem de que necessitaria para sobreviver pelos próprios meios. Preveni-o repetidamente: "Tem de se manter escondido. Todos os homens são um perigo para você, e todos os cães também. Tem de se manter dentro dessa estrutura, e não fazer nenhum barulho se alguém estiver por perto".

A princípio, foi fácil para ele obedecer. Estava tristemente magro e caía imediatamente sobre a comida que lhe trazia e devorava-a até a última migalha. Normalmente já dormia em sua manta quando eu saía da cabana, ou então olhava-me possessivamente enquanto roía um precioso osso. Mas ele estava sendo adequadamente alimentado, tinha espaço para se movimentar e começou a perder o medo de mim, e o inato espírito brincalhão de um filhote de lobo começou a se reafirmar. Ganhou o hábito de saltar sobre mim em ataques fingidos assim que a porta era aberta e de expressar o prazer que sentia com ossos de vaca cheios de cartilagem, rosnando e lutando com eles. Quando o repreendia por fazer muito barulho ou pelos rastros que traíam suas corridas noturnas pelo campo nevado que se abria por trás da cabana, ele se encolhia diante do meu desagrado.

Mas também notei a selvageria mascarada em seus olhos nesses momentos. Ele não me concedia o domínio. Só uma espécie de liderança de alcateia. Esperava o tempo necessário até que suas decisões fossem suas. Por doloroso que isso fosse, era como tinha de ser. Eu o salvara com a firme intenção de devolvê-lo à liberdade. Dentro de um ano, ele seria apenas mais um lobo uivando à distância durante a noite. Disse-lhe isso repetidamente. A princípio ele exigia saber quando seria tirado da malcheirosa fortaleza e do confinamento das paredes de pedra que a fechavam. Eu lhe prometia que seria em breve, assim que se alimentasse e recuperasse as forças, assim que as neves mais profundas de inverno tivessem passado e ele pudesse se cuidar sozinho. Mas, à medida que as semanas passavam e que as tempestades lá fora lhe faziam lembrar o aconchego de sua cama e a boa carne que revestia seus ossos, passava a perguntar com menos frequência. E eu me esquecia de lembrá-lo.

A solidão roía-me por dentro e por fora. À noite me perguntava o que aconteceria se me esgueirasse para o andar superior e batesse à porta de Molly. De dia resistia a vincular-me ao pequeno filhote que dependia tão completamente de mim. Só havia outra criatura na torre tão solitária como eu.

— Tenho certeza de que tem outros deveres a cumprir. Por que me visita todos os dias? — perguntou-me Kettricken, ao modo direto da Montanha.

Estávamos no meio da manhã, após uma noite de tempestade. Nevava em grossos flocos e, apesar do frio, Kettricken ordenara que as persianas das janelas fossem abertas para que pudesse ver o nevoeiro. Seu quarto de costura tinha vista para o mar, e eu achava que ela estava fascinada pelas imensas e inquietas águas. Seus olhos naquele dia tinham uma cor muito semelhante à da água.

— Pensei em ajudar o tempo a passar de uma forma mais agradável, minha princesa herdeira.

— Passar o tempo — suspirou. Pousou o queixo na mão e apoiou-se no cotovelo para olhar pensativamente a neve que caía lá fora. O vento marinho emaranhava-se no cabelo claro. — Sua língua é uma língua estranha. Vocês falam da passagem do tempo como nós nas Montanhas falamos da passagem do vento. Como se fosse uma coisa de que é melhor desembaraçarmo-nos.

Sua pequena aia, Rosemary, sentada aos seus pés, abafou um risinho com as mãos. Atrás de nós, suas duas damas de companhia sufocaram risos apreensivos e então voltaram a baixar diligentemente a cabeça para seu trabalho com a agulha. A própria Kettricken tinha começado um grande bordado, que mostrava um início de montanhas e uma cascata. Não a vira fazer grandes progressos nesse trabalho. Suas outras damas não tinham se apresentado naquele dia, preferindo enviar pajens com desculpas por não poderem lhe fazer companhia. Dores de cabeça, principalmente. Ela não parecia compreender que estava sendo desrespeitada pela falta de atenção. Eu não sabia como lhe explicar isso, e em certos dias perguntava a mim mesmo se deveria fazê-lo. Esse era um desses dias.

Mexi-me na cadeira e cruzei as pernas para o outro lado.

— Só quis dizer que, durante o inverno, Torre do Cervo pode se tornar um lugar entediante. O clima nos mantém durante tanto tempo dentro de portas, há poucas diversões.

— Não é esse o caso lá embaixo, nos barracões do estaleiro — informou-me. Seus olhos adotaram uma estranha expressão de fome. — Ali há um grande alvoroço, com todos os pedacinhos de luz do dia sendo usados para colocar os grandes madeiramentos e para arquear as tábuas. Mesmo quando o dia tem pouca luz ou traz uma grande tempestade, dentro dos barracões os carpinteiros navais continuam talhando, esculpindo e nivelando madeira. Nas ferrarias, fazem correntes e âncoras. Alguns tecem robustas telas para velas, outros cortam-nas e cosem-nas. Verity passeia por lá, supervisionando tudo. E enquanto isso eu fico aqui sentada com bordados, picando os dedos e forçando os olhos para fazer flores e olhos de pássaro, para terminar o trabalho e colocá-lo de lado com uma dúzia de outros bordados.

— Oh, não é posto de lado, não, jamais, senhora! — interveio impulsivamente uma de suas mulheres. — Sua costura é tida em grande conta quando presenteia alguém com ela. Em Shoaks há um bordado emoldurado nos aposentos privados do Lorde Shemshy, e o duque Kelvar de Rippon...

O suspiro de Kettricken interrompeu o elogio da mulher.

— Preferiria trabalhar em uma vela, com uma grande agulha de ferro ou um cavirão de madeira, para embelezar um dos navios de meu esposo. Esse seria um trabalho digno de meu tempo e seu respeito. Em vez disso, me dão brinquedos para me divertir como se eu fosse uma criança mimada que não sabe o valor do tempo bem gasto.

Virou-se novamente para a janela. Reparei então que a fumaça que se erguia dos estaleiros era tão facilmente visível como o mar. Talvez tivesse me enganado sobre a direção que sua atenção seguia.

— Devo mandar buscar chá e bolinhos, senhora? — inquiriu com ar esperançoso uma de suas damas. Ambas tinham os xales sobre os ombros. Kettricken não parecia notar o ar gelado do mar que entrava pela janela aberta, mas não podia ser agradável para aquelas duas ficarem ali sentadas naquele vento manuseando as agulhas.

— Se desejarem — respondeu Kettricken sem interesse —, não tenho fome nem sede. Na verdade, temo que engorde como um ganso de engorda se passar o dia inteiro sentada bordando, comendo e bebericando. Anseio por fazer qualquer coisa significativa. Diga-me a verdade, Fitz. Se não se sentisse obrigado a me visitar, estaria sentado sem fazer nada em seus aposentos? Ou fazendo trabalhos sofisticados em um tear?

— Não. Mas eu não sou uma princesa à espera de se tornar rainha.

— À espera. Ah, eu compreendo bem essa particularidade do meu título. — Uma amargura que eu nunca ouvira vinda dela insinuou-se em sua voz. — Mas "princesa"? Na minha terra, como bem sabe, não dizemos "princesa". Se eu estivesse lá agora, e governando no lugar do meu pai, seria chamada de "Sacrifício". Mais do que isso, eu *me sacrificaria*. Faria qualquer coisa pelo bem da minha terra e do meu povo.

— Se estivesse lá agora, no pico do inverno, o que estaria fazendo? — perguntei, pensando apenas em achar um tema mais confortável de conversa. Foi um erro.

Ela se calou e olhou pela janela.

— Nas montanhas — disse em voz baixa —, nunca havia tempo para ficar sem fazer nada. Eu era a mais nova e, claro, a maior parte dos deveres do Sacrifício recaía sobre meu pai e meu irmão mais velho. Mas, como Jonqui diz, há sempre trabalho suficiente para ocupar a todos, e ainda sobra algum. Aqui, em Torre do Cervo, tudo é feito por criados, longe da vista, e vemos só os resultados, o aposento arrumado, a refeição na mesa. Talvez seja porque é um lugar muito populoso. — Ela se interrompeu por um momento e os olhos perderam-se ao longe. — Em Jhaampe, no inverno, o palácio e a própria cidade ficam silenciosos. As neves caem, densas e pesadas, e um grande frio desce sobre a terra. Os caminhos menos usados desaparecem durante todo o inverno. As rodas são substituídas por mensageiros. Aqueles que vieram de visita à cidade há muito regressaram para casa. No palácio, em Jhaampe, só existem a família e aqueles que decidiram ficar para ajudá-la. Não é para servi-la, não propriamente. Você esteve em Jhaampe. Sabe que não há ninguém que se limite a servir, à exceção da família real. Em Jhaampe, eu acordava cedo para buscar água para o mingau de todos e cumprir meu turno mexendo o caldeirão. Keera, Sennick, Jofron e eu enchíamos a cozinha de conversas. E os mais novos corriam por ali, trazendo lenha, pondo a mesa e conversando sobre mil coisas. — A voz dela sumiu, e eu escutei o silêncio de sua solidão.

Passado um tempo, ela continuou:

— Se há trabalho a fazer, pesado ou leve, todos nos juntamos para fazê-lo. Ajudei a dobrar e amarrar os ramos para um celeiro. Mesmo no pico do inverno, ajudei a limpar neve e a erguer novos arcos para o telhado de uma família devastada por um incêndio. Acha que um Sacrifício não pode ir à caça de um velho urso doente que se acostumou a matar cabras, ou puxar uma corda para ajudar a reforçar uma ponte danificada pelas águas de uma enchente? — Ela me lançou um olhar dolorido.

— Aqui, em Torre do Cervo, não arriscamos nossas rainhas — disse-lhe com simplicidade. — Outro ombro pode puxar uma corda, temos dezenas de caçadores que disputariam a honra de acabar com um matador de rebanho. Mas só temos uma rainha. Há coisas que uma rainha pode fazer e que mais ninguém pode.

Atrás de nós, no quarto, suas damas tinham praticamente se esquecido dela. Uma chamara um pajem, e ele regressara com bolos doces e chá fumegante em uma chaleira. Tagarelavam uma com a outra, aquecendo as mãos em volta das chávenas. Olhei-as por um momento, para guardar bem na memória quem eram as damas que tinham decidido fazer companhia à sua rainha. Estava começando a perceber que Kettricken podia não ser a mais fácil das rainhas a quem fazer companhia. A pequena aia de Kettricken, Rosemary, estava sentada no chão junto à mesa do chá, com olhos sonhadores, agarrando bem um bolo doce com suas pequenas mãos. Desejei de repente ter de novo oito anos para poder juntar-me a ela ali.

— Eu sei do que está falando — disse Kettricken, sem rodeios. — Estou aqui para dar um herdeiro a Verity. É um dever que não evito, pois não o considero um dever, mas um prazer. Só desejava poder ter a certeza de que meu senhor partilha dos meus sentimentos. Ele anda sempre pela cidade a negócios. Sei onde ele está hoje; lá embaixo, observando seus navios surgirem de tábuas e troncos. Eu não poderia estar com ele sem correr perigo? Certamente que só eu posso lhe dar um herdeiro, e só ele pode gerá-lo. Por que eu devo ficar aqui confinada enquanto ele mergulha na tarefa de proteger nosso povo? Essa é uma tarefa que eu devia partilhar, como Sacrifício pelos Seis Ducados.

Apesar de ter me habituado à franqueza da Montanha durante o tempo que lá passara, ainda assim fiquei chocado com a falta de rodeios com que ela falou. O choque levou-me a mostrar demasiada ousadia na resposta. Dei por mim erguendo-me diante dela e fechando bem as persianas da janela ventosa. Aproveitei a proximidade para sussurrar-lhe, ferozmente:

— Se acha que o único dever de nossas rainhas é dar à luz, está seriamente enganada, senhora. Falando tão francamente quanto você acabou de fazer, está negligenciando seus deveres para com suas damas, que estão aqui hoje apenas para lhe fazer companhia e conversar com você. Pense. Não poderiam elas estar fazendo essa mesma costura no aconchego de seus aposentos ou na companhia da sra. Hasty? Suspira de desejo por aquilo que acha ser uma tarefa mais importante; mas essa é uma tarefa que o próprio rei não pode desempenhar. Está aqui para levá-la a cabo. Reconstruir a corte em Torre do Cervo, transformá-la em um lugar atraente e onde seja agradável estar. Encorajar seus senhores e senhoras a rivalizar pela sua atenção, deixá-los ansiosos por apoiá-lo em seus empreendimentos. Há muito que não há uma rainha agradável neste castelo. Em vez de passar todo tempo olhando para um navio que outras mãos são mais capazes de construir, dedique-se à tarefa que lhe é dada e adapte-se a ela.

Terminei de pendurar a tapeçaria que cobria as persianas e ajudava a manter afastado o frio das tempestades marítimas. Então dei um passo para trás e enfrentei os olhos de minha rainha. Para meu desgosto, ela estava com uma postura tão humilde como se fosse uma leiteira. Havia lágrimas em seus olhos claros, e tinha o rosto tão vermelho como se eu a tivesse esbofeteado. Olhei de relance suas damas, que continuavam tomando chá e tagarelando. Rosemary, sem ser vigiada, aproveitava a oportunidade para fazer cuidadosos buracos nas tortas para ver o que tinha lá dentro. Ninguém parecia ter notado nada estranho. Mas eu estava aprendendo rapidamente como as senhoras da corte eram peritas em tal dissimulação e temi especulações sobre o que o bastardo teria dito à princesa herdeira para lhe trazer lágrimas aos olhos.

Amaldiçoei minha falta de jeito e lembrei a mim mesmo que, por mais alta que Kettricken fosse, não era muito mais velha do que eu, e estava sozinha em um lugar estranho. Não devia ter falado com ela, devia antes ter apresentado o problema a Chade e o deixado manipular outra pessoa para explicar tudo a Kettricken. Mas então me dei conta de que ele já escolhera alguém para lhe explicar essas coisas. Voltei a olhá-la nos olhos e arrisquei um sorriso nervoso. Ela seguiu rapidamente a olhadela que dei para as damas, e foi com a mesma rapidez que devolveu a compostura a seu rosto. Meu coração inchou de orgulho por ela.

— O que sugere? — perguntou ela em voz baixa.

— Sugiro — eu disse humildemente — que me sinto envergonhado com a forma ousada como falei à minha rainha. Peço seu perdão. Mas também sugiro que mostre a essas duas leais damas alguma marca especial do favor real, para recompensá-las pela fidelidade.

Ela anuiu, compreendendo.

— E esse favor poderá ser...? — perguntou com voz suave.

— Uma reunião privativa com sua rainha em seus aposentos pessoais, talvez para assistir a uma exibição especial de um menestrel ou titereiro. Não importa qual entretenimento fornecerá; a única coisa que importa é que aquelas que não tenham decidido fazer-lhe companhia com tamanha fidelidade sejam excluídas.

— Isso soa como algo que Regal faria.

— Provavelmente. Ele é um grande adepto da criação de lacaios e dependentes. Mas ele o faria por despeito, para punir aqueles que não estivessem sempre à volta dele.

— E eu?

— E você, minha princesa herdeira, o fará como recompensa àquelas que aqui estão. Sem pensar em punir as que não estão, apenas a fim de desfrutar da companhia daquelas que obviamente correspondem a esse sentimento.

— Entendo. E o menestrel?

— Mellow. Ele tem um modo muito galante de cantar para todas as senhoras presentes na sala.

— Você verificaria se ele estará livre esta noite?

— Minha senhora. — Fui obrigado a sorrir. — É a princesa herdeira, ele ficará honrado por ser requisitado. Ele nunca estará muito ocupado para lhe servir.

Ela voltou a suspirar, mas foi um suspiro menor. Despediu-me com um aceno e ergueu-se, sorrindo, em direção a suas damas, suplicando-lhes que a perdoassem pelos pensamentos errantes naquela manhã, e depois perguntando-lhes se poderiam também fazer companhia à noite em seus aposentos. Vi-as trocar olhares e sorrir, e soube que tínhamos agido bem. Tomei nota mentalmente de seus nomes: lady Hopeful e lady Modesty. Saí da sala com uma mesura, e elas quase não repararam na minha saída.

E assim foi que me tornei conselheiro de Kettricken. Não era um papel que eu apreciasse, esse de ser companheiro e instrutor, de ser aquele que lhe sussurrava ao ouvido quais passos deveria dançar a seguir. Na verdade, era uma tarefa desconfortável. Sentia que a diminuía com minhas censuras e que a corrompia, mostrando-lhe como as aranhas do poder se moviam na teia da corte. Ela tinha razão, aqueles eram os truques de Regal. Se ela os usava com ideais mais elevados e modos mais gentis do que ele, minhas intenções tinham egoísmo suficiente para nós dois. Queria que ela reunisse poder em suas mãos e que com ele vinculasse firmemente o trono a Verity na mente de todos.

Todas as manhãs, bem cedo, esperava-se de mim que visitasse lady Patience. Tanto ela como Lacy encaravam essas visitas com grande seriedade. Patience julgava-me completamente à sua disposição, como se ainda fosse seu pajem, e não pensava duas vezes antes de me encarregar de copiar um antigo pergaminho em uma de suas preciosas folhas de papel de junco, ou de exigir que lhe mostrasse meus progressos na flauta. Ralhava comigo sempre por não demonstrar suficiente empenho nessa área e passava a maior parte de uma hora confundindo-me enquanto tentava me ensinar o instrumento. Eu tentava ser tratável e educado, mas me sentia encurralado em sua conspiração para evitar que visse Molly. Compreendia a sabedoria do rumo que Patience pretendia que eu seguisse, mas a sabedoria não alivia a solidão. Apesar dos esforços das mulheres para me manter afastado dela, eu via Molly por todo lado. Oh, não em pessoa, não, mas no aroma da grossa vela de baga de loureiro que ardia tão docemente, no manto deixado dobrado sobre uma cadeira; até o mel dos bolos tinha sabor de Molly para mim. Serei considerado um tolo por me sentar perto da vela e inspirar seu aroma, ou por escolher a cadeira na qual pudesse me encostar a seu manto umedecido pela neve? Por vezes, sentia-me como Kettricken, como se estivesse me afogando naquilo que se exigia de mim, como se nada restasse em minha vida que fosse apenas para mim.

Eu fazia relatórios semanais a Chade sobre os progressos de Kettricken na trama da corte. Foi ele quem me preveniu de que subitamente as senhoras mais enamoradas de Regal começariam a tentar também conseguir os favores de Kettricken. E, assim, eu tinha de preveni-la, dizer-lhe a quem deveria tratar com cortesia, mas não mais do que isso, e a quem deveria oferecer sorrisos genuínos. Pensava comigo mesmo que preferiria estar silenciosamente matando pelo meu rei em vez de andar tão embrenhado em todos aqueles ardis secretos. Mas então o rei Shrewd me convocou.

A mensagem chegou de manhã muito cedo, e eu me vesti apressadamente para atender ao meu rei. Aquela era a primeira vez que ele me convocava à sua presença desde meu regresso a Torre do Cervo. Ser ignorado deixara-me desconfortável. Estaria desagradado comigo devido ao que acontecera em Jhaampe? Certamente o teria dito a mim diretamente. Mas mesmo assim. A incerteza roía-me. Tentei me apressar ao máximo para comparecer, e ao mesmo tempo tomar especial cuidado com minha aparência. Acabei me saindo mal em ambas as tarefas. Meu cabelo, raspado devido à febre que tive nas Montanhas, voltara a crescer, tão denso e rebelde como o de Verity. Pior, minha barba começava também a se eriçar. Duas vezes Burrich me disse que seria melhor eu decidir usar barba ou tratar de me barbear com mais frequência. Como minha barba crescia tão irregular como a pelagem de inverno de um pônei, cortei diligentemente a cara várias vezes naquela manhã, até decidir que um pouco de penugem chamaria menos atenção do que todo aquele sangue. Penteei o cabelo para trás e desejei poder prendê-lo em um rabo de cavalo de guerreiro. Preguei na camisa o alfinete que Shrewd me dera tanto tempo antes para me identificar como seu. Então, apressei-me a comparecer perante meu rei.

Quando caminhava apressado pelo corredor que levava à porta do rei, Regal emergiu subitamente de sua porta. Parei para não esbarrar nele, e então me senti encurralado ali, fitando-o. Vira-o várias vezes desde que regressara. Mas fora sempre do outro lado de um corredor, ou um vislumbre de passagem enquanto me dedicava a alguma tarefa. Agora estávamos separados por pouco mais do que um braço, e fitávamos um ao outro. Percebi com um choque que quase poderíamos ser confundidos como irmãos. O cabelo dele era mais encaracolado, seus traços eram mais finos, seu porte mais aristocrático. Seu vestuário eram penas de pavão em comparação com minhas cores de carriça, faltava-me prata no pescoço e nas mãos. Mas, apesar disso, a marca dos Farseers era evidente em ambos. Partilhávamos o queixo de Shrewd, a dobra de suas pálpebras e a curva de seu lábio inferior. Nenhum de nós poderia algum dia igualar o porte musculoso de Verity, mas eu chegaria mais perto do que ele. Menos de uma década separava nossas idades. Só sua pele me separava de seu sangue. Enfrentei-lhe o olhar e desejei poder derramar-lhe as entranhas no chão perfeitamente limpo.

Ele sorriu, uma breve exposição de dentes brancos.

— Bastardo — cumprimentou-me de forma agradável. O sorriso tornou-se mais penetrante. — Ou devo chamá-lo de Mestre Convulsões?

— Príncipe Regal — respondi e deixei que meu tom de voz desse às palavras o mesmo significado que as dele. Esperei com uma paciência fria que não sabia ter. Ele teria de me atacar primeiro.

Durante algum tempo, mantivemos nossas posições, sem desviar os olhos. Então ele olhou para baixo, a fim de sacudir da manga uma poeira imaginária. Passou por mim a passos largos. Não me afastei. Ele não me deu um encontrão como teria feito outrora. Respirei fundo e prossegui meu caminho.

Não conhecia o guarda que se encontrava à porta, mas ele abriu passagem para os aposentos do rei com um aceno. Suspirei e impus-me outra tarefa. Ia reaprender os nomes e os rostos. Agora que a corte estava crescendo com gente que viera ver a nova rainha, me dei conta de que estava sendo reconhecido por gente que eu não conhecia. "Aquele há de ser o bastardo, pela aparência", ouvi um comerciante de bacon dizendo a seu aprendiz, dias antes, à porta da cozinha. Isso me fazia me sentir vulnerável. As coisas estavam mudando depressa demais para o meu gosto.

Os aposentos do rei Shrewd chocaram-me. Esperava encontrar as janelas entreabertas para o vívido ar do inverno, Shrewd de pé, vestido e em alerta à mesa, ativo como um capitão recebendo notícias de seus tenentes. Sempre fora assim, um velho perspicaz, rigoroso consigo mesmo, um homem que se levantava cedo, tão sagaz como seu nome. Mas ele não estava na sala. Aventurei-me a me aproximar da entrada do quarto de dormir, espreitei pela porta aberta.

Lá dentro, o quarto ainda se encontrava meio mergulhado nas sombras. Um criado mexia em copos e pratos em uma pequena mesa puxada para junto da grande cama de dossel. Olhou-me de relance e depois afastou o olhar, evidentemente convencido de que eu era um criado. O ar estava parado e cheirando a mofo, como se o quarto não estivesse sendo usado ou não fosse arejado há muito tempo. Esperei um pouco até que o criado comunicasse ao rei Shrewd que eu tinha vindo. Como ele continuou a me ignorar, avancei prudentemente até a beira da cama.

— Meu rei? — ousei interpelá-lo quando ele não falou. — Vim, como me pediu.

Shrewd estava sentado nas sombras de sua cama, bem apoiado em almofadas. Abriu os olhos quando eu falei.

— Quem... ah. Fitz. Então sente-se. Wallace, traga-lhe uma cadeira, uma xícara e um prato também. — Quando o criado foi fazer o que lhe era pedido, o rei Shrewd confidenciou-me: — Sinto falta de Cheffers. Esteve comigo durante tantos anos, e nunca tive de lhe dizer mais do que aquilo que queria ver feito.

— Lembro-me dele, senhor. Onde está?

— Uma tosse o levou. Apanhou-a no outono e ela nunca mais o largou. Foi desgastando-o lentamente, até que ele não conseguisse mais respirar sem fazer ruído.

Lembrava-me do criado. Não era jovem, mas também não era assim tão velho. Fiquei surpreso ao saber de sua morte. Fiquei em silêncio, sem dizer nada, enquanto Wallace trazia a cadeira, um prato e uma xícara para mim. Franziu a sobrancelha em tom de desaprovação quando me sentei, mas o ignorei. Em breve aprenderia que o rei Shrewd criava seu próprio protocolo.

— E você, meu rei? Está bem? Não me lembro de alguma vez ter ouvido dizer que ficou na cama de manhã.

O rei Shrewd soltou um ruído de impaciência.

— É muito irritante. Não é exatamente uma doença. É mais uma tontura, uma espécie de vertigem que cai sobre mim se me movo depressa. Todas as manhãs acho que desapareceu, mas quando tento me levantar as próprias pedras de Torre do Cervo balançam debaixo de mim. Então fico na cama, como e bebo um pouco e depois me levanto devagar. Por volta do meio-dia, sou eu mesmo de novo. Acho que tem algo a ver com o frio do inverno, embora o curandeiro diga que pode ser consequência de um velho golpe de espada que levei quando não era muito mais velho do que você é agora. Vê? Ainda tenho a cicatriz, embora estivesse convencido de que os estragos já tinham sarado há muito. — O rei Shrewd inclinou-se para a frente em sua cama rodeada por dosséis, erguendo com a mão trêmula uma madeixa do cabelo grisalho da têmpora esquerda. Vi a marca da antiga cicatriz e confirmei com a cabeça. — Mas basta. Não o chamei para consultas sobre minha saúde. Será que consegue adivinhar por que está aqui?

— Quer um relatório completo sobre os acontecimentos de Jhaampe? — arrisquei. Relanceei os olhos em volta em busca do criado, vi Wallace pairando por perto. Cheffers teria partido para permitir que Shrewd e eu conversássemos livremente. Perguntei a mim mesmo com que clareza me atreveria a falar em frente daquele novo homem.

Mas Shrewd afastou o assunto com um gesto.

— Está feito, garoto — disse ele, pesadamente. — Verity e eu conversamos. Agora ultrapassamos o problema. Não me parece que haja muito que possa me dizer que eu já não saiba, ou adivinhe. Verity e eu conversamos longamente. Eu...

lamento... certas coisas. Mas... Aqui estamos, e aqui é sempre o lugar onde temos de começar tudo. Hã?

As palavras incharam-me na garganta, deixando-me quase sufocado. "Regal", quis dizer-lhe. "Seu filho que tentou me matar, que tentou matar seu neto bastardo. Também conversou longamente com ele? E isso foi antes ou depois de ter me posto em seu poder?" Mas, tão claramente como se Chade ou Verity tivessem falado comigo, soube de súbito que não tinha o direito de questionar meu rei. Nem mesmo de lhe perguntar se ele entregara minha vida ao filho mais novo. Apertei os maxilares e mantive as palavras por proferir.

Shrewd encontrou meus olhos. Os olhos dele tremularam até Wallace.

— Wallace. Vá para a cozinha por um tempo. Ou para onde quiser, desde que não seja aqui. — Wallace pareceu desagradado, mas se virou com uma fungadela e partiu. Deixou a porta entreaberta atrás de si. A um sinal de Shrewd, levantei-me e fechei-a. Voltei para a cadeira.

— FitzChivalry — disse ele, com gravidade —, isso não pode ficar desse jeito.

— Senhor. — Sustentei-lhe o olhar por um momento, e depois olhei para baixo.

Ele falou com voz pesada:

— Por vezes, os jovens ambiciosos fazem tolices. Quando lhes é mostrado o erro de suas atitudes, pedem desculpa. — Ergui de súbito os olhos, me perguntando se ele esperava um pedido de perdão. Mas ele prosseguiu. — Foi-me apresentada uma dessas desculpas. Aceitei-a. E agora prosseguimos. Confie em mim — disse com gentileza, mas não se tratava de um pedido. — Às vezes o silêncio é o melhor remédio.

Recostei-me na cadeira. Inspirei fundo, suspirei cuidadosamente. Em um momento consegui me controlar. Ergui os olhos para meu rei com um rosto aberto.

— Posso perguntar por qual motivo me chamou, meu rei?

— Uma coisa desagradável — disse ele, com uma expressão de repugnância. — O duque Brawndy de Bearns acha que eu deveria resolvê-la. Teme o que se pode seguir se não o fizer. Não acha que seja... boa política ser ele próprio a agir diretamente. Então eu aceitei o pedido, ainda que a contragosto. Já bastam os Salteadores, teremos ainda de enfrentar disputas internas? Seja como for, eles têm o direito de me pedir, e eu o dever de conceder o pedido se me for feito. Uma vez mais irá ser portador da justiça do rei, Fitz.

Fez-me um resumo da situação em Bearns. Uma jovem de Baía das Focas viera a Torre Crespa oferecer-se a Brawndy como guerreira. Ele ficara feliz por aceitá-la, pois era não só bem musculosa, mas instruída nas artes da guerra, sabendo manejar varas, arcos e lâminas. Era tão bela quanto forte, pequena, escura e elegante como uma lontra marinha. Fora um acréscimo bem-vindo à sua guarda, e logo também se tornou uma figura popular na corte. Possuía não propriamente encanto, mas aquela coragem e força de vontade que leva outros a seguir alguém. O próprio Brawndy tornou-se seu amigo. A mulher inspirara a corte e instilara uma nova coragem em sua guarda.

Mas nos últimos tempos começara a imaginar-se profetiza e adivinha. Afirmava ter sido escolhida pelo deus do mar, El, para um destino mais elevado. Seu nome fora Madja e sua ascendência não tinha nada de especial, mas agora mudara de nome, em uma cerimônia de fogo, vento e água, e chamara a si mesma Virago. Comia apenas carne que fosse abatida por ela mesma e não mantinha nos aposentos nada que não tivesse sido feito por si ou ganho pela força das armas. O número de seus seguidores ia aumentando e incluía alguns dos nobres mais novos, bem como muitos dos soldados sob seu comando. A todos pregava a necessidade de voltar a adorar e honrar El. Abraçara os velhos costumes, defendendo uma vida rigorosa e simples que glorificava aquilo que uma pessoa podia conquistar com sua própria força.

Via os Salteadores e a Forja como punição de El pelos nossos costumes amolecidos e culpava a dinastia Farseer por encorajar essa moleza. A princípio falara de tais coisas de maneira circunspecta. Nos últimos tempos tornara-se mais aberta, mas nunca ousou dar voz à completa traição. Mesmo assim, houvera sacrifícios de bois castrados nas falésias, e ela pintara com sangue alguns dos jovens, enviando-os em buscas espirituais como nos tempos muito antigos. Brawndy ouvira rumores de que procurava um homem que a merecesse, que se juntaria a ela para derrubar o trono Farseer. Governariam juntos para dar início à era do guerreiro e pôr fim aos dias do agricultor. De acordo com Bearns, eram muitos os jovens que estavam prontos a competir por essa honra. Brawndy queria que ela fosse impedida antes de ter de ser ele mesmo a acusá-la de traição e a forçar seus homens a escolher entre ele e Virago. Shrewd manifestou a opinião de que o número de seus seguidores provavelmente cairia drasticamente se ela fosse derrotada pelas armas, se tivesse um grave acidente ou se fosse vítima de uma doença debilitante que lhe roubasse a força e a beleza. Fui forçado a concordar que provavelmente assim seria, mas observei que havia muitos casos em que pessoas que morriam se tornavam como deuses depois. Shrewd disse que com certeza, desde que a pessoa morresse de forma honrada.

Então, abruptamente, mudou de tema. Em Torre Crespa, na Baía das Focas, havia um velho pergaminho que Verity desejava ver copiado, uma lista de todos os indivíduos oriundos de Bearns que tinham servido o rei no Talento, como membros de um círculo. Dizia-se também que em Torre Crespa havia uma relíquia dos tempos da defesa da cidade pelos Antigos. Shrewd desejava que eu partisse na manhã seguinte para a Baía das Focas para copiar os pergaminhos, observar a relíquia e lhe trazer um relatório acerca dela. Também devia transmitir a Brawndy os melhores cumprimentos do rei e sua certeza de que o incômodo do duque seria em breve removido.

Compreendi.

Quando me levantei para partir, Shrewd ergueu um dedo para pedir um momento. Eu parei, à espera.

— E você acha que estou cumprindo a minha parte do acordo? — perguntou. Era a velha pergunta, aquela que ele sempre me fizera depois dos nossos encontros quando eu era rapaz. Não pude evitar sorrir.

— Sim, senhor — disse, como sempre tinha dito.

— Então trate de cumprir a sua parte também. — Fez uma pausa e então acrescentou, como nunca havia falado antes: — Lembre-se, FitzChivalry. Qualquer dano feito a um dos meus é dano feito a mim.

— Senhor?

— Você não faria dano a um dos meus, certo?

Endireitei as costas. Sabia o que ele estava pedindo, e concedi-lhe.

— Senhor, não farei dano a um dos seus. Estou juramentado à linhagem Farseer.

Ele fez um lento aceno com a cabeça. Arrancara um pedido de desculpa de Regal, e a mim a palavra de que não lhe mataria o filho. Provavelmente acreditava ter feito a paz entre nós. Do lado de fora da porta, parei para afastar o cabelo dos olhos. Acabara de fazer uma promessa, lembrei a mim próprio. Analisei-a cuidadosamente e forcei-me a compreender o que me poderia custar mantê-la. A amargura inundou-me, até fazer a comparação com o que me poderia custar quebrá-la. Então descobri as reservas em mim, e esmaguei-as com firmeza. Firmei a resolução de manter de forma limpa a promessa feita ao meu rei. Não tinha uma verdadeira paz com Regal, mas pelo menos podia ter essa paz comigo. A decisão me fez sentir melhor, e atravessei o corredor a passos largos e com um ar resoluto.

Não reabastecera meus estoques de veneno desde que regressara das Montanhas. Lá fora não se via nada de verde. Teria de roubar o que precisava. Os tintureiros de lã deveriam ter algumas coisas que eu poderia usar, e as reservas do curandeiro poderiam fornecer-me outras. Tinha a cabeça ocupada com estes planos quando comecei a descer as escadas.

Serene estava subindo. Quando a vi, estaquei. Vê-la intimidou-me de um modo que o encontro com Regal não intimidara. Era um antigo reflexo. De todos os membros do círculo de Galen, ela era agora a mais forte. August retirara-se de campo, partira para o longínquo interior para viver em terra de pomares e ser lá um cavalheiro. Seu Talento fora-lhe arrancado por completo durante o reencontro final que assinalara o fim de Galen. Serene era agora a Talentosa-chave do círculo. Durante o verão, permanecia em Torre do Cervo, e todos os outros membros do círculo, espalhados por torres e fortalezas por toda a nossa longa costa, canalizavam através dela seus relatórios para o rei. Durante o inverno, todo o círculo vinha para Torre do Cervo, a fim de renovar os vínculos e a amizade. Na ausência de um mestre do Talento, ela assumira grande parte do estatuto de Galen em Torre do Cervo. E também assumira, com grande entusiasmo, o apaixonado ódio que Galen sentia por mim. Ela me lembrava com muita vivacidade abusos passados e inspirava-me um terror que não queria ceder à lógica. Evitava-a desde meu regresso, mas agora seu olhar me congelava.

A escadaria tinha largura mais do que suficiente para permitir que duas pessoas passassem uma pela outra. A menos que uma delas se colocasse deliberadamente no meio de um degrau. Mesmo sendo obrigada a olhar para mim de baixo para cima, senti que era ela quem tinha vantagem. Seu porte mudara desde a época em que éramos ambos alunos de Galen. Toda a sua aparência física refletia a nova posição que ocupava. Sua túnica de um azul meia-noite era ricamente bordada. O longo cabelo escuro estava intrincadamente preso atrás da cabeça com um fio de arame polido atado a ornamentos de marfim. Prata ornava-lhe a garganta e rodeava-lhe os dedos. Mas sua feminilidade desaparecera. Ela adotara os valores ascéticos de Galen, pois seu rosto estava emagrecido até o osso, e as mãos, transformadas em garras. Tal como ele, ela ardia de autoconfiança. Era a primeira vez que me abordava diretamente desde a morte de Galen. Parei acima dela, sem fazer ideia do que quereria de mim.

— Bastardo — disse ela, com uma voz inexpressiva. Era uma designação, não uma saudação. Me perguntei se algum dia essa palavra perderia o poder de me alfinetar.

— Serene — disse eu, com o tom mais neutro que consegui encontrar.

— Não morreu nas Montanhas.

— Não, não morri.

E ela ali ficou, bloqueando-me a passagem. Em voz muito baixa, disse:

— Eu sei o que fez. Sei o que é.

Por dentro, estava tremendo como um coelho. Disse a mim mesmo que ela provavelmente estava gastando todos os mínimos pedaços de Talento de que dispunha para instilar aquele medo em mim. Disse a mim mesmo que aquilo não eram minhas verdadeiras emoções, mas apenas o que seu Talento sugeria que eu devia sentir. Forcei as palavras a sair de minha boca.

— Também eu sei o que sou. Sou um homem do rei.

— Você não é homem nenhum — asseverou ela, calmamente. Sorriu. — Um dia todos o saberão.

Medo se parece notavelmente com medo, independentemente da fonte. Fiquei imóvel, sem lhe dar resposta. Por fim, ela se afastou para me deixar passar. Fiz disso uma pequena vitória, se bem que, lembrando depois, pouco havia que ela pudesse ter feito. Fui preparar as coisas para minha viagem a Bearns, repentinamente feliz por deixar o castelo durante alguns dias.

Não tenho boas recordações dessa incumbência. Conheci Virago quando ela mesma era hóspede em Torre Crespa enquanto estive lá desempenhando minhas tarefas de escriba. Era tal como Shrewd a descrevera, uma mulher muito bonita, bem musculosa, que se movia com a flexibilidade de uma pequena gata caçadora. Usava a vitalidade de sua saúde para seduzir. Todos os olhos a seguiam quando estava em uma sala. Sua castidade desafiava todos os homens que a seguiam. Até eu me senti atraído por ela e debati-me com minha tarefa.

Na primeira noite, partilhamos uma mesa, ela estava sentada na minha frente. O duque Brawndy fizera eu me sentir realmente bem-vindo, a ponto de ordenar ao cozinheiro que preparasse certo prato de carne temperada de que eu gostava. Suas bibliotecas estavam à minha disposição, bem como os serviços de seu escriba subordinado. A filha mais nova até me fizera uma tímida companhia. Eu estava discutindo sobre aquilo que estava encarregado de fazer com o pergaminho com Celerity, que me surpreendeu com sua inteligência e fala mansa. No meio da refeição, Virago comentou com bastante clareza com seu companheiro de jantar que em outros tempos os bastardos eram afogados no nascimento. Os velhos costumes de El exigiam isso, disse. Eu poderia ter ignorado o comentário, se ela não tivesse se debruçado sobre a mesa para me perguntar com um sorriso:

— Já ouviu falar desse costume, bastardo?

Ergui os olhos para o lugar do duque Brawndy, à cabeceira da mesa, mas ele estava envolvido em uma viva discussão com a filha mais velha. Nem sequer olhou de relance em minha direção.

— Creio que é tão velho como o costume de um hóspede mostrar cortesia a outro à mesa de seu anfitrião — respondi.

Tentei manter firmes os olhos e a voz. Isca. Brawndy pusera-me na frente dela como isca. Nunca antes tinha sido usado de uma forma tão óbvia. Fortaleci-me contra o fato, tentei pôr de lado os sentimentos pessoais. Pelo menos estava preparado.

— Há quem diga que o fato de seu pai não ter chegado casto ao leito de núpcias é sinal da degeneração da linhagem Farseer. Eu, claro, não falaria contra a família do meu rei. Mas me diga. Como foi que o povo de sua mãe aceitou a prostituição dela?

Fiz um sorriso agradável. De súbito ficara com menos reservas quanto à minha tarefa.

— Não me recordo de muitas coisas sobre minha mãe ou sua família — disse, em tom de conversa. — Mas imagino que acreditavam no que acredito. É melhor ser uma prostituta ou filho de uma prostituta do que um traidor de seu rei.

Ergui o copo de vinho e voltei a virar os olhos para Celerity. Seus olhos azul-escuros esbugalharam-se e ela ofegou quando a faca de Virago mergulhou na mesa de Brawndy a centímetros do meu cotovelo. Eu já o esperara e não vacilei. Em vez disso, virei-me para lhe enfrentar o olhar. Virago estava em pé, com os olhos ardendo e as narinas dilatadas. Suas cores intensas inflamavam-lhe a beleza.

Falei, brandamente:

— Diga-me, você ensina os velhos costumes, não é verdade? Será então que não segue aquele que proíbe o derramamento de sangue na casa onde é convidada?

— E você tem algum sangue? — disse ela em resposta.

— Tanto quanto você. Eu não envergonharia a mesa do meu duque deixando que se diga que ele permitiu que convidados matassem uns aos outros por cima de seu pão. Ou será que dá tão pouca importância à cortesia para com seu duque como à lealdade para com seu rei?

— Não jurei nenhuma lealdade a seu lasso rei Farseer — silvou ela.

As pessoas mudaram de posição, algumas com desconforto, outras para ver melhor. Alguns tinham vindo testemunhar o desafio que ela me vinha lançar à mesa de Brawndy. Tudo aquilo tinha sido tão cuidadosamente planejado como qualquer campanha de batalha. Saberia ela como também eu planejara bem? Suspeitaria do minúsculo pacote que trazia no punho do casaco? Falei com valentia, fazendo minha voz ressoar:

— Ouvi falar de você. Acredito que aqueles a quem tenta induzir à traição fariam melhor se fossem para Torre do Cervo. O príncipe herdeiro Verity emitiu uma convocação para que quem tivesse perícia nas armas fosse tripular seus novos navios de guerra, a fim de usar essas armas contra os ilhéus, que são inimigos de todos nós. Isso, julgo eu, seria a melhor indicação da perícia de um guerreiro. Não será ocupação mais honrosa do que se virar contra os líderes aos quais se está juramentado, ou desperdiçar sangue de touro em uma falésia ao luar, quando a mesma carne podia ser usada para alimentar nossas gentes espoliadas por Navios Vermelhos? — Falei com paixão, e minha voz cresceu em volume enquanto ela contemplava tudo o que eu sabia. Dei por mim enlevado pelas minhas próprias palavras, pois acreditava nelas. Debrucei-me sobre a mesa, sobre o prato e taça de Virago, para pôr a cara junto à dela enquanto perguntava: — Diga-me, oh corajosa. Alguma vez ergueu as armas contra alguém que não fosse seu compatriota? Contra uma tripulação de Navios Vermelhos? Imaginava que não. É muito mais fácil insultar a hospitalidade de um anfitrião, ou aleijar o filho de um vizinho, do que matar aqueles que vieram matar os nossos. — As palavras não eram a melhor arma de Virago. Enfurecida, cuspiu-me. Eu me endireitei, calmamente, para limpar a cara. — Talvez queira me desafiar, em um momento e em um lugar mais apropriados. Talvez daqui a uma semana, nas falésias onde tão valentemente matou o marido da vaca? Talvez eu, um escriba, possa lhe apresentar um desafio superior ao que seu guerreiro bovino apresentou?

O duque Brawndy dignou-se de repente a reparar na agitação.

— FitzChivalry! Virago! — repreendeu-nos.

Mas nossos olhos mantiveram-se presos uns aos outros, e minhas mãos, postas de ambos os lados de seus talheres enquanto me debruçava para confrontá-la.

Acho que o homem que estava a seu lado também poderia ter me desafiado, caso o duque Brawndy não tivesse batido com a tigela do sal na mesa, fazendo-a quase em pedaços e lembrando-nos energicamente de que aquilo era sua mesa e seu salão e que não queria ter sangue derramado neles. Ele, pelo menos, era capaz de honrar ao mesmo tempo o rei Shrewd e os costumes antigos e sugeria que nós tentássemos fazer o mesmo. Desculpei-me com grande humildade e eloquência e Virago resmungou suas desculpas. A refeição recomeçou, os menestréis cantaram e, nos dias seguintes, copiei o pergaminho para Verity e observei a relíquia dos Antigos, que não me pareceu nada mais do que um frasquinho de vidro cheio de escamas de peixe muito finas. Celerity parecia mais impressionada comigo do que me era confortável. O outro lado dessa moeda era enfrentar a fria animosidade na cara daqueles que estavam do lado de Virago. Foi uma longa semana.

Nunca cheguei a ter de travar o duelo, pois, antes de a semana chegar ao fim, a língua e a boca de Virago tinham rebentado em chagas e furúnculos que eram a lendária punição daqueles que mentiam a companheiros de armas e traíam juramentos prestados. Quase não conseguia beber, muito menos comer, e seu padecimento era de tal maneira desfigurador que todos os que lhe eram próximos renunciaram à sua companhia, por temerem o contágio. Tinha tantas dores que não podia sair ao frio para lutar, e não houve ninguém disposto a travar o duelo por ela. Esperei nas falésias por um desafiador que nunca veio. Celerity esperou comigo, tal como talvez uns vinte nobres menores a quem o duque Brawndy pedira que me prestassem assistência. Conversamos banalidades e bebemos muito conhaque para nos mantermos aquecidos. Ao cair a noite, um mensageiro chegou do castelo para nos dizer que Virago saíra de Torre Crespa, mas não para enfrentar aquele que a desafiara. Afastara-se a cavalo, para o interior. Sozinha. Celerity apertou as mãos, e então me surpreendeu com um abraço. Regressamos enregelados, mas alegres, para saborear mais uma refeição em Torre Crespa antes de minha partida para Torre do Cervo. Brawndy sentou-me à sua esquerda e Celerity, ao meu lado.

— Sabe — observou, perto do fim da refeição —, sua semelhança com seu pai torna-se mais notável a cada ano que passa.

Nem todo o conhaque de Bearns poderia ter impedido o arrepio que suas palavras me causaram.

FORJADOS

Os dois filhos da rainha Constance e do rei Shrewd foram Chivalry e Verity. Só dois anos separaram seus nascimentos, e cresceram tão próximos como dois irmãos podiam ser. Chivalry era o mais velho e foi o primeiro a assumir o título de príncipe herdeiro no dia de seu décimo sexto aniversário. Quase imediatamente ele foi mandado pelo pai para lidar com uma disputa fronteiriça com os Estados de Chalced. Desse momento em diante, raramente esteve em Torre do Cervo durante mais do que alguns meses consecutivos. Mesmo depois de Chivalry ter se casado, raramente lhe foi permitido passar os dias descansando. Não que houvesse propriamente assim tantas insurreições fronteiriças nessa época, mas o rei Shrewd parecia decidido a formalizar suas fronteiras com todos os vizinhos. Muitas dessas disputas foram decididas com a espada, embora à medida que o tempo ia passando Chivalry fosse se tornando mais astuto no emprego da diplomacia como prioridade.

Há quem diga que a entrega dessa tarefa a Chivalry tenha sido um plano da madrasta, a rainha Desire, que esperava enviá-lo para a morte. Outros dizem que foi uma maneira encontrada pelo rei Shrewd para manter o filho mais velho longe dos olhos e da autoridade de sua nova rainha. O príncipe Verity, condenado pela juventude a permanecer em casa, entregava todos os meses um requerimento formal ao pai para que lhe fosse permitido seguir o irmão. Todos os esforços de Shrewd para fazê-lo se interessar por responsabilidades próprias foram desperdiçados. O príncipe Verity desempenhava as tarefas que lhe eram atribuídas, mas nunca permitia que ninguém pensasse por um momento sequer que não preferiria estar com o irmão mais velho. Por fim, no vigésimo aniversário de Verity, após seis anos pedindo mensalmente autorização para seguir o irmão, Shrewd cedeu com relutância.

Desde esse momento, até o dia, quatro anos mais tarde, em que Chivalry abdicou e Verity assumiu o título de príncipe herdeiro, os dois príncipes trabalharam como um só na formalização de fronteiras, tratados e acordos comerciais com as terras que delimitavam os Seis Ducados. Príncipe Chivalry tinha habilidade em lidar com as pessoas, fosse como indivíduos, fosse como povos, e Verity, em entregar-se aos detalhes dos acordos, aos mapas precisos que delineavam as fronteiras acordadas e ao apoio à autoridade do irmão, quer como soldado, quer como príncipe.

O príncipe Regal, o mais novo dos filhos de Shrewd e seu único filho com a rainha Desire, passou a juventude na corte, onde a mãe não poupou esforços para educá-lo como candidato ao trono.

Viajei de volta a Torre do Cervo com uma sensação de alívio. Não fora a primeira vez que desempenhara uma tarefa daquela para meu rei, mas nunca desenvolvera prazer pelo meu trabalho como assassino. Fiquei contente com o modo como Virago me insultou e provocou, pois tornou minha tarefa suportável. No entanto, ela fora uma mulher muito bela e uma guerreira habilidosa. Era um desperdício, e não me orgulhei do meu trabalho, salvo pelo fato de ter obedecido às ordens do meu rei. Eram esses meus pensamentos enquanto Fuligem me levava pela última subida antes de chegar em casa.

Ergui os olhos para o monte e quase não consegui acreditar no que vi. Kettricken e Regal a cavalo. Cavalgavam lado a lado. Juntos. Pareciam uma ilustração de um dos melhores velinos de Fedwren. Regal envergava ouro e escarlate, com lustrosas botas e luvas negras. Seu manto de montar estava atirado para trás por sobre um ombro, para exibir o brilhante contraste das cores que ondulavam ao vento da manhã — este lhe trouxera um rubor de ar livre às bochechas e desordenava-lhe o arranjo preciso dos caracóis negros. Seus olhos escuros brilhavam. Parecia quase um homem, pensei, montado no grande cavalo negro que o carregava tão elegantemente. Ele podia ser aquilo, se quisesse, em vez de o príncipe lânguido, sempre com um copo de vinho na mão e uma dama a seu lado. Outro desperdício.

Ah, mas a dama que estava a seu lado era outra coisa. Comparada com a comitiva que os seguia, era como uma rara flor estrangeira. Cavalgava vestida com calças largas, e nenhuma das tinas de tingir de Torre do Cervo produziria aquele púrpura de açafrão. As calças eram adornadas com intrincados bordados em ricas cores e estavam firmemente enfiadas no cano de suas botas. Estas chegavam-lhe quase ao joelho; Burrich teria aprovado aquele sentido prático. Não usava um manto, mas sim uma jaqueta curta e volumosa de pele branca, com um colarinho alto que lhe protegia o pescoço do vento. Uma raposa branca, calculei, vinda da tundra do outro lado das Montanhas. Suas mãos estavam com luvas negras. O vento brincara com seu longo cabelo amarelo, balançando-o para fora e emaranhando-o sobre os ombros. Na cabeça, encontrava-se um gorro de malha, de todas as cores brilhantes que eu seria capaz de imaginar. Montava o cavalo com as costas eretas e inclinada para a frente, ao estilo da Montanha, e isso fazia Passoleve pensar que devia trotar em vez de caminhar. Os arreios da égua cor de avelã estavam repletos de minúsculas campainhas de prata e soltavam um tilintar penetrante como orvalho congelado na manhã fresca.

Fazia lembrar uma exótica guerreira de um clima do norte ou uma aventureira de alguma história antiga. Isso a distinguia de suas damas, não como uma mulher bem-nascida e bem adornada que mostra sua posição entre aquelas que são menos da realeza, mas quase como um falcão engaiolado com aves canoras. Não tinha certeza se ela deveria mostrar-se assim aos seus súditos. O príncipe Regal cavalgava ao lado de Kettricken, sorrindo e conversando com ela. A conversa era viva, temperada frequentemente com gargalhadas. Ao me aproximar, deixei Fuligem diminuir o ritmo. Kettricken puxou as rédeas de sua égua, sorrindo, e teria parado para me cumprimentar, mas o príncipe Regal fez um aceno gelado e pôs o cavalo a trote. A égua de Kettricken, para não ser deixada para trás, puxou pelo freio e igualou o ritmo ao dele. Recebi saudações igualmente enérgicas daqueles que seguiam atrás da rainha e do príncipe. Parei para os ver passar e depois prossegui até Torre do Cervo, com o coração inquieto. O rosto de Kettricken estava animado, as pálidas bochechas mostravam-se rosadas por causa do ar frio, e o sorriso que dirigira a Regal fora tão genuinamente alegre como os sorrisos ocasionais que ainda me concedia. Mas não conseguia acreditar que ela fosse ingênua a ponto de confiar nele.

Refleti sobre isso enquanto soltava a sela de Fuligem e a escovava. Estava agachado para examinar seus cascos quando senti que Burrich me observava por cima da parede da cocheira. Perguntei-lhe:

— Há quanto tempo?

Ele sabia sobre o que eu estava perguntando.

— Ele começou alguns dias depois que você partiu. Trouxe-a aqui para baixo um dia e falou-me honestamente, dizendo que achava uma grande pena que a rainha passasse todos os dias fechada no castelo. Ela estava acostumada a uma vida tão aberta e vigorosa nas Montanhas. Disse que ela o persuadiu a ensiná-la a montar como nós fazemos aqui nas terras baixas. Então, ordenou-me que selasse Passoleve com a sela que Verity fizera para sua rainha, e foram-se embora. Bem, que haveria eu de fazer ou dizer? — perguntou-me num tom feroz quando me virei para o olhar interrogativamente. — É como você disse. Somos homens do rei, juramentados. E Regal é um príncipe da linhagem Farseer. Mesmo se eu fosse suficientemente desleal para lhe dizer que não, ali estava minha princesa herdeira, aguardando que lhe fosse buscar a égua e a selasse.

Um ligeiro movimento da minha mão recordou a Burrich que suas palavras soavam quase traiçoeiras. Entrou na cocheira atrás de mim, para coçar pensativamente atrás das orelhas de Fuligem, enquanto eu acabava de cuidar dela.

— Não podia fazer mais nada — concedi —, mas tenho de me perguntar quais serão suas verdadeiras intenções. E por que é que ela o atura.

— Suas intenções? Talvez queira só conseguir reconquistar os favores dela. Não é segredo que ela definha no castelo. Oh, ela é bem falada por todos. Mas há nela demasiada honestidade para que leve os outros a crer que é feliz quando não é.

— Talvez — concedi de má vontade. Ergui tão subitamente a cabeça como um cão quando seu dono assobia. — Tenho de ir. O príncipe herdeiro Verity... — Deixei que as palavras ficassem a pairar. Não tinha de dizer a Burrich que fora chamado por intermédio do Talento. Coloquei no ombro os alforjes onde levava os pergaminhos arduamente copiados e dirigi-me ao castelo.

Não parei para trocar de roupa, nem sequer para me aquecer aos fogos da cozinha, fui diretamente para a sala dos mapas de Verity. A porta estava entreaberta, e eu bati uma vez e entrei. Verity encontrava-se debruçado sobre um mapa preso à mesa. Quase nem olhou para cima quando entrei. Vinho com especiarias fumegante já me esperava e uma generosa bandeja de carnes frias e pão estava em uma mesa perto da lareira. Após um tempo, ele se endireitou.

— Você bloqueia bem demais — disse Verity, com jeito de saudação. — Há três dias que tento apressá-lo, e quando é que finalmente repara que é Talentoso? Quando está nos meus estábulos. Digo-lhe uma coisa, Fitz, temos de arranjar tempo para lhe ensinar a ter algum tipo de controle sobre seu Talento.

Mas eu sabia, enquanto ele falava, que nunca haveria esse tempo. Havia muitas outras coisas exigindo sua atenção. Como sempre, mergulhou imediatamente naquilo que o preocupava.

— Forjados — ele disse. Senti um arrepio de mau agouro percorrendo minha espinha.

— Os Navios Vermelhos voltaram a atacar? Com o inverno tão avançado? — perguntei, incrédulo.

— Não. Disso, pelo menos, continuamos a ser poupados. Mas parece que os Navios Vermelhos podem partir e ir para casa aquecer-se à lareira, e ainda assim deixar seu veneno entre nós. — Fez uma pausa. — Bem, vá lá. Aqueça-se e coma. Pode mastigar e ouvir ao mesmo tempo.

Enquanto me servia do vinho aquecido e da comida, Verity expôs a situação.

— É o mesmo problema outra vez. Relatos de Forjados, roubando e saqueando, não só viajantes como também fazendas e casas isoladas. Investiguei, e tenho de dar crédito aos relatos. Mas os ataques estão acontecendo longe dos locais onde aconteceram assaltos dos Navios Vermelhos; e, em todos os casos, as pessoas dizem que não são um ou dois Forjados, mas grupos deles, atuando em conjunto.

Refleti por um momento, engoli, e intervim.

— Não me parece que os Forjados sejam capazes de atuar em bandos ou até mesmo como parceiros. Quando os encontramos, percebemos que não têm qualquer sentido de... comunidade. De humanidade partilhada. Conseguem falar e raciocinar, mas só de forma egoísta. São como os carcajus seriam se lhes fossem dadas línguas humanas. Não se importam com nada a não ser a própria sobrevivência. Veem uns aos outros apenas como rivais pelo alimento ou conforto de qualquer gênero. — Voltei a encher a caneca, grato pelo calor do vinho que se espalhava. Pelo menos afastava o frio físico. Mas a gélida ideia do isolamento desolado dos Forjados o vinho não conseguia alcançar.

Fora a Manha que me permitira descobrir aquilo sobre os Forjados. Estavam tão mortos para qualquer sentido de afinidade com o mundo que quase não conseguia senti-los. A Manha fornecia-me algum acesso à teia que liga todas as criaturas, mas os Forjados estavam separados dessa teia, isolados como pedras, tão famintos e sem misericórdia como uma tempestade ou a cheia de um rio. Encontrar um deles inesperadamente causava-me tanto sobressalto quanto se uma pedra se erguesse para me atacar.

Mas Verity limitou-se a anuir com um ar pensativo.

— E, no entanto, até os lobos, embora sejam animais, atacam em alcateia. O mesmo fazem os dilacereiros quando atacam baleias. Se esses animais podem juntar-se em bandos para abater alimentos, por que não os Forjados?

Pousei o pão que tinha pegado.

— Lobos e dilacereiros fazem o que fazem obedecendo à própria natureza e partilham a carne com suas crias. Não matam cada um para obter carne para si, mas para obter carne para a alcateia. Vi Forjados em grupos, mas eles não agem em conjunto. Quando fui atacado por mais de um Forjado, a única coisa que me salvou foi ter conseguido colocá-los uns contra os outros. Deixei cair o manto que desejavam, e eles lutaram por ele. E quando voltaram a me perseguir, mais se interpuseram uns no caminho dos outros do que cooperaram entre si. — Lutei para manter a voz firme quando a memória daquela noite me inundou. Fora a noite em que Ferreirinho morrera e na qual eu matara pela primeira vez. — Mas não lutam juntos. Isso está fora do alcance dos Forjados; a ideia de cooperação para que todos se beneficiem.

Ergui o olhar para encontrar os olhos escuros de Verity, cheios de simpatia.

— Tinha me esquecido de que teve alguma experiência em lutar contra eles. Desculpe-me, não a ignoro. Mas há tantas coisas me cercando nos últimos tempos. — Sua voz sumiu e ele pareceu estar escutando algum som distante. Um momento mais tarde voltou a si. — Bom, você acredita que eles não sejam capazes de cooperar. E, no entanto, isso parece estar acontecendo. Repare aqui — e roçou levemente com a mão no mapa aberto em sua mesa. — Tenho assinalado os locais das queixas e observado quantos poderiam estar em cada lugar. O que acha disso?

Coloquei-me a seu lado. Estar ao lado de Verity era como estar ao lado de outro tipo de lareira. A força do Talento irradiava dele. Perguntei a mim mesmo se ele se esforçaria para mantê-lo controlado, se ameaçaria constantemente jorrar de seu interior e espalhar sua consciência por todo o reino.

— O mapa, Fitz — recordou-me, e eu me perguntei quanto saberia ele de meus pensamentos.

Forcei-me a me concentrar na tarefa imediata. O mapa mostrava Cervo, desenhado com detalhes impressionantes. Baixios e planícies de maré estavam marcados ao longo da costa e o mesmo acontecia com os pontos de referência do interior e com as estradas secundárias. Era um mapa feito com amor, por um homem que caminhara, cavalgara e navegara pela zona. Verity usara pontos de cera vermelha como marcadores. Estudei-os, tentando entender onde estava seu verdadeiro motivo de preocupação.

— Sete incidentes diferentes. — Estendeu a mão para tocar seus marcadores. — Alguns a um dia de cavalgada de Torre do Cervo, mas não tivemos ataques dos Navios Vermelhos tão perto. Então de onde virão esses Forjados? Podem ter sido expulsos de suas aldeias natais, é verdade, mas por que haveriam de convergir para Torre do Cervo?

— Talvez sejam pessoas desesperadas que fingem ser Forjados para roubar os vizinhos?

— Talvez. Mas é perturbador que os incidentes estejam acontecendo cada vez mais perto de Torre do Cervo. Há três grupos diferentes, segundo o que as vítimas dizem. Mas todas as vezes que surge o relato de um assalto ou de uma invasão em um celeiro, ou de uma vaca morta no campo, o grupo responsável parece ter se aproximado mais de Torre do Cervo. Não consigo imaginar nenhum motivo para os Forjados fazerem uma coisa dessas. E — ele me interrompeu quando fiz menção de falar — as descrições de um grupo coincidem com as de outro ataque, relatado há mais de um mês. Se esses são os mesmos Forjados, percorreram uma longa distância desde esse acontecimento.

— Isso não soa a Forjados — disse, e então, cautelosamente, perguntei: — Suspeita de algum tipo de conspiração?

Verity soltou uma fungadela amarga.

— Claro. Quando é que já não suspeitamos de conspirações? Mas quanto a isso, pelo menos, acho que posso procurar uma fonte mais longe do que Torre do Cervo. — Calou-se abruptamente, como se tivesse se dado conta da franqueza com que falara. — Verifique isso, Fitz, está bem? Cavalgue por aí durante algum tempo e escute. Conte-me o que dizem nas tabernas, fale-me dos sinais que encontrar nas estradas. Reúna o falatório que houver sobre outros ataques e monitore os detalhes. Discretamente. Pode fazer isso por mim?

— Claro. Mas discretamente por quê? Parece-me que, se alertássemos as pessoas, ouviríamos falar mais rapidamente o que se passa.

— Ouviríamos mais coisas, é verdade. Mais rumores, e muito mais queixas. Por enquanto, as queixas que temos são individuais. Eu sou o único, julgo eu, que encontrou nelas um padrão. Não quero ver Torre do Cervo em armas, queixando-se de que o rei nem sequer consegue proteger a capital. Não. Discretamente, Fitz. Discretamente.

— Verificar isso discretamente. — falei em tom afirmativo.

Verity encolheu ligeiramente seus ombros largos. Mas foi mais como quem muda um fardo de posição do que como quem o descarrega.

— Ponha fim ao problema sempre que puder. — Sua voz soava fraca e ele olhava o fogo. — Discretamente, Fitz. Muito discretamente.

Anuí lentamente. Também já desempenhara esse tipo de tarefa. Matar Forjados não me incomodava tanto quanto matar um homem. Por vezes tentava fingir que estava dando paz a uma alma atormentada, dando um fim último à angústia de uma família. Esperava não me tornar muito perito em mentir para mim mesmo. Era um luxo a que um assassino não se podia entregar. Chade prevenira-me de que devia sempre me lembrar do que realmente era. Não um anjo da misericórdia, mas um assassino que trabalhava em benefício do rei. Ou do príncipe herdeiro. Era meu dever manter o trono em segurança. Meu dever. Hesitei, e então falei:

— Meu príncipe, no caminho de regresso vi nossa princesa herdeira Kettricken. Ela estava cavalgando pelos campos com o príncipe Regal.

— Fazem um belo par, não fazem? E ela monta bem a cavalo? — Verity não conseguia manter a amargura completamente afastada da voz.

— Sim, mas ao estilo da Montanha.

— Ela veio ter comigo, dizendo que desejava aprender a montar melhor nossos grandes cavalos das terras baixas. Elogiei a ideia. Não sabia que ela escolheria Regal como mestre de equitação. — Verity debruçou-se sobre seu mapa, estudando um detalhe que não se encontrava lá.

— Ela talvez esperasse que você quisesse ensiná-la — falei sem pensar ao homem, não ao príncipe.

— Talvez. — Ele suspirou de repente. — Oh, eu sei que esperava. Kettricken sente-se por vezes só. Muitas vezes. — Balançou a cabeça. — Poderia ter se casado com um filho mais novo, com um homem com tempo nas mãos ou com um rei cujo reino não estivesse à beira da guerra e do desastre. Não lhe faço justiça, Fitz. Eu sei. Mas ela é tão... jovem. Às vezes. E quando não está sendo jovem, é tão fanaticamente patriota. Arde por se sacrificar pelos Seis Ducados. Tenho de sempre refreá-la, dizendo-lhe que não é disso que os Seis Ducados necessitam. Ela é como um provocador. Não há nela paz para mim, Fitz. Ou quer brincadeiras ruidosas como uma criança ou está me interrogando sobre todos os detalhes de alguma crise que estou tentando esquecer por alguns momentos.

Pensei de repente na obstinada caça que Chivalry fizera à frívola Patience, e tive um vislumbre de seus motivos. Uma mulher que fosse um escape para ele. Quem teria Verity escolhido, se lhe tivesse sido permitido escolher? Provavelmente uma mulher mais velha, plácida, possuidora de consciência de seu valor e paz interiores.

— Canso-me tanto — disse Verity em voz baixa. Serviu-se de mais vinho aquecido e dirigiu-se à lareira para beber um gole. — Sabe do que eu gostaria? — Não era realmente uma pergunta. Nem me incomodei em responder. — Gostaria que seu pai estivesse vivo e fosse príncipe herdeiro. E que eu ainda fosse seu braço direito. Ele me diria a que tarefas deveria me dedicar, e eu faria o que ele pedisse. Estaria em paz comigo mesmo, por mais difícil que fosse meu trabalho, pois teria a certeza de que ele sabia o que estava fazendo. Sabe como é fácil, Fitz, seguir um homem em quem acredita?

Ergueu por fim o olhar para me fitar nos olhos.

— Meu príncipe — eu disse em voz baixa —, creio que sim.

Por um momento, Verity ficou muito quieto. E então:

— Ah — disse. Pousou seus olhos nos meus, e não precisei do calor do Talento para sentir a gratidão que me enviou.

Afastou-se da lareira, endireitou-se melhor. Meu príncipe herdeiro estava de novo na minha frente. Mandou-me embora com um minúsculo movimento, e eu fui. Ao subir a escada até meu quarto, pela primeira vez na vida, perguntei-me se não deveria me sentir grato por ter nascido bastardo.

ENCONTROS

Sempre fora costume e sempre se esperara que quando um rei ou rainha de Torre do Cervo se casasse, o real esposo traria consigo um séquito próprio para servir a ele ou a ela. Fora esse o caso com ambas as rainhas de Shrewd. Mas quando a rainha Kettricken das Montanhas veio para Torre do Cervo, veio como Sacrifício, conforme era uso em seu país. Veio só, sem mulheres nem homens que a servissem, nem sequer uma dama de companhia para servi-la como confidente. Não havia em Torre do Cervo ninguém para lhe dar o conforto da familiaridade em seu novo lar. Começou seu reinado completamente rodeada por estranhos, não apenas em seu nível social mas também descendo aos criados e aos guardas. À medida que o tempo foi decorrendo, reuniu amigos à sua volta e também encontrou criados que lhe conviessem, embora a princípio a ideia de ter uma pessoa cuja função na vida fosse servi-la constituísse para ela uma noção estranha e perturbadora.

Lobito sentira minha falta. Antes de partir para Bearns, deixara-lhe a carcaça de um veado, bem congelada e escondida atrás da cabana. Teria sido suficiente para o alimentar durante o tempo que passei longe. Mas, à boa maneira dos lobos, ele se empanturrou, dormiu, e se empanturrou e dormiu de novo, até que a carne acabasse. *Há dois dias*, informou-me, saltando e dançando ao meu redor. O interior da cabana estava uma confusão de ossos bem roídos. Saudou-me com frenético entusiasmo, duplamente informado, pela Manha e pelo focinho, sobre a carne fresca que eu trazia. Caiu sobre ela vorazmente e não me deu qualquer atenção enquanto eu enfiava num saco os ossos roídos. O acúmulo daquele tipo de lixo atrairia ratazanas, e os cães rateiros da fortaleza as seguiriam. Não podia correr esse risco. Observei-o discretamente enquanto limpava, vi o enrugamento dos músculos em seus ombros quando apoiou as patas dianteiras na carne e arrancou um pedaço. Também notei que todos os ossos do veado, à exceção dos mais grossos, tinham sido quebrados e os tutanos, retirados. Aquilo já não era brincadeira de um filhote, mas trabalho de um poderoso animal jovem. Os ossos que ele quebrara eram mais grossos do que os do meu braço.

Mas por que eu me voltaria contra você? Você me traz carne e bolinhos de gengibre.

Seu pensamento estava carregado de significado. Aquele era o costume de uma alcateia. Eu, o mais velho, trazia comida para alimentar Lobito, o jovem. Eu era o caçador e trazia-lhe uma porção da minha matança. Sondei-o e descobri que, para ele, o que nos separava estava desaparecendo. Éramos alcateia. Era um conceito que eu nunca antes tinha encontrado, um conceito mais profundo do que o de companheiro ou parceiro. Temi que para ele isso significasse o mesmo que o vínculo significava para mim. Não podia permitir aquilo.

— Eu sou um humano. Você é um lobo. — Proferi as palavras em voz alta, sabendo que ele compreenderia seu significado a partir dos meus pensamentos, mas tentando forçá-lo a conhecer com todos os seus sentidos nossas diferenças.

Por fora. Por dentro, somos alcateia. Fez uma pausa e lambeu o focinho, com ar complacente. O sangue salpicava-lhe as patas da frente.

— Não. Eu o alimento e o protejo. Mas só durante um tempo. Quando for capaz de caçar sozinho, o levarei para um lugar distante e o deixarei lá.

Eu nunca cacei.

— Eu o ensino.

Isso também é de alcateia. Você me ensina, e eu caço contigo. Partilharemos muitas mortes e muita carne boa.

Eu o ensino a caçar e depois o liberto.

Eu já sou livre. Você não me prende aqui, senão porque eu quero. Deixou pender a língua sobre dentes brancos, rindo da minha pretensão.

Você é arrogante, Lobito. E ignorante.

Então me ensine. Virou a cabeça para o lado para permitir que os dentes de trás cortassem a carne e os tendões do osso que tinha entre as patas. *É o seu dever de alcateia.*

Nós não somos alcateia. Eu não tenho alcateia. Minha fidelidade pertence ao meu rei.

Se ele é seu líder, então também é meu. Somos alcateia. À medida que sua barriga ia ficando cheia, ele ia ficando cada vez mais complacente a respeito daquilo.

Mudei de tática. Friamente, disse: *Eu pertenço a uma alcateia da qual você não pode fazer parte. Na minha alcateia todos são humanos. Você não é humano. É um lobo. Não somos alcateia.*

Uma quietude cresceu dentro dele. Não tentou responder. Mas sentiu, e o que ele sentiu me congelou. Isolamento e traição. Solidão.

Virei-me e deixei-o ali. Mas não consegui esconder dele como foi difícil abandoná-lo assim, nem esconder a profunda vergonha que senti por renegá-lo. Tive esperança de que ele também sentisse que eu acreditava que aquilo era o melhor para ele. À semelhança, refleti, do que Burrich sentira quando me tirara Narigudo porque eu me vinculara ao cachorro. Aquela ideia ardia, e eu não consegui me limitar a me afastar apressadamente; fugi.

A noite caía quando regressei à torre e subi as escadas. Passei pelo meu quarto para recolher uns pacotes que deixara lá e depois desci novamente. Meus pés traiçoeiros diminuíram o passo quando passei pelo segundo patamar. Sabia que muito em breve Molly passaria por lá, trazendo a bandeja e os pratos da refeição de Patience, que raramente decidia jantar no salão com os outros nobres da torre, preferindo a privacidade de seus aposentos e o companheirismo fácil de Lacy. Sua timidez começara nos últimos tempos a ganhar ares de reclusão. Mas não era a preocupação com esse fato que fazia eu me demorar nas escadas. Ouvi o bater dos pés de Molly percorrendo o corredor; sabia que devia prosseguir meu caminho, mas tinham se passado dias desde a última vez que a vislumbrara. O flerte tímido de Celerity só conseguiu me deixar com a consciência mais aguda de como sentia falta de Molly. Certamente não seria um exagero que eu simplesmente lhe desejasse boa noite, como poderia fazer com qualquer outra criada. Sabia que não o devia fazer, sabia que se Patience soubesse me censuraria. E no entanto...

Fingi estudar uma tapeçaria no patamar, uma tapeçaria que já estava ali antes mesmo de eu ter chegado a Torre do Cervo. Ouvi seus passos aproximando-se, ouvi-os diminuir. Meu coração trovejava no peito, e estava com a palma das mãos úmidas de suor quando me virei para vê-la.

— Boa noite — consegui dizer, entre guincho e sussurro.

— Uma boa noite para você — disse ela, com muita dignidade. Sua cabeça se ergueu um pouco mais, o queixo se firmou. O cabelo fora domado para formar duas grossas tranças, presas em volta da cabeça como uma coroa. O vestido de um azul simples tinha um colarinho feito de uma renda branca delicada e também ostentava punhos de renda. Eu sabia de quem eram os dedos que produziram um padrão tão rendilhado. Lacy tratava-a bem e presenteava-a com aquilo que fazia com as próprias mãos. Era bom saber disso.

Molly não vacilou quando passou por mim. Seus olhos deslizaram em minha direção uma vez, e eu não consegui conter o sorriso. Perante meu sorriso, espalhou-se pelo seu rosto e garganta um rubor tão quente que quase consegui sentir o calor que ele emanava. Sua boca dispôs-se em uma linha mais firme. Quando se virou e desceu as escadas, seu aroma pairou até mim, bálsamo de limão e gengibre montados no odor mais doce que era simplesmente o de Molly.

Fêmea. Ótimo. Vasta aprovação.

Saltei como se tivesse sido picado e girei sobre mim mesmo, esperando tolamente descobrir Lobito atrás de mim. Não estava, claro. Verifiquei, mas ele não se encontrava comigo em minha mente. Sondei mais além, encontrei-o cochilando em sua palha, na cabana. *Não faça isso,* avisei-o. *Fique fora de minha cabeça, a menos que eu o convide a me acompanhar.*

Consternação. *O que está me pedindo?*

Não esteja comigo, exceto quando eu quiser que esteja.

Então como é que saberei se você quer que eu esteja com você?

Buscarei sua mente quando desejar sua presença.

Um longo silêncio. *E eu buscarei a sua quando a quiser,* sugeriu. *Sim, isso é alcateia. Chamar quando se precisa de ajuda, e estar sempre pronto a escutar tal chamado. Somos alcateia.*

Não! Não é isso que estou dizendo. Estou dizendo que tem de se manter fora de minha mente quando eu não o quiser lá. Não quero compartilhar pensamentos com você sempre.

Não faz sentido nenhum. Deverei só respirar quando não estiver farejando o ar? Sua mente, minha mente, é tudo a mente da alcateia. Onde mais irei pensar senão aqui? Se não quiser me ouvir, não me escute.

Fiquei estupefato, tentando absorver o sentido daquele pensamento. Percebi que estava mirando o infinito. Um criado acabara de me desejar boa noite, e eu não lhe dera resposta.

— Boa noite — respondi, mas ele já tinha passado por mim. Olhou de relance para trás, surpreso, para ver se havia sido chamado, mas eu lhe disse com gestos que não era nada. Abanei a cabeça para limpá-la de teias de aranha e dirigi-me, pelo corredor, ao quarto de Patience. Discutiria aquilo com Lobito mais tarde e o faria compreender. Em breve ele estaria longe, entregue a si próprio, fora de alcance, fora da minha mente. Deixei o ocorrido de lado.

Bati à porta de Patience e fui mandado entrar. Vi que Lacy passara por um de seus alvoroços periódicos e restaurara uma espécie de ordem no quarto. Havia até uma cadeira sem nada em cima para nos sentarmos. Ambas ficaram felizes por me ver. Contei-lhes minha viagem a Bearns, evitando qualquer menção a Virago. Sabia que Patience acabaria por ouvir falar dela e me confrontaria a esse respeito, e então lhe asseguraria que os mexericos tinham exagerado muito a respeito de nosso encontro. Esperava que funcionasse. Entretanto, trouxera presentes de lá. Para Lacy, minúsculos peixes de marfim, furados para serem usados como contas ou presos a um vestido, e, para Patience, brincos de âmbar e prata. Um pote de cerâmica de frutos de gaultéria em conserva, selado com uma tampa de cera.

— Gaultéria? Não gosto de gaultéria — disse Patience, confusa, quando o ofereci.

— Ah, não? — Fingi também estar confuso. — Pensava que havia me dito que era um sabor e um odor de sua infância dos quais sentia falta. Não tinha um tio que lhe trazia gaultéria?

— Não. Não me lembro de nenhuma conversa assim.

— Então talvez tenha sido Lacy? — perguntei, com sinceridade.

— Eu não, senhor. Quando a provo, arde-me no nariz, apesar de cheirar bem no ar.

— Ah, então está bem. Foi um engano meu. — Coloquei o pote de lado sobre a mesa. — O que foi, Floco de Neve? Está prenha outra vez? — isso era dirigido à *terrier* branca de Patience, que finalmente decidira avançar e me farejar. Conseguia sentir sua pequena mente canina, confusa com o cheiro de Lobito em mim.

— Não, está apenas engordando — observou Lacy pela cadela, baixando-se para coçá-la atrás das orelhas. — Minha senhora deixa bombons e bolos espalhados em pratos, e Floco de Neve sempre os alcança.

— Sabe que não devia permitir. Faz muito mal para os dentes e o pelo — censurei Patience, e ela respondeu que sabia, mas que Floco de Neve era velha demais para aprender outros modos.

A conversa começou a divagar a partir daí, e passou-se outra hora antes de eu me espreguiçar e lhes dizer que tinha de ir andando, para voltar a tentar entregar um relatório ao rei.

— Já fui mandado embora de sua porta — mencionei. — Embora não tenha sido por nenhum guarda. O criado, Wallace, veio à porta quando eu bati e recusou minha entrada. Quando perguntei por que não havia guardas à porta do rei, ele disse que tinham sido dispensados desse dever. Ele próprio o assumira, para manter as coisas mais calmas para o rei.

— O rei não está bem, sabia? — interveio Lacy. — Ouvi dizer que ele raramente é visto fora de seus aposentos antes do meio-dia. E então, quando sai, é como se estivesse possuído, cheio de energia e apetite, mas no começo do anoitecer volta a esmorecer e começa a ficar confuso e murmurar palavras. Janta em seus aposentos, e a cozinheira diz que a bandeja volta tão cheia como subiu. É uma grande aflição.

— Pois é — concordei e me retirei quase temendo ouvir mais.

Então a saúde do rei era agora motivo de conversa na torre. Isso não era bom. Teria de questionar Chade a esse respeito. E tinha de ver com meus olhos. Na minha tentativa anterior de entregar o relatório ao rei, encontrara apenas o intrometido Wallace, que fora muito rude comigo, como se eu tivesse ido apenas passar o tempo, e não relatar os resultados de uma missão. Comportara-se como se o rei fosse o mais delicado dos inválidos e tomara para si a responsabilidade de evitar que qualquer um o incomodasse. Wallace, deduzi, não fora muito bem instruído nos deveres de sua posição. Era um homem muito irritante. Enquanto conversava, me perguntava quanto tempo Molly levaria para descobrir a gaultéria. Ela saberia que eu a arranjara para ela; era um sabor pelo qual sempre fora ávida quando éramos crianças.

Wallace veio à porta e abriu uma fresta para espreitar. Franziu a sobrancelha ao me ver. Abriu mais a porta, mas bloqueou a visão com seu corpo, como se o fato de eu vislumbrar o rei pudesse fazer-lhe mal. Não me cumprimentou, só quis saber:

— Você já não veio hoje mais cedo?

— Vim, sim. E você me disse que o rei Shrewd estava dormindo. Portanto, voltei para fazer meu relatório. — Tentei manter o tom cordial.

— Ah. É importante, esse relatório?

— Acho que o rei pode julgar se é ou não e me mandar embora se pensar que estou desperdiçando seu tempo. Sugiro que lhe diga que estou aqui. — Sorri tardiamente, tentando suavizar o tom cortante que empregara.

— O rei tem pouca energia. Estou tentando me assegurar de que a gaste só no que for necessário. — Não se afastou da porta. Dei por mim avaliando-o, perguntando a mim mesmo se poderia limitar-me a passar por ele com um encontrão. Isso criaria alguma agitação, e se o rei estivesse doente não desejaria provocá-la. Alguém me bateu no ombro, mas quando me virei para ver quem era não encontrei ninguém. Voltando à posição inicial, dei com o Bobo à minha frente, entre mim e Wallace.

— Então é seu médico, para tomar esse tipo de decisão? — o Bobo prosseguiu a conversa onde eu a tinha deixado. — Pois certamente seria um médico excelente. Bastam seus olhares para eu ficar medicado, e suas palavras dispersam tanto meus gases quanto os seus. Quão medicado nosso querido rei deve estar, definhando o dia inteiro na sua presença.

O Bobo trazia uma bandeja coberta com um guardanapo. Senti o delicioso aroma de caldo de carne de vaca e pão de ovos quente, acabado de sair do forno. Sua vestimenta de inverno em preto e branco era alegrada pelos guizos esmaltados, e uma guirlanda de azevinho cingia-lhe o barrete. Seu cetro de bobo estava enfiado debaixo de um braço. De novo uma ratazana. Aquela fora disposta no topo da varinha como se estivesse sendo empinada. Já o vira em longas conversas com o cetro perante a grande lareira ou nos degraus em frente ao trono do rei.

— Desapareça, Bobo! Já esteve aqui hoje duas vezes. O rei já foi para a cama, não precisa de você. — O homem falou em tom severo. Mas foi Wallace quem recuou, sem intenção. Vi que era uma daquelas pessoas que não eram capazes de olhar nos olhos pálidos do Bobo e que se retraíam perante o toque de sua mão branca.

— Duas se tornarão três vezes, querido, e sua presença será substituída pelos meus presentes. Saia já daqui e vá contar a Regal todas as suas fofocas. Se as paredes têm ouvidos, um bundão como você já deve ter escutado bastante por aí. Essas orelhas estão para transbordar com os assuntos do rei. Pode ir medicar nosso querido príncipe enquanto o esclarece, porque a escuridão de seu olhar, acho eu, indica que as tripas se lhe recuaram tanto que o cegaram.

— Atreve-se a falar assim do príncipe?! — exclamou Wallace, soltando perdigotos. O Bobo já estava do lado de dentro das portas, e eu no seu encalço. — Ele saberá disso.

— Fale pouco. Fale, porco. Não duvido que ele ouça tudo o que você ouve. Não vire seus gases para mim, querido bundão. Guarde-os para seu príncipe, que se delicia com essas lufadas. Ele está agora nos fumos, creio eu, e você pode lhe soprar o que quiser, que ele dormitará, anuirá e julgará que fala com sabedoria e que seus ares são dos mais bem cheirosos.

O Bobo continuava avançando enquanto falava, levando a bandeja carregada à sua frente como um escudo. Wallace cedia prontamente terreno, e o Bobo forçava-o a recuar, atravessando a saleta e entrando no quarto de dormir do rei. Ali, o Bobo pousou a bandeja à cabeceira do rei enquanto Wallace se retirava para a outra porta do quarto. Os olhos do Bobo se iluminaram.

— Ah, não está na cama, o nosso rei, a menos que o tenha escondido debaixo das colchas, bundão, meu querido. Saia, saia, meu rei, meu Shrewd. Sois um rei sagaz, não um rei dos camundongos para vos esconderdes e correrdes pelas paredes e por baixo da roupa de cama. — O Bobo pôs-se a apalpar com tanto vigor a cama e as mantas tão obviamente vazias e a fazer o cetro da ratazana espreitar por entre os dosséis da cama, que eu não consegui conter o riso.

Wallace encostou-se à porta, como que para defendê-la de nós, mas nesse instante ela foi aberta por dentro e ele praticamente caiu nos braços do rei. Sentou-se pesadamente no chão.

— Repare nele! — observou o Bobo, dirigindo-se a mim. — Veja como tenta se pôr no meu lugar, aos pés do rei, e se fazer de bobo com seus tropeções desastrados! Um homem assim merece o título de bobo, mas não o posto!

Shrewd ficou ali em pé, com a roupa de dormir, com uma expressão de vexame no rosto. Baixou os olhos, confuso, para Wallace, e ergueu-os para o Bobo e para mim, que esperávamos por ele, e então resolveu ignorar a situação, fosse ela qual fosse. Dirigiu-se a Wallace, enquanto este se punha em pé com dificuldade.

— Esse vapor não me faz bem nenhum, Wallace. Só me faz ter mais dor de cabeça, e me deixa também com um mau sabor na boca. Leve-o daqui e diga a Regal que acho que sua nova erva pode afastar as moscas, mas não a doença. Leve-a já, antes que deixe o quarto fedendo também. Ah, Bobo, está aqui. E Fitz, finalmente também veio se apresentar. Entrem, sentem-se. Wallace, está me ouvindo? Leve aquele maldito pote! Não, não o leve por aqui, leve-o pelo outro lado. — E com um aceno de mão, o rei enxotou o homem como se fosse uma mosca chata.

Shrewd fechou com firmeza a porta da casa de banho para impedir que o mau cheiro se espalhasse pelo quarto e aproximou do fogo uma cadeira de encosto reto. Em um instante, o Bobo tinha puxado a mesa para o seu lado, o pano que cobria a comida transformara-se em uma toalha de mesa, e ele dispusera a comida do rei tão bem quanto qualquer criada da cozinha. Ele fez aparecer talheres de prata e um guardanapo, um passe de mágica que fez até Shrewd sorrir, e então agachou-se na lareira, com os joelhos quase encostados às orelhas, o queixo apoiado nas mãos de longos dedos, a pele e o cabelo claros refletindo as tonalidades vermelhas das chamas dançantes do fogo. Todos os seus movimentos eram graciosos como os de um bailarino, e a pose que adotara agora era tão artística quanto cômica. O rei estendeu a mão para lhe alisar o cabelo esvoaçante como se o Bobo fosse um gatinho.

— Eu lhe disse que estava sem fome, Bobo.

— É verdade. Mas não me disse para não trazer comida.

— E se tivesse dito?

— Então teria de lhe dizer que isto não é comida, mas um pote fumegante como aqueles que o Bundão o obriga a tomar, para lhe encher as narinas com um cheiro que é pelo menos mais agradável do que os dele. E isto não é pão, mas um emplastro para sua língua, que deve aplicar imediatamente.

— Ah... — o rei Shrewd puxou a mesa um pouco mais para perto e pegou uma colherada da sopa. Nela, cevada encostava-se a pedaços de cenoura e carne. Shrewd provou, e depois começou a comer.

— Não sou um médico ao menos tão bom quanto o Bundão? — ronronou o Bobo, cheio de si.

— Bem, você sabe que o Wallace não é médico, apenas meu criado.

— Bem, eu sei disso, e você também. Mas o Bundão não sabe e, como consequência, você não está bem.

— Basta de sua rabugice. Aproxime-se, Fitz, não fique aí sorrindo como um parvo. O que tem a me dizer?

Olhei para o Bobo e decidi que não insultaria nem o rei nem ele perguntando se podia falar livremente à sua frente. Portanto, foi o que fiz, um relatório simples, sem qualquer menção às minhas ações mais clandestinas para além de seus resultados. Shrewd escutou com gravidade e no fim não teve comentários a fazer além de me censurar brandamente pela falta de maneiras que mostrara à mesa do duque. Então perguntou se o duque Brawndy de Bearns parecia bem e contente com a paz em seu ducado. Respondi que assim parecera quando eu partira. Shrewd assentiu com a cabeça. Então pediu os pergaminhos que eu copiara. Exibi-os, e fui recompensado com um elogio pela elegância de meu trabalho. Disse-me para levá-los à sala dos mapas de Verity e para me assegurar de que Verity ficasse sabendo de sua existência. Perguntou se eu tinha visto a relíquia dos Antigos, e eu a descrevi detalhadamente. Durante todo aquele tempo, o Bobo manteve-se empoleirado nas pedras da lareira, observando-nos, silencioso como uma coruja. O rei Shrewd comeu a sopa e o pão sob os seus olhos vigilantes enquanto eu lia o pergaminho em voz alta. Quando terminei, suspirou e recostou-se na cadeira.

— Bem, vejamos então essa sua letra — ordenou. Confuso, entreguei-lhe o pergaminho. Mais uma vez o examinou cuidadosamente, e voltou a enrolá-lo. Quando me devolveu, disse: — Tem um manejo elegante da pena, rapaz. Bem escrito e bem executado. Leve-o à sala dos mapas de Verity e assegure-se de que ele saiba de sua existência.

— Claro, meu rei. — Hesitei, confuso.

Não compreendia o motivo que ele teria para se repetir e não tinha certeza se ele estaria à espera de outra resposta minha. Mas o Bobo estava se erguendo, e eu recebi dele algo menor do que uma olhadela; não chegou sequer a ser uma franzida de sobrancelha, não chegou bem a ser um movimento de lábio, mas foi o bastante para me pedir silêncio. O Bobo juntou os pratos, sem parar de conversar alegremente com o rei, e depois fomos ambos mandados embora juntos. Ao sairmos, o rei fitava as chamas.

No corredor, trocamos olhares de uma forma mais aberta. Comecei a falar, mas o Bobo começou a assobiar e não parou até descermos metade das escadas. Então fez uma pausa e pegou-me pela manga; paramos na escadaria entre os andares. Senti que ele escolhera cuidadosamente aquele local. Ninguém podia nos ver ou ouvir ali, exceto se também o víssemos se aproximar. Mesmo assim, nem sequer foi o Bobo quem falou comigo, mas a ratazana no topo de seu cetro. Colocou-a na frente do meu nariz e guinchou na voz da ratazana:

— Ah, mas você e eu, nós temos de nos lembrar daquilo que ele esquecer, Fitz, e manter essa lembrança a salvo para ele. Custa-lhe muito mostrar-se tão forte como se mostrou esta noite. Não se deixe enganar a respeito disso. Aquilo que ele lhe disse, duas vezes, deve valorizar e cumprir, pois isso quer dizer que ele o gravou duas vezes melhor em sua mente, para se assegurar de que o diria a você.

Fiz um aceno com a cabeça e decidi entregar o pergaminho nessa mesma noite a Verity.

— Não gosto muito de Wallace — comentei.

— Não é com o Bundão dele que precisa ter cuidado, mas com as grandes orelhas — respondeu ele, solenemente. De repente, equilibrou a bandeja na mão de dedos longos, ergueu-a bem alto acima da cabeça e desceu saltitante a escada na minha frente, deixando-me sozinho para pensar.

Entreguei o pergaminho à noite, e nos dias que se seguiram dediquei-me às tarefas que Verity me atribuíra havia algum tempo. Usei salsichas gordas e peixe defumado como transporte para meus venenos, enrolados em pequenos embrulhos. Conseguiria espalhá-los facilmente enquanto fugia, na esperança de que fossem suficientes para todos os que me perseguissem. Todas as manhãs estudava o mapa na sala dos mapas de Verity e depois selava Fuligem e me dirigia com meus venenos até onde achasse mais provável ser atacado por Forjados. Lembrando-me de minhas experiências anteriores, levava uma espada curta nessas expedições a cavalo, algo que causou a princípio algum divertimento tanto a Hands quanto a Burrich. Disse que estava batendo o terreno em busca de caça caso Verity desejasse fazer uma caçada de inverno. Hands aceitou a desculpa com facilidade; e Burrich, com os lábios apertados, mostrou que sabia que eu mentia e que também sabia que não podia lhe contar a verdade. Não bisbilhotou, mas nem por isso gostou da situação.

Por duas vezes em dez dias fui atacado por Forjados e por duas vezes fugi facilmente, deixando as provisões envenenadas cair dos alforjes enquanto fugia. Eles avançaram sobre elas com avidez, quase sem parar para desembrulhar a carne antes de a enfiarem na boca. Regressei a cada local no dia seguinte para documentar para Verity quantos matara e quais eram os detalhes de sua aparência. O segundo grupo não coincidia com nenhuma descrição que tivéssemos recebido. Ambos suspeitamos de que isso significava que havia mais Forjados do que tínhamos ouvido dizer.

Desempenhei minha tarefa, mas não me orgulhei dela. Mortos, eles eram ainda mais dignos de dó do que vivos. Eram criaturas magras e esfarrapadas, castigadas pelo frio e marcadas pelas lutas uns com os outros, e a selvajaria dos venenos rápidos e duros que eu usava retorcia seus corpos em caricaturas de homens. A geada cintilava em suas barbas e sobrancelhas, e o sangue que lhes saía da boca formava crostas vermelhas, como rubis congelados na neve. Matei dessa forma sete Forjados, e então fiz uma pilha com seus corpos congelados e com pinheiro-duro, ensopei-os de óleo e ateei-lhes fogo. Não posso dizer o que achava mais desagradável, se o envenenamento ou se o que fazia para esconder meu ato. Lobito inicialmente suplicara para ir comigo quando percebeu que todos os dias, depois de alimentá-lo, eu saía. Mas, a certa altura, quando eu estava em pé junto aos homens que matara, esqueléticos como gravetos, ouvi: *Isso não é caçar. Isso não é ação de alcateia. Isso é ação de homem.* Sua presença desapareceu antes de eu poder censurá-lo por ter voltado a se intrometer em minha mente.

À noite regressava ao castelo, para comida quente e fresca e o calor das lareiras, roupas secas e uma cama mole, mas os espectros daqueles Forjados erguiam-se entre mim e esses confortos. Sentia-me um animal sem coração por poder desfrutar dessas coisas depois de passar o dia espalhando a morte. Meu único conforto era espinhoso: à noite, quando dormia, sonhava com Molly, e caminhava e conversava com ela, sem ser assombrado pelos corpos dos Forjados cobertos pela geada.

Um dia parti mais tarde do que pretendia, pois Verity estivera na sala dos mapas e me segurara por muito tempo conversando. Uma tempestade se aproximava, mas não parecia ser muito forte. Não tencionara ir muito longe nesse dia, mas encontrei um rastro fresco em vez de minhas presas, sinal de um grupo maior do que esperava. E assim avancei, sempre alerta com meus cinco sentidos, pois o sexto, a Manha, não constituía nenhuma ajuda para encontrar Forjados. As nuvens que se acumulavam roubaram a luz do céu mais depressa do que eu esperava, e o rastro me levou por trilhos de caça onde Fuligem e eu não conseguíamos avançar rapidamente. Quando finalmente ergui os olhos do rastro, admitindo que naquele dia ele me tinha escapado, dei por mim muito mais longe de Torre do Cervo do que pretendia e bem longe de qualquer estrada percorrida.

O vento começou a soprar, um vento desagradável e frio que anunciava neve. Apertei melhor o manto em volta do corpo e fiz Fuligem se virar para a direção de casa, confiando nela para escolher o caminho e o ritmo. A escuridão caiu antes de irmos muito longe, e com ela veio a neve. Se eu não tivesse cruzado aquela área com tanta frequência nos últimos tempos, certamente teria me perdido. Mas continuamos avançando, dirigindo-nos sempre, segundo parecia, para os dentes cortantes do vento. O frio ensopou-me, e comecei a tremer. Temi que os tremores pudessem, na verdade, ser o início de um ataque tão forte como já não sofria há muito tempo.

Senti-me grato quando os ventos finalmente rasgaram uma fenda na cobertura de nuvens, e o luar e a luz das estrelas vazaram por essa fenda nos acinzentando o caminho. Avançamos, então, em melhor ritmo, apesar da neve fresca que Fuligem confrontava. Saímos um pouco da densa floresta de bétulas e entramos em uma encosta que um relâmpago queimara alguns anos antes. Sem nada que o bloqueasse, o vento ali era mais forte, então me aconcheguei ao manto e levantei novamente a gola. Sabia que depois de ultrapassar o cume do monte veria as luzes de Torre do Cervo e que após outro monte e um vale encontraria uma estrada muito usada que me levaria até em casa. Então estava com um humor melhor quando começamos a cortar caminho pelo flanco liso do monte.

Súbitas como um trovão, ouvi as batidas dos cascos de um cavalo que lutava para ganhar velocidade, mas de um modo sobrecarregado. Fuligem diminuiu, e então atirou a cabeça para trás e relinchou. No mesmo momento, vi um cavalo e um cavaleiro saírem da cobertura de árvores abaixo de mim e para o sul. O cavalo levava um cavaleiro, e duas outras pessoas agarravam-se a ele, uma à correia de peito e a outra à perna do cavaleiro. A luz cintilou em uma lâmina que se ergueu e desceu e, com um grito, o homem que se agarrava à perna do cavaleiro estatelou-se e chafurdou na neve, guinchando. Mas a outra silhueta agarrara a cabeça do cavalo e, enquanto tentava obrigar o animal a parar, dois outros perseguidores saíram das árvores e convergiram sobre cavalo e cavaleiro.

O momento em que reconheci Kettricken é indistinguível do momento em que esporeei Fuligem. O que vi não fazia nenhum sentido para mim, mas isso não evitou que eu agisse. Não me perguntei o que minha princesa herdeira estava fazendo ali, à noite, sem companhia e atacada por ladrões. Pelo contrário, dei por mim a admirar o modo como ela se mantinha montada e punha o cavalo a girar, enquanto lançava pontapés e golpes de faca sobre os homens que tentavam derrubá-la. Puxei a espada quando nos aproximamos do combate, mas não me lembro de ter feito qualquer som. Minha recordação da luta é estranha, uma batalha de silhuetas, desenrolada em preto e branco, como um espetáculo de sombras de montanha, sem som, salvo os grunhidos e gritos dos Forjados à medida que caíam, um após outro.

Kettricken golpeara um deles no rosto, cegando-o com sangue, mas ele ainda a agarrava e tentava derrubá-la da sela. Os outros ignoraram a condição do companheiro, preferindo puxar os alforjes que provavelmente não continham mais do que um pouco de comida e conhaque embrulhados para um dia de cavalgada.

Fuligem levou-me para junto daquele que se agarrava à cabeça de Passoleve. Vi que era uma mulher, e então minha espada estava dentro dela e fora de novo, um ato tão desprovido de alma como cortar lenha. Uma luta peculiar. Conseguia sentir Kettricken e a mim, o medo do cavalo dela e o entusiasmo treinado para a batalha de Fuligem, mas dos atacantes, nada. Absolutamente nada. Não latejava qualquer ira, nenhuma dor em seus ferimentos gritava por atenção. Para a minha Manha, eles não estavam lá, não eram mais do que a neve ou o vento contra mim.

Observei, como em um sonho, como Kettricken agarrou seu atacante pelo cabelo e lhe puxou a cabeça para trás, para poder lhe cortar a garganta. Sangue se derramou, negro ao luar, ensopando-lhe o casaco e deixando um brilho no pescoço e na espádua da égua antes de o homem cair e se contrair em espasmos na neve. Brandi minha espada contra o último, mas falhei. Kettricken não falhou. Sua curta faca avançou, dançando, e mergulhou através de casaco, costelas e pulmão, voltando a sair com igual rapidez. Afastou-o com um pontapé.

— Venha! — limitou-se a dizer para a noite, e esporeou a égua, levando Passoleve pelo monte acima.

Fuligem correu, com o focinho colado ao estribo de Kettricken, e foi assim que ultrapassamos o monte juntos, vislumbrando brevemente as luzes de Torre do Cervo antes de mergulharmos do outro lado.

Havia arbustos no fundo da ladeira e um riacho escondido pela neve, então coloquei Fuligem na dianteira e virei Passoleve antes que ela tivesse tempo de tropeçar e cair. Kettricken nada disse quando virei sua égua, mas me deixou tomar a dianteira quando entramos na floresta do outro lado do riacho. Desloquei-me tão depressa quanto pude, sempre na expectativa de silhuetas gritarem e saltarem sobre nós, mas por fim chegamos à estrada, precisamente no momento em que as nuvens voltavam a se fechar, roubando-nos a luz do luar. Diminuí o passo dos cavalos e deixei-os respirar. Durante algum tempo viajamos em silêncio, ambos procurando atentamente qualquer som de perseguição.

Após algum tempo, sentimo-nos mais seguros, e ouvi Kettricken soltar sua respiração presa em um longo suspiro trêmulo.

— Obrigada, Fitz — limitou-se a dizer, mas não conseguiu manter a voz completamente firme. Não fiz comentários, meio convencido de que a qualquer momento ela rebentaria em pranto. Não a teria censurado. Mas ela foi se controlando pouco a pouco, endireitando a roupa, limpando a lâmina nas calças e voltando a embainhá-la à cintura. Inclinou-se para a frente para fazer festa no pescoço de Passoleve e murmurar palavras de elogio e conforto ao cavalo. Senti a tensão de Passoleve abrandar e admirei a perícia de Kettricken em ganhar tão depressa a confiança da grande égua. — Por que está aqui? Veio me procurar? — perguntou por fim.

Abanei a cabeça. A neve recomeçava a cair.

— Estava caçando e fui até mais longe do que pretendia. Não foi mais do que sorte o que me trouxe até você. — Fiz uma pausa, e então aventei: — Perdeu-se? Haverá cavaleiros à sua procura?

Ela fungou e encheu os pulmões de ar.

— Não propriamente — disse, com voz abalada. — Fui montar com Regal. Mais alguns vieram conosco, mas quando começou a ameaçar tempestade, todos viramos para regressar a Torre do Cervo. Os outros avançaram à nossa frente, mas Regal e eu seguimos mais devagar. Ele estava me contando uma história popular de seu ducado natal, e deixamos que os outros avançassem para que eu não tivesse de ouvi-la através do falatório deles. — Inspirou, e ouvi-a engolir o que restava do terror da noite. Sua voz estava mais calma quando prosseguiu. — Os outros estavam muito à nossa frente quando uma raposa saltou subitamente da vegetação rasteira no caminho. "Siga-me, se quiser ver um pouco de habilidade de verdade!", desafiou Regal, virando o cavalo para fora do caminho e lançando-se atrás do animal. Quisesse eu ou não, Passoleve saltou como uma mola atrás deles. Regal cavalgou como um louco, todo estirado sobre o cavalo, incentivando-o com um chicote. — Havia consternação e espanto, mas também uma mancha de admiração em sua voz enquanto o descrevia.

Passoleve não respondera às rédeas. A princípio, Kettricken ficou assustada com a velocidade, pois não conhecia o terreno e temia que Passoleve tropeçasse. Por isso, tentou refrear a cavalgada. Mas, quando percebeu que já não conseguia ver nem a estrada nem os outros, e que Regal estava muito à frente, soltou a rédea de Passoleve, na esperança de o apanhar, com o previsível resultado de ter se perdido completamente quando a tempestade começou. Deu meia-volta para seguir seu rastro até a estrada, mas a neve que caía e o vento que soprava o apagaram. Por fim, dera aval a Passoleve, confiando que o cavalo encontrasse o caminho para casa. E provavelmente o teria feito se aqueles selvagens não tivessem caído sobre ela. Sua voz esmoreceu e se silenciou.

— Forjados — disse-lhe em voz baixa.

— Forjados — repetiu com uma voz espantada. E então, com mais firmeza: — Não lhes resta nenhum coração. Foi isso que me foi explicado. — Senti seu olhar mais do que vi. — Sou um Sacrifício assim tão mau que haja gente que queira me matar?

À distância, ouvimos o sopro de uma trompa. Homens que vinham em busca dela.

— Eles teriam saltado sobre qualquer um que lhes tivesse cruzado o caminho — disse. — Neles, não houve qualquer pensamento sobre atacar sua princesa herdeira. Duvido muito que sequer soubessem quem você é. — Fechei firmemente os maxilares antes de acrescentar que não se podia dizer o mesmo de Regal. Se ele não lhe queria fazer mal, tampouco tentou evitar que o mal lhe acontecesse. Não acreditava que ele tivesse tencionado nem mesmo por um momento mostrar-lhe "habilidade" na perseguição de uma raposa por montes cobertos de neve ao cair da noite. Ele pretendera abandoná-la. E o fizera habilmente.

— Acho que meu senhor ficará muito furioso comigo — disse ela, aflita como uma criança. Como que em resposta à sua previsão, passamos sobre o cume da colina e vimos homens a cavalo, trazendo archotes em nossa direção. Voltamos a ouvir a trompa, com maior clareza, e alguns momentos depois estávamos entre eles. Eram os precursores do grupo de busca principal, e uma moça partiu imediatamente a galope para informar o príncipe herdeiro de que sua rainha fora encontrada. À luz dos archotes, os guardas de Verity exclamaram e praguejaram por causa do sangue que ainda luzia no pescoço de Passoleve, mas Kettricken manteve a compostura enquanto lhes assegurava que o sangue não era seu. Falou em voz baixa dos Forjados que a tinham atacado e sobre o que fizera para se defender. Vi a admiração por ela crescer entre os soldados. Ouvi-a então dizer pela primeira vez que o atacante mais ousado caíra sobre ela de cima de uma árvore. Fora a ele que matara primeiro.

— Ela acabou com quatro, e não tem nenhum arranhão! — exultou um veterano grisalho, e então acrescentou rapidamente: — Peço perdão, minha senhora rainha. Não quis faltar ao respeito!

— A história podia ter sido diferente se Fitz não tivesse vindo libertar a cabeça do meu cavalo — disse calmamente Kettricken. O respeito por ela cresceu ao verem que não se vangloriava de seu triunfo; antes, se assegurava de que eu também recebesse o que me era devido.

Felicitaram-na sonoramente e falaram, em tom zangado, de vasculhar no dia seguinte os bosques em volta de Torre do Cervo.

— Envergonha-nos a todos como soldados que nossa rainha não possa sair a cavalo em segurança! — declarou uma mulher que pousou a mão no cabo da espada e jurou ensanguentá-la com sangue de Forjados no dia seguinte. Vários dos outros a imitaram. A conversa tornou-se ruidosa, cheia de bravatas e expressões de alívio ao ver a rainha em segurança. O regresso para casa transformou-se em uma procissão triunfal, pelo menos até Verity chegar. Ele veio a galope solto, em um cavalo espumando de cansaço por causa da distância e da velocidade. Soube então que a busca não fora breve, e só podia imaginar quantas estradas Verity teria percorrido desde que recebera a notícia de que sua senhora estava desaparecida.

— Como pôde ser tão tola de ir tão longe? — foram as primeiras palavras que lhe dirigiu. Sua voz não soou terna. Vi a cabeça dela perder seu prumo orgulhoso e ouvi os murmúrios resmungados dos homens que estavam mais perto de mim. Daí em diante, nada correu bem. Ele não a repreendeu perante seus homens, mas vi-o crispar-se quando ela lhe contou abertamente o que acontecera e como matara para se defender. Não lhe agradou que ela falasse tão claramente de um bando de Forjados, suficientemente corajosos para atacar a rainha e quase à sombra de Torre do Cervo. Aquilo que Verity procurara manter secreto estaria no dia seguinte nos lábios de todos, com o sabor adicional de ter sido a própria rainha quem eles se atreveram a atacar. Verity lançou-me um olhar assassino, como se tudo fosse obra minha, e ordenou rudemente que dois de seus guardas entregassem os cavalos descansados para serem levados de volta a Torre do Cervo. Afastou-a deles, levando-a de volta a Torre do Cervo a galope, como se chegar lá mais depressa pudesse de algum modo tornar a quebra de segurança menos real. Pareceu não notar que negara à sua guarda a honra de trazê-la em segurança para casa.

Eu regressei mais devagar com eles, tentando não ouvir as palavras descontentes dos soldados. Não chegaram propriamente a criticar o príncipe herdeiro, mas elogiaram a rainha por seu vigor e acharam triste que não tivesse sido acolhida com um abraço e uma ou duas palavras gentis. Se algum chegou a dedicar um pensamento ao comportamento de Regal, não o exprimiu em voz alta.

Mais tarde nessa noite, nos estábulos, depois de cuidar de Fuligem, ajudei Burrich e Hands a pôr em condições Passoleve e Verdade, o cavalo de Verity. Burrich resmungou contra a forma dura como os animais tinham sido usados. Passoleve ficara com um pequeno arranhão durante o ataque e estava com a boca ferida, devido à luta por sua cabeça, mas nenhum dos animais tinha sido machucado seriamente. Burrich mandou Hands preparar uma mistura aquecida de grão para ambos. Só então contou em voz baixa como Regal chegara, entregara o cavalo no estábulo e subira ao castelo sem fazer a mínima menção a Kettricken. O próprio Burrich fora alertado por um rapaz do estábulo, que perguntara onde estava Passoleve, e quando fora tentar descobrir, chegara a ousar perguntar ao próprio Regal, que respondera que achava que Kettricken tinha ficado na estrada e regressado com seus servos. Então foi Burrich quem fez soar o alarme, enquanto Regal permanecia muito vago quanto ao local onde abandonara a estrada e à direção para onde a raposa o levara e, provavelmente, também a Kettricken.

— Cobriu bem o rastro — murmurou Burrich quando Hands regressou com os grãos. Sabia que ele não se referia à raposa.

Meus pés estavam pesados como chumbo quando subi para a torre nessa noite, e o coração também. Não queria imaginar o que Kettricken estaria sentindo, também não quis pensar no tom que as conversas tomariam na casa dos guardas. Tirei a roupa e caí na cama e, instantaneamente, no sono. Molly esperava-me em meus sonhos, e a única paz que conhecia, também.

Fui acordado pouco depois, por alguém que batia com força na porta trancada. Ergui-me e abri-a para um pajem sonolento, a quem fora ordenado que me levasse à sala dos mapas de Verity. Disse-lhe que sabia o caminho e mandei-o para a cama. Enfiei a roupa às pressas e corri escadas abaixo, perguntando a mim mesmo qual desastre teria agora caído sobre nós.

Verity estava lá à minha espera, e a lareira era quase a única luz na sala. Tinha o cabelo desgrenhado e pusera um roupão por cima da camisa de dormir. Era evidente que tinha acabado de vir da cama, e eu me preparei para as notícias que ele teria recebido.

— Feche a porta! — ordenou-me, conciso. Fechei-a e fiquei à sua frente. Não soube dizer se o brilho em seus olhos era ira ou diversão quando ele me perguntou, abruptamente: — Quem é lady Saia Vermelha, e por que é que sonho com ela todas as noites?

Não consegui encontrar a língua. Desesperado, perguntei a mim mesmo até que ponto ficara ele conhecedor de meus sonhos. O constrangimento me deu tontura. Nem que estivesse nu perante toda a corte poderia ter me sentido mais exposto.

Verity virou a cara para o lado e tossiu de um modo que podia ter começado como um riso abafado.

140

— Vá lá, rapaz, não é que eu não compreenda. Não quis me intrometer em seu segredo; você é que o atirou para cima, em especial nestas últimas noites. E eu preciso dormir, não saltar na cama com a febre de sua... admiração por essa mulher. — Ele se interrompeu abruptamente. Meu rubor estava mais quente do que qualquer lareira. — Bom — disse ele, desconfortável. E então, de repente: — Sente-se. Vou ensinar-lhe a controlar os pensamentos tão bem como controla a língua. — Balançou a cabeça. — É estranho, Fitz, que bloqueie por vezes tão completamente o meu Talento, mas despeje seus desejos mais privados como um lobo uivando na noite. Suponho que isso seja consequência do que Galen lhe fez. Bem, gostaria que pudéssemos desfazê-lo, mas como não podemos, lhe ensinarei o que puder, sempre que puder. — Não tinha me movido. De repente, nenhum de nós conseguiu olhar para o outro. — Venha cá — repetiu ele, impacientemente. — Sente-se aqui comigo. Olhe para as chamas.

E no espaço de uma hora, deu-me um exercício para praticar, um exercício que manteria meus sonhos para mim ou, o que era mais provável, garantiria que eu não tivesse nenhum sonho. Com um coração pesado como chumbo, compreendi que iria perder até a Molly da minha imaginação, assim como perdera a verdadeira. Ele percebeu meu mau humor.

— Vá lá, Fitz, isso passará. Mantenha-se controlado e aguente. É capaz. Pode ainda chegar o dia em que deseje ter uma vida tão vazia de mulheres como está agora. Como eu.

— Ela não pretendia se perder, senhor.

Verity olhou-me sinistramente.

— Não é possível trocar intenções por resultados. Ela é princesa herdeira, rapaz. Tem sempre de pensar, não uma, mas três vezes antes de agir.

— Ela me disse que Passoleve seguiu o cavalo de Regal, e não quis responder às rédeas. Pode culpar a mim e a Burrich por isso; era esperado que tivéssemos treinado aquele cavalo.

Subitamente, ele soltou um suspiro.

— Suponho que sim. Considere-se censurado, e diga a Burrich para arranjar à minha senhora um cavalo menos impetuoso para montar até que ela se torne melhor cavaleira. — Voltou a suspirar, profundamente. — Suponho que ela verá isso como uma punição vinda de mim. Vai me olhar com um ar triste com aqueles grandes olhos azuis, mas não dirá uma palavra de protesto. Enfim. Isso não é possível evitar. Mas precisava ela matar e depois falar sobre o assunto com tanta jovialidade? Que pensará meu povo dela?

— Ela não teve alternativa, senhor. Teria sido melhor se morresse? Quanto ao que o povo pensará... Bem, os soldados que nos encontraram acharam-na valente. E capaz. Não são más qualidades para uma rainha, senhor. As mulheres de sua guarda, em especial, falaram bem dela quando regressamos. A enxergarão agora como sua rainha, muito mais do que se fosse uma coisinha chorosa e acovardada. A seguirão sem questionar. Em tempos como estes, talvez uma rainha com uma faca nos dê mais ânimo do que uma mulher que se envolve em joias e se esconde atrás de muralhas.

— Talvez — disse Verity em voz baixa. Senti que ele não concordava. — Mas agora todos saberão, e de forma bem intensa, sobre os Forjados que estão se reunindo em volta de Torre do Cervo.

— Também saberão que uma pessoa determinada pode se defender deles. E levando-se em conta aquilo que seus guardas vieram dizendo enquanto regressávamos, acho que haverá muito menos Forjados daqui a uma semana.

— Eu sei. Alguns matarão as próprias famílias. Forjados ou não, é sangue dos Seis Ducados que estamos derramando. Tinha tentado evitar que minha guarda começasse a matar a minha própria gente.

Um pequeno silêncio caiu entre nós enquanto ambos pensávamos que ele não tivera escrúpulos em atribuir-me exatamente essa tarefa. Assassino. Era essa a palavra para aquilo que eu era. Compreendi que não tinha honra a preservar.

— Não é verdade, Fitz. — Ele respondia a meus pensamentos. — Você preserva minha honra. E eu o honro por isso, por fazer o que tem de ser feito. O trabalho sujo, o trabalho escondido. Não se envergonhe por trabalhar para preservar os Seis Ducados. Não pense que eu não estimo esse trabalho simplesmente porque tem de permanecer secreto. Esta noite, salvou minha rainha. Também não me esqueço disso.

— Ela precisou pouco de salvamento, senhor. Acho que, mesmo sozinha, teria sobrevivido.

— Bem, não vamos mais pensar sobre isso. — Fez uma pausa, e então disse de um modo acanhado: — Tenho de recompensá-lo, sabia? — Quando abri a boca para protestar, ele ergueu a mão para que me calasse. — Eu sei que não quer nada. E também sei que já existe tanto entre nós que nada que eu possa lhe dar será suficiente para manifestar minha gratidão. Mas a maior parte das pessoas não sabe disso. Quer que se diga na Cidade de Torre do Cervo que salvou a vida da rainha e que o príncipe herdeiro não reconheceu seu feito? Mas não faço ideia de que presente lhe dar... deverá ser algo visível, e você terá de andar com ele por aí durante algum tempo. Pelo menos isso sei da arte de governar. Uma espada? Algo melhor do que aquele bocado de ferro que carregava hoje?

— É uma velha lâmina com a qual Hod me disse para praticar — disse, em minha defesa. — Serve.

— Obviamente. Direi a ela para escolher uma melhor para você e fazer algum ornamento mais sofisticado no cabo e na bainha. Será o suficiente?

— Acredito que sim — disse eu, sem jeito.

— Bem, voltemos para a cama, sim? E eu agora conseguirei dormir, não é verdade? — Não havia dúvida sobre o divertimento que tinha agora na voz. Meu rosto voltou a arder.

— Senhor. Tenho de perguntar... — proferi atrapalhadamente as últimas palavras. — Sabe com quem eu estava sonhando?

Ele balançou lentamente a cabeça.

— Não tenha receio de ter comprometido sua honra. Só sei que usa saias azuis, mas que você as enxerga como vermelhas. E que a ama com um ardor que é próprio da juventude. Não lute para parar de amá-la. Só para parar de emiti-lo por meio do Talento durante a noite. Não sou o único aberto a tal uso do Talento, embora acredite ser o único capaz de reconhecer tão claramente sua assinatura no sonho. Mesmo assim, tenha cautela. O círculo de Galen não é desprovido de Talento, mesmo que o use de forma desajeitada e com pouca força. Um homem pode ser desfeito quando seus inimigos ficam sabendo o que lhe é mais querido através de seus sonhos de Talento. Mantenha as defesas erguidas. — Soltou um risinho espontâneo. — E tenha esperança de que sua lady Saia Vermelha não tenha Talento no sangue, pois, se o tiver, deve tê-lo escutado ao longo de todas essas noites.

E, depois de plantar aquele pensamento perturbador em minha cabeça, me mandou embora para o quarto e para a cama. Não dormi mais naquela noite.

A RAINHA DESPERTA

Há aqueles que cavalgam na caça do javali
Ou as flechas preparam para as renas
Mas meu amor cavalgou com a rainha Raposa
Para pôr fim às nossas duras penas

Naquele dia, não almejou ela a fama
Nem a dor a fez ter cautela
A rainha cavalgou para sarar o coração de seu povo
E meu amor cavalgou atrás dela

— "A Caçada da rainha Raposa"

A fortaleza inteira estava uma agitação no dia seguinte. Havia no pátio um ar febril, quase de festival, quando a guarda pessoal de Verity e todos os guerreiros que não tinham deveres marcados para esse dia se juntaram para uma caçada. Cães farejadores ladravam impacientemente, enquanto os cães de ataque, com suas maciças maxilas e peitos em forma de barril, arquejavam excitadamente e testavam a resistência das trelas. Já se combinavam apostas sobre quem teria sucesso em caçar mais. Cavalos revolviam a terra, cordas de arcos eram verificadas, metade do pessoal de cozinha estava ocupada embalando comida para os caçadores levarem. Soldados jovens e velhos, homens e mulheres, pavoneavam-se e riam alto, gabando-se de confrontos passados, comparando armas, alimentando o moral para a caçada. Eu vira aquilo uma centena de vezes, antes de uma caçada de inverno ao alce ou ao urso. Mas agora havia naquilo uma aresta, um ranço fétido de sede de sangue no ar. Ouvi fragmentos de conversas, palavras que me deixaram indisposto: "... sem misericórdia para aquela bosta...", "... covardes e traidores, para se atreverem a atacar a rainha...", "... hão de pagar caro. Não merecem uma morte rápida...". Enfiei-me às pressas na cozinha, ziguezagueei por uma área tão movimentada como um formigueiro agitado. Também ali ouvi dar voz ao mesmo tipo de sentimentos, à mesma ânsia por vingança.

Fui encontrar Verity na sala dos mapas. Conseguia ver que ele tinha se lavado e se vestido de novo, mas estava usando o mesmo que na noite anterior de um modo tão evidente como se fosse uma túnica suja. Encontrava-se vestido para um dia passado dentro de portas, entre seus papéis. Bati ligeiramente à porta, embora ela estivesse entreaberta. Ele estava sentado em uma cadeira junto do fogo, com as costas voltadas para mim. Acenou com a cabeça, mas não se virou para me olhar quando entrei. Apesar de toda sua quietude, havia um ar carregado na sala, a preparação de uma tempestade. Uma bandeja com o café da manhã jazia em uma mesa ao lado de sua cadeira, intacta. Eu me aproximei e fiquei em pé e em silêncio a seu lado, quase certo de que fora levado a ir até ali através do Talento. Quando o silêncio se prolongou, interroguei-me se o próprio Verity saberia por quê. Por fim, decidi falar.

— Meu príncipe. Não cavalgará hoje com sua guarda? — ousei perguntar.

Foi como se tivesse aberto uma comporta. Ele se virou para me olhar; as rugas em seu rosto tinham ficado mais profundas durante a noite. Parecia descomposto, adoentado.

— Não. Não me atrevo. Como poderia apoiar uma coisa dessas, essa caça à nossa própria gente e família? E, no entanto, que alternativa tenho? Esconder-me e entristecer-me atrás das muralhas da torre enquanto outros saem para vingar esse insulto feito à minha princesa herdeira? Não me atrevo a proibir meus homens de defender sua honra. Portanto, tenho de me comportar como se não estivesse consciente do que se passa em meu pátio. Como se fosse algum tolo, preguiçoso ou covarde. Uma balada será escrita sobre esse dia, não duvido. Qual será seu título? "O Massacre dos Desmiolados de Verity"? Ou "O Sacrifício dos Forjados da rainha Kettricken"?

Sua voz se elevava a cada palavra e, antes de ele chegar na metade, dirigi-me à porta para fechá-la com firmeza. Olhei em volta da sala enquanto ele vociferava, me perguntando quem, além de mim, estaria ouvindo aquelas palavras.

— Chegou a dormir um pouco, meu príncipe? — perguntei quando ele se calou.

Ele sorriu com prazer mórbido.

— Bem, você sabe o que pôs fim à minha primeira tentativa de descansar. A segunda foi menos... cativante. Minha senhora veio a meus aposentos.

Senti as orelhas começarem a aquecer. Fosse o que fosse que ele se preparava para dizer-me, eu não queria ouvir. Não tinha nenhuma vontade de saber o que se passara entre eles na noite anterior. Querela ou reconciliação, não queria saber nada sobre isso. Verity mostrou-se impiedoso.

— Não chorando, como se poderia pensar que estivesse. Não em busca de conforto. Não para que eu a abraçasse contra os temores noturnos, ou lhe reafirmasse minha estima. Mas hirta como uma espada, como um sargento censurado, para se pôr em sentido ao pé da cama e pedir-me perdão por suas transgressões. Mais branca do que a cal e tão dura quanto um carvalho... — A voz lhe sumiu, como se tivesse compreendido que revelava demais sobre si. — Foi ela, e não eu, quem previu essa turba de caçadores. Veio até mim no meio da noite, perguntando o que devíamos fazer. Não tive resposta para lhe dar, e até agora não tenho...

— Pelo menos ela previu isso — aventei, esperando gerar alguma pausa em sua ira contra Kettricken.

— E eu não — disse ele, num tom pesado. — Ela previu. Chivalry teria previsto. Oh, Chivalry saberia que isso aconteceria no momento de seu desaparecimento e teria todos os tipos de planos de contingência. Mas eu, não. Só pensei em trazê-la rapidamente para casa e esperar que não se ouvisse falar muito do assunto. Como se uma coisa dessas pudesse acontecer! E então hoje penso que, se algum dia a coroa acabar por repousar em minha testa, estará em um lugar bem pouco merecedor.

Aquele era um príncipe Verity que eu nunca tinha visto, um homem com a confiança feita em farrapos. Por fim, compreendi como Kettricken se adequava mal a ele. Não era culpa dela. Ela era forte e fora educada para governar. O próprio Verity dizia frequentemente que fora educado como segundo filho. O tipo certo de mulher o teria estabilizado como uma âncora, o teria ajudado a se erguer para assumir sua condição de rei. Uma mulher que tivesse ido chorar em sua cama, para ser mimada e tranquilizada, lhe teria permitido que acordasse com a certeza de ser um homem e preparado para ser rei. A disciplina e contenção de Kettricken faziam-no duvidar de sua força. Subitamente percebi que meu príncipe era humano. Não era um pensamento tranquilizador.

— Deveria pelo menos sair e falar com eles — sugeri.

— E dizer o quê? "Boa caça"? Não. Mas você vai, rapaz. Vá, observe e traga-me notícias sobre o que está acontecendo. Vá já. E feche a porta. Não quero ver mais ninguém até que você regresse com novidades sobre o que se passa.

Virei-me e fiz o que ele pedia. Quando saí do Grande Salão e percorri a passagem que levava ao pátio, encontrei Regal. Ele raramente estava em pé tão cedo, e seu aspecto sugeria que ter se levantado naquela manhã não fora decisão sua. A roupa e o cabelo estavam bem-arranjados, mas todos os minúsculos toques de adorno estavam ausentes: não havia brinco, não trazia à garganta nenhuma seda cuidadosamente dobrada e presa com um alfinete, e a única joia que ostentava era seu anel de sinete. O cabelo estava penteado, mas não perfumado e ondulado, e os olhos estavam raiados de vermelho. A fúria o movia. Quando tentei passar por ele, agarrou-me e puxou-me para me obrigar a encará-lo. Essa, pelo menos, era sua intenção. Eu não resisti, limitei-me a relaxar os músculos. E descobri, para meu deleite e assombro, que ele não conseguia mais me puxar. Virou-se para me encarar, com os olhos ardendo, e descobriu que ele tinha de olhar para cima, apenas ligeiramente, para me fuzilar com os olhos. Eu crescera e tornara-me mais pesado. Já o sabia, mas nunca pensara naquele delicioso efeito colateral. Parei o sorriso antes de me subir à boca, mas deve ter-me transparecido nos olhos. Ele deu-me um violento empurrão, e eu permiti que me fizesse oscilar. Um pouco.

— Onde está Verity? — rosnou.

— Meu príncipe? — interroguei, como se não tivesse entendido o que ele queria.

— Onde está meu irmão? Aquela maldita mulher dele... — interrompeu-se, estrangulando a fúria. — Onde costuma estar meu irmão a esta hora do dia? — conseguiu enfim dizer.

Não menti:

— Há dias em que sobe cedo à sua torre. Ou suponho que possa estar tomando o café da manhã. Ou nos banhos... — sugeri.

— Bastardo inútil — disse Regal, mandando-me embora, e rodopiou, apressando-se na direção da torre. Esperei que a subida o divertisse. Assim que ele ficou fora de vista, saí correndo, para não desperdiçar o precioso tempo que ganhara.

No momento em que entrei no pátio, ficou claro o motivo da fúria de Regal. Kettricken estava em pé sobre o banco de uma carroça, e todas as cabeças se encontravam viradas para ela. Usava as mesmas roupas que usara na noite anterior. À luz do dia, conseguia ver como um salpico de sangue marcara a manga do casaco de pele branca, e como um jorro mais pesado lhe ensopara e manchara as calças de cor púrpura. Trazia botas e chapéu, e estava pronta para partir. Uma espada encontrava-se afivelada ao quadril. A consternação me inundou. Como podia fazer aquilo? Olhei em volta, me perguntando o que ela estaria dizendo. Todas as cabeças estavam viradas para ela, com os olhos muito arregalados. Emergira num momento de absoluto silêncio. Todos os homens e mulheres pareciam estar contendo a respiração, esperando as palavras que ela diria a seguir. Quando elas chegaram, foram proferidas em tom de conversa, calmamente, mas, tamanho era o silêncio da multidão, que sua voz nítida se espalhou pelo ar frio.

— O que digo é que isto não é uma caçada — repetiu gravemente Kettricken. — Ponham de lado a alegria e as vanglórias. Retirem do corpo todas as peças de joalharia, todos os sinais de estatuto. Que seus corações fiquem solenes e reflitam sobre o que fazemos. — Suas palavras ainda traziam o sabor das Montanhas, mas uma parte fria de minha mente observou o cuidado com que ela escolhia cada palavra, o modo como equilibrava cada frase. — Não saímos para caçar — repetiu. — Mas para recuperar nossas baixas. Vamos dar descanso àqueles que os Navios Vermelhos nos roubaram. Os Navios Vermelhos tomaram os corações dos Forjados e deixaram seus corpos para nos perseguirem. E, no entanto, aqueles que abateremos hoje são dos Seis Ducados. São nossos. Meus soldados, peço-lhes que não seja hoje atirada uma flecha, não seja dado um golpe, que não se destinem a uma morte limpa. Sejam suficientemente hábeis para o fazer. Todos já sofremos o bastante. Que hoje cada morte seja a mais breve e misericordiosa possível, para o bem de todos nós. Que apertemos os maxilares e removamos aquilo que nos infecta, com tanta firmeza e pesar como se separássemos de um corpo um membro mutilado. Pois é isso o que fazemos. Não é vingança, meu povo, mas cirurgia, para ser seguida por uma cura. Façam agora o que digo.

Durante alguns minutos ficou imóvel olhando para baixo, para todos nós. Como que num sonho, as pessoas começaram a se mover. Caçadores tiraram penas, fitas e peças de joia das roupas e entregaram-nas a pajens. O espírito de diversão e ostentação havia evaporado. Ela arrancara essa proteção, forçara todos a pensar realmente naquilo que se aprestavam para fazer. Ninguém o desejava. Todos estavam sérios, aguardando para escutar o que ela diria a seguir. Kettricken manteve seu absoluto silêncio e imobilidade, para que todos os olhos acabassem necessariamente por se voltar para ela. Quando viu que tinha a atenção de todos, voltou a falar:

— Muito bem — elogiou-nos, calmamente. — E agora, escutem bem minhas palavras. Quero liteiras puxadas por cavalos, ou carroças... seja o que for que vocês, no estábulo, acharem de melhor. Forrem-nas bem com palha. Nenhum corpo de nossa gente será abandonado para alimentar raposas ou ser bicado por corvos. Serão trazidos para cá, os nomes anotados, se forem conhecidos, e preparados para a pira, que é a honra daqueles caídos em batalha. Se as famílias forem conhecidas e estiverem por perto, serão chamadas para o velório. Àqueles que vivem longe, será enviada a notícia e feitas as honrarias devidas aos que perderem seus parentes de sangue como soldados. — Lágrimas corriam livres e intocadas pelo seu rosto. Cintilavam à luz do sol do início do inverno como diamantes. Sua voz se fortaleceu quando se virou para dar ordens a outro grupo. — Meus cozinheiros e criados! Montem todas as mesas do Grande Salão e preparem um banquete fúnebre. Levem para o Salão Menor água, ervas e vestuário limpo, para podermos preparar os corpos de nossa gente para arder. Todos os outros, abandonem seus deveres habituais. Busquem lenha e construam uma pira. Nós regressaremos para queimar nossos mortos e pranteá-los. — Ela olhou em volta, sustentando todos os olhares. Algo em seu rosto endureceu. Puxou a espada do cinto e apontou-a para cima, num juramento: — Quando concluirmos nosso luto, nos prepararemos para vingá-los! Aqueles que levaram nossa gente conhecerão nossa ira! — Lentamente, baixou a lâmina e embainhou-a com um movimento fluido. De novo seus olhos nos comandaram. — E agora cavalguemos, meu povo!

Minha pele se eriçou com arrepios. À minha volta, homens e mulheres estavam montando cavalos, e um grupo de caça se formava. Com um impecável sentido de oportunidade, Burrich surgiu de repente junto à carroça, com Passoleve selada e à espera de sua cavaleira. Perguntei a mim mesmo onde teria ele arranjado o arnês negro e vermelho, as cores do luto e da vingança. Também me perguntei se ela o teria encomendado ou se ele soube. Ela desceu para o dorso do cavalo e então instalou-se na sela, e Passoleve permaneceu firme, apesar de sua nova cavaleira. Kettricken ergueu a mão, e nela estava a espada. O grupo de caça avançou a galope atrás dela.

— Parem-na! — silvou Regal às minhas costas, e eu girei para encontrá-lo e a Verity em pé atrás de mim, completamente ignorados pela multidão.

— Não! — atrevi-me a respirar em voz alta. — Não percebe? Não estrague o momento. Ela deu a todos algo de volta. Não sei o que é, mas fazia-lhes imensa falta há muito tempo.

— É orgulho — disse Verity, com a voz grave num trovejar distante. — O que nos tem faltado a todos, e a mim principalmente. Ali vai uma rainha — prosseguiu, com suave espanto. Haveria também uma ponta de inveja? Virou-se lentamente e voltou depressa para dentro do castelo. Atrás de nós ergueu-se uma confusão de vozes, e as pessoas apressaram-se a fazer o que ela lhes pedira. Caminhei atrás de Verity, quase atordoado pelo que tinha testemunhado. Regal passou por mim com um empurrão, para saltar para a frente de Verity e confrontá-lo. Estava tremendo de indignação. Meu príncipe parou.

— Como pode ter permitido que isso acontecesse? Não tem nenhum controle sobre aquela mulher? Ela faz de nós motivo de troça! Quem é ela para dar ordens e levar consigo uma guarda armada para fora da torre? Quem é ela para decretar tudo isso tão arbitrariamente? — A voz de Regal rachou em sua fúria.

— A minha esposa — disse brandamente Verity. — E a sua princesa herdeira. Aquela que você escolheu. Nosso pai me garantiu que você escolheria uma mulher digna de ser rainha. Acho que escolheu melhor do que julgava.

— Sua esposa? Sua derrocada, seu asno! Ela o compromete, corta a sua garganta enquanto dorme! Rouba os corações deles, reforça sua própria reputação! Não vê, seu imbecil? Pode se contentar em ficar assistindo àquela raposa da Montanha roubar a coroa, mas eu não!

Virei-me rapidamente para o lado e agachei-me para amarrar o sapato, acabei não testemunhando o príncipe Verity golpear o príncipe Regal. Ouvi algo muito semelhante ao estalo que faz a mão aberta de um homem na cara de outro e um grito de fúria sufocado. Quando ergui os olhos, Verity estava ereto, com tanta calma como antes, enquanto Regal se dobrava para a frente com uma mão sobre a boca e o nariz.

— O príncipe herdeiro Verity não tolerará insultos feitos à princesa herdeira Kettricken. Ou a si. Eu disse que minha dama voltou a despertar o orgulho em nossos soldados. Talvez tenha também despertado o meu. — Verity pareceu ficar um pouco surpreendido ao refletir sobre aquilo.

— O rei saberá disso! — Regal afastou a mão do rosto e pareceu horrorizado com o sangue que viu nela. Ergueu-a, tremendo, para mostrá-la a Verity. — Meu pai verá este sangue que derramou! — tremeu e engasgou-se com o sangue que lhe corria do nariz. Inclinou-se ligeiramente para a frente e manteve a mão ensanguentada afastada do corpo, para não estragar as roupas com uma mancha.

— O quê? Pretende continuar sangrando até a tarde, quando nosso pai se levanta? Se conseguir tal feito, venha mostrar também a mim! — E então para mim: — Fitz! Não tem nada melhor a fazer do que ficar aí boquiaberto? Desapareça. Assegure-se de que as ordens de minha senhora serão bem obedecidas!

Verity virou-se e percorreu o corredor a passos largos. Eu me apressei a obedecê-lo e a ficar fora do alcance de Regal que atrás de nós bateu violentamente com os pés no chão e praguejou como uma criança em plena birra. Nenhum de nós dois se virou para ele, eu pelo menos esperava que nenhum criado tivesse reparado no ocorrido.

Foi um longo e peculiar dia no castelo. Verity fez uma visita aos aposentos do rei Shrewd e depois se manteve fechado na sala dos mapas. Não sei o que Regal fez. Todos apareceram para cumprir o que a rainha pedira, trabalhando com rapidez, mas quase em silêncio, fofocando em voz baixa enquanto preparavam um salão para a comida e o outro para os corpos. Reparei uma grande mudança. As mulheres que tinham sido mais fiéis à rainha davam agora por si solicitadas, como se fossem sombras de Kettricken. E essas mulheres de nobre nascimento, de súbito, não sentiam escrúpulos em vir em pessoa ao Salão Menor, a fim de supervisionar a preparação da água perfumada com ervas e a disposição das toalhas e dos lençóis. Eu da minha parte ajudei no transporte de lenha para a pira.

Ao fim da tarde, o grupo de caça regressou. Chegaram em silêncio, montando em guarda solene em volta das carroças que escoltavam. Kettricken vinha à frente. Parecia cansada e gelada de um modo que nada tinha a ver com o frio. Desejei ir falar com ela, mas não roubei a honra de Burrich, que veio segurar a cabeça do cavalo e ajudá-la a desmontar. Sangue fresco salpicava-lhe as botas e as espáduas de Passoleve. Não ordenara aos soldados que fizessem algo que ela mesma não faria. Com uma ordem calma, Kettricken liberou a guarda para que fosse se lavar, pentear cabelos e barbas, e regressar com roupas limpas ao salão. Quando Burrich levou Passoleve, Kettricken ficou por um breve momento só. Uma tristeza mais cinzenta do que tudo o que eu já sentira emanava dela. Estava cansada. Muito cansada.

Abordei-a em voz baixa:

— Se precisar de algo, minha rainha — eu disse suavemente.

Ela não se virou.

— Tem de ser eu mesma a fazer isso. Mas fique por perto, para o caso de precisar de você. — Falou tão baixo que tenho certeza de que ninguém a ouviu a não ser eu.

Então avançou, e o povo da torre, que aguardava, abriu alas à sua frente. Cabeças inclinavam-se quando ela olhava gravemente seus donos. Atravessou em silêncio as cozinhas, acenando para a comida que viu preparada, e depois percorreu o Grande Salão, de novo aprovando com a cabeça tudo o que ali viu. No Salão Menor fez uma pausa, e então despiu o barrete de cores alegres e a jaqueta, revelando uma camisa simples e suave de linho roxo que trazia por baixo. Entregou o barrete e a jaqueta a um pajem, que pareceu ficar atordoado pela honra. Dirigiu-se à cabeceira de uma das mesas e começou a enrolar as mangas para cima. Todo o movimento no salão parou quando as cabeças se viraram para observá-la. Ela ergueu os olhos para enfrentar nossos olhares estupefatos.

— Tragam nossos mortos — limitou-se a dizer.

Os corpos foram trazidos, uma corrente de corpos de partir o coração. Não contei quantos eram. Mais do que esperava, mais do que os relatórios de Verity nos tinham levado a crer. Segui atrás de Kettricken, carregando a bacia de água quente e perfumada enquanto ela se deslocava de corpo em corpo, e banhava gentilmente cada rosto devastado e fechava para sempre seus olhos atormentados. Atrás de nós vinham outros, uma procissão serpenteante que ia gentilmente despindo os corpos e banhando-os por completo, penteando seus cabelos e enrolando-os em panos limpos. De repente notei que Verity estava presente, com um jovem escriba a seu lado, indo de corpo em corpo, anotando os nomes dos poucos que eram reconhecidos, descrevendo brevemente todos os outros.

Um nome fui eu mesmo a lhe fornecer. Kerry. Segundo as últimas notícias que Molly e eu tínhamos tido do garoto de rua, ele havia partido como aprendiz de titereiro. Acabara seus dias transformado em pouco mais do que um títere. Sua boca sorridente estava para sempre imobilizada. Quando meninos, tínhamos transmitido recados juntos, para ganhar uma moeda ou duas. Ele estivera a meu lado da primeira vez que me embebedara até vomitar, e riu-se até o próprio estômago o trair. Enfiara o peixe podre na treliça da mesa do taberneiro, aquele que nos acusara de roubar. Dos dias que tínhamos partilhado só eu me lembraria agora. De repente, senti-me menos real. Parte de meu passado fora-me roubada pela Forja.

Quando terminamos, e ficamos em silêncio olhando para as mesas carregadas de corpos, Verity deu um passo à frente, para ler ao silêncio sua lista em voz alta. Os nomes eram poucos, mas ele não negligenciou os desconhecidos.

— Um jovem com barba recente, cabelo escuro, cicatrizes de pesca nas mãos... — disse de um, e de outro: — Uma mulher, de cabelo encaracolado e bonita, tatuada com o símbolo da guilda dos titereiros.

Escutamos a ladainha por aqueles que tínhamos perdido, e se alguém não chorasse teria um coração de pedra. Como um povo, erguemos nossos mortos que foram levados para a pira funerária, a fim de os pousarmos cuidadosamente sobre aquele último leito. O próprio Verity trouxe o archote para acendê-la, mas o entregou à rainha, que aguardava ao lado da pira. Quando ela incendiou os galhos com resina, gritou para os céus escuros:

— Não serão esquecidos!

Todos ecoaram seu grito. Blade, o velho sargento, estava ao lado da pira com um par de tesouras, para cortar a cada soldado uma madeixa de cabelo do tamanho de um dedo, um símbolo de luto por um companheiro caído. Verity juntou-se à fila, e Kettricken pôs-se atrás dele, para oferecer uma madeixa de seu cabelo claro.

Seguiu-se uma noite como nenhuma que eu já tivesse visto. A maior parte da população da Cidade de Torre do Cervo veio nessa noite ao castelo, e foi admitida sem questionamentos. Todos seguiram o exemplo da rainha e fizeram vigília em jejum até que a pira se reduzisse a cinzas e ossos. Então o Grande Salão e o menor encheram-se e foram improvisadas mesas com tábuas no pátio para aqueles que não conseguissem entrar. Barris de bebida foram trazidos rolando, e foi distribuída uma quantidade de pão, carne assada e outros alimentos que eu nunca imaginei que Torre do Cervo possuía. Mais tarde, soube que a maior parte fora simplesmente trazida da cidade, sem ser pedida, mas oferecida espontaneamente.

O rei desceu, como já não descia há algumas semanas, para se sentar em seu trono, à mesa de honra, e presidir a reunião. O Bobo também apareceu, e ficou ao lado e atrás de sua cadeira aceitando o que quer que o rei lhe oferecesse de seu prato. Mas naquela noite não dirigiu gracejos ao rei; a tagarelice de bobo fora silenciada, e até as campainhas no barrete tinham sido atadas em faixas de tecido para as emudecer. Só uma vez nossos olhos se encontraram nessa noite, mas para mim o relance não transportou qualquer mensagem discernível. À direita do rei, encontrava-se Verity; à sua esquerda, Kettricken. Regal também estava lá, claro, com um traje negro tão suntuoso que só a cor denotava algum tipo de luto. Franzia as sobrancelhas, amuado, e bebia. Suponho que para alguns seu silêncio mal-humorado possa ter passado por dor. Quanto a mim, conseguia sentir a fúria que fervia em seu interior, e sabia que alguém, em algum lugar, iria pagar por aquilo que ele via como um insulto que lhe fora feito. Até Patience, cuja presença era tão rara quanto a do rei, se encontrava lá, e eu senti a unidade de intenções que exibíamos.

O rei pouco comeu. Esperou que aqueles sentados à mesa de honra ficassem cheios antes de se levantar para falar. Enquanto falava, suas palavras foram repetidas nas mesas embaixo, e no Salão Menor, e até lá fora, no pátio, por menestréis. Falou brevemente daqueles que tínhamos perdido para os Navios Vermelhos. Nada disse sobre a Forja, ou sobre a perseguição e a morte dos Forjados que aconteceram durante o dia. Falou como se eles tivessem morrido recentemente em uma batalha contra os Navios Vermelhos e disse apenas que tínhamos de lhes recordar. Então, sob o pretexto da fadiga e do desgosto, deixou a mesa para regressar a seus aposentos.

Foi nesse momento que Verity se levantou. Pouco mais fez do que repetir as palavras que Kettricken proferira antes, que agora fazíamos luto, mas que quando o luto terminasse teríamos de preparar nossa vingança. Faltavam-lhe o fogo e a paixão do discurso inicial de Kettricken, mas eu vi que todos à mesa lhe respondiam. As pessoas anuíram e começaram a conversar entre si, enquanto Regal permanecia de semblante carregado e em silêncio. Verity e Kettricken abandonaram a mesa tarde nessa noite, de braços dados, e asseguraram-se de que todos reparassem no modo como saíam juntos. Regal ficou, bebendo e resmungando consigo mesmo. Quanto a mim, me escapuli pouco depois de Verity e Kettricken, em busca de minha cama.

Não fiz qualquer tentativa de adormecer, limitei-me a me atirar para cima da cama e fitar o fogo. Quando a porta oculta se abriu, levantei-me de imediato e subi até os aposentos de Chade. Encontrei-o elétrico, com um entusiasmo contagiante. Havia até um tom rosado em seu rosto pálido por entre as cicatrizes das pústulas. O cabelo grisalho estava despenteado, os olhos verdes cintilavam como pedras preciosas. Ele estava andando por seus aposentos, e quando entrei chegou até a me apertar em um abraço rígido. Deu um passo para trás e riu em voz alta da minha expressão chocada.

— Ela nasceu para governar! Nasceu para isso e, não sei como, agora o despertou para o governo! Não podia ter acontecido em melhor momento! Ela ainda poderá salvar a todos nós!

Sua exultação era profana de tão contente.

— Não sei quanta gente morreu hoje — censurei-o.

— Ah! Mas não em vão! Pelo menos não foi em vão! Essas não foram mortes inúteis, FitzChivalry. Por El e por Eda, Kettricken tem o instinto e a graça! Não suspeitava que os tivesse. Se ao menos ainda tivéssemos seu pai vivo, rapaz, e se ele estivesse com ela no trono, podíamos ter um par capaz de sustentar o mundo inteiro nas mãos. — Ele bebeu outro gole de vinho e voltou a passear por seus aposentos. Nunca o vira tão extasiado. Quase dava cambalhotas. Um cesto tapado repousava em uma mesa junto de mim, e seu conteúdo fora disposto em um pano. Vinho, queijo, salsichas, picles e pão. Então até ali na sua torre Chade participara do banquete fúnebre. A cabeça de Sorrateiro, a doninha, surgiu na outra ponta da mesa, e olhou-me por entre a comida com olhos avarentos. A voz de Chade arrancou-me de meus pensamentos.

— Ela tem muito do que Chivalry tinha. O instinto para agarrar o momento e transformá-lo em vantagem. Pegou uma situação inevitável e inominável e fez uma enorme tragédia daquilo que poderia ter sido um simples massacre em mãos menos capazes. Garoto, temos uma rainha, temos de novo uma rainha em Torre do Cervo!

Senti-me ligeiramente repugnado por sua alegria. E, por um instante, enganado. Hesitantemente, perguntei:

— Acha mesmo que a rainha fez o que fez para dar espetáculo? Que tudo foi uma jogada política calculada?

Ele estacou, refletiu por um momento.

— Não. Não, FitzChivalry, acredito que agiu de forma genuína. Mas isso não diminui o brilhantismo tático do que ela fez. Ah, você me julga um desalmado. Ou insensível na minha ignorância. A verdade é que sei muito bem o que isso quer dizer. Sei o significado desse dia para nós muito melhor do que você. Sei que hoje morreram homens. Sei até que seis dos membros da nossa força foram feridos, a maior parte levemente, na ação de hoje. Posso dizer-lhe quantos Forjados caíram, e dentro de um dia ou dois espero saber a maior parte de seus nomes. Os nomes já anotados por mim serão incluídos nas listas de todos os que os Navios Vermelhos nos tiraram. Serei eu, rapaz, quem tratará de que as bolsas de ouro de sangue sejam pagas às famílias sobreviventes. A essas famílias será dito que o rei olha aqueles que caíram como iguais a quaisquer de seus soldados que caiam em batalha contra os Navios Vermelhos. E que roga seu auxílio para os vingar. Não serão cartas agradáveis de escrever, Fitz. Mas eu as escreverei, com a letra de Verity, para que Shrewd as assine. Ou você pensa que nada faço pelo meu rei a não ser matar?

— Peço perdão. É só que parecia tão feliz quando entrei... — comecei.

— E estou feliz! Assim como você deveria estar. Estivemos sem rumo e à deriva, atacados pelas ondas e empurrados por todas as rajadas de vento. E agora chega uma mulher para pegar no leme e gritar o rumo a seguir. E acho que o rumo é inteiramente do meu agrado! Tal como acharão todos os que, no reino, têm passado esses últimos anos fartos de estar sempre de joelhos. Erguemo-nos, rapaz, erguemo-nos para lutar!

Vi então como sua efervescência nascia na esteira da fúria e do desgosto. Recordei a expressão que ele mostrara quando entramos a cavalo na vila de Forja naquele dia sombrio e vira o que os salteadores tinham deixado da nossa gente. Dissera-me então que aprenderia a me importar, que isso me estava no sangue. Como uma torrente, senti como seus sentimentos eram corretos, e peguei um copo para me juntar a ele. Juntos, brindamos à nossa rainha. Então Chade ficou mais sóbrio e divulgou o motivo de sua convocação. O rei, o próprio Shrewd, voltara a repetir a ordem que me dera para vigiar Kettricken.

— Eu estava querendo falar sobre isso com você; agora Shrewd, por vezes, repete uma ordem já dada ou um comentário já feito.

— Estou bastante consciente disso, Fitz. O que se pode fazer? Mas a saúde do rei é um tema para outro momento. Por agora, asseguro-lhe pessoalmente que essa repetição não foi um gaguejo de uma mente adoentada. Não. O rei fez de novo esse pedido hoje, enquanto se preparava para descer para o jantar. Ele o repete para se assegurar de que seus esforços sejam redobrados. Ele vê, tal como eu, que, ao chamar o povo para segui-la, a rainha se arrisca mais. Embora ele não vá falar isso diretamente. Mantenha-se alerta pela segurança dela.

— Regal — funguei.

— O príncipe Regal? — perguntou Chade.

— É a ele que temos de temer, especialmente agora que a rainha ganhou poder.

— Eu não disse nada do tipo. E você também não deveria fazê-lo — observou Chade em voz baixa. A voz estava calma, mas seu rosto se mostrava severo.

— Por que não? — desafiei-o. — Por que nós não podemos, pelo menos uma vez, falar claramente um com o outro?

— Um com o outro talvez pudéssemos, se estivéssemos completamente a sós e o assunto só dissesse respeito aos dois. Mas não é o caso. Somos homens do rei, juramentados, e homens do rei nem sequer têm em mente pensamentos de traição, quanto mais...

Ouviu-se um ruído sufocado e Sorrateiro vomitou-se todo. Sobre a mesa, junto ao cesto da comida. Soltou uma fungadela, espalhando gotinhas úmidas.

— Glutãozinho desgraçado! Engasgou-se, foi? — Chade o censurou com ar indiferente.

Fui à procura de um trapo para limpar a sujeira, mas, quando lá cheguei, Sorrateiro estava deitado de lado, ofegante, enquanto Chade remexia o vômito com um espeto. Quase vomitei também. Afastou meu trapo com um gesto, pegando Sorrateiro e entregando-me a trêmula criatura.

— Acalme-o e obrigue-o a beber água — instruiu-me de um modo conciso.

— Vá lá, meu velho, vá com Fitz, ele tratará de você — falou para a doninha.

Levei-o para perto da lareira, onde ele prontamente vomitou na minha camisa toda. De perto, o cheiro era avassalador. Quando o coloquei no chão e tirei a camisa, detectei um odor subjacente, ainda mais amargo do que o próprio vômito. No momento preciso em que abria a boca para falar, Chade confirmou minhas suspeitas.

— Folhas de varta. Bem esmagadas. O tempero da salsicha esconderia bem o sabor. Esperemos que o vinho não tenha sido também envenenado, senão estamos ambos mortos.

Cada pelo do meu corpo se eriçou de horror. Chade ergueu os olhos e me viu gelado, empurrou-me gentilmente para o lado para pegar Sorrateiro. Ofereceu-lhe um pires com água e fez uma expressão de contentamento quando Sorrateiro a provou.

— Acho que ele vai sobreviver. Esse porquinho encheu a boca e sentiu melhor o sabor do que um ser humano teria sentido, e o negócio voltou para cima. O que está na mesa parece mastigado, mas não digerido. Acho que foi o sabor que o fez vomitar, e não o veneno.

— Espero que sim — eu disse com voz tênue. Todos os meus nervos estavam sintonizados para uma espera interior. Teria sido envenenado? Sentia-me sonolento, nauseado, tonto? Tinha a boca adormecida, seca, cheia de água? Desatei de repente a suar e comecei a tremer. Outra vez, não.

— Pare com isso — disse Chade em voz baixa. — Sente-se. Beba um pouco de água. Está fazendo isso a si mesmo, Fitz. Aquela garrafa estava bem selada com uma velha rolha. Se o vinho foi envenenado, o foi há anos. Conheço poucos homens com paciência para envenenar uma garrafa de vinho e depois envelhecê-la. Acho que estamos bem.

Inspirei tremulamente.

— Mas alguém intencionava outra coisa. Quem trouxe a comida?

Chade bufou.

— Preparei minha própria comida, como sempre. Mas isso que está sobre a mesa veio de um cesto de presente deixado para lady Thyme. De vez em quando as pessoas procuram cair em seus favores, visto que segundo se diz ela aconselha o rei. Não achava que minha mascarada mulher fosse um alvo provável para veneno.

— Regal — voltei a dizer. — Já tinha dito que ele acredita que ela é a envenenadora do rei. Como pôde ser tão descuidado? Sabe que ele culpa lady Thyme pela morte da mãe! Será que devemos ser tão bem-educados que os deixaremos matar a todos nós? Ele não parará até que o trono lhe pertença.

— E eu volto a lhe dizer que não quero ouvir nenhuma conversa de traição! — Chade praticamente gritou aquelas palavras. Sentou-se em sua cadeira e embalou Sorrateiro no colo. O pequeno animal sentou-se, arranjou os bigodes e se aninhou para dormir. Observei a mão pálida de Chade, os tendões salientes, a pele de pergaminho, enquanto ele afagava seu pequeno animal de estimação. Ele tinha os olhos fixos na doninha, a expressão fechada. Após um momento, falou com mais calma: — Acho que nosso rei tinha razão. Devíamos todos redobrar a cautela. E não só por Kettricken. Ou por nós. — Ergueu olhos torturados e prendeu-os nos meus. — Vigie suas mulheres, rapaz. Nem a inocência nem a ignorância são proteção contra o trabalho desta noite. Patience, Molly, até Lacy. Arranje uma maneira, uma maneira sutil, de avisar também Burrich. — Ele suspirou e então perguntou a ninguém em particular: — Já não temos inimigos suficientes fora de nossas muralhas?

— Mais do que suficientes — garanti-lhe. Mas nada mais lhe disse sobre Regal. Ele balançou a cabeça.

— Isso é uma má maneira de começar uma viagem.

— Uma viagem? Você? — Estava incrédulo. Chade nunca deixava o castelo. Quase nunca. — Para onde?

— Para onde tenho de ir. E agora penso que tenho quase idêntica necessidade de ficar. — Balançou a cabeça para si mesmo. — Cuide-se enquanto eu estiver longe, garoto. Não estarei por aí para vigiá-lo. — E isso foi tudo o que ele quis me dizer.

Quando o deixei, continuava a fitar a lareira, com as mãos frouxas protegendo Sorrateiro. Desci as escadas com pernas de gelatina. O ataque contra Chade me abalou mais do que qualquer outra coisa. Nem mesmo o segredo sobre sua existência fora suficiente para protegê-lo. E havia outros alvos, mais fáceis, igualmente próximos de meu coração.

Amaldiçoei a bravata que horas antes informara Regal da força que eu ganhara. Fui um tolo por desafiá-lo a me atacar; devia ter sabido que ele encontraria um alvo menos evidente. Em meu quarto, vesti às pressas uma roupa limpa e saí de meus aposentos, subi as escadas e fui diretamente ao quarto de Molly. Bati levemente à porta.

Não houve resposta. Não bati com mais força. Não faltava mais do que uma hora ou duas para o amanhecer; a maior parte do castelo estava exausta, na cama. Mesmo assim, não queria acordar a pessoa errada e deixá-la me ver à porta de Molly. No entanto, eu tinha de saber.

A porta estava trancada, mas a fechadura era simples. Soltei-a em segundos e tomei nota para mim mesmo de que ela teria uma fechadura melhor antes da noite seguinte. Silencioso como uma sombra, entrei em seu quarto e fechei a porta atrás de mim.

Um fogo estava quase apagado na lareira. Suas brasas lançavam uma neblina indistinta de luz. Fiquei imóvel por um momento, permitindo aos olhos que se ajustassem, e então me desloquei cuidadosamente para o interior do quarto, permanecendo longe da luz da lareira. Ouvia o ritmo regular da respiração adormecida que vinha da cama de Molly. Isso deveria ter sido suficiente para mim. Mas fiquei inquieto com a ideia de que ela poderia estar febril, afundando-se naquele mesmo momento em um sono de morte causado por veneno. Prometi a mim mesmo que não faria mais do que tocar sua almofada, só para sentir se a pele estava febril ou normal. Nada mais do que isso. Fui para perto da cama.

Ao lado da cama fiquei imóvel. Conseguia distinguir vagamente sua silhueta sob as mantas àquela luz sombria. Ela cheirava a urze, um cheiro morno e doce. Saudável. Nenhuma vítima febril de veneno dormia ali. Sabia que devia ir embora.

— Durma bem — expirei.

Silenciosamente, ela saltou sobre mim. A luz das brasas correu rubra ao longo da lâmina em sua mão.

— Molly! — gritei, enquanto lhe afastava o punhal com a parte de trás do antebraço. Ela se imobilizou, com a outra mão afastada para trás fechada em punho, e por um instante tudo no quarto ficou silencioso e imóvel.

— Novato! — silvou furiosamente, e esmurrou-me na barriga com a mão esquerda. Enquanto me dobrava, tentando respirar, ela rolou da cama. — Seu idiota! Quase me matou de susto! O que achou que estava fazendo, remexendo em minha fechadura e entrando no quarto sorrateiramente? Devia chamar os guardas da torre para colocá-lo na rua!

— Não! — supliquei, enquanto ela atirava lenha para o fogo, e depois acendia uma vela nele. — Por favor. Eu vou embora. Não quero lhe fazer mal nem a ofender. Só quis ter certeza de que estava bem.

— Bem, eu não estou! — retorquiu num murmúrio tempestuoso. Tinha o cabelo preso para a noite em duas grossas tranças, trazendo-me a aguda memória da menininha que eu conhecera havia tanto tempo. Já não era menina. Ela me pegou olhando para ela. Atirou um roupão mais pesado sobre os ombros e atou-o à cintura. — Estou tremendo como louca! Esta noite não vou pregar o olho! Andou bebendo, não andou? Está bêbado, é? O que é que você quer?

Avançou sobre mim com a vela como se fosse uma arma.

— Não — assegurei-lhe. Endireitei-me e alisei a camisa. — Garanto a você que não estou bêbado. E é verdade que não tive más intenções. Mas... aconteceu uma coisa esta noite, uma coisa que me deixou preocupado com a possibilidade de que algo de mal lhe pudesse acontecer, portanto achei melhor me assegurar de que estava bem, mas sabia que Patience não aprovaria, e certamente que não queria acabar acordando a torre inteira, portanto pensei que podia esgueirar-me para o quarto e...

— Novato. Está tagarelando — informou-me, num tom gelado.

Era verdade.

— Desculpe — voltei a dizer, e me sentei no canto da cama.

— Não se aconchegue — avisou-me. — Está de saída. Sozinho ou com os guardas da torre. A escolha é sua.

— Eu vou — prometi, pondo-me apressadamente em pé. — Só quis ter certeza de que você estava bem.

— Estou ótima — disse ela, irritada. — Por que não haveria de estar ótima? Estou tão bem esta noite como estava na noite passada, como tenho estado nas últimas trinta noites. Em nenhuma delas o senti inspirado a vir inspecionar minha saúde. Portanto, por que esta noite?

Enchi os pulmões de ar.

— Porque em certas noites as ameaças são mais óbvias do que em outras. Coisas más acontecem, que me fazem dar importância às coisas piores que podem acontecer. Em certas noites ser a amada de um bastardo não é a coisa mais saudável do mundo.

As linhas de sua boca tornaram-se tão inexpressivas como sua voz quando perguntou:

— O que quer dizer com isso?

Respirei fundo, determinado a ser tão honesto com ela quanto pudesse.

— Não posso contar o que aconteceu. Só posso dizer que me fez crer que você podia estar em perigo. Precisa confiar...

— Não estava falando dessa parte. O que quer dizer com ser a amada de um bastardo? Como se atreve a me chamar disso? — Os olhos estavam brilhantes de fúria.

Juro que o coração deu um baque e parou no meu peito. O frio da morte caiu sobre mim.

— É verdade, não tenho esse direito — disse, com voz hesitante. — Mas também não existe nenhuma maneira de eu ser capaz de deixar de gostar de você. E eu ter ou não o direito de chamá-la de minha amada não deterá aqueles que podem tentar me ferir atacando você. Como posso dizer que a amo tanto que desejava não amá-la, ou pelo menos poder resistir a demonstrar que a amo, porque meu amor a coloca em tanto perigo, e fazer você acreditar nessas palavras? — Rigidamente, virei-me para partir.

— E como poderia eu me atrever a dizer que sua última frase fez sentido e levá-lo a crer nisso? — perguntou Molly a si mesma em voz alta.

Algo em sua voz me fez virar. Por um momento, limitamo-nos a olhar um para o outro. Então, ela rebentou a rir. Eu fiquei onde estava, ofendido e carrancudo, enquanto ela se dirigia a mim, ainda gargalhando. Então pôs os braços à minha volta.

— Novato. Arranjou os caminhos mais tortuosos para finalmente declarar seu amor por mim. Entrou no meu quarto e depois fica aí, dando nós na língua em volta da palavra "amor". Não podia simplesmente tê-lo dito, há muito tempo?

Fiquei petrificado no círculo de seus braços. Baixei os olhos para ela. Sim, compreendi atordoado, tinha me tornado muito mais alto do que ela.

— Então? — incitou, e por um momento fiquei confuso.

— Eu amo você, Molly. — Tão fácil de dizer, afinal. E era um alívio tão grande. Lentamente, com cautela, coloquei os braços em volta dela.

Ela sorriu para mim.

— E eu amo você.

E assim, finalmente, beijei-a. No momento desse beijo, em algum lugar perto de Torre do Cervo, um lobo ergueu a voz num uivo alegre que fez todos os cães ladrar em um coro que ressoou contra o frágil céu noturno.

PROTEÇÕES E VÍNCULOS

Frequentemente eu compreendo e louvo o sonho de Fedwren. Se ele o conseguisse levar adiante, o papel seria tão comum como pão, e todas as crianças aprenderiam as letras antes dos treze anos. Mas, mesmo se assim fosse, não me parece que isso faria tudo aquilo que ele deseja se tornar realidade. Ele chora por todo o conhecimento que vai para a sepultura sempre que um homem morre, mesmo o mais comum dos homens. Fala de um tempo futuro em que a maneira de um ferreiro colocar uma ferradura, ou o truque usado por um carpinteiro naval para puxar uma raspilha serão assentes por escrito, para que qualquer um que saiba ler possa aprender a fazer essas coisas igualmente bem. Não creio que assim seja, ou que algum dia possa vir a ser. Há coisas que podem ser aprendidas com palavras postas em uma página, mas há habilidades que são primeiro aprendidas pelas mãos e pelo coração de um homem, e mais tarde pela sua cabeça. Acredito nisso desde que vi Mastfish encaixar no primeiro navio de Verity o bloco de madeira em forma de peixe que lhe deu o nome. Seus olhos tinham visto aquele mastro antes de existir, e pôs as mãos a dar forma àquilo que seu coração sabia que teria de ser. Isso não é algo que possa ser aprendido através de palavras em uma página. Talvez essas coisas não possam sequer ser aprendidas, mas venham, como acontece com o Talento ou a Manha, com o sangue dos antepassados de cada um.

Voltei ao meu quarto e me sentei, observando as brasas que iam se apagando na lareira, à espera de que o resto da torre acordasse. Devia estar exausto. Em vez disso, quase tremia com a energia que jorrava através de mim. Imaginei que se me sentasse muito quieto ainda poderia sentir o calor dos braços de Molly à minha volta. Sabia precisamente onde seu rosto tinha tocado no meu. Seu aroma agarrava-se tenuemente à minha camisa desde nosso breve abraço, e eu não conseguia decidir se devia usar aquela camisa ao longo do dia, para levar o cheiro comigo, ou guardá-la cuidadosamente na arca das roupas para preservá-lo. Não achava besteira preocupar-me tanto com isso. Lembrando, sorrio, mas perante minha sabedoria, não perante minha loucura.

A manhã trouxe ventos tempestuosos e queda de neve ao Castelo de Torre do Cervo, mas para mim isso só fez tudo do lado de dentro das portas parecer mais acolhedor. Talvez desse a todos a possibilidade de nos recuperarmos do dia anterior. Não queria pensar naqueles pobres corpos esfarrapados, ou em banhar os rostos imóveis e frios. Nem no rugir das chamas e do calor que tinham consumido o corpo de Kerry. Seria bom para todos nós um dia calmo dentro do castelo. A noite talvez fosse nos encontrar reunidos em volta das lareiras, para trocar histórias, música e conversas. Esperava que sim. Deixei meus aposentos para falar com Patience e Lacy.

Me atormentei calculando o exato momento em que Molly desceria as escadas para ir buscar a bandeja de café da manhã para Patience, e também o momento em que subiria as escadas transportando-a. Eu podia estar nas escadas ou no corredor quando ela passasse. Seria uma coisa sem importância, uma coincidência. Mas não tinha dúvidas de que alguém havia sido designado a me vigiar, e que notaria tais "coincidências" se elas ocorressem com muita frequência. Não, tinha de dar ouvidos aos avisos que tanto o rei como Chade tinham me dado. Mostraria a Molly que tinha o autocontrole e a paciência de um homem. Se tinha de esperar antes de poder cortejá-la, esperaria.

Então fiquei sentado no meu quarto, me torturando, até ter a certeza de que ela já tinha saído dos aposentos de Patience. Só depois desci e bati à porta. Enquanto esperava que Lacy a abrisse, refleti que redobrar a vigilância sobre Patience e Lacy era mais fácil de dizer do que de fazer. Mas tinha algumas ideias. Começara na noite anterior, arrancando de Molly a promessa de que não traria nenhuma comida para cima que não tivesse sido ela própria a preparar ou tirar dos recipientes comuns. Ela soltara uma fungadela ao ouvir isso, pois seguira-se a um adeus dos mais ardentes:

— Agora parece tal e qual Lacy — repreendera-me e fechara-me gentilmente a porta na cara. Abrira-a um momento mais tarde, para dar comigo ainda a fitá-la. — Vá para a cama — censurara-me. Corando, acrescentara: — E sonhe comigo. Espero que lhe tenha atormentado tanto os sonhos nos últimos tempos como você tem atormentado os meus. — Aquelas palavras me fizeram fugir até meu quarto, e sempre que pensava nelas voltava a corar.

Agora, ao entrar no quarto de Patience, tentei afastar da mente todos esses pensamentos. Estava ali a trabalho, mesmo que Patience e Lacy julgassem que a visita não era mais do que social. Manter a mente em minhas tarefas. Lancei os olhos sobre a tranca que fechava a porta e achei-a do meu agrado. Ninguém a abriria com uma faca de cinto. E quanto à janela, mesmo se alguém escalasse a parede exterior para lá chegar, teria de atravessar não só as persianas de madeira robustamente reforçadas com barrotes mas também uma tapeçaria e, depois, fileiras atrás de fileiras de vasos de plantas, como soldados, à frente da janela fechada. Era uma rota que nenhum profissional escolheria de boa vontade. Lacy voltou a se instalar com uma peça de roupa para reparar enquanto Patience me cumprimentava. Lady Patience estava aparentemente sem ter o que fazer, sentada à lareira em frente ao fogo como se não passasse de uma mocinha. Remexeu um pouco as brasas.

— Sabia — perguntou-me, de repente — que existe uma história significativa de rainhas fortes em Torre do Cervo? E não foram só as nascidas como Farseer. Muitos príncipes Farseer casaram com mulheres cujos nomes acabaram ofuscando seus feitos.

— Acha que Kettricken se transformará em uma rainha assim? — perguntei, polidamente. Não fazia ideia nenhuma de para onde aquela conversa se dirigia.

— Não sei — disse ela em voz baixa. Voltou a remexer, entediada, as brasas. — Só sei que eu não teria sido uma delas. — Soltou um profundo suspiro, e então ergueu os olhos para dizer quase como quem pede desculpas: — Estou tendo uma manhã daquelas, Fitz, em que tudo o que me enche a cabeça é o que poderia ter acontecido e o que deveria ter acontecido. Nunca devia tê-lo deixado abdicar. Aposto que hoje estaria vivo, se não o tivesse feito.

Parecia haver pouca resposta que eu pudesse dar a uma afirmação dessas. Ela voltou a suspirar, e cutucou as pedras da lareira com o atiçador coberto de cinzas.

— Hoje sou uma mulher de anseios, Fitz. Enquanto ontem todos ficaram espantados com o que Kettricken fez, em mim isso acordou o mais profundo descontentamento comigo mesma. No lugar dela, eu teria me escondido no quarto. Como estou fazendo agora. Mas sua avó, não. Essa era uma rainha. Parecida com Kettricken em algumas coisas. Constance era o tipo de mulher que punha os outros em ação. Outras mulheres, especialmente. Quando era rainha, mais da metade de nossa guarda era composta de mulheres, sabia? Um dia pergunte a Hod sobre ela. Pelo que sei, Hod veio com ela quando Constance veio para se tornar rainha de Shrewd. — Patience ficou em silêncio. Por alguns momentos ficou tão calada que achei que havia terminado de falar. Então acrescentou em voz baixa: — Ela gostava de mim, a rainha Constance. — Sorriu quase timidamente. — Ela sabia que eu não gosto de multidões. Por isso, às vezes, chamava-me, e só a mim, para vir fazer-lhe companhia no jardim. E nem sequer conversávamos muito, limitávamo-nos a trabalhar calmamente na terra à luz do sol. Algumas de minhas memórias mais agradáveis de Torre do Cervo são desses tempos. — Ela ergueu de repente os olhos para mim. — Eu ainda era uma menininha. E seu pai era só um menino, não nos tínhamos realmente conhecido. Meus pais traziam-me para Torre do Cervo, quando vinham à corte, mesmo apesar de saberem que eu não gostava muito de toda a frivolidade da vida na corte. Que grande mulher era a rainha Constance, para reparar em uma mocinha simples e calada, e lhe dedicar um pouco de seu tempo. Mas ela era assim. Torre do Cervo era nesses tempos um lugar diferente; uma corte muito mais alegre. Os tempos eram mais seguros, e tudo estava mais estável. Mas então Constance morreu, e a filha bebê também, de uma febre de parto. E Shrewd voltou a se casar alguns anos mais tarde, e... — Patience fez uma pausa e suspirou subitamente de novo. Então os lábios endureceram. Indicou com palmadinhas a lareira a seu lado. — Venha sentar aqui. Há coisas de que temos de falar.

Fiz o que ela me pedia, sentando-me como ela nas pedras da lareira. Nunca vira Patience tão séria, nem tão concentrada. Tudo aquilo, senti, estava caminhando para algum lugar. Era tão diferente de sua tagarelice enlouquecida habitual que quase me assustava. Depois de se sentar, ela fez um gesto para que me chegasse mais. Deslizei para a frente até ficar quase em seu colo. Ela se inclinou para a frente e sussurrou:

— Há coisas das quais é melhor não falar. Mas chega um dia em que têm de ser faladas. FitzChivalry, meu querido, não me julgue mal-intencionada. Mas tenho de lhe prevenir de que seu tio Regal não o vê com tão bons olhos como talvez possa crer. — Não consegui evitar, soltei uma gargalhada. Patience ficou instantaneamente indignada. — Tem de prestar atenção! — sussurrou, com mais urgência. — Oh, eu sei que ele é alegre, encantador e engraçado. Sei como sabe ser bajulador e reparei em como todas as jovens da corte agitam os leques junto dele e em como todos os jovens imitam suas roupas e maneiras. Mas por baixo dessas belas penas existe muita ambição. E eu temo que haja lá suspeita e também ciúme. Nunca lhe disse isso. Mas ele se opôs completamente a que eu me encarregasse da sua instrução, bem como à sua aprendizagem do Talento. Às vezes penso que ainda bem que você falhou nisso, pois, se tivesse sido bem-sucedido, o ciúme dele não teria conhecido limites. — Fez uma pausa e, vendo que eu a estava escutando, prosseguiu com uma cara séria: — Os tempos que correm são instáveis, Fitz. Não só porque os Navios Vermelhos nos assolam as costas. São tempos em que qualquer bast... qualquer um que tenha seu nascimento deve ter cuidado. Há quem lhe dê sorrisos bonitos mas seja seu inimigo. Quando seu pai estava vivo, confiávamos que sua influência pudesse bastar para lhe proteger. Mas, depois de ele ser... de ele morrer, compreendi que, à medida que fosse crescendo, você estaria cada vez mais em risco, quanto mais se aproximasse da idade adulta. Portanto, quando pude fazê-lo, mantendo a decência, forcei-me a regressar à corte, para ver se haveria realmente necessidade. Descobri que havia, e descobri que você era merecedor da minha ajuda. Portanto, jurei fazer tudo o que pudesse para educá-lo e protegê-lo. — Permitiu-se um breve sorriso de satisfação.

"Diria que me saí bastante bem até agora. Mas", aproximou-se mais "chegará uma altura em que nem mesmo eu serei capaz de protegê-lo. Tem de começar a tomar conta de si. Tem de se recordar das lições de Hod e de revê-las frequentemente com ela. Tem de ter cuidado com o que come e bebe e evitar visitar locais isolados sozinho. Detesto pôr esses temores na sua cabeça, FitzChivalry. Mas já é quase um homem e tem de começar a pensar nessas coisas."

Risível. Quase uma farsa. Poderia ter visto assim aquela conversa, com aquela mulher solitária e reclusa me falando tão seriamente das realidades do mundo em que eu sobrevivera desde meus seis anos. Mas descobri lágrimas ardendo nos cantos dos meus olhos. Sempre me intriguei com o motivo que levara Patience a regressar a Torre do Cervo, para viver uma vida de eremita no meio de uma sociedade da qual obviamente não gostava. Agora sabia. Ela voltara por mim. Para me proteger.

Burrich fornecera-me abrigo. O mesmo fizera Chade, e até Verity, à sua maneira. E claro que Shrewd me reconhecera como seu, muito cedo. Mas todos, de uma maneira ou de outra, tinham obtido vantagens com minha sobrevivência. Até Burrich teria visto como um grande golpe ao seu orgulho que alguém tivesse conseguido me assassinar enquanto eu estava sob sua proteção. Só aquela mulher, a qual tinha todo motivo para me detestar, viera me proteger apenas por mim. Era tão frequentemente tola e intrometida e, por vezes, irritante. Mas, quando os nossos olhos se encontraram, eu soube que ela tinha derrubado a última muralha que eu mantivera entre nós. Duvidava seriamente de que sua presença tivesse feito algo para deter a má vontade contra mim; quando muito, seu interesse por mim devia ter constituído uma lembrança constante a Regal de quem fora meu pai. Mas não era o ato, e sim a intenção, que me comovia. Ela desistira da sua vida sossegada, dos seus pomares, jardins e bosques, para vir até ali, para um castelo úmido feito de pedra sobre falésias marítimas, para uma corte cheia de gente de quem não gostava, para vigiar o bastardo do marido.

— Obrigado — eu disse em voz baixa. E disse-o com todo o coração.

— Bem... — Ela afastou rapidamente o olhar do meu. — Bem. Sabe que não tem de quê.

— Eu sei. Mas a verdade é que vim até aqui esta manhã pensando que talvez alguém devesse avisar-lhe e a Lacy para terem cuidado. Os tempos são instáveis, e você poderia ser vista como um... obstáculo.

Agora Patience riu alto.

— Eu? Eu? A esquisita, desleixada, tola, velha Patience? Patience, que não consegue manter uma ideia na cabeça durante mais do que dez minutos? Patience, praticamente enlouquecida pela morte do marido? Meu rapaz, eu sei como eles falam de mim. Ninguém me vê como ameaça nenhuma. Ora, eu não passo de outro bobo aqui na corte, uma coisa ridícula. Estou bastante segura, garanto. Mas, mesmo se não estivesse, tenho os hábitos de uma vida para me proteger. E Lacy.

— Lacy? — Não consegui manter a incredulidade afastada da voz nem o sorriso do rosto. Virei-me para trocar uma piscadela de olho com Lacy. Ela me fuzilou com os olhos, como se meu sorriso fosse uma afronta. Antes de conseguir sequer erguer-me da lareira, Lacy saltou de sua cadeira de balanço. Uma longa agulha, despida do seu eterno fio, picou minha jugular, enquanto a outra testava um espaço entre minhas costelas. Por muito pouco não me urinei. Ergui os olhos para uma mulher que de súbito não conhecia completamente, e não me atrevi a soltar uma palavra.

— Pare de provocar o pequeno — repreendeu-a Patience, com gentileza. — Sim, Fitz, Lacy, a aluna mais capaz que Hod já teve, mesmo tendo chegado às suas mãos já mulher feita. — Enquanto Patience falava, Lacy afastava as armas de meu corpo. Voltou a se sentar e enfiou habilmente as agulhas em seu trabalho. Juro que nem sequer falhou um ponto. Quando terminou, ergueu os olhos para mim. Piscou o olho. E voltou à costura. Só então me lembrei de voltar a respirar.

Um assassino muito humilde saiu dos aposentos de Patience algum tempo depois. Enquanto percorria o corredor, lembrei que Chade me avisou que eu estava subestimando Lacy. Perguntei ironicamente a mim mesmo se aquilo seria a ideia que ele tinha de humor ou se estava me ensinando a ter mais respeito por gente aparentemente plácida.

Pensamentos sobre Molly abriram caminho para minha mente. Recusei-me resolutamente a ceder a eles, mas não consegui resistir a baixar o rosto para absorver o tênue cheiro dela no ombro da minha camisa. Tirei o sorriso bobo do rosto e fui tentar encontrar Kettricken. Tinha deveres a cumprir.

Tenho fome.

O pensamento intrometeu-se sem aviso. A vergonha me inundou. Não levara nada a Lobito no dia anterior. Tinha praticamente me esquecido dele no arrebatamento dos acontecimentos do dia.

Um jejum de um dia não é nada. Além disso, encontrei um ninho de ratos debaixo de um canto da cabana. Acha que sou completamente incapaz de cuidar de mim? Mas seria agradável ter alguma coisa mais substancial.

Em breve, prometi-lhe. *Há uma coisa que tenho de fazer primeiro.*

Na saleta de Kettricken encontrei apenas dois jovens pajens, aparentemente arrumando, mas estavam aos risinhos quando entrei. Nenhum deles sabia de nada. Tentei em seguida a sala de costura da sra. Hasty, visto que se tratava de um aposento quente e amigável onde muitas das mulheres do castelo se reuniam.

Não encontrei Kettricken, mas lady Modesty estava lá. Ela me disse que a senhora dissera que precisava falar com o príncipe Verity naquela manhã. Talvez estivesse com ele.

Mas Verity não se encontrava nos seus aposentos nem na sala dos mapas. Charim estava lá, no entanto, ordenando folhas de velo e separando-as de acordo com a qualidade. Verity, disse-me, acordara muito cedo e partira imediatamente para o barracão dos navios. Sim, Kettricken estivera ali de manhã, mas isso fora depois de Verity partir. Assim que Charim lhe dissera que ele não estava presente, ela também partira. Para onde? Não tinha certeza.

Àquela altura, eu estava esfomeado e justifiquei minha ida às cozinhas dizendo a mim mesmo que lá as fofocas chegavam mais rápido. Talvez algum dos presentes soubesse aonde fora nossa princesa herdeira. Não estava preocupado, eu disse. Ainda não.

As cozinhas de Torre do Cervo eram melhores nos dias frios e ventosos. O vapor vindo de guisados borbulhantes misturava-se com o nutritivo aroma do pão no forno e da carne assando. Rapazes do estábulo enregelados demoravam-se por lá, tagarelando com os ajudantes de cozinha e surrupiando pãezinhos recém-assados e cascas de queijo, provando guisados e desaparecendo como névoa se Burrich aparecesse à porta. Cortei para mim uma fatia de bolo frio feito de manhã e reforcei-a com mel e pedaços de bacon que Cook estava preparando para torresmos. Enquanto comia, escutei as conversas.

Estranhamente, poucas pessoas falavam diretamente dos acontecimentos do dia anterior. Percebi que levaria algum tempo até que o castelo se recompusesse de tudo o que acontecera. Mas havia ali algo, um sentimento quase de alívio. Já o vira antes, no homem a quem é amputado o pé estropiado, ou na família que finalmente encontra o corpo de seu filho afogado. Em finalmente confrontar o pior que existe, olhá-lo nos olhos e dizer: "Eu o conheço. Me machucou, quase até a morte, mas ainda estou vivo. E continuarei vivo". Era esse o sentimento que via nas pessoas do castelo. Todos tinham finalmente reconhecido a severidade dos ferimentos que os Navios Vermelhos nos tinham causado. Agora havia a sensação de que podíamos começar a sarar e a lutar.

Não quis fazer perguntas diretas sobre o paradeiro da rainha. Por sorte, um dos rapazes do estábulo estava falando de Passoleve. Um pouco do sangue que eu vira na espádua da égua no dia anterior era seu, e os rapazes estavam conversando sobre o modo como o animal tentara morder Burrich quando ele tentou tratar-lhe da espádua, e sobre como tinham sido necessários dois deles para lhe segurar a cabeça. Meti-me na conversa.

— Talvez um cavalo menos temperamental seja melhor montaria para a rainha? — sugeri.

— Ah, não. Nossa rainha gosta do orgulho e espírito de Passoleve. Foi ela mesma que o disse, a mim, quando esteve lá embaixo nos estábulos esta manhã. Veio pessoalmente ver a égua e perguntar quando ela poderia voltar a ser montada. Então eu lhe respondi que nenhum cavalo queria ser montado em um dia como este, ainda mais com uma espádua ferida. E a rainha Kettricken assentiu com a cabeça, e ficamos ali conversando, e ela me perguntou como é que eu tinha perdido o dente.

— E você lhe disse que um cavalo tinha atirado a cabeça para trás quando o estava exercitando! Porque não queria que Burrich soubesse que tínhamos lutado no palheiro e que você caíra na cocheira do potro cinzento!

— Cale a boca! Foi você quem me empurrou, portanto, foi tanto culpa sua como minha!

E os dois desataram a se empurrar e a brigar um com o outro, até que o berro de Cook os fez fugir da cozinha aos tropeções. Mas eu tinha toda a informação de que necessitava. Dirigi-me aos estábulos.

Encontrei lá fora um dia mais frio e com o tempo pior do que esperava. Mesmo dentro dos estábulos, o vento encontrava todas as fendas e entrava aos guinchos pelas portas todas as vezes que uma delas era aberta. A respiração dos cavalos condensava no ar, e os rapazes do estábulo encostavam-se de forma companheira uns aos outros pelo calor que podiam partilhar. Encontrei Hands e perguntei-lhe onde estava Burrich.

— Cortando lenha — disse ele, em voz baixa — para uma pira fúnebre. E também está bebendo desde o amanhecer.

Isso quase me tirou da mente aquilo que procurava. Nunca soube de algo assim. Burrich bebia, mas à noite, quando o trabalho do dia estava feito. Hands leu meu rosto:

— Raposa. Sua velha cadela. Morreu durante a noite. Mas nunca ouvi falar de uma pira para um cão. Ele está lá fora, atrás do cercado de adestramento.

Virei-me para me dirigir ao cercado.

— Fitz! — chamou-me Hands, com urgência.

— Está tudo bem, Hands. Eu sei o que ela significava para ele. Na primeira noite em que ficou encarregado de mim, pôs-me numa cocheira ao lado dela e disse-lhe para me guardar. Ela tinha um cachorro junto de si. Narigudo...

Hands balançou a cabeça.

— Ele disse que não queria ver ninguém. Que não lhe mandasse perguntar nada hoje. Ninguém para falar com ele. Nunca me deu uma ordem dessas.

— Está bem — suspirei.

Hands fez uma expressão desaprovadora.

— Velha como ela era, ele devia estar à espera. A cadela já nem podia ir à caça com ele. Devia tê-la substituído há muito tempo.

Olhei para Hands. Apesar do seu gosto pelos animais, apesar de toda sua gentileza e bons instintos, ele não podia realmente saber. Um dia, fiquei chocado ao descobrir que meu sentido da Manha era um sentido separado dos outros. Agora, confrontar-me com a total falta de Manha por parte de Hands era descobrir sua cegueira. Limitei-me a abanar a cabeça e a forçar a mente a regressar à minha tarefa original.

— Hands, viu a rainha hoje?

— Sim, mas já há algum tempo. — Seus olhos perscrutaram-me ansiosamente o rosto. — Ela veio falar comigo e perguntou se o príncipe Verity tinha levado Verdade dos estábulos para a cidade hoje. Disse-lhe que não, que o príncipe veio vê-lo, mas que hoje o deixou nos estábulos. Disse-lhe que as ruas estariam todas cobertas de pedras geladas. Verity não arriscaria seu animal preferido em uma superfície como essa. Nos últimos tempos, tem sido mais comum ele ir a pé para a Cidade de Torre do Cervo, embora passe pelos estábulos quase todos os dias. Disse-me que é uma desculpa para estar ao ar livre.

Meu coração se afundou. Com uma certeza que era como uma visão, soube que Kettricken seguira Verity para a Cidade de Torre do Cervo. A pé? Sem ninguém que a acompanhasse? Neste dia de mau tempo? Enquanto Hands se repreendia por não ter previsto as intenções da rainha, eu tirei Coice de sua cocheira, um burro com um nome apropriado e patas firmes. Não me atrevi a perder tempo voltando ao quarto em busca de roupa mais quente. Então pedi emprestado o manto de Hands para reforçar o meu e arrastei o relutante animal para fora dos estábulos, para o vento e a neve.

Está vindo agora?

Ainda não, mas em breve. Há um assunto que tenho de tratar.

Posso ir também?

Não. Não é seguro. E agora fique quieto e longe dos meus pensamentos.

Parei ao portão para interrogar o guarda, sem rodeios. Sim, uma mulher a pé tinha passado por ali naquela manhã. Várias, pois havia algumas cujos ofícios tornavam aquela deslocação necessária, estivesse o tempo como estivesse. A rainha? Os homens de turno trocaram olhares de relance. Nenhum respondeu. Sugeri que talvez tivesse havido uma mulher, com um manto pesado e encapuzada? Com o capuz de pele branca? Um jovem guarda confirmou com a cabeça. Bordados no manto, branco e púrpura na bainha? Os guardas trocaram relances desconfortáveis. Houvera uma mulher assim. Não sabiam quem ela era, mas agora que eu sugeria essas cores devem ter adivinhado...

Com uma voz friamente uniforme, chamei-lhes de idiotas e cretinos. Gente sem ser identificada passava livremente pelos nossos portões? Tinham visto peles brancas e bordados purpúreos e nem sequer supuseram que poderia ser a rainha?

E ninguém achara por bem acompanhá-la? Ninguém decidira ser seu guarda? Mesmo depois do que acontecera? Belo lugar era Torre do Cervo nos dias que corriam, quando nossa rainha não tinha consigo sequer um soldado raso quando ia a pé até a Cidade de Torre do Cervo no meio de uma nevasca. Esporeei Coice e deixei-os decidir entre si a quem culpar.

O trajeto foi deplorável. O vento estava com uma disposição inconstante, mudando de direção assim que eu encontrava uma maneira de bloqueá-lo com meu manto. A neve não se limitava a cair; o vento erguia os cristais gelados do chão e os fazia rodopiar sob meu manto à primeira oportunidade. Coice não estava contente, mas foi avançando através da neve que se aprofundava. Sob a neve, o trilho irregular que levava à cidade estava coberto por um gelo traiçoeiro. O burro resignou-se à minha teimosia e foi caminhando desconsoladamente. Eu tentava afastar dos cílios os flocos que se colavam a eles, piscando, e tentei incentivar Coice a aumentar a velocidade. Imagens da rainha desfalecida na neve, coberta pelos flocos soprados pelo vento não paravam de tentar instalar-se na minha mente. "Absurdo!", disse firmemente a mim próprio. "Absurdo."

Estava já nos arredores da Cidade de Torre do Cervo quando a alcancei. Eu a teria reconhecido de costas, mesmo se não estivesse usando seu manto púrpura e branco. Caminhava a passos largos através da neve soprada pelo vento, com grande indiferença, pois seu corpo criado na Montanha era tão imune ao frio como eu era às brisas salgadas e à umidade.

— Rainha Kettricken! Senhora! Por favor, espere por mim!

Ela se virou e, ao me ver, sorriu e esperou. Deslizei de cima do dorso de Coice quando me pus a seu lado. Não percebi quão preocupado estava até que o alívio me inundou ao vê-la incólume.

— O que está fazendo aqui fora, sozinha, nesta tempestade? — perguntei-lhe, e acrescentei tardiamente: — Senhora.

Ela olhou em volta, como se tivesse acabado de reparar na neve que caía e no vento que soprava em rajadas e virou-se novamente para mim com um sorriso triste. Não estava nem um pouco enregelada ou desconfortável. Pelo contrário, tinha as bochechas rosadas da caminhada, e a pele branca em volta do seu rosto realçava-lhe o cabelo louro e os olhos azuis. Ali, naquela brancura, não era pálida e sem cor, mas trigueira e rosada, com olhos azuis a cintilar. Parecia mais cheia de vida do que em qualquer momento dos últimos dias. No dia anterior fora a Morte montada a cavalo e a Dor lavando os corpos de seus mortos. Mas hoje, ali, na neve, era uma moça alegre, em fuga do castelo e da condição social para passear pela neve.

— Vou à procura do meu marido.

— Sozinha? E ele sabe que está indo? E assim, a pé?

Ela pareceu surpreendida. Então recolheu o queixo e empertigou a cabeça, tal e qual meu burro.

— Ele não é meu marido? Preciso marcar hora para vê-lo? Por que não haveria de ir a pé e sozinha? Pareço tão incompetente que possa me perder na estrada para a Cidade de Torre do Cervo?

Saiu andando novamente, e eu fui obrigado a acompanhar-lhe o ritmo. Arrastei o burro comigo. Coice não estava entusiasmado.

— Rainha Kettricken — comecei, mas ela me interrompeu.

— Estou tão cansada disso. — Parou abruptamente e se virou para me olhar nos olhos. — Ontem, pela primeira vez em muitos dias, senti-me como se estivesse viva e tivesse vontade própria. Não pretendo deixar que isso me escape. Se quiser visitar meu marido no trabalho, visitarei. Eu sei muito bem que nenhuma de minhas damas gostaria deste passeio, neste tempo e a pé, ou mesmo sem ser a pé. Portanto, estou sozinha. E meu cavalo se feriu ontem; seja como for, o terreno aqui não é dócil com os animais. Portanto, não venho montada. Tudo faz sentido. Por que foi que me seguiu e por que me questiona?

Ela escolhera a franqueza como arma, e eu também a adotei. Mas respirei fundo e sintonizei a voz com a cortesia antes de começar.

— Minha senhora rainha, eu a segui para me assegurar de que não lhe aconteceria nenhum mal. Aqui, só com os ouvidos de um burro para nos ouvir, falarei com clareza. Terá esquecido assim tão rapidamente de quem tentou derrubar Verity do trono no seu Reino da Montanha? Ele hesitaria antes de conspirar também aqui? Acho que não. Acha que foi um acidente que tenha se perdido na floresta há duas noites? Eu, não. E pensa que seus atos de ontem lhe foram agradáveis? Bem pelo contrário. O que faz pelo bem do seu povo, ele vê como estratégia para ganhar poder. Então ele se zanga, resmunga e decide que você é uma ameaça maior do que era antes. Tem de saber de tudo isso. Portanto, por qual motivo se coloca na condição de alvo, aqui em um local em que uma flecha ou uma faca poderiam lhe encontrar com tanta facilidade e sem testemunhas?

— Não sou um alvo tão fácil assim — disse-me ela, como um desafio. — Seria preciso um arqueiro realmente excelente para lançar direito uma flecha nesses ventos inconstantes. E quanto a uma faca, bem, eu também tenho uma faca. Para me golpear, é preciso chegar aonde eu possa golpear em resposta. — Virou-se e recomeçou a caminhar.

Eu a segui, implacável.

— E qual seria o resultado disso? De matar um homem? Todo o castelo em rebuliço, Verity castigando sua guarda por ser possível que seja assim posta em risco? E se o assassino fosse melhor do que você com uma faca? Quais as consequências para os Seis Ducados se eu estivesse agora tirando seu corpo de um monte de neve? — Engoli em seco e acrescentei: — Minha rainha.

Seu ritmo diminuiu, mas continuava com o queixo erguido quando perguntou em voz baixa:

— E quais as consequências para mim se passo dia após dia sentada no castelo, tornando-me mole e cega como uma minhoca? FitzChivalry, não sou a peça de um jogo para ficar imóvel no tabuleiro até que algum jogador me ponha em movimento. Sou... há um lobo nos observando!

— Onde?

Ela apontou, mas ele desapareceu como um turbilhão de neve, deixando apenas uma gargalhada fantasmagórica na minha mente. Um momento depois, uma oscilação no vento trouxe seu cheiro a Coice. O animal resfolegou e puxou pela rédea.

— Não sabia que tínhamos lobos tão perto! — maravilhou-se Kettricken.

— É só um cão da cidade, senhora. Provavelmente algum animal sarnento e desabrigado que saiu para ir à lixeira da cidade. Não há nada a temer.

Acha que não? Tenho fome suficiente para comer esse burro.

Volte e espere. Eu voltarei em breve.

A lixeira é bem longe daqui. Além disso, está cheia de gaivotas e fede a seus excrementos. E a outras coisas. O burro seria fresco e bom.

Estou lhe dizendo para voltar. Levarei carne para você mais tarde.

— FitzChivalry? — Isso vinha de Kettricken, com um tom cuidadoso.

Meus olhos voltaram a saltar para o seu rosto.

— Peço perdão, minha senhora. Minha mente ficou aérea.

— Então essa ira no seu rosto não é para mim?

— Não. Houve outro que... desafiou hoje a minha vontade. Com você tenho preocupação, não ira. Não quer montar Coice e deixar que eu a leve de volta a torre?

— Quero ver Verity.

— Minha rainha, ele não ficará satisfeito em vê-la ir até ele assim.

Ela suspirou e ficou um pouco menor dentro do seu manto. Afastou os olhos de mim quando me perguntou em voz mais baixa:

— Nunca desejou passar seu tempo na presença de alguém, Fitz, quer essa pessoa o ache bem-vindo ou não? Não consegue compreender a minha solidão...?

Eu consigo.

— Ser princesa herdeira, ser Sacrifício por Torre do Cervo, isso eu sei que devo fazer bem. Mas há outra parte de mim... sou mulher para esse homem e esposa para esse marido. Também a isso estou juramentada, e é mais por vontade do que por dever que o faço. Mas ele raramente vem até mim, e quando o faz fala pouco e parte cedo. — Virou-se de novo para mim. Lágrimas cintilaram em seus cílios. Ela sacudiu-as com um movimento rápido, e uma nota de ira insinuou-se em sua voz. — Falou uma vez do meu dever, de fazer aquilo que só uma rainha pode fazer por Torre do Cervo. Bem, eu não ficarei grávida jazendo sozinha na minha cama noite após noite!

— Minha rainha, minha senhora, por favor — supliquei-lhe. O calor subiu-me ao rosto.

Ela não mostrou misericórdia.

— Na noite passada, não esperei. Fui à sua porta. Mas o guarda disse que ele não estava lá. Que tinha ido para a torre. — Afastou os olhos de mim. — Até esse trabalho é preferível ao que tem de fazer na minha cama. — Nem mesmo a amargura conseguia encobrir a dor que subjazia às suas palavras.

Cambaleei perante as coisas que não queria saber. O frio de Kettricken sozinha na cama. Verity atraído para o Talento durante a noite. Não sabia o que era pior. Minha voz tremeu ao dizer:

— Não devia me contar essas coisas, minha rainha. Falar disso comigo não está certo...

— Então deixa-me falar com ele. É ele quem precisa ouvir isso, eu sei. E eu vou dizer-lhe! Se não vier ter comigo levado pelo coração, então terá de vir pelo dever.

Isso faz sentido. Ela é que tem de engravidar para que a alcateia cresça.

Não se meta. Vá para casa.

Casa! Um latido de riso carregado de desprezo na minha mente. *Casa é uma alcateia, não um lugar frio e vazio. Dê ouvidos à fêmea. Ela fala bem. Devíamos ir todos falar com aquele que lidera. Você teme como idiota por essa cadela. Ela caça bem, com um dente afiado, e seus movimentos são limpos. Ontem eu a observei. Ela é merecedora daquele que lidera.*

Nós não somos alcateia. Fique em silêncio.

Eu estou em silêncio. Pelo canto do olho, vislumbrei um movimento rápido. Virei-me de repente, mas não encontrei nada. Voltei-me e a encontrei ainda calada na minha frente. Mas senti que a faísca de raiva que a animara estava agora abafada em dor. Sangrava-lhe a determinação.

Falei calmamente através do vento.

— Por favor, senhora, deixe que a leve de volta a Torre do Cervo.

Ela não respondeu, mas puxou o capuz para a frente em volta do rosto e apertou-o para esconder a maior parte do rosto. Então, dirigiu-se ao burro, montou e permitiu que eu levasse o animal de volta a Torre do Cervo. Pareceu uma caminhada ainda mais longa e mais fria sob seu silêncio subjugado. Não me orgulhava da mudança que operara nela. Para afastar minha mente disso, sondei em minha volta cuidadosamente. Não demorei a encontrar Lobito. Perseguia-nos sorrateiramente, pairando como fumaça por entre as árvores, usando os montes acumulados pelo vento e pela neve que caía para se esconder. Não consegui realmente jurar tê-lo visto. Detectei movimento pelo canto do olho, um minúsculo resto do seu odor no vento. Seus instintos serviam-no bem.

Acha que estou pronto para caçar?

Só depois que estiver pronto para obedecer. Tornei a resposta severa.

Então o que farei quando caçar sozinho, como um sem-alcateia? Ele se sentia ferido e zangado.

Estávamos nos aproximando da muralha exterior de Torre do Cervo. Perguntei a mim mesmo como teria ele saído do castelo sem passar por um portão.

Quer que lhe mostre? Uma oferta de paz.

Talvez mais tarde. Quando eu aparecer com carne. Senti seu assentimento. Já não estava nos seguindo, correra em frente, e estaria na cabana quando eu chegasse lá. Os guardas ao portão fizeram-me parar, atrapalhados. Identifiquei-me formalmente, e o sargento teve a esperteza de não insistir que identificasse a senhora que me acompanhava. No pátio, parei Coice para que Kettricken a desmontasse e ofereci-lhe minha mão. Enquanto ela descia, senti olhos postos em mim. Virei-me, e vi Molly. Ela carregava dois baldes de água do poço. Estava parada, olhando para mim, com a atitude de uma corça antes da fuga. Seus olhos estavam profundos e o rosto, muito quieto. Quando se virou de lado, seu porte estava rígido. Não voltou a me olhar nos olhos enquanto atravessava o pátio e se dirigia à entrada da cozinha. Senti um mau agouro dentro de mim. Então Kettricken largou-me a mão e aconchegou melhor o manto ao corpo. Também não me olhou, limitou-se a dizer em voz baixa:

— Obrigada, FitzChivalry. — Dirigiu-se lentamente para a porta.

Devolvi Coice ao estábulo e tratei do animal. Hands apareceu e fitou-me de sobrancelhas erguidas. Respondi com um aceno, e ele foi tratar de suas tarefas. Por vezes acho que era disso que mais gostava em Hands, sua capacidade de deixar em paz aquilo que não lhe dizia respeito.

Criei coragem para o que fiz em seguida. Saí para trás dos cercados de adestramento. Havia um fino rastro de fumaça erguendo-se no ar, e um cheiro desagradável de carne e pelo esturricados. Dirigi-me nessa direção. Burrich estava junto ao fogo, vendo-o arder. O vento e a neve não paravam de tentar apagá-lo, mas Burrich estava determinado que ardesse bem. Virou-se de relance quando me aproximei, mas não quis me olhar ou falar comigo. Seus olhos eram covas negras cheias de uma dor surda. Podia transformar-se em ira se me atrevesse a falar com ele. Mas não tinha vindo por ele. Tirei a faca do cinto, cortei uma madeixa de cabelo com o comprimento de um dedo. Acrescentei-a à pira e observei-a enquanto ardia. Raposa. Uma cadela excelente. Uma recordação veio-me à mente, e expressei-a em voz alta.

— Ela estava lá da primeira vez que Regal olhou para mim. Deitou-se ao meu lado e rosnou para ele.

Passado um momento, Burrich respondeu-me com um aceno. Também ele estivera lá. Virei-me e me afastei lentamente.

A parada seguinte foi a cozinha, para surrupiar uns ossos com restos de carne que tivessem sobrado do velório do dia anterior. Não eram carne fresca, mas teriam de servir. Lobito tinha razão. Ele teria de ser libertado em breve, para caçar para si. Ver a dor de Burrich renovara minha determinação. Raposa vivera uma longa vida, para uma cadela, mas ainda assim era curta demais para o coração de Burrich. Vincularmo-nos a um animal era prometermos a nós mesmos essa dor futura. Meu coração já fora quebrado vezes suficientes.

Ainda estava pensando na melhor forma de fazer aquilo quando me aproximei da cabana. Ergui a cabeça e, de repente, com apenas a mais breve das premonições, senti todo seu peso me atingir. Ele viera, rápido como uma flecha, esticando-se sobre a neve, e atirara seu peso contra a parte de trás de meus joelhos, empurrando-me para o chão ao passar. A força de sua velocidade atirou-me de cara para a neve. Ergui a cabeça e pus os braços debaixo do corpo enquanto ele fazia uma curva apertada e voltava a correr sobre mim. Ergui um braço, mas ele voltou a me atropelar, enterrando-me as garras afiadas na carne para ganhar apoio enquanto corria. *Apanhei-o, apanhei-o, apanhei-o!* Uma exuberância gloriosa.

Coloquei-me meio de pé, e ele voltou a me atingir em cheio no peito. Ergui violentamente um antebraço para proteger a garganta e o rosto, e ele agarrou-o nas mandíbulas. Soltou rosnados profundos enquanto fingia roê-lo. Perdi o equilíbrio sob seu ataque e caí na neve. Dessa vez mantive-o agarrado, abraçando-o, e rolamos, uma vez e outra e outra. Ele me mordiscou em uma dúzia de lugares, em alguns deles dolorosamente. Durante todo o tempo *Divertido, divertido, divertido, apanhei-o, apanhei-o, e voltei a apanhá-lo! Tome, está morto, tome, quebrei sua pata da frente, tome, seu sangue escorre! Apanhei-o, apanhei-o, apanhei-o!*

Basta! Basta! E, por fim:

— Basta! — rugi, e ele me largou, afastando-se com um salto. Ele fugiu pela neve, saltando de uma forma ridícula, para se arremessar em círculo e voltar a correr para mim. Ergui os braços em um rompante para proteger o rosto, mas ele se limitou a apanhar meu saco de ossos e fugir com ele, desafiando-me a segui-lo. Não podia deixá-lo ganhar assim tão facilmente. Então saltei atrás dele, aplacando-o, agarrando o saco de ossos, e a luta se degenerou em uma competição de empurrões, na qual ele me enganou ao me largar de repente, mordendo-me no antebraço com força suficiente para deixar minha mão dormente, e depois voltando a agarrar o saco. Voltei a persegui-lo.

Apanhei-o. Um puxão na cauda. *Apanhei-o!* Dei-lhe uma joelhada na espádua, desequilibrando-o. *Apanhei os ossos!*, e por um instante tive-os na mão e corria. Ele atingiu-me em cheio nas costas, com as quatro patas, e atirou-me de cabeça contra a neve, apanhou o tesouro e pôs-se de novo em fuga.

Não sei durante quanto tempo brincamos. Por fim, deixamo-nos cair na neve para descansar e ofegar juntos, em uma simplicidade sem pensamentos. A estopa do saco estava rasgada em alguns lugares, com os ossos espreitando pelos rasgões. Lobito abocanhou um deles e sacudiu-o, tentando arrancá-lo das pregas que o prendiam. Atirou-se a ele, cortando a carne e depois segurando o osso ao chão com as patas, enquanto as mandíbulas fendiam a cartilagem nodosa das extremidades. Estendi a mão para o saco e agarrei um osso, um belo osso cheio de carne, um grosso osso repleto de medula, e puxei-o para mim.

E de repente eu era de novo um homem. Como o acordar de um sonho, como o rebentar de uma bolha de sabão, e as orelhas de Lobito torceram-se; ele se virou para mim como se eu tivesse falado. Mas não tinha. Tinha apenas separado o meu eu do dele. De repente senti frio, neve entrara pelos canos nas botas e pela cintura e pelo colarinho. Havia grandes vergões nos meus antebraços e mãos, nos locais onde seus dentes tinham raspado em minha pele. O manto estava rasgado em dois lugares. Senti-me tão vacilante como se tivesse acabado de sair de um sono drogado.

Que se passa? Preocupação de verdade. *Por que foi embora?*

Não posso fazer isso. Não posso ser assim com você. Isso é errado.

Confusão. *Errado? Se pode fazê-lo, como pode ser errado?*

Eu sou um homem, não um lobo.

Por vezes, concordou ele. *Mas não tem de sê-lo o tempo todo.*

Tenho, sim. Não quero estar vinculado a você dessa forma. Não podemos ter essa proximidade. Preciso libertá-lo, para que viva a vida que estava destinado a viver. E eu tenho de viver a vida que estava destinado a viver.

Uma fungadela irônica, um sorriso zombeteiro de caninos. *Isso é o que é, irmão. Nós somos como somos. Como pode afirmar saber que vida eu estava destinado a levar, e quanto mais me forçar a ela? Nem sequer consegue aceitar o que você está destinado a ser. Nega-o mesmo enquanto o é. Todos esses seus subterfúgios são bobagens. Mais vale proibir o seu nariz de cheirar ou as suas orelhas de ouvir. Nós somos o que somos. Irmãos.*

Não baixei a guarda. Não lhe dei licença. Mas ele entrou-me na mente como um vento entra por uma janela aberta e enche uma sala. *A noite e a neve. Carne nas nossas mandíbulas. Escute, cheire, o mundo está vivo esta noite, e nós também! Podemos caçar até de madrugada, estamos vivos e a noite e a floresta são nossas! Nossos olhos são penetrantes, nossos maxilares são fortes, somos capazes de aba-*

ter um cervo e banquetear-nos antes de amanhecer. Venha! Volte para aquilo que nasceu para ser!

Um momento mais tarde voltei a mim. Estava em pé e tremia dos pés à cabeça. Ergui as mãos e olhei-as; de repente, minha própria carne pareceu-me estranha e limitante, tão pouco natural como a roupa que usava. Podia ir. Podia ir, naquele momento, naquela noite, e viajar para longe à procura de nossa espécie, e nunca ninguém seria capaz de nos seguir, muito menos de nos encontrar. Ele me ofereceu um mundo iluminado pelo luar feito de pretos e brancos, de alimento e descanso, tão simples, tão completo. Olhávamos um ao outro, e seus olhos eram de um verde cintilante e chamavam por mim. *Venha. Venha comigo. O que seres como nós têm a ver com os homens e todas as suas conspirações mesquinhas? Não se consegue obter sequer uma dentada de carne de todas as suas brigas, não há alegrias limpas em suas maquinações, e nunca se entregam a um prazer simples sem pensar. Por que é que prefere isso? Venha, vamos embora!*

Pisquei. Flocos de neve colavam-se aos meus cílios, e eu estava em pé na escuridão, congelando e tremendo. A uma curta distância de mim, um lobo ergueu-se e sacudiu-se de uma ponta à outra. Com a cauda estendida, as orelhas erguidas, veio falar comigo, e roçou a cabeça na minha perna e com o focinho deu-me uma batidinha em minha mão fria. Apoiei-me em um joelho e abracei-o, senti o calor do seu pelo em minhas mãos, a solidez dos seus músculos e ossos. Cheirava bem, um cheiro limpo e selvagem.

— Nós somos o que somos, irmão. Coma bem — disse. Esfreguei-lhe rapidamente as orelhas, e então fiquei de pé. Quando ele pegou o saco de ossos para levá-lo para a cova que tinha escavado embaixo da cabana, virei-lhe as costas. As luzes de Torre do Cervo eram quase ofuscantes, mas eu as segui mesmo assim. A essa altura não teria sido capaz de dizer por quê. Mas segui.

A MENSAGEM DO BOBO

Em tempos de paz, o ensino do Talento era restrito aos indivíduos de sangue real, para manter a magia mais exclusiva e assim reduzir a chance de ela ser voltada contra o rei. E assim, quando Galen se tornou aprendiz da mestra do Talento Solicity, seus deveres consistiam em ajudar a completar o treino de Chivalry e Verity. Não havia mais ninguém a receber instrução nessa época. Regal, uma criança delicada, foi considerado pela mãe demasiado enfermiço para suportar os rigores do treino no Talento. Então, após a morte prematura de Solicity, Galen ascendeu ao título de mestre do Talento, mas tinha poucos deveres a cumprir. Alguns, pelo menos, sentiam que o tempo que ele passara a serviço como aprendiz de Solicity era insuficiente para constituir o treino completo de um mestre do Talento; outros têm declarado que ele nunca possuíra a força do Talento necessária para ser um verdadeiro mestre do Talento. Em qualquer caso, durante esses anos ele não teve oportunidade de provar o seu valor ou de refutar seus críticos; não havia jovens príncipes ou princesas para treinar durante os anos em que Galen foi mestre do Talento.

Foi só com os ataques dos Navios Vermelhos que ficou decidido que o círculo dos treinados no Talento tinha de ser expandido. Não existia um círculo propriamente dito havia anos. A tradição nos conta que durante problemas anteriores com os ilhéus não era incomum que existissem três ou mesmo quatro círculos. Estes normalmente eram constituídos de seis a oito membros, que escolhiam uns aos outros, bem adaptados para que criassem vínculos entre si, e possuíam pelo menos um membro que tivesse uma forte afinidade com o monarca reinante. Esse membro-chave relatava diretamente ao monarca tudo aquilo que os membros de seu círculo lhe transmitiam, fosse mensagem, fossem informações reunidas. Existiam outros círculos destinados a reunir forças e a oferecer ao monarca seus recursos de Talento caso ele precisasse. Os membros-chave desses círculos eram frequentemente conhecidos como Homem ou Mulher do rei ou da rainha. Muito raramente, um desses indivíduos existia independentemente de qualquer círculo ou treino, mas simplesmente como alguém possuidor de tal afinidade com o monarca que sua força podia ser drenada, geralmente através de um toque físico. A partir desse membro-chave, o monarca podia obter a resistência necessária para sustentar um esforço de Talento. Segundo o costume, um círculo recebia o nome de seu membro-chave. E assim temos exemplos lendários, como o Círculo do Fogo Cruzado.

Galen decidiu ignorar todas as tradições para a criação de seu primeiro e único círculo. O círculo de Galen veio a ser conhecido pelo nome do mestre do Talento que lhe dera forma, e reteve esse nome mesmo após sua morte. Em vez de criar um grupo de Talentosos e permitir que um círculo emergisse desse grupo, foi o próprio Galen quem selecionou os que seriam membros do círculo. A estes faltava o vínculo íntimo dos grupos lendários, e sua afinidade mais forte era com o mestre do Talento, e não com o rei. Assim, o membro-chave, a princípio August, apresentava relatórios a Galen com a mesma frequência com que se reportava ao rei Shrewd ou ao príncipe herdeiro Verity. Com a morte de Galen e a destruição do Talento de August, Serene foi promovida a membro-chave do círculo de Galen. Os membros restantes sobreviventes do grupo eram Justin, Will, Carrod e Burl.

De noite, eu corria como lobo.

Da primeira vez julguei que fosse um sonho particularmente nítido. A grande extensão de neve branca, com as sombras negras das árvores derramadas sobre ela, os odores esquivos no vento frio, a ridícula diversão de saltar e escavar em busca de musaranhos que se aventurassem a sair de suas tocas de inverno. Acordei de cabeça fresca e bem-humorado.

Na noite seguinte, o sonho foi novamente muito vívido. Acordei sabendo que quando bloqueei os sonhos com Molly para Verity, bloqueei-os também a mim, deixando-me escancarado aos pensamentos noturnos do lobo. Ali havia todo um território no qual nem Verity nem nenhum outro detentor do Talento poderia me seguir. Era um mundo vazio de intrigas da corte ou de estratagemas, de preocupações e de planos. Meu lobo vivia o presente. Descobri sua mente limpa dos detalhes atravancados das memórias. Levava de um dia para o outro apenas aquilo que era necessário para sua sobrevivência. Não se lembrava de quantos musaranhos matara duas noites antes, lembrava-se apenas de coisas maiores, como quais os trilhos de caça que produziam mais coelhos para serem perseguidos ou onde o riacho corria suficientemente forte para nunca congelar.

Foi assim que comecei a mostrar-lhe como caçar. Não nos saímos lá muito bem a princípio. Continuava me levantando muito cedo de manhã para levar-lhe a comida que fosse necessária. Disse a mim mesmo que aquilo não passava de um pequeno canto da minha vida que mantinha para mim. Era como o lobo dissera, não era algo que eu fazia, mas algo que eu era. Além disso, me prometi que não permitiria que aquela união se transformasse em um vínculo completo. Em breve, muito em breve, ele seria capaz de caçar sozinho, e eu o mandaria embora para ser livre. Por vezes dizia a mim mesmo que só permitia sua presença nos meus sonhos para poder ensiná-lo a caçar, a fim de libertá-lo mais depressa. Recusava--me a refletir no que Burrich pensaria disso.

Ao regressar de uma de minhas expedições matinais, me deparei com dois soldados lutando no pátio da cozinha. Tinham bastões nas mãos e estavam insul-tando um ao outro amistosamente enquanto se atacavam, esquivavam e trocavam bofetadas ao ar frio e límpido. Não conhecia o homem, e por um momento julguei que ambos eram estranhos. Então a mulher do par me viu:

— Oh! FitzChivalry. Uma palavrinha com você! — gritou, mas sem guardar o bastão.

Fitei-a, tentando identificá-la. Seu oponente falhou uma defesa e ela o atingiu com força com o bastão. Quando ele saltou, ela dançou para trás e soltou uma gargalhada, um inconfundível relincho agudo.

— Whistle? — perguntei, incrédulo.

A mulher a quem acabara de me dirigir exibiu seu famoso sorriso desdenta-do, deu um golpe ressonante no bastão do parceiro e voltou a dançar para trás.

— Sim? — perguntou, ofegante. O parceiro de luta, vendo-a ocupada, baixou gentilmente o bastão. Whistle atirou imediatamente o seu contra ele. Com tanta habilidade que quase pareceu lento, o bastão dele saltou para conter o dela. Nova gargalhada, e ela ergueu a mão para pedir trégua. — Sim — repetiu, desta vez virando-se para mim. — Vim... quer dizer, fui escolhida para lhe pedir um favor.

Indiquei com um gesto a roupa que ela vestia.

— Não compreendo. Deixou a guarda de Verity?

Ela encolheu quase imperceptivelmente os ombros, mas percebi que a per-gunta a deliciara.

— Mas não para ir longe. Guarda da rainha. Brasão de raposa. Vê? — Ela puxou a frente da curta jaqueta branca que usava, para esticar o tecido. Boa lã tecida em casa, eu vi, e vi também a raposa branca bordada rosnando em fundo púrpura. A cor púrpura combinava com a púrpura de suas pesadas calças de lã. As largas bainhas das calças tinham sido enfiadas em botas que lhe chegavam ao joelho. O vestuário do parceiro condizia com o seu, guarda da rainha. À luz da aventura de Kettricken, o uniforme fazia sentido.

— Verity decidiu que ela precisava de uma guarda própria? — perguntei, deliciado.

O sorriso desbotou um pouco no rosto de Whistle.

— Não exatamente — disse ela, sem se comprometer, e então endireitou-se como se estivesse me apresentando um relatório. — Decidimos que ela precisava de uma guarda da rainha. Eu e alguns dos outros que a acompanharam no outro dia. Precisamos conversar sobre... tudo, depois. Sobre como ela se conduziu lá fora. E aqui. E como chegou até aqui, sozinha. Falamos sobre isso, então alguém deveria ter autorização para formar uma guarda para ela. Mas nenhum de nós realmente sabia como abordar o assunto. Sabíamos que era necessário, mas ninguém mais parecia estar prestando muita atenção; mas então, semana passada, ao portão, ouvi você furioso gritando com os guardas sobre o modo como ela tinha saído, a pé e sozinha, sem ninguém que a acompanhasse. Bem, você berrou! Eu estava na outra sala e ouvi! — Engoli o protesto, fiz um breve aceno, e Whistle prosseguiu: — Então... Bem, fomos em frente. Aqueles de nós que sentiam que queriam usar a púrpura e o branco limitaram-se a dizê-lo. Foi uma divisão bem justa. Fosse como fosse, era tempo de admitir algum sangue fresco; a maior parte da guarda de Verity já está ficando um pouco grisalha. E mole, por passar muito tempo no castelo. Então nos reagrupamos, promovendo alguns que já o mereciam há muito, se houvesse antes lugares para preencher, e fazendo recrutamento para compor as fileiras onde era necessário. Tudo correu perfeitamente. Os recém-chegados nos darão algo em que afiar nossas capacidades enquanto os treinarmos. A rainha terá sua guarda, quando a quiser ou precisar dela.

— Entendo. — Estava começando a ter uma sensação de desconforto. — E qual era o favor que queria de mim?

— Explicar tudo isso a Verity. Contar à rainha que ela tem uma guarda. — Ela proferiu as palavras simples e calmamente.

— Isso beira à deslealdade — eu disse com igual simplicidade. — Soldados da guarda de Verity a pôr de lado suas cores para adotar as da rainha.

— Alguns poderão vê-lo dessa forma. Alguns poderão falar do assunto dessa forma. — Seus olhos se prenderam nos meus, e o sorriso desapareceu de seu rosto. — Mas você sabe que não é verdade. É uma necessidade. Seu... Chivalry compreenderia, teria uma guarda pronta para ela antes de sua chegada até aqui. Mas o príncipe herdeiro Verity... bem, isso não é nenhuma deslealdade para com ele, o servimos bem, porque o amamos. Ainda o amamos. Estes são aqueles que sempre lhe protegeram, e que estão voltando a se organizar para lhe proteger ainda melhor. Isso é tudo. Acreditamos que ele tem uma boa rainha. Não queremos que a perca. É tudo. Não temos menos consideração pelo nosso príncipe herdeiro. Você sabe disso.

Sabia. Mas ainda assim... Afastei os olhos de seu apelo, abanei a cabeça e tentei pensar. *Por que eu?* Perguntou, furiosa, uma parte de mim. E então soube que, no momento em que perdi a paciência e repreendi os guardas por não proteger sua rainha, eu propus isso. Burrich me avisou sobre não me lembrar de minha posição.

— Falarei com o príncipe herdeiro Verity. E com a rainha, se ele aprovar a ideia.

Whistle voltou a exibir seu sorriso.

— Nós sabíamos que você faria isso por nós. Obrigada, Fitz.

E nesse mesmo momento afastou-se de mim com um rodopio, de bastão a postos enquanto dançava ameaçadoramente na direção do parceiro, que cedeu terreno de má vontade. Com um suspiro, voltei as costas ao pátio. Havia imaginado que Molly viria buscar água àquela hora. Esperara obter um vislumbre dela. Mas não viera, e fui embora sentindo-me desapontado. Sabia que não devia jogar aqueles jogos, mas em certos dias não conseguia resistir à tentação. Saí do pátio.

Os últimos dias tinham se tornado um tipo especial de tortura autoinfligida. Recusava a me permitir voltar a ver Molly, mas não conseguia resistir a segui-la. Por isso entrava na cozinha um momento depois de ela sair, achando que ainda conseguiria sentir um sinal de seu perfume no ar. Ou então pairava pelo Grande Salão durante a tarde, e tentava estar onde pudesse vê-la sem ser visto. Fosse qual fosse a distração do dia, menestrel, poeta ou titereiro, ou simplesmente gente conversando e trabalhando em seu artesanato, meus olhos eram sempre atraídos para onde Molly se encontrava. Parecia tão sóbria e composta na sua saia e blusa azul-escuras, e nunca me concedia um olhar. Estava sempre falando com as outras mulheres do castelo, ou, nas raras noites em que Patience decidia descer, sentava-se a seu lado e servia-a com uma atenção focada que negava até que eu existia. Por vezes pensava que meu breve encontro com ela fora um sonho. Mas à noite regressava ao meu quarto e tirava a camisa que escondera no fundo da arca e, se a aproximasse do rosto, imaginava que ainda conseguia sentir nela um tênue vestígio de seu perfume. E assim fui aguentando.

Tinham se passado alguns dias desde que queimáramos os Forjados na pira fúnebre. Além da formação da guarda da rainha, outras mudanças estavam em curso dentro e fora do castelo. Outros dois mestres construtores navais tinham vindo, sem que tivessem sido convocados, oferecer seus préstimos para a construção dos navios. Verity ficara deliciado. Mas a rainha Kettricken ficara ainda mais comovida, pois fora a ela que os homens se apresentaram, dizendo que desejavam ser úteis. Os aprendizes vieram com eles, aumentando as fileiras dos que trabalhavam nos estaleiros. Agora as lâmpadas ardiam de antes da alvorada até bem depois do pôr do sol, e o trabalho prosseguia a um ritmo vertiginoso. Consequentemente, Verity passava ainda mais tempo fora, e Kettricken, quando eu a visitava, estava mais deprimida do que nunca. Eu a tentava com livros e passeios, mas sem sucesso. Passava a maior parte do tempo sentada, quase ociosa, ao tear, tornando-se mais pálida e apática a cada dia que passava. Seu humor sombrio infectava as damas que lhe faziam companhia, de modo que visitar sua sala era tão alegre quanto participar de um velório.

Não esperara encontrar Verity em seus aposentos, e não fiquei desapontado. Ele estava lá embaixo nos barracões dos navios, como sempre. Deixei um recado com Charim pedindo para ser chamado assim que Verity tivesse tempo para me receber. Então, decidido a me manter ocupado e a fazer o que Chade sugerira, regressei ao meu quarto. Peguei em dados e em tábuas de calcular e dirigi-me aos aposentos da rainha.

Decidira ensinar-lhe alguns dos jogos de azar de que os nobres gostavam, na esperança de que pudesse expandir seu círculo de entretenimentos. Também esperava, com menos expectativa, que esses jogos pudessem levá-la a se socializar mais e depender menos de minha companhia. Seu mau humor estava começando a me sobrecarregar com seu caráter opressivo, e dava por mim frequentemente desejando de todo o coração estar longe dela.

— Ensine-a primeiro a trapacear. Mas lhe diga que é assim que o jogo é jogado. Diga-lhe que as regras permitem o engano. Um pouco de destreza de mãos, facilmente ensinada, e ela conseguirá limpar os bolsos de Regal uma ou duas vezes antes que ele se atreva a suspeitar dela. E depois poderá fazer o quê? Acusar a senhora de Torre do Cervo de trapacear com dados?

O Bobo, claro, junto ao meu cotovelo, caminhando sociavelmente a meu lado, com o cetro de ratazana balançando com leveza sobre o ombro. Não me sobressaltei fisicamente, mas ele soube que, mais uma vez, me apanhara de surpresa. A diversão brilhou-lhe nos olhos.

— Acho que nossa princesa herdeira poderá achar ruim se eu deixá-la desinformada. Por que não vem comigo, para lhe melhorar um pouco a disposição? Porei os dados de lado, e você poderá fazer malabarismos para ela — sugeri.

— Fazer malabarismos para ela? Ora, Fitz, isso é tudo o que faço, o dia inteiro, e você olha e vê apenas tolices. Olha para o meu trabalho e o vê como um jogo, enquanto eu vejo você tão seriamente jogando jogos que não foi você quem criou. Aceite o conselho de um bobo sobre isso. Não ensine à dama dados, e sim adivinhas, e ficarão ambos mais sábios.

— Adivinhas? Isso é um jogo de Vila Bing, não é?

— Tem sido um jogo bem jogado em Torre do Cervo ultimamente. Responde-me a esta, se conseguir: como se chama uma coisa quando não se sabe como chamá-la?

— Nunca fui grande coisa nesse jogo, Bobo.

— Tal como todos os outros de sua linhagem, segundo o que tenho ouvido dizer. Então responda a isto: o que é que tem asas no pergaminho de Shrewd, uma língua de chamas no livro de Verity, olhos de prata nos velos de Vila Rell, e pele com escamas de ouro no seu quarto?

— Isso é uma adivinha?

Ele me olhou com ar de pena.

— Não, uma adivinha é aquilo que acabei de lhe perguntar. Isso é um Antigo. E a primeira adivinha foi: como se chama alguém?

Meus passos diminuíram. Olhei-o mais diretamente, mas era sempre difícil olhá-lo nos olhos.

— E isso é uma adivinha? Ou uma pergunta séria?

— Sim. — O Bobo tinha uma expressão grave. Parei a meio caminho de um passo, completamente estupidificado. Olhei-o, furioso. Em resposta, ele encostou o nariz no cetro de ratazana. Sorriram tolamente um ao outro. — Está vendo, Ratita, ele não sabe mais do que o tio ou o avô. Nenhum deles sabe como convocar um Antigo.

— Usando o Talento — eu disse, impetuosamente.

O Bobo me lançou um olhar estranho.

— Sabe disso?

— Suspeito que seja assim.

— Por quê?

— Não sei. Agora que penso nisso, não me parece provável. O rei Wisdom fez uma longa viagem para encontrar os Antigos. Se ele pudesse simplesmente ter chegado até eles por via do Talento, por que não o fez?

— Realmente. Mas por vezes há verdade na impetuosidade. Portanto, adivinhe isso, rapaz. Um rei está vivo. Um príncipe também. E ambos são Talentosos. Mas onde estão aqueles que treinaram com o rei, ou aqueles que treinaram antes dele? Como chegamos a esse ponto, a essa penúria de Talentosos num momento em que são tão necessários?

— Poucos são treinados em tempos de paz. Galen não achou por bem treinar nenhum, até seu último ano de vida. E o círculo que ele criou... — Fiz uma súbita pausa, e embora o corredor estivesse vazio, de repente desejei não falar mais sobre aquilo. Mantinha sempre o que Verity me dizia sobre o Talento em segredo.

O Bobo saltou repentinamente em círculo à minha volta.

— Se o sapato não serve, não o podemos usá-lo, seja quem for que o tenha feito — declarou.

Concordei de má vontade com a cabeça.

— Exatamente.

— E aquele que o fez já se foi. Triste. Tão triste. Mais triste do que carne quente na mesa e vinho tinto no seu copo. Mas, por sua vez, aquele que partiu foi feito por outra pessoa.

— Solicity. Mas ela também já morreu.

— Ah. Mas Shrewd ainda não. Nem Verity. Parece-me que, se dois dos que ela criou ainda respiram, deve haver outros. Onde estão?

Encolhi os ombros.

— Longe. Velhos. Mortos. Não sei. — Forcei a impaciência a diminuir, tentei refletir sobre a pergunta. — A irmã do rei Shrewd, Merry, mãe de August. Ela talvez tivesse sido treinada, mas está há muito morta. O pai de Shrewd, o rei Bounty, foi o último a ter um círculo, eu acho. Mas restam pouquíssimas pessoas dessa geração. — Contive a língua. Verity disse-me uma vez que Solicity treinara no Talento todos aqueles que conseguiu encontrar que possuíam a magia. Decerto que alguns ainda deviam estar vivos; não seriam mais do que uma década mais velhos do que Verity...

— Muitos estão mortos, se quiser saber o que eu penso. Eu sei disso — interveio o Bobo, como resposta à pergunta que eu não verbalizara. Olhei-o sem expressão. Ele me mostrou a língua, valsou um pouco à minha volta. Olhou pensativo para o cetro, deu pancadinhas amorosas sob o queixo da ratazana. — Está vendo, Ratita? É como eu tinha dito. Nenhum deles sabe. Nenhum deles é suficientemente esperto para perguntar.

— Bobo, será que não é capaz de falar com clareza? — bradei, frustrado.

Ele estancou de repente, como se lhe tivesse batido. No meio de uma pirueta, baixou os calcanhares para o chão e ficou imóvel como uma estátua.

— Será que isso ajudaria alguma coisa? — perguntou com uma voz sóbria. — Me escutaria se eu falasse contigo e não falasse por enigmas? Será que isso o faria parar, pensar e ficar suspenso em cada palavra, e refletir sobre essas palavras mais tarde, no seu quarto? Então muito bem. Tentarei. Conhece os versos "Seis Sábios a Jhaampe Foram"? — Confirmei com a cabeça, tão confuso como antes. — Recite-os.

— Seis sábios a Jhaampe foram, subiram um monte e nunca desceram, em pedra se tornaram e fugiram... — A velha canção de ninar falhou-me de súbito. — Não me lembro de tudo. Seja como for é um disparate, uma daquelas coisas que rimam e que ficam na cabeça, mas que não querem dizer nada.

— E é por isso, claro, que está no mesmo pergaminho dos versos do conhecimento — concluiu o Bobo.

— Não sei! — retorqui. De súbito senti-me irritado além do limite. — Bobo, está fazendo de novo. Nunca diz nada que não seja um enigma! Diz que fala com clareza, mas sua verdade me escapa.

— As adivinhas, meu caro Fitzy-Fitz, destinam-se a fazer as pessoas pensar. Para que encontrem novas verdades em velhos adágios. Mas como quiser... o seu cérebro escapa-me. Como conseguirei chegar até ele? Talvez se fosse ter com você, noite cerrada, e cantasse debaixo de sua janela:

"Principezinho bastardo, Fitz, querido,
Para sua derrota é todo o tempo perdido.
Trabalha para parar, procura conter,
Quando o esforço deveria ser para vencer."

Tinha se apoiado em um joelho e dedilhava cordas inexistentes no cetro. Cantava com bastante vigor, e até bem. A melodia era a de uma popular balada de amor. Olhou-me, soltou um suspiro teatral, umedeceu os lábios, e continuou, em tom fúnebre:

"Por que os Farseers nunca olham para além,
Por que se limitam a ver o que os olhos veem?
Suas costas cercadas, o povo sob opressão,
Eu aviso e incentivo, mas só me dizem 'ainda não!'
Querido Fitz, principezinho bastardo,
Ficará para trás até ser triturado?"

Uma criada que passava parou para ouvir, assombrada. Um pajem veio à porta de um quarto e espreitou-nos, com um grande sorriso. Um rubor lento começou a aquecer-me as bochechas, pois a expressão do Bobo era ao mesmo tempo terna e ardente ao me olhar. Tentei me afastar dele com indiferença, mas ele me seguiu caminhando sobre os joelhos, agarrando-me na manga. Fui obrigado a parar, para não me meter numa luta ridícula para me libertar. E parei, sentindo-me ridículo. Ele me dirigiu um sorriso tolo. O pajem soltou um risinho, e ao fundo do corredor ouvi duas vozes comentando, divertidamente. Recusei-me a erguer os olhos para ver quem estava gostando tanto do meu desconforto. O Bobo atirou-me um beijo com os lábios. Fez a voz baixar até um sussurro confidencial enquanto continuava a cantar:

"Irá o destino seduzi-lo para sua vontade?
Não se com Talento lutar de verdade.
Convoque aliados, localize os treinados
Consuma aquilo que tem evitado.
Há um futuro que não foi ainda inventado,
Pelas suas ardentes paixões encontrado.
Se usar a Manha para vencer,
Nos Ducados os seus manterão o poder.
Isto suplica um Bobo, de joelho dobrado,
Não permita que o desencanto seja instalado

Ou que os nossos povos se extingam ao pó
Se esse fardo a vida confiou a ti só."

Fez uma pausa, e então cantou alto e jovialmente:

"E caso prefira deixar isso passar
Como se fosse peido do seu cu a escapar,
Eis por você a minha reverência,
Aproveite que isso não se vê com frequência!"

Largou-me de súbito o pulso, para se afastar de mim com um salto mortal que, sem que eu saiba como, chegou ao fim com ele a me apresentar as nádegas nuas. Eram chocantemente brancas, e eu não fui capaz de esconder nem o espanto nem a afronta que senti. O Bobo se levantou num salto, de novo vestido como deve ser, e Ratita, no seu cetro, fez uma reverência muito humilde a todos os que tinham parado para assistir à minha humilhação. Houve uma gargalhada geral, e aplausos dispersos. A atuação dele deixara-me sem fala. Desviei o olhar e tentei passar por ele, mas com um salto o Bobo voltou a bloquear-me a passagem. De repente, assumiu uma pose severa e dirigiu-se a todos os que continuavam dando risada.

— Vocês todos deveriam ter vergonha por estarem tão alegres! Por rirem e apontarem para o coração quebrado de um rapaz! Não sabem que o Fitz perdeu alguém que lhe era muito querido? Ah, ele esconde seu pesar por baixo dos rubores, mas ela foi para a cova e deixou-lhe a paixão insatisfeita. A mais teimosamente casta e virulentamente flatulenta das senhoras, a querida lady Thyme, faleceu. Do seu próprio fedor, não duvido, embora alguns dirão que tenha sido de comer carne estragada. Mas carne estragada, dirão, tem um odor dos mais nauseabundos, para avisar quem a queira consumi-la. O mesmo podemos também dizer de lady Thyme, e assim talvez ela não a tenha cheirado, ou talvez tenha julgado não passar do perfume de seus dedos. Não chore, pobre Fitz, encontrará outra para si. A isso me devotarei pessoalmente, hoje mesmo! Juro, pelo crânio de lady Ratita. E, agora, peço-lhes que se apressem a regressar a seus afazeres, pois na verdade eu já adiei muito os meus. Adeus, pobre Fitz. Bravo, triste coração! Ostentar uma cara tão valente na sua desolação! Pobre jovem desconsolado! Ah, Fitz, pobre, pobre Fitz...

E afastou-se de mim ao longo do corredor, abanando angustiadamente a cabeça e conferenciando com Ratita sobre qual das idosas bem-nascidas deveria cortejar em meu nome. Fiquei olhando-o, incrédulo. Senti-me traído, por ele ser capaz de fazer de mim um espetáculo público. Por volúvel que o Bobo pudesse ser, por afiada que pudesse ser sua língua, nunca esperara ser o alvo público de uma de suas piadas. Não conseguia deixar de esperar que ele se virasse e dissesse uma última coisa que me levasse a compreender o que tinha acabado de acontecer. Ele não o fez. Quando virou a esquina, percebi que minha provação tinha finalmente terminado. Segui pelo corredor, ao mesmo tempo furioso de constrangimento e atordoado de confusão. Suas rimas burlescas tinham armazenado as palavras na minha cabeça, e sabia que iria levar muito tempo refletindo sobre sua canção de amor nos próximos dias, tentando arrancar os significados nela escondidos. Mas lady Thyme? Ele certamente não diria tal coisa se não fosse "verdade". Mas que motivo levaria Chade a permitir que sua personagem pública morresse dessa maneira? De que pobre mulher seria o corpo levado como lady Thyme, sem dúvida para ser entregue a parentes distantes para que o enterrassem? Seria aquele seu método de começar a viagem, uma maneira de deixar a torre sem ser visto? Mas, se assim fosse, por que permitir que ela morresse? Para que Regal acreditasse ter sido bem-sucedido no envenenamento? Com que objetivo?

Assim, perplexo, cheguei à porta do quarto de Kettricken. Parei por um momento no corredor, para recuperar o prumo e compor o rosto. De súbito, a porta do outro lado do corredor abriu-se e Regal veio contra mim. Seu ímpeto empurrou-me para o lado, e, antes de eu ter tempo de recuperar o equilíbrio, ele concedeu, solenemente:

— Está tudo bem, Fitz. Não conto com um pedido de desculpas vindo de alguém tão orgulhoso como você. — Ficou parado no corredor, endireitando o gibão enquanto os jovens que o seguiam emergiam de seus aposentos, com risinhos sufocados de divertimento. Ele sorriu para eles e depois se aproximou de mim para perguntar, com uma voz calmamente venenosa: — Onde vai mamar, agora que a velha prostituta da Thyme está morta? Enfim. Tenho certeza de que há de encontrar outra velha para lhe dar mimo. Ou será que agora irá adular uma mais nova? — Atreveu-se a sorrir para mim, antes de rodar nos calcanhares e se afastar a passos largos num belo tremular de mangas, seguido por seus três bajuladores.

O insulto à rainha envenenou-me o espírito e deixou-me furioso. A raiva assaltou-me com uma instantaneidade que eu nunca experimentara. Senti o peito e a garganta inchar. Uma terrível força percorreu-me; sei que o lábio superior se ergueu com um rosnado. Vindo de longe, senti, *Quê? O que é? Mate! Mate! Mate!* Dei um passo, o seguinte teria sido um salto, e sabia que meus dentes teriam se enterrado no local onde a garganta se encontra com o ombro. Mas:

— FitzChivalry — disse uma voz, cheia de surpresa.

A voz de Molly! Virei-me para ela, com as emoções contorcendo-se violentamente da raiva para o deleite por vê-la. Mas, com igual rapidez, ela se afastou para o lado: — Peço perdão, senhor — e passou por mim. Seus olhos estavam para baixo, e seus modos eram os de uma criada.

— Molly? — chamei, dando um passo para ela. Ela parou. Quando voltou a me olhar, tinha o rosto vazio de emoções, a voz neutra.

— Senhor? Tem uma incumbência para mim?

— Uma incumbência? — Claro. Relanceei os olhos em volta, mas o corredor estava vazio. Dei um passo para ela, baixei a voz para que apenas ela a ouvisse. — Não. Foi só que senti muitas saudades suas. Molly, eu...

— Isso não é conveniente, senhor. Peço que me desculpe. — Virou-se, orgulhosa, calma, e afastou-se de mim.

— O que foi que eu fiz? — Quis saber, com uma consternação zangada. Não esperava realmente resposta. Mas ela parou. As costas revestidas de azul ficaram eretas, e a cabeça, erguida sob o lenço rendado. Não se virou para mim, mas disse em voz baixa, para o corredor

— Nada. Não fez nada de nada, senhor. Absolutamente nada.

— Molly! — protestei, mas ela virou a esquina e desapareceu. Fiquei olhando o espaço vazio. Após um momento percebi que estava fazendo um som entre um ganido e um rosnado.

Vamos caçar, em vez disso.

Talvez, dei por mim despertando, *isso seja o melhor. Ir caçar, matar, comer, dormir. E não fazer nada além disso.*

Por que não agora?

Na verdade não sei.

Recompus-me e bati à porta de Kettricken. Foi aberta pela pequena Rosemary, que me dirigiu um sorriso cheio de covinhas enquanto me convidava a entrar. Uma vez lá dentro, aquilo que Molly ali viera fazer era evidente. Kettricken estava segurando uma grossa vela verde sob o nariz. Na mesa havia mais algumas.

— Baga de loureiro — observei.

Kettricken ergueu os olhos com um sorriso.

— FitzChivalry. Bem-vindo. Entre e sente-se. Posso lhe oferecer comida? Vinho?

Fiquei imóvel a olhá-la. Um mar de mudanças. Senti sua força, soube que ela estava centrada em si mesma. Vestia uma suave túnica cinzenta e polainas. Tinha o cabelo penteado do seu modo habitual. As joias eram simples, um único colar de contas de pedras verdes e azuis. Mas aquela não era a mulher que eu trouxera para o castelo alguns dias antes. Essa mulher estivera desolada, zangada, ferida e confusa. Esta Kettricken exalava serenidade.

— Minha rainha — comecei, com hesitação.

— Kettricken — corrigiu ela, com calma. Moveu-se pelo quarto, colocando algumas das velas em prateleiras. Foi quase um desafio ela não ter dito mais nada.

Aproximei-me do centro de sua saleta. Ela e Rosemary eram as únicas pessoas presentes. Verity queixara-se um dia de que os aposentos de Kettricken tinham a precisão de um acampamento militar. Não foi um exagero. A mobília simples estava impecavelmente limpa. As pesadas tapeçarias e os panos que guarneciam a maior parte de Torre do Cervo estavam ausentes. Simples esteiras de palhinha encontravam-se no chão, e molduras suportavam telas de pergaminho pintadas com delicados ramos de flores e árvores. Não havia qualquer desordem. Naquela sala, tudo se encontrava terminado e guardado, ou ainda não fora começado. É a única maneira que tenho de descrever a quietude que sentia ali.

Estava perturbado por emoções contraditórias. Agora estava quieto e silencioso, com a respiração se regularizando e o coração se acalmando. Um canto do aposento fora transformado em uma alcova limitada pelas telas de pergaminho. Ali se encontrava um trapo de lã verde no chão e bancos baixos e almofadados iguais aos que vira nas montanhas. Kettricken colocara a vela verde de bagas de loureiro atrás de uma das telas. Acendeu-a com uma chama retirada da lareira. A luz dançante da vela por trás da tela emprestou à cena pintada a vida e o calor de um nascer do sol. Kettricken deu a volta e foi se sentar em um dos bancos baixos dentro da alcova. Indicou o banco à sua frente.

— Me acompanha?

Eu o fiz. A tela suavemente iluminada, a ilusão de uma pequena sala privada, e o cheiro doce das bagas de loureiro rodearam-me. O banco baixo era estranhamente confortável. Precisei de um momento para recordar o motivo da visita.

— Minha rainha, achei que talvez gostasse de aprender alguns dos jogos de azar que jogamos em Torre do Cervo. Para que possa participar quando as outras pessoas estiverem se divertindo.

— Talvez em outro momento — disse ela, gentilmente. — Se você e eu quisermos nos divertir, e se agradá-lo ensinar-me o jogo. Mas só por esses motivos. Descobri que os velhos adágios são verdadeiros. Só podemos nos afastar até certo ponto de quem realmente somos antes que o vínculo se quebre ou nos puxe de volta. Tenho sorte. Fui puxada de volta. Caminho novamente mais fiel a mim mesma, FitzChivalry. É isso que sente hoje.

— Não compreendo.

Ela sorriu.

— Não tem de compreender.

Voltou a cair no silêncio. A pequena Rosemary fora se sentar junto à lareira. Pegou a ardósia e o giz como que para se divertir. Até a alegria normal daquela criança parecia hoje plácida. Voltei-me para Kettricken e esperei. Mas ela se limitou a ficar sentada olhando para mim, com um sorriso absorto no rosto.

Um momento ou dois depois, perguntei:

— O que estamos fazendo?

— Nada — disse Kettricken. Copiei seu silêncio. Passado muito tempo, ela observou: — As nossas ambições e as tarefas a que nos entregamos, a estrutura que tentamos impor ao mundo não passam da sombra de uma árvore sobre a neve. Mudará quando o sol se mover, será engolida pela noite, oscilará com o vento, e quando a neve lisa desaparecer jazerá distorcida na terra irregular. Mas a árvore continuará existindo. Compreende isso? — Inclinou-se ligeiramente para a frente para me olhar no rosto. Os olhos estavam gentis.

— Acho que sim — eu disse, inquieto.

Ela me lançou um olhar que parecia quase de pena.

— Compreenderia se parasse de tentar compreendê-lo, se desistisse de se preocupar com o motivo pelo qual isso é importante para mim e tentasse simplesmente vê-lo como uma ideia que tem valor para sua vida. Mas não lhe peço que o faça. Aqui não peço a ninguém para fazer nada.

Voltou a recuar, um gentil relaxamento que fez suas costas se endireitarem de uma forma que parecia descansada e sem esforço. De novo, nada fez. Limitou-se a ficar sentada na minha frente e a se desdobrar. Senti sua vida roçar por mim e fluir à minha volta. Era o mais tênue dos toques, e, se eu não tivesse experimentado tanto o Talento quanto a Manha, julgo que não o teria sentido. Cautelosamente, com a suavidade que usaria ao experimentar uma ponte feita de teias de aranha, sobrepus meus sentidos aos dela.

Ela sondou. Não como eu fazia na direção de um animal específico ou para verificar aquilo que pudesse encontrar por perto. Renunciei à palavra que sempre dera à minha percepção. Kettricken nada buscava com sua Manha. Era como ela dizia, simplesmente ser, mas era ser uma parte do todo. Ela compôs-se e refletiu sobre todos os modos como a grande teia a tocava, e ficou contente. Era uma coisa delicada e tênue, e eu fiquei maravilhado com ela. Por um instante também relaxei. Expirei. Abri-me, com a Manha aberta a tudo. Renunciei a toda cautela, a qualquer preocupação com a possibilidade de Burrich me pressentir. Nunca fizera nada que pudesse se comparar àquilo. O sondar de Kettricken era tão delicado como gotas de orvalho deslizando ao longo de uma teia de aranha. Eu era como uma inundação contida por diques que de súbito era libertada, deixada correr livre a encher velhos canais até fazê-los transbordar e enviar dedos de água a investigar as planícies.

Vamos caçar! O Lobo, alegremente.

Nos estábulos, Burrich endireitou-se depois de limpar um casco, franzindo a sobrancelha para ninguém. Fuligem bateu com as patas no chão de sua cocheira. Molly encolheu-se e sacudiu o cabelo. Na minha frente, Kettricken fitou-me como se eu tivesse dito algo em voz alta. Senti-me preso um momento mais, agarrado de mil lados, esticado e expandido, impiedosamente iluminado. Senti tudo, não apenas os seres humanos nas suas idas e vindas, mas todos os pombos que esvoaçavam nos beirais, todos os ratos que rastejavam sem ser vistos por trás dos barris de vinho, todas as centelhas de vida, aquilo que não era e nunca fora uma centelha, mas sempre um nó na teia da vida. *Nada só, nada abandonado, nada sem expressão, nada sem significado, e nada de importância.* Em algum lugar, alguém cantou e depois se calou. Um coro interveio após esse solo, outras vozes, distantes e suaves, dizendo *O quê? Perdão? Chamou? Está aqui? Estou sonhando?* Puxaram-me, como os pedintes puxam pelas mangas de estranhos, e eu senti subitamente que se não recuasse poderia ficar desfiado como um pedaço de tecido. Pisquei, voltando a me trancar dentro de mim próprio. Respirei fundo.

Não passara tempo algum. Um ciclo de respiração, um piscar de olho. Kettricken me olhou de soslaio. Fingi não reparar. Ergui a mão para coçar o nariz. Mexi-me no banco.

Restabeleci-me firmemente. Deixei que mais alguns minutos passassem antes de suspirar e encolher os ombros como quem pede desculpas.

— Temo não ter compreendido o jogo — disse.

Consegui aborrecê-la.

— Não é um jogo. Não tem de o compreender nem de o "jogar". Limite-se a parar todo o resto e ser.

Fiz ostensivamente outra tentativa. Fiquei imóvel durante algum tempo e então comecei a brincar de forma ausente com o punho até que ela me olhou. Então baixei os olhos como se estivesse envergonhado.

— A vela cheira muito bem — elogiei-a.

Kettricken suspirou e desistiu de mim.

— A moça que as faz tem uma consciência muito aguçada dos aromas. Quase consegue trazer meus jardins e me rodear com suas fragrâncias. Regal trouxe-me um de seus círios de madressilva, e depois disso eu mesma procurei seus artigos. É aqui criada, e não tem tempo nem recursos para fazer muitas. Portanto, acho que tenho sorte quando ela as traz para mim.

— Regal — repeti. Regal falando com Molly. Regal conhecendo-a suficientemente bem para saber de sua habilidade com as velas. Tudo dentro de mim se apertou com maus presságios. — Minha rainha, acho que a distraio daquilo que quer fazer. Não é esse meu desejo. Posso agora deixá-la e regressar quando quiser companhia?

— Esse exercício não exclui companhia, FitzChivalry. — Olhou-me, tristemente. — Não quer deixar isso para lá? Por um momento pensei... não? Ah, então eu o liberto. — Ouvi pesar e solidão em sua voz. Então endireitou-se. Respirou fundo, expirou lentamente. Voltei a sentir sua consciência a dedilhar a teia. Ela tem Manha, pensei comigo mesmo. Não é forte, mas tem.

Deixei silenciosamente seu quarto. Havia uma minúscula migalha de divertimento em pensar no que Burrich pensaria se soubesse. Era muito menos divertido recordar o modo como ela ficara alerta a mim quando eu a sondara com a Manha. Pensei nas caçadas noturnas com o lobo. Começaria a rainha a queixar-se em breve de estranhos sonhos?

Uma certeza fria cresceu em mim. Seria descoberto. Fora muito imprudente durante muito tempo. Sabia que Burrich conseguia sentir quando eu usava a Manha. E se houvesse outros? Podia ser acusado de usar magia dos animais. Encontrei minha determinação e endureci-me com ela. Amanhã, agiria.

LOBOS SOLITÁRIOS

O Bobo sempre será um dos grandes mistérios de Torre do Cervo. É quase possível dizer que não se sabe nada ao certo sobre ele. Sua origem, idade, sexo e etnia foram objeto de conjecturas. O mais espantoso é como uma pessoa tão pública manteve tal aura de privacidade. As perguntas acerca do Bobo serão sempre mais numerosas do que as respostas. Terá ele realmente possuído alguma vez poderes místicos, premonição ou magia, ou seria apenas sua inteligência rápida e sua língua afiada que o faziam parecer saber tudo antes de acontecer? Se ele não conhecia o futuro, aparentava conhecê-lo, e através de sua calma suposição de premonição fazia muitos de nós o ajudar a dar ao futuro a forma que ele achava que deveria ter.

Branco sobre branco. Uma orelha torceu-se, e aquele minúsculo movimento tudo traiu.

Vê? Perguntei-lhe.

Cheiro.

Eu vejo. Fiz um movimento súbito com os olhos na direção da presa. Nenhum outro movimento além desse. Foi o suficiente.

Vejo! Ele saltou e o coelho pôs-se em fuga. Lobito tropeçou atrás dele. O coelho corria com leveza por cima da neve fofa, enquanto Lobito ondulava e saltava, tentando cercá-lo. O coelho correu esquivando-se, para a esquerda, para a direita, em volta da árvore, em volta dos arbustos, nos espinheiros. Teria ficado ali? Lobito farejou, esperançoso, mas a densidade de espinhos repeliu seu nariz sensível.

Foi-se, disse-lhe.

Tem certeza? Por que não me ajudou?

Não consigo perseguir caça em neve fofa. Tenho de me aproximar furtivamente e só saltar quando apenas um salto é suficiente.

Ah. Esclarecimento. Reflexão. *Nós somos dois. Deveríamos caçar como um par. Eu poderia assustar a caça e dirigi-la para você. Você poderia estar a postos para saltar e partir-lhe o pescoço.*

Abanei lentamente a cabeça. *Tem de aprender a caçar sozinho, Lobito. Nem sempre eu estarei com você, em mente ou em carne e osso.*

Um lobo não deve caçar sozinho.

Talvez não deva. Mas muitos fazem-no. Assim como você fará. Mas não pretendia que começasse com coelhos. Vamos.

Ele veio atrás de mim, satisfeito por me deixar liderar. Tínhamos saído do castelo antes mesmo de a luz de inverno começar a acinzentar os céus. Agora estavam azuis e abertos, límpidos e frios por cima de nós. O trilho que seguíamos não era mais do que um suave sulco na neve profunda. Eu me enterrava até a panturrilha a cada passo. À nossa volta, a floresta era uma quietude de inverno, quebrada apenas pela fuga ocasional de uma pequena ave, ou pelo distante crocitar de um corvo. Era floresta aberta, composta principalmente de brotos e mudas e um ou outro gigante que sobrevivera ao incêndio que limpara aquela encosta. No verão era um bom local de pasto para cabras. Tinham sido seus pequenos e afiados cascos a abrir o trilho que agora seguíamos. Levava a uma simples cabana de pedra e a um curral e um abrigo para cabras arruinados que só eram usados no verão.

Lobito ficara deliciado quando eu fora buscá-lo de manhã. Mostrara-me o caminho que usava para se esquivar dos guardas. Um velho portão para gado, há muito fechado com tijolos, era sua saída. Um deslizamento de terras tinha desestabilizado a pedra e a argamassa que o cerravam, criando uma fenda suficientemente larga para ele atravessar. Uma vez fora das muralhas, tínhamos nos afastado do castelo como fantasmas, movendo-nos como sombras à meia-luz das estrelas e da lua sobre a neve branca. Quando estávamos a uma distância segura de Torre do Cervo, Lobito transformara a expedição em um treino de ataque furtivo. Corria à frente para armar uma cilada para mim, marcando-me com uma pata aberta ou uma dentada de dentes afiados, e afastando-se depois em corrida, em um grande círculo, para me atacar por trás. Deixei-o brincar, achando bem-vindo o esforço que me aquecia, assim como a alegria pura das brincadeiras descuidadas. Mantinha-nos sempre em movimento, de modo que, quando o sol e a luz nos encontraram, estávamos a milhas de Torre do Cervo, em uma área raramente visitada durante o inverno. Minha percepção do coelho branco na neve branca fora um puro acaso. Tinha em mente uma caçada ainda mais humilde para sua primeira caçada em solo.

Por que viemos até aqui?, quis saber Lobito, assim que vimos a cabana.

Para caçar, eu disse, simplesmente. Parei a alguma distância. Lobito afundou-se na neve a meu lado, à espera. *Bem, avance*, disse-lhe. *Vá procurar algum rastro.*

Oh, isso é digno de caça, oh se é. Farejar um covil de homem à procura de restos. Desdenhoso.

Não são restos. Vá ver.

Ele avançou e em seguida inclinou-se para a cabana. Fiquei a observá-lo. Nossas caçadas juntos em sonho tinham lhe ensinado muito, mas agora queria que ele caçasse de forma completamente independente de mim. Não duvidava de que o podia fazer. Repreendi-me porque exigir aquela prova era apenas mais uma protelação.

Ele permaneceu o máximo que pôde entre a vegetação rasteira coberta de neve. Aproximou-se cautelosamente da cabana, com as orelhas alertas e o focinho trabalhando. *Cheiros velhos. Humanos. Cabras. Frios e muito ao longe.* Imobilizou-se por um instante, e então deu um cuidadoso passo à frente. Seus movimentos eram agora calculados e precisos. Orelhas para a frente, cauda esticada, estava totalmente absorto e concentrado. *RATO!,* saltou e o apanhou. Balançou a cabeça, uma rápida dentada, e então fez o pequeno animal voar. Voltou a apanhá-lo quando caiu. *Rato!,* anunciou, cheio de contentamento. Atirou a presa ao ar e dançou atrás dela sobre as patas traseiras. Voltou a apanhá-la, delicadamente, com os pequenos dentes da frente, e atirou-a uma vez mais ao ar. Eu irradiava para ele orgulho e aprovação. Quando se cansou de brincar com a presa, o rato era pouco mais do que um farrapo de pelo ensanguentado. Por fim, devorou-o inteiro, e voltou aos saltos para junto de mim.

Ratos! Este lugar está infestado de ratos. Seu cheiro e seus rastros estão em toda parte em volta da cabana.

Achei que deveria haver muitos aqui. Os pastores queixam-se deles, queixam-se de que os ratos invadem este lugar e lhes estragam as provisões no verão. Adivinhei que também passariam aqui o inverno.

Surpreendentemente gordos, para esta época do ano, opinou Lobito, e voltou a afastar-se com um salto. Caçou com frenético entusiasmo, mas apenas até saciar a fome. Então foi minha vez de me aproximar da cabana. A neve fora empurrada pelo vento contra a vacilante porta de madeira, mas eu a abri com um empurrão. O interior era sombrio. Neve penetrara pelo telhado de palha e jazia em fileiras e riscas no chão de terra gelada. Havia uma lareira e uma chaminé rudimentares, com um gancho para chaleiras. Um banco individual e outro comprido, em madeira, eram a única mobília. Ainda restava um pouco de lenha junto à lareira, e eu a usei para acender uma cautelosa fogueira nas pedras enegrecidas. Mantive-a pequena, apenas o suficiente para me aquecer e para descongelar o pão e a carne que trouxera comigo. Lobito veio provar, mais pela partilha do que por ter fome. Fez uma vagarosa exploração no interior da cabana. *Montes de ratos!*

Eu sei. Hesitei, e então forcei-me a acrescentar. *Aqui não passará fome.*

Ergueu abruptamente o focinho do canto onde estava farejando. Avançou alguns passos para mim, e então parou, ficando em pé sobre patas hirtas. Os olhos encontraram os meus e prenderam-se neles. Na sua escuridão estava um animal selvagem. *Está me abandonando aqui.*

Sim. Aqui há comida em abundância. Daqui a algum tempo voltarei, para me assegurar de que está bem. Acho que aqui ficará bem. Aprenderá sozinho a caçar. A princípio ratos, e depois presas maiores...

Está me traindo. Está traindo a alcateia.

Não. Nós não somos alcateia. Estou o libertando, Lobito. Nós estamos ficando próximos demais. Isso não é bom para nenhum de nós. Eu o preveni, há muito tempo, de que não queria me vincular. Não podemos fazer parte da vida um do outro. É melhor para você que vá embora, sozinho, para se transformar naquilo que está destinado a ser.

Eu estava destinado a ser membro de uma alcateia. Nivelou o olhar que me deitava. *Vai me dizer que há lobos aqui perto, lobos que aceitarão um intruso em seu território e me deixarão fazer parte de sua alcateia?*

Fui forçado a afastar os olhos dos dele. *Não. Aqui não há lobos. Teria de viajar muitos dias para chegar a um lugar suficientemente selvagem para haver lobos em liberdade.*

Então o que há aqui para mim?

Alimentos. Liberdade. Sua vida, independente da minha.

Isolamento. Mostrou-me os dentes, e então se virou de repente para o lado. Rodeou-me, descrevendo um largo círculo enquanto se encaminhava para a porta. *Homens,* proferiu, com desprezo. *Você realmente não é alcateia. Você é homem.* Fez uma pausa na porta aberta para olhar para trás, para mim. *Homem é aquele que julga poder governar a vida dos outros, mas não criar vínculos com eles. Será que acha que vincular ou não vincular é uma decisão que cabe somente a você? Meu coração me pertence. E eu o entrego ao que quiser. Não o entregarei a quem me põe de lado. Nem obedecerei a alguém que renega a alcateia e o vínculo. Acha que ficarei aqui farejando em volta desta toca de homem, mordendo os ratos que vieram à procura dos restos, para ser como os ratos, coisas que vivem dos excrementos dos homens? Não. Se não somos alcateia, então não somos família. Não lhe devo nada e, acima de tudo, não lhe devo obediência. Não ficarei aqui. Viverei como bem entender.*

Havia uma dissimulação em seus pensamentos. Ele estava escondendo alguma coisa, mas eu adivinhei o que era. *Fará o que quiser, Lobito, exceto uma coisa. Não me seguirá de volta a Torre do Cervo. Eu o proíbo.*

Proíbe? Proíbe? Então proíbe o vento de passar pelo seu covil de pedra, ou a erva de crescer na terra que a rodeia? Tem tanto direito quanto de me proibir. Proíbe.

Soltou uma fungadela e virou-me o dorso. Endureci minha força de vontade e falei-lhe uma última vez.

— Lobito! — disse, com minha voz de homem. Ele se virou para mim, sobressaltado. Suas pequenas orelhas inclinaram-se para trás, perante meu tom de voz. Quase me mostrou os dentes. Mas, antes que o fizesse, eu *o repeli*. Era algo que sempre soubera como fazer, tão instintivamente quanto alguém sabe afastar um dedo das chamas. Era uma força que só usava raramente, pois uma vez Burrich virara-a contra mim, então nem sempre confiava nela. Aquilo não era um empurrão, como aquele que usara nele quando estava engaiolado. Coloquei força nele, transformando uma repulsa mental em algo quase físico, e ele recuou. Deu um salto para trás, e então ficou de patas abertas na neve, pronto para fugir. Seus olhos estavam chocados.

— VÁ! — gritei-lhe, palavra de homem, voz de homem e, ao mesmo tempo, voltei a *repeli-lo* com toda a força da Manha que possuía. Ele fugiu, não com movimentos graciosos, mas saltando e esgravatando através da neve. Contive-me, recusando-me a segui-lo com a mente para me assegurar de que não parava. Não, pusera fim nisso. O *repelimento* era uma quebra desse vínculo, não só um retirar-me dele, mas um empurrar de todos os laços que ele tinha para comigo. Cortando-os. E era melhor deixá-los assim. Mas, enquanto fitava a zona de vegetação rasteira por onde ele desaparecera, senti um vazio que era muito semelhante ao frio, um formigueiro de algo perdido, algo faltando. Ouvi homens falar assim de um membro amputado. Um apalpar físico, em busca de uma parte desaparecida para sempre.

Saí da cabana e comecei a caminhada para casa. Quanto mais me afastava, mais doía. Não fisicamente, mas essa é a única comparação de que disponho. Sentia-me tão em carne viva, tão flagelado, como se me tivessem sido arrancadas a pele e a carne. Era pior do que quando Burrich levara Narigudo, pois agora era eu mesmo quem fazia isso comigo. O fim de tarde parecia mais gelado do que a escuridão da madrugada estivera. Tentei dizer a mim mesmo que não me sentia envergonhado. Fizera o que era necessário. Tal como com Virago. Pus esse pensamento de lado. Não. Lobito ficaria bem. Ficaria melhor do que se estivesse comigo. Que vida seria para aquela criatura selvagem andar por aí se esgueirando, sempre em risco de ser descoberto pelos cães do castelo, por caçadores, por seja quem fosse que pudesse localizá-lo. Poderia estar isolado, poderia estar solitário, mas estaria vivo. Nossa ligação fora cortada. Havia uma insistente tentação de sondar à minha volta, para ver se ainda conseguia senti-lo, para estender a mente e descobrir se a sua ainda tocava a minha. Resisti rigidamente à tentação e selei os pensamentos contra os dele com o máximo de força que consegui reunir. Foi-se. Não me seguiria. Não depois de tê-lo *repelido* daquela forma. Não. Continuei andando e recusei-me a olhar para trás.

Se não tivesse estado tão concentrado nos meus pensamentos, tão decidido a permanecer isolado dentro de mim, poderia ter tido algum aviso. Mas duvido. A Manha nunca servira de nada contra Forjados. Não sei se me emboscaram, ou se tropecei no seu esconderijo. Só me dei conta deles quando o peso atingiu minhas costas e caí de cara na neve. A princípio julguei que fosse Lobito, de regresso para desafiar minha decisão. Rolei e quase consegui me levantar antes de outro me agarrar pelo ombro. Forjados, três homens, um jovem, dois grandes e bem musculosos. Minha mente registrou tudo isso rapidamente, categorizando-os tão bem como se aquilo fosse um dos exercícios de Chade. Um dos grandes com uma faca, os outros tinham paus. Roupa rasgada e imunda. Caras ruborizadas e descascando pelo frio, barbas imundas, cabelos desgrenhados. Nódoas negras e golpes nas caras. Teriam lutado entre si ou teriam atacado mais alguém antes de mim?

Libertei-me daquele que me agarrava e saltei para trás, tentando me afastar ao máximo deles. Tinha uma faca no cinto. A lâmina não era longa, mas era tudo o que tinha. Imaginara que não precisaria de armas hoje, que não havia mais Forjados perto de Torre do Cervo. Fizeram um grande círculo, mantendo-me no centro de seu anel. Permitiram-me puxar a faca. Não pareceu preocupá-los.

— O que querem? O meu manto? — Desprendi a argola e deixei-o cair. Os olhos de alguns seguiram-no, mas nenhum deles saltou para agarrá-lo, como eu esperara. Mudei de posição, virando-me, tentando observar os três ao mesmo tempo, tentando evitar que algum deles ficasse completamente atrás de mim. Não era fácil. — Luvas? — Tirei-as das mãos, atirei-as ao que parecia mais novo. Ele as deixou cair a seus pés. Grunhiam enquanto mudavam de posição, balançando de um pé para outro, observando-me. Nenhum queria ser o primeiro a atacar. Sabiam que eu tinha uma faca; quem quer que avançasse primeiro encontraria a lâmina. Dei um passo ou dois na direção de uma abertura da roda. Eles moveram--se para bloquear minha fuga.

— O que querem? — rugi a eles. Girei, tentando olhar cada um e, por um momento, fitei um deles nos olhos. Havia menos em seus olhos do que havia nos de Lobito. Nada de natureza limpa, só a miséria do desconforto físico e da ânsia. Fitei-o, e ele pestanejou.

— Carne — grunhiu, como se lhe tivesse arrancado a palavra.

— Não tenho carne, não tenho comida nenhuma. Não conseguirá nada de mim a não ser uma luta!

— Você — bufou outro, em uma paródia de riso. Sem alegria, sem coração. — Carne!

Eu parara por um momento longo demais, levara tempo demais olhando para um deles, e o outro saltou de súbito nas minhas costas. Pôs os braços à minha volta, prendendo um dos meus, e então, de repente, horrivelmente, seus dentes enterraram-se na carne onde o pescoço se juntava aos ombros. Carne. Eu.

Um horror inimaginável engoliu-me, e eu lutei. Lutei como lutara da primeira vez que me confrontara com Forjados, com uma brutalidade instintiva que rivalizava com a deles. Os elementos eram os meus únicos aliados, pois eles estavam devastados pelo frio e pelas privações. Tinham as mãos desajeitadas por causa do frio e, se éramos todos movidos pelo frenesi da sobrevivência, o meu, pelo menos, era novo e forte em mim, ao passo que o deles tinha sido desgastado pela brutalidade de sua atual existência. Deixei carne na boca daquele primeiro atacante, mas consegui me libertar. Disso me recordo. O resto não está tão claro. Não consigo colocá-lo em ordem. Quebrei a faca nas costelas do jovem. Lembro-me de um polegar tentando arrancar-me um olho, e do estalido quando o desloquei de sua articulação. Preso a uma luta com um deles, outro me bateu nos ombros com o pau, até que eu consegui virar o amigo para receber os golpes. Não me lembro de sentir a dor dessas pauladas, e a carne rasgada no pescoço parecia não passar de um ponto quente de onde fluía sangue. Não sentia os danos que sofria e eles não esmoreciam meu desejo de matá-los, todos eles. Não podia vencer, eles eram muitos. O jovem estava caído na neve, tossindo sangue, e um dos outros me estrangulava enquanto o outro tentava libertar a espada de sua prisão na minha carne e manga. Esperneava e me debatia, tentando sem sucesso infligir qualquer tipo de dano a meus atacantes, enquanto as bordas do mundo se tornavam negras e o céu começava a rodopiar.

Irmão!

Ele veio, dentes cortantes e peso a atingir nossa luta confusa como se fosse um aríete. Todos caímos então sobre a neve, e o impacto afrouxou o aperto do Forjado o suficiente para eu conseguir levar um fio de ar aos pulmões. Minha cabeça clareou, e de repente tive ânimo para voltar a lutar, para ignorar a dor e os ferimentos e lutar! Juro que me vi, com o rosto púrpura pelo estrangulamento e o rico sangue escorrendo e se espalhando com um cheiro de enlouquecer. Mostrei os dentes. Então Lobito derrubou um deles para longe de mim. Atacou-o com a velocidade que homem algum conseguiria igualar, golpeando, mordendo e afastando-se com um salto antes que as mãos do Forjado conseguissem agarrar--lhe a pelagem. Voltou a correr contra ele de súbito.

Sei que soube quando as mandíbulas de Lobito se fecharam em sua garganta. Senti essa sacudidela de morte nas minhas próprias mandíbulas e o rápido jorro de sangue que me ensopou o focinho e me transbordou pelo rosto. Abanei a cabeça, rasgando carne com os dentes, libertando toda a vida para que lhe corresse livre pelo vestuário nauseabundo.

Em seguida, veio o nada.

Então estava sentado na neve, com as costas apoiadas a uma árvore. Lobito encontrava-se deitado na neve não muito longe de mim. Suas patas dianteiras estavam ensopadas de sangue. Lavava as patas com a língua, uma lambidela cuidadosa, lenta e minuciosa.

Levei a manga à boca e ao queixo. Limpei o sangue. Não era meu. De súbito me ajoelhei na neve para cuspir pelos de barba, e depois para vomitar, mas nem mesmo o ácido sabor da bile conseguiu limpar da minha boca a carne e o sangue do morto. Olhei de relance seu corpo, afastei o olhar. Tinha a garganta rasgada. Durante um terrível instante consegui recordar o modo como o mordera, os tendões de sua garganta retesados contra os meus dentes. Fechei os olhos com força. Fiquei muito quieto.

Um nariz frio contra minha bochecha. Abri os olhos. Ele estava sentado a meu lado, olhando-me. Lobito.

Olhos-de-Noite, corrigiu-me ele. *Minha mãe me chamou de Olhos-de-Noite. Fui o último da ninhada a abrir os olhos.* Soltou uma fungadela, e então espirrou repentinamente. Olhou em volta para os homens caídos. Segui seu olhar, contrariado. Minha faca dera conta do jovem, mas ele não morrera depressa. Os outros dois...

Eu matei mais depressa, observou calmamente Olhos-de-Noite. *Mas não tenho dentes de vaca. Saiu-se bem, para sua espécie.* Ficou em pé e se sacudiu. Sangue, tanto frio como quente, salpicou-me a cara. Arfei e o limpei, e então compreendi o significado.

Está sangrando.

Você também. Ele tirou a espada de você para espetá-la em mim.

Deixe-me ver.

Por quê?

A pergunta pairou entre nós no ar frio. A noite começava a cair sobre nós. Por cima de nossas cabeças, os ramos das árvores tinham se tornado negros contra o céu do fim da tarde. Não precisava de luz para enxergá-lo. Nem sequer precisava vê-lo. Será que precisamos ver a orelha para saber que faz parte de nós? Era tão inútil negar essa parte do meu corpo como negar Olhos-de-Noite.

Somos irmãos. Somos alcateia, concedi.

Ah, somos?

Senti um sondar, um apalpar, um procurar minha atenção. Me permiti recordar que já sentira aquilo antes e o renegara. Agora não o fiz. Entreguei-lhe meu foco, minha completa atenção. Olhos-de-Noite estava ali, pelagem e dentes, músculos e garras, e eu não o evitei. Tomei consciência do golpe de espada na sua espádua e senti como tinha passado entre dois grandes músculos que havia ali. Ele mantinha a pata dobrada junto ao peito. Hesitei, e então senti a dor que ele sentiu por eu hesitar. Portanto, não fiz mais pausas, e sondei em sua direção como ele sondara na minha. *A confiança não é confiança até ser completa.* Estávamos tão próximos que não sei qual de nós avançou com esse pensamento. Por um instante, tive uma dupla consciência do mundo, quando as percepções de Olhos-de-Noite se sobrepuseram às minhas, o faro dos corpos, sua audição que lhe falava de raposas necrófagas que já se aproximavam, seus olhos que não sentiam dificuldades em enxergar à luz que se reduzia. Então a dualidade desapareceu, e os seus sentidos eram meus e os meus, dele. Estávamos vinculados.

O frio estava se instalando, na terra e nos meus ossos. Encontramos meu manto, coberto de gelo, mas eu o sacudi e o vesti. Não tentei apertá-lo e mantive-o bem afastado do local onde fora mordido. Consegui calçar as luvas, apesar do antebraço ferido.

— É melhor irmos — disse-lhe, em voz baixa. — Quando chegarmos em casa, limparei nossas feridas e farei os curativos. Mas, primeiro, precisamos chegar lá e nos aquecer.

Senti seu consentimento. Caminhou a meu lado, não atrás de mim. Ergueu o focinho uma vez, para farejar profundamente o ar fresco. Levantara-se um vento frio. Começara a nevar. Era tudo. Seu focinho trouxe-me a notícia de que não havia mais Forjados a temer. O ar estava limpo, à exceção do fedor daqueles que deixáramos para trás, e mesmo esse desvanecia-se, transformando-se em cheiro de carniça, misturando-se com as raposas necrófagas que vinham à sua procura.

Estava enganado, observou ele. *Nenhum de nós caça lá muito bem sozinho.* Divertimento malicioso. *A não ser que ache que estava se saindo bem antes de eu chegar.*

— Um lobo não deveria caçar sozinho — disse-lhe com dignidade.

Ele exibiu-me a língua pendente. *Não tenha medo, irmãozinho. Eu estarei aqui.*

Continuamos a caminhar entre a pura neve branca e as severas árvores negras. *Já não falta muito para chegarmos em casa*, confortou-me. Senti sua força misturando-se com a minha enquanto prosseguíamos, mancando.

Era quase meia-noite quando me apresentei à porta da sala dos mapas de Verity. Tinha o braço bem enfaixado e oculto dentro de uma manga volumosa. O ferimento propriamente dito não era de fato severo, mas era doloroso. A mordida entre o ombro e o pescoço não fora assim tão fácil de esconder. Tinha perdido aí carne, e sangrara profusamente. Quando a examinara com um espelho na noite anterior, cheguei a me sentir doente. Limpá-la fizera-a sangrar com ainda mais profusão; um pedaço havia sido arrancado de mim. E, bem, se Olhos-de-Noite não tivesse intervindo, mais de mim teria seguido àquela dentada. Não sou capaz de explicar quanto a ideia me era repugnante. Conseguira fazer um curativo na ferida, mas não era lá muito bom. Puxara a camisa para cima e prendera-a para escondê-lo. Raspava dolorosamente no ferimento, mas escondia-o. Apreensivo, bati à porta, e estava pigarreando quando ela se abriu.

Charim disse-me que Verity não estava lá. Havia uma preocupação profunda em seus olhos. Tentei não a partilhar.

— Ele não consegue entregar esse trabalho aos construtores navais, não?

Charim respondeu à minha ironia abanando a cabeça:

— Não. Lá em cima na torre — disse concisamente o velho criado. Virei-me enquanto ele fechava a porta devagar.

Bem, Kettricken me disse. Eu tentara esquecer essa parte da nossa conversa. O pavor insinuou-se em mim enquanto me dirigia para a escada da torre. Verity não tinha qualquer motivo para estar em sua torre. Era dessa torre que ele usava o Talento durante o verão, quando o tempo estava bom e os Salteadores nos atormentavam as costas. Não havia motivo para estar lá em cima no inverno, especialmente com o vento a uivar e a neve a cair como estavam hoje. Não havia motivo, à parte a terrível atração do próprio Talento.

Eu sentira essa atração, lembrei enquanto rangia os dentes e iniciava a longa subida até o topo. Conhecera, durante algum tempo, a impetuosa exuberância do Talento. Como se fosse a memória coagulada de uma dor sentida há muito, voltei a ouvir as palavras de Galen, o mestre do Talento.

— Se forem fracos — ameaçara-nos —, se faltar-lhes concentração e disciplina, se forem indulgentes e inclinados ao prazer, não controlarão o Talento. Pelo contrário, será o Talento que os controlará. Pratiquem a autonegação de todos os prazeres; neguem todas as fraquezas que os tentam. Então, quando forem como aço, talvez estejam prontos para encontrar o fascínio do Talento e renunciar a ele. Se cederem, ficarão como grandes bebês, sem mente e babando. — Então adestrara-nos, com privações e punições que iam além de qualquer nível de sanidade. E, no entanto, quando eu encontrara o júbilo do Talento, não achara o prazer espalhafatoso que estava implícito nas palavras de Galen. Em vez disso, era a mesma aceleração do sangue e o mesmo trovejar de coração que a música por vezes me trazia, ou um voo súbito de um faisão colorido num bosque de inverno, ou até o prazer de levar um cavalo a dar um salto perfeito por sobre um obstáculo difícil. Aquele instante em que todas as coisas encontram o equilíbrio e, por um momento, giram juntas tão perfeitamente como aves a virar em voo. O Talento oferecia-nos isso, mas não por apenas um momento. Durava tanto quanto um homem era capaz de sustentar o esforço, e tornava-se mais forte e mais puro à medida que a habilidade com o Talento se ia refinando. Pelo menos era o que eu pensava. Minha capacidade para usar o Talento tinha sido permanentemente danificada em uma batalha de vontades com Galen. As defensivas muralhas mentais que ergui eram tão poderosas que nem mesmo alguém com um Talento tão forte como o de Verity era capaz de chegar sempre até mim. Minha capacidade de sondar fora de mim transformara-se em uma coisa intermitente, nervosa e fugidia como um cavalo assustadiço.

Fiz uma pausa à porta de Verity. Respirei, e então expirei lentamente, recusando-me a permitir que a escuridão de espírito se instalasse em mim. Essas coisas estavam no passado, esse tempo partira. Não fazia sentido censurar-me por causa delas. Como era meu velho hábito, entrei sem bater, para que o ruído não quebrasse a concentração de Verity.

Ele não deveria estar usando o Talento. Estava. As persianas estavam abertas, e ele estava debruçado no parapeito. Vento e neve rodopiaram pela sala, salpicando-lhe o cabelo escuro, a camisa e o casaco azul-escuros. Estava respirando fundo, em longas e firmes golfadas, uma cadência em algum lugar entre a de um sono muito profundo e a de um corredor em repouso recuperando o fôlego. Parecia não ter me notado.

— Príncipe Verity? — disse, em voz baixa.

Ele se virou para mim, e seu olhar foi como calor, como luz, como vento no meu rosto. Seu Talento penetrou em mim com tal força que me senti arremessado para fora do meu espírito, tendo a sua mente possuído a minha tão completamente que não restava espaço para ser eu próprio nela. Por um momento, afoguei-me em Verity, e então ele desapareceu, retirando-se tão depressa que fui deixado tropeçando e ofegante como um peixe abandonado por uma grande onda. Com um passo ele veio ao meu lado, pegando-me pelo cotovelo e me equilibrando.

— Desculpe — disse. — Não o esperava. Assustei-me.

— Deveria ter batido, meu príncipe — respondi e então indiquei-lhe com um aceno rápido que conseguia ficar de pé. — O que há lá fora para observar tão atentamente?

Ele afastou os olhos dos meus.

— Pouca coisa. Uns rapazes nas falésias, assistindo às brincadeiras de um grupo de baleias. Dois dos nossos barcos à pesca de halibute. Mesmo com este tempo, embora não gostem muito.

— Então não está usando o Talento para procurar ilhéus...

— Não há nenhum lá fora nesta época do ano. Mas me mantenho de vigia. — Relanceou o olhar pelo meu braço, aquele que tinha acabado de soltar, e mudou de assunto. — O que aconteceu com você?

— Foi por isso que vim vê-lo. Forjados atacaram-me. No alto da encosta, naquela onde se costuma caçar galinha-brava. Perto da cabana dos pastores de cabras.

Ele fez um aceno rápido com a cabeça, franzindo as sobrancelhas escuras.

— Conheço a zona. Descreva-os.

Esbocei-lhe rapidamente meus atacantes, e ele anuiu brevemente, sem mostrar surpresa:

— Recebi um relatório sobre eles, há quatro dias. Não deveriam estar tão perto de Torre do Cervo tão cedo; a menos que estivessem se deslocando todos os dias, consistentemente, nesta direção. Acabou com eles?

— Sim. Já esperava isso? — Eu estava horrorizado. — Achava que tínhamos acabado com eles.

— Acabamos com aqueles que estavam aqui. Há outros, que se deslocam nesta direção. Eu tenho seguido seus rastros através dos relatórios, mas não esperava que chegassem tão perto tão depressa.

Fiquei completamente abalado por um momento, me esforçando para recuperar o controle de minha voz.

— Meu príncipe, por que nos limitamos a seguir-lhes o rastro? Por que é que não... tratamos desse problema?

Verity soltou um pequeno ruído com a garganta e voltou-se para a janela.

— Por vezes é preciso esperar e deixar que o inimigo complete uma jogada, para descobrir qual é a estratégia completa. Compreende?

— Os Forjados têm uma estratégia? Acho que não, meu príncipe. Eles eram...

— Faça um relatório completo para mim — ordenou-me Verity, sem me olhar. Hesitei por um breve momento e depois me lancei num relato pormenorizado. Conforme caminhava para o fim da luta, o relato tornou-se um pouco incoerente. Deixei as palavras morrerem em meus lábios. — Mas consegui me libertar deles. E os três morreram ali.

Ele não tirou os olhos do mar.

— Deveria evitar lutas físicas, FitzChivalry. Você sempre sai delas ferido.

— Eu sei, meu príncipe — admiti, com humildade. — Hod fez o seu melhor comigo...

— Mas não foi verdadeiramente treinado para ser um guerreiro. Tem outras habilidades. E são essas que deveria usar para se proteger. Oh, é um espadachim competente; mas não tem nem o músculo nem o peso necessários para ser um lutador. Ainda não, pelo menos. E é isso sempre que parece contar numa luta.

— Não me foi oferecida a seleção de armas — disse, um pouco irritado, e então acrescentei: — Meu príncipe.

— Não. Não foi. — Ele parecia falar de longe. Uma ligeira tensão no ar me informou de que estava usando o Talento durante a conversa. — E, no entanto, temo enviá-lo novamente. Acho que talvez tenha razão. Já levei tempo suficiente observando o que está acontecendo. Os Forjados estão convergindo para Torre do Cervo. Não consigo imaginar o porquê, e saber disso talvez não seja tão importante quanto impedir que atinjam seu objetivo. Voltará a se encarregar da solução desse problema, Fitz. Talvez dessa vez eu consiga evitar que minha senhora se envolva nisso. Ouviu dizer que, se ela desejar sair a cavalo, tem agora uma guarda própria?

— É como lhe disseram, senhor — disse, amaldiçoando-me por não ter vindo falar com ele mais cedo acerca da guarda da rainha.

Ele se virou para me olhar de igual para igual.

— O rumor que chegou a meus ouvidos dizia que você tinha autorizado a criação dessa guarda. Não que quisesse lhe roubar a glória, mas, quando esse rumor chegou a mim, permiti que se entendesse que o tinha pedido. Tal como, suponho, fiz mesmo. Muito indiretamente.

— Meu príncipe — disse, e então tive o bom senso de me calar.

— Bom. Se ela tiver de montar, pelo menos agora estará guardada. Embora eu preferisse que ela não tivesse mais encontros com Forjados. Gostaria de conseguir pensar em algo para mantê-la ocupada — acrescentou, com um ar fatigado.

— O Jardim da Rainha — sugeri, recordando o que Patience dissera sobre ele. Verity ergueu os olhos para mim. — Os jardins antigos, no topo da torre — expliquei. — Não são usados há anos. Eu vi o que restava deles, antes de Galen nos ordenar que os desmontássemos para abrir espaço para nossas aulas de Talento. Deve ter sido um lugar encantador em certo tempo. Cubas de terra e verduras, estátuas, trepadeiras.

Verity sorriu para si mesmo.

— E também bacias de água, com lírios crescendo lá dentro, peixes e até umas rãs minúsculas. Os pássaros visitavam-no frequentemente no verão, para beber e banhar-se. Chivalry e eu costumávamos brincar lá em cima. Havia pequenos amuletos pendurados por fios, feitos de vidro ou metal brilhante. E, quando o vento os agitava, tilintavam uns nos outros, ou brilhavam como joias ao sol. — Podia me sentir aquecido com sua memória daquele local e tempo. — Minha mãe tinha uma gatinha caçadora, e ela costumava se deitar nas pedras mornas quando o sol batia nelas. Chamava-se Sibila. Pelo malhado com tufos nas orelhas. E nós a provocávamos com cordas e tufos de penas, e ela nos emboscava por entre os vasos de flores. Isso enquanto devíamos estar estudando tabuinhas sobre ervas. Nunca as aprendi direito. Havia muitas coisas a fazer lá. Exceto pelo tomilho. Conhecia todos os tipos de tomilho que ela tinha. Minha mãe cultivava muito tomilho. E erva-de-gato. — Estava sorrindo.

— Kettricken adoraria um lugar assim — disse-lhe. — Ela fazia muita jardinagem nas Montanhas.

— Ah, fazia? — Pareceu surpreso. — Achava que se ocupava com passatempos mais... físicos.

Senti um instante de aborrecimento dele. Não, de algo pior que aborrecimento. Como eu poderia saber mais sobre sua esposa do que ele?

— Cuidava dos jardins — eu disse, em voz baixa. — De muitas ervas, e conhecia todos os usos que tinham as que lá cresciam. Já lhe tinha falado deles.

— Sim. Suponho que falou — suspirou. — Tem razão, Fitz. Visite-a por mim e lhe diga sobre o Jardim da Rainha. Agora é inverno, e provavelmente haverá pouco que ela possa fazer com ele. Mas, quando chegar a primavera, seria uma coisa maravilhosa vê-lo recuperado...

— Talvez você em pessoa, meu príncipe — sugeri, mas ele balançou a cabeça.

— Não tenho tempo. Mas confio essa tarefa a você. E agora, para baixo. Para os mapas. Tenho coisas a discutir com você.

Virei-me imediatamente para a porta. Verity seguiu-me mais devagar. Segurei a porta para ele passar e, na soleira, ele parou e olhou sobre o ombro para a janela aberta.

— Chama-me — admitiu, com calma, simplesmente, como se estivesse proferindo uma observação sobre seu gosto por ameixas. — Chama-me, a qualquer momento que não esteja ocupado. E por isso tenho de estar ocupado, Fitz. E muito ocupado.

— Compreendo — disse lentamente, sem ter de todo a certeza de compreender.

— Não, não compreende — Verity falou com muita certeza. — É como uma grande solidão, rapaz. Posso estender a mente e tocar outros. Alguns, com bastante facilidade. Mas nunca ninguém responde. Quando Chivalry estava vivo... Ainda tenho saudades dele, rapaz. Por vezes, sinto tanta falta dele; é como ser o único de qualquer coisa no mundo. Como ser o último lobo, a caçar sozinho.

Um arrepio correu pela minha espinha.

— E o rei Shrewd? — arrisquei a perguntar.

Ele negou com a cabeça.

— Ele agora raramente usa o Talento. A sua força nele se reduziu e sobrecarrega seu corpo e sua mente. — Descemos mais alguns degraus. — Você e eu somos os únicos a saber disso no momento — acrescentou, em voz baixa. Eu anuí. Descemos lentamente as escadas. — O curandeiro viu seu braço? — questionou. Eu neguei com a cabeça. — Nem Burrich — afirmou como um fato, já sabendo que era verdade.

Voltei a abanar a cabeça. As marcas dos dentes de Olhos-de-Noite eram muito evidentes na minha pele, embora ele tivesse dado essas dentadas na brincadeira. Não podia mostrar a Burrich as marcas dos Forjados sem lhe revelar meu lobo.

Verity suspirou.

— Bem. Mantenha a ferida limpa. Acho que sabe tão bem quanto qualquer outro como manter um ferimento limpo. Da próxima vez que sair, lembre-se disso, esteja preparado. Sempre. Nem sempre pode haver quem intervenha para lhe ajudar.

Diminuí os passos e parei nas escadas. Verity continuou a descer. Respirei fundo.

— Verity — perguntei, em voz baixa. — Quanto sabe? Sobre... isso.

— Menos do que você — disse ele, jovialmente. — Mas mais do que acha que eu sei.

— Você parece o Bobo — eu disse, com amargura.

— Sim. Às vezes. Ele é outro que tem uma grande compreensão da solidão e daquilo que ela pode levar um homem a fazer. — Inspirou, e eu quase pensei que ele poderia dizer que sabia o que eu era e que não me condenava por isso. Mas ele prosseguiu: — Acho que o Bobo falou com você, há alguns dias.

Segui-o, agora em silêncio, me perguntando como ele sabia tanto de tantas coisas. O Talento, claro. Chegamos a seu estúdio e eu entrei atrás dele. Charim, como sempre, estava já à nossa espera. Havia comida preparada, assim como vinho com especiarias. Verity atirou-se aos alimentos com grande apetite. Eu me sentei à sua frente, basicamente assistindo-o comer. Não tinha muita fome, mas ver como ele apreciava aquela refeição simples e robusta alimentou meu apetite. Naquilo, ele era um soldado, pensei. Aceitaria aquele pequeno prazer, aquela comida boa e bem servida, quando tivesse fome, e iria saboreá-la enquanto pudesse. Deu-me grande satisfação vê-lo com toda aquela vida e apetite. Perguntei a mim mesmo como estaria ele no verão seguinte, quando tivesse de usar o Talento durante horas todos os dias, mantendo-se de vigia aos Salteadores ao longo de nossa costa, e usando os truques de sua mente para levá-los a se perder, enquanto dava um aviso antecipado à nossa gente. Pensei em Verity tal como estava no verão anterior, na época das colheitas: desgastado e emagrecido, com o rosto enrugado, sem energia para comer, exceto quando bebia os estimulantes que Chade punha em seu chá. Sua vida reduzira-se às horas que passava com o Talento. Ao chegar o verão, sua fome de Talento substituiria todas as outras fomes em sua vida. Me perguntei como Kettricken reagiria a isso.

Depois de comermos, Verity se debruçou sobre os seus mapas comigo. Já não havia dúvidas sobre o padrão que emergia. Independentemente de quais obstáculos que tinham pela frente, florestas, rios ou planícies geladas, os Forjados estavam se deslocando na direção de Torre do Cervo. Para mim, não fazia nenhum sentido. Aqueles que encontrara pareciam praticamente privados de inteligência. Achava difícil acreditar que qualquer um deles pudesse imaginar viajar por terra, apesar das dificuldades, apenas para vir para Torre do Cervo.

— E esses registros que manteve indicam que todos o fizeram. Todos os Forjados que identificou pareciam estar se deslocando para Torre do Cervo.

— E, no entanto, você tem dificuldade em vê-lo como um plano coordenado? — perguntou calmamente Verity.

— Não consigo entender como eles podem ter um plano, seja qual for. Como contataram uns aos outros? E não parece ser um esforço conjunto. Eles não estão se encontrando e viajando para cá em bandos. Parece simplesmente que todos e cada um se põem a caminho daqui, e alguns calham de juntar-se.

— Como traças atraídas para a chama de uma vela — observou Verity.

— Ou moscas para a carniça — acrescentei, amargamente.

— Umas pelo fascínio, outras pela comida — divagou Verity. — Gostaria de saber o que é que atrai os Forjados até mim. Talvez uma coisa completamente diferente.

— Por que acha que precisa saber o motivo pelo qual eles se aproximam? Acha que você é o alvo deles?

— Não sei. Mas, se descobrir, talvez compreenda meu inimigo. Não acho que seja por acaso que todos os Forjados se dirigem a Torre do Cervo. Acho que eles se movem contra mim, Fitz. Talvez não por sua vontade, mas ainda assim é um movimento contra mim. Preciso entender por quê.

— Para compreendê-los tem de se transformar neles.

— Oh — ele pareceu menos do que divertido. — Quem é que soa como o Bobo agora?

A pergunta me incomodou, e deixei-a passar.

— Meu príncipe, quando o Bobo troçou de mim no outro dia... — Hesitei, ainda picado pela recordação; sempre julgara o Bobo meu amigo. Tentei pôr de lado a emoção. — Ele colocou ideias na minha cabeça. A seu modo zombeteiro. Ele disse, se bem entendi suas adivinhas, que eu deveria ir à procura de outros Talentosos. Homens e mulheres da geração do seu pai, treinados por Solicity antes de Galen se tornar mestre do Talento. E também pareceu dizer que eu deveria tentar descobrir mais sobre os Antigos. Como são invocados, o que podem fazer. O que são.

Verity recostou-se na cadeira e uniu os dedos sobre o peito.

— Qualquer uma dessas demandas seria tarefa para uma dúzia de homens e, no entanto, nenhuma chega a ser suficiente para um homem só, de tão escassas que são as respostas a essas questões. Quanto à primeira, sim, ainda deve haver Talentosos entre nós, gente até mesmo mais velha do que meu pai, treinada para as velhas guerras contra os ilhéus. Não seria do conhecimento das pessoas comuns quem foi treinado. O treino era feito em privado, e até os membros de um círculo podiam conhecer poucos fora de seu círculo. Apesar disso, deve haver registros. Tenho certeza de que existiram, em algum momento. Mas o que lhes aconteceu ninguém saberá dizer. Imagino que foram transmitidos de Solicity a

Galen. Mas não foram encontrados em seu quarto ou entre suas coisas depois de ele... morrer.

Foi a vez de Verity fazer uma pausa. Ambos sabíamos como Galen morrera, de certo modo ambos tínhamos estado lá, embora nunca tivéssemos falado muito sobre isso. Galen morrera como traidor, no ato de tentar ligar-se pelo Talento a Verity, drenar-lhe as forças e matá-lo. Em vez disso, Verity usara a minha força para drenar Galen. Não era algo que qualquer um de nós gostasse de recordar. Mas eu falei, ousadamente, tentando manter toda a emoção afastada da minha voz.

— Acha que Regal sabe onde esses registros se encontram?

— Se sabe, não disse nada. — A voz de Verity soou tão monótona como a minha, pondo um fim no assunto. — Mas eu tive algum sucesso em descobrir uns poucos Talentosos. Os nomes, pelo menos. Em todos os casos, aqueles que consegui descobrir ou já morreram ou não é possível localizá-los a esta altura.

— Hum. — Lembrava-me de ter ouvido Chade dizer qualquer coisa sobre isso algum tempo antes. — Como descobriu seus nomes?

— Alguns o meu pai recordava. Os membros do último círculo, que serviu o rei Bounty. Outros eu conheci vagamente, quando era muito pequeno. Descobri mais alguns falando com algumas pessoas muito velhas do castelo, pedindo-lhes que tentassem se recordar de qualquer rumor sobre quem poderia ter sido treinado no Talento. Se bem que não usei essas palavras, é óbvio. Não desejava, e continuo não desejando, que se saiba da minha busca.

— Posso perguntar por quê?

Ele franziu a sobrancelha e indicou os mapas com uma inclinação de cabeça.

— Não sou tão brilhante como o seu pai era, meu rapaz. Chivalry era capaz de saltos de intuição que pareciam nada dever à magia. O que eu descubro são padrões. Parece-lhe provável que todos os Talentosos que eu descubro estejam mortos ou irrastreáveis? Parece-me que, se encontrar um e seu nome for conhecido como Talentoso, isso poderá não ser saudável para ele.

Durante algum tempo permanecemos em silêncio. Ele estava deixando que eu chegasse às minhas próprias conclusões. Fui suficientemente sensato para não lhes dar voz.

— E os Antigos? — perguntei, por fim.

— Um tipo diferente de enigma. Na época em que se escreveu sobre eles, todos sabiam o que eram. Pelo menos presumo que sim. Seria o mesmo que tentar procurar um pergaminho que explicasse exatamente o que é um cavalo. Encontraria muitas menções a eles e algumas que se relacionam diretamente com o ferrar de um casco, ou com a linhagem de sangue de um garanhão. Mas quem entre nós veria a necessidade de dedicar tempo e trabalho para descrever precisamente o que um cavalo é?

— Entendo.

— Então, de novo, seria uma triagem de detalhes. Não tive o tempo necessário para me dedicar a essa tarefa. — Durante um momento ficou me olhando. Então abriu uma pequena caixa de pedra que se encontrava em sua mesa e tirou dela uma chave. — Há um armário no meu quarto — disse, lentamente. — Reuni lá os pergaminhos que consegui encontrar que mencionassem os Antigos, mesmo que de passagem. Também há alguns relacionados com o Talento. Eu lhe dou permissão para estudá-los. Peça bom papel a Fedwren e tome nota do que descobrir. Procure padrões nessas notas. E traga-as até mim mais ou menos uma vez por mês.

Peguei a pequena chave de latão. Era estranhamente pesada, como se estivesse ligada à tarefa que o Bobo sugerira e que Verity confirmara. "Procure padrões", sugerira Verity. De repente, vi uma teia tecida de mim ao Bobo, a Verity, e de novo até mim. Como os outros padrões de Verity, não parecia ser acidental. Perguntei a mim mesmo quem teria originado o padrão. Olhei Verity de relance, mas seus pensamentos tinham partido para longe. Ergui-me em silêncio para ir embora.

Quando toquei na porta, ele falou:

— Venha falar comigo amanhã de manhã, muito cedo. Na minha torre.

— Senhor?

— Talvez ainda consigamos descobrir outro Talentoso, insuspeito no nosso seio.

TAREFAS

A parte mais devastadora de nossa guerra com os Navios Vermelhos talvez tenha sido a sensação de impotência que nos dominou. Foi como se uma terrível paralisia tivesse caído sobre o país e seus governantes. As táticas dos Salteadores eram tão incompreensíveis que, ao longo do primeiro ano, ficamos imóveis, como que aturdidos. No segundo ano de ataques, tentamos nos defender. Mas nossas habilidades estavam enferrujadas; durante muito tempo tinham sido usadas apenas contra os Salteadores ocasionais, os oportunistas ou os desesperados. Contra piratas organizados que tinham estudado nossas costas marítimas, as posições de nossas torres de vigia, nossas marés e correntes, éramos como crianças. Só o uso do Talento pelo príncipe Verity nos forneceu alguma proteção. Nunca saberemos quantos navios ele fez recuar, quantos navegadores desnorteou ou pilotos confundiu. E, como seu povo não era capaz de compreender o que Verity fazia por ele, era como se os Farseers nada fizessem. As pessoas viam apenas os ataques que eram bem-sucedidos, nunca os navios que colidiam com os rochedos ou velejavam demasiado para sul durante uma tempestade. O povo perdeu o ânimo. Os Ducados do Interior protestavam contra os impostos para proteger uma linha de costa que eles não possuíam; os Ducados Costeiros eram sobrecarregados com impostos que pareciam não fazer nenhuma diferença. De modo que, se o entusiasmo com os navios de guerra de Verity era uma coisa instável, aumentando e diminuindo com a avaliação que o povo fazia sobre ele, não podemos realmente culpar as pessoas. Pareceu o mais longo inverno da minha vida.

Ao sair do estúdio de Verity, dirigi-me aos aposentos de Kettricken. Bati à porta e fui admitido pela mesma pequena pajem de antes. Com sua pequena cara alegre e seu cabelo escuro e encaracolado, Rosemary me lembrava uma fada do lago. Lá dentro, a atmosfera da sala parecia deprimida. Várias damas de Kettricken estavam ali, e todas estavam sentadas em bancos em volta de uma moldura que segurava um tecido branco de linho. Estavam bordando bainhas, flores e verduras desenhadas em fios de cores brilhantes. Vira projetos semelhantes nos aposentos da sra. Hasty. Em geral, essas atividades pareciam divertidas, com tagarelices e brincadeiras amigáveis, agulhas cintilando enquanto arrastavam os fios brilhantes através do tecido pesado. Mas ali havia quase silêncio. As mulheres trabalhavam de cabeça baixa, diligente, habilidosamente, mas sem conversas alegres. Velas aromáticas, cor-de-rosa e verdes, ardiam em todos os cantos da sala. Suas sutis fragrâncias misturavam os odores por cima da moldura.

Kettricken regia o trabalho, mantendo as mãos tão ocupadas como qualquer uma das outras. Parecia ser a fonte da quietude. Tinha a face composta, mesmo pacífica. Sua autocontenção era tão evidente que eu quase conseguia ver as muralhas à volta dela. Mostrava um aspecto agradável, olhos gentis, mas eu não sentia que ela se encontrava realmente ali. Era como um recipiente de água fria e parada. Vestia uma túnica verde, longa e simples, mais ao estilo da Montanha do que ao de Torre do Cervo. Pusera as joias de lado. Ergueu os olhos para mim e sorriu interrogativamente. Senti-me um intruso, uma interrupção em um grupo de alunos estudiosos e seu mestre. Assim, em vez de me limitar a cumprimentá-la, tentei justificar minha presença. Falei formalmente, consciente de estar sendo observado por todas aquelas mulheres.

— Rainha Kettricken, o príncipe herdeiro Verity pediu-me para lhe trazer uma mensagem.

Algo pareceu cintilar atrás de seus olhos, e então a quietude regressou.

— Sim — disse com um tom neutro. Nenhuma das agulhas fez uma pausa em sua dança saltitante, mas eu tinha certeza de que todos os ouvidos esperavam pelas notícias que eu poderia trazer.

— No topo de uma torre, houve uma vez um jardim, chamado Jardim da Rainha. Há tempos, disse o rei Verity, teve vasos cheios de verduras e tanques de água. Era um lugar com plantas, flores, peixes e sinos de vento. Era da sua mãe. Minha rainha, ele deseja que agora seja seu.

A quietude à mesa tornou-se profunda. Os olhos de Kettricken abriram-se muito. Cuidadosamente, perguntou:

— Tem certeza dessa mensagem?

— Claro, senhora. — Sua reação me confundiu. — Ele disse que teria muito prazer em ver o jardim restaurado. Falou dele com grande carinho, recordando em especial os canteiros de tomilho florescentes.

O júbilo no rosto de Kettricken se desdobrou como as pétalas de uma flor. Levou uma mão à boca, inspirou, trêmula, por entre os dedos. O sangue subiu-lhe ao rosto pálido, rosando suas bochechas. Os olhos brilharam.

— Preciso vê-lo! — exclamou. — Preciso vê-lo já! — Ergueu-se de repente. — Rosemary? O meu manto e as luvas, por favor. — Dirigiu-se, radiante, às suas damas. — Não querem ir também buscar seus mantos e luvas e me acompanhar?

— Minha rainha, a tempestade hoje está muito violenta... — começou uma delas, com hesitação.

Mas outra, uma mulher mais velha e com uma fisionomia maternal, lady Modesty, ergueu-se lentamente.

— Eu irei com você ao topo da torre. Pluck! — Um rapazinho que estava cochilando em um canto se levantou num pulo. — Corra e traga-me o manto e as luvas. E o capuz. — Virou-se novamente para Kettricken. — Lembro-me bem desse jardim, dos tempos da rainha Constance. Passei lá muitas horas agradáveis em sua companhia. Essa restauração me deixará feliz.

Houve um segundo de pausa, e então as outras damas tomaram atitudes semelhantes. Quando regressei com meu manto, já estavam todas prontas para partir. Senti-me francamente estranho ao liderar aquela procissão de senhoras pelo castelo e pela longa subida até o Jardim da Rainha. A essa altura, já éramos seguidos por pajens e curiosos, havia quase vinte pessoas atrás de Kettricken e de mim. Eu liderava a subida dos íngremes degraus de pedra e Kettricken vinha logo atrás. Os outros se estendiam em uma longa fila atrás de nós. Enquanto empurrava a pesada porta, forçando-a a se abrir apesar da camada de neve que se acumulara lá fora, Kettricken perguntou em voz baixa:

— Ele me perdoou, não perdoou?

Fiz uma pausa para recuperar o fôlego. Empurrar a porta com o ombro não estava fazendo bem ao ferimento que tinha no pescoço. O braço pulsava em um latejar surdo.

— Minha rainha? — perguntei em resposta.

— Meu senhor Verity me perdoou. E essa é a maneira de o demonstrar. Oh, farei um jardim que possamos partilhar. Nunca mais voltarei a envergonhá-lo. — Fiquei boquiaberto perante seu sorriso arrebatado; ela encostou casualmente o ombro à porta e abriu-a. Enquanto eu ficava a piscar ao frio e à luz do dia de inverno, ela saía para o terraço da torre. Abriu caminho através da neve endurecida que lhe chegava ao meio da perna, sem se preocupar minimamente com ela. Eu olhei em volta do estéril topo da torre, me perguntando se teria perdido o juízo. Não havia nada ali, só a neve soprada pelo vento e endurecida sob um céu de chumbo. Acumulara-se em um monte por cima das estátuas e dos vasos que tinham sido encostados a uma parede. Fiquei preparado para o desapontamento de Kettricken. Mas, em vez disso, no centro da torre, enquanto o vento fazia rodopiar os flocos em volta do seu corpo, ela abriu os braços e rodopiou aos círculos, rindo como uma criança.

— É tão lindo! — exclamou.

Aventurei-me a segui-la. Os outros chegaram atrás de mim. Um momento mais tarde, Kettricken encontrava-se já junto das pilhas de estátuas derrubadas, vasos e bacias amontoados ao longo de uma parede. Tirou neve da bochecha de um querubim, tão ternamente como se fosse sua mãe. Varreu um monte de neve de cima de um banco de pedra, e então pegou o querubim e o colocou em cima do banco. A estátua não era pequena, mas Kettricken usou energeticamente seu tamanho e sua força, extraindo várias outras peças da neve acumulada. Soltou exclamações ao vê-las, insistindo com suas damas para que viessem admirá-las.

Eu fiquei um pouco afastado. O vento frio passava por mim, despertando a dor dos meus ferimentos e trazendo-me memórias duras. Tinha estado ali um dia, quase nu, no frio, enquanto Galen tentava despertar minha capacidade de usar o Talento. Estivera ali, naquele exato local, quando ele me espancara como se eu fosse um cão. E fora ali que lutara com ele e, na luta, queimara e lacerara qualquer habilidade para o Talento que eu tivesse possuído um dia. Aquele era ainda para mim um lugar amargo. Perguntei-me se algum jardim, por mais verde e pacífico que fosse, seria capaz de me encantar crescendo sobre aquelas pedras. Um muro baixo atraía-me. Se tivesse me dirigido até lá e espreitado por sobre a borda, sabia que veria falésias rochosas lá embaixo. Não o fiz. O fim rápido que essa queda me oferecera um dia nunca mais voltaria a me tentar. Pus de lado a velha sugestão de Talento de Galen. Virei-me para observar a rainha.

Contra o fundo branco de neve e pedra, suas cores ganhavam vida. Há uma flor chamada fura-neve, que por vezes desabrocha quando a neve acumulada no inverno ainda está derretendo. Ela me fazia lembrar uma dessas flores. Seu cabelo claro parecia ouro sobre o manto verde que trazia, seus lábios estavam vermelhos, o rosto, rosado como as rosas que voltariam a florir ali. Seus olhos eram como flamejantes joias azuis enquanto ela escavava e soltava exclamações ao encontrar cada tesouro. Em contraste, suas damas de cabelos escuros, com olhos negros ou castanhos, enrolavam-se em mantos e capuzes contra o frio do inverno. Estavam quietas, concordando com a rainha e apreciando seu contentamento, mas também esfregando dedos congelados ou segurando os mantos bem fechados contra o vento. *É assim*, pensei, *é assim que Verity deve vê-la, brilhando de entusiasmo e vida. Então não poderia evitar amá-la*. A sua vitalidade ardia, tal como a dele ardia quando caçava ou montava a cavalo. Ou ardera há tempos.

— É, claro, encantador — aventurou-se a dizer lady Hopeful. — Mas muito frio. E há pouco que possa ser feito aqui até que a neve derreta e o vento se torne menos violento.

— Oh, estão enganadas! — exclamou a rainha Kettricken. Riu alto enquanto endireitava seus tesouros e regressava ao centro do terraço da torre. — Um jardim começa no coração. Amanhã tenho de varrer o gelo e a neve do topo da torre. E então, todos esses bancos, estátuas e vasos terão de ser colocados em seus lugares. Mas como? Como os raios de uma roda? Como um charmoso labirinto? Formalmente, dispondo-os por altura e tema? Há mil maneiras de arranjá-los, e tenho de fazer experiências. A menos, talvez, que o meu senhor se lembre de como ele foi e me diga. Então restaurarei para ele o jardim de sua infância!

— Amanhã, rainha Kettricken. Pois os céus escurecem, e arrefecem — aconselhou lady Modesty. Eu conseguia ver o que a subida a pé naquele tempo ao frio custara à idosa mulher. Mas ela exibiu um sorriso bondoso quando falou: — Eu talvez possa lhe falar esta noite daquilo que recordo deste jardim.

— Faria isso? — exultou Kettricken e acolheu as mãos da mulher nas suas. O sorriso que derramou sobre lady Modesty foi como uma bênção.

— Ficarei feliz por fazê-lo.

E com essas palavras começamos lentamente a sair, em fila, do terraço. Eu fui o último. Fechei a porta atrás de mim e fiquei por um momento à espera de que os olhos se ajustassem à escuridão da torre. Abaixo de mim, velas oscilavam enquanto os outros desciam. Abençoei o pajem que pensara em buscá-las. Segui-as mais devagar, sentindo o braço inteiro latejando de dor, desde a dentada até o golpe de espada. Pensei na alegria de Kettricken e fiquei satisfeito com ela, apesar de me sentir culpado que ela tivesse por base falsos fundamentos. Verity ficara aliviado com minha sugestão de entregar o jardim a Kettricken, mas o ato não tinha para ele o significado que tinha para Kettricken. Ela atacaria o projeto como se estivesse construindo um santuário ao seu amor. E eu duvidava que na manhã seguinte Verity sequer recordasse de que a tinha presenteado com ele. Senti-me ao mesmo tempo traiçoeiro e tolo enquanto descia as escadas.

Fui jantar pensando que queria estar sozinho. Então evitei o salão e me dirigi à sala dos guardas junto à cozinha. Lá encontrei Burrich e Hands comendo. Quando me convidaram a me juntar a eles, não pude recusar. Mas assim que me sentei foi como se não estivesse lá. Eles não me excluíram da conversa. Mas falavam de uma vida de que eu já não partilhava. A riqueza de detalhes de tudo aquilo que acontecia nos estábulos e gaiolas agora me fugia. Eles discutiam problemas com a confiante vivacidade de homens que partilhavam um íntimo conhecimento de base. Eu ia dando por mim, cada vez mais, acenando às suas palavras, mas sem nada contribuir para a conversa. Eles se davam bem. Burrich não falava com Hands como um subalterno. Mas Hands não escondia seu respeito por um homem que claramente olhava como seu superior. Hands aprendera muito com Burrich em pouco tempo. Deixara Torre do Cervo como um humilde rapaz do estábulo no outono anterior. Agora falava com competência sobre os falcões e cães e fazia perguntas pertinentes acerca das decisões que Burrich tomava na criação dos cavalos. Eu ainda estava comendo quando eles se levantaram para sair. Hands estava preocupado com um cão que fora escoiceado por um cavalo algumas horas antes. Desejaram-me boa noite e saíram pela porta, ainda conversando.

Eu fiquei sentado em silêncio. Havia outros homens à minha volta, guardas e soldados, comendo, bebendo e conversando. Os sons agradáveis das conversas, das colheres raspando nos recipientes, o estrondo surdo feito por alguém ao cortar uma fatia de queijo, eram como uma música. A sala cheirava a comida e a gente, a lenha, a cerveja derramada e ao rico guisado que borbulhava. Deveria me sentir contente, não inquieto. Nem melancólico. Nem sozinho.

Irmão?

Já vou. Vá me encontrar no velho barracão dos porcos.

Olhos-de-Noite havia ido longe caçar. Eu cheguei lá primeiro e fiquei na escuridão à espera dele. Havia um pote de unguento na minha bolsa, e levava também um saco de ossos. A neve rodopiava à minha volta, uma dança infinita de faíscas de inverno. Meus olhos sondaram a escuridão. Detectei-o, senti-o próximo, mas ainda conseguiu surgir saltando e me assustar. Ele foi misericordioso, não dando mais do que uma leve mordidela e uma sacudida no pulso ileso. Entramos na cabana. Acendi o toco de uma vela e examinei sua espádua. Na noite anterior estava fatigado, com dores, e por isso fiquei contente por ver que fizera um bom trabalho. Tosquiara os densos pelos em volta do golpe e lavara o ferimento com neve limpa. A crosta estava grossa e escura. Conseguia ver que sangrara mais um pouco hoje, mas não muito. Espalhei o unguento sobre a crosta em uma grossa camada gordurosa. Olhos-de-Noite estremeceu ligeiramente, mas aguentou o tratamento. Depois, virou a cabeça e farejou interrogativamente o local.

Gordura de ganso, observou, e começou a lambê-la. Eu deixei. Nada no remédio lhe faria mal, e sua língua empurraria melhor o unguento para dentro da ferida do que os meus dedos.

Está com fome?, perguntei.

Na verdade, não. Há muitos ratos ao longo da muralha antiga. Então, quando farejou o saco que eu trouxera: *mas um pouco de carne de vaca ou veado sempre cai bem.*

Despejei os ossos em uma pilha à sua frente, e ele atirou-se possessivamente para junto deles. Farejou-os e escolheu uma articulação carnuda para roer. *Caçamos em breve?* Forneceu-me uma imagem de Forjados.

Dentro de um dia ou dois. Quero conseguir empunhar a espada da próxima vez.

Não o culpo. Dentes de vaca não são grande coisa como arma. Mas não espere muito tempo.

Por quê?

Porque hoje vi alguns. Sem sentidos. Tinham encontrado um veado morto pelo inverno na margem de um riacho e o estavam comendo. A carne podre, fedendo, e eles a estavam comendo. Mas a carne não os vai reter por muito tempo. Amanhã chegarão mais perto.

Então amanhã caçamos. Mostre-me onde os viu. Fechei os olhos e reconheci o pedaço de margem do riacho que ele recordou para mim. *Não sabia que ia até tão longe! Percorreu todo esse caminho hoje, com uma espádua ferida?*

Não foi assim tão longe. Senti um tom corajoso naquela resposta. *E sabia que deveríamos andar à procura deles. Posso viajar até muito mais longe sozinho. É mais fácil rastreá-los sozinho e depois levar-lhe até eles para caçá-los.*

Isso não é bem caça, Olhos-de-Noite.

Não. Mas é uma coisa que fazemos pela nossa alcateia.

Fiquei algum tempo sentado com ele em silencioso companheirismo, vendo-o roer os ossos que lhe trouxera. Ele crescera bem naquele inverno. Com uma boa dieta e livre do confinamento de uma gaiola, ganhara peso e músculo. A neve podia cair na sua pelagem, mas os pelos negros mais grossos, entremeados na pelagem cinzenta, repeliam os flocos de neve e evitavam que a umidade lhe chegasse à pele. Ele também exalava um cheiro saudável, não o fétido cheiro de cão de um canídeo alimentado em excesso, mantido dentro de portas e sem exercício, mas um odor selvagem e limpo. *Você salvou a minha vida, ontem.*

Você me salvou de morrer em uma gaiola.

Acho que já estava sozinho há tanto tempo que tinha me esquecido do que significava ter um amigo.

Ele parou de mastigar o osso e ergueu os olhos para mim, levemente divertido. *Um amigo? Palavra pequena demais para isso, irmão. E que vai na direção errada. Por isso não me veja dessa forma. Eu serei para você o que você é para mim. Irmão de vínculo, e alcateia. Mas não sou tudo aquilo de que precisa.* Regressou ao seu osso e eu fiquei remoendo o que ele acabara de aconselhar.

Durma bem, irmão, disse-lhe ao ir embora.

Ele soltou uma fungadela. *Dormir? Dificilmente. A lua ainda pode romper essas nuvens e me dar um pouco de luz para caçar. Mas, se isso não acontecer, pode ser que durma.*

Anuí e o deixei com seus ossos. Ao regressar ao castelo, senti-me menos triste e solitário do que antes. Mas também tinha uma pontada de culpa por Olhos-de-Noite adaptar assim sua vida e vontade às minhas. O extermínio dos Forjados não parecia algo limpo para ele fazer.

Pela alcateia. Isso é para o bem da alcateia. Os sem sentidos estão tentando entrar no nosso território. Não podemos deixar. Ele parecia confortável com a ideia e surpreso por ela me incomodar. Anuí para nós mesmos na escuridão e empurrei a porta da cozinha, de volta à luz amarela e ao calor.

Subi a escada até meu quarto, pensando em tudo pelo que eu tinha passado nos últimos dias. Resolvera libertar Lobito. Em vez disso, tínhamo-nos tornado irmãos, e não o lamentava. Fora prevenir Verity acerca da presença de novos Forjados perto de Torre do Cervo. Em vez disso, descobrira que ele já sabia e ganhara a tarefa de estudar os Antigos e tentar descobrir mais sobre os Talentosos. Pedira-lhe para dar o jardim a Kettricken, para lhe manter a cabeça ocupada e afastada de seus pesares. Em vez disso, enganara-a e ligara-a mais ao amor que sentia por Verity. Fiz uma pausa para recuperar o fôlego em um patamar. Talvez, refleti, todos dançássemos a melodia do Bobo. Não havia ele me sugerido algumas daquelas coisas?

Tateei de novo a chave de latão no meu bolso. Agora era um momento tão bom como qualquer outro. Verity não estava no seu quarto, mas Charim estava. Não mostrou nenhuma resistência em me deixar entrar e usar a chave. Enchi os braços com os pergaminhos que lá encontrei. Havia mais do que eu esperava. Levei-os para meu quarto e pousei-os na arca das roupas. Cutuquei o fogo na lareira. Espreitei o curativo da dentada no meu pescoço. Era um feio chumaço de pano, saturado de sangue. Sabia que devia trocá-lo, mas temia soltá-lo. Daqui a pouco. Coloquei mais lenha no fogo. Vasculhei os pergaminhos. Letras pequenas, como aranhas, ilustrações desbotadas. Então ergui os olhos e passei-os pelo meu quarto.

Uma cama. Uma arca. Uma mesinha junto à cama. Um jarro de água e uma bacia para lavagens. Uma tapeçaria realmente feia do rei Wisdom conversando com um Antigo amarelado. Um maço de velas na prateleira da lareira. Quase não mudara durante os anos em que eu vivera ali, desde a noite em que me mudara para lá. Era um quarto nu e lúgubre, vazio de imaginação. Eu buscava, caçava e matava. Obedecia. Era mais cão de caça do que homem. E nem sequer um cão de caça favorito, que recebesse festas e elogios. Fazia parte da matilha de trabalho. Quando fora a última vez que falara com Shrewd? Ou Chade? Até o Bobo zombava de mim. O que era eu, agora, para quem quer que fosse, além de uma ferramenta? Restaria alguém que gostasse de mim, por mim mesmo? De súbito não fui capaz de continuar a suportar minha companhia. Pousei o pergaminho que pegara e saí do quarto.

Quando bati à porta do quarto de Patience, houve uma pausa.

— Quem é? — perguntou a voz de Lacy.

— Só o FitzChivalry.

— FitzChivalry! — Um pouco de surpresa no tom. Era tarde para uma visita minha. Geralmente vinha durante o dia. Então fui reconfortado pelo som de um ferrolho sendo removido e uma tranca sendo aberta. Ela prestara atenção ao que lhe dissera, pensei. A porta se abriu lentamente, e Lacy deu um passo para trás para me deixar entrar, com um sorriso incerto.

Eu entrei, cumprimentando calorosamente Lacy, e então olhei em volta em busca de Patience. Ela estava no outro aposento, supus. Mas, a um canto, de olhos baixos sobre um bordado, estava Molly. Não ergueu os olhos para mim nem reconheceu de nenhum modo minha presença. O cabelo estava preso em um coque atrás da cabeça, por baixo de um pequeno barrete rendado. Em outra mulher, seu vestido azul poderia parecer simples e modesto. Em Molly era monótono. Seus olhos permaneceram baixos no trabalho. Olhei Lacy de relance e vi-a me olhar sem expressão. Voltei a olhar para Molly, e algo em mim cedeu. Bastaram quatro passos para atravessar a sala até junto dela. Ajoelhei-me aos pés de sua cadeira e, quando ela se retraiu diante de mim, peguei sua mão e levei-a aos lábios.

— FitzChivalry! — A voz de Patience atrás de mim estava indignada. Olhei-a de relance, enquadrada pela soleira da porta. Seus lábios estavam lisos de ira. Virei-lhe as costas.

Molly tinha a cara afastada de mim. Segurei-lhe a mão e falei, em voz baixa:

— Não posso continuar assim. Não importa a tolice, não importa o perigo, não importa o que os outros poderão pensar. Não posso ficar sempre longe de você. — Ela puxou a mão, e eu a deixei, para não lhe machucar os dedos. Mas me agarrei a uma dobra de sua saia como uma criança teimosa. — Pelo menos fale comigo — supliquei-lhe, mas foi Patience quem falou:

— FitzChivalry, isso não é decente. Pare imediatamente.

— Tampouco foi decente, sensato ou apropriado que meu pai lhe cortejasse como fez. Mas ele não hesitou. Suspeito que sentia algo muito semelhante ao que sinto agora. — Não afastei os olhos de Molly.

Com aquilo ganhei de Patience um momento de silêncio espantado. Mas foi Molly quem pôs de lado seus bordados e se ergueu. Afastou-se um passo e, quando se tornou claro que eu teria de a largar senão rasgaria o tecido da saia, soltei-a. Ela saiu do meu alcance.

— Lady Patience, poderia me liberar para o resto da noite?

— Com certeza — respondeu Patience, mas sua voz não estava nada certa.

— Se for embora, nada haverá para mim. — Sabia que soava dramático. Ainda estava de joelhos ao lado de sua cadeira.

— Se eu ficar, também não haverá nada para você. — Molly falou sem entonação, enquanto tirava o avental e o pendurava em um cabide. — Sou uma criada. Você é um jovem nobre, pertencente à família real. Nunca poderá haver nada entre nós. Eu acabei compreendendo isso ao longo das últimas semanas.

— Não. — Levantei-me e dei um passo para ela, mas me abstive de lhe tocar. — Você é a Molly, e eu sou o Novato.

— Talvez um dia — concordou Molly. Então suspirou. — Mas não mais. Não torne isso mais difícil do que já é, senhor. Deve me deixar em paz. Não tenho mais para onde ir; tenho de ficar aqui e trabalhar, pelo menos até ganhar o suficiente... — Balançou de repente a cabeça. — Boa noite, senhora. Lacy. Senhor. — Virou-me as costas. Lacy se levantou em silêncio. Reparei que não abriu a porta para Molly, mas Molly não fez nenhuma pausa. A porta se fechou com firmeza atrás dela. Um terrível silêncio ergueu-se na sala.

— Bem — respirou enfim Patience. — Agrada-me ver que pelo menos um de vocês tem algum bom senso. Que diabos estava pensando, FitzChivalry, para entrar aqui e praticamente atacar minha aia?

— Estava pensando que a amo — disse eu, sem rodeios. Deixei-me cair em uma cadeira e pus a cabeça entre as mãos. — Estava pensando que estou muito cansado de estar tão sozinho.

— Foi por isso que veio até aqui? — Patience parecia quase ofendida.

— Não. Vim visitá-la. Não sabia que ela estaria aqui. Mas, quando a vi, perdi o controle. É verdade, Patience. Não posso continuar assim.

— Bem, é melhor que possa, porque vai ter de continuar. — As palavras eram duras, mas ela suspirou ao dizê-las.

— Molly fala de... de mim? Com vocês? Preciso saber. Por favor. — Insisti perante o silêncio das mulheres e os olhares que elas trocaram. — Ela realmente quer que eu a deixe em paz? Será que passou a me desprezar tanto assim? Eu não fiz tudo o que você me exigiu? Eu esperei, Patience. Evitei-a, tive cuidado para evitar causar falatório. Mas quando isso terá fim? Ou será que era esse seu plano? Manter-nos afastados até que nos esquecêssemos um do outro? Não vai funcionar. Eu não sou um bebê, e isso não é uma coisa sem importância que esconde de mim, para me distrair com outros brinquedos. É Molly. E ela é o meu coração, e não abrirei mão dela.

— Temo que tenha de abrir — Patience proferiu as palavras pesadamente.

— Por quê? Ela escolheu outro?

Patience enxotou minhas palavras como se fossem moscas.

— Não. Ela não é volúvel. É esperta e diligente, e cheia de perspicácia e espírito. Consigo entender como perdeu o coração para ela. Mas ela também tem orgulho. Ela acabou compreendendo aquilo que você se recusa a aceitar. Que vocês vieram de lugares tão afastados que não pode haver um encontro no meio. Mesmo se Shrewd consentisse com um casamento, o que eu duvido muito, como viveriam? Você não pode deixar o castelo para ir lá para baixo, para a Cidade de Torre do Cervo, trabalhar em uma loja de velas. Sabe que não pode. E que *status* seria o dela se a mantivesse aqui? Apesar de sua bondade, as pessoas que não a conhecessem veriam apenas as diferenças de sua condição social. Ela seria vista como uma tentação de baixa estirpe a que você cedeu. "Oh, o bastardo, ele pôs o olho na aia da madrasta. Aposto que a apanhou em uma esquina uma vez ou outra, e agora tem de pagar o pato." Conhece o tipo de conversas a que me refiro.

Eu conhecia.

— Não me importo com o que as pessoas possam dizer.

— Você talvez conseguisse suportar. Mas e Molly? E seus filhos? — Fiquei em silêncio. Patience baixou os olhos para as mãos pousadas no colo. — Vocês são jovens, FitzChivalry. — Falava com uma voz muito baixa, muito calmante. — Eu sei que agora não acredita, mas pode encontrar outra. Uma mulher mais próxima da sua posição. E ela talvez também mereça essa chance de ser feliz. Talvez devesse se afastar. Dê a si mesmo um ano, ou por aí. E, se seu coração não tiver mudado até então, bem...

— O meu coração não mudará.

— Nem o dela, eu temo — Patience falou sem rodeios. — Ela cuidou de você, Fitz. Sem saber quem realmente era, ofereceu-lhe o coração. Foi ela mesma que o disse. Não quero trair suas confidências, mas, se fizer o que ela pede e deixá-la em paz, ela nunca poderá dizer isso em pessoa. Portanto falarei, e espero que não me queira mal pela dor que tenho de infligir-lhe. Ela sabe que isso nunca poderá acontecer. Não quer ser uma criada que casa com um nobre. Ela não quer que seus filhos sejam filhos de uma criada do castelo. Então economiza o pouco que posso pagá-la. Compra sua cera e suas essências, e continua trabalhando em seu ofício, da melhor forma que pode. Pretende de algum modo poupar o suficiente para recomeçar, com sua própria velaria. Não será em breve. Mas é esse seu objetivo. — Patience fez uma pausa. — Ela não vê lugar para você nesta vida.

Fiquei um longo tempo imóvel, pensando. Nem Lacy nem Patience falaram. Lacy moveu-se lentamente através de nossa quietude, fazendo chá. Enfiou uma xícara na minha mão. Ergui os olhos e tentei sorrir-lhe. Pus o chá cuidadosamente de lado.

— Sabiam, desde o início, que daria nisso? — perguntei.

— Temia que sim — disse Patience. — Mas também sabia que não havia nada que eu pudesse fazer a respeito. Nem você.

Fiquei parado, sem sequer conseguir pensar. Sob a velha cabana, num buraco que escavara, Olhos-de-Noite estava cochilando com o focinho em cima de um osso. Toquei-o suavemente, sem o acordar. Sua respiração calma foi uma âncora. Apoiei-me nele para me equilibrar.

— Fitz? O que vai fazer?

Lágrimas ardiam-me nos olhos. Pisquei, e elas passaram.

— O que me dizem para fazer — disse, pesadamente. — Quando foi que fiz outra coisa?

Patience ficou em silêncio enquanto eu me levantava lentamente. O ferimento no pescoço latejava. De repente desejei apenas dormir. Ela respondeu com um aceno quando pedi licença para me retirar. À porta, parei por um momento. — O motivo pelo qual vim aqui esta noite, além de ver vocês, é que a rainha Kettricken irá restaurar o Jardim da Rainha. Aquele que fica no topo da torre. Ela mencionou que gostaria de saber como o jardim estava originalmente disposto. No tempo da rainha Constance. Pensei que talvez pudessem recordá-lo para ela.

Patience hesitou.

— Eu me lembro muito bem dele. — Ficou calada por um momento, e então seu rosto se iluminou. — Vou desenhá-lo para você e o explico. Depois pode ir falar com a rainha.

Eu olhei-a nos olhos.

— Parece-me que deva ir falar com ela. Acho que a agradaria muito.

— Fitz, eu nunca fui boa em lidar com as pessoas. — Sua voz falhou. — Tenho certeza de que ela me acharia estranha. Chata. Eu não poderia... — E calou-se com um gaguejo.

— A rainha Kettricken sente-se muito sozinha — eu disse, em voz baixa. — Tem damas à sua volta, mas não me parece que tenha alguma amiga verdadeira. Um dia, você foi princesa herdeira. Não é capaz de recordar como é?

— É muito diferente para ela do que foi para mim, penso eu.

— Provavelmente — concordei. Virei-me para sair. — Para começar, você tinha um marido atento que a amava. — Atrás de mim, Patience soltou um pequeno som estrangulado. — E não me parece que o príncipe Regal fosse tão... esperto nessa época como é agora. E você tinha Lacy para apoiá-la. Sim, lady Patience. Tenho certeza de que é muito diferente para ela. Muito mais difícil.

— FitzChivalry!

Parei à porta.

— Sim, senhora?

— Vire-se para mim quando falo com você!

Virei-me lentamente e ela chegou a bater com o pé no chão.

— Não fica bem fazer isso! Está tentando me envergonhar! Acha que eu não cumpro o meu dever? Que não conheço o meu dever?

— Senhora?

— Irei falar com ela, amanhã. E ela me achará estranha, desajeitada e volúvel. Ela se aborrecerá comigo e desejará que eu não tivesse aparecido. E então você pedirá desculpas por ter me obrigado a fazê-lo.

— Tenho certeza de que sabe que não, senhora.

— Pegue seus maneirismos de corte e vá embora. Rapaz insuportável. — Voltou a bater o pé no chão, rodopiou e fugiu, de volta a seu quarto. Lacy segurou a porta enquanto eu saía. Seus lábios estavam apertados em uma linha horizontal, sua postura estava calma.

— Sim? — perguntei-lhe ao sair, sabendo que ela ainda tinha coisas a me dizer.

— Estava pensando que você é muito parecido com seu pai — observou Lacy, sarcasticamente. — Só que não tão teimoso. Ele não desistia tão facilmente como você desistiu. — E então ela fechou firmemente a porta às minhas costas.

Fiquei durante algum tempo olhando para a porta fechada, e então regressei a meu quarto. Sabia que tinha de mudar o curativo do ferimento do pescoço. Subi o lance de escadas, sentindo o braço latejar a cada passo. Parei no patamar. Durante um tempo observei as velas que ardiam em seus suportes. Subi o lance de escadas seguinte.

Bati à porta por vários minutos. A luz amarelada de uma vela estava visível na fenda por baixo da porta, mas assim que bati apagou-se de repente. Peguei a faca e forcei, ruidosamente, o ferrolho da porta. Ela o tinha trocado. Parecia também haver uma tranca, mais pesada do que a ponta da minha lâmina seria capaz de erguer. Desisti e fui embora.

Para baixo é sempre mais fácil do que para cima. De fato, pode ser muito mais fácil quando um braço já está ferido. Olhei para as ondas que se quebravam como renda branca nos rochedos distantes. Olhos-de-Noite tinha razão. A lua conseguiu surgir um pouco. A corda escorregava um pouco na minha mão com luvas, e eu soltava grunhidos quando o braço ferido tinha de suportar meu peso. "Só mais um pouco", prometi a mim mesmo. Deixei-me escorregar mais dois passos.

O parapeito da janela de Molly era mais estreito do que eu esperava. Mantive a corda enrolada no braço quando me empoleirei nele. A lâmina da faca deslizou facilmente pela fenda entre as persianas; estavam muito mal ajustadas. A lingueta superior cedera e estava trabalhando na inferior quando ouvi a voz dela vinda de dentro.

— Se entrar, eu grito. E os guardas virão.

— Então é melhor fazer chá para eles — repliquei sombriamente, e voltei a prestar atenção à lingueta de baixo.

Um instante depois, Molly escancarou as persianas. Ficou enquadrada pela janela, com a luz saltitante da lareira iluminando-a por trás. Estava de camisa de dormir, mas ainda não tinha trançado o cabelo. Ele estava solto e brilhava, recém-escovado. Ela havia jogado um xale sobre os ombros.

— Vá embora — disse-me, ferozmente. — Saia daqui.

— Não posso — ofeguei. — Não tenho força para voltar a subir, e a corda não tem comprimento suficiente para chegar à base da muralha.

— Não pode entrar — disse ela, teimosamente.

— Muito bem. — Sentei-me no parapeito, com uma perna dentro do quarto e a outra pendurada do lado de fora. O vento passou por mim em uma rajada, agitando-lhe a camisa de dormir e atiçando as chamas na lareira. Nada disse. Passado um momento, ela começou a tremer.

— O que você quer? — quis saber, com uma voz zangada.

— Quero você. Queria lhe dizer que amanhã vou falar com o rei para pedir autorização para casar-me com você. — As palavras saíram-me da boca sem planejamento prévio. Percebi de súbito, numa tontura, que podia dizer e fazer tudo. Tudo e mais alguma coisa.

Molly ficou por um momento me olhando. A voz soou-lhe baixa quando disse:

— Eu não quero me casar com você.

— Não vou contar a ele essa parte. — Dei por mim a sorrir-lhe.

— Você está insuportável!

— Sim. E também com muito frio. Por favor, ao menos me deixe sair do frio.

Ela não me deu autorização. Mas afastou-se da janela. Eu saltei para dentro com ligeireza, ignorando o solavanco no meu braço. Fechei e tranquei as persianas. Atravessei o aposento. Ajoelhei em frente da lareira e alimentei bem o fogo com lenha para afastar o frio do quarto. Então me levantei e estendi as mãos para o fogo, para aquecê-las. Molly não proferiu uma palavra. Ficou parada, ereta como uma espada, com os braços cruzados sobre o peito. Olhei para ela de relance e sorri.

Ela não sorriu.

— Deveria ir embora.

Senti meu sorriso se desvanecer.

— Molly, por favor, fale comigo. Pensei, da última vez que falamos, que tínhamos nos entendido. Agora não fala comigo, vira-me as costas... não sei o que mudou, não compreendo o que está acontecendo entre nós.

— Nada. — Ela de repente pareceu muito frágil. — Não está acontecendo nada entre nós. Nada pode acontecer entre nós, FitzChivalry — aquele nome soou estranho em seus lábios. — Tive tempo de pensar. Se tivesse vindo falar comigo, dessa maneira, há uma semana ou há um mês, impetuoso e sorridente, eu sei que teria sido conquistada. — Ela se permitiu o fantasma de um sorriso triste. Como se estivesse se lembrando do modo como uma criança morta dava cambalhotas num dia distante de verão. — Mas não o fez. Mostrou-se correto e prático, e fez todas as coisas certas. E, por mais idiota que possa parecer, isso me magoou. Eu disse a mim mesma que, se me amasse tanto como declarou amar, nada, nem as paredes, nem as maneiras, a reputação ou o protocolo, evitaria que me visitasse. Naquela noite, quando veio, quando nós... mas não mudou nada. Você não voltou.

— Mas foi por você, pela sua reputação... — comecei a dizer, desesperado.

— Chiu. Eu disse que era uma tolice. Mas os sentimentos não têm de ser sensatos. Os sentimentos simplesmente são. Você me amar não era sensato. Nem eu gostar de você. Acabei por entender isso. E acabei por entender que a sensatez precisa se sobrepor aos sentimentos. — Suspirou. — Fiquei tão zangada quando seu tio falou comigo pela primeira vez. Tão ofendida. Ele me tornou desafiadora, deu-me uma determinação de aço para ficar, apesar de tudo o que se interpunha entre nós. Mas não sou uma pedra. Mesmo se fosse, até uma pedra pode ser desgastada pelo constante e frio gotejamento do senso comum.

— O meu tio? O príncipe Regal? — Fiquei incrédulo perante a traição.

Ela confirmou lentamente com a cabeça.

— Ele me disse para manter a visita em segredo. Não haveria, disse ele, nenhuma vantagem se você soubesse dela. Tinha de agir de acordo com os interesses da família. Disse que eu tinha de compreender isso. E eu compreendi, mas me zanguei. Foi só com o tempo que ele me fez entender que também era o melhor para os meus interesses. — Molly fez uma pausa e passou uma mão pelo rosto. Estava chorando. Sem fazer nenhum som, só as lágrimas correndo enquanto falava.

Atravessei o quarto até onde ela estava. Hesitantemente, tomei-a nos braços. Ela não resistiu, e isso me surpreendeu. Abracei-a cautelosamente, como se fosse uma borboleta que pudesse ser facilmente esmagada. Inclinou a cabeça para a frente, de modo a pousar com toda a leveza a testa no meu ombro, e falou para o meu peito:

— Daqui a alguns meses, terei economizado o suficiente para começar de novo. Não para abrir um negócio, mas para alugar um quarto em algum lugar e arranjar um trabalho com o qual consiga me sustentar. E então começar a economizar para uma loja. É isso que pretendo fazer. Lady Patience é bondosa, e Lacy tornou-se uma verdadeira amiga. Mas não gosto de ser criada. E não o serei por mais tempo do que o necessário. — Parou de falar e ficou quieta em meus braços. Estava tremendo levemente, como que de exaustão. Suas palavras pareciam ter se esgotado.

— O que meu tio lhe disse? — perguntei, cautelosamente.

— Oh. — Ela engoliu em seco e apertou ligeiramente o rosto contra mim. Acho que secou as lágrimas na minha camisa. — Só o que eu já deveria ter esperado. Quando veio pela primeira vez falar comigo, foi frio e distante. Tomou-me por uma... prostituta de rua, suponho. Avisou-me severamente que o rei não toleraria mais escândalos. Exigiu saber se eu estava grávida. Fiquei furiosa, é claro. Disse-lhe que era impossível que estivesse. Que nós nunca tínhamos... — Molly fez uma pausa e eu consegui sentir sua vergonha por alguém poder sequer fazer uma pergunta dessas. — Então me disse que ainda bem. Perguntou o que achava que eu merecia, como reparação pelos seus enganos.

A palavra era como uma pequena faca que se torcia nas minhas entranhas. A fúria que sentia estava se acumulando, mas me forcei a manter o silêncio, para que ela pudesse contar tudo.

— Então eu lhe disse que não esperava nada. Que eu tinha enganado a mim mesma tanto quanto você tinha me enganado. Então ele me ofereceu dinheiro. Para ir embora e nunca mais falar com você. Ou do que tinha acontecido entre nós. — Ela estava com dificuldades para falar. A voz foi se tornando mais aguda e tensa a cada frase. Lutava por mostrar uma aparência de calma que eu sabia que não sentia. — Ofereceu-me o suficiente para abrir uma velaria. Eu fiquei brava. Disse-lhe que não podia ser paga para deixar de amar alguém. Que, se a oferta de dinheiro pudesse me fazer amar ou deixar de amar, então era mesmo uma prostituta. Ele ficou muito bravo, mas foi embora. — Molly soltou um súbito soluço trêmulo, e então ficou imóvel.

Movi as mãos levemente sobre seus ombros, sentindo a tensão contida neles. Afaguei seu cabelo; mais suave do que a crina de qualquer cavalo, e mais liso também. Ela ficou em silêncio.

— Regal faz maldades — ouvi-me dizer. — Ele está tentando me ferir ao afastar você. Envergonhar-me fazendo-lhe mal. — Abanei a cabeça para mim mesmo, espantado com minha estupidez. — Eu deveria ter previsto isso. Só imaginei que ele pudesse espalhar boatos contra você. Ou arranjar uma maneira de feri-la fisicamente. Mas Burrich tem razão. O homem não tem moral, não é limitado por nenhuma regra.

— Ele a princípio foi frio. Mas nunca claramente grosseiro. Veio apenas como mensageiro do rei, segundo ele mesmo, e veio em pessoa para evitar qualquer escândalo, para que ninguém mais soubesse do assunto. Procurava evitar falatório, e não o criar. Mais tarde, depois de termos conversado algumas vezes, disse que lamentava me ver assim, encurralada, e que diria ao rei que não tinha sido eu a criar a situação. Até comprou minhas velas e deu um jeito de outros ficarem sabendo o que eu tinha para vender. Acho que ele está tentando ajudar, FitzChivalry. Ou pelo menos é assim que ele vê o que faz.

Ouvi-la defender Regal golpeou-me mais profundamente do que qualquer insulto ou censura que pudesse atirar contra mim. Meus dedos se embaraçaram no seu cabelo macio, e eu os desenredei cuidadosamente. Regal. Todas as semanas que eu passara sozinho, evitando-a, sem falar com ela para não causar escândalo. Deixando-a só, para que Regal pudesse aparecer em meu lugar. Não a cortejá-la, não, mas a conquistando com seu encanto treinado e suas palavras estudadas. Destruindo a imagem que ela tinha de mim enquanto eu não estava lá para contradizer o que quer que ele dissesse. Pondo-se na situação de seu aliado enquanto eu era mantido sem voz, para ser transformado no jovem inexperiente, no vilão descuidado. Mordi a língua antes de lhe dizer mais alguma coisa de mau sobre ele. Soaria apenas como um rapazinho fútil e zangado, a retaliar contra aquele que contrariava sua vontade.

— Alguma vez falou das visitas de Regal a Patience ou a Lacy? O que elas disseram dele?

Ela balançou a cabeça, e o movimento espalhou a fragrância do seu cabelo.

— Ele me advertiu a não contar a elas. "As mulheres falam", disse, e eu sei que é verdade. Eu não deveria ter falado isso nem mesmo para você. Ele disse que Patience e Lacy me respeitariam mais se parecesse que eu chegara a essa decisão sozinha. E disse também... que você não me deixaria em paz... se achasse que a decisão veio dele. Que tinha de acreditar que eu me afastei pela minha própria vontade.

— Ele me conhece bem — concedi.

— Não devia ter lhe contado — murmurou ela. Afastou-se um pouco de mim, para me olhar nos olhos. — Não sei por que contei.

Seus olhos e o cabelo eram das cores de uma floresta.

— Talvez você não quisesse que eu a deixasse em paz? — aventei.

— Tem de deixar — disse. — Ambos sabemos que não temos futuro.

Por um instante tudo ficou em silêncio. O fogo crepitava baixinho de si para si. Nenhum de nós se moveu. Mas, de algum modo, eu entrei em outro lugar, onde estava dolorosamente consciente de cada odor e de cada toque vindos dela. Seus olhos e as essências de ervas de sua pele e seu cabelo eram um todo com o calor e a elasticidade do seu corpo sob a suave camisa de dormir de lã. Experimentei-a como uma nova cor subitamente revelada aos meus olhos. Todas as preocupações, até mesmo todos os pensamentos, ficaram suspensos daquele súbito despertar de sentidos. Percebi que estava tremendo, pois ela pôs as mãos em meus ombros e os apertou para me estabilizar. O calor de suas mãos fluiu pelo meu corpo. Baixei os olhos para os dela e fiquei maravilhado com o que vi ali.

Ela me beijou.

Esse simples ato, a oferta da sua boca à minha, foi como a abertura de uma comporta. O que se seguiu foi uma continuação sem barreiras do seu beijo. Não paramos para pensar em sensatez ou moralidade, não tivemos nenhuma hesitação. A permissão que demos um ao outro foi absoluta. Aventuramo-nos juntos naquela novidade, e não consigo imaginar uma união mais profunda do que aquela que nosso espanto conjunto nos trouxe. Ambos chegamos inteiros a essa noite, libertos de expectativas ou memórias de outros. Não tinha mais direito a ela do que ela a mim. Mas dei e recebi, e juro que nunca me arrependerei. A memória da doce atrapalhação daquela noite é a coisa mais verdadeira que minha alma possui. Meus dedos trêmulos embrulharam-se na fita da gola de sua camisola, fazendo um nó irremediável. Molly pareceu sábia e segura ao me tocar, só para trair sua surpresa com o brusco prender da respiração quando eu respondi. Não importava. Nossa ignorância cedeu a uma sabedoria mais antiga do que nós dois.

Procurei ser tão gentil quanto forte, mas dei por mim espantado com a força e a gentileza que ela mostrou.

Ouvi chamar àquilo de dança. Ouvi chamar de batalha. Há homens que se referem com uma sábia gargalhada, outros com um sorriso de escárnio. Ouvi as robustas mulheres do mercado rir como galinhas a cacarejar por causa de migalhas de pão; fui abordado por proxenetas que falavam de sua mercadoria com o arrojo de vendedores ambulantes a apregoar peixe fresco. Quanto a mim, penso que certas coisas estão além das palavras. A cor azul só pode ser experimentada, assim como o cheiro do jasmim ou o som de uma flauta. A curva de um ombro cálido e nu, a suavidade unicamente feminina de um seio, o som surpreendido que fazemos quando todas as barreiras cedem de repente, o perfume do pescoço dela, o sabor de sua pele, não passam de partes e, por mais doces que sejam, não incorporam o todo. Milhares desses detalhes ainda não o ilustrariam.

A lenha na lareira ardeu até se transformar em brasas vermelhas escuras. As velas já tinham se apagado há muito. Parecia que estávamos em um lugar em que entráramos como estranhos, e onde descobríramos estar em casa. Teria renunciado ao resto do mundo inteiro só para permanecer no sonolento ninho de amarrotadas mantas e colchas de penas, respirando sua morna quietude.

Irmão, isto é bom.

Saltei como um peixe num anzol, sacudindo Molly para fora de seu devaneio sonolento.

— O que foi?

— Uma cãibra na panturrilha — menti, e ela riu, acreditando em mim. Uma mentirinha tão simples, mas me senti subitamente envergonhado por ela, por todas as mentiras que tinha proferido e por todas as verdades que se transformaram em mentiras por eu as ter calado. Abri os lábios para lhe contar tudo. Que era o assassino real, o instrumento de matança do rei. Que o conhecimento de si que ela me dera naquela noite fora partilhado pelo meu irmão lobo. Que se entregara tão livremente a um homem que matava outros homens e partilhava a vida com um animal.

Era impensável. Dizer-lhe essas coisas iria magoá-la e envergonhá-la. Ela se sentiria permanentemente suja pelo toque que tínhamos partilhado. Disse a mim mesmo que conseguiria suportar que ela me desprezasse, mas não suportaria que desprezasse a si mesma. Disse a mim mesmo que apertava os lábios porque era a coisa nobre a fazer, porque guardar esses segredos era melhor do que permitir que a verdade a destruísse. Estaria mentindo a mim mesmo nesse momento?

Não o fazemos todos?

Fiquei ali deitado, com os braços dela enlaçados, mornos, à minha volta, com todo o seu corpo me aquecendo, e prometi a mim mesmo que iria mudar.

Deixaria de ser todas essas coisas, e então nunca teria necessidade de lhe contar. Amanhã, prometi a mim mesmo, diria a Chade e a Shrewd que não voltaria a matar por eles. Amanhã faria Olhos-de-Noite compreender que tinha de cortar o vínculo com ele. Amanhã.

Mas hoje, neste dia que já começava a amanhecer, tinha de sair com o lobo a meu lado, dar caça aos Forjados e matá-los. Porque queria falar com Shrewd com um triunfo fresco, para o deixar disposto a me conceder o que lhe pediria. Naquela mesma noite, depois de terminar a matança, iria pedir-lhe para permitir que Molly e eu nos casássemos. Prometi a mim mesmo que sua permissão marcaria o princípio de minha nova vida como um homem que já não teria de manter segredos da mulher que amava. Beijei-a na testa, e afastei suavemente seus braços de mim.

— Tenho de deixá-la — sussurrei quando ela se moveu. — Mas rezo para que não seja por muito tempo. Hoje vou falar com Shrewd, para pedir autorização para me casar com você.

Ela se agitou e abriu os olhos. Ficou observando, numa espécie de espanto, quando me afastei, nu, de sua cama. Pus mais lenha na lareira, e então evitei seu olhar enquanto reunia a roupa espalhada e me vestia. Ela não estava tímida, pois quando ergui os olhos da fivela do cinto, depois de a prender, dei com os olhos dela postos em mim, sorrindo. Corei.

— Sinto que já estamos casados — sussurrou. — Não consigo imaginar como é que proferir uns votos poderia nos tornar mais verdadeiramente unidos.

— Nem eu. — Sentei-me na beira da cama e voltei a tomar suas mãos nas minhas. — Mas ficarei muito satisfeito em fazer todos saberem disso. E isso, minha senhora, exige um casamento e que eu expresse em público tudo aquilo que meu coração já lhe declarou. Mas agora tenho de ir.

— Ainda não. Fique mais um pouquinho. Tenho certeza de que ainda nos resta algum tempo antes de alguém mais começar a acordar.

Debrucei-me sobre ela para beijá-la.

— Tenho de ir já, para guardar certa corda que está pendurada das ameias até a janela da minha dama. Caso contrário, isso pode gerar comentários.

— Pelo menos fique tempo suficiente para me deixar trocar os curativos de seu braço e pescoço. Como foi que se feriu assim? Pensei em perguntar-lhe ontem à noite, mas...

Sorri-lhe.

— Eu sei. Havia assuntos mais interessantes a tratar. Não, minha querida. Mas prometo que tratarei deles esta manhã, no meu quarto. — Chamar-lhe "minha querida" fez-me sentir mais homem do que quaisquer palavras que já tivesse dito antes. Beijei-a, prometendo a mim mesmo que iria embora imediatamente depois, mas dei por mim preso pelo seu toque em meu pescoço. Suspirei. — Tenho mesmo de ir embora.

— Eu sei. Mas não me contou como se feriu.

Conseguia ouvir em sua voz que ela não achava meus ferimentos sérios, e que estava apenas usando o assunto para me segurar a seu lado. Mesmo assim, senti vergonha, e tentei tornar a mentira o mais inócua possível.

— Dentadas de um cão. Uma cadela com filhotes no estábulo. Suponho que não a conhecia tão bem como julgava. Dobrei-me para pegar um dos cachorros, e ela atirou-se a mim.

— Pobre rapaz. Bem. Tem certeza de que limpou bem as feridas? Dentadas de animal se infectam muito facilmente.

— Voltarei a limpá-las quando trocar o curativo. Bom, tenho de ir. — Cobri-a com a colcha de plumas, mas não sem uma pontada de pena por deixar aquele calor. — Durma todo o sono que lhe resta até o dia nascer.

— FitzChivalry?

Parei à porta, virei-me para trás.

— Sim?

— Venha me ver esta noite. Independentemente do que o rei possa dizer. — Abri a boca para protestar. — Prometa-me! Senão, não sobreviverei a este dia. Prometa-me que voltará para mim. Porque, independentemente do que o rei possa dizer, fique sabendo disto: eu sou agora sua esposa. E serei sempre. Sempre.

Meu coração parou no peito perante aquela dádiva, e não consegui fazer mais do que um aceno mudo. O meu olhar deve ter sido suficiente, pois o sorriso que ela me concedeu era brilhante e dourado como o sol do meio do verão. Ergui o ferrolho e desprendi a tranca da porta. Entreabrindo-a, espreitei para o corredor escuro.

— Tranque a porta depois que eu sair — sussurrei, e então me esgueirei para longe dela, para o pouco que restava da noite.

À CAÇA

O Talento, como qualquer outra disciplina, pode ser ensinado de várias maneiras. Galen, mestre do Talento no reinado do rei Shrewd, usava técnicas de privação e sofrimento imposto para quebrar os muros internos dos estudantes. Uma vez reduzido a um estado de sobrevivência aterrorizada, o estudante ficava suscetível à invasão de sua mente por Galen e à aceitação forçada das técnicas de Talento de Galen. Se por um lado os estudantes que sobreviveram ao treino e se transformaram no seu círculo eram todos capazes de usar o Talento com segurança, por outro nenhum era particularmente forte. Diz-se que Galen se gabava de pegar estudantes com pouco Talento e ensiná-los a usá-lo com segurança. Pode ser que seja verdade. Ou talvez tenha pegado estudantes com grande potencial, esmagando-os até se transformarem em instrumentos adequados.

Pode-se contrastar as técnicas de Galen com as de Solicity, Mestra do Talento antes dele. Ela se encarregou da instrução inicial dos então príncipes Verity e Chivalry. Os relatos de Verity sobre sua instrução indicam que muito era conseguido através da gentileza, acalmando os estudantes para fazê-los baixar as barreiras. Tanto Verity como Chivalry saíram do treino qualificados e fortes utilizadores do Talento. Infelizmente, sua morte ocorreu antes de completar a instrução de adulto dos príncipes, e antes de Galen avançar até a jornada como instrutor de Talento. Só podemos imaginar quanto conhecimento sobre o Talento foi para a cova com ela, e que potenciais dessa magia real podem nunca voltar a ser descobertos.

Passei pouco tempo no meu quarto naquela manhã. O fogo apagara-se, mas o frio que senti era mais do que o frio de uma sala não aquecida. Aquele quarto era uma casca vazia de uma vida que em breve eu deixaria para trás. Parecia mais estéril do que nunca. Estava de pé, nu da cintura para cima, tremendo enquanto me lavava com água fria e trocava tardiamente os curativos do braço e do pescoço.

Não merecia que aqueles ferimentos estivessem tão limpos como pareciam estar. Apesar disso, estavam se curando bem.

Vesti roupas quentes, uma camisa de montanha forrada por baixo de um pesado casaco de couro. Enfiei as pesadas sobrecalças de couro e apertei-as bem às pernas com fitas de couro. Pus no cinto minha lâmina de trabalho e armei-me também com um punhal curto. Do equipamento de trabalho, tirei um pequeno pote de cicuta verde em pó. Apesar de tudo isso, ainda me sentia desprotegido e igualmente tolo quando saí do quarto.

Fui diretamente à torre de Verity. Sabia que ele estaria à minha espera, planejando trabalhar no meu Talento. De alguma maneira eu teria de o convencer de que precisava ir caçar Forjados. Subi rapidamente a escada, desejando que o dia já tivesse terminado. Toda a minha vida estava focada no momento em que bateria à porta do rei Shrewd e lhe pediria autorização para me casar com Molly. A mera lembrança dela inundou-me com uma combinação tão incomum de sentimentos desconhecidos, que meus passos na escada diminuíram enquanto tentava refletir sobre todos eles. Então percebi que isso era inútil.

— Molly — disse a mim mesmo, em voz baixa. Como uma palavra mágica ela fortaleceu minha determinação e me estimulou a avançar. Parei à porta e bati sonoramente.

Senti, mais do que ouvi, a permissão de Verity para entrar. Abri a porta e entrei na sala. Fechei a porta atrás de mim.

Fisicamente, a sala estava tranquila. Uma brisa fria saltava da janela aberta, e Verity encontrava-se à frente dela, entronizado em sua velha cadeira. As mãos estavam ociosamente pousadas no parapeito e os olhos, fixos no horizonte distante. Tinha as faces coradas, o cabelo escuro despenteado pelos dedos do vento. À exceção da suave corrente vinda da janela, o quarto estava quieto e silencioso. Mas eu me senti como se tivesse entrado em um redemoinho. A consciência de Verity derramou-se sobre mim, e eu fui atraído para sua mente, levado com seus pensamentos e seu Talento para muito longe ao mar. Levou-me consigo em uma estonteante ronda por todos os navios ao alcance de sua mente. Aqui roçamos nos pensamentos de um capitão mercante, "... se o preço for suficientemente bom, vou carregar óleo para a viagem de volta...", e então saltamos dele para os de uma mulher que remendava redes às pressas, fazendo voar a agulha, resmungando para si mesma enquanto o capitão lhe ralhava para ser mais rápida no que fazia. Descobrimos um piloto preocupado com sua esposa grávida em terra e três famílias que desenterravam amêijoas à sombria luz da manhã, antes que a maré chegasse e voltasse a cobrir a área. Visitamos esses e uma dúzia de outros antes de Verity nos levar repentinamente de volta a nosso corpo e lugar. Senti-me tão tonto como um menino erguido no ar pelo pai para que visse o caos completo da feira antes de ser devolvido a seus próprios pés e à visão infantil de joelhos e pernas.

Aproximei-me da janela para me pôr ao lado de Verity. Ele continuava a fitar o horizonte por sobre a água. Mas de repente compreendi seus mapas e por que os criava. Ao tocar tão brevemente aquela rede de vidas para mim, fora como se tivesse aberto a palma da mão para me revelar um punhado de inestimáveis pedras preciosas. Gente. A sua gente. Não era uma costa rochosa qualquer ou uma pastagem rica que ele vigiava. Era aquela gente, aqueles brilhantes vislumbres de outras vidas que não eram vividas por ele, mas que eram igualmente queridas. Aquele era o reino de Verity. Os limites geográficos desenhados em pergaminho delimitavam-no para ele. Por um momento partilhei do desgosto que sentia por alguém desejar fazer mal àquela gente, e partilhei também de sua feroz determinação para que não fossem perdidas mais vidas para os Navios Vermelhos.

O mundo solidificou-se à minha volta, como uma vertigem que passava, e tudo ficou imóvel no topo da torre. Verity não olhou para mim quando falou:

— Então... hoje é dia de caçada.

Confirmei com a cabeça, sem me preocupar por ele não ver o gesto. Não importava.

— Sim. Os Forjados estão ainda mais perto do que nós suspeitávamos.

— Espera combatê-los?

— Disse-me para ir preparado. Tentarei primeiro o veneno. Mas eles podem não ficar tão ávidos para devorá-lo. Ou podem tentar me atacar mesmo assim. Então estou levando meu punhal, caso seja necessário.

— Foi o que supus. Mas leve esta em vez da sua. — Ergueu a espada embainhada ao lado da cadeira e me entregou. Por um momento só consegui olhá-la. O couro fora lindamente trabalhado, o cabo possuía aquela bela simplicidade que as armas e ferramentas feitas por um mestre tinham. Perante o aceno de Verity, desembainhei a espada em sua presença. O metal brilhava e cintilava, o martelar e dobrar que lhe dera força era recordado por uma ondulação aquática de luz ao longo de seu comprimento. Estendi a espada para a frente e senti-a empoleirar-se em minha mão, leve e à espera. Era uma espada muito melhor do que a minha perícia merecia. — Deveria presenteá-lo com ela com pompa e cerimônia, claro. Mas dou-lhe agora, para não correr o risco de, por falta dela, não conseguir regressar. Durante a Festa do Inverno, posso vir a pedi-la de volta para poder oferecê-la a você como deve ser.

Voltei a enfiá-la na bainha, e então desembainhei-a com a rapidez de uma inspiração brusca. Nunca possuíra algo tão bem-feito.

— Sinto que deveria prestar um juramento a você, ou algo do gênero — disse, embaraçado.

Verity permitiu-se um sorriso.

— Sem dúvida que Regal exigiria um juramento desses. Quanto a mim, não me parece que um homem tenha de me juramentar a espada quando já me juramentou a vida.

A culpa assaltou-me. Agarrei minha coragem com as mãos.

— Verity, meu príncipe. Eu vou sair hoje para lhe servir como assassino.

Até Verity ficou surpreso.

— Palavras diretas — refletiu, prudentemente.

— Chegou o momento para palavras diretas, penso eu. É assim que lhe sirvo hoje. Mas meu coração se cansou disso. Juramentei-lhe a vida, como disse, e, se me ordenar, terei de prosseguir. Mas lhe peço que me encontre outra maneira em que possa lhe servir.

Verity ficou em silêncio durante o que pareceu muito tempo. Pousou o queixo no punho e suspirou.

— Se fosse apenas a mim que estivesse juramentado, talvez pudesse responder-lhe rápida e simplesmente. Mas sou apenas um príncipe herdeiro. Esse pedido tem de ser feito a seu rei. Assim como seu pedido para se casar. — O silêncio na sala ficou agora muito longo e profundo, criando uma distância entre nós. Não fui capaz de quebrá-lo. Verity falou, por fim: — Mostrei a você como proteger os sonhos, FitzChivalry. Se negligencia encerrar sua mente, não pode culpar os outros por aquilo que ela divulga.

Empurrei minha ira para baixo e a engoli.

— Quanto? — perguntei, friamente.

— O mínimo possível, asseguro. Estou mais habituado a defender os meus pensamentos do que a bloquear os dos outros. Em especial os pensamentos de um Talentoso tão forte, ainda que errante, como você. Não procurei ficar a par da sua... designação.

Ele se calou. Eu não confiava em mim mesmo o suficiente para falar. Não era só minha privacidade que havia sido tão fortemente traída mas também a de Molly! Não conseguia imaginar como eu poderia um dia explicar aquilo a Molly. Nem conseguia tolerar a ideia de outro silêncio mascarando uma mentira calada entre nós. Como sempre, Verity era tão verdadeiro como seu nome. O descuido fora meu. Verity estava falando, em voz muito baixa:

— Na verdade, eu o invejo, rapaz. Se fosse minha escolha, deveria se casar hoje. Se Shrewd negar hoje a autorização, guarde isso no coração e comunique à lady Saia Vermelha que, quando eu for rei, será livre para se casar quando e com quem desejar. Não farei com você o que fizeram comigo.

Acho que foi então que compreendi tudo o que fora tirado de Verity. Uma coisa é solidarizar-me com um homem cuja esposa foi escolhida por outrem. Outra é acabar de sair da cama de minha amada e subitamente compreender que um homem de quem gosto nunca poderá conhecer a plenitude daquilo que experimentei com Molly. Como deve ter sido amargo vislumbrar o que Molly e eu partilhamos, aquilo que lhe seria eternamente negado.

— Verity. Obrigado — disse-lhe. Ele me olhou brevemente nos olhos e me concedeu um pálido sorriso.

— Bem. Suponho que... — Hesitou. — Isso não é uma promessa, portanto, não a considere como tal, mas pode haver também algo que eu possa fazer acerca da outra coisa. Poderá não ter tempo para agir como... diplomata, se lhe forem dados outros deveres. Deveres mais valiosos para nós.

— Quais deveres? — perguntei, cautelosamente.

— Os meus navios crescem, dia após dia, tomando forma sob as mãos de seus mestres. E de novo me é negado aquilo que mais desejo. Não me será permitido navegar neles. Há muito bom senso nisso. Aqui, sou capaz de vigiar e comandar tudo. Aqui, minha vida não é arriscada perante a violência dos piratas dos Navios Vermelhos. Aqui, posso coordenar os ataques de vários navios ao mesmo tempo e enviar ajuda para onde ela é mais necessária. — Pigarreou. — Por outro lado, não sentirei o vento nem o ouvirei bater na vela, e nunca me será permitido combater contra os Salteadores, como desejo fazer, de espada em punho, matando de forma rápida e limpa, tirando sangue pelo sangue que eles nos tiraram. — Uma fúria fria cavalgou suas feições enquanto ele falava. Após um momento de pausa, prosseguiu com mais calma. — Portanto, para que esses navios funcionem melhor, deve haver alguém a bordo de cada um que seja pelo menos capaz de receber minhas informações. Idealmente, essa pessoa deverá também ser capaz de me transmitir informações detalhadas sobre o que se passa a bordo do navio. Você viu, hoje, como eu estou limitado. Consigo ler os pensamentos de algumas pessoas, é certo, mas não consigo orientá-las sobre aquilo que pensam. Por vezes, consigo encontrar alguém mais suscetível a meu Talento e influenciar seus pensamentos. Mas isso não é o mesmo que ter uma resposta rápida a uma pergunta direta. Alguma vez pensou em navegar, FitzChivalry?

Dizer que fiquei surpreendido seria pouco.

— Eu... acabou de me lembrar que minhas capacidades com o Talento são erráticas, senhor. E lembrou-me ontem que em uma luta sou mais briguento do que espadachim, apesar do treino de Hod...

— E agora faço você lembrar que estamos no meio do inverno. Não faltam muitos meses até a primavera. Já disse que é apenas uma possibilidade, nada mais do que isso. Só poderei ajudar-lhe minimamente com aquilo que terá de dominar até lá. Acredito que isso caiba inteiramente a você, FitzChivalry. Será capaz de, até a primavera, aprender a controlar tanto o seu Talento como a sua lâmina?

— É como me disse, meu príncipe. Não posso prometer, mas será essa minha intenção.

— Ótimo. — Verity olhou-me fixamente durante um longo momento. — Começará hoje?

— Hoje? Hoje tenho de caçar. Não me atrevo a negligenciar esse dever, nem mesmo para isso.

— As duas coisas não precisam ser exclusivas. Leve-me com você, hoje.

Fitei-o sem expressão por um momento, e então anuí. Pensei que ele se levantaria para vestir roupas de inverno e buscar uma espada. Mas, em vez disso, estendeu a mão para mim e pegou-me pelo antebraço.

Quando sua presença fluiu para dentro de mim, foi instintivo lutar contra ele. Aquilo não era como das outras vezes em que ele me vasculhara os pensamentos como um homem remexe em papéis espalhados sobre a mesa. Aquilo era uma verdadeira ocupação de minha mente. Não fora invadido dessa forma desde que Galen me brutalizara. Tentei me soltar de sua mão, mas ela era como ferro em meu pulso. Tudo parou. *Tem de confiar em mim. Confia em mim?* Comecei a suar e a tremer, como um cavalo com uma serpente na cocheira.

Não sei.

Pense nisso, pediu-me. Retirou-se um pouco.

Ainda conseguia senti-lo, à espera, mas sabia que se mantinha separado de meus pensamentos. Minha mente se lançou em uma atividade frenética. Havia muitas coisas para considerar. Aquilo era algo que eu tinha de fazer se quisesse me libertar de uma vida como assassino. Era uma chance de transformar todos os segredos em velhos segredos, em vez de mantê-los como uma constante exclusão de Molly e de sua confiança. Tinha de aceitar. Mas como poderia fazer aquilo e manter em segredo Olhos-de-Noite e tudo aquilo que partilhávamos? Sondei na direção de Olhos-de-Noite. *Nosso vínculo é um segredo. Tenho de mantê-lo assim. Por isso hoje tenho de caçar sozinho. Compreende?*

Não. É idiota e perigoso. Eu estarei lá, mas pode confiar em mim para não me deixar ver nem detectar.

— O que fez, agora mesmo? — Era Verity, falando em voz alta. Mantinha a mão no meu punho. Baixei os olhos para os dele. Não havia dureza em sua pergunta, fizera-a como faria a uma criança que encontrasse esculpindo em madeira. Fiquei congelado dentro de mim. Ansiava por desabafar o fardo, por ter uma pessoa no mundo que soubesse tudo sobre mim, tudo aquilo que eu era.

Já tem, disse Olhos-de-Noite.

Era verdade. E não podia colocá-lo em perigo.

— Também tem de confiar em mim — dei por mim dizendo a meu príncipe herdeiro. E quando ele continuou a me olhar pensativamente, perguntei: — Meu príncipe. Confia em mim?

— Sim.

Com uma palavra, ele me entregou sua confiança, e com ela a segurança de que o que eu estava fazendo não lhe faria mal. Parece uma coisa simples, mas um príncipe herdeiro permitir que seu assassino mantivesse segredos para com ele era um ato assombroso. Anos antes, seu pai comprara minha lealdade com a promessa de comida, abrigo, educação e um alfinete de prata espetado no peito de minha camisa. O simples ato de confiança de Verity valeu subitamente mais para mim do que qualquer uma dessas coisas. O amor que sempre sentira por ele de repente não conheceu limites. Como poderia não confiar nele?

Ele deu um sorriso tímido.

— Você consegue usar o Talento quando tem coragem para isso. — Sem mais do que isso, voltou a entrar em minha mente. Desde que mantivesse a mão no meu pulso, a união de pensamentos não exigia esforço. Senti sua curiosidade e um sabor de angústia quando olhou seu próprio rosto através dos meus olhos. *Um espelho é mais gentil. Envelheci.*

Com ele abrigado em minha mente, teria sido inútil negar a verdade que havia no que dissera. Portanto, *foi um sacrifício necessário*, concordei.

Ele tirou a mão do meu pulso. Por um momento tive uma vertiginosa visão dupla, olhando para mim, olhando para ele, e então ela se estabilizou. Verity se virou lentamente para voltar a estender os olhos pelo horizonte, e então isolou essa visão de mim. Sem o seu toque, aquele agarrar de mentes era diferente. Saí lentamente da sala e desci a escada como se estivesse equilibrando um copo de vinho cheio até a borda. *Exatamente, em ambos os casos é mais fácil fazer se não se olhar para aquilo que carrega e não se pensar tanto no assunto. Limite-se a carregar.*

Desci até as cozinhas, onde comi um substancial café da manhã e tentei me comportar normalmente. Verity tinha razão. Era mais fácil manter nosso contato se não me focasse nele. Enquanto todas as outras pessoas estavam ocupadas com outras tarefas, consegui enfiar um prato de biscoitos em minha sacola.

— Vai à caça? — perguntou Cook quando se virou. Confirmei com a cabeça.

— Bem, tome cuidado. Vai à procura de quê?

— Javali — improvisei. — Só localizar um, não tentar matar. Acho que poderia ser um bom divertimento durante a Festa do Inverno.

— Para quem? O príncipe Verity? Não vai arrancá-lo da torre, cachorrinho. Ele passa tempo demais em seus aposentos nesses dias, ah, passa. E o pobre velho rei Shrewd já não faz uma refeição de verdade com a gente há semanas. Não sei por que é que continuo cozinhando seus pratos favoritos, se a bandeja volta para baixo tão cheia como subiu. Já o príncipe Regal... Bem, ele até iria, desde que não ficasse com os cachinhos despenteados. — Houve uma gargalhada geral entre as ajudantes de cozinha após essas palavras. Minhas bochechas começaram a arder com a ousadia de Cook. *Calma. Elas não sabem que eu estou aqui, rapaz. E nada do que for dito a você será usado por mim contra elas. Não nos traia agora.* Senti o divertimento de Verity, e também sua preocupação. Então me permiti um sorriso, agradeci a Cook o pastel que ela insistiu que eu levasse e saí da cozinha do castelo.

Fuligem estava inquieta em sua cocheira, mais do que ansiosa por uma saída. Burrich passou por mim enquanto eu estava prendendo a sela. Seus olhos escuros caíram sobre meus couros, a bainha trabalhada e o cabo de boa qualidade da espada. Pigarreou, mas depois ficou em silêncio. Nunca soube exatamente quanto Burrich sabia sobre o meu trabalho. Um dia, nas Montanhas, revelara a ele o meu treino como assassino. Mas isso fora antes de ele levar uma pancada na cabeça na tentativa de me proteger. Quando se recuperou, declarou ter perdido a memória do dia anterior. Mas às vezes eu desconfiava. Talvez fosse sua sábia maneira de manter um segredo em segredo; para que não pudesse ser questionado, nem mesmo por aqueles que o partilhavam.

— Tenha cuidado — disse por fim, bruscamente. — Não deixe que aconteça nenhum mal a essa égua.

— Teremos cuidado — prometi-lhe, e então passei por ele levando Fuligem pelo arreio.

Apesar de minhas idas e vindas, ainda era princípio da manhã, com luz de inverno suficiente apenas para trotar. Deixei Fuligem livre, permitindo-lhe que escolhesse seu ritmo e expressasse seu estado de espírito, e deixando-a que se aquecesse sem que começasse a suar. O dia estava encoberto, e o sol esgueirava-se entre as nuvens para ir tocar com dedos cintilantes as árvores e a neve acumulada. Refreei Fuligem, pondo-a a passo. Tomaríamos um caminho tortuoso para chegar ao curso do riacho; não queria abandonar as trilhas até ser necessário fazê-lo.

Verity estava comigo em cada segundo. Não conversávamos, mas ele estava a par do meu diálogo interno. Apreciou o ar fresco da manhã, a rápida reação de Fuligem e a juventude de meu corpo. Mas, quanto mais nos afastávamos do castelo, mais consciente eu me tornava de manter o elo com ele. A partir de um toque que a princípio ele impusera, a partilha transformara-se num esforço mútuo que se assemelhava mais a dar as mãos. Perguntei a mim mesmo se seria capaz de mantê-lo. *Não pense nisso. Limite-se a fazer. Até respirar se transforma em um esforço se prestar atenção a cada inspiração.* Pisquei, de súbito consciente de que ele se encontrava agora em seu estúdio, desempenhando suas tarefas habituais de todas as manhãs. Como se fosse o zumbido de abelhas distantes, detectei o som de Charim a consultá-lo sobre alguma coisa.

Não vi qualquer sinal de Olhos-de-Noite. Estava tentando não pensar nele, nem procurá-lo, uma negação mental que era tão extenuante quanto manter a consciência de Verity comigo. Tão depressa me acostumara a sondar em busca do meu lobo e a encontrá-lo à espera do meu toque que me sentia isolado e tão desequilibrado como se me faltasse no cinto minha faca preferida. A única imagem que conseguia expulsá-lo por completo da minha mente era a de Molly, e essa era uma imagem na qual eu também não queria me demorar. Verity não me censurou pelo que eu fizera na noite anterior, mas eu sabia que ele via meus atos como menos do que honrosos. Tinha uma sensação incômoda de que, se me permitisse tempo para realmente refletir sobre tudo o que acontecera, concordaria com ele. Covardemente, mantive a mente afastada disso também.

Percebi que estava dedicando a maior parte do meu esforço mental a não pensar. Sacudi a cabeça e abri-me para o dia. A estrada que estava seguindo não era muito percorrida. Avançava sinuosamente por entre as colinas onduladas que se estendiam por trás de Torre do Cervo e era muito mais pisada por cabras e ovelhas do que pelos homens. Várias décadas antes, um incêndio causado por um relâmpago limpara-a de árvores. As primeiras árvores que nela cresceram foram principalmente bétulas e choupos, agora nus, com exceção da neve que acolhiam. Aquela região acidentada era pouco adequada à agricultura e servia principalmente como pastagem de verão para animais de pasto, mas de tempos em tempos eu sentia o tênue odor de fumaça e via um caminho pisado que levava da estrada à casinha de um lenhador ou à cabana de um caçador. Era uma zona de pequenas propriedades isoladas, ocupadas por gente humilde.

A estrada ficou mais estreita, e as árvores mudaram quando entrei numa parte mais antiga da floresta. Ali, as escuras árvores de folha perene eram densas e se aglomeravam junto à margem da estrada. Tinham troncos imensos, e, por baixo de seus largos ramos, a neve jazia em montinhos irregulares sobre o chão da floresta. Havia pouca vegetação rasteira. A maior parte da neve do ano ainda se encontrava lá em cima, cobrindo os pontudos galhos das árvores, fazendo-os parecer grossas agulhas. Ali era fácil fazer Fuligem sair da trilha. Viajamos sob as copas carregadas de neve, sob uma luz acinzentada. O dia parecia ter sido quieto à sombra das grandes árvores.

Está procurando um local específico. Tem informações definidas sobre a localização dos Forjados?

Foram vistos na margem de um riacho, comendo um veado morto pelo inverno. Ontem mesmo. Achei que podíamos seguir-lhes o rastro a partir daí.

Quem os viu?

Hesitei. *Um amigo meu. Ele se esconde da maior parte das pessoas. Mas eu conquistei sua confiança e, por vezes, quando vê coisas estranhas, ele vem me contar.*

Hum. Sentia as reservas de Verity enquanto ele refletia sobre minha reticência. *Bem. Não voltarei a perguntar. Suponho que certos segredos sejam necessários.*

Lembro-me de uma mocinha idiota que costumava sentar-se aos pés de minha mãe. Minha mãe a mantinha vestida e alimentada, e dava-lhe bugigangas e doces. Nunca ninguém prestou muita atenção nela. Mas uma vez me aproximei delas sem que reparassem em mim e a ouvi contando à minha mãe que um homem estava vendendo colares e braceletes bonitos em uma taberna. Mais tarde nessa semana a guarda do rei prendeu Rife, o bandoleiro, nessa mesma taberna. As pessoas caladas costumam saber de muitas coisas.

É verdade.

Cavalgamos em um silêncio companheiro. Ocasionalmente, tinha de me lembrar que Verity não estava ali em carne e osso. *Mas começo a desejar estar. Já se passou muito tempo, rapaz, desde que percorri estes montes apenas pelo prazer de cavalgar. A minha vida tornou-se carregada demais de objetivos. Não consigo me lembrar da última vez que fiz uma coisa simplesmente porque queria fazê-la.*

Estava respondendo com um aceno a seu pensamento quando um grito cortou a floresta silenciosa. Era um grito sem palavras de uma criatura jovem, um grito interrompido no meio, e, antes de conseguir me controlar, sondei em sua direção. A minha Manha encontrou um pânico sem palavras, um medo mortal, e um súbito horror vindo de Olhos-de-Noite. Isolei a mente contra essas sensações, mas virei a cabeça de Fuligem na direção do grito e a estimulei a continuar. Agarrado a seu pescoço, eu a fiz avançar pelo labirinto de neve acumulada, ramos caídos e solo claro do chão da floresta. Subi uma colina com esforço, sem nunca atingir a velocidade que de repente passei a desesperadamente desejar. Cheguei ao cume e baixei o olhar para uma cena que nunca serei capaz de esquecer.

Eles eram três, esfarrapados, barbudos e fedorentos. Rosnavam e resmungavam uns com os outros enquanto lutavam. Não davam nenhum sinal de vida à minha Manha, mas eu os reconheci como os Forjados que Olhos-de-Noite me mostrara na noite anterior. Ela era pequena, devia ter três anos, e a túnica de lã que usava era amarela-viva, o trabalho cheio de amor das mãos de alguma mãe. Os Forjados lutavam por ela como se fosse um coelho preso em uma armadilha, puxando-a pelos membros como em um cabo de guerra, sem prestar atenção à pequena vida que ainda residia nela. Ao ver aquilo, rugi furiosamente e brandi a espada no exato momento em que um dos Forjados puxou a criança vigorosamente pelo pescoço, libertando a vida de seu corpo. Ao ouvir meu grito, um dos homens ergueu a cabeça e se virou para mim, com a barba brilhante de sangue. Não esperara pela morte da menina para começar a se alimentar.

Esporeei Fuligem e cavalguei sobre eles como a vingança a cavalo. Vindo da floresta à minha esquerda, Olhos-de-Noite entrou em campo de um salto. Caiu sobre eles antes de mim, saltando para os ombros de um dos homens e abrindo bem as mandíbulas para lhe enterrar os dentes na parte de trás do pescoço. Outro se virou para mim quando eu cheguei e ergueu inutilmente a mão para se proteger da minha espada. O golpe que dei foi tão forte que minha bela lâmina nova decepou metade do pescoço dele antes de se prender em sua espinha. Puxei a faca de cinto e saltei do dorso de Fuligem para me engalfinhar com o homem que tentava mergulhar a faca em Olhos-de-Noite. O terceiro Forjado pegou o cadáver da menina e fugiu com ele para a floresta.

O homem lutava como um urso enfurecido, mordendo e tentando nos apunhalar mesmo depois de eu lhe ter aberto a barriga. As entranhas pendiam-lhe por cima do cinto, mas mesmo assim veio aos tropeções atrás de nós. Não dediquei um momento sequer ao horror que senti. Sabendo que o homem morreria, deixei-o, e saímos em perseguição daquele que fugira. Olhos-de-Noite era um borrão peludo e cinzento que ondulava pela encosta acima, e eu amaldiçoei meu lento par de pernas ao me apressar atrás dele. O rastro era evidente, neve pisada, sangue e o mau cheiro da criatura. Minha mente não estava funcionando direito. Juro que, ao correr subindo aquela ladeira, de algum modo pensei que poderia chegar a tempo de desfazer a morte da menina e trazê-la de volta. Fazer aquilo nunca ter acontecido. Foi um impulso ilógico que me acelerou.

Ele tinha recuado. Saltou sobre nós de trás de um grande tronco, atirando o corpo da menina a Olhos-de-Noite, e então se lançando sobre mim. Era grande e musculoso como um ferreiro. Ao contrário dos outros Forjados que eu encontrara, o tamanho e a força daquele mantiveram-no alimentado e bem-vestido. Possuía a fúria sem limites de um animal acossado. Agarrou-me, erguendo-me no ar, e então caiu sobre mim com o antebraço nodoso esmagando-me a garganta. Caído em cima de mim, com o robusto peitoral nas minhas costas, prendia meu tórax e o braço ao chão embaixo dele. Estendi o outro braço para trás, para espetar a faca duas vezes na sua coxa carnuda. Ele rugiu de fúria e aumentou a pressão. Comprimiu meu rosto contra a terra gelada. Pontos negros salpicaram meu campo de visão, e Olhos-de-Noite foi uma súbita adição de peso às minhas costas. Achei que minha espinha iria quebrar. Ele fincou as presas nas costas do homem, mas o Forjado limitou-se a empurrar o queixo contra o peito e a dobrar os ombros contra o ataque. Ele sabia que estava me matando estrangulado. Haveria tempo suficiente para lidar com o lobo depois que eu estivesse morto.

A luta fez abrir o ferimento no meu pescoço, e o sangue morno se derramou. A nova dor foi um minúsculo estímulo para minha luta. Balancei violentamente a cabeça sob suas mãos, e o meu próprio sangue deixou o pescoço escorregadio o suficiente para me permitir virar a garganta um pouco. Inspirei desesperadamente uma golfada de ar antes de o gigante mudar o modo como me apertava. Começou a curvar minha cabeça para trás. Se não conseguia me estrangular, iria simplesmente quebrar meu pescoço. E ele tinha músculos para isso.

Olhos-de-Noite mudou de tática. Não conseguia abrir as mandíbulas o suficiente para abocanhar a cabeça do homem, mas seus dentes encontraram apoio o bastante para separar o couro cabeludo do crânio dele. Prendeu os dentes em um retalho de carne e puxou. Sangue choveu sobre mim enquanto o Forjado rugia sem palavras e me dava uma joelhada na lombar. Soltou um braço de mim para tentar atingir Olhos-de-Noite. Movi-me como uma enguia em seus braços para lhe dar uma joelhada na virilha e uma bela punhalada no flanco. A dor deve ter sido insuportável, mas ele não me largou. Em vez disso, deu-me uma cabeçada, um *flash* de escuridão, e então envolveu-me com os enormes braços, me prendendo a ele enquanto começava a esmagar meu peito.

Da luta, nada mais recordo coerentemente. Não sei o que me deu em seguida; talvez tenha sido a fúria de morte de que algumas lendas falam. Combati-o com dentes, unhas e faca, arrancando-lhe carne do corpo onde quer que conseguisse atingi-lo. Mesmo assim, sei que não teria sido o suficiente se Olhos-de-Noite não o estivesse atacando com o mesmo frenesi sem limites. Algum tempo depois, rastejei por baixo do corpo do homem. Tinha um repugnante sabor de cobre na boca, cuspi cabelos sujos e sangue. Limpei as mãos nas calças e depois as esfreguei na neve limpa, mas nunca nada seria capaz de purificá-las.

Está bem? Olhos-de-Noite estava deitado na neve, ofegante, a um metro ou dois de distância. Suas mandíbulas estavam igualmente ensanguentadas. Enquanto o observava, ele abocanhou uma grande bola de neve e continuou a ofegar. Ergui-me e tropecei um passo ou dois em sua direção. Então vi o corpo da menina e me afundei na neve a seu lado. Acho que foi então que compreendi que era tarde demais, e que fora tarde demais desde o instante em que os vira pela primeira vez.

Ela era minúscula. Cabelo negro e macio e olhos escuros. Horrivelmente, seu pequeno corpo ainda estava morno e maleável. Peguei-a no colo e afastei o cabelo de seu rosto. Um rosto pequeno, dentinhos de bebê, bochechas redondas. A morte ainda não havia nublado o seu olhar; os olhos que fitavam os meus pareciam fixos em um enigma para lá da compreensão. Suas pequenas mãos eram gordas e macias e estavam manchadas com o sangue que escorrera das dentadas que tinha nos braços. Fiquei sentado na neve com a criança morta no colo. Então era aquela a sensação de ter uma criança nos braços. Tão pequena, e outrora tão morna. Tão quieta. Baixei a cabeça sobre seu cabelo liso e chorei. Súbitos tremores me assolaram, incontrolavelmente. Olhos-de-Noite farejou meu rosto e ganiu. Deu-me uma brusca patada no ombro e então eu percebi que precisava expulsá-lo. Toquei-o calmamente com uma mão, mas não consegui abrir a mente nem a ele nem a nada mais. Ele voltou a ganir, e eu ouvi o ruído dos cascos. O lobo me deu uma lambidela na bochecha como quem pede perdão, e então desapareceu na floresta.

Fiquei em pé com dificuldade, ainda com a criança no colo. Os cavaleiros surgiram no topo da colina acima de mim. Verity na liderança, montado em seu cavalo negro, com Burrich atrás, e Blade, e meia dúzia de outros. Havia uma mulher, com vestuário grosseiro, montada na garupa do cavalo de Blade. Soltou um grito ao me ver, e saltou rapidamente do lombo do cavalo, correndo para mim com as mãos estendidas para a criança. Não consegui suportar a terrível luz de esperança e alegria em seus olhos. Eles fixaram-se nos meus por um instante, e vi tudo morrer no seu rosto. Arrancou-me a criança dos braços, agarrou seu rosto que arrefecia sobre o pescoço pendente e desatou a gritar. A desolação de sua dor quebrou-se contra mim como uma onda, derrubando minhas muralhas e levando-me para o fundo com ela. Os gritos não paravam.

Horas mais tarde, sentado no estúdio de Verity, ainda conseguia ouvi-los. Vibravam com o som, longos tremores que me percorriam descontroladamente. Estava nu da cintura para cima, sentado em um banco em frente à lareira. O curandeiro estava avivando as chamas enquanto, atrás de mim, um Burrich submerso num silêncio de pedra limpava as farpas de pinheiro e terra do corte que eu tinha no pescoço.

— Isto e isto não são ferimentos frescos — observou em certo momento, apontando para a outra ferida no meu braço. Eu não disse nada. Todas as palavras tinham me abandonado. Em uma bacia de água quente a seu lado, flores secas de íris desenrolavam-se com pedaços de alecrim-do-norte flutuando ao lado. Burrich umedeceu um pano na água e lavou com ele as nódoas negras da minha garganta. — O ferreiro tinha mãos grandes — observou em voz alta.

— Você o conhecia? — perguntou o curandeiro quando se voltou para olhar para Burrich.

— Nunca falei com ele. Eu o vi, uma vez ou duas, na Festa da Primavera, quando alguns comerciantes dos arredores vinham à cidade com suas mercadorias. Ele costumava trazer boa prataria para armaduras.

Voltaram a ficar em silêncio. O sangue que tingia a água quente não era meu, em sua maioria. Além de muitas contusões e de dores musculares, eu escapara com arranhões e hematomas e um enorme galo na testa. Sentia-me de certo modo envergonhado por não ter sido ferido. A menina morrera. Eu deveria ter sido pelo menos ferido. Não sei por qual motivo aquela ideia fazia sentido para mim. Observei Burrich colocando uma atadura branca e limpa no meu antebraço. O curandeiro trouxe-me uma caneca de chá. Burrich tirou-a de suas mãos, cheirou-a pensativamente e então me entregou.

— Eu teria usado menos valeriana — foi tudo o que disse ao homem. O curandeiro afastou-se e sentou-se junto da lareira.

Charim entrou com uma bandeja de comida. Limpou uma mesinha e dispôs a comida sobre ela. Um momento mais tarde, Verity entrou na sala. Tirou o manto e atirou-o nas costas de uma cadeira.

— Encontrei o marido dela no mercado — disse. — Está com ela agora. A mulher tinha deixado a criança brincando à porta enquanto ia buscar água no riacho. Quando voltou, a criança tinha desaparecido. — Olhou para mim, mas eu não consegui encará-lo. — Nós a encontramos chamando pela pequena na floresta. Eu soube... — Olhou abruptamente para o curandeiro. — Obrigado, Dem. Se já tiver acabado de tratar de FitzChivalry, pode ir embora.

— Eu ainda nem sequer olhei para...

— Ele está ótimo. — Burrich passara-me uma atadura pelo peito e por baixo do outro braço e de novo até em cima, numa tentativa de manter o curativo do pescoço no lugar. Era inútil. A mordida era bem em cima do músculo que ligava a ponta do ombro ao pescoço. Tentei encontrar algo de divertido no olhar irritado que o curandeiro deu a Burrich antes de sair. Burrich nem sequer reparou nele.

Verity puxou uma cadeira para a minha frente. Comecei a levar a caneca aos lábios, mas Burrich estendeu casualmente a mão e tirou-a de mim.

— Depois de conversarmos. Aqui há valeriana suficiente para deixá-lo sem sentidos. — Levou-a para longe. Junto da lareira, vi-o derramar metade do chá e diluir o que restava com mais água quente. Depois disso, cruzou os braços sobre o peito e encostou-se ao aparador da lareira, observando-nos.

Virei os olhos para os de Verity, e esperei que ele falasse.

Ele suspirou.

— Vi a criança com você. Vi-os lutar por ela. E então desapareceu de repente. Perdemos a união, e não consegui reencontrá-lo, nem com todas as minhas forças. Sabia que estava em apuros e parti para alcançá-lo o mais depressa possível. Lamento não ter sido mais rápido.

Ansiei por abrir-me e contar tudo a Verity. Mas poderia ser demasiado revelador. A posse dos segredos de um príncipe não nos dá o direito de divulgá-los. Olhei para Burrich. Ele estava olhando para a parede. Falei formalmente.

— Obrigado, meu príncipe. Não poderia ter vindo mais depressa. E mesmo se tivesse vindo, teria sido tarde demais. Ela morreu quase no mesmo instante em que a vi.

Verity baixou os olhos para as mãos.

— Eu sabia disso. Sabia melhor do que você. Quem me preocupava era você. — Ergueu os olhos para mim e tentou sorrir. — A parte mais marcante do seu estilo de combate é a maneira que você encontra para sobreviver.

Pelo canto do olho, vi Burrich mudar de posição, abrir a boca para falar, e voltar a fechá-la. Um terror frio desenrolou-se em mim. Ele vira os corpos dos Forjados, vira os rastros. Ele sabia que eu não lutara sozinho contra eles. Essa era a única coisa que poderia ter piorado o dia. Senti como se meu coração tivesse sido subitamente apanhado por uma fria paralisia. Se Burrich ainda não tivesse falado do assunto, se estivesse guardando suas acusações para um momento em que estivéssemos a sós, isso tornaria as coisas ainda piores.

— FitzChivalry? — Verity me obrigou a voltar minha atenção para ele. Sobressaltei-me.

— Peço-vos perdão, meu príncipe.

Ele riu, ou quase, em um breve suspiro.

— Basta de "meus príncipes". Pode ter certeza de que não os espero de você a esta altura, e Burrich também não. Ele e eu nos conhecemos bastante bem; ele não tratava meu irmão por "meu príncipe" em momentos como este. Lembre-se de que ele foi homem do rei do meu irmão. Chivalry absorvia sua força, e frequentemente de forma não muito suave. Tenho certeza de que Burrich sabe que o tenho usado da mesma forma. E também sabe que hoje cavalguei com os seus olhos, pelo menos até o topo da colina.

Olhei para Burrich, que anuiu lentamente. Nenhum de nós tinha certeza do motivo pelo qual ele estava sendo incluído na conversa.

— Perdi o contato com você quando entrou em frenesi de batalha. Para eu poder usá-lo como gostaria, isso não pode acontecer. — Verity tamborilou com os dedos nas coxas por um momento, perdido em pensamentos. — A única maneira que vejo de você aprender isso é praticando. Burrich, Chivalry me disse uma vez que em uma situação complicada você era melhor com um machado do que com uma espada.

Burrich pareceu espantado. Era evidente que não esperara que Verity soubesse aquilo sobre ele. Voltou a anuir, lentamente.

— Ele costumava zombar de mim por isso. Dizia que o machado era uma ferramenta de um rufião, não a arma de um cavalheiro.

Verity permitiu-se um sorriso conciso.

— Nesse caso, é apropriado para o estilo de Fitz. Vai ensiná-lo. Não creio que seja algo que Hod ensine, em geral. Embora não duvide que poderia fazê-lo, se eu lhe pedisse. Mas prefiro que seja você. Porque quero que Fitz pratique mantendo-me com ele enquanto aprende. Se conseguirmos ligar as duas lições, ele talvez consiga aprender ambas ao mesmo tempo. E, se for você a ensiná-lo, então ele não se distrairá tentando manter minha presença em segredo. Poderia fazê-lo?

Burrich não conseguiu disfarçar completamente a consternação que o assolou.

— Posso, meu príncipe.

— Então faça isso, por favor. Comece amanhã; quanto antes, melhor para mim. Sei que tem também outras tarefas a cumprir, e poucas horas para você. Não hesite em entregar a Hands alguns de seus afazeres enquanto estiver ocupado com isso. Ele parece ser um homem muito capaz.

— E é — concordou Burrich, cautelosamente. Outro bocadinho de informação que Verity tinha na ponta dos dedos.

— Então ótimo. — Verity recostou-se na cadeira. Examinou-nos como se estivesse dando instruções a uma sala cheia de homens. — Alguém tem algum problema com alguma coisa?

Vi a pergunta como um encerramento educado.

— Senhor? — perguntou Burrich. A sua voz profunda tornara-se muito suave e hesitante. — Se me der... eu tenho... não pretendo questionar a decisão do meu príncipe, mas...

Contive a respiração. Aí vinha. A Manha.

— Desembucha, Burrich. Achei que tivesse deixado claro que a conversa de "meu príncipe" deveria ser suspensa aqui. O que o preocupa?

Burrich se endireitou e olhou o príncipe herdeiro nos olhos.

— Será que isso... é apropriado? Bastardo ou não, ele é filho de Chivalry. O que eu vi hoje lá em cima... — Uma vez que ele tinha começado, as palavras saíram de Burrich em enxurrada. Estava lutando para afastar a ira da voz. — Você o enviou... Ele foi para um matadouro, sozinho. Qualquer outro rapaz de sua idade estaria agora morto. Eu... não quero me meter no que não me compete. Sei que há muitas maneiras de servir o meu rei, e que algumas não são tão bonitas como outras. Mas lá em cima nas Montanhas... e então o que vi hoje. Não poderia encontrar alguém para fazer isso que não fosse o filho de seu irmão?

Lancei um olhar a Verity. Pela primeira vez na vida vi seu rosto em plena ira. Não expressa num sorriso de desprezo ou num franzir de sobrancelhas, mas como duas faíscas quentes que ardiam no fundo de seus olhos escuros. A linha de seus lábios estava fina. Mas ele falou, em tom calmo:

— Olhe melhor, Burrich. Não é uma criança que está sentada ali. E pense melhor. Eu não o enviei sozinho. Fui com ele, para uma situação que esperávamos que fosse uma perseguição, uma caçada, e não um confronto direto. As coisas não saíram como o esperado. Mas ele sobreviveu. Assim como já sobreviveu antes a coisas semelhantes. E provavelmente voltará a sobreviver.

Verity de repente ficou em pé. Senti todo o ar da sala ficar subitamente carregado, fervendo de emoção. Até Burrich pareceu senti-la, pois me olhou e depois se forçou a ficar imóvel, como um soldado em sentido, enquanto o príncipe caminhava pela sala.

— Não. Isso não é o que eu teria escolhido para ele. Isso não é o que eu teria escolhido para mim. Adoraria que ele tivesse nascido em tempos melhores! Gostaria que ele tivesse nascido em uma cama nupcial e que meu irmão ainda estivesse no trono! Mas não me foi dada essa situação, e a ele também não. Nem a você! Portanto ele serve, assim como eu. Maldito seja, mas é Kettricken quem tem razão. O rei é o Sacrifício do povo. E seu sobrinho também. Aquilo hoje lá em cima foi uma carnificina. Eu sei do que está falando; vi Blade afastar-se para vomitar depois de ver aquele corpo... Eu vi o Forjado andando até Fitz, eu não sei como esse rapaz... esse homem sobreviveu. Fazendo tudo o que podia, suponho. Portanto, o que posso fazer? O que posso fazer? Preciso dele. Preciso dele para essa batalha feia e secreta, pois ele é o único que está equipado e treinado para travá-la. Assim como meu pai me confina naquela torre e me pede para queimar a mente matando de uma forma sorrateira e suja. Seja o que for que Fitz tenha de fazer, sejam quais forem as habilidades a que tenha de apelar... — (Meu coração parou, o ar era gelo em meus pulmões.) — ... ele que as use. Porque agora é isso o que procuramos conquistar. A sobrevivência. Porque...

— Eles são o meu povo. — não percebi que havia falado até os dois se virarem para me olhar. Um silêncio súbito recaiu sobre a sala. Respirei fundo. — Há muito tempo, um velho me disse que eu um dia compreenderia uma coisa. Disse que o povo dos Seis Ducados era o meu povo, que estava no meu sangue me preocupar com ele, sentir as suas dores como minhas. — Pisquei para limpar dos olhos Chade e esse dia em Forja. — Ele tinha razão — consegui dizer após um momento. — Eles mataram a minha criança hoje, Burrich. E o meu ferreiro e mais dois homens. Não os Forjados. Os Salteadores dos Navios Vermelhos. E em troca eu tenho de derramar o sangue deles. Preciso expulsá-los de nossas costas. Agora é tão simples como comer ou respirar. É uma coisa que tenho de fazer.

Os olhos deles encontraram-se sobre minha cabeça.

— O sangue dirá — observou Verity, em voz baixa. Mas havia uma ferocidade em sua voz, e um orgulho que aquietou o tremor que durara o dia inteiro no meu corpo. Uma profunda calma ergueu-se em mim. Fizera a coisa certa naquele dia. Soube-o, de repente, como se fosse um fato físico. Um trabalho sujo e degradante, mas era meu, e eu o fizera bem. Pelo meu povo. Virei-me para Burrich e vi que ele me mirava com aquele olhar pensativo que costumava reservar para quando o menor animal da ninhada se mostrava extraordinariamente promissor.

— Eu o ensino — prometeu a Verity. — Ensinarei a ele os poucos truques com machado que conheço. E mais algumas coisas. Começamos amanhã, antes da primeira luz da aurora?

— Ótimo — concordou Verity, antes que eu tivesse tempo de me opor. — E agora vamos comer.

Senti-me subitamente faminto. Levantei-me para ir à mesa, mas Burrich apareceu de repente ao meu lado.

— Lave o rosto e as mãos, Fitz — me lembrou, com gentileza.

A água aromatizada na bacia de Verity estava escura com o sangue do ferreiro quando terminei.

A FESTA DO INVERNO

A Festa do Inverno é tanto uma celebração da parte mais escura do ano quanto uma festa da luz que regressa. Durante os primeiros três dias prestamos homenagem à escuridão. As histórias que são contadas e os espetáculos de marionetes que são apresentados são aqueles que falam de tempos descansados e finais felizes. Come-se peixe salgado e carne defumada, raízes colhidas e frutas do verão anterior. Então, no meio do festival, há uma caçada. Novo sangue é derramado para celebrar o ponto de virada do ano, e nova carne é trazida fresca para o estábulo, a fim de ser comida com cereais colhidos no ano anterior. Os três dias que se seguem são dias que antecipam o verão seguinte. São colocados fios mais alegres nos teares, e as tecedeiras tomam para si uma ponta do Grande Salão para competir umas com as outras em busca dos padrões mais coloridos e da tecelagem mais leve. As histórias que são contadas são aquelas que falam do início das coisas e do modo como elas se originam.

Tentei visitar o rei Shrewd naquela tarde. Apesar de tudo o que aconteceu, não me esqueci da promessa que fiz a mim mesmo. Wallace mandou-me embora, dizendo que o rei Shrewd se sentia mal e não receberia ninguém. Desejei bater com força à porta e gritar para que o Bobo obrigasse Wallace a me deixar entrar. Mas não o fiz. Não estava tão seguro da amizade do Bobo como estivera antes. Não tivemos nenhum contato desde aquela sua canção zombeteira. Pensar nele me fez lembrar suas palavras, e quando voltei a meu quarto comecei a esquadrinhar novamente os manuscritos de Verity.

Ler me deu sono. A valeriana, mesmo diluída, fora uma dose forte. A letargia tomou conta de meus membros. Empurrei os pergaminhos para o lado, não mais sábio do que quando começara. Refleti sobre outras abordagens. Talvez um anúncio público, na Festa do Inverno, de que se procuravam os treinados no Talento, por mais velhos ou fracos que estivessem ou fossem? Isso faria aqueles que respondessem se tornar alvos? Voltei a pensar nos candidatos óbvios: aqueles que tinham sido treinados comigo. Nenhum nutria qualquer simpatia por mim, mas isso não queria dizer que não fossem ainda fiéis a Verity. Abalados, porventura, pelas atitudes de Galen, mas não seria possível curá-los? Pus imediatamente August de lado. Sua experiência final com o Talento em Jhaampe queimara-lhe as capacidades. Retirara-se discretamente para uma cidade qualquer no rio Vim, velho antes do tempo, dizia-se. Mas havia outros. Oito de nós tinham sobrevivido ao treino. Sete de nós tinham regressado do teste. Eu falhei. August ficara com o Talento destruído. Restavam cinco.

Não era grande coisa como círculo. Perguntei-me se todos me odiariam tanto quanto Serene. Ela me culpava pela morte de Galen e não escondia isso de mim. Estariam os outros igualmente informados sobre o que aconteceu? Tentei me recordar de todos. Justin era muito cheio de si e muito orgulhoso de seu Talento. Carrod já fora um rapaz sonolento e amigável. Nas poucas vezes que o vira desde que se transformara em membro do círculo, seus olhos pareciam quase vazios, como se nada restasse de quem ele havia sido. Burl deixara que sua robustez se transformasse em gordura assim que pudera usar o Talento em vez de trabalhar como carpinteiro para ganhar a vida. Will sempre fora medíocre, usar o Talento não o melhorara. Mesmo assim, todos tinham provado possuir Talento. Não poderia Verity voltar a treiná-los? Talvez. Mas quando? Quando ele teria tempo para um empreendimento desses?

Alguém vem aí.

Acordei. Estava estendido de bruços na cama, com pergaminhos espalhados à minha volta. Não pretendia dormir, e raramente dormira tão profundamente. Se Olhos-de-Noite não estivesse usando meus sentidos para me vigiar, poderia ter sido pego completamente desprevenido. Vi a porta do meu quarto entreabrir-se. O fogo enfraquecera e havia pouca luz no quarto. Não tinha trancado a porta; não esperava que fosse dormir. Fiquei muito quieto, me perguntando quem entraria tão silenciosamente, esperando apanhar-me desprevenido. Ou será que seria alguém esperando encontrar meu quarto vazio, talvez alguém que viesse em busca dos pergaminhos? Levei a mão à faca do cinto, preparei os músculos para um salto. Uma silhueta esgueirou-se pela porta e fechou-a em silêncio. Desembainhei a faca.

É a sua fêmea. Em algum lugar, Olhos-de-Noite bocejou e se espreguiçou. Sua cauda deu um abanão ocioso. Dei por mim a respirar fundo pelo nariz. *Molly,* confirmei a mim mesmo, com satisfação, ao detectar seu doce aroma, e então senti uma incrível aceleração física. Fiquei imóvel, de olhos fechados, e deixei-a se aproximar da cama. Ouvi exclamar em voz baixa uma censura e o farfalhar quando apanhou os pergaminhos espalhados e os colocou em segurança em cima da mesa. Hesitantemente, tocou meu rosto.

— Novato?

Não consegui resistir à tentação de fingir dormir. Ela se sentou ao meu lado e a cama cedeu docemente sob seu peso. Debruçou-se sobre mim e, comigo ainda em perfeita imobilidade, pôs sua boca macia sobre a minha. Estendi os braços e puxei-a para mim, maravilhando-me. Até o dia anterior fora um homem raramente tocado: a palmada de um amigo no ombro, ou os empurrões casuais de uma multidão ou, com mais frequência nos últimos tempos, mãos que procuravam me estrangular. Essa fora toda a extensão do meu contato pessoal. Então acontecera a noite passada, e agora isto. Ela terminou o beijo e deitou-se a meu lado, encaixando-se gentilmente em mim. Inspirei profundamente seu cheiro e mantive-me imóvel, saboreando os lugares onde seu corpo tocava o meu e o aquecia. A sensação era como uma bolha de sabão a flutuar no vento; temi até respirar para que não desaparecesse.

Ótimo, concordou Olhos-de-Noite. *Aqui não há tanta solidão. É mais como alcateia.*

Fiquei rígido e afastei-me ligeiramente de Molly.

— Novato? O que foi?

Meu. Isto é meu, não é coisa para partilhar com você. Compreende?

Egoísta. Isso não é algo como a carne, que se transforma em mais ou em menos pela partilha.

— Só um momento, Molly. Estou com cãibra em um músculo.

Qual deles? Riu, maliciosamente.

Não, não é como a carne. A carne partilharei sempre contigo, e também o abrigo, e sempre irei lutar a seu lado se precisar de mim. Sempre permitirei que se junte a mim na caça, e sempre o ajudarei a caçar. Mas isto, com a minha... fêmea. Isto tenho de ter para mim. Sozinho.

Olhos-de-Noite soltou uma fungadela, coçou uma pulga. *Você sempre traça linhas que não existem. A carne, a caça, a defesa do território, e fêmeas... tudo isso é alcateia. Quando ela tiver crias, não irei eu caçar para alimentá-las? Eu não irei protegê-las?*

Olhos-de-Noite... não posso lhe explicar isso neste momento. Deveria ter falado com você mais cedo. Por agora, pode se retirar? Prometo que discutiremos o assunto. Mais tarde.

Esperei. Nada. Não havia qualquer sensação de sua presença. Um assunto resolvido, outro por resolver.

— Novato? Está bem?

— Estou ótimo. Só... preciso de um momento. — Acho que foi a coisa mais difícil que alguma vez fiz. Molly estava a meu lado, de repente hesitante, a ponto de se afastar de mim. Tinha de me concentrar em encontrar minhas fronteiras, em colocar a mente no eixo e em impor limites a meus pensamentos. Inspirei e expirei regularmente. Ajustando o arnês. Era isso que o ato me fazia sempre lembrar, e era essa a imagem que eu usava sempre. Não tão solto que escorregue, não tão apertado que prenda. Confinando-me a meu próprio corpo, para não fazer Verity acordar sobressaltado.

— Ouvi os rumores — começou Molly, e então parou. — Desculpe. Não deveria ter vindo. Achei que talvez pudesse precisar... mas pode ser que precise ficar sozinho.

— Não, Molly, por favor, Molly, volte, volte. — Eu me atirei por cima da cama atrás dela e consegui apanhá-la pela bainha da saia quando se levantou.

Voltou-se para mim, ainda cheia de incerteza.

— É sempre exatamente aquilo de que preciso. Sempre. — A sombra de um sorriso perpassou através de seus lábios e ela sentou-se à beira da cama. — Parecia tão distante.

— Estava. É só que às vezes preciso limpar a cabeça. — Parei, sem estar certo do que mais poderia dizer sem mentir para ela. Estava determinado a não voltar a fazê-lo. Estendi a mão e peguei na dela.

— Ah — disse ela, passado um momento. Houve uma pequena pausa desconfortável quando eu não ofereci mais explicações. — Está bem? — perguntou, cautelosamente, depois de mais alguns momentos se terem passado.

— Estou ótimo. Não consegui ver o rei hoje. Tentei, mas ele não estava se sentindo bem e...

— Seu rosto está machucado e arranhado. Houve rumores...

Inspirei silenciosamente.

— Rumores? — Verity impusera silêncio aos homens. Burrich não teria falado, Blade, tampouco. Talvez nenhum deles tivesse falado com alguém que não tivesse estado lá. Mas os homens sempre discutem o que testemunharam em conjunto, e não seria preciso muito para que alguém os ouvisse.

— Não faça gato e rato comigo. Se não quer me contar, me diga.

— O príncipe herdeiro pediu para não falarmos do assunto. Isso não é o mesmo que não querer lhe contar.

Molly refletiu por um momento.

— Suponho que não seja. E não deveria dar ouvidos a mexericos, eu sei. Mas os rumores eram tão estranhos... e trouxeram corpos para o castelo, para queimar. E apareceu hoje na cozinha uma mulher estranha, chorando, chorando muito. Disse que Forjados tinham raptado e matado sua filha. E alguém disse que você tinha lutado com eles para tentar recuperar o bebê, e outro disse que não, que os tinha encontrado no momento em que um urso os atacava. Ou algo do tipo. Os rumores são tão confusos. Alguém disse que você os matou, e depois alguém que ajudou a queimar os corpos disse que pelo menos dois deles tinham sido atacados por algum animal. — Ela se calou e olhou para mim. Eu não queria pensar em nada daquilo. Não queria mentir para ela, nem mesmo para lhe contar a verdade. Não podia contar a ninguém a verdade completa. Portanto, limitei-me a olhá-la nos olhos e a desejar que as coisas fossem mais simples para nós. — FitzChivalry?

Nunca me habituaria a ouvir aquele nome dito por ela. Suspirei.

— O rei pediu para não falarmos do assunto. Mas... sim, uma criança foi morta por Forjados. E eu estive lá, tarde demais. Foi a coisa mais feia e mais triste que alguma vez testemunhei.

— Desculpe, não queria bisbilhotar. Mas é tão difícil não saber.

— Eu sei. — Estendi a mão para tocar em seu cabelo. Ela inclinou a cabeça na direção da minha mão. — Um dia lhe disse que tinha sonhado com você, em Baía do Lodo. Viajei do Reino da Montanha até Torre do Cervo sem saber se você tinha sobrevivido. Por vezes achava que a casa incendiada tinha ruído sobre o porão; outras vezes pensava que a mulher com a espada a tinha matado...

Molly olhou-me, sem expressão.

— Quando a casa ruiu, uma grande ventania de fagulhas e fumaça soprou em nossa direção. Cegou-a, mas eu estava de costas para ela. Eu... a matei com o machado. — De repente ela começou a tremer. — Não contei a ninguém. A ninguém. Como soube?

— Eu sonhei. — Puxei-a gentilmente pela mão, e ela se deitou na cama a meu lado. Pus os braços à sua volta e a senti ainda tremendo. — Às vezes tenho sonhos verdadeiros. Não muitas vezes — disse-lhe em voz baixa.

Ela afastou-se um pouco de mim. Os olhos perscrutaram-me o rosto.

— Você não está mentindo sobre isso para mim, certo, Novato?

A pergunta doía, mas eu a merecia.

— Não. Não é mentira. Eu garanto. E prometo que nunca mentirei...

Os seus dedos imobilizaram-me os lábios.

— Espero passar o resto da vida com você. Não me faça promessas que não pode cumprir até o fim dos seus dias. — A outra mão dirigiu-se às ataduras da minha camisa. Foi a minha vez de tremer.

Beijei-lhe os dedos e depois a boca. Em certo momento, Molly se levantou e trancou a porta. Lembro-me de enviar ao céu uma fervorosa prece para que aquela não fosse a noite do regresso de Chade de sua viagem. Não foi. Fui eu quem viajou até longe nessa noite, até um lugar que estava se tornando cada vez mais familiar, mas não menos maravilhoso para mim.

Era noite cerrada quando ela me deixou, acordando-me com uma sacudidela para insistir que eu trancasse a porta depois que saísse. Quis me vestir e acompanhá-la até o quarto, mas ela recusou, indignada, dizendo que era perfeitamente capaz de subir as escadas e que quanto menos vezes fôssemos vistos juntos, melhor. Cedi relutantemente à sua lógica. O sono em que caí então foi mais profundo do que qualquer sono que a valeriana tivesse induzido.

Acordei com gritos e trovões. Dei por mim em pé, aturdido e confuso. Um momento mais tarde, os trovões transformaram-se em murros na minha porta, e os gritos eram a repetição do meu nome por Burrich.

— Um minuto! — consegui gritar em resposta. Doía-me tudo. Enfiei uma roupa qualquer e cambaleei até a porta. Meus dedos precisaram de muito tempo para abrir o trinco. — O que está acontecendo? — quis saber.

Burrich limitou-se a me olhar. Estava lavado e vestido, com o cabelo e a barba penteados, e trazia dois machados.

— Ah.

— Sala da torre de Verity. Apresse-se, já estamos atrasados. Mas primeiro vá se lavar. Que cheiro é esse?

— Velas perfumadas — improvisei. — Elas trazem sonhos tranquilos.

Burrich bufou.

— Não é esse o tipo de sonho que esse cheiro me traria. Está cheio de almíscar, rapaz. Todo o seu quarto fede a almíscar. Encontre-me na torre.

E desapareceu, avançando impetuosamente pelo corredor. Voltei ao quarto, meio atordoado, me dando conta de que essa era a ideia que ele fazia do que era "manhã cedo". Lavei-me bem com água fria, não por querer, mas por me faltar tempo para aquecer alguma. Vasculhei em busca de roupa lavada e estava me vestindo quando as batidas na porta recomeçaram.

— Já estou quase pronto — gritei. As batidas continuaram. Isso queria dizer que Burrich estava irritado. Pois bem, eu também estava. Ele podia muito bem compreender que eu estava com muita dor naquela manhã. Empurrei a porta para enfrentá-lo, e o Bobo esgueirou-se para dentro com a suavidade de uma baforada de fumaça. Usava uma roupa nova de retalhos pretos e brancos. As mangas da camisa eram bordadas com arabescos pretos que lhe subiam pelos braços como hera. Por cima do colarinho negro, seu rosto era tão pálido como uma lua de inverno. Festa do Inverno, pensei, entorpecido. Hoje era a primeira noite da Festa do Inverno. O inverno já me parecia tão longo como cinco dos meus invernos anteriores. Mas naquela noite começaríamos a marcar seu ponto intermédio.

— O que é que você quer? — quis saber, sem disposição para suas tolices.

Ele inspirou profunda e deleitosamente pelo nariz.

— Um pouco do que teve seria ótimo — sugeriu, e então dançou graciosamente para trás perante a expressão no meu rosto. Ficara instantaneamente zangado. Ele saltou com ligeireza para o centro de minha cama desarranjada, e então para o outro lado, colocando-a entre nós. Eu saltei sobre ela atrás dele. — Mas não de você! — exclamou num tom de provocação e sacudiu as mãos na minha frente, numa reprimenda feminina antes de voltar a recuar.

— Não tenho tempo para você — disse-lhe, com repugnância. — Verity me aguarda e não posso deixá-lo à espera. — Rolei para fora da cama e me levantei para ajustar a roupa. — Saia do meu quarto.

— Ah, mas que tom. Houve tempos em que o Fitz era capaz de lidar melhor com um gracejo. — Fez uma pirueta no meio do quarto e de repente parou. — Está realmente zangado comigo? — perguntou, sem rodeios.

Fiquei de boca aberta por ouvi-lo falar tão diretamente. Refleti sobre a pergunta.

— Estou — disse com prudência, me perguntando se ele estaria deliberadamente tentando me fazer baixar a guarda. — Você me fez de bobo naquele dia, com aquela canção, na frente de toda aquela gente.

Ele balançou a cabeça.

— Não roube títulos para você. Bobo sou só eu. E bobo é sempre apenas o que sou. Especialmente naquele dia, com aquela canção na frente de toda aquela gente.

— Você me fez duvidar da sua amizade — eu disse, sem rodeios.

— Ah, ótimo. Pois não duvide de que os outros precisam sempre duvidar da nossa amizade se quisermos continuar sendo grandes amigos.

— Estou vendo. Então o seu objetivo foi semear rumores de discórdia entre nós. Nesse caso, compreendo. Mas tenho de ir embora mesmo assim.

— Então adeus. Divirta-se brincando com machados com Burrich. Tente não se atrapalhar com tudo o que ele lhe ensinar hoje. — Pôs dois troncos na pequena labareda que restava na minha lareira e fez um espetáculo ao se instalar na frente dela.

— Bobo — comecei, desconfortável. — Você é meu amigo, eu sei. Mas não gosto de deixá-lo aqui, no meu quarto, enquanto não estou.

— E eu não gosto quando outros entram no meu quarto quando não estou lá — fez ele notar, com malícia.

Fiquei instantaneamente corado.

— Isso foi há muito tempo. E lhe pedi desculpas pela minha curiosidade. Juro que nunca mais voltei a fazê-lo.

— Nem eu o farei, depois disso. E, quando você voltar, pedirei desculpas. Adianta?

Iria me atrasar. Burrich não ia gostar disso. Sentei-me na borda da cama desfeita. Molly e eu tínhamos estado ali deitados. De repente, transformara-se em uma área pessoal. Tentei aparentar indiferença enquanto puxava as colchas sobre o colchão de penas.

— Para que quer ficar no meu quarto? Está em perigo?

— Eu vivo em perigo, Fitzy-Fitz. Assim como você. Estamos todos em perigo. Gostaria de passar aqui parte do dia e tentar encontrar uma maneira de sair desse perigo, ou pelo menos uma maneira de diminuí-lo. — Encolheu significativamente os ombros na direção dos pergaminhos espalhados.

— Verity confiou-os a mim — disse eu, constrangido.

— Obviamente porque sente que é um homem em cujo discernimento ele confia. Portanto, talvez você julgue ser seguro confiá-los a mim?

Uma coisa é confiar nossas posses a um amigo. Outra é permitir-lhe acesso ao que outra pessoa colocou à nossa guarda. Percebi que não tinha qualquer dúvida na confiança que sentia pelo Bobo. Mas...

— Talvez fosse mais sensato perguntar primeiro a Verity — sugeri.

— Quanto menos ligações houver entre mim e Verity, melhor será para os dois — o Bobo falou, sem rodeios.

— Não gosta de Verity? — Eu estava surpreso.

— Eu sou o bobo do rei. Ele é príncipe herdeiro. Que espere. Quando ele for rei, serei seu. Isso se não permitir que sejamos todos mortos antes disso.

— Não quero ouvir dizer nada contra o príncipe Verity — disse-lhe em voz baixa.

— Não? Então é melhor andar por aí com os ouvidos bem tapados estes dias.

Dirigi-me à porta, pus a mão na fechadura.

— Temos de ir embora agora, Bobo. Já estou atrasado. — Mantive a voz firme. O gracejo que fizera sobre Verity golpeara-me tão profundamente como se fosse dirigido a mim.

— Não seja bobo, Fitz. Esse é o meu papel. Pense. Um homem só pode servir a um chefe. Não importa o que os seus lábios possam dizer, Verity é o seu rei. Não o culpo por isso. E você me culpa por Shrewd ser o meu?

— Não o culpo. E também não zombo dele na sua frente.

— E também não vai visitá-lo, independentemente de quantas vezes o tenha incentivado a fazê-lo.

— Estive à sua porta ainda ontem. Fui mandado embora. Disseram-me que ele não estava bem.

— E se isso acontecesse à porta de Verity, teria aceitado com a mesma docilidade?

Aquilo me fez parar para pensar.

— Não. Suponho que não.

— Por que desistiu dele tão facilmente? — O Bobo falava em voz baixa, como um homem magoado. — Por que o próprio Verity não se mexe pelo pai, em vez de seduzir homens de Shrewd para seu lado?

— Eu não fui seduzido. Foi Shrewd que não achou oportuno me receber. E, quanto a Verity, bem, não posso falar por ele. Mas todos sabem que o filho que Shrewd favorece é Regal.

— Ah, todos sabem disso? Então todos também sabem o que o coração de Regal está realmente decidido a fazer?

— Alguns sabem — eu disse, com brevidade. Aquela era uma conversa perigosa.

— Reflita sobre isto: ambos servimos o rei de que gostamos mais. Mas há outro de que gostamos menos. Não me parece que tenhamos um conflito de lealdade, Fitz, enquanto estivermos unidos por aquele de que gostamos menos. Vamos lá. Confesse que quase não teve tempo de passar os olhos pelos pergaminhos, e eu o lembrarei de que o tempo que você não teve fugiu-nos com demasiada rapidez. Essa não é uma tarefa que possa esperar até lhe ser conveniente. — Vacilei na decisão. O Bobo aproximou-se de repente. Seus olhos sempre tinham sido difíceis de enfrentar e ainda mais difíceis de ler. Mas a expressão da sua boca me mostrou seu desespero. — Eu faço uma troca com você. Ofereço-lhe um negócio que não encontrará em mais nenhum lugar. Um segredo que eu guardo, prometo a você, depois de me deixar perscrutar os pergaminhos em busca de um segredo que pode até nem estar lá.

— Que segredo? — perguntei, com relutância.

— O meu segredo. — Virou-me as costas e fitou a parede. — O mistério do Bobo. De onde ele vem e por quê. — Olhou-me de relance pelo canto do olho e não disse mais nada.

A curiosidade de uma dúzia de anos saltou sobre mim.

— Dado gratuitamente? — perguntei.

— Não. Dado em um negócio, como eu disse.

Refleti sobre aquilo. E então:

— Até mais tarde. Tranque a porta quando sair. — E esgueirei-me para fora.

Havia movimentação de criados pelos corredores. Estava aflitivamente atrasado. Forcei-me a avançar a um trote que me fazia ranger os sapatos, e depois em corrida. Não abrandei nem na escada que levava à torre de Verity; subi-a inteira correndo, bati uma vez à porta e então entrei.

Burrich virou-se para mim, cumprimentando-me com uma carranca. A espartana mobília da sala já estava encostada a uma parede, exceto a cadeira da janela de Verity. Este já estava acomodado nela. Virou a cabeça para mim mais devagar, com olhos ainda muito distantes. Havia um aspecto drogado em seus olhos e boca, uma frouxidão dolorosa de ver quando se sabia o que significava. A fome do Talento corroía-o. Temi que o que ele desejava ensinar-me fosse só alimentá-la e aumentá-la. Mas como poderia qualquer um de nós dizer que não?

Eu aprendera algo no dia anterior. Não fora uma lição agradável, mas, uma vez aprendida, não podia ser esquecida. Agora sabia que faria tudo o que tivesse de fazer para expulsar os Navios Vermelhos de meus litorais. Não era o rei, nunca seria o rei, mas o povo dos Seis Ducados era meu, tal como era de Chade. Agora compreendia o motivo pelo qual Verity se desgastava tão imprudentemente.

— Peço perdão pelo meu atraso. Fui retido. Mas agora estou pronto para começar.

— Como está se sentindo? — A pergunta veio de Burrich, feita com uma curiosidade genuína. Virei-me para encontrá-lo me olhando com a mesma severidade que mostrara antes, mas também com alguma perplexidade.

— Firme, senhor. Um pouco. A corrida pela escada aqueceu-me um pouco. Dolorido, de ontem. Mas, além disso, estou bem.

Um pouco de divertimento apareceu em seu rosto.

— Nada de tremores, FitzChivalry? Nenhum escurecimento na visão periférica, nenhum ataque de tonturas?

Parei para pensar um momento.

— Não.

— Como diabos... — Burrich suspirou, divertido. — Parece claro que a cura era arrancar-lhe a doença a pancadas. Vou me lembrar disso da próxima vez que você precisar de um curandeiro.

Durante a hora seguinte, ele pareceu decidido a aplicar essa nova teoria curativa. As cabeças dos machados estavam embrulhadas, e ele enfaixara as duas em trapos para aquela primeira lição, mas isso não evitava os hematomas. Para falar bem a verdade, conquistei a maioria com minha falta de jeito. Burrich não estava tentando me dar pancadas naquele dia, apenas ensinar-me a usar a arma inteira, e não só a cabeça. Manter Verity comigo não exigia esforço, pois ele permaneceu na sala conosco. Ficou em silêncio dentro de mim nesse dia, sem dar conselhos, fazer observações ou dar avisos, mas apenas vendo com os meus olhos. Burrich disse-me que o machado não era uma arma sofisticada, mas que era muito satisfatória se fosse usada corretamente. No fim da sessão, me fez notar que fora gentil comigo, por consideração aos ferimentos que eu já trazia. Verity mandou-nos embora, e descemos as escadas bem mais devagar do que eu as subira.

— Trate de chegar no horário amanhã — ordenou-me Burrich quando nos separamos à porta da cozinha, ele para voltar aos estábulos, eu para ir em busca de café da manhã. Comi como não comia há dias, com um apetite de lobo, e interroguei-me sobre a fonte de minha súbita vitalidade. Ao contrário de Burrich, não a atribuía a nenhum espancamento de que tivesse sido vítima. *Molly*, pensei, com um toque curara aquilo que nem todas as ervas e descanso de um ano inteiro conseguiriam consertar. O dia se estendeu de repente, longo, à minha frente, cheio de insuportáveis minutos e de intoleráveis horas antes que o cair da noite e a amável escuridão nos permitissem voltar a estar juntos.

Afastei-a resolutamente da cabeça e resolvi preencher o dia com tarefas. Uma dúzia delas saltaram-me imediatamente à mente. Tinha negligenciado Patience ultimamente. Prometera ajudar Kettricken com o jardim. Devia uma explicação ao irmão Olhos-de-Noite. Devia uma visita ao rei Shrewd. Tentei ordená-las por importância. Molly não parava de saltar para o topo da lista.

Coloquei-a decididamente em último. Rei Shrewd, decidi. Levantei, tirei a louça da mesa e a levei para a cozinha. A agitação era ensurdecedora. Por um momento fiquei confuso, até me lembrar de que aquela seria a primeira noite da Festa do Inverno. Cook, a velha cozinheira Sara, ergueu os olhos do pão que estava amassando e fez um sinal para que eu me aproximasse. Fui ao seu lado, como fazia com frequência quando criança, admirando a habilidade com que seus dedos transformavam punhados de massa em pãezinhos e os fazia crescer. Toda ela era farinha, até as dobrinhas dos cotovelos, e farinha manchava também uma das bochechas. A algazarra e correria da cozinha criavam um estranho tipo de privacidade. Ela falou em voz baixa por cima do tinir de louça e da tagarelice, e eu tive de me esforçar para escutá-la.

— Só queria que soubesse — grunhiu enquanto dobrava e apertava uma nova porção de massa — que eu sei quando um boato é uma bobagem. E digo isso mesmo sempre que alguém o tenta contar aqui na minha cozinha. Podem coscuvilhar à vontade no pátio da lavandaria e tagarelar tudo o que quiserem enquanto fiam, mas ninguém fala mal de você na minha cozinha. — Ela ergueu seus olhos negros certeiros para mim. Meu coração parou de terror. Boatos? Sobre mim e Molly? — Comeu às minhas mesas, muitas vezes esteve ao meu lado mexendo uma panela enquanto conversávamos quando você era pequeno. Acho que talvez lhe conheça melhor do que a maior parte das pessoas. E aqueles que dizem que luta como um animal porque é mais que metade animal estão dizendo absurdos maldosos. Aqueles corpos estavam bem rasgados, mas eu já vi coisa pior feita por homens em fúria. Quando a filha da Sal Flatfish foi violada, ela cortou o animal com a faca do peixe, zás, zás, zás, ali mesmo no mercado, como se tivesse cortando isca para as linhas. O que você fez não é pior do que isso.

Conheci um instante de terror estonteante. Mais que metade animal... não havia sido há tanto tempo assim, ou tão longe, que os possuidores de Manha eram queimados vivos.

— Obrigado — disse, lutando para manter uma voz calma. Acrescentei um pouco de verdade quando disse: — Nem tudo foi obra minha. Eles estavam lutando pela... pela presa quando os encontrei.

— A filha de Ginna. Não precisa esconder palavras de mim, Fitz. Eu também tenho filhos, já crescidos, mas se alguém os atacasse eu rezaria para que houvesse alguém como você para defendê-los, fosse como fosse. Ou para vingá-los, se fosse tudo o que pudesse fazer.

— E acho que foi, Cook. — O tremor que me percorreu não foi fingido. Voltei a ver os fios de sangue pingando sobre um pequeno punho rechonchudo. Pisquei, mas a imagem permaneceu. — Agora tenho de ir embora. Hoje tenho de me apresentar ao rei Shrewd.

— Ah, tem? Bem, então ainda há um pouco de boas notícias. Nesse caso, leve isso para cima. — Rodopiou até um guarda-louça de onde tirou uma bandeja coberta, cheia de pequenos pastéis com queijo mole e passas. Pôs a seu lado uma chaleira de chá quente e uma xícara limpa. Arranjou os pastéis amorosamente. — E trate de fazê-lo comer, Fitz. São os seus preferidos; se provar um, sei que comerá todos. E também vão lhe fazer bem.

Também são os meus preferidos.

Saltei como se tivesse sido picado por um alfinete. Tentei disfarçar tossindo, como se tivesse subitamente me engasgado, mas mesmo assim Cook ainda me olhou de um jeito estranho.

— Tenho certeza de que ele vai adorar— disse com uma voz sufocada e saí da cozinha com a bandeja. Vários pares de olhos seguiram-me. Fiz um sorriso agradável e tentei fingir que não sabia o porquê.

Não tinha percebido que ainda estava comigo, disse a Verity. Uma minúscula parte de mim estava conferindo todos os pensamentos que tinham me passado pela cabeça desde que saíra da sua torre, e agradecia a Eda por não ter decidido ir encontrar com Olhos-de-Noite primeiro, ao mesmo tempo em que punha esses pensamentos de lado, sem saber bem até que ponto eles seriam privados.

Eu sei. Não pretendia espioná-lo. Só quis mostrar que, quando não se concentra tão forçadamente nisso, é capaz de fazê-lo.

Procurei o seu Talento às apalpadelas. *É mais esforço seu do que meu*, fiz notar enquanto subia as escadas.

Está aborrecido comigo. Peço perdão. De agora em diante, sempre que estiver com você, irei me certificar de que está consciente de mim. Quer que o deixe com seu dia?

Minha rispidez deixou-me embaraçado. *Não. Ainda não. Acompanhe-me um pouco mais enquanto visito o rei Shrewd. Vejamos até onde podemos levar isso.*

Senti seu assentimento. Fiz uma pausa à porta de Shrewd e equilibrei a bandeja em uma mão enquanto alisava apressadamente o cabelo para trás e endireitava o casaco. O cabelo começara a ser um problema nos últimos tempos. Jonqui cortara-o curto durante uma de minhas febres nas montanhas. Agora que estava crescendo, não sabia se deveria prendê-lo em rabo de cavalo, como Burrich e os guardas faziam, ou mantê-lo solto, como se ainda fosse um pajem. Estava velho demais para usar a meia trança de uma criança.

Prenda-o, rapaz. Eu diria que conquistou o direito a usá-lo como um guerreiro tanto quanto qualquer guarda. Só não comece a se preocupar com ele e a enrolá-lo em cachos oleosos como Regal.

Combati o sorriso tolo que me subiu ao rosto e bati à porta.

Esperei um pouco, e então voltei a bater com mais força.

Anuncie-se e abra a porta, sugeriu Verity.

— É FitzChivalry, senhor. Trouxe-lhe algo para comer. — Encostei a mão à porta. Estava trancada por dentro.

Isso é estranho. Nunca foi costume do meu pai trancar a porta. Colocar um homem de guarda, sim, mas não a trancar e ignorar quando alguém batesse. Consegue arrombá-la?

Provavelmente. Mas deixe-me primeiro bater de novo. Praticamente esmurrei a porta.

— Um momento! Um momento! — alguém sussurrou lá de dentro. Mas se passou muito tempo até que vários trincos fossem destrancados, e a porta fosse um palmo aberta. Wallace espreitou-me como uma ratazana de dentro de uma parede fendida.

— O que é que você quer? — quis saber, em tom acusador.

— Falar com o rei.

— Ele está dormindo. Ou estava até você aparecer aos murros e aos gritos. Suma daqui.

— Um momento. — Enfiei uma bota na abertura, parando a porta que se fechava. Com a mão que tinha livre, virei para cima o colarinho do casaco para expor o alfinete de pedra vermelha sem o qual eu quase nunca estava. A porta foi firmemente fechada contra o meu pé. Encostei um ombro contra ela, fiz toda a força que consegui sem deixar cair a bandeja que ainda carregava. — Isto me foi dado pelo rei Shrewd há muitos anos. Com isto, deu-me a promessa de que sempre que o mostrasse me seria permitido falar com ele.

— Mesmo se estiver dormindo? — perguntou Wallace sarcasticamente.

— Ele não impôs limites. Você vai impor? — Olhei para ele através da porta entreaberta. Ele refletiu por um momento, e então afastou-se dela.

— Nesse caso, então, entre. Entre e veja seu rei adormecido, tentando obter o descanso que tanta falta lhe faz no estado em que está. Mas, se perturbá-lo, eu, como seu curandeiro, terei de lhe dizer para tomar de você esse lindo alfinete e tratar de que não volte a incomodá-lo.

— Pode recomendar tudo o que quiser. E, se o meu rei o desejar, não discutirei.

Ele se afastou de mim com uma reverência exagerada. Desejei desesperadamente arrancar-lhe à pancada o sorrisinho presunçoso do rosto, mas ignorei o desejo.

— Maravilha — prosseguiu, quando passei por ele —, pastéis doces para lhe perturbar a digestão e sobrecarregá-lo ainda mais. Você é um rapaz cheio de boas ideias, não é?

Controlei-me. Shrewd não se encontrava em sua saleta. O quarto?

— Vai mesmo incomodá-lo aí? Bem, e por que não? Não demonstra ter qualquer educação, por que haveria eu de esperar agora consideração? — A voz de Wallace estava cheia de falsa condescendência.

Segurei firmemente meu gênio.

Não se limite a suportar o que ele está dizendo. Vire-se e enfrente-o agora. Aquilo não era um conselho de Verity, mas uma ordem. Pousei cuidadosamente a bandeja em uma pequena mesa. Respirei fundo e me virei para enfrentar Wallace.

— Eu o incomodo? — perguntei-lhe, sem rodeios.

Ele deu um passo para trás, mas tentou manter o sorrisinho irônico.

— Se me incomoda? Por que eu, um curandeiro, me incomodaria se alguém viesse perturbar um homem doente que está finalmente descansando?

— Esta sala fede a Fumo. Por quê?

Fumo?

Uma erva que usam nas Montanhas. Raramente para fins medicinais, exceto em caso de dores que nada mais é capaz de atenuar. Mas é mais frequente que os fumos provenientes da queima sejam respirados por prazer. É como as sementes de caris que usamos na Festa da Primavera. O seu irmão gosta dela.

Tal como sua mãe gostava. Se for a mesma erva, ela a chamava de folha-de-riso.

É quase a mesma erva, mas a planta da Montanha cresce mais e tem as folhas mais carnudas. E uma fumaça mais espessa.

Minha troca de impressões com Verity durara menos do que um piscar de olhos. Podia-se transmitir informação pelo Talento com a mesma velocidade com que se podia pensá-la. Wallace ainda estava franzindo os lábios por causa de minha pergunta.

— Você acha que é curandeiro? — quis saber.

— Não. Mas tenho conhecimento prático das ervas, conhecimento que sugere que o Fumo não é apropriado para os aposentos de um homem doente.

Wallace ficou por um momento imóvel enquanto formulava uma resposta.

— Bom. Os prazeres de um rei não são da competência de seu curandeiro.

— Então talvez sejam da minha — sugeri, e virei-lhe as costas. Peguei a travessa e empurrei a porta que dava para o mal iluminado quarto do rei.

O fedor do Fumo era mais forte ali, o ar estava pesado e empesteado. Ardia um fogo excessivamente quente, tornando o quarto abafado. O ar estava parado e bafiento, como se não soprasse uma brisa de ar fresco no quarto há semanas. Minha respiração pesava nos pulmões. O rei jazia imóvel, respirando ruidosamente embaixo de um monte de colchas de penas. Olhei em volta, em busca de um local onde pousar a bandeja de pastéis. A pequena mesa perto da cama estava cheia de objetos. Havia um incensário para o Fumo, com uma grossa camada de cinza em cima, mas o queimador estava apagado e frio. A seu lado encontrava-se um cálice de vinho tinto morno e uma tigela com uma papa cinzenta e com um aspecto nojento. Coloquei os recipientes no chão e limpei a mesa com a manga da camisa antes de pousar a bandeja. Quando me aproximei da cama do rei, veio--me ao nariz um cheiro rançoso e fétido, que se tornou ainda mais forte quando me debrucei sobre ele.

Isso não é coisa de Shrewd.

Verity partilhava minha consternação. *Ele não tem me chamado muito nos últimos tempos. E tenho estado ocupado demais para visitá-lo, a menos que ele o peça. A última vez que o vi foi em sua saleta, ao princípio da noite. Queixou-se de dores de cabeça, mas só isso...*

O pensamento se desvaneceu entre nós. Ergui os olhos do rei e descobri Wallace nos espreitando da porta. Havia alguma coisa em seu rosto; não sei se satisfação ou confiança, mas me deixou furioso. Em dois passos cheguei à porta. Fechei-a com toda a força e tive a satisfação de ouvi-lo ganindo quando puxou os dedos que ficaram presos. Pus no lugar um ferrolho antigo que provavelmente não era usado desde antes de eu nascer.

Dirigi-me às altas janelas, puxei para o lado as tapeçarias que as cobriam e escancarei as persianas de madeira. A clara luz do sol e um ar fresco e frio penetraram no quarto.

Fitz, isto é uma imprudência.

Não respondi. Movi-me pelo quarto, despejando incensário após incensário de cinzas e ervas pela janela aberta. Limpei com a mão a cinza que se prendia, para livrar o quarto daquele fedor. Recolhi meia dúzia de cálices pegajosos de vinho velho que estavam espalhados por todo o quarto e uma bandeja cheia de tigelas e pratos de comida intacta ou meio comida. Empilhei-os junto da porta, onde Wallace batia e uivava de fúria. Encostei-me a ela e falei através da fenda.

— Silêncio! — disse-lhe com um tom doce. — Vai acordar o rei.

Mande um rapaz aqui para cima com jarros de água morna. E diga à sra. Hasty que a cama do rei precisa de lençóis lavados, pedi a Verity.

Essas ordens não podem vir de mim. Uma pausa. *Não perca tempo se irritando. Pense, e compreenderá o porquê.*

Compreendia, mas também sabia que não poderia deixar Shrewd naquele quarto sujo e malcheiroso, assim como não o abandonaria em uma masmorra. Havia meio jarro de água, rançosa, mas razoavelmente limpa. Coloquei-a para aquecer junto da lareira. Limpei as cinzas de seu criado-mudo e coloquei nele o chá e a travessa de pastéis. Atrevi-me a vasculhar a arca do rei e encontrei uma camisa de dormir lavada e ervas de banho. Restos, sem dúvida, dos tempos de Cheffers. Nunca pensara que viria a sentir tanta saudade de um valete.

As batidas de Wallace pararam, e não senti a menor falta delas. Peguei a água aquecida com ervas e um pano para banho e instalei-os junto à cama do rei.

— Rei Shrewd — disse em voz baixa. Ele se agitou um pouco. Os cantos de seus olhos estavam vermelhos e os cílios, grudados. Quando abriu as pálpebras, piscou os olhos raiados de vermelho perante a luz.

— Rapaz? — Ele percorreu a sala com os olhos. — Onde está Wallace?

— Saiu por um momento. Trouxe água quente para lavá-lo e pastéis acabados de vir da cozinha. E chá quente.

— Eu... não sei. A janela está aberta. Por que a janela está aberta? Wallace disse-me para não correr o risco de pegar um resfriado.

— Eu a abri para limpar o ar do quarto. Mas posso fechá-la, se quiser.

— Consigo sentir o cheiro do mar. O dia está limpo, não está? Ouço as gaivotas gritando a chegada de uma tempestade... Não. Não, feche a janela, rapaz. Não quero pegar um resfriado, doente como já estou.

Fechei lentamente as persianas de madeira.

— Vossa Majestade já está doente há muito tempo? Não se falou muito do assunto no palácio.

— Há bastante tempo. Oh, parece que desde sempre. Não é tanto estar doente, é mais nunca estar bem. Estou doente, então fico um pouco melhor, mas, assim que tento fazer alguma coisa, fico de novo doente, e pior do que nunca. Estou tão farto de estar doente, rapaz. Tão cansado de me sentir sempre cansado.

— Vamos, senhor. Isto o fará se sentir melhor. — Umedeci o pano e limpei-lhe gentilmente o rosto. Ele se recuperou o suficiente para fazer um gesto para me afastar enquanto lavava as mãos, e voltava a limpar o rosto com mais firmeza. Fiquei consternado com o modo como a água ia ficando amarelada à medida que se limpava.

— Encontrei uma camisa de dormir lavada. Quer que o ajude a vesti-la? Ou prefere que mande vir um rapaz com uma banheira e água quente? Traria lençóis limpos para a cama enquanto tomasse banho.

— Eu, oh, eu não tenho energia para tanto, rapaz. Onde está o Wallace? Ele sabe que não me arranjo sozinho. O que deu nele para me deixar?

— Um banho quente pode ajudá-lo a descansar — disse, tentando ser persuasivo. De perto, o velho cheirava mal. Shrewd sempre fora um homem asseado; acho que, mais do que qualquer outra coisa, era a sua imundice que me perturbava.

— Mas tomar banho pode me dar resfriados. É o que Wallace diz. Uma pele úmida, um vento fresco, e zás, lá vou eu. É o que ele diz. — Shrewd realmente teria se transformado naquele velho rabugento? Quase não conseguia acreditar no que estava escutando.

— Bem, então talvez só uma xícara de chá. E um pastel. Cook disse que estes eram os seus preferidos. — Despejei o chá fumegante na xícara e vi seu nariz estremecer com gosto. Bebeu um ou dois goles, e então ergueu-se para olhar os pastéis cuidadosamente arrumados. Pediu-me para lhe fazer companhia, e eu comi um pastel com ele, lambendo dos dedos o rico recheio. Compreendi por que aqueles eram os seus preferidos. O rei comia um segundo quando se ouviram três fortes batidas na porta.

— Destranque-a, bastardo. Senão os homens que trago comigo irão arrombá-la. E, se algum mal aconteceu a meu pai, morrerá aí mesmo. — Regal não parecia nada satisfeito comigo.

— Que é isto, rapaz? A porta trancada? O que se passa aqui? Regal, que se passa aqui? — Doeu-me ouvir a voz do rei romper de forma tão queixosa.

Atravessei o quarto, destranquei a porta. Foi escancarada antes de conseguir tocar-lhe, e dois dos mais musculosos guardas de Regal agarraram-me. Usavam suas cores acetinadas como buldogues com fitas em volta do pescoço. Não ofereci resistência, de modo que eles não tiveram nenhuma verdadeira desculpa para me atirar à parede, mas assim o fizeram. Despertaram todas as dores que ainda trazia do dia anterior. Seguraram-me, enquanto Wallace entrava correndo e dando estalinhos com a língua pelo quarto estar frio, e o que era aquilo, comer aquilo, ora, não era menos que veneno para um homem no estado do rei Shrewd. Regal ficou em pé, com as mãos na cintura, com toda a pose de homem no comando, e fitou-me através de olhos semicerrados.

Imprudente, meu rapaz. Temo seriamente que tenhamos exagerado a dose.

— Bem, bastardo... O que tem a dizer em sua defesa? Quais eram exatamente suas intenções? — quis saber Regal quando a ladainha de Wallace se esgotou. Chegou mesmo a acrescentar mais um tronco à lareira do já abafado quarto, e a tirar o pastel meio comido da mão do rei.

— Vim fazer um relatório. E, ao encontrar o rei maltratado, procurei remediar primeiro essa situação. — Estava suando, mais pela dor do que pelo nervosismo. Detestei ver Regal sorrir disso.

— Maltratado? O que está dizendo, exatamente? — perguntou, em tom acusador.

Respirei fundo para ganhar coragem. A verdade.

— Encontrei seus aposentos desarrumados e bafientos. Com pratos sujos deixados por aí. Os lençóis da cama por trocar...

— Atreve-se a dizer essas coisas? — silvou Regal.

— Atrevo. Falo a verdade a meu rei, como sempre fiz. Que ele olhe em volta com seus próprios olhos e verá se não é assim.

Algo no confronto transformara Shrewd em uma sombra de quem fora. Endireitou-se na cama e olhou em volta.

— O Bobo também fez essas mesmas reclamações, à sua maneira ácida... — começou.

Wallace atreveu-se a interrompê-lo.

— Senhor, o estado de sua saúde tem sido frágil. Às vezes um descanso ininterrupto é mais importante do que sair da cama para que se troquem os lençóis. E um prato ou dois empilhados por aí é um aborrecimento menor do que o ruído e a tagarelice de um pajem vindo arrumar.

O rei Shrewd fez uma súbita expressão indecisa. Senti um golpe no coração. Era aquilo que o Bobo queria que eu visse, era essa a razão de me incentivar com tanta frequência a visitar o rei. Por que não falara com mais clareza? Por outro lado, quando era que o Bobo falava com clareza? A vergonha me inundou. Aquele era o meu rei, o rei a que estava juramentado. Amava Verity, e minha lealdade para com ele era inquestionável. Mas abandonara o meu rei no preciso momento em que ele mais precisava de mim. Chade estava longe, não sabia por quanto tempo. Deixara o rei Shrewd sem ninguém além do Bobo para protegê-lo. E, no entanto, quando antes precisara o rei Shrewd de alguém que o defendesse? Aquele velho sempre fora mais do que capaz de se cuidar. Repreendi-me por não ter sido mais enfático com Chade sobre as mudanças que notei quando regressei para casa. Deveria ter sido mais atento com meu soberano.

— Como foi que ele entrou aqui? — perguntou subitamente Regal enquanto me lançava um olhar selvagem.

— Meu príncipe, ele afirmou ter um penhor do próprio rei. Disse que o rei prometera recebê-lo sempre que mostrasse aquele alfinete...

— Que baboseira! Acreditou nesse disparate...

— Príncipe Regal, sabe que é verdade. Foi testemunha quando o rei Shrewd o deu a mim. — Falei calmamente, mas com clareza. Dentro de mim, Verity estava em silêncio, esperando e observando, e aprendendo muito. Às minhas custas, pensei amargamente, e então procurei chamar o pensamento de volta.

Deslocando-me calmamente e sem mostrar ameaça, libertei um pulso das mãos de um dos buldogues. Virei do avesso o colarinho do casaco e tirei o alfinete. Ergui-o bem alto para que todos o vissem.

— Não me lembro de nada que se pareça — exclamou Regal, mas Shrewd sentou-se na cama.

— Aproxime-se, garoto — instruiu-me. Agora desvencilhei com firmeza os ombros dos guardas e endireitei a roupa. Então levei o alfinete até a beira da cama do rei. Com movimentos cautelosos, o rei Shrewd estendeu a mão. Tirou-me o alfinete. O coração afundou dentro de mim.

— Pai, isso é... — começou Regal, com uma voz aborrecida, mas Shrewd o interrompeu.

— Regal. Você estava lá. Se não se lembra, deveria. — Os olhos escuros do rei estavam brilhantes e alertas como os recordava, mas também eram evidentes as linhas de dor em volta desses olhos e aos cantos da boca. O rei Shrewd estava lutando por sua lucidez. Ergueu o alfinete e olhou para Regal com uma sombra de seu antigo olhar calculista. — Dei este alfinete ao rapaz. E a minha palavra, em troca da dele.

— Então sugiro que lhe retire tanto o alfinete como a palavra. Nunca ficará bom com este tipo de confusão acontecendo em seus aposentos. — De novo, aquela aresta de comando na voz de Regal. Esperei, silencioso.

O rei ergueu a mão para a passar tremulamente pela cara e pelos olhos.

— Eu dei essas coisas — disse, e as palavras eram firmes, mas a voz estava perdendo força. — Uma vez dada, a palavra de um homem já não é sua para ser retirada. Estou certo, FitzChivalry? Concorda que quando um homem dá sua palavra não pode retirá-la? — O velho teste estava naquela pergunta.

— Como sempre, meu rei, concordo com o senhor. Depois de um homem dar sua palavra, ele não pode retirá-la. Tem de se submeter àquilo que prometeu.

— Ótimo, então está resolvido. Está tudo resolvido. — Estendeu-me o alfinete. Peguei-o, com um alívio tão imenso que era como uma vertigem. Shrewd voltou a recostar-se nas almofadas. Tive outro momento estonteante. Conhecia aquelas almofadas, aquela cama. Tinha estado ali deitado, e olhara com o Bobo o ataque a Baía do Lodo. Queimara os dedos naquela lareira...

O rei soltou um pesado suspiro. Ele estava exausto. Mais um momento e estaria dormindo.

— Proíba-o de voltar a perturbá-lo, a menos que você o chame — ordenou Regal.

O rei Shrewd abriu com dificuldade os olhos, mais uma vez.

— Fitz. Venha cá, rapaz.

Como um cão, me aproximei dele e me ajoelhei junto de sua cama. Ele ergueu a mão magra e fez-me um carinho desajeitado.

— Você e eu, rapaz. Temos um acordo, não temos? — Uma pergunta genuína. Confirmei com a cabeça. — Bom rapaz. Ótimo. Eu cumpri minha palavra. Trate de cumprir agora a sua. Mas — olhou de relance para Regal, e isso me magoou — seria melhor se viesse me visitar à tarde. Estou mais forte durante as tardes. — Estava de novo escorregando para longe.

— Devo voltar esta tarde, senhor? — perguntei, rapidamente.

Ele ergueu uma mão e abanou-a, num gesto vagamente negativo.

— Amanhã. Ou depois de amanhã. — Seus olhos se fecharam e ele soltou um suspiro tão pesado como se nunca mais fosse inspirar.

— Como desejar, senhor — concordei. Fiz uma reverência profunda e formal. Quando me endireitei, devolvi cautelosamente o alfinete à lapela. Deixei que todos passassem um momento ou dois me vendo fazer isso. E então: — Se me der licença, meu príncipe — pedi formalmente.

— Saia daqui — rosnou Regal.

Fiz-lhe uma reverência menos formal, virei-me com cautela, e saí. Os olhos de seus guardas vigiaram-me enquanto eu ia embora. Já tinha saído do quarto quando me lembrei de que não chegara a mencionar o assunto de meu casamento com Molly. Agora parecia pouco provável que fosse ter oportunidade tão cedo. Sabia que as tardes agora veriam Regal, Wallace ou algum espião seu sempre ao lado do rei Shrewd. Não tinha qualquer desejo de abordar esse assunto diante de qualquer pessoa além do meu rei.

Fitz?

Gostaria agora de ficar sozinho por um momento, meu príncipe. Se não se importar?

Ele desapareceu da minha mente como uma bolha de sabão que tivesse rebentado. Lentamente, desci as escadas.

SEGREDOS

O príncipe Verity decidiu revelar sua frota de navios de guerra em meados da Festa do Inverno desse ano decisivo. A tradição dizia para esperar até a chegada de melhor tempo, para lançá-los no primeiro dia da Festa da Primavera, que é um momento considerado mais auspicioso para o lançamento de um novo navio ao mar. Mas Verity obrigara os construtores navais e as respectivas equipes a trabalhar duramente para ter os quatro navios prontos para um lançamento no meio do inverno. Ao escolher o dia intermediário da Festa do Inverno, assegurou-se de ter uma grande audiência, tanto para o lançamento como para suas palavras. Tradicionalmente, organiza-se uma caçada nesse dia, e a carne que é trazida é vista como um prenúncio dos dias que virão. Depois de os navios terem sido empurrados para fora dos barracões, assentes em seus cilindros de madeira, ele anunciou às pessoas ali reunidas que aqueles seriam seus caçadores, e que a única presa que lhes satisfaria a sede de sangue seriam os Navios Vermelhos. A reação ao anúncio foi contida, e claramente não era o que ele esperava. É minha convicção que o povo queria afastar da mente todas as ideias sobre os Navios Vermelhos, esconder-se no inverno e fingir que a primavera nunca chegaria. Mas Verity se recusou a permitir que esse esquecimento acontecesse. Os navios foram lançados nesse dia, e o treino das tripulações teve início.

Olhos-de-Noite e eu passamos o início da tarde caçando. Ele resmungou, dizendo que era uma hora ridícula para caçar, e perguntou por que eu tinha desperdiçado as horas iniciais da alvorada em uma contenda com meu parceiro de ninhada. Disse-lhe que isso era simplesmente algo que tinha de ser assim, e que continuaria a ser assim durante vários dias, e possivelmente por mais tempo. Ele não ficou contente, mas eu também não estava. Incomodava-me que ele soubesse com tanta clareza como eu passava as horas, mesmo sem que eu estivesse consciente de estar em contato com ele. Teria Verity conseguido pressenti-lo?

Ele riu de mim. *Às vezes já é suficientemente difícil fazer você me ouvir. Deveria lutar para conseguir chegar até você e depois gritar também por ele?*

Não tivemos muito sucesso na caçada. Dois coelhos, nenhum particularmente gordo. Prometi trazer-lhe restos da cozinha no dia seguinte. Tive menos sucesso ainda em transmitir-lhe minha exigência de privacidade em certos momentos. Ele não conseguia compreender por que motivo eu separava o acasalamento de outras atividades da alcateia, como caçar ou uivar. O acasalamento sugeria uma prole no futuro próximo, e a prole estaria ao cuidado da alcateia. As palavras não podem descrever a dificuldade dessa discussão. Conversamos por imagens, por pensamentos partilhados, e esse tipo de coisa não permitia grande discrição. Sua franqueza me deixava horrorizado. Assegurou-me que partilhava meu prazer com minha parceira e com meus acasalamentos. Supliquei-lhe para não o fazer. Confusão. Por fim, deixei-o comendo seus coelhos. Pareceu ressentido por eu não aceitar uma parte da carne. O máximo que consegui dele foi a compreensão de que não desejava que ele partilhasse minha consciência de Molly. Isso estava bem longe do que eu desejava, mas foi o melhor que lhe consegui transmitir. A ideia de que por vezes queria cortar por completo o vínculo com ele não era algo que ele conseguisse compreender. Não fazia sentido, ele argumentava. Não era alcateia. Deixei-o me perguntando se algum dia voltaria a ter realmente um momento para mim.

Voltei ao castelo e procurei a solidão do meu quarto. Ainda que por um momento apenas, tinha de estar onde pudesse fechar a porta atrás de mim e ficar sozinho. Fisicamente, pelo menos. Como que para alimentar minha busca por sossego, os corredores e escadarias estavam cheios de gente apressada. Criados recolhiam os juncos antigos e espalhavam novos, velas novas eram colocadas em castiçais, e ramos de árvores de folha perene eram pendurados em grinaldas e arranjos por todo lado. Festa do Inverno. Não estava muito animado para ela.

Cheguei por fim à minha porta e deslizei para dentro. Fechei-a com firmeza atrás de mim.

— De volta tão cedo? — O Bobo ergueu os olhos da lareira, onde estava acocorado no centro de um semicírculo de pergaminhos. Parecia estar ordenando-os por grupos.

Fitei-o com uma consternação que não tentei esconder. Em um instante, transformou-se em ira.

— Por que não me falou do estado do rei?

Ele examinou outro pergaminho, e passado um momento pousou-o na pilha da direita.

— Mas eu falei. Uma pergunta para responder a sua: por que não o sabia já?

Aquilo fez-me recuar.

— Admito que negligenciei as visitas. Mas...

— Nenhuma de minhas palavras teria tido o impacto de ver com seus próprios olhos. E também não parou para pensar em como seria se eu não estivesse lá todos os dias para esvaziar penicos, varrer, tirar o pó, tirar pratos do quarto, pentear o seu cabelo e a barba...

Mais uma vez ele me deixou em um silêncio atônito. Atravessei o quarto, sentei-me pesadamente em cima da arca das roupas.

— Ele não é o rei de que me lembro — disse, sem rodeios. — Fico assustado que possa afundar-se tanto e tão depressa.

— Assustado? Eu fico aterrorizado. Pelo menos você tem outro rei quando esse morrer. — O Bobo atirou outro pergaminho para cima de uma pilha.

— Todos temos — disse, com cautela.

— Alguns mais do que outros — disse brevemente o Bobo.

Sem pensar, ergui a mão para apertar melhor o alfinete no meu casaco. Hoje quase o perdera. Isso me fez pensar em tudo o que o alfinete simbolizara ao longo de todos aqueles anos. A proteção do rei, a um neto bastardo do qual um homem mais impiedoso teria se livrado discretamente. E agora que ele precisava de proteção? O que simbolizava o alfinete para mim agora?

— Bom. O que faremos?

— Você e eu? Muito pouco. Eu não passo de um Bobo, e você é um bastardo.

Concordei de má vontade.

— Gostaria que Chade estivesse aqui. Gostaria de saber quando é que ele regressa. — Olhei para o Bobo, me perguntando quanto ele saberia.

— Sombras? As sombras só regressam quando as nuvens vão embora, pelo que ouvi dizer. — Evasivo como sempre. — Tarde demais para o rei, imagino — acrescentou em voz mais baixa.

— Então estamos impotentes?

— Você e eu? Jamais. Temos muito poder para agir aqui, é só isso. Nesta área, os impotentes são sempre os mais poderosos. Talvez tenha razão; é a eles que deveríamos consultar sobre isso. E agora... — Então se levantou e deu um espetáculo sacudindo todas as articulações como se fosse uma marionete com os fios emaranhados, tilintando todos os guizos que trazia. Não consegui conter o riso. — O meu rei vai chegar à melhor parte do dia. E eu estarei lá para fazer o pouco que puder fazer por ele. — Saiu cuidadosamente de seu anel de pergaminhos e tabuinhas ordenados. Bocejou. — Adeus, Fitz.

— Adeus.

Ele parou, confuso, junto à porta.

— Não tem nenhuma objeção a eu ir embora?

— Acho que já tive objeções a você ficar.

— Nunca discuta com um bobo. Mas está se esquecendo? Fiz contigo um negócio. Um segredo em troca de um segredo.

Não me esquecera. Mas de repente não tinha certeza de querer saber.

— De onde vem o Bobo e por quê? — perguntei em voz baixa.

— Ah. — Ele ficou imóvel por um momento, e então perguntou gravemente — Tem certeza de que quer as respostas a essas questões?

— De onde vem o Bobo e por quê? — repeti lentamente.

Por um instante ele ficou quieto. Foi então que eu o vi de verdade. Eu o vi como não via há anos, não como o Bobo, de língua fluente e uma esperteza tão cortante, mas como uma pessoa pequena e esguia, tão frágil, de pele pálida, ossos de ave, até seu cabelo parecia mais ralo do que o dos outros mortais. Sua roupa de retalhos pretos e brancos com guizos de prata, seu ridículo cetro com a ratazana, eram toda a armadura e a espada de que dispunha naquela corte de intrigas e traição. E seu mistério. O manto invisível de seu mistério. Desejei por um instante que ele não tivesse sugerido o acordo, e que a curiosidade me consumisse menos.

Ele suspirou. Passou os olhos pelo meu quarto e se aproximou da tapeçaria que mostrava o rei Wisdom cumprimentando o Antigo. Ergueu os olhos para ela e exibiu um sorriso amargo, encontrando ali algum humor que eu nunca vira. Assumiu a pose de um poeta que se prepara para recitar. Então parou, olhou-me diretamente uma vez mais.

— Tem certeza de que quer saber, Fitzy-Fitz?

Como numa liturgia, repeti a pergunta.

— De onde vem o Bobo e por quê?

— De onde? Ah, de onde? — Encostou o nariz em Ratita por um momento, formulando uma resposta à sua própria pergunta. Então olhou-me nos olhos. — Vá para o sul, Fitz. Vá até terras para além dos limites de quaisquer mapas que Verity alguma vez tenha visto. E para lá dos limites dos mapas feitos também naqueles países. Vá para o sul, e depois para o leste através de um mar para o qual não há nome. Acabará chegando a uma longa península, e na sua ponta sinuosa encontrará a aldeia onde um bobo nasceu. Pode até encontrar, ainda, uma mãe que recorda de seu bebê branco feito um verme, e do modo como o embalou contra seu seio morno e cantou. — Olhou de relance a minha cara incrédula e arrebatada e soltou uma curta gargalhada. — Nem sequer consegue imaginar, não é mesmo? Deixe-me dificultar um pouco para você. O cabelo dela era longo, escuro e encaracolado, e os olhos eram verdes. Veja só! De cores tão ricas foi feita esta transparência. E os pais da criança sem cor? Dois primos, pois esse era o costume dessa terra. Um largo e trigueiro e cheio de sorrisos, de lábios rosados e olhos castanhos, um agricultor que cheirava a terra fértil e ar livre. O outro, tão estreito quanto o primeiro era largo, de um bronze dourado, um poeta e cantor, de olhos azuis. E, oh, como eles me amavam e rejubilavam comigo! Todos os três, e a aldeia também. Eu era tão amado. — Sua voz se tornou suave, e por um momento ficou em silêncio. Soube com muita certeza que estava ouvindo o que nunca ninguém ouvira ele contar. Lembrei-me do dia em que me aventurara a entrar em seu quarto e da requintada bonequinha no berço que encontrara lá. Estimada como o Bobo fora em tempos estimado. Esperei.

"Quando tinha... idade suficiente, disse adeus a todos. E parti para encontrar meu lugar na história e escolher onde iria atravessar-me em seu caminho. Foi este o lugar que escolhi; o momento fora decidido pela hora do meu nascimento. Vim para cá e passei a pertencer a Shrewd. Reuni todos os fios que o destino pusera em minhas mãos e comecei a torcê-los e a colori-los como podia, na esperança de afetar aquilo que fosse tecido depois de mim."

Abanei a cabeça.

— Não compreendi nada do que acabou de dizer.

— Ah. — Ele balançou a cabeça, fazendo os guizos tilintar. — Eu me ofereci para lhe contar meu segredo. Não prometi fazer você compreendê-lo.

— Uma mensagem não é entregue até ser compreendida — contrapus. Era uma citação direta de Chade.

O Bobo hesitou quanto a aceitá-la.

— Você compreendeu o que eu disse — assegurou. — Simplesmente não o aceita. Nunca antes falei com você com tanta clareza. Talvez seja isso o que o confunde.

Estava falando sério. Voltei a abanar a cabeça.

— Não faz nenhum sentido! Foi para um lugar qualquer para descobrir seu lugar na história? Como pode ser isso? A história é aquilo que está feito e ficou para trás.

Ele balançou a cabeça, dessa vez lentamente.

— A história é aquilo que fazemos durante nossas vidas. Nós a criamos à medida que avançamos. — Deu um sorriso enigmático. — O futuro é outro tipo de história.

— Ninguém pode conhecer o futuro — concordei.

O sorriso dele se alargou.

— Ah, não? — perguntou, num murmúrio. — Talvez, Fitz, em algum lugar, esteja escrito tudo aquilo que compõe o futuro. Não escrito por uma pessoa, entende, mas se as sugestões, as visões, as premonições e as previsões de uma raça inteira fossem escritas, comparadas e relacionadas umas com as outras, não poderia esse povo criar um tear para segurar a tessitura do futuro?

— Que absurdo — protestei. — Como saberia alguém se alguma dessas coisas é verdadeira?

— Se um tear assim fosse feito e se uma tapeçaria de predições fosse tecida, não durante alguns anos, mas durante dezenas de centenas de anos, após algum tempo poderia descobrir-se que revelava uma antevisão surpreendentemente precisa. Tenha em mente que aqueles que mantêm esses registros são outra raça, uma raça extremamente antiga. Uma adorável raça pálida, que ocasionalmente misturava suas linhagens de sangue com as dos homens. E então! — Rodopiou em círculo, de súbito enigmático, insuportavelmente satisfeito consigo próprio. — E então, quando certos seres nascem, seres marcados tão claramente que a história tem de recordá-los, são chamados para avançar, para encontrar seus lugares nessa história futura. E pode ser exigido deles que examinem esse lugar, essa junção de uma centena de fios e digam "estes fios, aqui, são estes os que irei puxar, e ao puxá-los mudarei a tapeçaria, dobrarei a trama, mudarei a cor do que está por vir. Mudarei o destino do mundo".

Ele estava zombando de mim. Agora tinha certeza.

— Uma vez, talvez a cada mil anos, pode surgir um homem capaz de provocar uma mudança assim tão grande no mundo. Um rei poderoso, talvez, ou um filósofo que molde os pensamentos de milhares. Mas você e eu, o Bobo? Nós somos peões. Coisas sem importância.

Ele balançou a cabeça com uma expressão de pena.

— É isso, mais do que qualquer outra coisa, que eu nunca compreendi em seu povo. Sabem lançar dados e compreendem que todo o jogo pode depender do lançamento de um dado. Distribuem cartas e dizem que toda a sorte de um homem em cada noite pode estar presa a uma mão. Mas, no que toca à vida inteira de um homem, fungam e dizem: "O quê? Este nada de gente, este pescador, este carpinteiro, este ladrão, este cozinheiro, ora, o que podem eles fazer no vasto mundo?". E assim jogam fora suas vidas, como se fossem velas ardendo em uma corrente de ar.

— Nem todos os homens estão destinados à grandeza — lembrei-o.

— Tem certeza, Fitz? Tem certeza? De que serve uma vida vivida como se não fizesse qualquer diferença para a grande vida do mundo? Não consigo imaginar nada mais triste. Por que uma mãe diria a si mesma: Se criar bem esta criança, se amá-la e protegê-la, ela viverá uma vida que trará alegria aos que a rodeiam, e assim terei mudado o mundo"? Por que não haveria o lavrador que planta uma semente de dizer ao vizinho: "Esta semente que planto hoje irá alimentar alguém, e é assim que hoje mudo o mundo"?

— Isso é filosofia, Bobo. Nunca tive tempo de estudar essas coisas.

— Não, Fitz, isso é a vida. E ninguém tem tempo para não pensar nessas coisas. Cada criatura do mundo deveria refletir sobre isso, em cada momento em que o coração batesse. De outro modo, que objetivo haveria em nos levantarmos todos os dias?

— Bobo, isso está além de mim — declarei, incomodado. Nunca o vira tão apaixonado, nunca o ouvira falar com tanta clareza. Era como se tivesse remexido em brasas cobertas de cinza e de súbito tivesse encontrado o carvão cor de cereja que brilhava nas profundezas. Ele ardia muito vivamente.

— Não, Fitz. Acredito que é através de você. — Ele estendeu a mão e deu-me uma ligeira pancada com Ratita. — Pedra angular. Portão. Entroncamento. Catalisador. Você foi tudo isso e continua sendo. Sempre que chego a um entroncamento, sempre que o cheiro é incerto, quando ponho o nariz no chão e farejo, ladro e fungo, encontro um cheiro. O seu. Você cria possibilidades. Enquanto você existir, o futuro poderá ser guiado. Vim para cá por você, Fitz. É você o fio que eu puxo. Um deles, pelo menos.

Senti um súbito vento gelado de mau agouro. Seja lá o que fosse que ele ainda estivesse dizendo, não queria mais escutar. Em algum lugar, longe, ergueu-se um uivo fino. Um lobo uivando no meio do dia. Um arrepio me percorreu, pondo em pé cada pelo do meu corpo.

— Já fez sua graça — eu disse, com um riso nervoso. — Já deveria saber que não podia esperar de você um verdadeiro segredo.

— Você. Ou não você. Cavilha, âncora, nó no fio. Eu vi o fim do mundo, Fitz. Vi-o tecido com a mesma clareza com que vi meu nascimento. Oh, não no seu tempo de vida, nem mesmo no meu. Mas deveremos ficar felizes por dizer que vivemos na penumbra em vez da noite completa? Deveremos rejubilar por só sofrermos, enquanto seus descendentes serão aqueles que conhecerão os tormentos dos condenados? Será por isso que não agimos?

— Bobo, eu não quero ouvir isso.

— Teve a chance de me dizer não. Mas por três vezes o exigiu, e irá me ouvir. — Ergueu o bastão como quem levanta um peso e falou como se estivesse se dirigindo a todo o Conselho dos Seis Ducados. — A queda do Reino dos Seis Ducados foi a pedrinha que iniciou a avalanche. Aqueles sem alma avançaram a partir daí, espalhando-se como uma mancha de sangue pela melhor camisa do mundo. A escuridão devora e nunca estará saciada até que se alimente de si mesma. E tudo porque a linhagem da Casa Farseer falhou. É esse o futuro tal como está tecido. Mas espere! Farseer! — Ergueu a cabeça e me espreitou, avaliador como um corvo morto-vivo. — Por que dão a eles esse nome, Fitz? O que foi que seus antepassados previram para ganhar um nome assim? Quer que lhe conte como aconteceu? O próprio nome de sua dinastia é o futuro estendendo as mãos para trás no tempo, até vocês, batizando-os com o nome que um dia sua casa irá merecer. Os Farseers. Os visionários. Foi essa a pista que tomei no coração. Que o futuro tentou alcançá-los, à sua dinastia, ao local onde suas linhagens se intersectavam com o meu tempo de vida, e nomeou-os assim. Eu vim até aqui, e o que foi que descobri? Um Farseer que não tinha nome. Sem nome em qualquer história, passada ou futura. Mas eu o vi adotando um nome, FitzChivalry Farseer. E o verei merecendo-o. — Ele avançou até mim e segurou meus ombros. — Estamos aqui, Fitz, você e eu, para mudar o futuro do mundo. Para estender as mãos e segurar no seu lugar a minúscula pedrinha que pode desencadear a queda do rochedo.

— Não. — Um frio terrível erguia-se dentro de mim. Tremi com ele. Meus dentes começaram a bater, e as pequenas partículas de luz a cintilar nas orlas do meu campo de visão. Um ataque. Ia ter outro ataque. Ali mesmo, na frente do Bobo. — Saia! — gritei, incapaz de suportar a ideia. — Vá embora! Já! Depressa! Depressa!

Nunca antes vira o bobo assustado. Seu maxilar chegou mesmo a abrir-se, revelando seus minúsculos dentes brancos e a pálida língua. Manteve-me agarrado um momento mais e então me largou. Eu não parei para pensar no que minha abrupta exigência para que saísse poderia fazê-lo sentir. Abri a porta, apontei para fora, e ele desapareceu. Fechei-a atrás dele, tranquei-a e cambaleei até minha cama, enquanto onda após onda de escuridão me acometiam. Caí de bruços na colcha.

— Molly! — gritei. — Molly, salve-me! — Mas sabia que ela não me podia ouvir, e me afundei sozinho em minha escuridão.

O brilho de cem velas, arranjos de pinheiro, grinaldas de azevinho e negros ramos despidos de inverno, de onde pendiam cintilantes doces de açúcar para deliciar o olho e a língua. Os estalidos das espadas de madeira das marionetes e as exclamações deliciadas das crianças quando a cabeça do príncipe Malhado realmente saltou, voando em arco sobre a multidão. A boca de Mellow escancarada em uma canção obscena enquanto seus dedos autônomos dançavam independentemente sobre as cordas de sua harpa. Uma rajada de frio quando as grandes portas do salão foram abertas de repente, e outro grupo de foliões veio se juntar a nós no Grande Salão. A lenta consciência de que aquilo já não era um sonho submergiu-me, a consciência de que aquilo era a Festa do Inverno e que eu vagueava mansamente pela celebração, sorrindo a todos e sem ver ninguém. Pisquei, lentamente. Não conseguia fazer nada depressa. Estava envolto em lã macia e ia à deriva, como um barco a vela não tripulado em um dia de calmaria. Uma maravilhosa dormência me preenchia. Alguém me tocou no braço. Virei-me. Burrich, de cenho franzido, me perguntando qualquer coisa. Sua voz, sempre tão profunda, quase uma aquarela batendo contra mim quando ele falou.

— Está tudo bem — disse-lhe, calmamente. — Não se preocupe, está tudo bem. — Afastei-me dele flutuando, vagando pela sala, levado pela circulação da multidão.

O rei Shrewd estava sentado em seu trono, mas eu agora sabia que era feito de papel. O Bobo estava sentado no degrau junto aos pés do rei e se agarrava ao cetro da ratazana como um bebê se agarra a um chocalho. Sua língua era uma espada, e à medida que os inimigos do rei se aproximavam do trono, o Bobo os matava, os cortava em pedaços e os afastava do homem de papel no trono.

E ali estavam Verity e Kettricken em outro tablado, lindos como a boneca do Bobo, os dois. Olhei-os e vi que eram ambos feitos de fomes, como recipientes feitos de vazio. Senti-me tão triste, nunca seria capaz de encher qualquer um deles, pois estavam ambos terrivelmente ocos. Regal veio falar com eles, e era um grande pássaro negro, não um corvo, não, nada tão alegre como um corvo, e também não uma gralha, não tinha a esperteza animada de uma gralha, não, um miserável pássaro comedor de olhos, que voava em círculos, em círculos, sonhando com eles se transformando em carne putrefata da qual pudesse se banquetear. Cheirava a carne putrefata, e eu cobri a boca e o nariz com uma mão e me afastei deles.

Sentei-me a uma lareira, ao lado de uma moça que não parava de dar risadinhas, feliz em suas saias azuis. Tagarelava como um esquilo; eu sorri para ela e, depressa, ela se encostou em mim e começou a cantar uma cançãozinha engraçada sobre três leiteiras. Havia outras pessoas sentadas e em pé, em volta da lareira, e juntaram-se à canção. Todos rimos no fim, mas eu não sabia bem por quê. E a mão dela era quente, pousada tão casualmente na minha coxa.

Irmão, está louco? Comeu espinha de peixe, está com febre?

Hã?

Está com a mente enevoada. Seus pensamentos são exangues e enfermiços. Está se movendo como uma presa.

— Sinto-me bem.

— Sente-se, senhor? Então eu também me sinto. — Ela sorriu. Uma carinha bochechuda, olhos escuros, cabelo encaracolado escapando da touca. Verity gostaria daquela. Deu-me palmadinhas de companheirismo na perna. Um pouco mais acima do que me tocara antes.

— FitzChivalry!

Ergui lentamente o olhar. Patience estava em pé na minha frente, com Lacy junto ao cotovelo. Sorri por vê-la ali. Era tão raro que saísse de seus aposentos para conviver. Especialmente no inverno. O inverno era uma época dura para ela.

— Ficarei tão contente quando o verão regressar e pudermos passear juntos nos jardins — disse-lhe.

Ela me olhou em silêncio por um momento.

— Tenho uma coisa pesada que quero que seja levada para os meus aposentos. Não quer levá-la?

— Com certeza. — Levantei-me com cuidado. — Tenho de ir — disse à pequena criada. — Minha mãe precisa de mim. Gostei de sua cantiga.

— Adeus, senhor! — ela respondeu, e Lacy fuzilou-a com os olhos. As bochechas de Patience estavam muito rosadas. Segui-a através do fluxo e contrafluxo de gente. Chegamos à base das escadas.

— Esqueci-me de como se fazia isto — disse-lhe. — E onde está a coisa pesada que queria que eu carregasse?

— Isso foi uma desculpa para afastá-lo dali antes que se desonrasse por completo! — ela sussurrou. — O que se passa com você? Como pôde se portar tão mal? Está bêbado?

Refleti sobre a pergunta.

— Olhos-de-Noite disse que fui envenenado por espinhas de peixe. Mas me sinto bem.

Lacy e Patience me olharam com muita atenção. Então cada uma me pegou por um braço e me guiaram pelas escadas acima. Patience fez chá. Eu conversei com Lacy. Disse-lhe como amava Molly e que ia casar com ela assim que o rei desse permissão. Ela me deu palmadinhas na mão, verificou a temperatura da minha testa e perguntou o que eu tinha comido naquele dia e onde. Não consegui me lembrar. Patience me serviu chá. Pouco tempo depois, vomitei. Lacy deu-me água fresca. Patience deu-me mais chá. Voltei a vomitar. Disse que não queria mais chá. Patience e Lacy discutiram. Lacy disse que achava que eu ficaria bem depois de dormir. Levou-me de volta a meu quarto.

Acordei sem uma ideia clara do que fora sonho e do que fora real, se é que algo o fora. Todas as minhas recordações dos acontecimentos da noite tinham a mesma distância de acontecimentos que datavam de anos atrás. Isso foi agravado com a escada aberta, com sua chamativa luz amarela e a corrente de ar que de lá vinha e me gelava o quarto. Saí da cama com dificuldade, oscilei por um momento quando uma onda de tontura me submergiu, e então subi lentamente as escadas, sempre com a mão tocando a fria parede de pedra para me assegurar de que era real. Na metade da escadaria, Chade desceu ao meu encontro.

— Tome, agarre-se a meu braço — ordenou, e foi o que eu fiz.

Pôs o braço livre à minha volta e subimos juntos as escadas.

— Senti sua falta — disse-lhe. E, na respiração seguinte: — O rei Shrewd está em perigo.

— Eu sei. O rei Shrewd está sempre em perigo.

Atingimos o topo da escadaria. Havia fogo em sua lareira e uma refeição disposta ao lado dela, em uma bandeja. Ele me guiou na direção de ambas.

— Acho que posso ter sido envenenado hoje. — Um súbito tremor me percorreu e sacudiu todo o meu corpo. Quando passou, senti-me mais alerta. — Parece que estou acordando por fases. Penso sempre que estou acordado, e então de repente tudo fica mais claro.

Chade fez um aceno profundo com a cabeça.

— Suspeito que foi o resíduo das cinzas. Você não estava pensando direito quando arrumou o quarto de Shrewd. Muitas vezes resíduo queimado de uma erva concentra sua potência. Ficou com as mãos cheias de cinza, e depois se sentou para comer pastéis. Pouco havia que eu pudesse fazer. Achei que se curaria dormindo. O que foi que passou por sua cabeça para ir até lá embaixo?

— Não sei. — E então: — Como você sempre sabe tanto? — perguntei, irritado, enquanto ele me sentava em sua velha cadeira. Ocupou meu lugar habitual nas pedras da lareira. Mesmo em meu estado ébrio, reparei na fluidez dos seus movimentos, como se tivesse abandonado em algum lugar as cãibras e dores de um corpo de velho. Havia também uma cor queimada pelo vento em seu rosto e braços, com o bronzeado que atenuava as cicatrizes das pústulas. Há tempos eu reparara em sua semelhança com Shrewd. Agora via também Verity em seu rosto.

— Tenho minhas pequenas maneiras de descobrir as coisas. — Deu-me um sorriso lupino. — Até que ponto se lembra desta noite na Festa do Inverno?

Retraí-me ao pensar nisso.

— O suficiente para saber que amanhã vai ser um dia difícil. — A pequena criada veio-me de repente à memória. Encostada ao meu ombro, com a mão na minha coxa. Molly. Tinha de me encontrar com Molly esta noite e de algum modo explicar-lhe o que acontecera. Se ela viesse a meu quarto esta noite e eu não estivesse lá para responder à batida na porta... Endireitei-me de repente na cadeira, mas então outro arrepio me assaltou. Senti-me quase como se minha pele estivesse sendo arrancada.

— Tome. Coma alguma coisa. Fazê-lo vomitar as tripas não foi a melhor das ideias, mas tenho certeza de que Patience tinha boas intenções. E, em outras circunstâncias, poderia ter salvado sua vida. Não, seu idiota, lave as mãos primeiro. Não ouviu uma palavra do que eu disse?

Reparei então na água com vinagre posta ao lado da comida. Lavei cuidadosamente as mãos, para remover qualquer vestígio do que quer que se lhes tivesse colado, e depois o rosto, espantado com como de repente me sentia muito mais alerta. — O dia todo tem sido como um longo sonho... é assim que Shrewd tem se sentido?

— Não faço ideia. Talvez nem todas as ervas queimadas lá embaixo sejam o que eu acho que são. Essa era uma das coisas que eu queria discutir hoje com você. Como tem passado Shrewd? Isso atacou-o de súbito? Há quanto tempo Wallace anda se chamando de curandeiro?

— Não sei — deixei pender a cabeça, envergonhado. Forcei-me a relatar a Chade quão negligente fora em sua ausência. E quão estúpido. Quando terminei, ele não discordou de mim.

— Bem — disse, pesadamente —, não podemos desfazer, podemos só remediar. Há muitas coisas acontecendo aqui para tratarmos de todas de uma vez. — Olhou-me com uma expressão pensativa. — Muito do que me diz não me surpreende. Forjados ainda convergindo para Torre do Cervo, a doença do rei se prolongando. Mas a saúde do rei Shrewd declinou muito mais depressa do que eu consigo explicar, e a imundice em seus aposentos não faz qualquer sentido para mim. A menos que... — não concluiu o pensamento. — Talvez creiam que lady Thyme fosse sua única defensora. Talvez pensem que já não nos importamos; talvez o julguem um velho isolado, um obstáculo a ser removido. Sua falta de cuidado pelo menos os fez sair da toca. E, ao saírem da toca, talvez possamos eliminá-los. — Suspirou. — Pensei poder usar Wallace como ferramenta, dirigi-lo sutilmente através dos conselhos de outros. Ele tem pouco conhecimento próprio sobre ervas; o homem é um amador. Mas a ferramenta que deixei descuidadamente por aí talvez esteja agora nas mãos de outro. Teremos de ver. Seja como for. Há maneiras de parar com isso.

Mordi a língua antes de pronunciar o nome de Regal.

— Como? — preferi perguntar.

Chade sorriu.

— Como foi que se tornou ineficaz como assassino no Reino da Montanha?

A recordação me fez vacilar.

— Regal revelou meu objetivo a Kettricken.

— Exatamente. Vamos fazer brilhar um pouco de luz do dia sobre aquilo que está acontecendo nos aposentos do rei. Coma enquanto eu falo.

E foi o que fiz, escutando-o enquanto ele esboçava minhas tarefas para o dia seguinte, mas também reparando no que ele decidira me dar para comer. O sabor de alho predominava, e eu conhecia sua confiança nas propriedades purificadoras dessa planta. Me perguntei o que teria ingerido, e também até que ponto o que ingerira coloriria aquilo de que me lembrava da conversa com o Bobo. Estremeci ao recordar a maneira brusca como o mandara embora. Seria outra pessoa que teria de procurar no dia seguinte. Chade reparou em minha preocupação.

— Às vezes — ele observou obliquamente — tem de confiar que as pessoas compreenderão que você não é perfeito.

Anuí, e então soltei um imenso e súbito bocejo.

— Perdão — murmurei. Sentia subitamente as pálpebras tão pesadas que quase não conseguia manter a cabeça erguida. — O que estava dizendo?

— Não, não. Vá para a cama. Descanso. É esse o verdadeiro curandeiro.

— Mas nem sequer lhe perguntei onde esteve ou o que andou fazendo. Move-se e age como se tivesse perdido dez anos.

Chade franziu os lábios.

— Isso é um elogio? Não interessa. Seja como for, seria inútil fazer-me essas perguntas, portanto, pode guardá-las para outro momento e ficar frustrado depois, quando eu me recusar a lhe dar as respostas. Quanto ao meu estado... bem, quanto mais forçamos o corpo a fazer, mais ele consegue fazer. A viagem não foi fácil. Mas creio que valeu o esforço. — Ergueu a mão quando eu abri a boca. — E isso é tudo o que eu vou dizer. Agora para a cama, Fitz. Para a cama.

Voltei a bocejar ao me erguer, e me espreguicei até fazer estalar as articulações.

— Você cresceu mais — disse Chade, em tom de admiração. — Nesse ritmo vai acabar ultrapassando até a altura de seu pai.

— Senti sua falta — resmunguei enquanto me dirigia para a escada.

— E eu, a sua. Mas teremos amanhã à noite para pôr a conversa em dia. Por agora, vá para a cama.

Desci as escadas com a intenção sincera de seguir sua sugestão. Como sempre fazia, a escadaria selou-se momentos depois de eu sair dela, através de um mecanismo que eu nunca fora capaz de descobrir. Atirei mais três pedaços de lenha para o fogo moribundo da minha lareira e atravessei o quarto até a cama. Sentei-me nela para despir a camisa. Estava exausto. Mas não estava tão cansado que não conseguisse detectar um tênue vestígio do cheiro de Molly em minha pele quando despi a camisa. Fiquei mais um momento sentado, segurando a camisa nas mãos. Então voltei a vesti-la e me levantei. Dirigi-me à porta e me esgueirei para o corredor.

Era tarde, pelos padrões de qualquer outra noite. Mas aquela era a primeira noite da Festa do Inverno. Havia muitas pessoas lá embaixo que não chegariam a aquecer as camas naquela noite. Sorri de súbito, ao compreender que tencionava fazer parte desse grupo.

Havia outras pessoas nos corredores nessa noite e também nas escadas. A maior parte estava muito embriagada ou muito ocupada para reparar em mim. Quanto aos outros, decidi usar a Festa do Inverno como desculpa para quaisquer perguntas que me fossem feitas no dia seguinte. Mesmo assim, fui suficientemente discreto para me assegurar de que o corredor estava vazio antes de bater à porta. Não ouvi resposta. Mas, quando ergui a mão para voltar a bater, a porta se abriu silenciosamente para a escuridão.

Isso me aterrorizou. Em um instante, tive certeza de que algum mal acontecera a Molly, de que alguém estivera ali e a ferira, e a deixara na escuridão. Saltei para dentro do quarto, gritando seu nome. A porta fechou-se atrás de mim e...

— Psiu! — ordenou ela.

Virei-me para ela, mas precisei de um momento até que os olhos se ajustassem à escuridão. A luz vinda da lareira era a única iluminação do quarto, e estava às minhas costas. Quando meus olhos penetraram as trevas, senti-me incapaz de respirar.

— Estava me esperando? — perguntei.

Com uma pequena voz de gata, ela respondeu:

— Só há horas.

— Pensei que estaria na folia no Grande Salão. — Lentamente percebi que não a vira lá.

— Sabia que não sentiriam minha falta por lá. Exceto uma pessoa. E pensei que talvez essa pessoa pudesse vir me procurar aqui.

Fiquei imóvel a olhá-la. Usava uma guirlanda de azevinho em cima do desarranjo do cabelo. Era tudo. E estava em pé, encostada à porta, desejando que eu olhasse para ela. Como posso explicar a fronteira que fora cruzada? Antes, tínhamo-nos aventurado naquilo juntos, exploradores e inquisitivos. Mas isso era diferente. Isso era o convite franco de uma mulher. Poderá haver coisa mais entusiasmante do que saber que uma mulher nos deseja? Isso me confundia, me abençoava e, de algum modo, me redimia de todas as coisas estúpidas que já fizera.

A Festa do Inverno.

O coração do segredo da noite.

Sim.

Ela me acordou antes da alvorada, e me pôs para fora de seu quarto. O beijo de despedida que me deu antes de me enxotar pela porta foi de tal ordem que fiquei parado no corredor, tentando me persuadir de que a alvorada não estava assim tão próxima. Após alguns momentos, lembrei-me de que havia necessidade de discrição e varri o sorriso tolo do rosto. Endireitei a camisa amarrotada e dirigi-me para as escadas.

Depois de voltar ao quarto, um cansaço quase estonteante me dominou. Há quanto tempo não tinha uma noite inteira de sono? Sentei-me na cama e despi a camisa. Deixei-a cair no chão. Caí de costas na cama e fechei os olhos.

Uma suave batida na porta me fez levantar num pulo. Atravessei rapidamente o quarto, sorrindo para mim mesmo. Ainda estava sorrindo quando escancarei a porta.

— Ótimo, está de pé! E quase vestido. Com o aspecto que tinha ontem à noite, temi que teria de arrancá-lo da cama pelo pescoço.

Era Burrich, lavado e penteado. As linhas em sua testa eram os únicos sinais visíveis da festança da noite anterior. Pelos anos que passara dividindo os aposentos com ele, sabia que, por mais violenta que fosse a ressaca, ele se levantava sempre para enfrentar seus deveres. Suspirei. Não valia a pena pedir clemência, pois nenhuma me seria dada. Em vez disso, dirigi-me à arca de roupas em busca de uma camisa limpa. Vesti-a enquanto o seguia até a torre de Verity.

Existe um estranho limiar, tanto físico quanto mental. Só o ultrapassei em algumas ocasiões na minha vida, mas em cada uma delas uma coisa extraordinária aconteceu. Aquela manhã foi uma dessas vezes. Depois de se ter passado cerca de uma hora, estava em pé na sala de torre de Verity, sem camisa e suando. As janelas da torre estavam abertas ao vento de inverno, mas não sentia frio. O machado envolvido que Burrich me dera era só um pouco mais leve do que o próprio mundo, e o peso da presença de Verity na minha mente me dava a sensação de forçar o cérebro a ponto de ele vazar pelos olhos. Já não conseguia manter o machado erguido para me proteger. Burrich caiu de novo sobre mim, e eu não fiz mais do que esboçar uma defesa. Ele a afastou com facilidade e, então, se aproximou rapidamente, um, dois golpes, não fortes, mas também não fracos.

— E está morto — disse-me e recuou. Deixou a cabeça de seu machado cair no chão e encostou-se a ele ofegante. Deixei que meu machado caísse com estrondo. Era inútil.

Dentro da minha mente, Verity estava muito quieto. Olhei de relance para onde ele estava, fitando o horizonte marítimo pela janela. A luz da manhã era dura com as rugas de seu rosto e com seu cabelo grisalho. Tinha os ombros curvados para a frente. Sua postura refletia o que eu sentia. Fechei os olhos por um momento, cansado demais para qualquer coisa. E de repente nos entrelaçamos. Vi até os horizontes do nosso futuro. Éramos um país cercado por um voraz inimigo que vinha até nós apenas para matar e estropiar. Era esse seu único objetivo. Não tinham campos a plantar, crianças a defender, gado a cuidar, nada que os distraísse de seus ataques. Mas nos esforçávamos por viver nossas vidas cotidianas ao mesmo tempo em que tentávamos nos proteger da destruição. Para os Salteadores dos Navios Vermelhos, seus saques eram a vida cotidiana. Essa exclusividade de propósito era tudo aquilo de que necessitavam para nos destruir. Não éramos guerreiros; havia gerações que não éramos guerreiros. Não pensávamos como guerreiros. Mesmo aqueles de nós que eram soldados, eram soldados que tinham treinado para lutar contra um inimigo racional. Como podíamos resistir contra uma investida de loucos? De que armas dispúnhamos? Olhei em volta. Eu. Eu enquanto Verity.

Um homem. Um homem que se envelhecia enquanto procurava encontrar um equilíbrio entre defender seu povo e ser arrastado no êxtase viciante do Talento. Um homem que tentava nos levantar em armas, que tentava nos incendiar para que nos defendêssemos. Um homem com os olhos postos longe, enquanto brigávamos, discutíamos e conspirávamos nas salas abaixo dele. Era inútil. Estávamos condenados a falhar.

A maré de desespero submergiu-me e ameaçou me arrastar para o fundo. Rodopiou à minha volta, mas de repente, no meio dela, encontrei um lugar onde me pôr de pé. Um lugar onde sua própria inutilidade era engraçada. Horrivelmente engraçada. Quatro pequenos navios de guerra, ainda não inteiramente concluídos, com tripulações destreinadas. Torres de vigia e sinais de fogo para chamar os ineptos defensores para o massacre. Burrich com seu machado e eu em pé, ao frio. Verity olhando pela janela, enquanto embaixo Regal alimentava o pai com drogas. Na esperança de lhe roubar a mente e de herdar toda a bagunça, com certeza. Era tudo tão totalmente inútil. E era tão impensável desistir. Uma gargalhada brotou dentro de mim, e não fui capaz de contê-la. Encostei-me ao machado, e ri como se o mundo fosse a coisa mais engraçada que alguma vez tivesse visto, enquanto Burrich e Verity me fitavam. Um sorriso muito discreto de resposta torceu os cantos da boca de Verity; uma luz em seus olhos partilhava minha loucura.

— Rapaz? Está bem? — perguntou-me Burrich.

— Estou ótimo. Estou absolutamente ótimo — disse-lhes, depois das ondas de riso se acalmarem. Forcei-me a me endireitar. Abanei a cabeça e juro que quase senti o cérebro se assentando. — Verity — disse, abraçando sua consciência à minha. Foi fácil; sempre fora fácil, mas antes eu acreditava que havia algo a perder por fazê-lo. Não nos fundimos em uma pessoa; em vez disso, nos ajustamos como tigelas empilhadas em um guarda-louças. Ele me montou confortavelmente, como um pacote bem carregado. Enchi os pulmões de ar e ergui o machado. — Outra vez — eu disse a Burrich.

Quando ele veio contra mim, deixei de lhe permitir que fosse Burrich. Era um homem com um machado, que vinha matar Verity, e, antes de conseguir conter meu ímpeto, já o tinha jogado ao chão. Ele se ergueu, abanando a cabeça, e vi um toque de ira em seu rosto. Voltamos ao confronto, e eu voltei a acertar o golpe.

— Terceira vez — ele disse, e seu sorriso de batalha iluminou-lhe o rosto marcado pelo tempo. Lutamos mais uma vez com um enérgico júbilo da luta, e eu o derrotei de forma limpa.

Combatemos mais duas vezes antes de Burrich recuar de meus golpes. Baixou o machado para o chão e ficou em pé, ligeiramente debruçado para a frente até que a respiração se regularizasse. Então se endireitou e olhou para Verity.

— Ele pegou o jeito — disse, com uma voz rouca. — Agora ele pegou o jeito. Não que não precise ainda afiar um pouco alguns detalhes. O exercício irá deixá-lo mais rápido, mas fez uma escolha sábia para ele. O machado é sua arma.

Verity anuiu lentamente.

— E ele, a minha.

OS NAVIOS DE VERITY

No terceiro Verão da Guerra dos Navios Vermelhos, os navios de guerra dos Seis Ducados tiveram seu batismo de sangue. Embora fossem apenas quatro, representavam uma mudança importante nas táticas de defesa do nosso reino. Nossos encontros com os Navios Vermelhos nessa primavera rapidamente nos ensinaram que tínhamos esquecido muito sobre ser guerreiro. Os Salteadores estavam certos; tínhamos nos transformado em uma raça de agricultores. Mas éramos agricultores que haviam decidido assumir a posição e lutar. Rapidamente descobrimos que os Salteadores eram guerreiros selvagens e cheios de recursos. Isso era verdade até o ponto de que nenhum deles jamais se rendeu ou foi capturado vivo. Isso talvez devesse ter sido nossa primeira pista quanto à natureza da Forja e daquilo que combatíamos, mas na época foi uma indicação muito sutil, e estávamos ocupados demais com a sobrevivência para refletirmos sobre ela.

O resto daquele inverno passou tão depressa quanto a primeira metade se arrastara. As partes separadas da minha vida se tornaram semelhantes a miçangas, e eu me transformei no fio que atravessava todas. Creio que, se algum dia tivesse feito uma pausa para pensar na complexidade daquilo que fazia para manter essas partes separadas, o teria achado impossível. Mas era então jovem, muito mais jovem do que suspeitava, e de algum modo encontrei energia e tempo para fazer e ser tudo.

O meu dia começava antes da alvorada, com uma sessão com Verity. Pelo menos duas vezes por semana, Burrich e seus machados eram incluídos. Mas era mais frequente sermos só Verity e eu. Trabalhávamos no meu Talento, mas não como Galen fizera. Verity tinha tarefas específicas em mente para mim, e era nelas que me treinava. Aprendi a ver através de seus olhos e a lhe dar acesso aos meus. Pratiquei ter consciência da maneira sutil como ele me direcionava a atenção, e a manter uma percepção mental constante que o mantinha informado de tudo o que se passava à nossa volta. Isso envolvia minha saída da torre, levando sua presença comigo como um falcão empoleirado no pulso, enquanto ia tratar das outras tarefas diárias. A princípio só conseguia aguentar o vínculo do Talento durante algumas horas, mas com o passar do tempo passei a conseguir partilhar a mente com ele durante dias a fio. Contudo, o vínculo enfraquecia com o tempo. Não era um verdadeiro estender do Talento de mim até Verity, mas um vínculo imposto pelo toque que tinha de ser renovado. Ainda assim, ser capaz de fazer pelo menos aquilo me dava uma sensação de realização.

Dedicava uma parcela razoável do meu tempo ao Jardim da Rainha, carregando e deslocando novamente bancos, estátuas e vasos, até Kettricken ficar finalmente satisfeita com o arranjo. Durante essas horas, me assegurava sempre de que Verity estivesse comigo. Esperava que lhe fizesse bem ver sua rainha como os outros a viam, especialmente quando ela estava imbuída de entusiasmo com seu jardim nevado. Radiante, de bochechas rosadas e cabelo dourado, beijada pelo vento e animada: era assim que eu a mostrava para ele. Ele a ouvia falar livremente do prazer que esperava que aquele jardim lhe trouxesse. Seria aquilo uma traição da confiança que Kettricken depositava em mim? Afastei resolutamente esse mal-estar. Levava-o comigo quando ia visitar Patience e Lacy.

Também tentava levar Verity mais para junto do povo. Desde que dera início a seus pesados deveres com o Talento, era raro juntar-se às pessoas comuns de quem outrora tanto gostara. Levava-o à cozinha e à sala dos guardas, aos estábulos e às tabernas, lá embaixo, na Cidade de Torre do Cervo. Quanto a ele, guiava-me até os barracões dos barcos, onde eu observava os trabalhos finais que estavam sendo realizados em seus navios. Mais tarde, passei a visitar com frequência a doca onde os navios estavam amarrados, para conversar com as tripulações que começavam a conhecer as embarcações. Eu o fiz ter consciência de que os homens resmungavam por acharem traiçoeiro que alguns refugiados das Ilhas Externas tivessem sido autorizados a se transformar em membros das tripulações dos navios que nos defenderiam. Era evidente para qualquer um que esses homens eram experientes no manuseio dos navios piratas e que estavam tornando nossos navios mais eficientes com sua perícia. Também era evidente que muitos homens dos Seis Ducados se ressentiam e desconfiavam do monte de imigrantes entre eles. Não tinha certeza de achar sensata a decisão que Verity tomara de utilizá-los. No entanto, não expressei nenhuma de minhas dúvidas, limitei-me a lhe mostrar os resmungos de outros homens.

Ele também me acompanhava quando ia visitar Shrewd. Aprendera a fazer minhas visitas ao fim da manhã ou ao princípio da tarde. Wallace raramente me deixava entrar com facilidade, e parecia haver sempre outras pessoas no quarto quando ia visitá-lo, criadas que eu não conhecia, ou um trabalhador que supostamente reparava uma porta. Esperava impacientemente por uma oportunidade para conversar em particular com ele sobre minha ambição de me casar. O Bobo estava sempre lá, e mantinha a palavra de não mostrar simpatia por mim perante outros olhos. Sua troça era penetrante e maldosa e, muito embora eu lhe conhecesse o propósito, ainda conseguia me perturbar ou irritar. A única satisfação que tinha era com as mudanças que via no quarto. Alguém fofocara com a sra. Hasty sobre o estado dos aposentos do rei.

No meio das atividades da Festa do Inverno, afluiu ao quarto uma tropa tão grande de aias e criados que trouxeram a festividade ao rei. A sra. Hasty, de mãos na cintura, mantinha-se no centro do quarto supervisionando tudo, sem parar de ralhar com Wallace por ter deixado as coisas chegarem àquele estado. Evidentemente ele lhe assegurou que tratava pessoalmente da limpeza e dos banhos, num esforço para evitar que o rei fosse incomodado. Passei aí uma tarde muito alegre, pois a atividade despertou Shrewd, e logo ele parecia quase o mesmo de antes. Silenciou a sra. Hasty quando ela censurou seus ajudantes, chamando-lhes de negligentes, e trocou gracejos com eles enquanto o chão era esfregado, juncos novos eram espalhados e a mobília era bem polida com óleo aromático de limpeza. A sra. Hasty atirou para cima do rei uma montanha de colchas enquanto ordenava que as janelas fossem abertas e o quarto, arejado. Também ela mostrou repugnância pelas cinzas e pelos vasos de queima. Sugeri calmamente que talvez fosse melhor que Wallace tratasse de sua limpeza, uma vez que ele estava mais familiarizado com as propriedades das ervas que tinham sido queimadas ali. Ele estava muito mais dócil e maleável quando regressou com os recipientes. Me perguntei se ele conheceria o efeito que seus fumos tinham em Shrewd. Mas, se aqueles fumos não eram obra sua, seriam de quem? O Bobo e eu trocamos mais do que um olhar secreto e cheio de significado.

O aposento não só foi bem limpo como também alegrado com velas e grinaldas festivas, ramos de pinheiro e ramos nus tingidos de dourado e carregados de frutos secos pintados. Isso devolveu a cor ao rosto do rei. Senti a silenciosa aprovação de Verity. Quando o rei desceu de seus aposentos nessa noite para se juntar a nós no Grande Salão e chegou até a solicitar seus músicos e canções preferidos, eu encarei o fato como uma vitória pessoal.

Alguns momentos eram apenas meus, claro, e não me refiro só às noites passadas com Molly. Com a maior frequência possível esgueirava-me para fora de torre a fim de correr e caçar com o meu lobo. Vinculadas como estavam nossas mentes, eu nunca me encontrava completamente isolado dele, mas uma simples ligação mental não trazia a profunda satisfação de partilhar uma caçada. É difícil exprimir a plenitude de dois seres que se movem como um só, com um único propósito. Esses momentos eram realmente a realização de nosso vínculo. Mas, mesmo quando eu passava dias sem vê-lo fisicamente, ele estava comigo. Sua presença era como um perfume, do qual se está mais consciente quando é detectado pela primeira vez, mas que depois se torna apenas uma parte do ar que se respira. Eu sabia que ele se encontrava lá através de pequenas coisas. Meu olfato parecia mais aguçado, e eu atribuía isso à sua perícia em ler aquilo que o ar carregava. Tornei-me mais consciente daqueles que me rodeavam, como se sua consciência estivesse me protegendo e me alertando para pequenas pistas sensoriais que eu poderia de outro modo ter ignorado. A comida era mais saborosa, os perfumes, mais tangíveis. Não tentei estender essa lógica a meu apetite pela companhia de Molly. Sabia que ele estava lá, mas, tal como prometera, nada fazia abertamente para me deixar consciente de sua presença nessas ocasiões.

Um mês após a Festa do Inverno, eu me dedicava a um novo trabalho. Verity dissera-me que me queria a bordo de um navio. Fui convocado um dia ao convés do *Rurisk*, onde descobri que me fora atribuído um lugar a um remo. O capitão do navio perguntou abertamente o motivo de terem lhe enviado um graveto quando pedira um tronco. Não podia levantar objeções à pergunta. A maior parte dos homens que me rodeavam era formada de indivíduos musculosos e experientes no manejo de navios. A única chance de provar meu valor era me entregar às tarefas que me eram atribuídas com toda a energia que conseguisse reunir. Pelo menos tive a satisfação de saber que não estava só na inexperiência. Enquanto os outros homens a bordo tinham servido de alguma forma em outras embarcações, todos, exceto os ilhéus da tripulação, eram novos naquele tipo de navio.

Verity tivera de procurar nossos mais velhos construtores navais para arranjar homens que soubessem como construir um navio de combate. O *Rurisk* era a maior das quatro embarcações lançadas na Festa do Inverno. As linhas do barco eram elegantes e sinuosas, e seu baixo calado significava que ele era capaz de deslizar por um mar calmo como um inseto em uma lagoa ou enfrentar uma ondulação forte com a habilidade de uma gaivota. Em dois dos outros barcos, as tábuas eram pregadas ao cavername, ajustando-se para formar um casco liso, mas o *Rurisk* e seu navio-irmão menor, *Constance*, possuíam cascos trincados, com tábuas sobrepostas no bordo exterior. O *Rurisk* fora construído por Mastfish, suas tábuas estavam bem ajustadas, mas ainda tinha flexibilidade suficiente para aguentar qualquer ondulação que o mar pudesse oferecer. Só fora necessário um mínimo de calafetagem com corda embebida em alcatrão, tamanha a dedicação ao trabalho de construção daquele navio. Seu mastro de pinho carregava uma vela de linho tecido e reforçado com corda. O cervo de Verity decorava a vela do *Rurisk*.

Os novos navios ainda cheiravam a serragem de madeira e a corda embebida em alcatrão. Seus conveses quase não tinham marcas, e os remos mostravam-se limpos de uma ponta à outra. Em breve, o *Rurisk* assumiria um caráter próprio; um pouco de trabalho com uma agulha de marinheiro para tornar mais fácil agarrar o remo, uma emenda em uma corda, todos os cortes e sinais de um navio bem usado. Mas, por agora, o *Rurisk* estava tão verde como nós. Quando o zarpamos, ele me fez lembrar de um cavaleiro inexperiente em um cavalo recém-domado. Deslizou de esguelha, recuou e baixou a proa por entre as ondas, e então, quando todos nós encontramos um ritmo, avançou, cortando as águas como uma faca untada.

Foi desejo de Verity que eu mergulhasse nessas novas habilidades. Deram-me uma tarimba no depósito com meus companheiros de bordo. Aprendi a ser discreto, mas enérgico, quando saltava para cumprir todas as ordens. O capitão era Seis Ducados dos pés à cabeça, mas o imediato era um ilhéu, e foi ele quem nos ensinou realmente a manobrar o *Rurisk* e nos mostrou o que o navio era capaz de fazer. Havia mais dois imigrantes das Ilhas Externas a bordo e, quando não estávamos aprendendo a lidar com o navio, fazendo manutenção ou dormindo, eles se reuniam e falavam em voz baixa uns com os outros. Fiquei imaginando como eles podiam não perceber que isso fazia a gente dos Seis Ducados reclamar. Minha tarimba era próxima da deles, e era frequente estar deitado tentando adormecer e perceber que Verity me incentivava a prestar atenção em palavras proferidas em voz baixa em uma língua que eu não compreendia. E era o que fazia, sabendo que os sons tinham mais sentido para ele do que para mim. Passado algum tempo, descobri que a língua deles não era assim tão diferente da dos Ducados e que eu conseguia compreender por mim mesmo parte do que era dito. Não ouvi entre eles quaisquer conversas sobre traições ou motins. Só palavras suaves e tristes sobre familiares levados pela Forja, seus próprios compatriotas, e amargas promessas de vingança contra os seus. Não eram assim tão diferentes dos homens e mulheres da tripulação naturais dos Seis Ducados. Quase todos a bordo tinham perdido alguém para a Forja. Sentindo-me culpado, perguntei-me quantas dessas almas perdidas teria eu enviado para o esquecimento da morte. Isso ergueu uma pequena barreira entre mim e os outros membros da tripulação.

Apesar da fúria das tempestades de inverno, saíamos com os navios quase todos os dias. Travávamos batalhas simuladas uns contra os outros, treinando técnicas para prender com fateixas ou abalroar outro navio e também para medir saltos para abordarmos a outra embarcação em vez de cairmos na água entre ambas. O capitão tentava insistentemente nos explicar todas as nossas vantagens. O inimigo que iríamos combater estaria longe de casa e já desgastado pelas semanas passadas no mar. Estariam vivendo a bordo de suas embarcações, apertados e castigados pelo tempo, enquanto nós estaríamos descansados e bem alimentados. Os rigores da viagem deles exigiriam que todos os remadores fossem também Salteadores, enquanto nós poderíamos transportar combatentes adicionais que usariam os arcos ou abordariam outro navio enquanto mantínhamos a equipe completa aos remos. Era frequente eu ver o imediato abanar a cabeça perante essas palavras. Em particular, ele confidenciou a seus compatriotas que os rigores de uma viagem de saque eram aquilo que tornava uma tripulação dura e feroz. Como poderiam agricultores moles e bem alimentados ter esperança de prevalecer contra os experientes Salteadores dos Navios Vermelhos?

A cada dez dias me era permitido um dia para mim mesmo, e eu passava esses dias na torre. Não tinha muito descanso, apresentava relatórios ao rei Shrewd, detalhando minhas experiências a bordo do *Rurisk*, e tinha prazer com o interesse que despertava em seus olhos nesses momentos. Ele parecia melhor, mas ainda não era o rei robusto de que me lembrava da juventude. Patience e Lacy também exigiam uma visita, e eu cumpria igualmente o dever de me apresentar a Kettricken. Uma hora ou duas para Olhos-de-Noite, uma visita clandestina aos aposentos de Molly, e então as desculpas para me apressar para voltar a meus aposentos para o resto da noite, pois tinha de estar lá quando Chade me convocasse para seus interrogatórios. Na madrugada seguinte, um breve relatório a Verity, e com um toque ele renovava nosso vínculo de Talento. Era frequente achar um alívio o regresso às instalações da tripulação para ter uma sólida noite de sono.

Finalmente, quando o inverno já terminava, a sorte concedeu-me uma oportunidade de falar em particular com Shrewd. Fora até seus aposentos em um dos dias passados longe do barco, para lhe fazer um relatório sobre os progressos no nosso treino. Shrewd estava melhor de saúde do que o costume e encontrava-se sentado em sua cadeira junto da lareira. Wallace não estava por perto naquele dia. Em seu lugar, havia uma mulher jovem, aparentemente limpando o aposento, mas quase certamente espionando para Regal. O Bobo também andava lá, como sempre, tendo um prazer mordaz em fazê-la se sentir desconfortável. Eu crescera com o Bobo, e sempre aceitara sua pele branca e seus olhos sem cor como sendo simplesmente aquilo que ele era. A mulher evidentemente se sentia de outra forma. Começou a espreitar o Bobo sempre que achava que ele não estava prestando atenção. Mas, assim que ele reparou nisso, começou a espreitá-la também, e cada vez simulava um olhar mais lascivo do que o anterior. Ela foi ficando cada vez mais nervosa e, quando finalmente teve de passar por nós com o balde, o Bobo pôs Ratita, no seu cetro, a espreitar por baixo das saias dela. A mulher saltou para trás gritando, encharcando-se com água suja e molhando o chão que acabara de lavar. Shrewd repreendeu o Bobo, que se prostrou extravagantemente e sem remorsos, e depois mandou a mulher ir embora para vestir uma roupa seca. Eu agarrei a oportunidade.

Ela mal saiu da sala quando falei:

— Meu soberano, há algo que desejo pedir-lhe já há algum tempo.

Alguma coisa no meu tom deve ter alertado tanto o Bobo como o rei, pois obtive instantaneamente a completa atenção dos dois. Fulminei o Bobo com os olhos, e ele compreendeu perfeitamente que eu queria que se retirasse, mas em vez disso aproximou-se, pousando a cabeça no joelho de Shrewd enquanto me deitava um sorrisinho irritante. Recusei-me a permitir que me provocasse. Olhei suplicante para o rei.

— Pode falar, FitzChivalry — disse ele, formalmente.

Inspirei profundamente.

— Meu soberano, gostaria de pedir autorização para me casar.

Os olhos do Bobo ficaram redondos de surpresa. Mas o rei sorriu tão indulgentemente como se eu fosse uma criança pedindo um bombom.

— Bem. Finalmente chegou esse momento. Mas certamente pretende cortejá-la primeiro?

Meu coração estava trovejando no peito. Meu rei parecia saber muito mais do que eu esperava. Mas também parecia contente, muito contente. Atrevi-me a ter esperança.

— Se aprouver a meu rei, temo que já tenha começado a cortejá-la. Mas sabe que não planejei fazê-lo por presunção. Simplesmente... aconteceu.

Ele sorriu, bem-humorado.

— Sim. Há coisas que acontecem. Embora eu tenha me perguntado quais seriam suas intenções por você não ter falado antes, e cheguei a pensar que a dama tinha se iludido. — Fiquei com a boca seca. Não conseguia respirar. Quanto saberia ele? Shrewd sorriu perante meu terror. — Não tenho objeções. Na verdade, agrada-me muito sua escolha...

O sorriso que brotou de meu rosto teve um eco espantoso no semblante do Bobo. Contive a respiração trêmula, até que Shrewd prosseguiu:

— Mas o pai dela tem reservas. Ele me disse que gostaria de adiar isso, pelo menos até que as irmãs mais velhas estejam comprometidas.

— Quê? — Quase não consegui articular a palavra. A confusão rodopiou dentro de mim. Shrewd deu um sorriso bondoso.

— Sua dama, ao que parece, faz jus ao nome. Celerity pediu ao pai autorização para lhe fazer a corte no mesmo dia em que partiu para Torre do Cervo. Creio que lhe conquistou o coração quando falou tão claramente com Virago. Mas Brawndy disse-lhe que não, pelo motivo que contei. Acho que a dama levantou uma grande tempestade com o pai, mas Brawndy é um homem firme. No entanto, enviou-nos uma mensagem, para evitar que nos ofendêssemos. Deseja que saibamos que não se opõe à união propriamente dita, só ao fato de ela preceder as irmãs no casamento. Eu concordei com isso. Ela tem, creio eu, apenas catorze anos?

Não consegui falar.

— Não fique tão aflito, rapaz. São ambos jovens, e há tempo de sobra. Embora ele não queira permitir que uma corte formal comece por enquanto, tenho certeza de que também não pretende evitar que vocês se encontrem. — O rei Shrewd me olhava com tanta tolerância, com tanta amabilidade nos olhos. Os do Bobo saltitavam de um lado para o outro entre nós. Eu não conseguia ler seu rosto.

Estava tremendo, como não tremia há meses. Não permitiria que aquilo continuasse, que se tornasse pior do que já era. Encontrei a língua, formei palavras na garganta seca.

— Meu rei, não é essa a dama em que eu estava pensando.

Caiu o silêncio. Olhei meu rei nos olhos e vi os dele mudar. Se eu não estivesse tão desesperado, sei que teria afastado o olhar daquele desagrado. Mas em vez disso olhei-o com uma expressão suplicante, rezando para que ele pudesse compreender. Quando não voltou a falar, tentei fazê-lo:

— Meu rei, a mulher de que falo trabalha atualmente como dama de companhia, mas ela não é propriamente uma criada. É...

— Cale-se. — Ele não poderia ter sido mais cortante se tivesse me batido. Fiquei imobilizado. Shrewd me examinou cautelosamente dos pés à cabeça. Quando falou, usou a força de toda a sua majestade. Pensei até sentir a pressão do Talento em sua voz. — Pode ficar inteiramente certo do que lhe digo, FitzChivalry. Além de meu duque, Brawndy é meu amigo. Nem ele nem sua filha serão ofendidos ou desrespeitados por você. Neste momento, não cortejará ninguém. Ninguém. Sugiro que pense bem em tudo o que lhe é oferecido quando Brawndy o encara com simpatia como partido para Celerity. Ele não levanta problema ao seu nascimento. Apenas uns poucos fariam o mesmo. Celerity terá terras e um título próprio. Tal como você, dados por mim, se tiver a sensatez de esperar sua hora e tratar a senhora com respeito. Chegará à conclusão de que essa é a decisão sensata. Eu lhe direi quando puder começar a fazer-lhe a corte.

Convoquei o que me restava de coragem.

— Meu rei, por favor, eu...

— Basta, Chivalry! Ouviu minha opinião sobre este assunto. Não há mais nada a dizer!

Pouco tempo depois, mandou-me embora, e eu saí de seus aposentos tremendo. Não sei se era a fúria ou o desgosto que me faziam tremer. Pensei sobre como ele me chamara pelo nome do meu pai. Talvez, disse a mim mesmo com rancor, fosse porque no seu íntimo soubesse que eu faria o mesmo que meu pai fizera: me casaria por amor. Mesmo, pensei com violência, que tivesse de esperar até que o rei Shrewd estivesse na cova, pelo momento em que Verity cumpriria a promessa que me fizera. Voltei ao meu quarto. Chorar teria sido um alívio, mas nem sequer consegui encontrar as lágrimas. Em vez de chorar, deitei-me na cama e fitei as cortinas. Não era capaz de me imaginar contando a Molly o que acabara de ocorrer entre mim e o rei. Dizendo a mim mesmo que não falar era também uma forma de engano, decidi descobrir uma maneira de fazer isso. Mas não imediatamente. Chegaria o momento, me prometi, um momento em que eu seria capaz de explicar e ela conseguiria compreender. Esperaria esse momento. Até então, não pensaria no assunto. E também não visitaria meu rei, pensei friamente, a menos que fosse chamado.

Quando a primavera se aproximou, Verity dispôs seus navios e homens com cuidado, como peças num tabuleiro. As torres de vigia na costa estavam sempre guarnecidas, e suas fogueiras sinaleiras mantinham-se sempre preparadas para um archote. Essas fogueiras sinaleiras tinham o propósito de alertar os cidadãos da região onde Navios Vermelhos fossem avistados. Verity distribuiu os membros restantes do círculo de Talento que Galen pelas torres e pelos navios. Serene, minha inimiga e coração do círculo de Galen, permanecia em Torre do Cervo. Eu me perguntava por qual motivo Verity a usaria ali, como centro do círculo, em vez de pôr todos os membros a contatá-lo individualmente por intermédio do Talento. Com a morte de Galen e o afastamento forçado de August, Serene ocupara o posto de Galen e parecia considerar-se mestre do Talento. Em certos aspectos, quase se transformara nele. Não era apenas por percorrer a passos largos Torre do Cervo em um silêncio austero e ostentar sempre uma carranca de desaprovação. Parecia ter adquirido também sua irritabilidade e mau humor. Os criados falavam agora dela com o mesmo terror e desagrado que outrora reservavam para Galen. Soube que também ocupara os aposentos privados de Galen. Evitava-a frequentemente nos dias que passava em casa. Teria ficado mais aliviado se Verity a tivesse colocado em outro lugar. Mas não me cabia questionar as decisões do meu príncipe herdeiro.

Justin, um jovem alto e desengonçado dois anos mais velho do que eu, foi destacado como membro do círculo para o *Rurisk*. Desprezava-me desde o tempo em que estudáramos o Talento juntos, e eu falhara tão espetacularmente na aprendizagem. Aproveitava qualquer oportunidade para me humilhar. Eu mordia a língua e fazia o melhor que podia para não me encontrar com ele, mas os aposentos apertados do navio tornavam isso difícil. Não era uma situação confortável.

Após um grande debate, consigo e comigo, Verity colocou Carrod a bordo do *Constance*, Burl, na torre de Baía Limpa, e mandou Will bem para o norte, para a Torre Vermelha, em Bearns, que dominava uma larga extensão do mar e dos campos em volta. Depois de Verity dispor as peças que lhes correspondiam em seus mapas, tornou realidade a patética fraqueza de nossas defesas.

— Faz-me lembrar o velho conto popular sobre o pedinte que não tinha mais do que um chapéu para cobrir a nudez — disse eu a Verity. Ele sorriu sem humor.

— Bem gostaria eu de conseguir mover meus navios com a rapidez com que ele movia o chapéu — disse ele, sombriamente.

Dois dos navios foram destinados por Verity a atividades de patrulha. Os outros dois eram mantidos de reserva, ficando o *Rurisk* ancorado em Torre do Cervo, enquanto o *Veado* estava ancorado em Angra do Sul. Era uma frota lamentavelmente pequena para proteger a irregular linha de costa dos Seis Ducados. Um segundo conjunto de navios estava sendo construído, mas não se esperava que estivessem prontos tão cedo. A melhor madeira seca tinha sido usada para as primeiras quatro embarcações, e os construtores navais de Verity advertiram-no de que seria mais sensato esperar do que tentar usar madeira verde. Isso o irritava, mas ele lhes deu ouvidos.

O início da primavera encontrou-nos fazendo simulações. Os membros do círculo, confidenciou-me Verity em particular, funcionavam quase tão bem como pombos-correios transmitindo mensagens simples. A situação comigo era mais frustrante. Pelos seus próprios motivos, preferira não revelar a ninguém que estava me treinando no Talento. Creio que saboreava as vantagens de ser capaz de ir comigo e observar o dia a dia de Cidade de Torre do Cervo sem ser detectado. Sabia que fora ordenado ao capitão do *Rurisk* que me obedecesse se eu pedisse uma súbita mudança de rumo ou anunciasse que éramos necessários imediatamente em dado local. Temo que o homem visse isso principalmente como uma indulgência de Verity para com seu sobrinho bastardo, mas lhe cumpria as ordens.

Então, em uma manhã no início da primavera, apresentamo-nos no navio para mais um treinamento. Já funcionávamos bem como tripulação na manobra do navio. Aquele exercício nos levaria a um encontro com o *Constance* em local não revelado. Era um exercício de Talento em que até então não tivéramos sucesso. Tínhamos nos resignado a um dia frustrante, exceto Justin, que mostrava uma resolução pétrea em ser bem-sucedido. De braços cruzados ao peito, todo vestido de azul-escuro (creio que ele pensava que a túnica azul o fazia parecer mais Talentoso), ele estava em pé na doca, olhando para o espesso nevoeiro que cobria o oceano. Fui forçado a passar por ele quando levava um barril de água para bordo.

— Para você, bastardo, é um manto opaco. Mas, para mim, tudo é tão claro como um espelho.

— Que infelicidade para você — eu disse, em tom gentil, ignorando o uso que ele fizera da palavra "bastardo". Já quase esquecera a mordacidade que podia ser posta em uma palavra. — Acho preferível ver o nevoeiro a ver sua cara de manhã. — Mesquinho, mas satisfatório. Tive a satisfação adicional de ver a túnica se enrolar em volta de suas pernas quando embarcou. Eu estava vestido para a ocasião, com polainas aconchegadas ao corpo, uma camisa de algodão macio e um casaco de couro por cima dela. Pensara em usar algum tipo de malha de ferro, mas Burrich abanara a cabeça ao saber da ideia. "É melhor morrer limpamente de um ferimento do que cair no mar e morrer afogado", aconselhara-me.

Verity deu um sorriso sarcástico ao ouvir aquilo.

— Não vamos sobrecarregá-lo com autoconfiança em excesso — sugerira ironicamente, e até Burrich sorrira, depois de um momento.

Portanto, abandonara qualquer ideia de malha de ferro ou armadura. De um modo ou de outro, aquele seria um dia para remar, e o que eu vestia era confortável para isso. Nada de costuras raspando em meus ombros, nada de mangas que me prendessem os braços. Sentia-me imoderadamente orgulhoso do peito e dos ombros que estava desenvolvendo. Até Molly expressara uma aprovação espantada. Instalei-me em meu lugar e sacudi os ombros, sorrindo ao pensar nela. Estava passando bem pouco tempo com ela ultimamente. Bem, só o tempo resolveria esse problema. O verão traria os Salteadores. À medida que se aproximassem os longos dias de bom tempo, passaria ainda menos tempo com ela. O outono nunca chegaria depressa o suficiente.

Instalamo-nos, uma equipe completa de remadores e guerreiros. Em certo momento, quando as cordas eram atiradas para a terra, o timoneiro ocupava seu posto e os remos davam início a seus batimentos rítmicos, nos transformávamos em um animal. Era um fenômeno em que já reparara antes. Talvez estivesse mais sensível a ele, com os nervos areados pela partilha de Talento com Verity. Talvez fosse o fato de todos os homens e mulheres a bordo partilharem um único objetivo, e de este ser para a maioria a vingança. Fosse o que fosse, emprestava-nos uma unidade que nunca antes sentira num grupo de pessoas. Talvez, pensei, aquilo fosse uma sombra do que significava pertencer a um círculo. Senti uma pontada de pena, de oportunidades perdidas.

Você é o meu círculo. Verity, como um murmúrio atrás de mim. E, vindo de algum lugar, dos montes distantes, algo menos que um suspiro. *Não somos alcateia?*

Realmente tenho a vocês, respondi-lhes em pensamento. Então, instalei-me melhor e prestei atenção no que estava fazendo. Remos e costas erguiam-se e mergulhavam em uníssono, e o *Rurisk* abria ousadamente caminho através do nevoeiro. Nossa vela pendia sem vento. Em um instante nos transformamos em um mundo isolado. Sons de água, da unidade rítmica de nossa respiração enquanto remávamos. Alguns dos combatentes conversavam em voz baixa entre si, com palavras e pensamentos abafados pela névoa. À proa, Justin mantinha-se em pé ao lado do capitão, fitando o nevoeiro. Tinha rugas na testa, os olhos distantes, e eu sabia que ele tentava contatar Carrod, a bordo do *Constance*. Quase indolentemente, também eu sondei, para ver se conseguia perceber aquilo que ele emitia com o Talento.

Pare com isso!, avisou Verity, e eu me retraí, sentindo-me como se ele tivesse me dado uma palmada na mão. *Ainda não estou preparado para que suspeitem de você.*

Havia muitas coisas por trás daquele aviso, mais coisas do que eu podia me dedicar naquele momento. Como se o que eu começara a fazer fosse na verdade uma ação muito perigosa. Me perguntei o que ele temeria, mas me concentrei no ritmo regular das remadas e deixei meus olhos se perderem no infinito cinzento. A maior parte daquela manhã passou em uma neblina. Várias vezes Justin pediu ao capitão para ordenar ao timoneiro que mudasse de rumo. Que eu visse, isso pouca diferença fez, exceto na textura das remadas. Tudo no interior de um nevoeiro parece idêntico. O esforço físico regular, a falta de alguma coisa em que focar a atenção, me levaram a um sonho acordado sobre nada.

Os gritos do jovem vigia quebraram meu transe.

— Cuidado com a traição! — gritou com uma voz esganiçada que se aprofundava à medida que o sangue a submergia. — Fomos atacados!

Saltei do banco de remador, olhando desesperadamente em volta. Nevoeiro. Só o meu remo pendia e deslizava sobre a água, enquanto os outros remadores me olhavam furiosos por ter quebrado o ritmo.

— Você, Fitz! O que o aflige? — quis saber o capitão. Justin encontrava-se a seu lado, de testa lisa e cheio de si.

— Eu... tive uma cãibra nas costas. Desculpe. — Voltei a me inclinar sobre o remo.

— Kelpy, substitua-o. Estique-se e dê umas voltas pelo convés, rapaz. Depois volte para o remo — ordenou o imediato com seu forte sotaque.

— Sim, senhor. — Obedeci à sua ordem e me ergui para entregar a Kelpy meu banco e meu remo. Era bom fazer uma pausa. Os ombros estalaram quando os movi. Mas também me sentia envergonhado por descansar enquanto os outros continuavam a remar. Esfreguei os olhos e sacudi a cabeça, me perguntando que pesadelo me agarrara com tanta firmeza. Que vigia? Onde?

Ilha Galhada. Chegaram sob a cobertura do nevoeiro. Não há aí nenhum povoado, além da torre sinaleira. Acho que pretendem matar os vigias, e então fazer o possível para destruir as torres. Uma estratégia brilhante. A Ilha Galhada é uma de nossas primeiras linhas de defesa. A torre exterior vigia o mar, a interior transmite os sinais quer para Torre do Cervo, quer para Baía Limpa. Pensamentos de Verity, quase calmos, com a mesma firmeza que nos invade quando uma arma é preparada. E então, após um momento: *A teimosa da lesma está tão concentrada em contatar Carrod que não me deixa passar. Fitz, vá ter com o capitão. Diga-lhe sobre a Ilha Galhada. Se entrarem no canal, a corrente os levará praticamente voando até a enseada onde a torre está. Os Salteadores já estão lá, mas terão de lutar contra a corrente para sair novamente. Vão já, e talvez os apanhe na praia. AGORA!*

É mais fácil dar ordens do que obedecê-las, pensei, e então corri para a frente.

— Senhor? — chamei, e então fiquei uma eternidade à espera de que o capitão se virasse e falasse comigo, enquanto o imediato me fuzilava com os olhos por me dirigir diretamente ao capitão em vez de passar primeiro por ele.

— Remador? — disse finalmente o capitão.

— Ilha Galhada. Se nos dirigirmos para lá agora e apanharmos a corrente no canal, iremos praticamente voar até a enseada onde está a torre.

— É verdade. Então você lê correntes, rapaz? É um talento útil. Pensava que era o único homem a bordo com ideia de onde estamos.

— Não, senhor. — Inspirei profundamente. Verity ordenara aquilo. — Devemos ir para lá, senhor. Já.

O "já" juntou as sobrancelhas do homem em uma carranca.

— Que absurdo é este? — perguntou Justin, com raiva. — Está tentando me fazer parecer um idiota? Você estava sentindo que nós estávamos nos aproximando um do outro, não estava? Por que quer que eu falhe? Para não se sentir tão sozinho?

Queria matá-lo. Em vez disso, endireitei-me e disse a verdade.

— Uma ordem secreta do príncipe herdeiro, senhor. Uma ordem que eu estava encarregado de transmitir neste momento. — Só me dirigi ao capitão. Ele me mandou embora com um aceno de cabeça, e eu regressei ao banco e peguei de volta o remo de Kelpy. O capitão fitou friamente a névoa.

— Jharck, ordene ao timoneiro virar de bordo e apanhar a corrente. Que o leve um pouco mais para dentro do canal.

O imediato anuiu com um aceno rígido, e em um instante tínhamos mudado de rumo. Nossa vela se inflou ligeiramente, e foi como Verity dissera que seria. A corrente combinada com nosso remar nos fez percorrer o canal em grande velocidade. O tempo passa de um modo estranho em um nevoeiro. Todos os sentidos são distorcidos por ele. Não sei quanto tempo remei, mas em breve Olhos-de-Noite murmurou que havia um vestígio de fumaça no ar e, quase imediatamente, começamos a ouvir os gritos de homens em batalha, transmitidos de forma clara, mas fantasmagórica através do nevoeiro. Vi Jharck, o imediato, trocar olhares com o capitão.

— Força nessas costas! — rosnou ele, de súbito. — Temos um Navio Vermelho atacando nossa torre!

Um momento mais e o fedor da fumaça se tornou distinto no nevoeiro, bem como os gritos de batalha e os berros dos homens. Uma súbita força pulou em mim, e à minha volta vi o mesmo, os maxilares apertados, os músculos que se contraíam em nós e saltavam ao remarmos; havia até um cheiro diferente no suor daqueles que trabalhavam ao meu redor. Se antes éramos uma única criatura, agora fazíamos parte da mesma fera enraivecida. Senti o saltar do calor da fúria se incendiando e se espalhando. Era uma coisa de Manha, uma afluência de corações ao nível animal que nos inundava de ódio.

Impelimos o *Rurisk* em frente, pondo-o por fim a deslizar pelos baixios da enseada, e então saltamos para fora e o empurramos pela praia acima, tal como tínhamos treinado. O nevoeiro era um aliado traiçoeiro, escondendo-nos dos atacantes que, por sua vez, iriam ser atacados por nós, mas também escondendo de nós a disposição do terreno e uma visão daquilo que estava realmente acontecendo. Armas foram agarradas e corremos na direção dos sons da luta. Justin ficou no *Rurisk*, em pé, olhando fervorosamente o nevoeiro, na direção de Torre do Cervo, como se isso o ajudasse a transmitir as notícias a Serene.

O Navio Vermelho estava arrastado até a areia, assim como o *Rurisk*. Não muito longe dele encontravam-se dois pequenos barcos que eram usados como transporte para o continente. Ambos tinham os cascos destruídos. Havia homens dos Seis Ducados ali na praia quando o Navio Vermelho chegara. Alguns ainda se encontravam lá. Carnificina. Passamos correndo por corpos desmoronados escorrendo sangue na areia. Todos pareciam ser nossos. De repente a torre interior da Ilha Galhada surgiu, cinzenta, por cima de nós. No topo dela, a fogueira sinaleira ardia, com um amarelo fantasmagórico no meio do nevoeiro. A torre estava cercada. Os Salteadores eram homens escuros e musculosos, mais rígidos do que robustos. A maior parte deles usava barbas pesadas e tinha cabelos negros e rebeldes que caíam até os ombros. Usavam armaduras corporais de couro entrelaçado e brandiam espadas pesadas e machados. Alguns traziam elmos de metal. Os braços nus ostentavam marcas escarlates em espiral, mas não soube dizer se aquilo seria tinta ou tatuagem. Mostravam-se confiantes, arrogantes, rindo e conversando como trabalhadores completando um serviço. Os guardiães da torre estavam encurralados; a estrutura fora construída como base para uma luz sinaleira, não como uma muralha de defesa. Era questão de tempo até que todos os homens encurralados estivessem mortos. Os ilhéus não olharam para nós quando jorramos da vertente rochosa. Achavam que nada tinham a temer atrás de si. Um portão da torre pendia das dobradiças, com uma confusão de homens barricados no interior, por trás de uma muralha de corpos. Enquanto avançávamos, eles enviaram uma fina chuva de flechas contra os Salteadores que os cercavam. Nenhuma os atingiu.

Soltei um grito, entre berro de alegria e uivo, um medo terrível e um júbilo vingativo fundidos em um único som. As emoções dos que corriam a meu lado encontraram livre curso em mim e me incentivaram a avançar. Os atacantes viraram-se para nós quando nos aproximamos deles.

Apanhamos os Salteadores entre nós. A tripulação do nosso navio era em maior número do que eles, e, ao nos verem, os defensores sitiados da torre ganharam ânimo e também avançaram. Corpos espalhados à frente da torre indicavam que várias tentativas haviam precedido àquela. O jovem vigia ainda jazia onde o vira cair em meu sonho. Sangue jorrara de sua boca e empapara-lhe a camisa bordada. Um punhal arremessado de trás o atingira. Um estranho detalhe a ser notado enquanto corríamos em frente para nos juntarmos ao corpo a corpo.

Não houve estratégia, nem formação, nem plano de batalha. Foi simplesmente um grupo de homens e mulheres a que de súbito era oferecida a oportunidade de vingança. Foi mais do que suficiente.

Se eu pensara antes estar unido à tripulação, agora estava submerso nela. As emoções me assolavam e me impeliam para frente. Nunca saberei quantos ou quais sentimentos eram meus. Eles me dominaram, e FitzChivalry perdeu-se neles. Transformei-me nas emoções da tripulação. De machado erguido, rugindo, liderei a arremetida. Não tinha nenhum desejo de ocupar a posição que agarrara. Mas fui empurrado para a frente pelo extremo desejo que a tripulação sentia de ter alguém a quem seguir. De repente quis matar tantos Salteadores quanto conseguisse, o mais depressa possível. Quis que meus músculos estalassem a cada golpe, quis me atirar em frente através de uma maré de almas desapropriadas, caminhar sobre os corpos de Salteadores caídos. E foi o que fiz.

Ouvira lendas sobre guerreiros enlouquecidos. Julgara-os brutos animalescos, movidos pela sede de sangue, insensíveis ao dano que causam. Em vez disso, talvez sejam indivíduos sensíveis, incapazes de defender suas mentes das emoções que os acometem e os impelem, incapazes de perceber os sinais de dor de seus próprios corpos. Não sei.

Ouvi histórias sobre meus atos desse dia. Ouvi até uma canção. Não me lembro de ter espumado e rugido enquanto lutava. Mas também não me lembro de não fazê-lo. Em algum lugar dentro de mim, estavam Verity e Olhos-de-Noite, mas também eles foram afogados pelas paixões dos que nos rodeavam. Sei que matei o primeiro Salteador que caiu perante nossa insana arremetida. Também sei que acabei com o último homem que se mantinha em pé, em uma batalha na qual travamos machado contra machado. A canção diz que era o capitão do Navio Vermelho. Suponho que pode ter sido. Seu sobretudo de couro era bem-feito e estava salpicado com o sangue de outros homens. Não me lembro de mais nada acerca dele, exceto o modo como meu machado esmagou profundamente seu elmo no crânio, e como o sangue jorrava de debaixo do metal quando ele caiu de joelhos.

E assim a batalha terminou, e os defensores correram para abraçar nossa tripulação, gritando vitória e dando palmadas nas costas uns dos outros. A mudança foi demais para mim. Encostei-me ao machado e me perguntei para onde teriam fugido minhas forças. A ira abandonara-me tão depressa como a semente de caris larga um viciado. Senti-me esgotado e desorientado, como se tivesse acordado de um sonho para entrar em outro. Poderia ter me deixado cair e adormecer entre os corpos, de tão exausto que me sentia. Foi Nonge, um dos ilhéus da tripulação, quem me trouxe água, e depois me levou para longe dos corpos para poder me sentar e bebê-la. Então voltou para dentro da carnificina para se juntar ao saque. Quando voltou para junto de mim, algum tempo mais tarde, estendeu-me um medalhão ensanguentado. Era de ouro martelado, em uma corrente de prata. Era a lua crescente. Quando não estendi a mão para recebê-lo, enrolou-o na cabeça repleta de sangue e entranhas do meu machado.

— Era de Harek — disse, encontrando lentamente as palavras no idioma dos Seis Ducados. — Combateu-o bem. Ele morreu bem. Gostaria que ficasse com ele. Era um bom homem, antes de os Korrik lhe roubarem o coração. — Nem sequer lhe perguntei qual deles fora Harek. Não queria que nenhum tivesse nome.

Após algum tempo comecei a me sentir vivo novamente. Ajudei a afastar os corpos da porta da torre e, depois, do campo de batalha. Os Salteadores foram queimados, os homens dos Seis Ducados, estendidos e cobertos para serem entregues às famílias. Lembro-me de coisas estranhas nessa longa tarde. De como os calcanhares de um morto deixam um rastro serpenteante na areia quando é arrastado. De como o jovem vigia com o punhal espetado ainda não estava inteiramente morto quando fomos buscá-lo. Não que tenha durado muito depois. Em breve era apenas mais um corpo a ser acrescentado a uma fila que já se mostrava grande demais.

Deixamos nossos guerreiros com o que restava da guarda da torre para ajudarem a preencher os turnos até que mais homens pudessem ser enviados para a ilha. Admiramos a embarcação que tínhamos capturado. *Verity ficaria satisfeito*, disse a mim mesmo. Mais um navio. Um navio muito bem-feito. Soube todas essas coisas, mas não senti nada por nenhuma delas. Regressamos ao *Rurisk*, onde Justin, pálido, nos aguardava. Num silêncio entorpecido, lançamos o *Rurisk* à água, ocupamos nossos lugares aos remos e dirigimo-nos a Torre do Cervo.

Encontramos outros barcos antes de percorrermos metade do caminho. Uma flotilha, organizada às pressas, de embarcações de pesca abarrotadas de soldados, saudou-nos. O príncipe herdeiro os enviara, após um pedido urgente de Justin, por via do Talento. Pareceram quase desapontados ao descobrir que a luta terminara, mas nosso capitão lhes assegurou que seriam bem-vindos na torre. Foi então, penso eu, que percebi que já não conseguia sentir Verity. E que já não o sentia havia algum tempo. Procurei imediatamente e às apalpadelas Olhos-de-Noite, como outro homem poderia procurar sua bolsa. Ele estava lá.

Mas distante. Exausto e temeroso. *Nunca tinha cheirado tanto sangue*, disse-me. Eu concordei. Ainda fedia a sangue.

Verity estivera ocupado. Mal tínhamos saído do *Rurisk*, já havia outra tripulação a bordo para levar o navio de volta à Ilha Galhada. Soldados de vigia e outra tripulação de remadores puseram o navio pesadamente na água. A embarcação capturada de Verity estaria amarrada em sua doca antes da noite. Outro barco aberto seguiu-os para trazer nossos mortos para casa. O capitão, o imediato e Justin partiram em cavalos vindos do castelo para irem se apresentar diretamente a Verity. Eu senti apenas alívio por não ter sido convocado também. Em vez de segui-los, juntei-me a meus companheiros da tripulação. Mais depressa do que eu teria achado possível, as notícias sobre a batalha e o navio que havíamos capturado se espalharam pela Cidade de Torre do Cervo. Não havia taberna que não estivesse ansiosa por nos encher de cerveja e nos ouvir falar de nossas façanhas. Era quase como um segundo frenesi de batalha; aonde quer que fôssemos, as pessoas incendiavam-se à nossa volta com uma satisfação selvagem com aquilo que havíamos feito. Senti-me bêbado com as ondas de emoção daqueles que me rodeavam muito antes de ser dominado pela cerveja. Não que tenha me contido com ela. Poucas histórias contei sobre o que tínhamos feito, mas o que bebi mais do que compensou essa escassez. Vomitei duas vezes, primeiro em uma viela e, mais tarde, no meio da rua. Bebi mais, para sufocar o sabor do vômito. Em algum lugar no fundo da minha mente, Olhos-de-Noite estava frenético. *Veneno. Essa água está envenenada*. Não consegui dar forma a um pensamento que o sossegasse.

Em algum momento antes da manhã, Burrich arrastou-me de dentro de uma taberna. Ele estava sóbrio como uma pedra e tinha os olhos ansiosos. Na rua fora da taberna, parou junto de um archote prestes a se apagar em uma arandela de rua.

— Ainda tem sangue no rosto — disse-me, e me endireitou. Pegou o lenço, mergulhou-o em um barril de água da chuva e limpou-me o rosto como não fazia desde meus tempos de criança. Oscilei sob seu toque. Olhei-o nos olhos e forcei o olhar a focar-se.

— Já tinha matado antes — eu disse, impotente. — Por que isso é tão diferente? Por que me faz tão mal?

— Porque é assim — ele respondeu em voz baixa. Pôs-me um braço em volta dos ombros, e eu fiquei surpreso por sermos da mesma altura. A caminhada de volta a Torre do Cervo foi íngreme. Muito longa. Muito silenciosa. Ele me mandou para os banhos e me disse para ir para a cama depois.

Deveria ter ficado na minha cama, mas não tive o bom senso de fazê-lo. Felizmente, o castelo estava movimentado, e mais um bêbado a cambalear pela escada acima não era nada de extraordinário. Estupidamente, dirigi-me ao quarto de Molly. Ela me deixou entrar. Mas, quando tentei lhe tocar, ela se afastou de mim.

— Está bêbado — disse-me, quase chorando. — Eu já tinha lhe dito, prometi a mim mesma que nunca beijaria um bêbado. Jamais seria beijada por um.

— Mas não estou bêbado dessa maneira — insisti.

— Só há uma maneira de se estar bêbado — disse-me ela. E pôs-me fora de seu quarto, sem ser tocada.

Por volta do meio-dia do dia seguinte, fiquei sabendo quanto a magoara por não ter vindo imediatamente procurá-la em busca de conforto. Conseguia compreender o que ela sentia. Mas também sabia que aquilo que carregava naquela noite não era algo que se pudesse trazer para casa, para alguém que se amava. Desejei explicar-lhe isso, mas um rapaz veio correndo falar comigo e me disse que precisavam de mim no *Rurisk*, e imediatamente. Dei-lhe um dinheiro pelo trabalho e vi-o desaparecer com ele. Em tempos, eu fora o rapaz que ganhava o dinheiro. Pensei em Kerry. Tentei me lembrar dele como o rapaz com o dinheiro na mão, correndo a meu lado, mas ele seria agora para sempre o Forjado morto sobre uma mesa. Ninguém, disse a mim mesmo, fora forjado no dia anterior.

Então me dirigi às docas. No caminho, passei pelos estábulos. Coloquei a lua crescente nas mãos de Burrich.

— Guarde isso para mim — pedi-lhe. — E haverá um pouco mais, minha parte de tripulante ganha no ataque. Quero que você a guarde para mim... o que eu ganhar enquanto isso durar. É para Molly. Para, se algum dia eu não regressar, que você assegure que ela receba tudo. Ela não gosta de ser uma criada.

Há muito tempo que não falava dela tão claramente a Burrich. Uma ruga cruzou-lhe a testa, mas ele pegou a lua ensanguentada.

— O que seu pai me diria? — perguntou a si mesmo em voz alta enquanto eu me virava para sair, estafado.

— Não sei — disse-lhe, sem rodeios. — Nunca o conheci. Só conheci você.

— FitzChivalry — me virei para ele. Burrich olhou-me nos olhos enquanto falou —, não sei o que ele me diria. Mas sei que posso lhe dizer isso em seu nome: estou orgulhoso de você. Não é o tipo de trabalho que um homem desempenha que lhe traz orgulho. É o modo como o desempenha. Tenha orgulho de si mesmo.

— Tentarei — disse-lhe em voz baixa. E então voltei para meu navio.

Nosso encontro seguinte com um Navio Vermelho foi uma vitória menos decisiva. Nós os encontramos no mar, e eles não foram surpreendidos, pois tinham visto nossa aproximação. Nosso capitão manteve o rumo, e julgo que ele os surpreendeu com o fato de começarmos o combate com um abalroamento. Estilhaçamos alguns de seus remos, mas não acertamos no leme, que era nosso alvo. Poucos foram os danos sofridos pelo navio propriamente dito; os Navios Vermelhos eram flexíveis como peixes. Nossas fateixas voaram. Nós estávamos em maior número do que eles, e o capitão pretendia usar essa vantagem. Nossos guerreiros os abordaram, e metade dos remadores perdeu a cabeça e também saltou para o outro navio. A luta se transformou num caos que se alastrou brevemente para nosso convés. Precisei de todas as migalhas de vontade que consegui reunir para suportar o turbilhão de emoções que nos submergiu, mas fiquei ao remo, como me fora ordenado. Nonge, em seu remo, me observava de uma forma estranha. Agarrei o remo com força e rangi os dentes até conseguir me reencontrar. Resmunguei uma praga quando descobri que perdera novamente Verity.

Julgo que nossos guerreiros diminuíram um pouco a pressão quando compreenderam que tínhamos reduzido a tripulação de nosso inimigo a um número que já não era capaz de manejar sua embarcação. Foi um erro. Um dos Salteadores incendiou a vela do Navio Vermelho enquanto um segundo tentava abrir um buraco no casco. Suponho que esperavam que o fogo se alastrasse e nos levasse para o fundo com eles. Era certo que no fim lutavam sem qualquer preocupação com os danos que o navio ou seus próprios corpos pudessem sofrer. Nossos guerreiros finalmente acabaram com eles, e conseguimos apagar o incêndio, mas o prêmio que rebocamos para Torre do Cervo estava fumegante e danificado, e tínhamos perdido mais vidas do que eles. Mesmo assim, foi uma vitória, dissemos a nós mesmos. Dessa vez, quando os outros saíram para beber, eu tive o bom senso de ir em busca de Molly. E na manhã seguinte bem cedo arranjei uma hora ou duas para Olhos-de-Noite. Fomos à caça juntos, uma boa e limpa caçada, e éle tentou me convencer a fugirmos juntos. Cometi o erro de lhe dizer que ele podia partir se quisesse, desejando apenas o melhor para ele, mas feri seus sentimentos. Precisei de mais uma hora para lhe explicar o que quisera dizer. Voltei para o navio me perguntando se meus laços valiam o esforço que exigiam para mantê-los intactos. Olhos-de-Noite assegurou-me que sim.

Essa foi a última vitória clara para o *Rurisk*. Esteve longe de ser a última batalha do verão. Não, o tempo limpo e agradável estendia-se impossivelmente longo perante nós, e cada dia de bom tempo era um dia em que eu poderia matar alguém. Tentava não contá-los como dias em que poderia ser morto. Tivemos muitos combates e perseguimos muitas vezes Navios Vermelhos, pareceu até haver menos tentativas de ataques na área que patrulhávamos regularmente. De algum modo, isso só fez tudo se tornar mais frustrante. E houve ataques bem-sucedidos de Navios Vermelhos, vezes em que chegamos a um povoado não mais que uma hora ou duas depois de eles partirem, e nada podíamos fazer além de ajudar a empilhar cadáveres ou apagar incêndios. Então Verity rugia e praguejava na minha mente por não conseguirmos receber mensagens mais depressa, por não haver navios e pontos de vigia suficientes para se estar em toda parte. Eu teria preferido enfrentar a fúria de uma batalha a ter a frustração de Verity atormentando meu cérebro. Nunca havia fim à vista, salvo o alívio que o mau tempo poderia nos trazer. Nem sequer conseguíamos descobrir o número preciso de Navios Vermelhos que nos flagelavam, pois eram pintados de forma idêntica, e tão semelhantes como gotas de água. Ou de sangue na areia.

Enquanto fui remador no *Rurisk*, nesse verão, tivemos mais um encontro com um Navio Vermelho que vale a pena contar devido à sua estranheza. Em uma noite clara de verão, tínhamos sido arrancados da cama no barracão da tripulação e postos a correr para o navio. Verity detectara um Navio Vermelho à espreita ao largo do Cabo do Cervo. Queria que o surpreendêssemos na escuridão.

Justin colocou-se em pé à nossa proa, ligado pelo Talento a Serene, na torre de Verity. O príncipe era um resmungo sem palavras em minha mente enquanto apalpava nosso caminho pela escuridão na direção do navio que pressentira. E algo mais? Conseguia senti-lo sondando com a mente, para além do Navio Vermelho, como um homem tateando seu caminho na escuridão. Senti sua inquietação. Conversas não eram permitidas, e os remos foram abafados quando nos aproximávamos. Olhos-de-Noite sussurrou-me que tinha sentido o cheiro deles, e então os vimos. Longo, baixo e escuro, o Navio Vermelho cortava as águas à nossa frente. Um súbito grito ergueu-se de seu convés; fomos vistos. Nosso capitão gritou para colocarmos força nos remos, mas, quando o fizemos, uma doentia onda de medo me submergiu. Meu coração começou a tamborilar no peito, as mãos a tremer. O terror que me varreu era o medo sem nome que uma criança sentiria de coisas que a aguardavam na escuridão, um medo impotente. Agarrei-me ao remo, mas não consegui encontrar forças para manejá-lo.

— Korrikska — ouvi um homem resmungar com forte sotaque das ilhas. Acho que foi Nonge. Percebi que não era o único homem enfraquecido. Não se ouvia a cadência regular de nossos remos. Alguns estavam sentados em seus baús de marinheiro, com a cabeça caída sobre os remos, enquanto outros remavam freneticamente, mas fora de ritmo, fazendo as pás dos remos deslizar e chapinhar na água. Deslizávamos pela superfície como uma aranha d'água mutilada enquanto o Navio Vermelho vinha obstinadamente na nossa direção. Ergui os olhos e vi a morte vindo até mim. O sangue latejava tão fortemente em meus ouvidos que não conseguia ouvir os gritos que me rodeavam dos homens e mulheres atacados de pânico. Nem sequer conseguia respirar. Ergui os olhos para os céus.

Para além do Navio Vermelho, quase cintilando na água negra, estava um navio branco. Não era uma embarcação de ataque; era um navio, com quase três vezes o tamanho do Navio Vermelho, com as duas velas infladas, ancorado na água parada. Fantasmas percorriam seu convés, ou então eram Forjados. Não senti qualquer vestígio de vida vindo deles e, no entanto, deslocavam-se com vigor, preparando um pequeno barco para ser descido pelo bordo do navio. Um homem estava em pé na parte de trás do convés. No momento em que o vi, deixei de conseguir desviar os olhos.

Trazia um manto cinzento, no entanto o vi tão claramente delineado contra o céu escuro como se uma lanterna o iluminasse. Juro que consegui ver seus olhos, a saliência do nariz, a barba escura e encaracolada que lhe rodeava a boca. Ele riu de mim.

— Eis mais um que virá conosco! — gritou para alguém, e ergueu a mão. Apontou-a para mim, e riu de novo em voz alta, e eu senti meu coração se apertar no peito. O homem olhou-me com uma terrível singularidade, como se só eu, dentre toda nossa tripulação, fosse sua presa. Retribuí o olhar e o vi, mas não consegui senti-lo. *Ali! Ali!* guinchei a palavra em voz alta, ou talvez o Talento que nunca conseguira controlar a tivesse feito saltar do interior de meu crânio. Não houve resposta. Não encontrei Verity, não encontrei Olhos-de-Noite, não encontrei nada nem ninguém. Estava só. O mundo inteiro silenciara-se e aquietara-se. Em volta de mim, meus companheiros de tripulação batiam os dentes de terror e soltavam grandes gritos, mas eu não ouvia nada. Eles já não estavam lá. Ninguém estava lá. Não havia gaivotas, não havia peixes no mar, não havia vida em lugar nenhum a que qualquer dos meus sentidos interiores conseguisse chegar. A figura envolta no manto no navio debruçou-se na amurada, apontando para mim com o dedo acusador. Estava rindo. Eu estava sozinho. Era uma solidão grande demais para aguentá-la. Envolveu-me, enrolou-se à minha volta, cobriu-me e começou a me sufocar.

Eu *repeli-a*.

Com um reflexo que não sabia que possuía, usei a Manha para empurrar a solidão para longe com o máximo de força que consegui encontrar. Fisicamente, fui eu quem voou para trás, aterrissando no porão em cima dos bancos, emaranhado nos pés dos outros remadores. Vi a silhueta tropeçar no navio, curvar-se, e depois cair borda afora. A pancada na água não foi grande, mas só houve uma. Se ele chegou a voltar à superfície, eu não o vi.

Não houve tempo para procurá-lo. O Navio Vermelho nos atingiu a meia-nau, estilhaçando remos e arremessando remadores. Os ilhéus gritavam, cheios de confiança, troçando de nós com suas gargalhadas enquanto saltavam do seu navio para o nosso. Fiquei em pé com dificuldade e saltei para o meu banco, estendendo as mãos para o machado. À minha volta, os outros estavam tendo o mesmo tipo de recuperação. Não estávamos prontos para a batalha, mas também já não estávamos paralisados pelo medo. Aqueles que nos abordavam se depararam com aço, e deu-se início à batalha.

Não há lugar tão escuro quanto o mar aberto à noite. Amigo e inimigo eram indistinguíveis na escuridão. Um homem saltou para cima de mim. Eu me agarrei ao couro de sua armadura estrangeira, derrubei-o e o estrangulei. Depois do torpor que me prendera durante alguns minutos, houve um alívio selvagem em sentir o terror dele rebentar contra mim. Acho que aconteceu depressa. Quando me endireitei, o outro barco estava se afastando de nós. Tinha apenas cerca de metade de seus remadores, e ainda havia luta nos nossos conveses, mas ele estava abandonando seus homens. Nosso capitão gritava para acabarmos com eles e irmos atrás do Navio Vermelho. Era uma ordem inútil. Quando acabamos de matá-los e de atirá-los borda afora, o outro navio já se perdera nas trevas. Justin encontrava-se caído, esganado e espancado, vivo, mas incapaz de se ligar a Verity naquele momento. De qualquer maneira, uma fileira de nossos remos era uma confusão de lascas. Nosso capitão nos amaldiçoou profundamente enquanto os remos eram redistribuídos e postos na água, mas era tarde demais. Ele gritou para que nos calássemos, mas não conseguimos ouvir nem ver nada. Fiquei em pé no meu baú de marinheiro e fui me virando lentamente até descrever um círculo completo. Água negra e vazia. Da embarcação a remos não havia sinal. Mas ainda mais estranho para mim foi o que eu disse em voz alta.

— O navio branco estava ancorado. Mas ele também desapareceu!

À minha volta, cabeças se viraram para me olhar.

— Navio branco?

— Você está bem, Fitz?

— Um Navio Vermelho, rapaz, lutamos foi com um Navio Vermelho.

— Não fale de um navio branco. Ver um navio branco é ver nossa própria morte. Má sorte. — sussurrou Nonge para mim. Abri a boca para argumentar que tinha visto um navio verdadeiro, não uma visão qualquer de desgraça. Ele balançou a cabeça para mim e se virou para olhar a água vazia. Fechei a boca e me sentei lentamente. Ninguém mais o vira. E nenhum dos outros falou do terrível medo que nos agarrara e transformara em pânico nossos planos de batalha. Quando regressamos à cidade nessa noite, o que foi dito nas tabernas foi que tínhamos encontrado o navio e que havíamos tido batalha, só para ver o Navio Vermelho fugir. Não restava qualquer prova desse encontro, salvo alguns remos quebrados, alguns ferimentos e um pouco de sangue ilhéu em nosso convés.

Quando conversei em particular com Verity e Olhos-de-Noite, nenhum dos dois vira absolutamente nada. Verity me disse que eu o excluíra assim que avistamos a outra embarcação. Olhos-de-Noite admitiu de mau humor que eu também me fechara completamente a ele. Nonge não quis me dizer nada sobre navios brancos; ele não era muito dado a conversas sobre nenhum assunto. Mais tarde encontrei uma menção ao navio branco em um pergaminho sobre velhas lendas. Era um navio amaldiçoado, no qual as almas de marinheiros afogados indignos do mar trabalhavam para sempre para um capitão cruel. Fui obrigado a pôr de lado qualquer menção ao navio branco para não ser julgado como louco.

Durante o resto do verão, os Navios Vermelhos evitaram o *Rurisk*. Conseguíamos avistá-los e os perseguíamos, mas não conseguimos apanhar nenhum. Uma vez, tivemos a sorte de perseguir um que tinha acabado de cometer um ataque. Atirou os cativos ao mar para diminuir o peso e fugiu. Das doze pessoas que eles atiraram ao mar, salvamos nove e devolvemos os não Forjados à sua aldeia. Os três que se afogaram antes de os alcançarmos foram chorados, mas todos concordaram que era um destino melhor do que ser forjado.

Os outros navios tiveram destinos muito semelhantes. O *Constance* caiu sobre os Salteadores que estavam em pleno ataque a uma aldeia. Não conseguiram obter uma vitória rápida, mas tiveram a previdência de danificar o Navio Vermelho encostado à praia para que os Salteadores não conseguissem fugir. Foram necessários dias para caçá-los, pois eles se espalharam pelos bosques quando viram o que fora feito a seu navio. As outras embarcações tiveram experiências semelhantes: perseguíamos e afastávamos Salteadores; os outros navios até tiveram alguns poucos sucessos em afundar embarcações atacantes, mas nesse verão não voltamos a capturar navios intactos.

E assim os forjamentos foram reduzidos. Cada vez que afundávamos um navio, dizíamos a nós mesmos que era um a menos. Mas nunca parecia fazer diferença no número que restava. Por um lado trouxemos esperança ao povo dos Seis Ducados e, por outro, demos a eles desespero, pois, apesar de tudo o que fizemos, não conseguimos afastar de nossas costas a ameaça dos Salteadores.

Para mim, esse longo verão foi um período de terrível isolamento e incrível proximidade. Verity acompanhava-me com frequência, mas descobri que nunca parecia ser capaz de manter o contato assim que começava algum tipo de combate. O próprio Verity estava consciente do turbilhão de emoções que ameaçava me submergir cada vez que nossa tripulação entrava em ação. Sugeriu a teoria de que, ao tentar me defender contra os pensamentos e sentimentos dos outros, delimitava meus limites com tal firmeza que nem mesmo ele conseguia penetrá-los. Também sugeriu que isso podia querer dizer que eu era forte no Talento, até mais do que ele, mas tão sensível que baixar as barreiras durante uma batalha me afogava na consciência de todos os que me rodeavam. Era uma teoria interessante, mas não oferecia nenhuma solução prática para o problema. Ainda assim, nos dias em que levava Verity comigo, desenvolvi uma empatia por ele que não tinha com nenhum outro homem, à exceção, talvez, de Burrich. Com uma familiaridade deprimente, sabia como a fome do Talento o roía.

Quando eu era menino, eu e Kerry tínhamos subido um dia uma grande falésia em frente ao oceano. Quando chegamos ao topo e olhamos para o mar, ele confessou para mim um impulso quase irresistível de se atirar. Acho que isso era semelhante àquilo que Verity sentia. O prazer do Talento seduzia-o, e ele ansiava por se atirar inteiro, cada grama do seu ser, para sua teia. Seu contato próximo comigo só alimentava essa ânsia. E, no entanto, fazíamos muito pelos

Seis Ducados para que ele renunciasse ao Talento, apesar de, por dentro, estar sendo consumido por ele. Por necessidade, eu partilhava com ele muitas das horas que passava em sua solitária janela de torre, a cadeira dura em que se sentava, o cansaço que destruía seu apetite por alimentos, até as profundas dores nos ossos pela inatividade. Testemunhava o modo como ele se desgastava.

Não sei se é bom conhecer alguém tão bem. Olhos-de-Noite sentia ciúmes e afirmava-o sem rodeios. Pelo menos com o lobo tratava-se de uma ira clara por ser, segundo ele, menosprezado. Com Molly as coisas eram mais difíceis.

Ela não conseguia encontrar nenhum motivo real para eu ter de passar tanto tempo longe. Por que teria de ser eu, entre todas as pessoas, a tripular um dos navios de guerra? O motivo que eu podia lhe oferecer, que Verity desejava que eu o fizesse, não a satisfazia nem um pouco. Os breves períodos que passávamos juntos começaram a seguir um padrão previsível. Ficávamos juntos numa tempestade de paixão, encontrávamos uma breve paz um no outro, e então começávamos a discutir sobre as coisas. Ela se sentia só, detestava ser criada e o pouco dinheiro que conseguia reservar para si crescia com terrível lentidão. Ela sentia minha falta. Por que eu tinha de passar tanto tempo longe quando era a única coisa que tornava a sua vida suportável? Eu a abordei uma vez com a oferta do dinheiro que ganhara a bordo do navio, mas ela ficou rígida como se lhe tivesse chamado de prostituta. Não aceitaria nada de mim até estarmos unidos perante todos pelo casamento. E eu não podia lhe oferecer nenhuma esperança real quanto ao momento em que isso poderia acontecer. Ainda não encontrara ocasião para revelar os planos que Shrewd tinha para mim e Celerity. Passávamos tanto tempo afastados que perdemos o fio das vidas cotidianas um do outro e, quando nos juntávamos, voltávamos sempre a remoer as mesmas cascas amargas das mesmas discussões, de novo e de novo.

Uma noite encontrei-a com o cabelo preso atrás da cabeça com fitas vermelhas e graciosos brincos de prata com a forma de folhas de salgueiro balançando contra seu pescoço nu. Vestida como estava com a simples camisa de dormir branca, vê-la me tirou o ar. Mais tarde, durante um momento mais tranquilo em que tivemos fôlego para conversar, elogiei-a pelos brincos. Com naturalidade, disse-me que da última vez que o príncipe Regal viera comprar-lhe velas, a presenteara com eles, pois, segundo dizia, estava tão contente com aquilo que ela criava que sentia que não lhe pagava o que essas velas tão bem aromatizadas valiam. Sorria orgulhosamente enquanto me contava aquilo, seus dedos brincando com o meu rabo de cavalo de guerreiro enquanto seu cabelo e suas fitas oscilavam vivamente contra as almofadas. Não sei o que terá visto no meu rosto, mas o que quer que fosse a fez arregalar os olhos e se afastar de mim.

— Você aceita presentes de Regal? — perguntei-lhe, friamente. — Não quer aceitar de mim dinheiro que ganhei honestamente, mas aceita joias dadas por esse...

Oscilei à beira da traição, mas não consegui encontrar uma palavra que expressasse o que pensava dele. Os olhos de Molly estreitaram-se, e foi a minha vez de me afastar.

— O que lhe havia de dizer? "Não, senhor, não posso aceitar sua generosidade até que se case comigo"? Não existe entre mim e Regal aquilo que existe entre nós. Isso foi uma gratificação de um cliente, como as que são frequentemente dadas a artesãos talentosos. Por que você pensa que ele me deu os brincos? Em troca dos meus favores?

Nós nos encaramos e, passado algum tempo, eu consegui proferir algo que ela esteve quase disposta a aceitar como um pedido de desculpas. Mas então cometi o erro de sugerir que ele talvez lhe tivesse dado as joias só porque sabia que isso me irritaria. E então ela quis saber como poderia Regal saber o que havia entre nós, e se eu achava seu trabalho tão pobre que uma gratificação como os brincos não era merecida. Basta dizer que remendamos nossas brigas o melhor que pudemos no pouco tempo que nos restava juntos. Mas um vaso remendado nunca é tão sólido como um inteiro, e eu regressei ao navio sentindo-me tão só como se não tivesse passado tempo nenhum com ela.

Nos momentos em que me debruçava sobre o remo e mantinha um ritmo perfeito tentando não pensar em nada, dava frequentemente por mim com saudades de Patience e Lacy, Chade, Kettricken, ou até mesmo de Burrich. Das poucas vezes que consegui ir visitar nossa princesa herdeira naquele verão, encontrei-a sempre em seu jardim no topo da torre. Era um lugar belo, mas, apesar de seus esforços, não se parecia nada com o que os outros jardins de Torre do Cervo tinham sido. Havia demasiada Montanha nela para chegar algum dia a converter-se por inteiro a nossos costumes. Havia uma aguçada simplicidade no modo como ela dispunha e orientava as plantas. Tinham sido acrescentadas pedras simples, e ramos nus, torcidos e alisados pelo mar, repousavam sobre elas com uma beleza rígida. Poderia ter meditado calmamente ali, mas não era lugar para a indolência ao vento quente do verão, e eu suspeitava que era assim que Verity se lembrava dele. Ela se mantinha atarefada no jardim, e apreciava-o, mas ele não a ligara a Verity como ela acreditava que ligaria. Estava tão bela como sempre, mas seus olhos azuis andavam permanentemente enevoados de cinza, com uma preocupação e uma dúvida. Trazia com tanta frequência a testa franzida que, quando relaxava o rosto, viam-se as linhas pálidas da pele a que o sol nunca chegava. Nas vezes em que passei tempo lá com ela várias vezes mandou embora a maior parte de suas damas, e então me interrogou tão minuciosamente sobre as atividades do *Rurisk* como se fosse o próprio Verity. Quando terminava os relatórios que lhe fazia, muitas vezes apertava os lábios numa linha firme e olhava por sobre a muralha da torre para o mar que tocava a borda do céu. Mais para o fim do verão, ela estava assim a olhar uma tarde, e eu me aventurei a me aproximar e a lhe pedir licença para ir embora e regressar para meu navio. Ela quase não pareceu ouvir o que eu pedira. Em vez de me responder, disse em voz baixa:

— Tem de haver uma solução final. Nada nem ninguém pode continuar assim. Tem de haver uma maneira de pôr fim a isto.

— As tempestades de outono chegam em breve, senhora minha rainha. A geada já tocou algumas de suas trepadeiras. As tempestades nunca demoram muito depois que chegam os primeiros gelos, e com elas chega para nós a paz.

— Paz? Ah. — Soltou uma fungadela de descrença. — Será paz ficar acordado perguntando a si mesmo quem morrerá em seguida, onde atacarão eles no ano seguinte? Isso não é paz. Isso é uma tortura. Deve haver uma maneira de pôr fim aos Navios Vermelhos. E eu pretendo descobri-la.

Suas palavras soaram quase como uma ameaça.

INTERLÚDIOS

De pedra seus ossos eram feitos, da pedra cintilante e jaspeada das Montanhas. Sua carne era feita dos reluzentes sais da terra. Mas seus corações eram feitos dos corações de homens sábios. Vieram de longe, esses homens, uma viagem longa e árdua. Não hesitaram em pousar a vida que se tinha tornado para eles uma fadiga. Terminaram seus dias e deram início à eternidade, puseram de lado a carne e envergaram a pedra, deixaram cair as armas e ergueram-se em novas asas. Os Antigos.

Quando o rei finalmente me convocou, apresentei-me a ele. Fiel à promessa que fizera a mim mesmo, não fora por iniciativa própria a seus aposentos desde aquela tarde. A amargura ainda me roía por causa dos arranjos feitos com o duque Brawndy a respeito de mim e Celerity. Mas uma convocação do nosso rei não era algo que pudesse ser ignorado, independentemente da ira que ainda se agitasse em mim.

Mandou me chamar em uma manhã de outono. Tinham-se passado pelo menos dois meses desde a última vez que eu estivera perante o rei Shrewd. Eu havia ignorado os olhares magoados que o Bobo me atirava quando o encontrava e evitava o questionamento ocasional de Verity quanto ao motivo de eu não procurar Shrewd. Era tudo bastante fácil. Wallace ainda defendia sua porta como uma serpente na lareira, e a fraca saúde do rei não era segredo para ninguém. Ninguém mais era admitido em seus aposentos antes do meio-dia. Por isso, disse a mim mesmo que a convocatória daquela manhã devia significar algo de importante.

Eu havia imaginado que teria a manhã para mim. Uma tempestade de outono excepcionalmente prematura e poderosa assolava-nos havia dois dias. A forte ventania não mostrava misericórdia, enquanto uma chuva torrencial garantia que qualquer um que navegasse em uma embarcação aberta estaria totalmente ocupado em baldear água. Passara a noite anterior na taberna, com o resto da tripulação do *Rurisk*, fazendo brindes à tempestade e desejando que os Navios Vermelhos fossem plenamente beijados por ela. Voltara à torre para tombar na cama, certo de que poderia dormir tanto quanto quisesse na manhã seguinte. Mas determinado pajem não parou de bater na porta até o sono me abandonar, e então me entregou a convocatória formal do rei.

Lavei-me, me barbeei, alisei o cabelo para trás em um rabo de cavalo e vesti uma roupa limpa. Me fortaleci e me preparei para não trair o ressentimento que me consumia. Quando estava confiante de estar no controle de mim mesmo, saí de meus aposentos e apresentei-me à porta do rei. Estava convencido de que Wallace iria dar um sorriso de escárnio e me mandaria embora. Mas naquela manhã ele abriu prontamente a porta após minha batida. O olhar era ainda de desaprovação, mas me levou rapidamente à presença do rei.

Shrewd estava sentado em uma cadeira almofadada à frente da lareira. Apesar de tudo, meu coração se afundou ao ver quão enfraquecido ele estava. A pele estava fina e translúcida como um pergaminho, os dedos tinham se reduzido a ossos. O rosto flácido, com a pele pendendo onde em tempos a carne a mantivera firme. Seus olhos escuros estavam afundados no rosto. Apertava as mãos no colo em um gesto que eu conhecia bem. Era assim que eu segurava as minhas para esconder o tremor que ainda me subjugava ocasionalmente. Uma pequena mesa junto a seu cotovelo suportava um incensário, e dele erguia-se Fumo. A fumaça já havia se acumulado em uma névoa azulada em volta das vigas. O Bobo encontrava-se esparramado desconsoladamente a seus pés.

— FitzChivalry está aqui, Majestade — anunciou Wallace.

O rei se sobressaltou como se tivesse sido beliscado e, em seguida, desviou o olhar para mim. Parei na sua frente.

— FitzChivalry — cumprimentou-me o rei.

Não havia força atrás de suas palavras, não havia nenhuma presença. Minha amargura ainda se mantinha forte, mas ela não foi capaz de afogar a dor que senti ao vê-lo assim. Ele ainda era o meu rei.

— Meu rei, vim conforme ordenou — eu disse, formalmente. Tentei agarrar--me à minha frieza.

Ele me olhou com ar fatigado. Virou a cabeça para o lado, tossiu uma vez para o ombro.

— Vejo que sim. Ótimo. — Fitou-me por um momento. Inspirou profundamente, fazendo o ar chiar nos pulmões. — Na noite passada chegou um mensageiro do duque Brawndy de Bearns. Trouxe os relatórios das colheitas e esse tipo de coisas, a maior parte destinada a Regal. Mas a filha de Brawndy, Celerity, também mandou este pergaminho. É para você.

Estendeu-o a mim. Era um pequeno rolo, atado com uma fita amarela e selado com uma gota de cera verde. Relutantemente, dei um passo à frente para recebê-lo.

— O mensageiro de Brawndy irá regressar esta tarde a Bearns. Estou certo de que a essa altura já terá criado uma resposta apropriada — o seu tom não fazia daquilo um pedido. Voltou a tossir. O turbilhão de emoções conflitantes que senti por ele azedou-me o estômago.

— Se me permite — pedi, e quando o rei não levantou objeções, quebrei o selo e desatei a fita. Desenrolei o pergaminho para descobrir um segundo pergaminho aninhado lá dentro. Passei os olhos pelo primeiro. Celerity escrevia com uma letra firme e clara. Desenrolei o segundo e examinei-o brevemente. Ergui os olhos para encontrar os de Shrewd postos em mim. Enfrentei-os sem emoção. — Ela escreve para desejar que tudo esteja bem comigo e para me enviar uma cópia de um pergaminho que encontrou nas bibliotecas de Torre Crespa. Ou, mais propriamente, uma cópia daquilo que ainda estava legível. Pelo invólucro, julga dizer respeito aos Antigos. Notou meu interesse por eles durante minha visita a Torre Crespa. Parece-me que o texto era na verdade filosofia, ou talvez poesia.

Devolvi os pergaminhos a Shrewd. Após um momento, ele os pegou. Desenrolou o primeiro e segurou-o à distância de um braço. Franziu a testa, fitou-o brevemente e então pousou-o sobre as pernas.

— Meus olhos, às vezes, ficam enevoados de manhã — disse. Voltou a enrolar os dois pergaminhos em conjunto, com cuidado, como se fosse uma tarefa difícil. — Vai escrever-lhe uma nota apropriada de agradecimento.

— Sim, meu rei. — Tinha a voz cuidadosamente formal. Voltei a receber os pergaminhos que ele me ofertava. Depois de ficar em pé na sua frente mais alguns momentos enquanto ele me trespassava com os olhos, aventurei-me a dizer: — Estou dispensado, meu rei?

— Não. — Ele voltou a tossir, com mais força. De novo encheu os pulmões de ar, de uma forma longa e suspirada. — Não está dispensado. Se eu o tivesse dispensado, o teria feito há anos. Teria deixado que crescesse em uma aldeota em qualquer fim de mundo. Ou tratado de que sequer crescesse. Não, FitzChivalry, não o *dispensei*. — Algo de sua antiga presença voltou-lhe à voz. — Há alguns anos fiz um acordo com você. Você tem cumprido sua parte nele. E a tem cumprido bem. Eu sei como sou servido por você, mesmo quando não acha necessário vir me prestar contas pessoalmente. Sei como me serve, mesmo quando está transbordando de raiva de mim. Não poderia pedir muito mais do que o que você tem me dado. — O rei voltou subitamente a tossir, uma tosse seca e violenta. Quando conseguiu falar, não o fez para mim: — Bobo, um cálice de vinho aquecido, por favor. E peça ao Wallace as... as ervas aromáticas para o temperar. — O Bobo se levantou imediatamente, mas não vi muita disposição em seu rosto. Em vez disso, quando passou por trás da cadeira do rei, deu-me um olhar que poderia ter drenado meu sangue. Com um pequeno gesto o rei me indicou que esperasse. Esfregou os olhos, e então voltou a aquietar as mãos no colo. — Eu tento apenas cumprir minha parte do acordo — prosseguiu. — Prometi prover suas necessidades. Quero fazer mais do que isso. Quero vê-lo casado com uma boa senhora. Quero vê-lo... ah. Obrigado.

O Bobo voltara com o vinho. Reparei no modo como ele não encheu mais do que metade do cálice, e como o rei o pegou com as duas mãos. Senti um leve cheiro de ervas pouco familiares misturadas no odor volátil do vinho. A borda do cálice bateu por duas vezes contra os dentes de Shrewd antes de ele o imobilizar com a boca. Bebeu um longo e profundo gole. Engoliu e ficou imóvel por um momento, de olhos fechados, como que à escuta. Quando os abriu para olhar para mim novamente pareceu confuso. Passado um momento, recuperou o controle.

— Gostaria de vê-lo com um título e terras para administrar. — Ergueu o cálice e voltou a beber. Ficou imóvel a segurá-lo, aquecendo as mãos magras em volta dele enquanto me examinava. — Gostaria de lembrá-lo que não é pouca coisa que Brawndy o considere um par adequado para a filha. Ele não hesita por causa de seu nascimento. Celerity virá para você com um título e propriedades. Sua união me dará a oportunidade de me assegurar de que também os tenha. Só quero o que é melhor para você. Será assim tão difícil compreender isso?

A pergunta me deixou livre para falar. Inspirei fundo e tentei fazê-lo compreender.

— Meu rei, eu sei que deseja o meu bem. Estou bem consciente da honra que o duque Brawndy me concede. Lady Celerity é uma mulher tão bela quanto qualquer homem poderia desejar. Mas a dama não é da minha escolha.

O olhar de Shrewd ficou escurecido.

— Agora você soa como Verity — disse, irritado —, ou como seu pai. Acho que eles mamaram teimosia dos seios da mãe. — Ergueu o cálice e esvaziou-o. Recostou-se na cadeira e balançou a cabeça. — Bobo. Mais vinho, por favor. — Eu ouvi os rumores — prosseguiu pesadamente depois de o Bobo levar o cálice —, Regal os traz e murmura-os como uma ajudante de cozinha. Como se fossem importantes. Galinhas a cacarejar. Cães a ladrar. São tão importantes quanto.

Observei o Bobo voltar a encher o cálice obedientemente, com a relutância evidente em cada músculo de seu corpo esguio. Wallace surgiu como que chamado por magia. Empilhou mais fumo no incensário, soprou uma minúscula brasa com lábios cuidadosamente franzidos até a pilha entrar em combustão, e então pairou para longe. Shrewd se debruçou cuidadosamente, fazendo os fumos passar em turbilhão pelo seu rosto. Inspirou, tossiu uma vez, e inalou mais fumo. Recostou-se na cadeira. Um Bobo silencioso estava em pé com seu vinho na mão.

— Regal afirma que você está apaixonado por uma criada. Que anda atrás dela sem descanso. Bem, todos os homens são jovens um dia. Tal como todas as criadas. — Ele aceitou o cálice e voltou a beber, e eu fiquei na sua frente, mordendo a parte de dentro da bochecha, forçando meus olhos a ficarem petrificados. Minhas mãos traiçoeiras entregaram-se aos tremores que a exaustão física já não lhes provocava. Desejei cruzar os braços sobre o peito para aquietá-las, mas mantive as mãos ao lado do corpo. Concentrei-me em não esmagar o pequeno pergaminho que segurava. O rei Shrewd baixou o cálice. Pousou-o na mesa a seu lado e soltou um pesado suspiro. Permitiu que as mãos frouxas se abrissem sobre as pernas enquanto encostava a cabeça às almofadas da cadeira.

— FitzChivalry — disse. Mantive-me em pé, atordoado, na sua frente, e esperei. Observei suas pálpebras baixando até se fecharem. Depois voltaram a abrir uma fenda. Sua cabeça oscilou ligeiramente enquanto falava. — Tem a boca zangada de Constance — ele disse, e seus olhos voltaram a cair. — Gostaria de tratá-lo bem — murmurou. Passado um momento, um ressonar zumbiu em sua boca descaída. E eu permaneci em sua frente, fitando-o. Meu rei.

Quando por fim tirei os olhos dele, vi a única coisa que poderia ter me atirado para um turbilhão mais forte. O Bobo, aninhado desconsoladamente aos pés de Shrewd, com os joelhos encostados ao peito. Olhava para mim furioso, com a boca transformada numa linha horizontal. Lágrimas cristalinas transbordavam de seus olhos sem cor.

Fugi.

No meu quarto, fiquei um pouco em frente à lareira. Os sentimentos ardiam dentro de mim. Obriguei-me a voltar à calma, me sentei e peguei uma pena e um papel. Escrevi uma breve e correta nota de agradecimento à filha do duque Brawndy, enrolei-a cautelosamente e selei-a com cera. Levantei-me, endireitei a camisa, alisei o cabelo para trás, e então atirei o rolo para a lareira.

Depois voltei a me sentar com os instrumentos de escrita. Escrevi uma carta a Celerity, a moça tímida que flertara comigo à mesa e estivera comigo nas falésias, ao vento, à espera de um desafio que nunca chegou. Agradeci-lhe o pergaminho. E então contei-lhe sobre meu verão, sobre o manejo de um remo no *Rurisk* dia após dia. Da minha falta de jeito com a espada, que transformara o machado em minha arma. Descrevi nossa primeira batalha, em implacável detalhe, e a informei de como me sentira nauseado depois. Falei de estar sentado ao remo, congelado de terror, enquanto um Navio Vermelho nos atacava. Não fiz menção ao navio branco que vira. Terminei confidenciando que ainda era ocasionalmente incomodado por tremores, como sequela da longa doença que tivera nas Montanhas. Reli cuidadosamente a carta. Certo de ter me exposto como um remador comum, um idiota, um covarde e um inválido. Enrolei a carta e atei-a com a mesma fita amarela que ela usara. Não a selei. Não me importava quem a lesse. Tinha a esperança secreta de que o duque Brawndy pudesse examinar aquela carta dirigida à filha e depois a proibisse de sequer voltar a mencionar meu nome.

Quando voltei a bater à porta do rei Shrewd, Wallace veio atender com seu desagrado sombrio habitual. Recebeu o rolo que lhe entreguei como se estivesse sujo com alguma coisa, e fechou a porta firmemente na minha cara. Ao regressar ao meu quarto, pensei em quais dos três venenos usaria com ele, caso tivesse oportunidade. Era menos complicado do que pensar no meu rei.

De volta ao quarto, atirei-me na cama. Desejei que fosse noite e fosse seguro eu encontrar Molly. Então pensei nos meus segredos, e mesmo essa agradável antecipação desapareceu. Saltei da cama e escancarei as persianas da janela à tempestade, e até o tempo me traiu.

O azul rompera o manto de nuvens, para deixar passar um pouco de luz aguada do sol. Nuvens negras que fervilhavam e se acumulavam sobre o mar prometiam que aquela pausa não duraria muito. Mas, por enquanto, o vento e a chuva tinham cessado. Havia até uma leve sugestão de calor no ar.

Olhos-de-Noite veio à minha mente imediatamente.

Está muito úmido *para caçar. A água se agarra a cada folha de erva. Além disso, é dia claro. Só os homens são suficientemente estúpidos para caçar em plena luz do dia.*

Cão preguiçoso, censurei-o. Sabia que estava enrolado na toca, com o focinho apoiado na cauda. Senti a saciedade confortável de sua barriga cheia.

Talvez à noite, ele sugeriu e voltou a cochilar.

Afastei-me dele, e peguei o manto. Meus sentimentos não eram adequados para passar o dia dentro de muros. Saí da torre e me dirigi à Cidade de Torre do Cervo. A fúria pela decisão que Shrewd tomara a meu respeito guerreava com a consternação com o quanto ele enfraquecera. Caminhei vivamente, tentando fugir às mãos trêmulas do rei, ao seu sono drogado. Maldito Wallace! Roubara o meu rei de mim. E meu rei roubara a minha vida. Recusei-me a continuar a pensar.

Pingos de água e folhas de bordas amarelas caíam das árvores pelas quais passava. As aves cantavam com limpidez e alegria perante o alívio inesperado do aguaceiro. O sol ficou mais forte, fazendo tudo cintilar de umidade, fazendo evaporar os ricos aromas da terra. Apesar da minha perturbação, a beleza do dia me tocou.

As recentes chuvas tinham lavado a Cidade de Torre do Cervo. Dei por mim no mercado, no meio de uma multidão ávida. Por todo lado as pessoas se apressavam para fazer compras e levá-las para casa antes que a tempestade voltasse a nos ensopar. O comércio amigável e a tagarelice amistosa não combinavam com minha disposição amarga, e eu passei os olhos furiosos pelo mercado até que um manto e um capuz de um vivo escarlate atraíram meu olhar. Meu coração se revirou em meu peito. Molly podia usar o azul dos criados na torre, mas quando vinha ao mercado ainda usava seu antigo manto vermelho. Sem dúvida Patience dera tarefas para ela durante aquela pausa na chuva. Observei-a, sem ser notado, enquanto ela pechinchava obstinadamente pacotes de chá temperado com Chalced. Amei a projeção do seu queixo enquanto abanava a cabeça ao mercador. Uma súbita inspiração elevou meu coração.

Tinha moedas nos bolsos, o meu pagamento de remador. Com elas comprei quatro maçãs doces, dois pães de leite com passas, uma garrafa de vinho e um pouco de carne com pimenta. Também comprei um saco de rede para levar a comida e uma grossa manta de lã. Vermelha. Precisei de cada pedacinho de todas as habilidades que Chade me ensinara para fazer as compras e continuar vendo Molly sem ser visto. Ainda mais árduo foi segui-la discretamente enquanto ela ia ao chapeleiro comprar fita de seda e depois caminhar no seu encalço quando iniciou a subida em direção a Torre do Cervo.

Em uma curva no caminho, sob a sombra das árvores, apanhei-a. Ela prendeu a respiração quando me aproximei sem ruído atrás dela e a ergui de repente, fazendo-a balançar em meus braços. Coloquei-a no chão e beijei-a profundamente. Não sei explicar por qual motivo me parecia tão diferente beijá-la fora de portas e sob o brilho do sol. Sei apenas que todas as minhas preocupações saíram subitamente de cima de mim.

Fiz-lhe uma longa reverência.

— Será que a senhora não quer se juntar a mim para uma breve refeição?

— Oh, não podemos — respondeu ela, mas seus olhos cintilavam. — Seremos vistos.

Olhei teatralmente em volta, e então peguei-a pelo braço e afastei-a da estrada. Sob as árvores não havia muita vegetação rasteira. Apressei-a por entre as árvores que pingavam, saltando sobre um tronco caído e passando por um trecho de arbustos que se agarravam, úmidos, às nossas pernas. Quando chegamos à borda da falésia sobre os estrondos e murmúrios do oceano, descemos como crianças pelas fendas da pedra até chegar a uma pequena praia de areia.

Madeira trazida pelas ondas empilhava-se ao acaso naquele recanto da baía. Uma reentrância das falésias mantivera uma pequena extensão de areia e argila quase seca, mas não bloqueava os raios de sol. Este brilhava agora surpreendentemente quente. Molly tomou de mim a comida e a manta e ordenou-me juntar lenha. Foi, no entanto, ela quem finalmente conseguiu fazer a madeira úmida começar a arder. O sal fazia-a arder com verdes e azuis, e dava calor suficiente para que ambos puséssemos de lado os mantos e os capuzes. Era tão bom me sentar com ela e olhá-la sob o céu aberto, com o brilho do sol realçando os reflexos em seu cabelo, e o vento deixando suas bochechas rosadas. Era tão bom rir alto, misturar nossas vozes com os gritos das gaivotas sem medo de acordar alguém. Bebemos o vinho da garrafa e comemos com os dedos, depois nos dirigimos à beira das ondas para lavar a gordura das mãos.

Durante um breve tempo, andamos de um lado para o outro sobre as rochas e a madeira trazida pelo mar, em busca de tesouros atirados para a terra pela tempestade. Senti-me mais eu mesmo do que me sentira desde que regressara das Montanhas, e Molly parecia muito com a donzela selvagem da minha infância. Seu cabelo se destrançara e voava em volta de seu rosto. Ela escorregou quando corri atrás dela e caiu em uma poça da maré. Regressamos para a manta, onde ela descalçou os sapatos e as meias para que secassem ao calor da fogueira. Deitou-se na manta e espreguiçou-se.

Despir coisas pareceu de repente uma ótima ideia. Molly não tinha tanta certeza disso como eu.

— Por baixo desta manta há tantas pedras como areia. Não quero voltar com hematomas nas costas.

Eu me debrucei para beijá-la.

— Será que eu não valho uns hematomas? — perguntei, num tom persuasivo.

— Você? Claro que não! — Deu-me um súbito empurrão que me estatelou de costas. Então, atirou-se ousadamente para cima de mim. — Mas eu valho.

A cintilação selvagem em seus olhos quando os baixou para mim me deixou sem fôlego. Depois de ela ter me tomado sem piedade, descobri que ela tinha razão, tanto sobre as pedras quanto sobre valer os hematomas. Nunca vi nada tão espetacular como o céu azul vislumbrado por entre a cascata do seu cabelo sobre o meu rosto.

Quando terminamos, ela se deitou meio em cima de mim e cochilamos ao ar frio e doce. Passado algum tempo, sentou-se, tremendo, para se envolver na roupa. Com relutância, observei-a atar novamente a blusa. A escuridão e a luz das velas tinham sempre escondido muito de mim. Ela baixou o olhar para a minha expressão perplexa, mostrou-me a língua e fez uma pausa. Meu cabelo tinha se soltado do rabo de cavalo. Ela o puxou para a frente, para enquadrar meu rosto, e então colocou uma dobra do seu manto vermelho sobre minha testa. Balançou a cabeça.

— Você teria sido uma mocinha particularmente sem graça.

Eu bufei.

— E não sou muito melhor como homem.

Ela pareceu ofendida.

— Você não é mal-apessoado. — Percorreu com um dedo na musculatura do meu peito. — No outro dia, no pátio de banhos, algumas moças estavam dizendo que você foi a melhor coisa que saiu dos estábulos desde Burrich. Acho que é o seu cabelo. Não é nem de perto tão áspero como o da maioria dos homens de Cervo. — E enrolou fios dele entre seus dedos.

— Burrich! — eu disse, com desdém. — Não vá me dizer que ele é o favorito das mulheres!

Ela torceu-me uma sobrancelha.

— E por que não? É um homem muito bem-feito, e além disso é limpo e tem boas maneiras. Tem dentes bonitos e uns olhos!... Seu mau humor é assustador, mas não são poucas as que gostariam de experimentar amenizá-lo. As lavadeiras concordaram nesse dia que se ele aparecesse entre os seus lençóis elas não se apressariam para espantá-lo de lá.

— Mas não é provável que isso aconteça — fiz notar.

— Não — ela concordou, pensativa. — Essa foi outra coisa com a qual elas concordaram. Só uma delas afirmou que o teve, e admitiu que ele estava muito bêbado. Acho que ela falou que foi na Festa da Primavera. — Molly me olhou de relance, e então riu alto perante a expressão incrédula no meu rosto. E prosseguiu, brincalhona: — Ela disse: "Ele usou bem o tempo que passou entre os garanhões para aprender os seus costumes. Fiquei com a marca dos seus dentes no ombro durante uma semana".

— Não pode ser — declarei. Minhas orelhas queimaram por Burrich. — Ele não maltrataria uma mulher, por mais bêbado que estivesse.

— Garoto ingênuo! — Molly balançou a cabeça por cima de mim, enquanto seus dedos ágeis trançavam de novo o cabelo. — Ninguém disse que ela foi mal-tratada. — olhou-me timidamente — ou que não gostou.

— Continuo não acreditando — respondi. Burrich? E a mulher tinha gostado?

— Ele tem mesmo uma pequena cicatriz, aqui, em forma de lua crescente? — Ela pousou a mão na parte de cima da minha coxa e olhou-me sob os cílios.

Abri a boca, voltei a fechá-la.

— Não posso acreditar que as mulheres conversam sobre essas coisas — disse por fim.

— No pátio das lavagens falam um pouco demais — contou Molly calma-mente.

Mordi a língua até que a curiosidade me dominou.

— O que é que dizem de Hands? — Quando trabalhávamos juntos nos está-bulos, suas histórias de mulheres sempre me espantavam.

— Que tem olhos e cílios bonitos, mas que todo o resto nele precisa ser lavado. Várias vezes.

Ri alegremente e guardei aquelas palavras para a próxima vez que ele se gabasse comigo.

— E Regal? — encorajei-a.

— Regal. Humm. — Sorriu-me com uma expressão sonhadora, e então riu da minha expressão carrancuda. — Nós não falamos dos príncipes, querido. Mantemos algum decoro.

Puxei-a para baixo, para o meu lado, e a beijei. Ela ajustou o corpo ao meu e ficamos imóveis sob a arcada azul do céu. A paz que fugira de mim durante tanto tempo me preenchia agora. Sabia que nada poderia nos separar, nem os planos de reis nem os caprichos do destino. Pareceu, finalmente, ser o momento certo para lhe contar os meus problemas com Shrewd e Celerity. Ela permaneceu encostada a mim escutando em silêncio enquanto eu despejava a loucura do plano do rei e minha amargura perante a posição incômoda em que ele me deixara. Não me ocorreu que eu era um idiota até sentir uma lágrima quente a cair e escorrer pela lateral do meu pescoço.

— Molly? — perguntei, surpreso, enquanto me sentava para a olhar. — O que foi?

— O que foi? — Sua voz foi se tornando aguda ao avançar pelas palavras. Respirou fundo, trêmula. — Você se deita ao meu lado e me diz que está prometido a outra. E depois me pergunta o que foi?

— A única mulher a quem estou prometido é você — eu disse, com firmeza.

— Não é tão simples assim, FitzChivalry. — Seus olhos estavam arregalados e sérios. — O que fará quando o rei lhe disser que tem de cortejá-la?

— Paro de tomar banho? — perguntei.

Esperava que ela risse. Mas em vez disso afastou-se de mim. Olhou-me com um mundo de amargura nos olhos.

— Não temos chance. Nem esperança.

Como que para provar a verdade de suas palavras, o céu escureceu de súbito por cima de nós, e os ventos de borrasca se levantaram. Molly se levantou em um salto, pegando o manto e sacudindo dele a areia.

— Vou ficar ensopada. Deveria estar de volta a Torre do Cervo há horas. — Falava com um tom monótono, como se aquelas duas coisas fossem as únicas preocupações que tinha.

— Molly, eles teriam de me matar para me afastar de você — eu disse, furiosamente.

Ela reuniu aquilo que comprara no mercado.

— Fitz, você fala como uma criança — disse em voz baixa. — Uma criança tola e teimosa. — batendo no chão como pedrinhas atiradas por alguém, as primeiras gotas de chuva começaram a cair. Criavam covinhas na areia e varriam o mar como uma cortina. As palavras dela tinham me deixado sem fala. Não conseguia imaginar coisa pior que me pudesse dizer.

Peguei a manta vermelha, sacudi a areia. Ela se aconchegou bem ao manto para se proteger do vento que o fazia chicotear.

— É melhor que não regressemos juntos — observou. Aproximou-se de mim, ficou nas pontas dos pés para me beijar a base do maxilar. Não conseguia decidir com quem estava mais zangado: se com o rei Shrewd por criar aquela confusão, ou com Molly por acreditar nela. Não lhe respondi ao beijo. Ela não fez nenhum comentário, limitou-se a ir embora apressadamente, subindo com rapidez a fenda na rocha e desaparecendo de vista.

Toda a alegria sumiu da minha tarde. O que era perfeito como uma concha cintilante eram agora pedacinhos esmagados sob meus pés. Caminhei desoladamente para casa através das rajadas de vento e da chuva forte. Não tinha voltado a prender o cabelo, e ele chicoteava meu rosto em madeixas finas. A manta molhada fedia como só a lã é capaz, e sangrava tinta vermelha sobre minhas mãos. Subi ao meu quarto e me sequei, e então me diverti preparando cuidadosamente o veneno perfeito para Wallace. Um veneno que lhe torturasse as entranhas antes de matá-lo. Quando o pó ficou bem misturado, enfiei-o em um papel torcido, pousei-o e olhei para ele. Durante algum tempo pensei em tomá-lo. Mas, em vez disso, peguei agulha e linha para costurar um bolso dentro da manga onde pudesse transportá-lo. Perguntei a mim mesmo se alguma vez o usaria. Essa interrogação fez com que me sentisse mais covarde do que nunca.

Não desci para jantar. Não subi para encontrar Molly. Abri as persianas e deixei a tempestade despejar chuva no chão de meu quarto. Deixei que a lareira se apagasse e recusei-me a acender qualquer vela. Parecia o momento certo para esse tipo de atitude. Quando Chade abriu sua passagem, ignorei-a. Sentei-me aos pés da cama, de olhos fixos na chuva.

Passado algum tempo, ouvi passos hesitantes descendo a escada. Chade apareceu no meu quarto escuro como um fantasma. Fitou-me, furioso, e então atravessou o aposento até as persianas e fechou-as com estrondo. Enquanto as trancava, perguntou-me, irritado:

— Tem alguma ideia do tipo de corrente de ar que isso gera nos meus aposentos? — Como não respondi, ele ergueu a cabeça, farejando como um lobo. — Esteve trabalhando com folha-de-morte aqui? — perguntou de repente. Ficou na minha frente. — Fitz, você não fez nenhuma estupidez, não é?

— Estupidez? Eu? — Engasguei-me com uma gargalhada.

Chade se debruçou para espreitar meu rosto.

— Suba ao meu quarto — disse, com uma voz quase amável. Pegou-me pelo braço, e eu fui com ele.

O quarto alegre, o fogo crepitando, as frutas de outono maduras em uma tigela; tudo aquilo colidiu de tal maneira com o que eu sentia que me deu vontade de esmagar coisas. Em vez disso, perguntei a Chade:

— Há alguma coisa que nos faça sentir pior do que sentir raiva das pessoas que amamos?

Passado um tempo, ele falou:

— Ver alguém que amamos morrer. E estar com raiva, mas não saber contra o que dirigir a ira. Acho que isso é pior.

Atirei-me para uma cadeira, estendi os pés à minha frente.

— Shrewd adotou os hábitos de Regal. Fumo. Erva-de-riso. Só El sabe o que mais põe no vinho. Essa manhã, sem as drogas, começou a tremer, e então bebeu-as misturadas com o vinho, encheu o peito de fumo, e adormeceu na minha cara. Depois de me dizer, outra vez, que tenho de cortejar Celerity e me casar com ela, para o meu próprio bem. — As palavras jorraram de mim. Não tinha dúvidas de que Chade já sabia de tudo o que estava lhe contando. Cravei os olhos em Chade. — Amo Molly — disse-lhe, sem rodeios. — Eu disse a Shrewd que amo outra mulher. E, no entanto, ele insiste que eu serei unido a Celerity. Pergunta-me como é possível que eu não entenda que ele quer o melhor para mim. Como é possível que ele não entenda que eu quero me casar com quem amo?

Chade fez um ar pensativo.

— Discutiu isso com Verity?

— De que adiantaria? Nem a si ele conseguiu salvar de um casamento com uma mulher que não desejava. — senti-me desleal com Kettricken enquanto dizia aquilo. Mas sabia que era verdade.

— Quer vinho? — perguntou-me Chade, brandamente. — Pode acalmá-lo.

— Não.

Ele ergueu as sobrancelhas para mim.

— Não, obrigado. Depois de ver Shrewd "se acalmar" com vinho hoje de manhã... — Deixei a queixa suspensa no ar. — Aquele homem nunca foi jovem?

— Há tempos, foi muito jovem. — Chade permitiu-se um pequeno sorriso. — Talvez se lembre de que Constance foi uma mulher escolhida para ele pelos pais. Não a cortejou por querer, nem a desposou de boa vontade. Precisou da morte dela para perceber quão profundamente acabara por amá-la. Desire, por outro lado, foi quem escolheu, uma paixão que o deixou febril. — Fez uma pausa. — Não falarei mal dos mortos.

— Isso é diferente — disse eu.

— Como?

— Eu não vou ser rei. Com quem caso não afeta ninguém além de mim.

— Gostaria que fosse simples assim — disse Chade em voz baixa. — Será capaz de acreditar que pode recusar a corte de Celerity sem ofender Brawndy? Em um momento em que os Seis Ducados precisam de todos os laços de unidade?

— Estou convencido de que posso levá-la a decidir que não me quer.

— Como? Sendo um cretino? E envergonhando Shrewd?

Senti-me engaiolado. Tentei pensar em soluções, mas só encontrei em mim uma resposta:

— Não me casarei com ninguém a não ser Molly. — Senti-me melhor simplesmente por dizê-lo em voz alta. Enfrentei os olhos de Chade.

Ele balançou a cabeça.

— Então não se casará com ninguém — ressaltou.

— Talvez não — concordei. — Talvez nunca nos casemos em nome. Mas teremos uma vida juntos...

— E pequenos bastardos seus.

Fiquei convulsivamente em pé, com os punhos cerrando-se com vontade própria.

— Não diga isso — avisei Chade. Virei-lhe as costas e fitei furioso o fogo.

— Não o diria. Mas todos os outros dirão. — Suspirou. — Fitz, Fitz, Fitz. — Aproximou-se de mim por trás e pousou as mãos nos meus ombros. Muito, muito suavemente, disse: — Talvez fosse melhor deixá-la.

O toque e a suavidade desarmaram minha ira. Ergui as mãos para cobrir o rosto.

— Não posso — disse através dos dedos. — Preciso dela.

— E Molly, do que ela precisa?

De uma pequena velaria com colmeias nos fundos. De filhos. De um marido legítimo.

— Você está fazendo isso por Shrewd. Para me levar a fazer o que ele deseja — acusei-o.

Ele ergueu as mãos dos meus ombros. Ouvi-o se afastar, ouvi vinho sendo despejado em uma única taça. Trouxe o vinho consigo para sua cadeira e sentou-se à frente da lareira.

— Sinto muito.

Ele olhou para mim e disse:

— Um dia, FitzChivalry, essas palavras não serão o suficiente — preveniu-me. — Às vezes é mais fácil tirar uma faca de dentro de um homem do que lhe pedir para esquecer palavras que você proferiu. Mesmo as palavras proferidas com raiva...

— Sinto muito — repeti.

— Eu também — ele disse, lacônico.

Depois de um tempo, perguntei humildemente:

— Por que quis me ver esta noite?

Ele suspirou.

— Por causa dos Forjados. A sudoeste de Torre do Cervo.

Fiquei enjoado.

— Eu achava que não teria mais de fazer isso — falei em voz baixa. — Quando Verity me colocou no navio para usar o Talento por ele, me disse que talvez...

— Isso não tem a ver com Verity. Foi reportado para Shrewd, e ele quer cuidar do assunto. Verity já está... sobrecarregado. Não queremos incomodá-lo ainda mais neste momento.

Coloquei a cabeça novamente entre as mãos.

— Não há mais ninguém que possa fazer isso? — implorei.

— Só você e eu somos treinados para isso.

— Não quis dizer você — falei, cansado. — Não espero que faça mais esse tipo de trabalho.

— Não mesmo? — Levantei meus olhos e encontrei novamente raiva nos dele. — Seu cachorrinho arrogante! Quem acha que os manteve longe de Torre do Cervo durante todo o verão, enquanto você estava no *Rurisk*? Acha que só porque quer evitar a tarefa, a necessidade desse tipo de trabalho vai simplesmente desaparecer?

Nunca me senti tão envergonhado. Desviei os olhos de sua raiva.

— Ah, Chade, me desculpe.

— Desculpar por ter evitado essa tarefa? Ou por ter pensado que não sou mais capaz de fazê-la?

— Pelos dois. Tudo. — admiti repentinamente. — Por favor, Chade, se mais uma pessoa com quem me importo ficar brava comigo, acho que não serei capaz de suportar. — Ergui a cabeça e olhei-o com firmeza, até que ele foi obrigado a me encarar.

Ele coçou a barba.

— Foi um longo verão para nós dois. Reze para El mandar tempestades que expulsem os Navios Vermelhos para sempre.

Ficamos um tempo em silêncio.

— Algumas vezes — Chade observou —, seria muito mais fácil morrer por um rei do que entregar a vida a ele.

Inclinei a cabeça, concordando. Passamos o resto da noite preparando os venenos de que eu precisaria para voltar a matar pelo meu rei.

ANTIGOS

O outono do terceiro ano da Guerra dos Navios Vermelhos foi amargo para o príncipe herdeiro Verity. Os navios de guerra tinham sido o seu sonho. Fundara neles todas as suas esperanças. Acreditara que conseguiria livrar as suas costas de Salteadores e ser tão bem-sucedido nisso que poderia enviar atacantes contra as hostis Ilhas Externas mesmo durante as piores tempestades de inverno. Apesar das vitórias iniciais, os navios de Verity nunca alcançaram o domínio do litoral que ele esperara. O início do inverno encontrou-o com uma frota de cinco navios, dois dos quais tinham sofrido recentemente severos danos. Entre os intactos estava o Navio Vermelho capturado, que fora reformado e enviado para o mar, para ajudar as patrulhas e a escolta de navios mercantes. Quando os ventos do outono finalmente chegaram, apenas um de seus capitães expressou suficiente confiança na capacidade da tripulação e da embarcação para se dispor a empreender um ataque contra as Ilhas Externas. Os outros capitães argumentaram a favor de, no mínimo, um inverno de treino ao longo da nossa severa costa e um verão de prática tática antes de uma empreitada tão ambiciosa.

Verity não quis enviar homens contrariados, mas não escondeu o desapontamento. Expressou-o bem ao equipar o único navio que se voluntariara; o Vingança, como foi rebatizado, foi abundantemente abastecido. A tripulação, escolhida a dedo pelo capitão, também recebeu toda armadura que requisitou, além de novas armas do melhor fabrico disponível. Houve uma bela cerimônia quando o navio zarpou, na qual até o rei Shrewd esteve presente, apesar da saúde debilitada. A rainha, em pessoa, pendurou no mastro as penas de gaivota que se diz trazerem um navio com rapidez e segurança de volta ao seu porto de origem. Ergueu-se uma grande aclamação quando o Vingança foi lançado ao mar, e nessa noite muito se brindou à saúde do capitão e de sua tripulação.

Um mês mais tarde, para o desgosto de Verity, recebemos a notícia de que uma embarcação que condizia com a descrição do Vingança estava pirateando nas águas mais calmas ao sul dos Seis Ducados, trazendo muito sofrimento aos mercadores de Vila Bing e dos Estados de Chalced. Essas foram todas as notícias que chegaram a Torre do Cervo sobre o capitão, a tripulação e o navio. Alguns atribuíram a culpa aos ilhéus da tripulação, mas havia a bordo tantas boas mãos dos Seis Ducados como oriundas das Ilhas, e o capitão fora criado ali mesmo, na Cidade de Torre do Cervo. Foi um golpe esmagador para o orgulho de Verity e para sua liderança. Alguns creem que foi então que ele decidiu se sacrificar na esperança de encontrar uma solução definitiva.

Acho que foi o Bobo que a convenceu. Ele de fato passara muitas horas com Kettricken no jardim do topo da torre, e a sua admiração por aquilo que ela realizara ali não era fingida. Muita é a boa vontade que pode ser conquistada com um elogio sincero. No final do verão, o Bobo não só a fazia rir dos seus gracejos quando entretinha ela e suas senhoras como a convencera a visitar frequentemente os aposentos do rei. Na condição de princesa herdeira, era imune ao temperamento de Wallace. A própria Kettricken se dedicou a misturar os tônicos fortalecedores do rei Shrewd, e durante algum tempo ele realmente pareceu restabelecer-se sob os seus cuidados e atenções. Acho que o Bobo decidira através dela tentar convencer a mim e a Verity daquilo que ele fora incapaz de conseguir com as suas provocações.

Foi numa noite invernosa de outono que ela abordou pela primeira vez o assunto comigo. Eu estava com ela no topo da torre, ajudando-a a atar feixes de palha em volta das plantas mais resistentes que ali cresciam, para que conseguissem suportar melhor a neve de inverno. Aquilo era algo que Patience decretara que tinha de ser feito, e ela e Lacy realizavam essa tarefa em um caramanchão atrás de mim. Patience tornara-se conselheira da rainha Kettricken no que dizia respeito a coisas cultivadas, e sua companhia era frequente embora muito tímida. Eu tinha ao lado a pequena Rosemary, que me ia entregando os feixes de palha conforme nossa necessidade. Duas ou três das outras damas de Kettricken, bem agasalhadas, também tinham ficado, mas encontravam-se na outra ponta do jardim, conversando em voz baixa. As outras tinham sido mandadas pela rainha de volta às lareiras quando as vira tremendo e bafejando as mãos. Eu tinha as minhas nuas, quase dormentes, assim como as orelhas, enquanto Kettricken parecia perfeitamente confortável. Verity também estava ali, aconchegado em algum lugar dentro da minha cabeça. Ele insistiu que eu voltasse a levá-lo comigo quando descobriu que eu estava saindo de novo sozinho em busca de Forjados. Já quase não notava sua presença no fundo da minha mente. Mas creio que o senti sobressaltar-se quando Kettricken me perguntou, enquanto atava um cordão em volta de uma planta enfaixada que eu segurava, o que eu sabia sobre os Antigos.

— Bem pouco, minha rainha — respondi honestamente, e mais uma vez prometi a mim mesmo examinar os manuscritos e pergaminhos há muito negligenciados.

— E por quê? — quis saber.

— Bem, há realmente pouco escrito sobre eles. Creio que a certa altura o conhecimento acerca deles era tão comum que não era necessário anotá-lo por escrito. E os pedaços que foram escritos estão espalhados por aí, e não reunidos em um só lugar. Precisaríamos de um especialista para identificar todos os vestígios...

— Um especialista como o Bobo? — perguntou com um tom mordaz. — Ele parece saber mais sobre os Antigos do que qualquer outra pessoa a quem eu tenha perguntado.

— Bom. Sabe que ele gosta de ler e...

— Chega de falar do Bobo. Quero falar com você sobre os Antigos — disse ela abruptamente.

Sobressaltei-me com o seu tom de voz, mas quando a olhei estava de novo, de olhos cinzentos, fitando o mar. Não pretendera me censurar nem ser rude. Estava simplesmente absorta no seu objetivo. Percebi que durante os meses que fiquei afastado ela se tornara mais segura de si. Mais régia.

— Eu sei algumas coisas — disse, hesitantemente.

— Assim como eu. Vejamos se o que cada um de nós sabe coincide. Eu começo.

— Como desejar, minha rainha.

Ela pigarreou.

— Há muito tempo, o rei Wisdom estava impiedosamente sitiado por invasores vindos do mar. Quando tudo o mais lhe falhou, ele temeu que o bom tempo do verão seguinte significasse o fim dos Seis Ducados e da dinastia Farseer, e decidiu passar o inverno em busca de um povo lendário, os Antigos. Até agora concordamos?

— Na maior parte. Segundo o que eu ouvi, as lendas não diziam que eles eram um povo, mas quase deuses. E o povo dos Seis Ducados sempre julgou que Wisdom era um tipo de fanático religioso, quase um louco no que dizia respeito a essas coisas.

— Os homens de paixão e visão são frequentemente tidos como loucos — informou calmamente. — Vou continuar. Ele deixou o seu castelo num certo outono, sem mais informação do que aquela que afirmava que os Antigos viviam nos Ermos Chuvosos, para além das mais altas montanhas do Reino da Montanha. De alguma maneira ele os encontrou e conquistou a sua aliança. Regressou a Torre do Cervo, e juntos afastaram os salteadores e invasores das costas dos Seis Ducados. A paz e o comércio foram restabelecidos. E os Antigos prometeram-lhe que, se alguma vez voltassem a ser necessários, regressariam. Ainda concordamos?

— Tal como antes, na maior parte. Eu ouvi muitos menestréis dizerem que esse é o fim costumeiro em histórias de heróis e sagas. Prometem sempre que, se alguma vez voltarem a ser necessários, regressarão. Alguns até prometem regressar do além-túmulo, se for necessário.

— Na verdade — observou Patience inesperadamente —, o próprio Wisdom nunca regressou a Torre do Cervo. Os Antigos vieram ter com a sua filha, a princesa Mindful, e foi a ela que ofereceram aliança.

— Como teve conhecimento disso? — perguntou Kettricken.

Patience encolheu os ombros.

— Um velho menestrel que o meu pai tinha cantava a história sempre assim. — Despreocupada, voltou a atar uma guita em volta da planta enfaixada em palha.

Kettricken refletiu por um momento. O vento soltou uma longa madeixa de seu cabelo e soprou-a no rosto como uma rede. Olhou-me através da teia de cabelos pálidos.

— O que as lendas dizem sobre o seu regresso não importa. Se um rei os procurou uma vez, e eles prestaram auxílio, não acha que podem voltar a fazê-lo se um rei voltar a suplicar por isso? Ou uma rainha?

— Talvez — disse de má vontade.

Particularmente, me perguntei se a rainha sentiria saudades da terra natal e se estaria inventando uma desculpa qualquer para visitá-la. O povo começava a falar da sua ausência de gravidez. Embora agora muitas damas lhe fizessem companhia, ela na verdade não tinha favoritas que fossem genuinamente suas amigas. Eu suspeitava de que se sentisse só.

— Penso que... — comecei suavemente, fazendo uma pausa para pensar em como enquadrar uma resposta desencorajadora.

Diga-lhe que deveria falar comigo sobre o assunto. Quero saber mais sobre o que ela conseguiu reunir. *O pensamento de Verity estremecia de excitação. Aquilo me perturbou.*

— Penso que deveria levar essa ideia ao príncipe herdeiro e discuti-la com ele — sugeri obedientemente.

Ela ficou em silêncio durante muito tempo. Quando falou, sua voz saiu muito baixa, apenas para os meus ouvidos.

— Acho que não. Ele irá encarar como mais uma das minhas tolices. Escutará um pouco e depois começará a olhar para os mapas pendurados nas paredes, ou a mover coisas de um lugar para o outro na mesa enquanto espera que eu termine para poder sorrir, fazer um aceno com a cabeça e mandar-me de volta à minha vida. De novo. — A voz ficou rouca na última frase. Afastou o cabelo do rosto e então voltou a passar as mãos pelos olhos. Virou o rosto para o mar, distante como Verity quando usava o Talento.

Ela está chorando?

Não consegui esconder de Verity a indignação por aquilo surpreendê-lo.

Traga-a até mim. Já, imediatamente!

— Minha rainha?

— Um momento... — Kettricken virou mais a cabeça, escondendo o olhar de mim. Fingiu coçar o nariz. Eu sabia que ela estava enxugando as lágrimas.

— Kettricken? — arrisquei a familiaridade como não fazia havia meses. — Vamos falar com ele sobre essa ideia. Imediatamente. Eu vou com você.

Ela falou, hesitante, sem se virar para me olhar:

— Não acha que é uma tolice?

"Não vou mentir", lembrei a mim próprio.

— Acho que, da forma que as coisas estão, temos de levar em conta quaisquer possíveis fontes de ajuda. — Enquanto proferia as palavras, descobri que acreditava nelas. Não teriam Chade e o Bobo sugerido... não, defendido precisamente essa ideia? Talvez os míopes fôssemos Verity e eu.

Ela inspirou, trêmula.

— Então, vamos. Mas tem de esperar por mim à porta dos meus aposentos. Quero buscar alguns pergaminhos para lhe mostrar. Tomará pouco tempo. — Virou-se para Patience e falou mais alto: — Lady Patience, posso lhe pedir para terminar também essas plantas por mim? Tenho outro assunto de que desejo tratar.

— Claro, minha rainha. Será um prazer.

Abandonamos o jardim, e eu a segui até os seus aposentos. Esperei bem mais do que pouco tempo. Quando ela saiu, trazia a pequena aia Rosemary atrás, insistindo em levar-lhe os pergaminhos. Kettricken havia lavado a terra das mãos e trocado de vestido, se perfumado, arrumado o cabelo e trazia as joias que Verity lhe enviara quando lhe fora prometida. Sorriu-me discretamente quando a olhei.

— Senhora minha rainha, estou deslumbrado — aventurei-me a dizer.

— Você me elogia tão exageradamente como Regal — disse, apressando-se corredor adentro, mas um rubor aqueceu suas bochechas.

Ela se veste assim só para vir falar comigo?

Ela se veste assim para... atraí-lo. Como poderia um homem tão astuto na leitura dos homens ser tão ignorante sobre as mulheres?

Talvez tenha tido pouco tempo para aprender grande coisa a respeito dos seus costumes.

Tranquei a mente em torno dos meus pensamentos e apressei-me a seguir a minha rainha. Chegamos ao escritório de Verity a tempo de ver Charim sair com os braços carregados de roupa suja. Aquilo pareceu estranho até que nos mandaram entrar. Verity estava usando uma suave camisa de linho azul-claro, e os aromas misturados da lavanda e do cedro davam vivacidade ao ar. Lembrava uma arca de roupas. Seu cabelo e sua barba tinham acabado de ser alisados; eu bem sabia que seu cabelo nunca ficava assim por mais do que alguns minutos. Enquanto Kettricken avançava timidamente para fazer uma mesura ao seu senhor, vi Verity como não via há meses. O verão de uso do Talento voltara a devastá-lo. A bela camisa envolvia os ombros como uma túnica, e o seu cabelo alisado tinha agora tanto de grisalho como de negro. Também havia rugas, em volta dos olhos e da boca, nas quais eu nunca havia reparado.

Tenho então um aspecto assim tão mau?

Para ela, não, lembrei-o.

Quando Verity pegou sua mão e a puxou para se sentar ao lado dele, em um banco perto da lareira, Kettricken fitou-o com uma fome tão profunda quanto sua força no Talento. Os dedos dela agarraram a mão de Verity, e eu afastei o olhar quando ele ergueu a mão dela para beijá-la.

Talvez Verity tivesse razão sobre a sensibilidade que o Talento proporciona. O que Kettricken sentiu me arrebatou com a rudeza da fúria da minha tripulação durante uma batalha. Senti um alvoroço de espanto vindo de Verity. E então: Bloqueie-se, ordenou-me bruscamente, e então fiquei de repente só no interior da minha cabeça. Permaneci imóvel por um momento, desnorteado pela forma brusca com que ele partira. *Ele realmente não fazia ideia*, me peguei pensando, e fiquei satisfeito por esse pensamento permanecer privado.

— Senhor, vim pedir um minuto ou dois do seu tempo para... uma ideia que tenho. — Os olhos de Kettricken perscrutaram o rosto dele enquanto falava em voz baixa.

— Claro — concordou Verity. Ele olhou de relance para mim. — FitzChivalry, quer se juntar a nós?

— Se assim desejar, senhor. — Sentei-me em um banco do outro lado da lareira. Rosemary veio ao meu lado com os seus braços cheios de pergaminhos. Provavelmente surrupiados do meu quarto pelo Bobo, suspeitei. Mas, quando Kettricken começou a falar com Verity, pegou um a um os pergaminhos, a fim de ilustrar um argumento. Sem exceção, eram pergaminhos que se debruçavam não sobre os Antigos, mas sobre o Reino da Montanha.

— O rei Wisdom, talvez você se lembre, foi o primeiro nobre dos Seis Ducados a vir à nossa terra... à terra do Reino da Montanha, com outra finalidade que não guerrear. Por isso ele é bem lembrado nas nossas histórias. Estes pergaminhos, copiados dos que foram feitos no seu tempo, debruçam-se sobre aquilo que ele fez e suas viagens pelo Reino da Montanha. E assim, indiretamente, sobre os Antigos. — Ele desenrolou o último pergaminho. Tanto Verity como eu nos inclinamos para a frente, espantados. Um mapa. Desbotado do tempo, provavelmente mal copiado, mas um mapa. Do Reino da Montanha, com passagens e caminhos nele marcados. E algumas linhas errantes que se dirigiam às terras para além do reino.

— Um desses caminhos deve levar aos Antigos. Eu conheço as trilhas das Montanhas, e estas não são rotas comerciais, tampouco se dirigem a alguma aldeia que eu conheça. E também não se articulam com os caminhos tal como os conheço agora. Isso são estradas e trilhas mais antigas. E para que estariam aqui marcadas, senão para indicarem até onde o rei Wisdom foi?

— Será que pode ser assim tão simples? — Verity ergueu-se rapidamente, regressando com um castiçal para iluminar melhor o mapa. Alisou afetuosamente o velo com as mãos e debruçou-se sobre ele.

— Estão marcados vários caminhos que se dirigem aos Ermos Chuvosos. Se é que é isso o que todo esse verde representa. Nenhum parece ter algo marcado no fim. Como saberíamos qual deles é o certo? — perguntei.

— Talvez todos levem aos Antigos — arriscou Kettricken. — Por que haveriam eles de residir todos em um lugar só?

— Não! — Verity aprumou-se. — Pelo menos dois têm alguma coisa marcada no fim. Ou tinham. A maldita tinta desbotou. Mas havia ali alguma coisa, e eu pretendo descobrir o quê.

Até Kettricken pareceu espantada com o entusiasmo da voz dele. Eu fiquei chocado. Esperara que ele a ouvisse educadamente, não que apoiasse o plano de todo o coração.

Ergueu-se subitamente, deu uma volta rápida pela sala. A energia do Talento irradiava dele como calor de uma lareira.

— Temos agora sobre a costa toda a força do inverno. Ou teremos, a qualquer momento. Se eu partir rapidamente, nos próximos dias, poderei chegar ao Reino da Montanha enquanto os caminhos ainda podem ser usados. Posso forçar passagem até... o que quer que exista ali. E regressar na primavera. Talvez com a ajuda de que precisamos...

Eu estava sem fala. Kettricken piorou as coisas:

— Senhor, eu não pretendia que você fosse. Você deveria ficar aqui. Eu devo ir. Conheço as Montanhas; nasci nos seus costumes. Você pode não sobreviver lá. Dessa vez eu devo ser Sacrifício.

Foi um alívio ver Verity tão pasmo quanto eu. Talvez tendo ouvido o plano dito por ela, compreendesse agora que era impossível. Ele balançou lentamente a cabeça. Tomou as mãos dela nas suas e olhou-a solenemente.

— Minha princesa herdeira. — Suspirou. — Tenho de ser eu a fazer isto. Eu. Falhei aos Seis Ducados em tantas outras coisas. E você... Quando chegou aqui para ser rainha, não tive paciência para a sua conversa sobre sacrifício. Julguei-a uma ideia de menina sonhadora. Mas não é. Nós aqui não chamamos dessa forma, mas é isso que sentimos. Foi isso que eu aprendi com meus pais. A pôr sempre os Seis Ducados em primeiro lugar e só depois a mim. Tentei fazê-lo. Mas agora vejo que sempre enviei outros no meu lugar. Sentei-me e usei o Talento, é certo, e você tem ideia do que isso me custou. Mas foram marinheiros e soldados que mandei abdicarem da vida em prol dos Seis Ducados. Até o meu próprio sobrinho desempenhou por mim um serviço brutal e sangrento. E apesar daqueles que eu enviei para serem sacrificados, a nossa costa continua a não ser segura. Agora tudo se resume a essa última chance, a essa árdua tarefa. E eu devo mandar a minha rainha fazê-lo por mim?

— Talvez. — A voz de Kettricken tornara-se rouca de incerteza. Baixou os olhos para o fogo enquanto sugeria: — Talvez possamos fazê-lo juntos?

Verity pesou a ideia. Pesou-a mesmo, com sinceridade, e eu vi Kettricken compreender que ele levara o seu pedido a sério. Ela começou a sorrir, mas o sorriso logo desbotou quando ele balançou lentamente a cabeça.

— Não posso arriscar — disse em voz baixa. — Alguém tem de permanecer aqui. Alguém em quem eu confie. O rei Shrewd não... Meu pai não está bem. Temo por ele. Pela saúde dele. Comigo longe, e o meu pai doente, tem de haver alguém para ficar no meu lugar.

Ela afastou o olhar.

— Eu preferiria ir com você — disse ferozmente.

Eu desviei os olhos quando ele estendeu a mão e tomou-a pelo queixo com os dedos, erguendo seu rosto para poder olhá-la nos olhos.

— Eu sei — disse com voz calma. — É esse o sacrifício que tenho de pedir que faça. Ficar aqui, quando preferiria partir. Ficar só, mais uma vez. Pelo bem dos Seis Ducados.

Algo desapareceu dentro dela. Seus ombros penderam quando inclinou a cabeça à vontade dele. Quando Verity a puxou para si, ergui-me em silêncio. Levei Rosemary comigo e deixei-os a sós.

Estava no meu quarto, tardiamente absorto pelos pergaminhos e tabuinhas que estavam lá, quando um pajem surgiu à minha porta naquela tarde:

— Você foi convocado aos aposentos do rei após o jantar.

Foi a única mensagem que ele me entregou. A consternação submergiu-me. Tinham-se passado duas semanas desde a minha última visita aos seus aposentos. Não desejava voltar a confrontar o rei. Se ele estava me convocando para dizer que esperava que eu começasse a cortejar Celerity, não sabia o que faria ou diria. Temi perder o autocontrole. Resolutamente, desenrolei um dos pergaminhos sobre os Antigos e tentei estudá-lo. Era inútil. Enxergava apenas Molly.

Nas breves noites que tínhamos partilhado desde o dia passado na praia, Molly se recusou a discutir comigo sobre Celerity. De certa maneira, era um alívio. Mas ela também parara de me instigar com tudo aquilo que exigiria de mim quando fosse verdadeiramente seu marido e com todos os filhos que futuramente teríamos. Silenciosamente, abrira mão da esperança de que algum dia pudéssemos nos casar. Se parasse para pensar, o desgosto me levaria à beira da loucura. Ela não me repreendia, pois sabia que a escolha não era minha. Tampouco perguntava o que seria de nós. Tal como Olhos-de-Noite, parecia agora viver apenas no presente. Todas as noites de proximidade que partilhávamos eram por ela aceitas como algo isolado, e não questionava se haveria outra. O que eu sentia nela não era desespero, mas resignação: uma feroz determinação a não deixar que perdêssemos o que tínhamos agora por causa do que poderíamos não ter amanhã. Eu não merecia a devoção de um coração tão fiel.

Quando cochilava ao lado dela na sua cama, seguro e acolhido pelo perfume do seu corpo e das suas ervas, era a força dela que nos protegia. Ela não usava o Talento, não possuía Manha. Sua magia era de um tipo mais forte, desencadeada apenas por sua vontade. Quando fechava e trancava a porta às minhas costas, noite adentro, criava no interior do seu quarto um mundo e um tempo que nos pertenciam. Se tivesse colocado cegamente a vida e a felicidade em minhas mãos, isso teria sido intolerável. Mas assim era ainda pior. Ela acreditava que um dia haveria um terrível preço a pagar pela devoção por mim, mas mesmo assim recusava-se a me abandonar. E eu não era homem o suficiente para me afastar dela e pedir-lhe que procurasse uma vida mais feliz. Nas minhas horas mais solitárias, quando percorria a cavalo as trilhas em volta de Torre do Cervo com os alforjes cheios de pão envenenado, sabia ser covarde e pior que um ladrão. Um dia dissera a Verity que não seria capaz de extrair a força de um homem para alimentar a minha, que não faria isso. E no entanto era isso que eu fazia todos os dias a Molly. O pergaminho sobre os Antigos caiu dos meus dedos frouxos. O quarto repentinamente ficou sufocante. Coloquei de lado as tabuinhas e os pergaminhos que tinha tentado estudar. Antes do jantar, fui aos aposentos de Patience.

Tinha se passado algum tempo desde a última vez que a visitara. Mas a sua sala de estar parecia nunca mudar, exceto pela camada superficial de desordem que refletia a sua paixão do momento. Aquele dia não era exceção. Ervas de outono, agrupadas para secar, estavam suspensas por todo o lado, enchendo a sala com os seus aromas. Parecia que eu estava caminhando por um campo invertido enquanto me baixava para evitar a folhagem pendente.

— Pendurou isso baixo demais — protestei quando Patience entrou.

— Não. Você é que deu um jeito para ficar um pouco alto demais. Endireite-se e deixe-me olhar para você.

Obedeci, embora isso me deixasse com um punhado de erva-de-gato pousado sobre a cabeça.

— Bom, pelo menos andar por aí matando gente o verão inteiro te deixou com boa saúde. Muito melhor do que o rapaz adoentado que voltou para casa no inverno passado. Eu te disse que aqueles tônicos dariam resultado. E visto que ficou tão alto, já pode me ajudar a pendurar isso aqui.

Sem mais delongas, fui posto para trabalhar, esticando cordas de arandelas até o pilar da cama, e daí a qualquer outra coisa a que uma corda pudesse ser atada, e depois atando a elas montes de ervas. Ela me encurralou em cima de uma cadeira atando maços de balsamina, quando exigiu saber:

— Por que é que parou de choramingar para mim as saudades que sente de Molly?

— E isso adiantaria alguma coisa? — perguntei-lhe em voz baixa um momento mais tarde. Fiz o melhor que pude para soar resignado.

— Não. — Ela fez uma pausa momentânea, como se estivesse pensando. Entregou-me outro ramalhete de folhas. — Isto — informou-me enquanto eu o atava — é folha-pontilhada. Muito amarga. Há quem diga que é capaz de evitar que uma mulher engravide. Não evita. Pelo menos não de forma segura. Mas se uma mulher comer folha-pontilhada durante muito tempo, pode adoecer por causa dela. — Fez uma pausa como se refletisse. — No entanto, se uma mulher estiver doente talvez não consiga engravidar tão facilmente. Mas eu não recomendaria esta planta a ninguém, muito menos a alguém de quem gostasse.

Encontrei a língua, e falei procurando um ar casual:

— Então por que a está secando?

— Uma infusão destas folhas, gargarejada, ajuda a aliviar dores de garganta. Foi o que Molly, a veleira, me disse, quando a encontrei apanhando-as no jardim das mulheres.

— Sei. — Atei as folhas à corda, deixando-as pender como um nó de forca. Até o seu aroma era amargo. Me perguntei, horas antes, como podia Verity ser tão cego diante daquilo que estava bem à sua frente. Por que eu nunca havia pensado nisso? Como seria para Molly temer aquilo que uma mulher legitimamente casada ansiaria? Aquilo por que Patience ansiara em vão?

— ... algas, FitzChivalry?

Sobressaltei-me.

— Perdão?

— Eu disse: quando tiver uma tarde livre, não quer apanhar algas para mim? Das pretas e enrugadas. São mais saborosas nesta época do ano.

— Tentarei — respondi de um modo ausente.

Durante quantos anos teria Molly de se preocupar? Quanto amargor engoliria?

— Para onde está olhando? — quis saber Patience.

— Para lugar nenhum. Por quê?

— Porque te pedi duas vezes para descer para podermos deslocar a cadeira. Temos todos aqueles maços para pendurar, sabia?

— Perdão. Não dormi muito a noite passada; fiquei com a cabeça lenta.

— Concordo. Devia começar a dormir mais durante a noite. — Aquelas palavras foram proferidas com um tom um pouco pesado. — E agora desça daí e desloque a cadeira para pendurarmos estes ramos de menta.

Não comi muito ao jantar. Regal estava sozinho no tablado, com ar carrancudo. O seu habitual círculo de bajuladores aglomerava-se em uma mesa logo abaixo dele. Não compreendi por que ele escolheria jantar separado dos outros. Certamente tinha estatuto para tal, mas por que escolher aquele isolamento? Chamou um dos mais elogiados menestréis que importara recentemente para Torre do Cervo. A maior parte era originária de Vara. Todos usavam a entonação nasalada dessa região e favoreciam o estilo longo e cantado dos épicos. Este cantou uma longa história sobre uma aventura qualquer do avô materno de Regal. Escutei o mínimo que consegui; a canção parecia contar uma cavalgada até a morte para ser o único a abater um grande veado que lograra escapar a uma geração de caçadores. A canção elogiava interminavelmente o cavalo de grande coração que se atirara para a morte a pedido do dono. Nada dizia sobre a estupidez do dono em esgotar o animal para ganhar alguma carne rija e uma decoração de chifres de veado.

— Você parece meio doente — observou Burrich quando parou a meu lado. Ergui-me para abandonar a mesa e atravessei o salão com ele.

— Tenho coisas demais na cabeça. O pensamento vai em muitas direções ao mesmo tempo. Às vezes sinto que se tivesse tempo para focar a mente em um só problema, poderia resolvê-lo. E depois resolveria os outros.

— Todos os homens acreditam nisso. Não é assim. Elimine os que puder quando eles surgirem, e depois de algum tempo você se acostumará àqueles que nada pode fazer.

— Tais como?

Ele encolheu os ombros e fez um gesto para baixo.

— Tais como ter uma perna aleijada. Ou ser um bastardo. Todos nos acostumamos a coisas com as quais jurávamos que nunca seríamos capazes de viver. Mas o que te corrói desta vez?

— Nada que eu possa te contar por enquanto. Não aqui, pelo menos.

— Oh. Mais daqueles, hum... — Balançou a cabeça. — Não te invejo, Fitz. Às vezes, tudo o que faz falta a um homem é resmungar com outro acerca dos seus problemas. A você até isso negaram. Mas anime-se. Tenho fé de que conseguirá lidar com eles, mesmo que ache que não consegue.

Deu um tapinha nos meus ombros, e então saiu numa rajada de vento frio pelas portas. Verity tinha razão. Se o vento daquela noite servia como indicação, as tempestades de inverno se aproximavam. Já tinha subido metade das escadas quando percebi que Burrich me falava agora de igual para igual. Finalmente acreditava que eu era um homem feito. Bem, talvez fosse melhor eu mesmo acreditar nisso. Endireitei os ombros e subi ao meu quarto.

Dediquei mais cuidado ao me vestir do que dedicava havia muito tempo. Enquanto o fazia, pensei em Verity mudando de camisa às pressas por Kettricken. Como ele pôde ser tão cego perante ela? E eu perante Molly? Que outras coisas Molly teria feito por nós sem que eu tivesse notado? Minha infelicidade regressou, mais forte do que nunca. Essa noite. Essa noite, depois de Shrewd me dispensar. Não permitiria que ela continuasse se sacrificando. Por enquanto, nada podia fazer, à exceção de afastar o problema da cabeça. Puxei o cabelo para trás, atando-o em um rabo de cavalo de guerreiro que sentia ter agora conquistado por inteiro, e alisei a parte da frente do meu gibão azul. Estava um pouco apertado nos ombros, mas isso estava acontecendo com todas as minhas roupas nos últimos tempos. Saí do quarto.

No corredor que levava aos aposentos do rei Shrewd, encontrei Verity de braço dado com Kettricken. Nunca os tinha visto como se apresentavam agora. Ali, de repente, estava o príncipe herdeiro e a sua rainha. Verity estava vestido com uma longa túnica formal de um profundo verde-montanha. Uma faixa bordada de cervos estilizados ornamentava as mangas e a bainha. Na testa, usava a tiara de prata com a pedra preciosa azul que era o símbolo do príncipe herdeiro. Havia já algum tempo que não o via usá-la. Kettricken vestia o púrpura e branco que era sua escolha mais frequente. Seu vestido púrpura era muito simples, com as mangas curtas e largas para revelar por baixo mangas brancas, mais justas e mais longas. Usava as joias com que Verity a presenteara, e seu longo cabelo louro fora primorosamente preso num penteado com uma rede de prata com ametistas presas a ela. Fiquei congelado ao vê-los. Tinham o rosto grave. Eles não poderiam ir a outro lugar, senão visitar o rei Shrewd.

Apresentei-me formalmente e, com cautela, informei Verity de que o rei Shrewd me convocara.

— Não — disse-me ele suavemente —, eu é que te convoquei a se apresentar ao rei Shrewd. Comigo e com Kettricken. Quero que testemunhe isso.

O alívio me inundou. Então aquilo não era sobre Celerity.

— Testemunhar o quê, meu príncipe? — consegui perguntar.

Ele olhou para mim como se eu fosse um idiota.

— Vou pedir ao rei autorização para partir em uma missão. Para procurar os Antigos e trazer a ajuda de que tão desesperadamente necessitamos.

— Oh!

Deveria ter reparado no silencioso pajem, todo de negro, que tinha os braços cheios de pergaminhos e tabuinhas. A cara do rapaz estava branca e rígida.

Posso apostar que ele jamais fizera por Verity nada mais formal do que engraxar suas botas. Rosemary, com um ar fresco e vestida com as cores de Kettricken, lembrava-me um nabo púrpura e branco esfregado. Dirigi um sorriso à criança gorducha, mas ela devolveu-me gravemente o olhar.

Sem rodeios, Verity bateu uma vez na porta do rei Shrewd.

— Um momento! — gritou uma voz. A de Wallace. Ele abriu uma fenda da porta, olhou furioso para fora, então percebeu que era Verity que estava impedindo de entrar. Ficou obviamente hesitante por um momento, antes de escancarar a porta.

— Senhor — balbuciou. — Não o esperava. Quer dizer, não fui informado de que o rei havia...

— Você não é necessário neste momento. Pode ir embora agora. — Verity, normalmente, não dispensaria nem mesmo um pajem com tanta frieza.

— Mas... O rei pode precisar de mim. — Os olhos do homem não paravam quietos um momento. Ele temia qualquer coisa.

Os de Verity espremeram-se.

— Se precisar, tratarei de mandar chamá-lo. Na verdade, você pode esperar. Junto à porta, do lado de fora. Esteja lá para o caso de eu te chamar.

Após um instante de pausa, Wallace saiu e parou ao lado da porta. Nós entramos nos aposentos do rei. O próprio Verity levou a mão à porta e fechou-a.

— Não gosto desse homem — observou, com a voz mais do que suficientemente alta para ser escutada através da porta. — É importunamente servil e demasiado prestativo. Uma péssima combinação.

O rei não estava na sua sala de estar. Quando Verity atravessou-a, o Bobo apareceu de repente à porta do quarto de Shrewd. Arregalou os olhos para nós, sorriu com um repentino ataque de alegria, e então fez a todos uma reverência a roçar o chão.

— Senhor! Acorde! É como eu predisse, os menestréis chegaram!

— Bobo! — rosnou Verity, mas com bom humor.

Passou por ele, afastando as tentativas trocistas que o Bobo fez para lhe beijar a bainha da túnica. Kettricken ergueu a mão para abafar um sorriso e seguiu Verity. O Bobo por pouco não conseguiu me fazer tropeçar na perna subitamente estendida. Desviei, mas fiz uma entrada desastrada no quarto do rei, quase esbarrando em Kettricken. O Bobo dirigiu-me um sorriso e uma gargalhadinha afetada e então saltou para junto da cama de Shrewd. Ergueu a mão do velho, deu-lhe gentis palmadinhas:

— Majestade? Majestade? Tem visitas.

Na cama, Shrewd agitou-se de súbito e inspirou profundamente.

— O que é isso? Quem está aqui? Verity? Abra as cortinas, Bobo, quase não vejo quem está ali. Rainha Kettricken? O que está acontecendo? O Fitz! O que se passa? — Sua voz não era forte, e havia nela uma nota ranzinza, mas apesar de tudo estava melhor do que eu esperara.

Quando o Bobo abriu os dosséis da cama e empilhou almofadas atrás de suas costas, fiquei diante de um homem que parecia mais velho do que Chade. A semelhança entre os dois parecia tornar-se mais marcada à medida que Shrewd envelhecia. Os músculos flácidos pendiam no rosto do rei, revelando as mesmas sobrancelhas e maçãs do rosto do seu irmão bastardo. Os olhos abaixo das sobrancelhas estavam alertas, mas cansados. Ele parecia melhor do que da última vez que o vira. Ergueu-se mais para nos receber.

— Bem, de que se trata? — quis saber, sondando o nosso círculo com os olhos.

Verity fez uma reverência profunda e formal, e Kettricken imitou-o. Eu fiz aquilo que sabia que se exigia de mim: caí sobre um joelho e lá fiquei, de cabeça baixa. Ainda consegui espreitar para cima quando Verity falou:

— Rei Shrewd, meu pai. Vim pedir-lhe autorização para uma missão.

— Que é...? — perguntou o rei de mau humor.

Verity ergueu os olhos para pregá-los nos do pai.

— Desejo sair de Torre do Cervo com um grupo de homens escolhidos, para tentar seguir o mesmo caminho seguido há tanto tempo pelo rei Wisdom. Desejo viajar até os Ermos Chuvosos neste inverno, além do Reino da Montanha, a fim de encontrar os Antigos e pedir-lhes que cumpram a promessa que fizeram ao nosso antepassado.

Uma expressão incrédula passou brevemente pelo rosto de Shrewd. Aprumou-se na cama, colocou as pernas magras para o lado.

— Bobo, traga vinho. Fitz, levante-se e ajude-o. Kettricken, querida, por favor me dê o braço para me ajudar a chegar àquela cadeira ao lado da lareira. Verity, vá buscar a mesa pequena que está perto da janela, por favor.

Com esse monte de pedidos, Shrewd rebentou a bolha de formalidade. Kettricken ajudou-o com uma familiaridade que demonstrava uma ligação genuína com o velho. O Bobo saltou até o aparador da sala de estar, em busca de taças para vinho, deixando-me escolher uma garrafa da pequena coleção que Shrewd guardava em seus aposentos. As garrafas estavam cobertas de poeira, como se ele há muito não provasse aqueles vinhos. Perguntei a mim mesmo, desconfiado, qual seria a origem daquilo que Wallace lhe dava. Pelo menos notei que o resto da sala estava em ordem. Muito melhor do que antes da Festa do Inverno. Os incensários de fumo que tanto me haviam perturbado encontravam-se apagados em um canto. E nesta noite o rei ainda parecia em pleno juízo.

O Bobo ajudou o rei a vestir um espesso roupão de lã e ajoelhou-se para enfiar chinelos nos seus pés. Shrewd instalou-se na sua cadeira junto à lareira e pousou o copo de vinho na mesa ao seu lado. Mais velho. Muito mais velho. Mas o rei a quem eu tão frequentemente prestara relatórios quando jovem estava de novo deliberando na minha frente. De repente desejei poder ser eu a falar com ele naquela noite. Esse velho de olhos penetrantes poderia realmente escutar os meus motivos para desejar me casar com Molly. Senti reacender a fúria contra Wallace pelos hábitos a que levara o meu rei.

Mas aquele não era o momento. Apesar da informalidade do rei, Verity e Kettricken estavam rijos como as cordas de um arco. O Bobo e eu trouxemos cadeiras para que pudessem se sentar um de cada lado de Shrewd. Eu fui para trás de Verity e esperei.

— Conte a história simplesmente — pediu Shrewd a Verity.

E foi o que ele fez. Os pergaminhos de Kettricken foram desenrolados um de cada vez, e Verity leu em voz alta as passagens pertinentes. O velho mapa foi demoradamente estudado. Shrewd a princípio não fez nada além de perguntas, sem comentários ou julgamentos até ter certeza de ter obtido deles todas as migalhas de informação. O Bobo estava em pé ao seu lado, alternando entre me fitar com um ar radiante e fazer caretas pavorosas ao pajem de Verity, numa tentativa de levar o aterrorizado rapaz a pelo menos sorrir. Para mim parecia mais provável que ele assustasse o garoto. Rosemary esqueceu-se completamente de onde estava e começou a brincar com as borlas dos dosséis da cama.

Quando Verity havia acabado de falar e Kettricken havia acrescentado seus próprios comentários, o rei recostou-se na cadeira. Tomou o resto de vinho que tinha no copo e estendeu-o para que o Bobo o enchesse novamente. Bebeu um golinho, suspirou, e então sacudiu a cabeça.

— Não. Há muito de pecksie e lenda nisso tudo para que empreenda a viagem agora, Verity. Mostrou-me o suficiente para me levar a crer que vale a pena enviarmos um emissário. Um homem escolhido por você, com uma comitiva adequada, presentes e cartas suas e minhas para confirmar que está lá em nosso nome. Mas você, o príncipe herdeiro? Não. Não temos neste momento recursos disponíveis para tal. Regal veio até mim mais cedo, falando sem parar sobre os custos dos novos navios que estão sendo construídos e das fortificações das torres na Ilha Galhada. O dinheiro começa a escassear. E ver você sair da cidade pode fazer o povo não se sentir em segurança.

— Mas eu não estou fugindo, e sim partindo numa busca. Uma busca que tem como objetivo o benefício deles. E deixo aqui a minha princesa herdeira, para me representar junto deles enquanto estiver longe. Não tenho em mente uma caravana com menestréis, cozinheiros e tendas bordadas, senhor. Iremos viajar por estradas cobertas de neve, na direção do coração do próprio inverno. Quero levar um contingente militar e viajar como os soldados viajam. Como sempre fiz.

— E acha que isso impressionará os Antigos? Se encontrá-los? Se eles sequer existirem?

— Segundo a lenda, o rei Wisdom foi sozinho. Eu creio que os Antigos existiam, e que ele os encontrou. Se falhar, regressarei, para voltar ao Talento e aos navios de guerra. O que teremos perdido? Se for bem-sucedido, trarei comigo aliados poderosos.

— E se morrer durante a busca? — perguntou pesarosamente Shrewd.

Verity abriu a boca para responder. Mas antes de conseguir falar, a porta da sala de estar foi aberta com violência e Regal irrompeu pela sala. Tinha o rosto enrubescido.

— O que está acontecendo aqui? Por que motivo não fui informado deste conselho? — Atirou-me um olhar venenoso. Atrás dele, Wallace espreitava pela porta.

Verity permitiu-se um pequeno sorriso.

— Se não foi informado pelos seus espiões, por que está aqui agora? Censure-os por não terem sabido mais cedo, não a mim. — A cabeça de Wallace sumiu de vista.

— Pai, exijo saber o que se passa aqui! — Regal estava quase batendo os pés. Por trás de Shrewd, o Bobo imitava a expressão facial de Regal. Ao ver a imitação, o pajem de Verity finalmente sorriu, mas então arregalou os olhos e recompôs a expressão.

O rei Shrewd, em vez de responder, dirigiu-se a Verity.

— Há algum motivo para querer excluir o príncipe Regal desta discussão?

— Não acho que lhe diga respeito. — Fez uma pausa. — E queria ter certeza de que a decisão a que chegássemos fosse inteiramente sua. — Verity foi fiel ao seu nome.

Regal eriçou-se, com as narinas apertadas até ficarem brancas, mas Shrewd ergueu uma mão para acalmá-lo. De novo, falou apenas para Verity:

— Não lhe diz respeito? Mas em quem cairá o manto da autoridade enquanto estiver longe?

Os olhos de Verity congelaram.

— A minha princesa herdeira representará o meu reinado, é claro. E você ainda usa o manto da autoridade, meu rei.

— Mas e se você não regressar...?

— Estou certo de que o meu irmão se adaptaria a essa situação num instante. — Verity sequer procurou mascarar a aversão da voz. Eu sabia como o veneno das atitudes traiçoeiras de Regal o afetara profundamente. Qualquer que tivesse sido a ligação que eles haviam partilhado enquanto irmãos fora corroída por esse veneno. Agora eram apenas rivais. Shrewd sem dúvida também ouvira a repulsa na voz de Verity. Me perguntei se ele ficara surpreso com ela. Se ficou, disfarçou bem.

Quanto a Regal, seus ouvidos haviam se aguçado à menção da partida de Verity. Agora estava tão avaramente alerta como um cão esmolando à mesa. Falou um pouco cedo demais para esboçar algum traço de sinceridade na voz.

— Se alguém quiser me explicar para onde vai Verity, talvez possa falar por mim mesmo sobre o que eu estaria pronto a assumir.

Verity controlou a língua. Sem expressão e silencioso, olhou para o pai.

— O seu irmão — a frase soou um pouco pesada aos meus ouvidos — deseja que eu lhe dê licença para uma missão. Deseja partir, e em breve, para os Ermos Chuvosos, para lá do Reino da Montanha, para procurar os Antigos e obter deles a ajuda que um dia nos foi prometida.

Regal arregalou os olhos como uma coruja. Não sei se ele não acreditava na ideia de existirem Antigos ou se não conseguia acreditar na sorte tamanha que lhe tinha sido entregue de repente. Lambeu os lábios.

— Eu, claro, proibi-o. — Shrewd observava Regal enquanto falava.

— Mas por quê? — quis saber Regal. — Certamente todas as alternativas devem ser levadas em conta.

— A despesa é proibitiva. Não me veio dizer, há pouco tempo, que a construção dos navios de guerra, tripulá-los e provê-los tinham praticamente esgotado as nossas reservas?

Os olhos de Regal pestanejaram com a rapidez de uma língua de serpente.

— Mas desde então recebi o resto dos relatórios das colheitas, pai. Não sabia que seriam tão bons. Podem ser levantados fundos. Desde que ele esteja disposto a viajar com simplicidade.

Verity expirou pelo nariz.

— Obrigado pela consideração, Regal. Não tinha percebido que essas decisões competiam a você.

— Eu me limito a aconselhar o rei, tal como você — apontou Regal apressado.

— Não acha que enviar um emissário seria mais sensato? — sondou Shrewd. — O que pensaria o povo se visse o seu príncipe herdeiro abandonar Torre do Cervo a essa altura, e numa missão dessas?

— Um emissário? — Regal aparentou pesar na ideia. — Acho que não. Com tudo o que temos de pedir a eles, não. Não dizem as lendas que o rei Wisdom foi em pessoa? Que sabemos nós desses Antigos? Vamos nos atrever a correr o risco de enviar um subordinado e ofendê-los? Não. Creio ser necessário, pelo menos, o filho do rei. E quanto a ele abandonar Torre do Cervo... Bem, o rei é você, e você permanecerá aqui. Assim como a esposa dele.

— A minha rainha — rosnou Verity, mas Regal continuou a falar.

— E eu. Torre do Cervo ficará longe de estar abandonada. E a busca em si pode arrebatar a imaginação das pessoas. Ou, se preferir, o motivo da partida dele pode ser mantido em segredo. Poderia ser vista como uma simples visita aos nossos aliados da Montanha. Especialmente se a esposa o acompanhasse.

— A minha rainha fica aqui — Verity usou o título dela intencionalmente. — Para representar o meu reinado e para proteger os meus interesses.

— Não confia no seu pai para isso? — perguntou Regal, com voz suave.

Verity dominou a língua e olhou para o velho, sentado na sua cadeira junto à lareira. A dúvida que pairava no seu olhar era clara para qualquer um com olhos na cara. "Posso confiar em você?", perguntava ao rei os olhos de Verity. E Shrewd, fiel ao seu nome, respondeu com uma só pergunta:

— Ouviu as ideias do príncipe Regal sobre a missão. E as minhas também. Conheces as suas próprias. Dados esses conselhos, o que quer fazer agora?

Nesse momento, adorei Verity, pois ele se virou e olhou apenas para Kettricken. Não houve nenhum aceno, nenhum sussurro entre os dois. E então ele voltou a se virar para o pai com o acordo selado:

— Desejo viajar até Ermos Chuvosos para além do Reino da Montanha. E desejo partir tão depressa quanto possível.

Enquanto o rei Shrewd anuía lentamente, meu coração se afundou no peito. Atrás de sua cadeira, o Bobo deu cambalhotas pelo quarto afora e depois rodopiou de volta, para se imobilizar novamente em pé atrás do rei como se nunca se tivesse movido. Regal ficou perturbado com aquilo. Mas quando Verity se ajoelhou para beijar a mão do rei Shrewd e agradecer-lhe a permissão dada, o sorriso que se espalhou pela cara de Regal era suficientemente largo para engolir um tubarão.

Pouco mais houve no conselho. Verity quis partir dentro de sete dias. Shrewd aceitou. Quis escolher o seu séquito. Shrewd aceitou, embora Regal tivesse feito uma expressão pensativa. Não fiquei contente, quando o rei finalmente nos mandou embora, ao ver Regal ficar para trás para conversar com Wallace na sala de estar enquanto nos enfileirávamos à porta. Me peguei com curiosidade de saber se Chade me autorizaria a matar Wallace. Já me proibira de dar um fim a Regal dessa forma, e depois disso eu prometera ao meu rei que não o faria. Mas Wallace não possuía tal imunidade.

No corredor, Verity agradeceu-me rapidamente. Atrevi-me a perguntar-lhe por que motivo quisera que eu estivesse presente.

— Para testemunhar — disse com voz grave. — Testemunhar um acontecimento é muito mais do que ouvir falar dele mais tarde. Para guardar na memória todas as palavras que foram ditas. Para que não sejam esquecidas.

Soube então que deveria esperar uma convocação de Chade naquela noite.

Mas não consegui resistir e fui ver Molly. Ver o rei de novo como rei atiçara as esperanças que estavam se apagando. Prometi a mim mesmo que a visita seria breve, apenas para falar com ela, para dizer-lhe que estava grato por tudo o que ela fazia. Estaria nos meus aposentos antes das primeiras horas da madrugada, hora que Chade preferia reservar para as nossas conversas.

Bati-lhe furtivamente à porta; ela me deixou entrar rapidamente. Deve ter visto como eu estava motivado, pois veio de imediato aos meus braços, sem perguntas nem dúvidas. Afaguei seu cabelo reluzente, olhei-a nos olhos. A paixão que me transbordou repentinamente foi como uma inundação de primavera que rebenta de súbito por um riacho abaixo, afastando do seu caminho todos os detritos do inverno. As minhas intenções de uma conversa calma com ela foram varridas. Molly ofegou quando a apertei ferozmente, e então se rendeu a mim.

Foi como se tivessem passado meses, e não dias, desde a última vez que tínhamos estado juntos. Quando ela me beijou avidamente, senti-me de repente desajeitado, incerto de por que ela me desejaria. Era tão jovem e bela. Parecia vaidade crer que pudesse desejar alguém tão maltratado e desgastado como eu. Mas ela não me deixou manter as dúvidas e puxou-me para cima de si sem hesitar. No âmago daquela partilha, finalmente reconheci a realidade do amor nos seus olhos azuis. Exultei com o modo apaixonado como ela me puxou para junto de si e me apertou em seus braços fortes e brancos. Mais tarde, recordaria vislumbres de cabelo dourado espalhado sobre uma almofada, os odores de cedro-mel e chá-da-montanha na sua pele, e até o modo como ela jogou a cabeça para trás e deu uma voz suave ao seu fervor.

Depois, Molly sussurrou, admirada, que a minha intensidade me fez parecer um homem diferente. Estava com a cabeça apoiada no meu peito. Eu fiquei em silêncio e afaguei o cabelo escuro que cheirava sempre às suas ervas. Tomilho e lavanda. Fechei os olhos. Sabia que tinha protegido bem os meus pensamentos. Isso havia se tornado um hábito quando estava com Molly.

Já Verity não protegera os seus.

Eu não intencionara aquilo. Duvidava que alguém tivesse. Talvez, eu esperava, tivesse sido o único a senti-lo por inteiro. Assim poderia não haver nenhum verdadeiro mal, desde que eu nunca falasse no assunto. Desde que pudesse remover para sempre da minha mente a doçura da boca de Kettricken e a suavidade da sua pele tão, tão branca.

MENSAGENS

O príncipe herdeiro Verity partiu de Torre do Cervo no começo do terceiro inverno da Guerra dos Navios Vermelhos. Levou consigo um pequeno grupo de seguidores escolhidos a dedo que o acompanhariam na sua empreitada, bem como a sua guarda pessoal, que viajaria com ele até o Reino da Montanha e lá permaneceria à espera do seu regresso. O raciocínio era de que uma expedição menor precisaria de menos bagagem, e viajar pelas Montanhas no inverno exigia que levasse consigo todas as provisões para alimentação. Também decidira que não desejava apresentar um aspecto militar aos Antigos. A sua verdadeira missão foi revelada a poucos além dos que o acompanhavam. Dirigia-se determinado ao Reino da Montanha para negociar com o pai da sua rainha, o rei Eyod, a possibilidade de obter apoio militar contra os Navios Vermelhos.

Entre aqueles a quem pediu que o acompanhassem, havia vários dignos de nota. Hod, mestra de armas de Torre do Cervo, foi uma das primeiras a ser selecionada. O seu domínio de táticas não era superado por ninguém no reino, e a sua perícia com as armas era notável, apesar da idade. Charim, o criado pessoal de Verity, estava com ele havia tanto tempo e acompanhara-o em tantas campanhas que era impensável para ambos deixá-lo para trás. Chestnut era membro da guarda militar de Verity havia mais de uma década. Tinha perdido um olho e a maior parte de uma orelha, mas apesar disso parecia duas vezes mais alerta do que qualquer outro homem. Keef e Kef, gêmeos, e, tal como Chestnut, membros da guarda de honra de Verity havia anos, também foram. Burrich, o mestre dos estábulos de Torre do Cervo, juntou-se ao grupo por iniciativa própria. Quando se ouviram protestos relativamente à sua partida de Torre do Cervo, ele fez notar que deixava um homem capaz a cargo dos estábulos de Torre do Cervo, e que o grupo precisaria de um homem que conhecesse os animais para mantê-los vivos durante a travessia das Montanhas no meio do inverno. Suas habilidades como curandeiro e sua experiência como homem do rei do príncipe Chivalry eram também qualificações notáveis, mas esta última era conhecida por poucos.

* * *

Na noite anterior à partida de Verity, ele me chamou ao seu escritório.

— Não aprova isso tudo, não? Acha que é um projeto condenado ao fracasso — disse ele em tom de saudação.

Tive de sorrir. Inadvertidamente, ele declarara com precisão aquilo que eu pensava.

— Acho que tenho sérias dúvidas — concordei com cautela.

— Assim como eu. Mas o que mais me resta? Pelo menos é uma chance de fazer alguma coisa além de ficar sentado naquela maldita torre me matando com o Talento.

Ele passara os últimos dias copiando meticulosamente o mapa de Kettricken. Enquanto eu o observava, ele enrolou o mapa com cuidado e enfiou-o num estojo de couro. A diferença que a última semana tinha feito no homem espantou-me. Ainda estava grisalho, seu corpo ainda parecia desgastado e tristemente sem vida por ter passado tantos meses sentado. Mas deslocava-se com energia, e tanto ele como Kettricken tinham agraciado o Grande Salão com a sua presença todas as noites desde que a decisão fora tomada. Era um prazer vê-lo comer com apetite, saborear uma taça de vinho enquanto Mellow, ou outro menestrel, nos entretinha. O renovado calor entre ele e Kettricken era outro apetite que ele havia recuperado. Os olhos dela raramente deixavam o semblante do seu senhor quando se encontravam à mesa. Enquanto os menestréis tocavam, os dedos dela estavam sempre pousados no seu braço. Ela brilhava na presença dele como uma vela acesa. Tentei me proteger como pude, mas estava consciente demais do quanto ambos aproveitavam as noites juntos. Tentei esconder-me de sua paixão submergindo-me em Molly e acabei me sentindo culpado por ela estar tão satisfeita com o meu ardor renovado. Como ela se sentiria se soubesse que o meu apetite não era inteiramente meu?

O Talento. Eu havia sido advertido dos seus poderes e perigos, de como podia atrair um homem e sugar tudo dele, exceto a fome de usá-lo. Aquela era uma armadilha acerca da qual nunca fora avisado. Em certa medida, eu ansiava pela partida de Verity para poder voltar a ter a minha alma só para mim.

— O que faz nessa torre não é uma tarefa menor. Se o povo ao menos pudesse compreender o quanto se sacrifica por ele.

— E você compreende bem demais. Tornamo-nos muito próximos durante o verão, rapaz. Mais próximos do que eu alguma vez julguei ser possível. Mais próximos do que algum homem esteve de mim desde a morte do teu pai.

"Mais próximos até do que suspeita, meu príncipe." Mas não proferi essas palavras.

— É verdade.

— Tenho um favor a lhe pedir. Na verdade são dois.

— Sabe que não lhe direi não.

— Nunca diga isso com tanta facilidade. O primeiro é que cuide da minha senhora. Ela tornou-se mais sabedora dos costumes de Torre do Cervo, mas ainda confia nas pessoas muito mais do que deveria. Matenha-a a salvo até que eu retorne.

— Isso farei sempre sem que precise me pedir, meu príncipe.

— E mais um. — Inspirou, suspirou. — Quero tentar ficar também aqui. Na sua mente. Durante o tempo que for capaz.

— Meu príncipe. — Hesitei. Ele tinha razão. Não era algo que eu quisesse conceder-lhe. Mas já dissera que o faria. Sabia que, para o bem do reino, era a coisa sensata a fazer. Mas para mim? Eu já havia sentido os meus próprios limites se erodindo diante da presença de Verity. Agora não estávamos falando de um contato de horas, ou de dias, mas de semanas e provavelmente meses. Perguntei a mim mesmo se seria aquilo que acontecia aos membros dos círculos, se acabavam por deixar de ter vidas separadas. — E o seu círculo? — perguntei em voz baixa.

— O que tem eles? — retorquiu. — Deixei-os em posição, por enquanto nas torres de vigia e nos meus navios. Qualquer mensagem que tenham de enviar, podem enviá-la a Serene. Na minha ausência, ela as levará a Shrewd. Se houver algo que sintam que eu deva saber, podem me contatar pelo Talento. — Fez uma pausa. — Há outros tipos de informação que eu procuraria através de você. Coisas que prefiro manter em privado.

Notícias sobre a sua rainha, pensei comigo mesmo. Sobre como Regal empregaria os seus poderes na ausência do irmão. Mexericos e intrigas. De certa forma, coisas triviais. De outra, o detalhe que assegurava a posição de Verity. Desejei pela milésima vez poder usar o Talento de forma confiável e por minha própria vontade. Se tivesse essa capacidade, Verity não teria a necessidade de me pedir isto. Eu seria capaz de alcançá-lo em qualquer momento. Mas sendo as coisas como eram, o vínculo de Talento imposto pelo toque que tínhamos usado durante o verão era o nosso único recurso. Através dele, Verity podia ter consciência do que se passava em Torre do Cervo sempre que quisesse, e eu podia receber as suas instruções. Hesitava, mas já sabia que concordaria. *Por lealdade a ele e aos Seis Ducados*, disse eu a mim mesmo, e não por ter qualquer apetite de Talento. Ergui os olhos para ele.

— Eu o farei.

— Começamos agora — disse ele. Não era uma pergunta. Era já com aquela precisão que nos permitia ler um ao outro. Ele não esperou pela minha resposta. — Serei o mais discreto possível — prometeu.

Dirigi-me para ele, e ele ergueu uma mão e tocou meu ombro. Verity estava de novo comigo, como já não estava conscientemente desde aquele dia, no seu escritório, em que me pedira para bloquear minha mente.

O dia da partida estava bom, o frio era de trincar os ossos mas os céus de um azul limpo. Verity, fiel à palavra dada, mantivera a expedição ao mínimo. Tinham sido enviados batedores na manhã seguinte ao conselho para precedê-lo no caminho e arranjar provisões e alojamento nas vilas por onde passaria. Isso permitiria que ele viajasse com rapidez e com pouco peso através da maior parte dos Seis Ducados.

Quando sua expedição partiu naquela manhã fria, eu fui o único da multidão que não se despediu de Verity. Ele estava aninhado no interior da minha mente, pequeno e silencioso como uma semente à espera da primavera. Quase tão despercebido como Olhos-de-Noite. Kettricken decidira assistir à partida nas ameias do Jardim da Rainha cobertas de gelo. Despedira-se dele mais cedo, e escolhera aquele local para que, se chorasse, ninguém julgasse inapropriado. Eu fiquei ao seu lado e suportei a ressonância daquilo que ela e Verity tinham partilhado na última semana. Sentia-me ao mesmo tempo contente por ela e condoído que tivesse sido tirado tão depressa dela aquilo que finalmente encontrara. Cavalos e homens, bestas de carga e estandartes finalmente passaram sobre o cume de umas colinas e desapareceram de vista. Então senti algo que me arrepiou a espinha. Ela o sondou através da Manha. Muito tenuemente, é claro, mas foi o suficiente para que, em algum lugar do meu coração, Olhos-de-Noite se sentasse com os olhos em chamas e perguntasse: *O que é isto?*

Nada. Nada que tenha a ver conosco, pelo menos. E acrescentei: *Caçaremos juntos em breve, irmão, como não caçamos há muito tempo.*

Durante alguns dias após a partida da comissão, quase tive a minha vida de volta. Temera a partida de Burrich com Verity. Compreendia o que o levava a seguir o seu príncipe herdeiro, mas me senti desconfortavelmente exposto com ambos distantes. Isso dizia muitas coisas sobre mim mesmo que na verdade não quisesse saber. Mas o outro lado dessa moeda era que, com Burrich longe e a presença de Verity bem aninhada dentro de mim, Olhos-de-Noite e eu estávamos finalmente livres para usar a Manha tão abertamente quanto desejássemos. Quase todas as madrugadas encontrava-me com ele, a milhas da torre. Nos dias em que procurávamos Forjados, eu montava Fuligem, mas ela nunca se sentia completamente confortável com um lobo por perto. Algum tempo depois, a quantidade de Forjados parecia ter diminuído e o afluxo deles à região havia estancado. Começamos a conseguir caçar animais. Para isso, eu seguia a pé, pois dessa forma caçávamos com mais companheirismo. Olhos-de-Noite aprovava que eu tivesse conquistado melhor forma física durante o verão. Nesse inverno, pela primeira vez desde que Regal me envenenara, senti que tinha de novo o completo usufruto de meu corpo e minhas forças. As vigorosas manhãs de caça e as horas profundas da noite com Molly teriam sido vida suficiente para qualquer homem. Há algo de completamente satisfatório em coisas simples como essas.

Suponho que desejava que a minha vida fosse sempre assim tão simples e plena. Tentei ignorar coisas que sabia serem perigosas. O bom tempo prolongado, disse a mim mesmo, asseguraria a Verity um bom começo de viagem. Afastei da mente o receio de haver ataques dos Navios Vermelhos no fim da estação enquanto estávamos tão desprotegidos. Evitei também Regal e a súbita série de ocasiões sociais que encheram Torre do Cervo com os seus seguidores e que mantiveram os archotes ardendo até tarde todas as noites no Grande Salão. Serene e Justin também andavam em muito maior evidência na Torre do Cervo. Nunca entrava em uma sala em que eles estivessem sem sentir as flechas de sua antipatia. Comecei a evitar, à noite, as salas comuns onde pudesse encontrá-los ou aos convidados de Regal que tinham vindo ampliar a nossa corte no inverno.

Verity não tinha partido havia mais de dois dias quando eu ouvi rumores de que o verdadeiro propósito da sua jornada era procurar os Antigos. Não podia culpar Regal por esses rumores. Aqueles que Verity escolhera a dedo sabiam da sua verdadeira missão. Burrich conseguira descobri-la sozinho. Se ele o fizera, outros conseguiriam fazer o mesmo e espalhar a informação por aí. Mas quando ouvi dois copeiros rindo "da loucura do rei Wisdom e do mito do príncipe Verity", suspeitei que a zombaria fosse obra de Regal. O uso do Talento em grande parte transformara Verity em um recluso. As pessoas se questionavam sobre o que ele faria durante tanto tempo sozinho naquela torre. Isto é, sabiam que ele usava o Talento, mas isso era um tema enfadonho demais para mexericos. O seu olhar preocupado, as horas estranhas para se alimentar e descansar, o seu vaguear silencioso e fantasmagórico pelo castelo quando as outras pessoas estavam na cama eram cereais para esse moinho. Teria perdido o juízo, e partido numa missão de louco? A especulação começou a crescer, e Regal fornecia-lhe terreno fértil. Arranjou desculpas e motivos para todos os tipos de banquetes e reuniões de seus nobres. O rei Shrewd raramente estava em condições de estar presente, e Kettricken não apreciava a companhia dos patifes abobados que Regal cultivava. Eu tinha bom senso suficiente para me manter afastado. Só tinha a mim mesmo e Chade para resmungar sobre o custo daquelas festas, quando Regal insistira que quase não havia fundos para a expedição de Verity. Chade limitava-se a abanar a cabeça.

O velho tornara-se mais lacônico nos últimos tempos, até comigo. Tive a sensação desconfortável de que ele escondia algo de mim. Segredos em si mesmos não eram nenhuma novidade. Como velho assassino do rei ele estava transbordando deles. Mas eu não conseguia me livrar da sensação de que aquele segredo tinha uma relação direta comigo. Não podia lhe perguntar com franqueza, mas observei-o. A sua mesa de trabalho mostrava sinais de muito uso quando eu não estava presente. Ainda mais estranho era que toda a desordem relacionada com esse trabalho era meticulosamente limpa sempre que ele me chamava. Isso era bizarro. Durante anos, eu limpara o que ele e a sua "culinária" sujavam. Vê-lo limpando tudo sozinho agora parecia uma dura reprimenda ou uma forma de esconder o que quer que andasse fazendo.

Sem resistir eu o observava sempre que tinha oportunidade. Nada descobri do seu segredo, mas vi muitas coisas que antes tinham escapado da minha atenção. Chade estava ficando velho. Ele nunca tolerara o frio muito bem, mas agora a rigidez que trazia às suas articulações já não cedia às noites confortáveis passadas em frente da lareira. Ele era o meio-irmão mais velho de Shrewd, bastardo como eu e, apesar de debilitado, ainda parecia o mais novo dos dois. Mas agora, quando lia, segurava os pergaminhos mais longe do nariz e evitava erguer a mão para pegar algo que estivesse acima da sua cabeça. Ver aquelas mudanças nele era tão doloroso como saber que ele escondia algo de mim.

Vinte e três dias após a partida de Verity, regressei de uma caçada com Olhos--de-Noite para encontrar a torre em grande agitação. Parecia um formigueiro agitado, mas sem seu senso de organização. Fui diretamente falar com a cozinheira Sara e perguntei-lhe o que acontecera. A cozinha de qualquer castelo é o coração do moinho dos boatos, perdendo apenas para a casa dos guardas. Em Torre do Cervo, os mexericos da cozinha estavam geralmente mais próximos da verdade.

— Chegou um cavaleiro, com o cavalo quase morto. Disse que houve um ataque em Barca. A cidade quase inteira se foi com os incêndios que eles provocaram. Setenta pessoas forjadas. Ainda não se sabe quantos mortos. E mais morrerão, deixados sem teto nesse frio. Três navios cheios de Salteadores, disse o moço. Foi direto falar com o príncipe Regal e entregou-lhe o relatório. O príncipe Regal mandou-o para cá para ser alimentado; está agora na casa dos guardas, dormindo. — Baixou a voz. — Esse rapaz veio até aqui sozinho. Arranjou cavalos frescos nas vilas por onde passou, pela estrada costeira, mas não quis deixar que mais ninguém trouxesse a mensagem por ele. Ele me disse que a cada etapa esperava encontrar ajuda a caminho, ouvir alguém dizer que já se sabia de tudo e que navios tinham zarpado. Mas não havia nada.

— De Barca? Então passaram-se pelo menos cinco dias desde o ataque. Por que não foram acendidas as fogueiras das torres? — quis saber. — E por que não foram enviados pombos-correio para Albatrozes e Baía das Focas? O príncipe herdeiro Verity deixou um navio patrulha nessa zona que deveria ter conseguido ver a luz vinda de Albatrozes ou Barca. E há um membro do círculo, Will, na Torre Vermelha. Ele deve ter visto os fogos sinaleiros. Deveria ter mandado a notícia para cá, para Serene. Como pode ser que não tenha sido recebida aqui nem uma palavra; como podemos não saber de nada disso?

Cook baixou ainda mais a voz e deu à massa que estava sovando um golpe violento.

— O rapaz disse que os fogos sinaleiros foram acendidos, em Barca e na Vila de Gelo. Disse que os pássaros foram enviados para Albatrozes. O navio não apareceu.

— Então como não soubemos? — Ofeguei, estremecendo e coloquei de lado a minha fúria inútil. Dentro de mim, senti um tênue agitar de preocupação, vindo de Verity. Muito tênue. O vínculo de Talento estava se desvanecendo justamente no momento em que o queria forte. — Bem, suponho que não vale a pena fazer essa pergunta agora. O que Regal fez? Mandou zarpar o *Rurisk?* Gostaria de ter estado aqui para ir com eles.

A cozinheira soltou uma fungadela e fez uma pausa para esganar um pouco a massa.

— Então vá, que não é tarde. Nada foi feito, que eu saiba ninguém foi enviado. Ninguém fora enviado, ninguém estava sendo enviado. Ninguém.

— Sabe que não faço fofocas, Fitz, mas o que se murmura é que o príncipe Regal sabia. Quando o rapaz chegou, ah, o príncipe foi tão gentil, tão simpático que quase fez derreter os corações das damas. Uma refeição, um casaco novo, uma pequena recompensa pelo incômodo. Mas disse ao rapaz que agora era tarde demais, que os Salteadores deviam ter desaparecido há muito tempo. Que não fazia sentido mandar zarpar agora um navio, nem enviar soldados.

— É tarde demais para combater Salteadores, talvez. Mas e os que ficaram desabrigados em Barca? Um contingente de trabalhadores para ajudar a reparar casas, algumas carroças de comida.

— Diz ele que não há dinheiro para isso. — Cook soltou entredentes cada palavra pausadamente. Começou a partir a massa em rolos e a batê-los para fazê-los crescer. — Diz que o tesouro foi esvaziado para construir navios e tripulá-los. Disse que Verity gastou o pouco que restava com aquela expedição para procurar Antigos. — Um mundo de desdém naquela última palavra. A cozinheira fez uma pausa para limpar as mãos ao avental. — Depois disse que sentia muito. Que sentia muito mesmo.

Uma fúria fria desenrolou-se dentro de mim. Dei um tapinha afetuoso no ombro de Cook e assegurei-lhe que tudo ficaria bem. Aturdido, saí da cozinha e dirigi-me ao escritório de Verity. À porta fiz uma pausa, tateando. Um claro vislumbre da intenção de Verity. No fundo de uma gaveta, encontraria um antigo colar de esmeraldas, com as pedras incrustadas em ouro. Pertencera à mãe da sua mãe. Seria o suficiente para contratar homens e comprar cereais para enviar com eles. Abri a porta do estúdio e fiquei parado.

Verity era um homem desorganizado, e fizera as malas à pressa. Charim acompanhara-o; não estivera ali para fazer a limpeza após a sua partida. Mas aquilo não era coisa de nenhum dos dois. Aos olhos de outro homem, provavelmente teriam parecido poucas as coisas fora do lugar. Mas eu via a sala tanto com os meus olhos como com os de Verity. Fora revistada. Quem o fizera ou não se importava com a hipótese de ser detectado, ou não conhecia bem Verity. Todas as gavetas estavam bem fechadas, todos os armários encontravam-se cerrados. A cadeira estava empurrada para junto da mesa. Estava organizado demais. Sem muita esperança, dirigi-me à gaveta e abri-a. Deixei-a completamente aberta e espreitei para o canto de trás. Talvez a bagunça de Verity o tivesse salvo. Eu não teria procurado um colar de esmeraldas por baixo de uma confusão que incluísse uma velha espora, uma fivela partida e um pedaço de outra parcialmente transformada em um cabo de faca. Ele estava lá, enrolado num pedaço de tecido grosseiro. Havia vários outros objetos pequenos, mas valiosos, a serem tirados da sala. Enquanto os reunia, ficava cada vez mais confuso. Se aquilo não tinha sido levado, qual teria sido o objetivo da busca? Se não era para obter pequenas coisas de valor, seria para quê?

Metodicamente, recolhi uma dúzia de mapas de velo, e então comecei a tirar vários outros da parede. Enquanto enrolava um deles com cuidado, Kettricken entrou silenciosamente. Minha Manha deixara-me consciente dela antes mesmo de tocar na porta, de modo que foi sem surpresa que ergui os olhos para fitar os seus. Mantive-me firme diante da inundação de emoção que me submergiu emanada por Verity. Vê-la pareceu fortalecê-lo no meu interior. Ela estava encantadora, pálida e esguia com uma túnica de suave lã azul. Prendi a respiração e afastei o olhar. Ela me olhou com uma expressão de interrogação.

— Verity quis que isto fosse guardado enquanto ele estivesse longe. A umidade pode danificá-los, e esta sala raramente é aquecida quando ele não está aqui — expliquei, enquanto terminava de enrolar o mapa.

Ela anuiu com a cabeça.

— Aqui parece tão frio e vazio sem ele. Não é só a lareira fria. Não existe o cheiro dele, a sua desordem...

— Então foi você que limpou a sala? — Tentei fazer a pergunta de forma casual.

— Não! — Ela soltou uma gargalhada. — As minhas arrumações só destroem a pouca ordem que ele aqui tem. Não, eu deixarei a sala como ele a deixou, até que regresse. Quero que volte para casa e encontre as suas coisas nos devidos lugares. — Seu rosto tornou-se grave. — Mas esta sala é o de menos. Mandei um pajem à sua procura hoje de manhã, mas não estava aqui. Ouviu as notícias sobre Barca?

— Só os rumores — respondi.

— Então ouviu tanto quanto eu. Não fui convocada — disse ela friamente. Então virou-se para mim, e havia dor nos seus olhos. — Ouvi a maior parte da boca da lady Modesty, que ouviu o criado de Regal conversando com a aia. Os guardas foram falar com Regal, para lhe contar da chegada do mensageiro. Certamente deveriam ter me chamado, não? Será que não pensam em mim como rainha?

— Senhora minha rainha — fiz-lhe gentilmente lembrar —, por direito, a mensagem devia ter sido levada diretamente ao rei Shrewd. Suspeito que foi, e que os homens de Regal, que vigiam a porta do rei, mandaram chamá-lo, e não a você.

A cabeça dela se ergueu.

— Nesse caso, eis algo que tem de ser remediado. Esse jogo idiota pode ser jogado por duas pessoas.

— Pergunto a mim mesmo se outras mensagens não teriam se extraviado de uma forma semelhante — especulei em voz alta.

Seus olhos azuis tornaram-se cinzentos de gelo.

— O que quer dizer?

— Os pombos-correio, os fogos sinaleiros. Uma mensagem enviada pelo Talento, de Will, na Torre Vermelha, para Serene. Certamente pelo menos uma dessas mensagens deveria ter trazido a notícia de que Barca fora atacada. Uma poderia se extraviar, mas as três?

O rosto dela empalideceu enquanto ligava os fatos.

— O duque Brawndy de Bearns achará que não se prestou atenção ao seu pedido de ajuda. — Ergueu uma mão para cobrir a boca e sussurrou através dela: — Isso é traição para difamar Verity! — Seus olhos se arregalaram de repente, e falou em voz baixa: — Isso não será tolerado!

Virou-se e correu para a porta, expressando a ira em cada movimento. Eu mal pude detê-la. Encostei as costas à porta, mantive-a fechada.

— Senhora, senhora minha rainha, eu suplico, espere! Espere e reflita!

— Refletir o quê? Como melhor expor a profundidade de sua perfídia?

— Não estamos na melhor posição nesse momento. Por favor, espere. Pense comigo. Você acha, assim como eu, que Regal deve ter sabido algo sobre tudo isso e guardado silêncio. Mas não temos provas. Absolutamente nenhuma. E talvez estejamos enganados. Temos de avançar um passo de cada vez, para não semearmos discórdia quando menos a desejamos. A primeira pessoa com quem devemos falar tem de ser o rei Shrewd. Para ver se ele esteve consciente disso, para saber se autorizou Regal a falar em seu nome.

— Ele não o faria! — declarou ela em tom zangado.

— É comum ele estar fora de si — lembrei-a. — Mas é ele, e não você, quem tem de repreender Regal publicamente, se a repreensão tiver de ser pública. Se você se pronunciar contra ele, e o rei depois apoiá-lo, os nobres verão os Farseers como uma casa dividida. Muita dúvida e discórdia já foi semeada entre eles. Não é o momento de colocar os Ducados do Interior contra os Costeiros, com Verity longe daqui.

Ela hesitou. Podia ver que ainda tremia de ódio, mas pelo menos estava me escutando. Respirou fundo. Senti que ela estava se acalmando.

— Foi para isso que ele te deixou aqui, Fitz. Para ver essas coisas por mim.

— O quê? — Foi a minha vez de ficar sobressaltado.

— Achei que sabia. Deve ter perguntado a si mesmo por que motivo ele não te pediu para acompanhá-lo. Foi porque eu lhe perguntei em quem confiar, como conselheiro. Ele disse para me apoiar em você.

Teria ele se esquecido da existência de Chade?, perguntei a mim próprio, e então percebi que Kettricken nada sabia de Chade. Ele devia saber que eu serviria como intermediário. Dentro de mim, senti que Verity concordava. Chade. Nas sombras como sempre.

— Pense de novo comigo — pediu-me ela. — O que acontecerá a seguir?

Ela tinha razão. Aquilo não era um acontecimento isolado.

— Teremos visitantes. O duque Brawndy de Bearns e os nobres que lhe são subordinados. O duque Brawndy não é homem de enviar mensageiros a uma missão como essa. Virá em pessoa e exigirá respostas. E todos os duques costeiros estarão à escuta do que lhe será dito. A sua costa é a mais exposta de todas, à exceção da do próprio Cervo.

— Então devemos ter respostas que valha a pena ouvir — declarou Kettricken. Fechou os olhos. Levou as mãos à testa por um momento e depois ao rosto. Notei quão grande era o controle que ela exercia sobre si própria. Dignidade, ela estava dizendo a si mesma, calma e racionalidade. Inspirou e voltou a olhar para mim. — Vou visitar o rei Shrewd — anunciou. — Farei perguntas sobre tudo. Sobre toda essa situação. Perguntarei o que pretende fazer. O rei é ele. A sua posição deve ser reassegurada.

— Acredito que essa é uma decisão sensata — disse-lhe.

— Tenho de ir sozinha. Se for comigo, se estiver sempre ao meu lado, isso me fará parecer fraca. Pode dar vazão a rumores sobre uma cisão no reinado. Compreende?

— Compreendo. — Embora ansiasse por ouvir pessoalmente o que Shrewd poderia lhe dizer.

Ela indicou com um gesto os mapas e objetos que eu reunira sobre a mesa.

— Tem algum lugar seguro para isso?

Os aposentos de Chade.

— Tenho.

— Ótimo. — Fez um gesto com a mão e eu percebi que continuava bloqueando a porta.

Afastei-me para o lado. Quando ela passou por mim, o cheiro de chá-da-montanha submergiu-me por um momento. Perdi a força nos joelhos e amaldiçoei o destino que punha esmeraldas a construir casas quando deviam cingir aquele gracioso pescoço. Mas soube também, com um orgulho feroz, que, se as pusesse nas suas mãos naquele momento, ela insistiria para que fossem gastas em prol de Barca. Enfiei-as num bolso. Talvez Kettricken conseguisse despertar a fúria do rei Shrewd, e ele sacudisse os bolsos de Regal para arranjar dinheiro. Talvez, quando eu regressasse, aquelas esmeraldas ainda pudessem abraçar a pele tépida de Kettricken.

Se ela tivesse olhado para trás, teria visto Fitz ruborizado pelos pensamentos de seu marido.

Desci aos estábulos. Sempre fora um lugar tranquilizador para mim, e com Burrich longe, sentia certa obrigação de visitá-lo de tempos em tempos. Não que Hands tivesse mostrado qualquer sinal de precisar da minha ajuda. Mas daquela vez, quando me aproximei das portas do estábulo, vi um grupo de homens do lado de fora, e vozes raivosas erguidas. Um jovem rapaz de estábulo estava pendurado no cabresto de um imenso cavalo de carga. Um rapaz mais velho puxava o cavalo pela rédea, tentando tirar o animal do outro, enquanto um homem vestido com as cores de Lavra observava. O animal, geralmente plácido, estava ficando nervoso com os puxões. Logo alguém iria se machucar.

Entrei ousadamente no meio daquilo, arrancando a trela da mão do sobressalta-do rapaz ao mesmo tempo que sondava de forma serena na direção do cavalo. Ele não me conhecia tão bem como conhecera havia tempos, mas se acalmou com o toque.

— O que está acontecendo aqui? — perguntei ao rapaz do estábulo.

— Eles chegaram e tiraram Penhasco da cocheira, sem sequer pedir. É o cavalo de que eu cuido todos os dias. Nem sequer me disseram o que vão fazer.

— Tenho ordens — começou o homem que estava assistindo à cena.

— Estou falando com ele — informei-o e voltei a falar com o rapaz. — Hands deixou ordens a respeito deste cavalo com você?

— Só as de costume. — O rapaz estava quase chorando quando eu cheguei. Agora que tinha um aliado potencial, sua voz tornava-se mais firme. Aprumou-se e fitou-me nos olhos.

— Então é simples. Levamos o cavalo de volta para a cocheira até que Hands nos dê outra ordem. Nenhum cavalo sai dos estábulos de Torre do Cervo sem o conhecimento do mestre dos estábulos interino. — O rapaz não chegou a largar o cabresto de Penhasco. Entreguei-lhe a rédea.

— Exatamente o que eu pensava, senhor — piou ele baixinho. Virou as costas. — Obrigado, senhor. Venha cá, Penhasquinho. — O rapaz afastou-se com o imenso cavalo a segui-lo pesada e placidamente.

— Tenho ordens de levar aquele animal. O duque Ram de Lavra quer que seja enviado imediatamente rio acima. — O homem com as cores de Lavra estava bufando na minha frente.

— Ah, ele quer? E ele resolveu o assunto com o nosso mestre dos estábulos?
— Tinha certeza de que não o fizera.

— O que está havendo aqui? — Hands chegou correndo, com as orelhas e bochechas muito coradas. Em outro homem, isso poderia ter parecido engraçado, mas sabia que significava que ele estava muito irritado.

O homem de Lavra endireitou-se.

— Este homem e um dos seus rapazes de estábulo interferiram quando eu vim tirar a nossa propriedade dos estábulos! — declarou com altivez.

— O Penhasco não é propriedade de Lavra. Foi parido aqui mesmo em Torre do Cervo, há seis anos. Eu presenciei — eu disse.

O homem lançou a mim um olhar desdenhoso.

— Não estava falando com você. Estava falando com ele. — E apontou para Hands com o polegar.

— Eu tenho um nome, *senhor* — disse friamente. — Hands. Desempenho as funções de mestre dos estábulos enquanto Burrich estiver viajando com o príncipe herdeiro Verity. Ele também tem um nome. FitzChivalry. Ajuda-me de vez em quando. O lugar dele é no meu estábulo. Tal como o meu rapaz de estábulo e o meu cavalo. Quanto a você, se tem um nome, ele não me foi dito. Não conheço nenhuma razão para que esteja no meu estábulo.

Burrich ensinara bem Hands. Trocamos um relance. Nós dois viramos as costas ao homem ao mesmo tempo e começamos a nos dirigir de volta aos estábulos.

— Chamo-me Lance e sou cavalariço do duque Ram. Esse cavalo foi vendido ao meu duque. E não foi só ele. Duas éguas malhadas e um castrado também. Tenho aqui os papéis.

Enquanto nos virávamos lentamente para ele, o homem de Lavra estendeu um pergaminho. O meu coração vacilou ao ver uma gota de cera vermelha com o símbolo de cervo nela gravado. Parecia verdadeiro. Hands pegou-o lentamente. Olhou-me de soslaio, e eu me posicionei atrás dele. Conhecia algumas letras, mas ler era geralmente uma coisa demorada para ele. Burrich estava trabalhando isso com ele, mas as letras não lhe eram fáceis. Olhei sobre o seu ombro enquanto ele desenrolava o pergaminho e o estudava.

— É bastante claro — disse o homem de Lavra. Estendeu a mão para o pergaminho. — Quer que eu leia para você?

— Não se incomode — disse-lhe enquanto Hands voltava a enrolar o pergaminho. — O que aqui está escrito é tão claro como o que não está. O príncipe Regal assinou isto. Mas Penhasco não lhe pertence. Ele, e as éguas e o castrado são cavalos de Torre do Cervo. Só o rei pode vendê-los.

— O príncipe herdeiro Verity está viajando. O príncipe Regal está agora no seu lugar.

Pousei a mão no ombro de Hands para tranquilizá-lo.

— O príncipe herdeiro Verity realmente está viajando. Mas o rei Shrewd não está. E a princesa herdeira Kettricken também não. Um deles tem de assinar o papel para vender um cavalo do estábulo de Torre do Cervo.

Lance pegou de volta o pergaminho e examinou ele mesmo a assinatura.

— Bem, o cunho do príncipe Regal deveria bastar, com Verity longe daqui. Afinal, todo mundo sabe que o velho rei não está bem da cabeça durante a maior parte do tempo. E Kettricken é, bem... não pertence à família. Realmente. Portanto, com Verity longe, Regal é...

— Príncipe — pronunciei a palavra rispidamente. — Dizer menos dele seria traição. Tal como o seria dizer que ele é rei. Ou rainha. Quando não o é.

Deixei que ele absorvesse completamente a ameaça implícita. Não o acusaria diretamente de traição, pois ele teria de morrer por isso. Nem mesmo um cretino pomposo como Lance merecia morrer só por tagarelar o que o seu mestre teria sem dúvida dito em voz alta. Seus olhos se esbugalharam.

— Eu não quis dizer nada.

— E nenhum dano foi causado — completei. — Desde que se lembre de que não pode comprar um cavalo de um homem que não é seu dono. E que estes cavalos são de Torre do Cervo, propriedade do rei.

— Claro — estremeceu Lance. — Este talvez seja o papel errado. Tenho certeza de que há algum engano. Vou falar com o meu amo.

— Uma escolha prudente — Hands falou suavemente a meu lado, recuperando a autoridade.

— Bem, vamos, então — disse Lance ao seu rapaz e deu-lhe um empurrão. O rapaz fuzilou-nos com o olhar enquanto seguia o amo. Não o culpo por isso. Lance era do tipo de homem que precisa descontar o seu mau humor em algum lugar.

— Acha que eles voltam? — perguntou-me Hands em voz baixa.

— Ou voltam, ou Regal terá de devolver o dinheiro a Ram. — Refletimos em silêncio sobre quão provável era isso.

— Bem. O que devo fazer quando eles voltarem?

— Se for só a assinatura de Regal, nada. Se o papel trouxer a do rei ou da rainha herdeira, então terá de lhe dar os cavalos.

— Uma dessas éguas está prenha! — protestou Hands. — Burrich tem grandes planos para o potro. O que vai dizer se não encontrar os cavalos quando voltar?

— Precisamos nos lembrar de que os cavalos pertencem ao rei. Ele não te culpará por obedecer a uma ordem dada como deve ser.

— Não gosto disso. — Ergueu olhos ansiosos para mim. — Acho que isso não aconteceria se Burrich estivesse aqui.

356

— Acho que aconteceria, sim, Hands. Não se culpe. Duvido de que isso seja o pior que veremos até o fim do inverno. Mas mande me avisar se eles voltarem.

Ele acenou gravemente, e eu fui embora, com a visita aos estábulos azedada. Não quis percorrer as filas de cocheiras me perguntando quantos cavalos restariam no fim do inverno.

Atravessei lentamente o pátio e subi as escadas que levavam ao meu quarto. Fiz uma pausa no patamar. *Verity?* Nada. Conseguia sentir a sua presença dentro de mim, e ele conseguia me transmitir sua vontade e, às vezes, até seus pensamentos. Mas, ainda assim, sempre que eu tentava alcançá-lo não obtinha resposta. Aquilo me frustrava. Se ao menos fosse capaz de usar o Talento de forma segura, nada daquilo estaria acontecendo. Fiz uma pausa para amaldiçoar cuidadosamente Galen e tudo o que ele me fizera. Eu tivera Talento, mas ele o reduzira a pó, deixando-me apenas com esse resquício imprevisível da magia.

Mas e Serene? Ou Justin, ou qualquer um dos outros membros do círculo? Por que Verity não os estava usando para se manter em contato com o que acontecia aqui e para fazer valer sua vontade?

Fui tomado por um sinistro terror. Os pombos-correio de Bearns. As luzes sinaleiras, os Talentosos nas torres. Todas as linhas de comunicação dentro do reino e com o rei pareciam não funcionar muito bem. Eram elas que uniam os Seis Ducados em um só e faziam de nós um reino, e não uma aliança de duques. Agora, em tempos conturbados, precisávamos delas mais do que nunca. Por que estavam falhando?

Guardei a pergunta para fazer a Chade e rezei para que ele me chamasse logo. Ele vinha me chamando com menos frequência do que antes, e eu me sentia menos inteirado dos seus conselhos do que costumava ser. Bem, e não o teria eu também excluído bastante da minha vida? O que eu sentia talvez fosse apenas um reflexo de todos os segredos que guardava dele. Talvez fosse a distância natural que crescia entre assassinos.

Cheguei à porta do meu quarto no exato momento em que Rosemary desistia de bater.

— Precisa de mim? — perguntei-lhe.

Ela fez uma profunda reverência.

— A nossa senhora, a princesa herdeira Kettricken, pediu que a visite assim que lhe for conveniente.

— Ou seja, agora mesmo, não é? — Tentei arrancar-lhe um sorriso.

— Não. — Ela franziu a sobrancelha. — Eu disse "assim que lhe for conveniente", senhor. Não falei corretamente?

— Falou perfeitamente. Com quem tem praticado tão bem seus modos?

Ela soltou um suspiro profundo.

— Fedwren.

— Fedwren já voltou da viagem de verão?

— Já voltou há duas semanas, senhor!

— Bem, é para você ver como sei pouco das coisas! Não me esquecerei de lhe dizer como você falou corretamente da próxima vez que o vir.

— Obrigada, senhor. — Esquecendo o seu cuidadoso decoro, já saltitava ao chegar ao topo das escadas, e ouvi os seus passos ligeiros descendo-as em cascata como uma avalanche de pedras. Criança promissora. Não duvidava de que Fedwren a estivesse preparando para ser mensageira. Era um dos seus deveres de escriba. Fui rapidamente ao meu quarto para vestir uma camisa lavada, e depois me dirigi aos aposentos de Kettricken. Bati à porta, e Rosemary a abriu.

— É agora que me é conveniente — disse-lhe, e dessa vez fui recompensado com um sorriso meigo.

— Entre, senhor. Direi à minha ama que está aqui — informou-me. Indicou-me uma cadeira com um gesto e desapareceu no quarto interior. Conseguia ouvir um calmo murmúrio de vozes femininas vindo de lá. Através da porta aberta, vislumbrava as damas nos seus bordados e conversas. A rainha Kettricken inclinou a cabeça para Rosemary, e então pediu licença para vir falar comigo.

Num momento estava na minha frente. Por um instante limitei-me a olhá-la. O azul da túnica realçava o azul dos seus olhos. A luz tardia de outono que penetrava através da vidraça colorida das janelas reluzia no seu cabelo dourado. Percebi que a encarava e baixei os olhos. Fiquei imediatamente em pé e fiz uma reverência. Ela não esperou que eu me endireitasse.

— Foi visitar o rei recentemente? — perguntou-me sem rodeios.

— Não nos últimos dias, minha rainha.

— Então sugiro que o visite esta noite. Estou preocupada com ele.

— Como quiser, minha rainha. — Esperei, certo de que não me chamara ali para dizer só isso.

Após um momento, suspirou.

— Fitz. Estou aqui sozinha como nunca estive na vida. Não pode me chamar de Kettricken e me tratar um pouco mais como uma pessoa?

A repentina mudança de tom me desconcertou.

— Certamente — respondi, mas a minha voz saiu formal demais. *Perigo*, sussurrou Olhos-de-Noite.

Perigo? Onde?

Essa não é a sua parceira. É a parceira do líder.

Foi como encontrar um dente dolorido com a língua. Aquela informação me sacudiu. Havia ali perigo, um perigo contra o qual eu deveria me proteger. Essa é a minha rainha, eu não sou Verity, e ela não é minha amada, independentemente de como o meu coração batesse ao vê-la.

Mas era minha amiga. Provara isso no Reino da Montanha. Devia-lhe o conforto que os amigos devem uns aos outros.

— Fui visitar o rei — disse-me. Indicou-me com um gesto que me sentasse e ocupou uma cadeira do outro lado da lareira. Rosemary foi buscar o seu banquinho para se sentar aos pés de Kettricken. Apesar de estarmos sós na sala, a rainha baixou a voz e inclinou-se para mim enquanto falava. — Perguntei-lhe diretamente por que motivo não tinha sido chamada quando o cavaleiro chegou. Ele pareceu confuso com a pergunta. Mas antes sequer de ter tempo de começar a responder, Regal entrou. Via-se que tinha ido às pressas. Como se alguém tivesse corrido para lhe contar que eu estava ali e ele tivesse de imediato largado tudo para ir até lá.

Assenti gravemente.

— Ele tornou impossível que eu falasse com o rei. Em vez disso, insistiu em explicar-me tudo. Disse que o cavaleiro tinha sido trazido diretamente ao quarto do rei, e que ele encontrara o mensageiro ao vir visitar o pai. Mandara o rapaz descansar enquanto conversava com o rei. E disse que tinham decidido juntos que agora nada podia ser feito. Então Shrewd mandara-o anunciar isso ao rapaz e aos nobres e explicar-lhes em que estado se encontrava o tesouro. Segundo Regal, estamos mesmo à beira da ruína, e cada tostão deve ser vigiado. Bearns terá de cuidar dos de Bearns, disse-me ele. E quando perguntei se os de Bearns não pertenciam ao povo dos Seis Ducados, ele me disse que Bearns sempre estivera mais ou menos sozinha. Não é lógico, disse ele, esperar que Cervo fosse capaz de defender uma costa tão ao norte e tão longa. Fitz, sabia que as Ilhas Próximas já tinham sido abandonadas aos Salteadores?

Fiquei em pé como um relâmpago.

— Sei que nada do tipo é verdade! — exclamei indignado.

— Regal afirma que é — prosseguiu Kettricken, implacável. — Diz que Verity decidiu antes de partir que não havia real esperança de mantê-las a salvo dos Salteadores. E que foi por isso que chamou de volta o navio *Constance*. Diz que Verity enviou uma mensagem de Talento a Carrod, o membro do círculo no navio, para ordenar que a embarcação voltasse para reparos.

— Esse navio foi reformado logo antes das colheitas. Depois foi enviado para o mar, a fim de defender a costa entre Baía das Focas e Albatrozes, e para estar a postos, caso as Ilhas Próximas o chamassem. Foi o que o seu capitão pediu; mais tempo para praticar a navegação nas águas de inverno. Verity não deixaria essa extensão de costa sem vigia. Se os Salteadores estabelecerem uma base nas Ilhas Próximas, nunca nos veremos livres deles. Dali, podem fazer ataques tanto no inverno quanto no verão.

— Regal diz que já é o que estão fazendo. Diz que a única esperança que temos agora é negociar com eles — Os seus olhos azuis perscrutaram o meu rosto.

Afundei-me lentamente na cadeira, quase atordoado. Poderia algo daquilo ser verdade? Como podia tudo isso ter ficado longe do meu conhecimento? O sentimento de Verity dentro de mim espelhava minha confusão. Ele também nada sabia sobre aquilo.

— O príncipe herdeiro jamais negociaria com Salteadores. A menos que o fizesse com o gume de sua espada.

— Então isso não é algo mantido em segredo para não me perturbar? Foi o que Regal sugeriu, que Verity queria manter essas coisas em segredo, como se estivessem além da minha compreensão. — Havia um tremor na sua voz. Isso ia além de sua raiva sobre as Ilhas Próximas terem sido abandonadas aos Salteadores, e chegava a uma dor pessoal por seu senhor poder tê-la julgado indigna da sua confiança. Senti tanta vontade de tomá-la nos braços e confortá-la que me doeu por dentro.

— Minha senhora — disse com voz rouca. — Aceite o que está ouvindo dos meus lábios como verdade com a mesma certeza com que escutaria dos lábios de Verity. Tudo isso é tão falso quanto você é fiel. Eu hei de encontrar o fundo dessa rede de mentiras e rasgá-la com um só golpe. Veremos que tipo de peixe dela sai.

— Posso confiar em você para se dedicar a isso, discretamente, Fitz?

— Senhora, é uma das poucas pessoas que sabem até que ponto vai o meu treino em empreendimentos discretos.

Ela fez um aceno grave.

— O rei não negou nada disso, compreende? Mas também não pareceu acompanhar tudo o que Regal disse. Ele parecia uma criança, ouvindo os mais velhos conversando, acenando, mas compreendendo pouco. — Olhou carinhosamente de relance para Rosemary, sentada a seus pés.

— Também irei visitar o rei. Prometo, terei respostas em breve.

— Antes que o duque de Bearns chegue — acautelou-me. — Tenho de saber a verdade nesse momento. Devo-lhe ao menos isso.

— Teremos mais do que apenas a verdade para lhe dar, senhora minha rainha — prometi-lhe. As esmeraldas ainda pesavam na minha bolsa. Sabia que Kettricken não abriria mão delas de má vontade.

CONTRATEMPOS

Durante os anos de ataques dos Navios Vermelhos, os Seis Ducados sofreram significativamente com as suas atrocidades. O povo dos Seis Ducados nessa época nutriu um ódio maior pelos ilhéus do que em qualquer outro momento passado.

Na época de seus pais e avôs, os ilhéus tinham sido ao mesmo tempo mercadores e piratas. Os ataques com navios eram isolados. Não tínhamos uma "guerra" como essa desde os tempos do rei Wisdom. Embora os ataques de piratas não fossem raros, ainda assim eram muito menos frequentes do que os navios ilhéus que vinham às nossas costas comerciar. Os laços de sangue entre as famílias nobres e seus familiares das Ilhas Externas eram abertamente reconhecidos, e muitas eram as famílias que reconheciam um "primo" nas Ilhas Externas.

Contudo, após os ataques selvagens que precederam Forja e as atrocidades lá cometidas, todas as conversas amigáveis sobre as Ilhas Externas cessaram. Sempre fora mais comum que seus navios visitassem as nossas costas do que os nossos mercadores procurarem seus portos flagelados pelo gelo e canais de correnteza violenta. Mas depois disso o comércio sumiu. E assim, o povo não tinha notícia de seus familiares das Ilhas Externas durante os dias em que tivemos de suportar os Navios Vermelhos. "Ilhéu" tornou-se sinônimo de "Salteador" e, nas nossas mentes, todas as embarcações das Ilhas Externas tinham cascos vermelhos.

Mas um homem, Chade Fallstar, conselheiro pessoal do rei Shrewd, tomou para si a tarefa de viajar às Ilhas Externas nesses dias perigosos. De seus diários sabemos o seguinte:

Kebal Rawbread não era um nome conhecido nos Seis Ducados. Era um nome sequer mencionado nas Ilhas Externas. O povo independente das aldeias dispersas e isoladas das Ilhas Externas nunca havia jurado fidelidade a um único rei, e não se pensava em Kebal Rawbread como um. Ele era muito mais uma força maligna, como um vento gélido que reveste de gelo o cordame de um navio com tamanha agressividade capaz de emborcá-lo no mar em menos de uma hora.

As poucas pessoas que encontrei que não tinham medo de falar disseram que Kebal se tornou poderoso subjugando os piratas solitários e rendendo seus navios, um a um, ao seu controle. Em poder deles, concentrou esforços para recrutar os melhores navegadores, os capitães mais capacitados e os guerreiros mais hábeis que as aldeias dispersas tinham a oferecer. Aqueles que recusavam a sua oferta viam a família escralada, ou forjada, como passamos a chamar essas pessoas. E eram deixados vivos para lidar com os restos despedaçados das suas vidas. A maior parte era forçada a abater familiares com as próprias mãos; os costumes ilhéus são rígidos quanto ao dever de um chefe de família de manter a ordem entre os seus membros. À medida que as notícias sobre esses incidentes se espalhavam, eram poucos os que resistiam às ofertas de Kebal Rawbread. Alguns fugiram; mesmo assim suas famílias pagaram o preço de escral. Outros escolheram o suicídio mas, de novo, as famílias não foram poupadas. Esses exemplos deixaram poucos que se atrevessem a desafiar Rawbread ou seus navios.

Até mesmo falar contra ele era um convite ao escral. Por menor que tenha sido o conhecimento que obtive naquela visita, foi obtido com dificuldade. Também reuni rumores, embora fossem tão raros como carneiros pretos num rebanho branco. Listo-os aqui. Fala-se de um "navio branco", um navio que vem separar almas. Não tomá-las ou destruí-las, mas separá-las. Há também boatos sobre uma mulher pálida que até Kebal Rawbread teme e venera. Muitos relacionaram os tormentos na sua terra com os avanços sem precedentes das "baleias de gelo" ou glaciares. Sempre presentes nos confins mais elevados dos seus vales estreitos, avançavam agora mais rapidamente do que qualquer um pudesse lembrar. Estavam cobrindo rapidamente o pouco solo arável que as Ilhas Externas possuíam e de forma que ninguém conseguiu ou quis me explicar, trazendo consigo uma "mudança de água".

Fui visitar o rei naquela noite, não sem receio. Ele não teria esquecido a nossa última conversa sobre Celerity, assim como eu não a esquecera. Lembrei-me resoluto de que aquela visita não era por motivos pessoais, mas por Kettricken e por Verity. Então bati à porta, e Wallace deixou-me entrar de má vontade. O rei estava sentado junto à lareira. O Bobo encontrava-se a seus pés, fitando pensativo o fogo. O rei Shrewd ergueu os olhos quando eu entrei. Apresentei-me, e ele me saudou calorosamente e disse para me sentar e lhe dizer como foi o dia. Ao ouvir aquilo, dei ao Bobo um breve relance confuso. Ele me respondeu com um sorriso amargo. Sentei-me num banco em frente ao Bobo e esperei.

O rei Shrewd olhou de modo bondoso para mim.

— Então, rapaz? Teve um bom dia? Conte-me.

— Tive um... dia preocupante, meu rei.

— Ah, teve? Bom, beba uma xícara de chá. É uma maravilha para acalmar os nervos. Bobo, sirva ao meu rapaz um chá.

— Com prazer, meu rei. Obedeço às suas ordens ainda com mais prazer do que o faço por você. — Com uma surpreendente vivacidade, o Bobo se levantou num pulo. Havia uma gorda chaleira de barro aquecendo sobre as brasas na borda da lareira. Ele me serviu uma xícara e me entregou, com o desejo: — Beba tão profundamente como o nosso rei, e partilhará da sua serenidade.

Peguei a xícara e levei-a aos lábios. Inalei os vapores, e então deixei que o líquido me batesse levemente contra a língua. O aroma era acolhedor e temperado, e o líquido fazia minha língua formigar agradavelmente. Não bebi, mas baixei o recipiente com um sorriso.

— Uma infusão agradável, mas o rebentalegre não é viciante? — perguntei diretamente ao rei.

Ele sorriu para mim.

— Numa quantidade tão pequena, não. Wallace assegurou-me de que é bom para os meus nervos, e também para o apetite.

— Sim, faz maravilhas pelo apetite — interveio o Bobo —, pois quanto mais bebe, mais irá querer beber. Beba o seu chá depressa, Fitz, que sem dúvida logo terá companhia. Quanto mais beber, menos terá de dividir. — Com um gesto que parecia uma pétala desabrochando, o Bobo indicou a porta no exato instante em que ela se abriu para deixar entrar Regal.

— Ah, mais visitantes. — O rei Shrewd soltou uma risadinha agradável. — Hoje será realmente uma noite alegre. Sente-se, rapaz, sente-se. O Fitz estava agora mesmo nos dizendo que tinha tido um dia irritante. Então lhe ofereci uma xícara do meu chá para que se acalmasse.

— Sem dúvida lhe fará bem — concordou Regal em tom simpático. Virou o sorriso para mim. — Um dia irritante, Fitz?

— Perturbador. Primeiro, houve um pequeno caso nos estábulos. Um dos homens do duque Ram estava lá, afirmando que o duque tinha comprado quatro cavalos. Um deles é Penhasco, o reprodutor que usamos para as éguas de tração. Convenci-o de que devia haver algum engano, pois os papéis não estavam assinados pelo rei.

— Ah! — O rei voltou a soltar uma risadinha. — Regal teve de trazê-los; tinha me esquecido de assiná-los. Mas agora está tudo resolvido, e tenho certeza de que os cavalos estarão a caminho de Lavra amanhã. E são uns belos cavalos, o duque Ram verá. Fez um bom negócio.

— Nunca pensei que fosse ver os nossos melhores animais sendo vendidos para longe de Torre do Cervo. — Falei calmamente, olhando para Regal.

— Nem eu. Mas com o tesouro tão esgotado, tivemos de tomar medidas drásticas. — Olhou-me friamente por um instante. — Também estão à venda ovelhas e gado bovino. Seja como for, não temos cereais para alimentá-los durante o inverno. É melhor vendê-los agora do que vê-los morrer de fome no inverno.

Fiquei indignado.

— Por que eu não ouvi falar antes dessas carências? Não ouvi nada sobre sequer uma má colheita. Os tempos são duros, é verdade, mas...

— Não ouviu nada porque não anda informado. Enquanto você e o meu irmão submergiam nas glórias da guerra, eu lidava com a bolsa para a pagar. E está bem perto de vazia. Amanhã, terei de dizer aos homens que estão trabalhando nos novos navios que terão de trabalhar por amor ao trabalho ou abandonar o que estão fazendo. Já não há moeda para lhes pagar nem para comprar os materiais que seriam necessários para concluir os navios. — Terminou o discurso e recostou-se, observando-me.

Dentro de mim, Verity enervou-se. Eu olhei para o rei Shrewd.

— Isso é verdade, meu rei? — perguntei.

O rei Shrewd sobressaltou-se. Olhou-me e piscou os olhos algumas vezes.

— Eu assinei esses papéis, não assinei? — Parecia confuso, e acho que a sua mente voltara à conversa anterior e nada acompanhou da nossa. A seus pés, o Bobo estava estranhamente silencioso. — Achei que tinha assinado os papéis. Bem, nesse caso traga-os aqui. Vamos resolver esse assunto, e depois prosseguiremos com uma tarde agradável.

— O que será feito em relação a Bearns? É verdade que os Salteadores tomaram partes das Ilhas Próximas?

— A situação em Bearns — disse e fez uma pausa, refletindo. Bebeu mais um gole do seu chá.

— Nada pode ser feito a respeito da situação em Bearns — disse Regal em tom de lamento. Suavemente, acrescentou: — Já é hora de Bearns tomar conta dos problemas de Bearns. Não podemos implorar aos Seis Ducados para proteger uma extensão desolada de costa. Então os Salteadores serviram-se de uns poucos rochedos congelados? Desejo-lhes bom proveito. Temos o nosso povo para cuidar, aldeias nossas para reconstruir.

Esperei em vão que Shrewd despertasse, que dissesse alguma coisa em defesa de Bearns. Quando ficou em silêncio, perguntei em voz baixa:

— A vila de Barca dificilmente pode ser considerada um rochedo congelado. Pelo menos não era até ser visitada pelos Navios Vermelhos. E quando foi que Bearns deixou de fazer parte dos Seis Ducados? — Olhei para Shrewd, tentei fazê-lo olhar nos meus olhos. — Meu rei, eu suplico, ordene que Serene venha aqui. Mande-a contatar Verity pelo Talento, para que possa conversar com ele sobre isso.

Regal ficou repentinamente farto do nosso jogo do gato e do rato.

— Quando foi que o cãozinho ficou tão preocupado com política? — perguntou-me furiosamente. — Por que não é capaz de entender que o rei pode tomar decisões sem a autorização do príncipe herdeiro? Interroga o seu rei sobre suas decisões, Fitz? Já se esqueceu assim tanto do seu lugar? Eu sei que Verity transformou você em uma espécie de animalzinho de estimação, e que as suas aventuras com o machado talvez lhe tenham dado ideias grandiosas sobre si mesmo. Mas o príncipe Verity decidiu vaguear atrás de uma quimera, e a mim só resta manter o funcionamento dos Seis Ducados o melhor que puder.

— Eu estava presente quando apoiou a ideia do príncipe herdeiro Verity de ir em busca dos Antigos — lembrei-o. O rei Shrewd parecia ter partido para outro devaneio. Fitava o fogo.

— E por que não faço ideia — replicou Regal com suavidade. — Como observei, arranjou ideias grandiosas sobre si mesmo. Come na mesa elevada, é vestido pela generosidade do rei, e de alguma forma passou a acreditar que isso te dá privilégios em vez de deveres. Deixe-me dizer quem realmente você é, Fitz. — Regal fez uma pausa. Tive a impressão de que olhou o rei, como que para avaliar quão seguro seria falar. — Você — prosseguiu com voz mais baixa, com um tom tão doce como o de um menestrel — é o infame bastardo de um principelho que nem sequer teve a coragem de continuar como príncipe herdeiro. É o neto de uma rainha morta, cuja criação plebeia se evidenciou na plebeia com quem o filho mais velho se deitou para te conceber. Você, que chama a si mesmo de FitzChivalry Farseer, não precisa fazer mais do que se coçar para encontrar Anônimo, o garoto-cão. Fique grato por eu não mandar você de volta para os estábulos e tolerar que habite a torre.

Não sei o que senti. Olhos-de-Noite rosnava perante o veneno das palavras de Regal, enquanto Verity seria capaz de fratricídio naquele instante. Olhei de relance o rei Shrewd. Segurava a xícara de chá doce nas mãos e fitava sonhadoramente a lareira. Pelo canto do olho, tive um vislumbre do Bobo. Havia medo nos seus olhos sem cor, medo como nunca vira antes. E ele estava olhando não para Regal, mas para mim.

Então me dei conta de que me erguera e estava sobre Regal. Ele me olhava, de baixo para cima, à espera. Havia uma cintilação de medo em seus olhos mas também o brilho do triunfo. Bastaria golpeá-lo, e ele poderia chamar os guardas. Seria traição. Ele me enforcaria por isso. Senti como o tecido da camisa apertava meus ombros e o peito, de tão inchado de raiva que estava. Tentei expirar, abri, com muito esforço, os punhos cerrados das mãos. Demorou um pouco. *Calma*, disse-lhes. *Ou arranjará um jeito de eu ser morto.* Quando tive a voz sob controle, falei em voz baixa:

— Muitas coisas me foram esclarecidas esta noite. — Virei-me para o rei Shrewd. — Senhor meu rei, desejo uma boa noite e peço para ser dispensado.

— Ahn? Então você... teve um dia irritante, rapaz?

— Tive, senhor meu rei — disse suavemente. Os seus olhos profundos olharam os meus, enquanto eu esperava, em pé, na sua frente. Examinei profundamente as suas profundezas. Ele não estava ali. Não como estivera tempos atrás. Olhou-me com um ar confuso, piscou diversas vezes.

— Bom. Nesse caso talvez seja melhor descansar. E eu também. Bobo? Bobo, a minha cama está arrumada? Aqueça minha cama com o aquecedor. Nestes dias fico com tanto frio à noite. Ah! Nestes dias à noite! Aí tens um pouco de absurdo, Bobo. Como o diria para ficar melhor?

O Bobo se levantou, fez uma profunda reverência para o rei.

— Diria que também há nestas noites o gelo da morte nesses dias, Majestade. Um frio capaz de engelhar ossos. Um homem podia obter a morte com ele. Aquecer-me-ia mais escondendo-me no breu da vossa sombra do que estando perante o calor do sol. — O rei Shrewd soltou uma gargalhadinha.

— Você não faz sentido nenhum, Bobo. Mas na verdade você nunca fez sentido. Boa noite para todos, e já para a cama, rapazes, os dois. Boa noite, boa noite.

Escapei enquanto Regal dava boa noite mais formalmente ao pai. Foi um suplício passar pelo sorriso afetado de Wallace sem arrancá-lo da cara à pancada. Lá fora, no corredor, corri ao meu quarto. Aceitaria o conselho do Bobo, pensei, e me esconderia o quanto antes em Chade em vez de me expor diante do filho do rei.

Passei o resto da noite sozinho no quarto. Sabia que quando a noite avançasse, Molly se perguntaria por que eu não tinha ido bater à sua porta. Mas naquela noite não tinha forças para isso. Não conseguia reunir a energia necessária para me esgueirar para fora do meu quarto, deslizar escadas acima e escapulir ao longo dos corredores, sempre preocupado com a possibilidade de alguém aparecer de repente e me encontrar onde eu não tinha o direito de estar. Houve um tempo em que teria procurado o calor e o afeto de Molly e encontrado nela um pouco de paz. Mas esse não era o caso. Agora, temia a clandestinidade e ansiedade dos nossos encontros, e a cautela não me deixava nem quando a porta se fechava às minhas costas. Pois Verity continuava dentro de mim, e eu era permanentemente obrigado a evitar que o que eu sentia e pensava em relação a Molly se derramasse sobre o vínculo que partilhava com ele.

Desisti do pergaminho que tentava ler. De que serviria agora aprender coisas sobre os Antigos? Verity encontraria o que Verity encontraria. Joguei-me na cama e fiquei olhando para o teto. Mesmo imóvel e silencioso, não havia paz em mim. O vínculo com Verity era como um gancho espetado na carne; era assim que um peixe fisgado deve se sentir enquanto luta contra a linha. Os meus laços com Olhos-de-Noite ocupavam um nível mais profundo, mais sutil, mas ele também estava sempre lá, com olhos verdes brilhando suavemente num canto escuro de mim. Essas partes minhas nunca dormiam, nunca descansavam, nunca estavam em repouso. E essa tensão constante começava a aparecer em mim.

Horas mais tarde, as chamas das velas estavam se apagando e o fogo na lareira ardia baixo. A mudança de ar no meu quarto me fez saber que Chade abrira a sua porta silenciosa. Levantei-me e fui falar com ele. Mas a cada passo que dava na corrente de ar da escada, meu ódio aumentava. Não era o tipo de ira que levava a discussões e a brigas entre os homens. Aquele era um ódio que nascera tanto do cansaço e da frustração como da dor. Era o tipo de ódio que levava um homem a desistir de tudo e dizer apenas:

— Não consigo mais aguentar isso.

— Não consegue mais aguentar o quê? — perguntou-me Chade. Ergueu os olhos de onde estava debruçado moendo uma mistura qualquer na mesa manchada de pedra. Sua voz demonstrava uma preocupação genuína. Parei e olhei realmente para o homem que se dirigia a mim. Um velho assassino alto e magro, marcado pelas pústulas e com o cabelo agora quase completamente grisalho. Estava vestindo a familiar túnica de lã cinzenta, sempre com nódoas ou as manchinhas chamuscadas causadas enquanto trabalhava. Perguntei a mim mesmo quantos homens matara pelo seu rei, quantos homens matara a uma simples palavra ou aceno de Shrewd. Quantos homens matara sem questionar, fiel ao seu juramento. Apesar de todas essas mortes, era um homem gentil. De repente, tinha uma pergunta a lhe fazer, uma pergunta mais urgente do que responder à dele.

— Chade, alguma vez matou um homem em benefício próprio? — perguntei

Ele pareceu surpreso.

— Em meu benefício?

— Sim.

— Para proteger a minha vida?

— Sim. Não falo de quando está a serviço do rei. Refiro-me a matar um homem para... tornar a sua vida mais simples.

Ele soltou uma fungadela.

— Claro que não. — Olhou-me de um modo estranho.

— E por que não? — insisti.

Ele fez uma expressão incrédula.

— Um homem não pode simplesmente matar alguém por conveniência. Está errado. Isso se chama assassinato, rapaz.

— A menos que o façamos pelo nosso rei.

— A menos que o façamos pelo nosso rei — concordou descontraidamente.

— Chade, qual é a diferença? Se o fizer por si mesmo ou por Shrewd?

Ele suspirou e desistiu da mistura que estava fazendo. Sentou-se em um banco alto à extremidade da mesa.

— Lembro-me de fazer essas perguntas. Mas a mim mesmo, pois o meu mentor já tinha partido quando cheguei à sua idade. — Olhou-me firmemente nos olhos. — Resume-se à fé, rapaz. Você acredita no seu rei? E o seu rei tem de ser mais para você do que o seu meio-irmão ou o seu avô. Tem de ser mais do que o bom e velho Shrewd, ou o belo e honesto Verity. Tem de ser o rei. O coração do reino, o centro da roda. Se ele for isso, e se você tiver fé de que vale a pena preservar os Seis Ducados, que o bem de todo o nosso povo é favorecido ao aplicar a justiça do rei, então também...

— Então também pode matar por ele.

— Exatamente.

— Alguma vez matou mesmo que sua avaliação dos fatos contrariasse a decisão?

— Esta noite tem muitas perguntas a fazer — avisou-me ele em voz baixa.

— Talvez tenha me deixado tempo demais sozinho pensando em todas elas. Quando nos encontrávamos quase todas as noites, conversávamos com frequência, e eu andava o tempo todo ocupado, não pensava tanto. Mas agora penso.

Ele fez um aceno lento com a cabeça.

— Pensar nem sempre é... reconfortante. É sempre bom, mas nem sempre é reconfortante. Sim, já matei mesmo contra a minha avaliação dos fatos. De novo, tudo se resumiu à fé. Tive de acreditar que as pessoas que deram a ordem sabiam mais do que eu e que eram mais sábias nos costumes do grande mundo.

Permaneci em silêncio durante um longo momento. Chade começou a se descontrair.

— Entre. Não fique aí na corrente de ar. Vamos beber uma taça de vinho juntos, tenho de falar com você sobre...

— Alguma vez matou apenas com base na sua avaliação dos fatos? Pelo bem do reino?

Durante algum tempo, Chade olhou-me, perturbado. Não afastei o olhar. Ele, por fim, afastou o seu, pousando os olhos nas velhas mãos, esfregando a pele branca como papel, uma contra a outra, enquanto passava os dedos pelas brilhantes cicatrizes vermelhas.

— Não faço avaliações desse gênero. — Ergueu de repente os olhos para mim. — Nunca aceitei esse fardo nem o desejei. Não nos cabe fazê-lo, garoto. Essas decisões competem ao rei.

— Não sou "garoto" — disse, surpreendendo a mim mesmo. — Sou FitzChivalry.

— Com ênfase no "Fitz" — disse Chade num tom duro. — É o rebento ilegítimo de um homem que não avançou para se tornar rei. Abdicou. E com essa abdicação jogou fora a possibilidade de fazer julgamentos. Você não é rei, Fitz, nem mesmo filho de um verdadeiro rei. Nós somos assassinos.

— E por que devemos ficar de braços cruzados enquanto assistimos ao verdadeiro rei ser envenenado? — perguntei sem rodeios. — Eu vejo, você também. Ele é levado a usar ervas que lhe roubam a mente, e enquanto não consegue pensar bem, é levado a usar outras que o deixam ainda mais aturdido. Nós conhecemos a fonte imediata dessas ervas, e eu suspeito que também a fonte de origem. E, no entanto, limitamo-nos a vê-lo definhar e debilitar. Por quê? Onde está a fé nisso?

As suas palavras foram cortantes como lâminas:

— Não sei onde está a sua fé. Achei que talvez pudesse estar em mim. Em que eu sei mais sobre isso do que você, e que sou leal ao meu rei.

Foi a minha vez de afastar o olhar. Após um momento, atravessei lentamente a sala, até o armário em que Chade guardava o vinho e as taças. Peguei uma bandeja e servi cuidadosamente duas taças do vinho da garrafa de vidro com rolha. Levei a bandeja para a mesinha junto à lareira. Sentei-me nas pedras da lareira, como fazia havia anos. Após um momento, o meu mestre ocupou seu lugar na cadeira bem acolchoada. Ergueu a taça de vinho da bandeja e bebeu.

— Esse último ano não foi fácil para nenhum de nós.

— Você agora me chama raramente. E, quando chama, está cheio de segredos. — Tentei manter a acusação afastada da voz, mas não com inteiro sucesso.

Chade soltou uma risada.

— E sendo você tão aberto e espontâneo, fica aborrecido com isso? — Voltou a rir, ignorando a minha expressão ofendida. Quando terminou, voltou a molhar a boca com vinho, e então olhou para mim. O sarcasmo ainda dançava nos seus olhos escuros. — Não faça cara feia, *garoto*. Não espero de você nada que não tenha exigido em dobro de mim. E mais, pois acredito que um mestre tem algum direito a esperar fé e confiança do seu aluno.

— Você tem — disse, passado um momento. — E tem razão. Eu também tenho os meus segredos, e esperei que tivesse confiança em que fossem honrosos. Mas os meus segredos não o constrangem como os seus constrangem a mim. Sempre que visito os aposentos do rei, vejo o que os Fumos e poções de Wallace estão fazendo com ele. Queria matar Wallace e devolver a vivacidade de espírito ao meu rei. E depois disso, gostaria de... Concluir o serviço. Eliminar a fonte dos venenos.

— Então quer me matar, é isso?

Foi como receber um balde de água fria.

— É você a fonte dos venenos que Wallace dá ao rei? — Tinha certeza de que compreendera mal.

Ele anuiu lentamente.

— Alguns deles. Provavelmente aqueles a que você mais se opõe.

O meu coração estava gelado e imóvel dentro de mim.

— Mas, Chade, por quê?

Ele me olhou, com os lábios bem apertados. Em seguida, abriu a boca e falou em voz baixa.

— Os segredos de um rei pertencem apenas ao rei. Não são meus para divulgá-los, por mais que ache que o receptor os manteria a salvo. Mas se usasse a cabeça como o treinei, saberia os meus segredos, pois não os escondi de você. E a partir do meu segredo, poderia deduzir muitas coisas sozinho.

Virei-me para espevitar o fogo atrás de mim.

— Chade. Estou tão cansado. Tão cansado de jogos. Não pode simplesmente me contar?

— Claro que poderia. Mas comprometeria a promessa que fiz ao meu rei. O que estou fazendo já é suficientemente ruim.

— Você está exagerando! — exclamei, zangado.

— Talvez, mas tenho esse direito — respondeu ele com serenidade. A própria calma que ele mostrava me enfurecia.

Abanei a cabeça violentamente, afastei toda a confusão de mim por um momento.

— Por que foi que me chamou esta noite? — perguntei sem entoação.

Havia agora uma sombra de dor atrás da calma dos seus olhos.

— Talvez só para te ver. Talvez para prevenir que fizesse algo de insensato e definitivo. Sei que muito do que está acontecendo agora te perturba muito. Asseguro a você, partilho os seus medos. Mas, por enquanto, temos de prosseguir o caminho que nos foi atribuído. Com fé. Certamente acredita que Verity regressará antes da primavera para pôr tudo nos eixos.

— Não sei — admiti de má vontade. — Fiquei chocado quando ele partiu nessa busca ridícula. Ele deveria ter ficado aqui e prosseguido com o seu plano original. Da maneira que Regal está lidando com as coisas, quando Verity voltar, metade do seu reino estará reduzido à miséria ou abandonado.

Chade olhou-me firmemente.

— O *seu* reino continua sendo o reino do rei Shrewd. Lembra-se? Ele talvez tenha fé no pai para mantê-lo intacto.

— Não me parece que o rei Shrewd consiga sequer manter-se a si próprio intacto, Chade. Você o tem visitado ultimamente?

A boca de Chade transformou-se em uma linha reta.

— Sim — disse entredentes. — Visito-o quando mais ninguém visita. E posso dizer que ele não é o idiota frágil que você pensa que é.

Abanei lentamente a cabeça.

— Se o tivesse visto hoje, Chade, partilharia a minha aflição.

— O que te dá a certeza de que não o vi? — Chade estava agora irritado.

Eu não queria enfurecer o velho. Mas tudo parecia soar mal, não importa como falasse. Forcei-me agora a ficar em silêncio. Em vez de falar, tomei outro gole do vinho e fitei o fogo.

— Os rumores sobre as Ilhas Próximas são verdadeiros? — perguntei por fim. Era de novo dono da voz.

Chade suspirou e esfregou os olhos com as mãos nodosas.

— Tal como em todos os rumores, há um embrião de verdade. Pode ser verdade que os Salteadores estabeleceram lá uma base. Não temos certeza. Certamente não lhes cedemos as Ilhas Próximas. Tal como observou, assim que tivessem as Ilhas Próximas, assolariam a nossa costa de verão a inverno.

— O príncipe Regal parecia acreditar que eles poderiam ser comprados. Que talvez essas ilhas e um pouco da costa de Bearns fossem aquilo que eles realmente querem. — Foi um esforço, mas mantive a voz respeitosa ao falar de Regal.

— Muitos homens acreditam que ao dizerem uma coisa possam torná-la real — disse Chade em tom neutro. — Mesmo quando deveriam saber que não é assim — acrescentou como se tratasse de uma reflexão posterior mais sombria.

— O que acha que os Salteadores querem?

Ele olhou fixamente o fogo, atrás de mim.

— Ora, aí está um mistério. O que querem os Salteadores? É assim que as nossas mentes funcionam, Fitz. Achamos que nos atacam porque querem algo de nós. Mas certamente se quisessem alguma coisa já a teriam exigido a essa altura. Eles sabem o mal que nos fazem. Devem saber que nós iríamos pelo menos refletir sobre as suas exigências. Mas não pedem nada. Simplesmente continuam atacando.

— Não faz sentido algum. — Terminei o pensamento por ele.

— Não do modo como buscamos o sentido — corrigiu-me ele. — Mas e se a nossa suposição básica estiver errada?

Limitei-me a fitá-lo.

— E se não querem nada, além do que já têm? Uma nação de vítimas. Vilas para atacar, aldeias para incendiar, pessoas para torturar. E se esse for todo o seu objetivo?

— Isso é loucura — disse lentamente.

— Talvez. Mas e se assim for?

— Então nada os deterá. Exceto destruí-los.

Ele anuiu lentamente.

— Siga esse raciocínio.

— Não temos navios suficientes sequer para retardá-los. — Refleti por um momento. — É melhor todos torcermos para que os mitos sobre os Antigos sejam verdade. Porque me parece que eles, ou algo como eles, são a nossa única esperança.

Chade anuiu lentamente.

— Exatamente. Então você pode entender por que é que eu aprovo o rumo seguido por Verity.

— Porque é a nossa única esperança de sobrevivência.

Ficamos muito tempo sentados juntos, fitando a lareira em silêncio. Quando eu finalmente regressei à minha cama, fui assolado por pesadelos nos quais Verity era atacado e lutava pela vida enquanto eu ficava parado assistindo. Não podia matar nenhum dos seus atacantes, pois o meu rei não me dera permissão.

Doze dias mais tarde, o duque Brawndy de Bearns chegou. Veio pela estrada costeira, à frente de homens suficientes para impressionar, sem se tornar uma ameaça declarada. Reunira tanta pompa e panóplia quanto o seu ducado conseguia proporcionar. As filhas cavalgavam a seu lado, à exceção da mais velha, que ficara para trás, a fim de fazer tudo o que fosse possível por Barca. Passei a maior parte do fim da tarde nos estábulos, e depois na casa da guarda, ouvindo a conversa dos membros mais humildes de sua comitiva. Hands saiu-se bem na tarefa de prover espaço e cuidados para os animais dos visitantes e, como sempre, as nossas cozinhas e casernas mostraram-se lugares hospitaleiros. Ainda assim, havia muita conversa dura das pessoas de Bearns. Falavam sem rodeios do que tinham visto em Barca e de como os pedidos de ajuda não tinham obtido resposta. Envergonhava os nossos soldados que houvesse pouco que pudessem dizer para defender o que o rei Shrewd aparentemente fizera. E quando um soldado não pode defender as atitudes de seu líder, tem de concordar com as críticas ou encontrar outro ponto para discordar. Então houve trocas de socos entre homens de Bearns e soldados de Torre do Cervo, incidentes isolados na maior parte e por desacordos triviais. Contudo, coisas como essas não costumavam acontecer sob a disciplina de Torre do Cervo, e por isso se tornavam mais perturbadoras. Para mim, aquilo deixou claro a falta de unidade entre as nossas tropas.

À noite, vesti-me cuidadosamente para o jantar, inseguro quanto a quem poderia encontrar ou o que seria esperado de mim. Vislumbrara Celerity duas vezes nesse dia, e em ambas escapei antes de ser visto. Achava que ela seria minha companhia no jantar, e isso me deixava aterrorizado. Esse não era o momento de afrontar ninguém de Bearns, mas não queria encorajá-la. Poderia ter me poupado da preocupação. Fui acomodado longe da mesa, entre a pequena nobreza e seus membros mais jovens. Passei uma noite desconfortável como uma novidade menos importante. Várias das moças à mesa tentaram flertar. Aquela foi uma experiência nova para mim e da qual eu não gostei. Percebi como era grande o influxo de pessoas que fizera inchar a corte de Torre do Cervo nesse inverno.

A maior parte provinha dos Ducados Interiores, em busca de migalhas caídas do prato de Regal, mas, como aquelas jovens demonstravam claramente, se contentavam em cortejar influência política onde quer que conseguissem. O esforço para seguir as tentativas de conversa espirituosa e responder com um nível mínimo de polidez tornou quase impossível prestar atenção ao que se passava na mesa elevada. O rei Shrewd estava lá, sentado entre a princesa herdeira Kettricken e o príncipe Regal. O duque Brawndy e as filhas Celerity e Faith eram os que se sentavam mais perto deles. O resto da mesa estava preenchido com os bichinhos de estimação de Regal. O duque Ram de Lavra, a sua lady Placid e os dois filhos eram os mais dignos de nota. O primo de Regal, lorde Bright, também estava lá; o jovem herdeiro do duque de Vara era novo na corte.

Do lugar onde eu estava, pouco conseguia ver e ouvia ainda menos. Sentia a agitada frustração de Verity com a situação, mas não havia nada que eu pudesse fazer. O rei parecia mais cansado do que confuso naquela noite, o que eu encarei como algo de positivo. Kettricken, sentada ao seu lado, estava quase sem cor, salvo o rosado das bochechas. Parecia não estar comendo muito e estar mais grave e silenciosa do que de costume. O príncipe Regal, por contraste, mostrava-se tão sociável como alegre, principalmente com o duque Ram, lady Placid e os filhos. Não chegava propriamente ao ponto de ignorar Brawndy e as filhas, mas era evidente que sua animação colidia com o humor dos visitantes.

O duque Brawndy era um homem grande e musculoso, mesmo na idade avançada. Madeixas de cabelo branco no seu rabo de cavalo negro de guerreiro eram testemunhas de antigos ferimentos de batalha, assim como a mão na qual faltavam alguns dedos. As filhas estavam sentadas a seu lado, mulheres de olhos índigo cujas proeminentes maçãs do rosto atestavam o sangue das Ilhas Próximas da falecida rainha de Brawndy. Faith e Celerity usavam o cabelo curto e liso ao estilo do norte. O modo rápido como viravam a cabeça para observar toda a gente sentada à mesa lembrava-me falcões pousados num pulso. Essa não era a nobreza branda dos Ducados Interiores com quem Regal estava acostumado a lidar. De todos os Seis Ducados, o povo de Bearns era o que estava mais próximo de ser ainda um povo guerreiro.

Regal cortejava o desastre ao tratar suas queixas como irrelevantes. Eu sabia que não esperavam discutir Salteadores à mesa, mas o tom festivo do príncipe estava em completo desacordo com o motivo que os trazia a Torre do Cervo. Perguntei a mim mesmo se ele saberia o quanto os ofendia. Era evidente que Kettricken sabia. Mais de uma vez a vi apertar os maxilares ou baixar os olhos perante os gracejos de Regal. Além disso, ele estava bebendo demais, e isso transparecia nos extravagantes gestos com a mão e no volume das gargalhadas. Desejei desesperadamente conseguir escutar o que ele via de tão engraçado nas próprias palavras.

O jantar pareceu interminável. Celerity rapidamente me localizou à mesa. Depois disso, foi difícil evitar os olhares de avaliação que ela me lançava. Acenei-lhe afavelmente da primeira vez que os nossos olhos se encontraram; percebi que ficou confusa com o local onde eu fora acomodado. Não me atrevi a ignorar nenhum de seus olhares. Regal já era ofensivo o bastante para que eu ainda aparentasse rejeitar a filha de Bearns. Senti como se me equilibrasse em uma cerca. Fiquei grato quando o rei Shrewd se levantou e a rainha Kettricken insistiu em dar-lhe o braço para ajudá-lo a abandonar a sala. Regal franziu as sobrancelhas de um jeito bêbado ao ver a festa se dispersar tão cedo, mas não tentou persuadir o duque Brawndy e suas filhas a ficarem. Eles se despediram de forma seca assim que Shrewd saiu. Eu também inventei uma dor de cabeça e troquei os meus sorridentes companheiros pela solidão do meu quarto. Assim que abri a porta e entrei, senti-me a pessoa mais impotente de Torre do Cervo. O Anônimo, o garoto-cão, de fato.

— Vejo que foi um jantar absolutamente fascinante para você — observou o Bobo.

Suspirei. Não perguntei como ele tinha entrado. Não valia a pena fazer perguntas que não seriam respondidas. Estava sentado à lareira, com a silhueta delineada contra as chamas dançarinas da pequena labareda que tinha acendido. Havia nele uma quietude incomum, nenhum tilintar de guizos, nenhuma avalanche de zombarias.

— O jantar foi insuportável — disse-lhe. Não me incomodei com as velas. Minha dor de cabeça não era inteiramente fictícia. Sentei-me e estendi-me na cama com um suspiro. — Não sei o que Torre do Cervo está virando nem o que eu posso fazer quanto a isso.

— Talvez o que você já fez seja suficiente? — aventou o Bobo.

— Nos últimos tempos não fiz nada notável — informei-o. — A menos que você conte saber a hora de parar de responder a Regal.

— Ah. Eis então uma habilidade que todos estamos aprendendo — concordou taciturno. Ergueu os joelhos até o queixo, repousou os braços em cima deles. Inspirou. — Então não tem nenhuma novidade que queira partilhar com um Bobo? Um Bobo muito discreto?

— Não tenho nenhuma novidade para dividir que você já não saiba e que, provavelmente, tenha sabido antes de mim. — A escuridão do quarto era relaxante. Minha dor de cabeça estava melhorando.

— Ah. — Fez uma pausa delicada. — Poderia, talvez, fazer uma pergunta? Para ser respondida ou não, como preferir?

— Poupe o fôlego e pergunte. Sabemos que perguntará, permitindo eu ou não.

— De fato, tem razão. Então muito bem. A pergunta: Ah, eu me surpreendo, fico até ruborizado, realmente fico. Bastardo FitzChivalry, terá você feito um bastardo seu?

Sentei-me lentamente na cama e olhei para ele. Ele não se moveu nem pestanejou.

— O que foi que me perguntou? — quis saber em voz baixa.

Ele falou, agora com suavidade, quase pedindo perdão:

— Preciso saber. Molly está esperando um filho seu?

Saltei sobre ele de cima da cama, agarrei-o pela garganta e coloquei-o de pé. Afastei o punho e então parei, chocado com aquilo que a luz da lareira revelou em seu rosto.

— Bata à vontade — sugeriu calmamente. — Novos hematomas não ficarão muito visíveis por cima dos antigos. Posso esgueirar-me sem ser visto durante mais alguns dias.

Tirei bruscamente a mão de cima dele. Era estranho como o ato que estava prestes a cometer parecia tão monstruoso depois de descobrir que alguém já o cometera. Assim que o larguei, ele virou as costas, como se o rosto pálido e inchado o envergonhasse. Talvez fosse a lividez de sua pele e a delicada estrutura óssea que fizessem tudo parecer mais assustador. Era como se alguém tivesse feito aquilo a uma criança. Ajoelhei-me perto da lareira e comecei a alimentar o fogo.

— Não conseguiu ver direito? — perguntou o Bobo com acidez. — Aviso: não fica melhor se lhe der mais luz.

— Sente-se na arca e tire a camisa — disse-lhe firmemente.

Ele não se mexeu. Ignorei-o. Coloquei para aquecer a pequena chaleira com água para o chá. Acendi um castiçal, pousei-o na mesa e fui buscar a minha pequena reserva de ervas. Não tinha muitas no quarto; desejava agora ter o estoque completo de Burrich à disposição, mas tinha certeza de que se fosse aos estábulos, o Bobo teria ido embora quando regressasse. De qualquer forma, as ervas que tinha no meu quarto serviam principalmente para hematomas, cortes e outros tipos de ferimento a que a minha outra profissão frequentemente me expunha. Iriam servir.

Quando a água aqueceu, despejei um pouco dela na cuba de banho e acrescentei um belo punhado de ervas, esmagando-as enquanto o fazia. Encontrei na arca uma camisa que já não servia mais em mim e cortei-a em tiras.

— Venha até a luz — disse em tom de pedido. Após uma pausa ele obedeceu, mas movendo-se com hesitação e timidez. Olhei-o brevemente, segurei-o pelos ombros e o fiz sentar na arca. — O que aconteceu com você? — perguntei, impressionado com os machucados no seu rosto. Tinha os lábios feridos e inchados, e um olho tão inchado que quase não se abria.

— Andei por Torre do Cervo perguntando a sujeitos de temperamento instável se recentemente viraram pais de bastardos. — O seu único olho bom enfrentou os meus diretamente. Uma teia de vergões vermelhos cobria sua pele branca. Percebi que não conseguia nem me zangar com ele, nem rir.

— Devia saber o suficiente de medicina para tratar melhor desse tipo de coisa. Agora fique quieto. — Fiz uma compressa com o trapo, encostei-a gentil, mas firmemente, no seu rosto. Um pouco depois, ele relaxou. Limpei o sangue seco. Não havia muito; era óbvio que havia se limpado depois da surra, mas alguns cortes continuaram sangrando. Passei os dedos suavemente ao longo das linhas do maxilar e em torno das órbitas. Pelo menos, nenhum osso parecia estar danificado. — Quem fez isso com você? — perguntei-lhe.

— Bati de encontro a uma série de portas. Ou da mesma várias vezes. Depende de para qual porta você perguntar. — Falava com eloquência para um homem com os lábios feridos.

— Foi uma pergunta séria — disse-lhe.

— A minha também.

Voltei a fuzilá-lo com os olhos, e ele baixou os dele. Nenhum de nós falou enquanto eu procurava um pote de unguento que Burrich me dera para cortes e arranhões.

— Eu realmente gostaria de saber a resposta — lembrei-o enquanto tirava a tampa do pote. O familiar odor penetrante subiu às minhas narinas; de repente senti falta de Burrich com uma intensidade espantosa.

— Eu também. — Bobo estremeceu ligeiramente sob o meu toque enquanto aplicava o unguento. Eu sabia que ardia. Sabia também que funcionava.

— Por que faz uma pergunta dessas? — quis por fim saber.

Ele refletiu por um momento.

— Porque é mais fácil perguntar a você do que perguntar a Kettricken se ela está esperando um filho de Verity. Até onde eu sei, nos últimos tempos Regal só compartilhou suas carícias consigo mesmo, portanto o descartei. Então o pai deve ser você ou Verity.

Olhei-o sem expressão. Ele balançou a cabeça tristemente.

— Você não consegue sentir? — perguntou quase num murmúrio. Seus olhos perderam o foco dramaticamente. — As forças mudaram. As sombras se agitam. De repente há uma ondulação de possibilidades. Um reordenamento dos futuros, enquanto os destinos se multiplicam. Todos os caminhos divergem e voltam a divergir. — Voltou a olhar para mim. Sorri em resposta, pensando que brincava, mas a sua boca estava séria. — Há um herdeiro na linhagem Farseer — disse em voz baixa. — Tenho certeza.

Alguma vez já errou um degrau no escuro? Há aquela súbita sensação de balançar à borda de algo e não saber quão grande poderá ser a queda. Respondi com firmeza:

— Não gerei nenhum filho.

O Bobo lançou a mim um olhar cético.

— Ah — disse, com falsa sinceridade. — Claro que não. Então deve ser Kettricken quem espera um bebê.

— Deve ser — concordei, mas meu coração se afundou. Se Kettricken estivesse grávida, não teria motivos para escondê-lo. Molly, por outro lado, teria. E eu não a via há várias noites. Talvez tivesse notícias para me dar. Senti-me subitamente tonto, mas forcei-me a inspirar longa e profundamente. — Tire a camisa — disse ao Bobo. — Vamos ver seu peito.

— Eu já o vi, obrigado, garanto que está ótimo. Quando enfiaram o saco na minha cabeça, presumo que tenha sido para funcionar como alvo. Foram muito criteriosos em não bater em mais nenhum lugar.

Fiquei em silêncio, embrulhado pela brutalidade do que lhe tinham feito.

— Quem? — finalmente consegui perguntar.

— Com um saco na cabeça? Ora essa. Consegue enxergar através de um saco?

— Não. Mas deve ter suspeitas.

Ele inclinou a cabeça para mim, incrédulo.

— Se você já não sabe quais são essas suspeitas, então é você quem tem a cabeça enfiada num saco. Permita-me que faça nele um pequeno buraco. "Sabemos que é desonesto com o rei, que espiona para Verity, o pretendente ao trono. Não lhe envie mais mensagens, porque se enviar, nós saberemos." — O bobo virou-se para fitar a lareira, balançando brevemente os calcanhares contra minha arca, *tunc, tunc, tunc*.

— Verity, o pretendente? — perguntei, ultrajado.

— Não são palavras minhas. São deles — ele ressaltou.

Forcei-me a engolir a ira e tentei pensar.

— Por que eles suspeitariam que espiona para Verity? Enviou-lhe mensagens?

— Eu tenho um rei — disse ele suavemente. — Embora ele nem sempre se lembre de que é o meu rei. Você é que tem de tomar conta do seu. Como estou certo de que toma.

— O que vai fazer?

— O que sempre fiz. Que mais posso fazer? Não posso parar de fazer o que eles me mandam parar porque nunca comecei.

Uma arrepiante certeza subiu pela espinha.

— E se eles voltarem a agir?

Ele soltou uma gargalhada sombria.

— Não faz sentido preocupar-me com isso, já que não posso prevenir. Isso não é o mesmo que dizer que aguardo com expectativa... Agora isto... — disse ele com um pequeno gesto na direção do rosto. — Isto acabará se curando. O que eles fizeram ao meu quarto, não. Passarei semanas limpando aquela confusão.

As palavras banalizaram os fatos. Uma terrível sensação de vazio ergueu-se dentro de mim. Estivera uma vez no quarto do Bobo. Fora uma longa subida por uma escada sem uso, passando pela poeira e pelo lixo de anos, até um aposento com vista dos baluartes e que tinha um jardim de maravilhas. Pensei nos peixes brilhantes que nadavam nos amplos cântaros, nos jardins de musgo nos seus recipientes, na minúscula criança de cerâmica, tão meticulosamente cuidada, no berço. Fechei os olhos enquanto ele alimentava as chamas.

— Foram muito meticulosos. Que bobo fui por achar que existia no mundo algo como um lugar seguro.

Não consegui encará-lo. Com exceção de sua língua, ele era uma pessoa indefesa cujo único impulso era servir o seu rei. E salvar o mundo. E, no entanto, alguém despedaçara o seu. Pior, eu suspeitava que o espancamento que ele sofrera era uma vingança por algo que eu havia feito.

— Eu posso te ajudar a arrumar seus aposentos — ofereci em voz baixa.

Ele balançou duas vezes a cabeça, tensa e rapidamente.

— Acho que não — disse. E acrescentou, num tom de voz mais normal: — Sem ofensa.

— Sem ofensa.

Empacotei as ervas com o pote de unguento e o resto dos trapos da minha camisa. Ele saltou de cima da minha arca. Quando lhe ofereci o pacote, aceitou-o com uma expressão séria. Caminhou até a porta, rijo, apesar do que afirmara sobre apenas lhe terem ferido o rosto. Junto à porta, virou-se.

— Quando souber com certeza, irá me contar? — Fez uma pausa significativa. A sua voz perdeu a força. — Afinal de contas, se isso é o que fazem ao Bobo de um rei, o que poderão fazer a uma mulher grávida do herdeiro de um príncipe herdeiro?

— Não se atreveriam — respondi furiosamente.

Ele bufou com desdém.

— Ah, não? Eu já não sei o que eles se atreveriam ou não a fazer, FitzChivalry. E você também não. Se fosse você, arranjaria uma maneira melhor de trancar a porta. A menos que queira também ter a cabeça metida num saco. — Fez um sorriso que não chegava sequer a ser uma sombra do seu habitual sorriso trocista e virou-se para ir embora. Fui até a porta depois de ele sair e deixei cair a tranca no lugar. Encostei as costas à porta e suspirei.

— Está tudo muito bem para os outros, Verity — disse em voz alta para o quarto silencioso. — Mas, para mim, acho que devia dar meia-volta agora mesmo e vir para casa. Há mais do que Navios Vermelhos em ação, e por algum motivo desconfio de que os Antigos não serão de grande ajuda contra as outras ameaças que enfrentamos.

Esperei, na expectativa de sentir algum tipo de sinal de que me ouvira ou de concordância vindo dele. Nada. A frustração entrou em um turbilhão. Raramente conseguia saber quando Verity estava consciente de mim e nunca tinha certeza se ele captava os pensamentos que tentava enviar a ele. Voltei a me perguntar por que motivo não teria ele instruído Serene quanto àquilo que desejava que fosse feito. Passara o verão inteiro enviando a ela mensagens sobre os Navios Vermelhos através do Talento; por que estaria agora tão silencioso? Teria ele tentado e ela escondido o contato? Ou talvez o tivesse revelado apenas a Regal. Refleti sobre isso. Os hematomas no rosto do Bobo talvez fossem um reflexo da frustração de Regal ao saber que Verity está consciente do que se passa na sua ausência. Por que teria escolhido o Bobo como culpado era uma incógnita. Talvez o tivesse simplesmente escolhido como válvula de escape da sua ira. O Bobo nunca evitou ofender Regal. Ou qualquer outra pessoa.

Mais tarde, fui ver Molly. Era um momento perigoso para vê-la, visto que a torre estava muito agitada com gente de fora e com criados extras para servi-la. Mas a minha suspeita não me deixava ficar longe. Quando bati na porta, Molly respondeu através da madeira:

— Quem é?

— Sou eu — respondi, incrédulo. Ela nunca perguntara antes.

— Oh — respondeu e abriu. Deslizei para dentro e tranquei a porta atrás de mim enquanto ela atravessava o quarto até a lareira. Ajoelhou-se, desnecessariamente acrescentando lenha ao fogo sem olhar para mim. Usava o vestido azul de criada e ainda estava com o cabelo preso. Cada linha do seu corpo me avisava. Estava de novo encrencado.

— Sinto muito por não ter vindo aqui frequentemente nos últimos tempos.

— Eu também sinto — respondeu Molly secamente.

Não estava me dando muita abertura.

— Estão acontecendo muitas coisas, e elas estão me deixando bastante ocupado.

— Com o quê?

Suspirei. Já sabia para onde aquela conversa se encaminhava.

— Com coisas sobre as quais não posso falar.

— Claro. — Apesar de toda a calma e frieza na sua voz, eu sabia que a ira turbilhonava logo abaixo da superfície. A menor palavra errada a detonaria. E não dizer nada também. Portanto, a minha pergunta poderia perfeitamente ser encarada de frente.

— Molly, a razão por que eu vim esta noite...

— Oh, sabia que tinha uma razão especial qualquer para você finalmente aparecer. A única coisa que realmente me surpreende sou eu mesma. Por que eu estou aqui? Por que é que venho diretamente para o meu quarto depois dos deveres todos os dias e espero pela improvável hipótese de você aparecer? Há outras coisas que poderia fazer. Tem um monte de menestréis e espetáculos de marionetes ultimamente. O príncipe Regal se encarrega disso. Poderia estar junto a uma dessas lareiras menores com os outros criados, desfrutando da companhia deles, em vez de estar aqui em cima sozinha. Ou poderia adiantar algum trabalho. A cozinheira me deixa usar a cozinha quando não há muito movimento. Tenho pavio, ervas e sebo; deveria usá-los enquanto as ervas ainda têm a potência completa. Mas não, estou aqui em cima, na esperança de que você se lembre de mim e queira passar um tempo comigo.

Fiquei imóvel como uma rocha sob os dolorosos golpes de cada palavra. Não havia mais nada que pudesse fazer. Tudo o que ela disse era verdade. Olhei para os pés enquanto ela recuperava o fôlego. Quando voltou a falar, a ira na voz estava mais branda, sendo substituída por algo pior. Infelicidade e desalento.

— Fitz, é tão difícil. Sempre que acho que me conformei com isso, viro a esquina e me pego outra vez com esperança. Mas nunca vai haver nada para nós, não é? Nunca vai haver um momento que pertença só a nós, nunca vai haver um lugar que seja só nosso. — Fez uma pausa. Baixou os olhos, mordendo o lábio inferior. Quando falou, a voz tremia. — Eu vi Celerity. Ela é bonita. Arranjei até uma desculpa para falar com ela... Perguntei-lhe se precisavam de mais velas para os seus aposentos. Ela me respondeu acanhadamente, mas com cortesia. Até me agradeceu pela preocupação, como poucos aqui agradecem aos criados. Ela é... amável. Uma lady. Oh, eles nunca darão a você autorização para se casar comigo. Por que se casaria com uma criada?

— Para mim você não é uma criada — disse em voz baixa. — Jamais penso em você dessa maneira.

— Então o que sou? Não sou uma esposa — devolveu ela no mesmo tom.

— No meu coração, é — disse num tom infeliz. Era o parco conforto que tinha a lhe oferecer. Envergonhou-me que o aceitasse, e viesse descansar a testa no meu ombro. Abracei-a suavemente por alguns momentos, e então puxei-a para um abraço mais quente. Enquanto ela se aninhava em mim, disse suavemente:

— Há algo que tenho de perguntar.

— O quê?

— Você está grávida?

— O quê? — Ela se afastou de mim, para erguer os olhos para o meu rosto.

— Está esperando um filho meu?

— Eu... Não. Não, não estou. — Uma pausa. — Por que está fazendo uma pergunta dessas de repente?

— Ocorreu-me a dúvida. Só isso. Quer dizer...

— Eu sei o que quer dizer. Se estivéssemos casados, e eu ainda não estivesse grávida, os vizinhos estariam balançando a cabeça sobre a gente.

— Sério? — Uma coisa dessas nunca antes me ocorrera. Sabia que havia quem se interrogasse sobre Kettricken ser estéril, uma vez que não concebera em mais de um ano de casamento, mas a preocupação sobre a ausência de filhos era uma questão pública. Eu nunca pensara em vizinhos observando recém-casados com expectativa.

— Claro. A essa altura, alguém já teria me oferecido uma receita de chá transmitida pela mãe. Ou dente de javali em pó para despejar na sua cerveja à noite.

— Sério mesmo? — puxei-a para mais perto de mim, sorrindo tolamente.

— Hum. — Ela sorriu de volta. O sorriso desvaneceu-se lentamente. — Acontece — disse em voz baixa — que há outras ervas que eu tomo. Para me certificar de que eu não conceba.

Havia praticamente me esquecido da repreensão de Patience naquele dia.

— Algumas dessas ervas podem deixar uma mulher doente, me disseram, se tomadas por muito tempo.

— Eu sei o que estou fazendo — disse ela sem expressão. — Além disso, qual é a alternativa? — acrescentou, desanimada.

— O desastre — concedi.

Ela assentiu com a cabeça contra o meu corpo.

— Fitz, se eu tivesse dito que sim. Se estivesse grávida. O que teria feito?

— Não sei. Não pensei nisso.

— Pense agora — pediu-me.

Falei lentamente.

— Suponho que... Arranjaria um lugar para você, de algum jeito, em algum lugar. — Iria falar com Chade, com Burrich e suplicaria ajuda. Intimamente, empalidecia ao pensar nisso. — Um lugar seguro. Longe de Torre do Cervo. Talvez perto da nascente, ao longo do rio. Iria visitá-la quando pudesse. De algum modo, tomaria conta de você.

— Está dizendo que me deixaria de lado. A mim, e ao nosso... Ao meu filho.

— Não! Manteria você a salvo, onde ninguém te apontaria ou zombaria de você por ter um filho sozinha. E quando pudesse, iria ficar com você e com o *nosso* filho.

— Alguma vez pensou que poderia vir conosco? Que poderíamos abandonar Torre do Cervo, você e eu, e ir em direção à nascente do rio agora?

— Eu não posso abandonar Torre do Cervo. Já expliquei a você isso de todas as maneiras que posso imaginar.

— Eu sei que explicou. Tentei compreender. Mas não vejo o porquê.

— O trabalho que faço pelo rei é tão...

— Deixe de fazê-lo. Que outra pessoa o faça. Venha comigo, para uma vida que seja nossa.

— Não posso. Não é assim tão simples. Não me dariam permissão para simplesmente partir assim.

De alguma forma, tínhamos nos soltado. Agora, ela cruzava os braços em torno do peito.

— Verity partiu. Quase ninguém acredita que regresse. O rei Shrewd fica mais fraco dia após dia, e Regal prepara-se para herdar o trono. Se metade dos sentimentos de Regal por você for como diz, por que haveria você de querer ficar aqui com ele como rei? Por que iria ele querer manter você aqui? Fitz, não percebe que tudo está desmoronando? As Ilhas Próximas e Barca são só o começo. Os Salteadores não pararão por aí.

— O que é mais um motivo para eu ficar aqui. Para trabalhar e, se for necessário, para lutar pelo nosso povo.

— Um homem não pode impedi-los — disse Molly. — Nem mesmo um homem teimoso como você. Por que não pega toda essa teimosia e luta por nós em vez disso? Por que não fugimos, pelo rio acima e para o interior, para longe dos Salteadores, para uma vida que seja nossa? Por que haveremos de dar tudo por uma causa sem esperança?

Não podia acreditar no que estava ouvindo. Se fosse eu a dizê-lo, teria sido traição. Mas ela falava como se fosse o senso comum. Como se ela, eu e uma criança que sequer existia fôssemos mais importantes do que o rei e os Seis Ducados juntos. Foi o que eu disse a ela.

— Bem — respondeu-me, olhando-me sem expressão. — É verdade. Para mim, se você fosse meu marido e eu tivesse um filho nosso, é essa a importância que teria para mim. Seria mais importante do que o resto do mundo inteiro.

E o que eu poderia responder àquilo? Tentei dizer a verdade, sabendo que não a satisfaria.

— Você teria essa importância para mim. Tem essa importância para mim. Mas é também por isso que tenho de ficar aqui. Porque algo assim tão importante não é algo com o qual se fuja, não é algo que se esconda. É algo pelo qual você fica, que defende.

— Defender? — A voz dela subiu uma nota. — Quando você vai entender que não somos suficientemente fortes para nos defendermos? Eu sei. Eu fiquei entre Salteadores e crianças do meu próprio sangue, e por pouco não sobrevivi. Quando tiver feito isso, venha falar de nos defendermos!

Fiquei em silêncio. Não foram apenas suas palavras que me feriram. Feriram, e profundamente. Mas ela trouxe de volta a memória de segurar uma criança no colo, observando o sangue que pingava do braço que esfriava. Não conseguia suportar a ideia de passar por isso novamente. Mas não podia fugir.

— Não existe fuga, Molly. Temos de ficar e lutar, ou seremos massacrados quando o combate nos alcançar.

— Ah, é? — perguntou-me ela friamente. — E isso não é colocar a lealdade ao rei à frente daquilo que temos? — Não consegui encará-la. Ela soltou uma fungadela. — Você é igualzinho ao Burrich. E você nem percebe o quanto é parecido com ele!

— Com Burrich? — Fiquei confuso. Estava surpreso por ela dizer aquilo, e ainda mais por dizê-lo como se fosse um defeito.

— Sim — disse decidida.

— Por ser leal ao meu rei? — Continuava às apalpadelas.

— Não! Porque coloca o seu rei à frente da sua mulher. Ou do seu amor, ou da sua vida.

— Não sei do que está falando.

— Ah! Está vendo? Realmente não sabe. E anda por aí agindo como quem sabe todas essas grandes coisas e segredos e todas as coisas importantes que alguma vez aconteceram. Então me responda: por que Patience odeia Burrich?

Agora estava completamente desconcertado. Não fazia a mínima ideia de como aquilo se encaixava no que estava de errado comigo. Mas sabia que Molly faria de algum modo uma ligação. Cautelosamente, tentei:

— Ela o culpa por minha causa. Acha que Burrich levou Chivalry por maus caminhos... E, portanto, que o levou a me conceber.

— Ah. Viu só? Isso é pra você ver como é estúpido. Não tem nada a ver com isso. Lacy contou-me, uma noite. Um pouco de vinho de sabugueiro a mais, eu falando de você, ela de Burrich e Patience. Patience antes amava Burrich, seu idiota. Mas ele não quis aceitá-la. Disse que a amava, mas que não podia se casar com ela, mesmo que o pai consentisse que ela se casasse com alguém de posição inferior, porque já estava juramentado, de vida e espada, a um senhor. E não pensava que seria capaz de fazer justiça a ambos. Oh, ele disse que gostaria de ser livre para se casar com ela e que gostaria de não ter prestado o juramento antes de conhecê-la. Mas, mesmo assim, disse-lhe que não era livre para se casar com ela. Disse-lhe algo idiota sobre o cavalo só poder usar uma sela, por mais que estivesse disposto. Então ela lhe disse: "Bem, então vá seguir esse senhor que é mais importante para você do que eu". E foi o que ele fez. Assim como você faria se eu dissesse que tem de escolher. — Ela tinha dois pontos corados nas bochechas. Atirou a cabeça para trás quando virou as costas para mim.

Então ali estava a ligação com a minha falha. Minha mente cambaleava, enquanto peças e pedaços de histórias e comentários iam se encaixando. A história de Burrich sobre como conhecera Patience. Ela estava sentada numa macieira e pedira-lhe que tirasse um espinho do pé. Dificilmente seria algo que uma mulher fosse pedir a um homem do seu senhor. Mas era algo que uma jovem donzela poderia pedir diretamente a um jovem que lhe tivesse despertado interesse. E a reação dele na noite em que lhe falara sobre Molly e Patience, quando repetira as palavras que disse a Patience sobre cavalos e selas.

— Chivalry sabia alguma coisa de tudo isso? — perguntei.

Molly se virou para me examinar. Era evidente que aquela não era a pergunta que esperava que eu fizesse. Mas ela também não conseguiu resistir a concluir a história:

— Não. A princípio não. Quando Patience o conheceu, não tinha a menor ideia de que era ele o amo de Burrich. Burrich nunca lhe dissera a que senhor estava juramentado. Em princípio Patience não queria ter nada com Chivalry. Burrich ainda era dono do seu coração, entende? Mas Chivalry era teimoso. Julgando pelo que Lacy diz, ele a amava loucamente. Conquistou-lhe o coração. Foi só depois de ela dizer sim e de se casar com ele, que descobriu que era o amo de Burrich. E só porque Chivalry mandou Burrich entregar-lhe um cavalo especial.

De repente, lembrei-me de Burrich nos estábulos, olhando a montaria de Patience e dizendo: "Eu treinei aquele cavalo". Perguntei-me se teria treinado Seda, sabendo que iria ser entregue à mulher que amara, como presente do homem que iria desposá-la. Era capaz de apostar que sim. Sempre pensara que o desdém de Patience por Burrich era uma espécie de ciúme por Chivalry gostar tanto dele. Agora o triângulo era ainda mais estranho e infinitamente mais doloroso. Fechei os olhos e abanei a cabeça perante a injustiça do mundo.

— As coisas nunca são simples e justas — disse a mim mesmo. — Há sempre uma casca amarga, uma semente azeda em algum lugar.

— Sim. — A ira de Molly de repente pareceu esgotada. Sentou-se na beira da cama, e quando fui me sentar ao seu lado, não me afastou. Peguei sua mão e a segurei. Mil pensamentos confusos cruzavam minha mente. Como Patience odiava o fato de Burrich beber. Como Burrich recordara o cãozinho de colo dela e o modo como ela andava com ele sempre metido num cesto. O cuidado que ele tinha sempre com a sua aparência e comportamento. "Não conseguir ver uma mulher não quer dizer que ela não o vê." Oh, Burrich. O tempo extra que ainda passava tratando de um cavalo que ela raramente montava. Pelo menos Patience teve um casamento com um homem que amava, e alguns anos de felicidade, apesar de complicados por intrigas políticas. Mas alguns anos de felicidade, de qualquer forma. O que teríamos nós, Molly e eu? Só o que Burrich tinha agora?

Ela se encostou em mim e eu a abracei por muito tempo. Nada mais. Mas, de algum modo, naquele abraço melancólico naquela noite, estivemos mais próximos do que estivéramos há muito, muito tempo.

DIAS SOMBRIOS

O rei Eyod das Montanhas ocupou o trono da Montanha durante os anos dos Navios Vermelhos. A morte do filho mais velho, Rurisk, transformara a filha, Kettricken, na única herdeira do trono da Montanha. Pelos seus costumes, após o falecimento do pai ela se tornaria rainha das Montanhas, ou "Sacrifício", como o povo lhe chamava. Assim, o casamento com Verity assegurava durante esses anos instáveis não apenas um aliado localizado atrás de nós como também prometia a eventual união de um "sétimo ducado" ao Reino dos Seis Ducados. O fato de o Reino da Montanha fazer fronteira apenas com os dois Ducados Interiores de Lavra e de Vara tornava a perspectiva de ruptura dos Seis Ducados especialmente preocupante para Kettricken. Ela fora educada para ser "Sacrifício". O dever para com o seu povo era de suprema importância na sua vida. Quando se tornou princesa herdeira de Verity, o povo dos Seis Ducados passou a ser seu. Mas nunca poderia ficar afastado do coração o fato de ser reclamada pelo seu povo da Montanha como "Sacrifício" após a morte do pai. Como poderia cumprir essa obrigação se Vara e Lavra se interpusessem entre ela e o seu povo, não como parte dos Seis Ducados, mas como uma nação hostil?

Uma forte tempestade instalou-se no dia seguinte. Era uma bênção dúbia: ninguém precisava temer Salteadores em nenhum lugar ao longo da costa num dia como aquele, mas a tormenta também mantinha encurralado um grupo irrequieto e heterogêneo de soldados no mesmo lugar. Na torre propriamente dita, Bearns estava tão visível quanto a ausência de Regal. Sempre que me aventurava a entrar no Grande Salão, o duque Brawndy estava lá, andando sem parar de um lado para o outro ou encarando friamente uma das lareiras em chamas. As filhas o ladeavam como guardiãs. Celerity e Faith eram ainda jovens, e a sua impaciência e ira transpareciam com mais evidência nos seus rostos. Brawndy solicitara uma audiência oficial com o rei. Quanto mais tempo fosse mantido à espera, maior seria o insulto implícito. Deixá-lo esperando contrariava a importância do que o trouxera até ali. E a contínua presença do duque no Grande Salão era um anúncio claro aos seus seguidores de que, por enquanto, o rei não consentira em recebê--lo. Observei essa panela começar lentamente a ferver e me perguntei quem se escaldaria mais quando transbordasse.

Estava fazendo a minha quarta cautelosa inspeção da sala quando Kettricken apareceu. Estava vestida de forma simples, com uma túnica púrpura, longa e reta, e uma capa de suave tecido branco com mangas largas que lhe tapavam as mãos. O cabelo longo repousava, solto, nos ombros. Entrou com a sua falta de cerimônia habitual, precedida apenas por Rosemary, a sua pequena aia, e acompanhada apenas por lady Modesty e por lady Hopeful. Mesmo agora, que se tornara um pouco mais popular entre as senhoras, não se esquecia de que aquelas duas tinham sido as primeiras a segui-la; quando estava só, era frequente honrá--las transformando-as em suas companheiras. Não creio que o duque Brawndy tenha reconhecido a sua princesa herdeira na mulher vestida de forma trivial que o abordou diretamente.

Ela sorriu e pegou sua mão para saudá-lo. Era um simples costume montanhês de reconhecer os amigos. Duvido que ela tenha percebido o quanto o honrava, ou o quanto aquele gesto simples amenizara as horas de espera. Tenho certeza de que só eu vi a fadiga no rosto dela ou as novas olheiras sob os seus olhos. Faith e Celerity ficaram imediatamente seduzidas pela atenção prestada ao pai. A voz clara de Kettricken estendeu-se por todo o Grande Salão, de forma que aqueles que quisessem ouvir, não importa junto a qual lareira estivessem, sem dúvida ouviriam. Tal como ela pretendera.

— Visitei o nosso rei duas vezes esta manhã. Lamento que ele estivesse... enfermo em ambas as vezes. Espero que não tenha achado esta espera irritante. Sei que quer falar diretamente com o rei sobre a tragédia e tudo o que tem de ser feito para ajudar o nosso povo. Mas, por enquanto, ele precisa repousar. Pensei que talvez quisesse se juntar a mim para um refresco.

— Seria um prazer, senhora minha rainha — respondeu cautelosamente Bearns. Ela já havia conseguido alisar as suas penas eriçadas. Mas Brawndy não era homem que se deixasse seduzir facilmente.

— Fico contente — respondeu Kettricken. Virou-se e baixou-se ligeiramente para murmurar alguma coisa a Rosemary. A pequena aia fez um rápido aceno, virou-se e fugiu como um coelho. Todos repararam na sua saída. Em pouco tempo ela estava de volta, agora à frente de uma procissão de criados. Uma mesa foi re-querida e movida para a frente da Grande Lareira. Uma alva toalha foi estendida e um dos jardins em miniatura de Kettricken colocado no centro da mesa para decorá-la. Um desfile de gente vinda das cozinhas passou por mim em passo de marcha, todos trazendo pratos, copos de vinho, doces ou maçãs de fim de outono numa tigela de madeira para depositar na mesa. Aquilo fora orquestrado tão maravilhosamente que parecia quase mágico. Em poucos minutos a mesa foi posta, os convidados sentados e Mellow surgiu com o alaúde, já cantando enquanto entrava no Grande Salão. Kettricken chamou suas damas para se juntarem a eles, e então, vendo-me também, convidou-me com um aceno de cabeça. Escolheu ao acaso outras pessoas que se encontravam junto de outras lareiras; não por sua nobreza ou riqueza, mas gente que eu sabia que ela achava interessante. Fletch, com as suas histórias de caça, e Shells, uma mocinha simpática da mesma idade das filhas de Brawndy, estavam entre os que foram convidados por ela. Kettricken sentou-se ao lado direito de Brawndy, e de novo acho que ela não compreendia a honra que lhe prestava ao dispor os lugares assim.

Depois de terem sido saboreadas um pouco de comida e conversas, Kettricken fez sinal a Mellow para diminuir o volume da música. Virou-se para Brawndy e simplesmente disse:

— Só soubemos um resumo das suas notícias. Gostaria de partilhar conosco o que aconteceu a Barca?

Ele hesitou brevemente. Trouxera a sua queixa para o rei ouvir e agir. Mas como poderia dizer não a uma princesa herdeira que o tratara tão atenciosamente? Baixou os olhos por um momento, e quando falou sua voz veio rouca, com uma emoção sincera:

— Senhora minha rainha, fomos gravemente feridos — começou. Todas as vozes à mesa foram silenciadas com rapidez. Todos os olhos se viraram para ele. Percebi que todos os que a rainha escolhera eram também ouvintes atentos. A partir do momento em que ele começou a contar a sua história não se ouviu um som à mesa, salvo exclamações sussurradas de solidariedade ou murmúrios de ira contra o que os Salteadores tinham feito. Ele fez uma pausa na narração, e então tomou visivelmente uma decisão e prosseguiu contando como enviara os pedidos de socorro e esperara em vão por alguma resposta. A rainha escutou-o sem levantar objeções ou negativas. Quando a história de angústia terminou, era visível que o fardo que Brawndy carregava fora atenuado simplesmente por dividi-lo. Durante longos momentos, todos permaneceram em silêncio.

— Muito do que está contando é novo para os meus ouvidos — disse finalmente Kettricken em voz baixa. — E nenhuma das novidades é boa. Não sei o que o nosso rei dirá de tudo isso. Terá de esperar por ele para ouvir suas palavras. Mas, quanto a mim, já posso dizer que tenho o coração repleto de dor pela minha gente. E de ira. Prometo a você que, por mim, essas crueldades não passarão sem resposta e que o meu povo não ficará sem abrigo sendo mastigado pelo frio do inverno.

O duque Brawndy de Bearns baixou os olhos para o prato e brincou um pouco com a bainha da toalha de mesa. Ergueu os olhos, e neles havia fogo e também pesar. Quando falou, sua voz era firme:

— Palavras. Isso não passa de palavras, senhora minha rainha. O povo de Barca não pode comer palavras, nem abrigar-se sob elas ao cair da noite.

Kettricken olhou-o diretamente nos olhos. Algo pareceu apertar-se dentro dela.

— Entendo bem o que está dizendo. Mas, neste momento, as palavras são tudo o que tenho para oferecer. Quando o rei tiver saúde suficiente para recebê-lo, veremos o que pode ser feito por Barca.

Brawndy inclinou-se para ela.

— Tenho perguntas, minha rainha. A minha necessidade de respostas é quase tão grande quanto a minha necessidade de dinheiro e de homens. Por que os nossos pedidos de ajuda não foram atendidos? Por que motivo o navio que deveria ter ido em nosso auxílio rumou ao seu porto de origem?

A voz de Kettricken tremeu ligeiramente.

— Para essas perguntas não tenho respostas, senhor. E isso é algo que me envergonha admitir. Nenhuma notícia sobre essa situação chegou aos meus ouvidos até que seu jovem mensageiro surgiu a cavalo.

Fortes dúvidas nasceram em mim enquanto ela falava. Deveria a rainha ter admitido aquelas coisas perante Brawndy? Talvez não, por uma questão de sabedoria política. Mas eu sabia bem que Kettricken servia primeiro à verdade e só depois à política. Brawndy olhou longamente para o seu rosto, e as rugas em volta da sua boca aprofundaram-se. Ousada, mas suavemente, perguntou:

— Você não é princesa herdeira?

Os olhos de Kettricken estavam cinzentos como uma espada quando lhe enfrentou o olhar.

— Sou. Está me perguntando se estou mentindo?

Foi a vez de Brawndy afastar o olhar.

— Não. Não, minha rainha, esse pensamento nunca me passou pela cabeça.

O silêncio estendeu-se longamente. Não sei se houve algum sinal sutil de Kettricken ou se foram apenas os instintos de Mellow que levaram seus dedos a dedilhar mais vigorosamente as cordas. Em um instante, sua voz começou uma canção de inverno, com notas sopradas e refrão choroso.

Passaram-se mais de três dias antes que Brawndy fosse finalmente chamado aos aposentos do rei. Kettricken tentou oferecer a ele distrações, mas é difícil entreter um homem cuja mente está ocupada com a vulnerabilidade do seu ducado. Ele foi cortês, mas estava preocupado. Faith, sua segunda filha, rapidamente fez amizade com Shells e pareceu esquecer algumas das suas mágoas na companhia da amiga. Celerity, no entanto, não se afastava do pai, e quando os seus olhos azul-escuros se encontravam com os meus, eram como feridas. Experimentei uma estranha variedade de emoções devido àquele olhar. Estava aliviado por ela não me procurar como alguém a quem devotar atenção. Ao mesmo tempo, sabia que a sua frieza para comigo era um reflexo dos sentimentos atuais de seu pai para com toda a Torre do Cervo. Acolhi com agrado o seu desdém por mim; mas ele também me amargurava, pois não sentia que o merecesse. Quando as convocações finalmente chegaram, e Brawndy se apressou a encontrar o rei, tive a esperança de que o incômodo terminasse.

Tenho certeza de que não fui o único a notar que a rainha Kettricken não fora convidada para o conselho. Tampouco estive presente, uma vez que também não fui convidado. Mas não é comum uma rainha ser relegada à mesma posição social de um sobrinho bastardo. Kettricken manteve a serenidade e mostrou às filhas de Brawndy e a Shells uma técnica montanhesa para tecer contas em bordados. Eu fiquei pairando perto da mesa, mas duvidava de que a mente delas estivesse mais voltada para aquela arte do que a minha.

Não tivemos de esperar por muito tempo. Menos de uma hora depois, o duque Brawndy reapareceu no Grande Salão com o estrondo e o frio de um vento de borrasca. Disse a Faith:

— Embale suas coisas. — Voltou-se a Celerity: — Diga a nossa guarda para se preparar para partir dentro de uma hora. — Fez à rainha Kettricken uma reverência muito rígida. — Minha rainha, peço desculpa por partir. Como a Casa dos Farseers não oferecerá nenhuma ajuda, Bearns agora precisa cuidar de si.

— Realmente. Compreendo a vossa necessidade de rapidez — respondeu gravemente Kettricken. — Mas vos pedirei que me façais companhia apenas durante mais uma refeição. Não é bom partir para uma viagem de estômago vazio. Dizei-me. Aprecieis jardins? — A pergunta dirigia-se tanto a Bearns como às filhas. Elas olharam para o pai. Após um momento, ele fez um aceno seco.

Ambas as filhas admitiram cautelosamente a Kettricken que apreciavam os jardins. Mas a perplexidade delas era evidente. Um jardim? No inverno, durante uma tempestade uivante? Eu compartilhei suas dúvidas, especialmente porque nesse momento Kettricken gesticulou na minha direção.

— FitzChivalry, atenda ao meu desejo. Rosemary, vá com lorde FitzChivalry às cozinhas. Prepare a comida que ele decidir e traga-a ao Jardim da Rainha. Eu acompanharei os nossos convidados até lá.

Esbugalhei desesperadamente os olhos para Kettricken. Não. Lá, não. A simples subida à torre era esgotante para muitos, quanto mais beber uma xícara de chá no topo de uma torre varrido pela tempestade. Não conseguia entender o que ela pensava que estava fazendo. O sorriso com que respondeu ao meu olhar ansioso era tão aberto e sereno como qualquer outro que eu já vira. Dando o braço ao duque Brawndy, empurrou-o para fora do Grande Salão, enquanto as filhas os seguiam com as damas da rainha. Virei-me para Rosemary e mudei as ordens recebidas:

— Vá buscar agasalhos quentes para eles e alcance-os antes de chegarem à torre. Eu cuido da comida.

A criança rompeu alegremente numa correria enquanto eu me apressava na direção da cozinha. Informei concisamente a Sara da nossa repentina necessidade, e ela foi rápida em trazer uma bandeja de bolos aquecidos e vinho quente com especiarias.

— Leve isto, eu mando mais daqui a pouco com um rapaz. — Sorri para mim mesmo enquanto pegava a bandeja e me apressava aos Jardins da Rainha. A própria rainha podia referir-se a mim como lorde FitzChivalry, mas Sara, a cozinheira, nunca pensaria duas vezes antes de me mandar sair com uma bandeja de comida. Era estranhamente reconfortante.

Atirei-me às escadas o mais depressa que pude, mas parei para respirar no último patamar. Preparei-me para a chuva e o vento e abri a porta com um empurrão. A situação do topo da torre estava tão lastimável quanto esperava. As damas da rainha, as filhas de Brawndy e Shells amontoavam-se no pouco abrigo oferecido por duas paredes contíguas e uma faixa de tecido que fora estendida para fornecer sombra no verão anterior. Bloqueava a maior parte do vento e desviava também uma boa fração da chuva gelada. Havia uma pequena mesa dentro daquele patético abrigo, e foi nela que pousei a bandeja de comida quente. Rosemary, confortavelmente agasalhada, deu um sorriso orgulhoso enquanto surrupiava um bolo da borda da bandeja. Lady Modesty cuidou da distribuição da comida.

O mais depressa que consegui, entreguei canecas de vinho aquecido para a rainha e para o duque Brawndy e, a pretexto de servi-los, juntei-me a eles. Estavam mesmo à beira do parapeito, olhando o mar, lá embaixo, por cima do muro ameado. O vento transformara as ondas em espuma branca e arremessava gaivotas de um lado para o outro, completamente indiferente às tentativas das aves de voar. Ao me aproximar, vi que os dois conversavam em voz baixa, mas o rugido do vento frustrou minha tentativa de escutar a conversa. Desejei ter pensado em arranjar um manto para mim. Fiquei quase instantaneamente ensopado, e o vento dedicou--se a arrancar-me o calor que o meu corpo gerava tremendo.

Tentei sorrir através dos dentes batendo quando ofereci a eles o vinho.

— Lorde FitzChivalry é seu conhecido? — perguntou ela a Brawndy ao receber o vinho das minhas mãos.

— Sim, tive o prazer de tê-lo à minha mesa — asseverou-lhe Brawndy. A chuva escorria por suas espessas sobrancelhas enquanto o vento lhe sacudia o rabo de cavalo de guerreiro.

— Nesse caso não se importaria se eu lhe pedisse que se junte a nossa conversa? — Apesar da chuva que a ensopava, a rainha falava calmamente, como se estivesse aquecida pelo sol da primavera.

Perguntei a mim mesmo se Kettricken saberia que Brawndy encararia o seu pedido como uma ordem velada.

— Acharei bem-vindos seus conselhos, se achar que ele tem sabedoria para oferecê-los, minha rainha — aquiesceu Brawndy.

— Esperava que aceitasse. FitzChivalry, vá buscar um pouco de vinho para você e junte-se a nós, por favor.

— Como a minha rainha desejar. — Fiz uma profunda reverência e apressei-me a obedecer. O meu contato com Verity vinha se tornando mais tênue a cada dia em que ele viajava para mais longe, mas naquele momento consegui sentir sua curiosidade atenta e ávida. Apressei-me a voltar para junto da minha rainha.

— Não há forma de desfazer o que foi feito — dizia a rainha quando regressei para junto deles. — Entristece-me que não tenhamos sido capazes de proteger a nossa gente. Mas se não posso desfazer o que os Salteadores vindos do mar já fizeram, talvez possa pelo menos ajudar a dar-lhes abrigo contra as tempestades que ainda virão. Peço-lhe que aceite abrigo da mão e coração da sua rainha.

Notei de passagem que ela não fez qualquer menção à evidente recusa do rei Shrewd em agir. Observei-a. Movia-se ao mesmo tempo calma e determinada. Da manga branca e larga que arregaçou já escorria chuva fria. Ela ignorou a borrasca ao desnudar o braço pálido para revelar um serpenteio de fio de ouro pelo braço acima, com as escuras opalas das suas Montanhas presas ao longo da rede dourada. Eu já vira o brilho escuro de opalas da Montanha, mas nunca daquele tamanho. E, no entanto, ela me estendeu o braço para que eu desprendesse o fecho, e sem qualquer hesitação desenrolou o tesouro do braço. Da outra manga tirou um pequeno saco de veludo. Segurei-o aberto enquanto ela colocava as pulseiras dentro dele. Dirigiu um sorriso caloroso ao duque Brawndy enquanto o entregava a ele.

— Isto é do seu príncipe herdeiro Verity e de mim — disse calmamente.

Quase não consegui resistir ao impulso de Verity de ficar de joelhos aos pés daquela mulher e declará-la régia demais para o seu insignificante amor. Brawndy gaguejou agradecimentos espantados e jurou-lhe que nem um centavo do valor do presente seria desperdiçado. Casas robustas voltariam a erguer-se em Barca, e as pessoas de lá abençoariam a rainha pelo calor que nelas haveria.

Então compreendi o motivo para usar o Jardim da Rainha. Aquilo era um presente de rainha, que não dependia de nada que Shrewd ou Regal pudessem ter a dizer. A escolha do local por Kettricken e a sua forma de entregar o presente a Brawndy deixavam isso claro perante o duque. Não lhe disse para mantê-lo em segredo; não era necessário.

Pensei nas esmeraldas escondidas num canto da minha arca, mas dentro de mim Verity estava silencioso. Não fiz nenhum movimento para buscá-las. Tive esperança de um dia ver o próprio Verity colocá-las em volta do pescoço da sua rainha. Também não desejava diminuir o significado do presente que ela oferecera a Brawndy, acrescentando outro vindo de um bastardo, pois seria assim que teria de oferecê-lo. Não, decidi. Que o presente da rainha e o modo como o oferecera fossem únicos na memória do duque.

Brawndy afastou os olhos da sua rainha para me observar.

— Minha rainha, parece nutrir por este jovem uma estima considerável, para permitir que saiba dos seus conselhos.

— Sim — respondeu gravemente Kettricken. — Ele nunca traiu a confiança que nele deposito.

Brawndy acenou com a cabeça, como quem confirma algo para si próprio. Permitiu-se um pequeno sorriso.

— A minha filha mais nova, Celerity, ficou um pouco preocupada com uma missiva de lorde FitzChivalry. Especialmente porque as irmãs mais velhas abriram a carta antes dela e encontraram lá muito para provocá-la. Mas quando ela trouxe as suas apreensões a mim, disse-lhe que um homem que tão sinceramente admite aquilo que pode ser visto como falha é um homem raro. Só um presunçoso afirmaria ir sem medo para a batalha. E eu também não desejaria entregar minha confiança a um homem capaz de matar sem se sentir desconsolado depois. E quanto a sua saúde física — deu-me uma súbita palmada no ombro —, eu diria que um verão a puxar remos e a brandir um machado lhe fez bem. — Os seus olhos de falcão perfuraram os meus. — Não mudei a minha avaliação sobre você, FitzChivalry. E Celerity também não. Quero que saiba disso.

Disse as palavras que sabia que tinha de dizer.

— Obrigado, senhor.

Ele se virou para olhar sobre o ombro. Segui o seu olhar através da chuva soprada pelo vento, até onde Celerity nos fitava. O pai fez um minúsculo aceno, e o sorriso dela rompeu como o sol atrás de uma nuvem. Faith, que a observava, disse alguma coisa, e Celerity virou-se, corada, para dar um empurrão à irmã. As minhas tripas transformaram-se em gelo quando Brawndy me disse:

— Pode se despedir da minha filha, se o desejar.

Havia poucas coisas no mundo que eu desejava menos fazer. Mas não podia desfazer o que Kettricken tão laboriosamente construíra. Simplesmente não podia. Portanto, fiz uma mesura e me retirei; forcei-me a cruzar o jardim assolado pela chuva para me apresentar a Celerity. Faith e Shells retiraram-se de imediato até uma distância não muito discreta e ficaram nos observando.

Fiz-lhe uma reverência com absoluta cordialidade.

— Lady Celerity, devo agradecer-lhe outra vez o pergaminho que me enviou — disse acanhadamente. Meu coração estava disparado. Tal como o dela, tenho certeza, mas por um motivo completamente diferente.

Ela sorriu através da chuva que caía.

— Fiquei feliz por enviá-lo, e ainda mais feliz com a sua resposta. O meu pai explicou-a para mim. Espero que não se incomode que a tenha mostrado. Não compreendia por que haveria de se rebaixar daquela forma. Ele disse: "O homem que precisa elogiar a si mesmo é porque sabe que ninguém mais o fará". E depois disse-me que não há melhor maneira de aprender a navegar do que aos remos de um barco. E que, nos seus anos de juventude, o machado também era sempre a sua arma. Prometeu às minhas irmãs e a mim que nos dará um dóri no próximo verão, assim poderemos ir ao mar nos dias de bom tempo. — De súbito titubeou. — Tagarelo, não é verdade?

— De maneira alguma, minha senhora — assegurei-lhe em voz baixa. Achava preferível que fosse ela a falar.

— Minha senhora — repetiu ela numa voz suave, e então corou tão violentamente como se a tivesse beijado ali mesmo.

Desviei o olhar e encontrei os olhos arregalados de Faith pregados em nós, com a boca em formato de "O", escandalizada de deleite. Imaginar o que ela imaginava que eu teria dito à sua irmã também trouxe cor e calor ao meu rosto. Quando ruborizei, ela e Shells rebentaram em risinhos.

Pareceu passar uma eternidade até que saíssemos do Jardim da Rainha assolado pela tempestade. Os nossos hóspedes voltaram aos seus aposentos para trocarem a roupa ensopada e se prepararem para a viagem. Eu fiz o mesmo, às pressas para não perder sua partida. Estava no pátio externo assistindo Brawndy e sua guarda montar a cavalo. A rainha Kettricken também estava lá, trajando o familiar púrpura e branco, e sua guarda de honra também aparecera. Ela se aproximou do cavalo de Brawndy para lhe dizer adeus, e antes de montar ele se ajoelhou para beijar-lhe a mão. Foram proferidas breves palavras, que eu não pude ouvir, mas a rainha sorriu enquanto os ventos agitavam com violência o seu cabelo em volta do rosto. Brawndy e os seus soldados avançaram em direção aos dentes da tormenta. Ainda havia ira na rigidez dos ombros do duque, mas a mesura que fizera à rainha mostrou-me que por enquanto nem tudo estava perdido.

Tanto Celerity como Faith olharam para trás, para mim, ao partirem, e Celerity atreveu-se a erguer a mão em despedida. Eu devolvi o gesto. Fiquei a vê-las partir, gélido, e não apenas por causa da chuva. Apoiara Verity e Kettricken naquele dia, mas a que custo para mim mesmo? O que estava fazendo a Celerity? Teria Molly razão acerca de tudo aquilo?

Mais tarde naquela noite, fui visitar o rei. Ele não me convocara. Não pretendia discutir Celerity com ele. Fui até lá me perguntando se era o desejo de Verity em mim ou se essa vontade era o meu próprio coração me aconselhando a não abandonar o meu rei. Wallace deixou-me entrar a contragosto, com um aviso severo de que o rei ainda não estava se sentindo completamente dono de si, e que não deveria cansá-lo.

O rei Shrewd estava sentado à frente da lareira. O ar do quarto estava enjoativo de Fumo. O Bobo, ainda mostrando uma interessante paisagem roxa e azul no rosto, encontrava-se sentado aos pés do rei. Tinha a sorte de estar abaixo do estrato mais pungente da névoa. Eu não tive a mesma felicidade ao sentar-me no banco baixo e sem encosto que Wallace tão cuidadosamente me forneceu.

Alguns momentos depois de me apresentar e sentar, o rei se virou para mim. Olhou-me com olhos turvos por alguns momentos, enquanto a cabeça oscilava sobre o pescoço.

— Ah, Fitz — saudou-me afinal. — Como vão as aulas? O mestre Fedwren está satisfeito com seu progresso?

Olhei de relance para o Bobo, que não me devolveu o olhar e cutucou, taciturno, a lareira.

— Sim — disse em voz baixa. — Ele disse que minha letra é bonita.

— Isso é bom. Uma letra limpa é algo de que qualquer homem pode se orgulhar. E o nosso acordo? Tenho cumprido a promessa que fiz a você?

Era a nossa velha ladainha. De novo, refleti sobre os termos que ele oferecera. Ele me alimentaria, me vestiria e me educaria, e em troca teria a minha completa lealdade. Sorri com as palavras familiares, mas a minha garganta se fechou perante o modo como o homem que as proferira se consumira e o que elas tinham acabado por me custar.

— Sim, meu rei. Tem cumprido — respondi em voz baixa.

— Ótimo. Então trate de cumprir também a sua promessa. — Recostou-se pesadamente na cadeira.

— Cumprirei, Majestade — prometi, e os olhos do Bobo encontraram-se com os meus ao testemunhar uma vez mais essa promessa.

Durante alguns minutos, a sala ficou em silêncio, exceto pelo crepitar do fogo. Então o rei ergueu-se na cadeira como se tivesse se assustado com um som. Olhou em volta com um ar confuso.

— Verity? Onde está Verity?

— Partiu em uma viagem, meu rei. Para procurar a ajuda dos Antigos para afastar os Navios Vermelhos das nossas costas.

— Ah, sim. Claro. Claro que sim. Mas por um momento, pensei... — Voltou a recostar-se na cadeira. Então, todos os pelos do meu corpo se arrepiaram. Conseguia senti-lo usando vagamente o Talento, de um modo sem foco e desajeitado. A sua mente puxou pela minha como mãos velhas em busca de apoio. Julgara-o já incapaz de usar o Talento, achava que o queimara havia muito tempo. Verity disse-me um dia que Shrewd usava raramente o Talento. Eu tomei essas palavras como lealdade ao pai. Mas o fantasmagórico Talento dedilhava os meus pensamentos como dedos não treinados em cordas de harpa. Senti Olhos-de-Noite se irritando com aquela nova invasão. *Silêncio,* avisei-o.

O meu fôlego prendeu-se subitamente a uma ideia. Nutrida por Verity em mim? Pus de lado todas as cautelas, lembrei a mim mesmo de que foi isso que prometi àquele homem tanto tempo antes. Lealdade absoluta em todas as coisas.

— Meu rei? — Foi um pedido de autorização enquanto deslocava o banco para mais perto da sua cadeira. Tomei sua mão mirrada na minha.

Foi como mergulhar num rio impetuoso.

— Ah, Verity, meu rapaz, aí está você! — Por apenas um momento vislumbrei Verity como o rei Shrewd ainda o via. Um menino roliço de oito ou nove anos, mais amigável do que esperto, não tão alto como o seu irmão mais velho, Chivalry. Mas um príncipe saudável e simpático, um excelente segundo filho, não muito ambicioso, não muito questionador. Então, como se tivesse tropeçado da margem para dentro de um rio, caí numa corrente negra e impetuosa de Talento. Senti-me desorientado por ver subitamente através dos olhos de Shrewd. As orlas da sua visão estavam veladas com névoa. Por um momento, vislumbrei Verity progredindo extenuado através de neve. *O que é isso? Fitz?* Então fui arrebatado por um redemoinho, arrastado para o âmago da dor do rei Shrewd. Arremessado profundamente pelo Talento para dentro dele, para além de onde as ervas e o fumo o anestesiavam, fui causticado por sua agonia. Era uma dor que crescia lentamente, ao longo da coluna e no crânio, uma pressão insistente, pungente, impossível de ignorar. Mas bem no interior da sua mente enevoada, um rei ainda vivia e se enfurecia contra o seu confinamento. O espírito ainda estava lá, combatendo o corpo que já não lhe obedecia e a dor que devorava os últimos anos da sua vida. Juro que o vi, um jovem, talvez um ano ou dois mais velho do que eu. O seu cabelo era tão espesso e rebelde como o de Verity, os olhos eram largos e vivos, e um dia as únicas rugas de seu rosto eram marcas de um largo sorriso. Assim era ele ainda, na sua alma, um jovem, encurralado e desesperado. Agarrou-me, perguntando desenfreadamente: "Existe uma saída?". Senti-me afundar com a força das suas mãos.

Então, como dois rios que se fundem, outra força esmagou-se contra mim, lançou-me rodopiando na sua corrente. *Rapaz! Controle-se.* Foi como se mãos fortes me equilibrassem e me estabelecessem como um fio individualizado na corda retorcida que formávamos. *Pai, estou aqui. Precisa de alguma coisa?*

Não, não. Está tudo como está há algum tempo. Mas, Verity...

Sim. Estou aqui.

Bearns já não nos é fiel. Brawndy cede os portos a Navios Vermelhos em troca de proteção para as suas aldeias. Ele nos traiu. Quando voltar para casa, tem de...

O pensamento divagou, perdeu força.

Pai, de onde vêm essas notícias? Detectei o súbito desespero de Verity. Se o que Shrewd estava dizendo fosse verdade, não havia esperança de Torre do Cervo resistir ao inverno.

Regal tem espiões. Eles trazem as novidades a Regal, e ele vem contá-las a mim. Isso tem de ser mantido em segredo, durante algum tempo, até termos força suficiente para contra-atacar Brawndy. Ou até decidirmos abandoná-lo aos seus amigos dos Navios Vermelhos. Sim. É esse o plano de Regal. Manter os Navios Vermelhos afastados de Cervo, para que eles se virem contra Brawndy e o punam por nós. Brawndy até mandou um falso pedido de ajuda, na esperança de atrair os nossos navios de guerra para a sua destruição.

Poderá isso ser verdade?

Todos os espiões de Regal o confirmam. E temo que já não possamos confiar na sua esposa estrangeira. Enquanto Brawndy esteve aqui, Regal reparou no modo como ela se entreteve com ele e arranjou diversas desculpas para conversas em particular. Teme que ela conspire com os nossos inimigos para derrubar o trono.

ISSO NÃO É VERDADE! A força da negação de Verity atravessou-me como a ponta de uma espada. Por um instante, voltei a me afogar, perdido, desprovido de mim, na inundação de Talento que me atravessava. Verity sentiu-o, voltou a me equilibrar. *Temos de ter cuidado com o rapaz. Ele não tem força suficiente para ser usado dessa maneira. Pai, eu suplico. Confie na minha rainha. Eu sei que ela não é falsa. E desconfie do que os espiões de Regal relatam. Coloque espiões para espiá-los, antes de agir com base nos relatórios deles. Consulte Chade. Prometa-me.*

Não sou um tolo, Verity. Eu sei como conservar o meu trono.

Ótimo. Então ótimo. Assegure que o rapaz seja tratado. Ele não é treinado para isso.

Então alguém me puxou a mão, como que arrancando-a de um forno ardente. Caí para a frente, pus a cabeça entre os joelhos, enquanto o mundo girava à minha volta. Perto de mim, conseguia ouvir o rei Shrewd arquejando, tentando recuperar o fôlego, como se tivesse feito uma corrida. O Bobo entregou um copo de vinho na minha mão e voltou a tentar fazer o rei beber pequenos tragos de vinho. Para além de tudo, a voz de Wallace surgiu, exigindo saber:

— O que fez ao rei?

— O que fez aos dois! — Havia um penetrante fio de medo na voz do Bobo. — Estavam conversando tranquilamente e então de repente isso! Leve daqui os malditos incensários de fumo! Acho que você pode ter matado os dois!

— Silêncio, Bobo! Não acuse a minha cura disto! — Mas ouvi a pressa no passo de Wallace enquanto fazia a ronda do quarto, apagando os pavios em brasa em cada incensário ou cobrindo-os com campânulas de latão. Num momento, as janelas foram escancaradas à noite gelada de inverno. O ar frio estabilizou-me. Consegui me endireitar no banco e beber um gole de vinho. Gradualmente, recuperei os sentidos. Mesmo assim, ainda estava sentado ali quando Regal irrompeu no quarto, exigindo saber o que acontecera. Dirigiu a pergunta a mim, visto que o Bobo estava ajudando Wallace a pôr o rei na cama.

Abanei a cabeça, mudo, e a tontura não era de todo fingimento.

— Como está o rei? Ele vai se recuperar? — gritou a Wallace.

Wallace veio imediatamente ao lado de Regal.

— Parece estar se estabilizando, príncipe Regal. Não sei o que deu nele. Não há sinais de luta, mas está tão cansado como se tivesse feito uma corrida. A sua saúde não aguentará este tipo de excitação, meu príncipe.

Regal virou para mim um relance avaliador:

— O que fez com meu pai? — rosnou.

— Eu? Nada. — Aquilo, pelo menos, era verdade. O que quer que tivesse acontecido, fora obra do rei e de Verity. — Estávamos conversando calmamente. De repente senti-me esmagado, tonto, fraco. Como se estivesse perdendo a consciência. — Virei o olhar para Wallace. — Pode ter sido o Fumo?

— Talvez — concedeu ele, pouco satisfeito. Olhou aflitamente para os olhos de Regal, que escureciam. — Bem, parece que tenho de fazê-lo mais forte todos os dias para que tenha algum efeito. E ele continua se queixando de...

— SILÊNCIO! — interrompeu-o Regal num rugido. Fez um gesto na minha direção como se eu fosse escória. — Tire-o daqui. Depois volte para cuidar do rei.

Nesse momento Shrewd gemeu no sono, e eu voltei a sentir o roçar, suave como uma pena, do Talento contra os meus sentidos. Fiquei arrepiado.

— Não. Vá já cuidar do rei, Wallace. Bobo. Tire você o bastardo daqui. E certifique-se de que isto não chegue aos criados. Eu ficarei sabendo se me desobedecer. Vá, depressa. O meu pai não está bem.

Achei que seria capaz de me levantar sozinho e partir, mas descobri que precisava do auxílio do Bobo, pelo menos para me levantar. Uma vez em pé, fui cambaleando em equilíbrio precário, sentindo-me vacilar em cima do piso. As paredes erguiam-se, ora perto, ora longe, e o chão oscilava suavemente debaixo de mim como o convés de um navio avançando através de ondas lentas.

— Eu consigo seguir a partir daqui — disse ao Bobo depois de sairmos. Ele balançou a cabeça.

— Está vulnerável demais para ser deixado sozinho nesse momento — disse-me em voz baixa, e então deu-me o braço e começou um discurso qualquer sem sentido. Fingiu companheirismo ao me ajudar a subir as escadas até a minha porta. Esperou, ainda tagarelando, enquanto eu a destrancava e seguiu-me quando entrei.

— Já te disse que estou bem — disse aborrecido. — Só preciso me deitar.

— Está bem? E como está o meu rei? O que foi que fez com ele, lá em cima?

— Não fiz nada! — disse, entredentes, enquanto me sentava aos pés da cama. Minha cabeça começava a latejar. Chá de casco-de-elfo. Era disso que precisava naquele momento, mas não tinha.

— Fez, sim! Pediu-lhe autorização, e depois lhe pegou pela mão. E no instante seguinte estavam ofegantes como peixes.

— Só um instante? — Pareciam horas. Julgara a noite inteira gasta.

— Não foram mais do que três segundos.

— Oh. — Levei as mãos às têmporas, tentei encaixar o crânio de volta a uma só peça. Por que tinha Burrich de estar longe justamente nesse momento? Sabia que ele teria casco-de-elfo. A dor exigia que eu corresse um risco: — Você tem casco-de-elfo? Para fazer chá?

— Comigo? Não. Mas posso pedir a Lacy. Ela tem um exército de todos os tipos de ervas.

— Pediria?

— O que fez ao rei? — A troca que ele oferecia era evidente.

A pressão na minha cabeça acumulava-se, empurrando os meus olhos para fora das órbitas.

— Nada — ofeguei. — E o que ele fez a mim cabe a ele contar a você, se for essa a decisão dele. Isso é suficientemente claro para você?

Silêncio.

— Talvez. Está mesmo com tanta dor?

Deitei-me muito lentamente de costas na cama. Até pousar a cabeça doía.

— Eu volto já — avisou.

Ouvi a porta do meu quarto abrir e fechar. Fiquei imóvel, de olhos fechados. Aos poucos, o sentido do que havia escutado tomou forma na minha mente. Apesar da dor, ordenei as informações. Regal tinha espiões. Ou dizia ter. Brawndy era um traidor. Ou era o que Regal afirmava que os seus supostos espiões lhe tinham dito. Eu suspeitava de que Brawndy era tão traidor como Kettricken. Oh, o veneno se alastrando. E a dor. De repente lembrei-me da dor. Não teria Chade me pedido que simplesmente observasse, como me fora ensinado, para descobrir a resposta à minha questão? Estivera todo o tempo evidente perante os meus olhos, e eu teria visto, se não tivesse andado tão cego com medo de traidores, ardis e venenos.

Uma doença estava devorando o rei Shrewd, corroendo-o de dentro para fora. Ele drogava-se contra a dor num esforço de ter ao menos um canto da mente para si, um lugar onde a dor não conseguisse alcançá-lo e tomá-lo. Se alguém tivesse dito algumas horas antes, eu teria debochado. Agora, jazendo na cama, tentando respirar suavemente porque o menor movimento desencadeava outra onda de agonia, conseguia começar a compreender. Dor. Só suportava aquilo havia alguns minutos, e já mandara o Bobo correr para buscar casco-de-elfo. Outra reflexão abriu caminho até a minha mente. Eu esperava que aquela dor passasse, que no dia seguinte pudesse levantar da cama livre dela. E se tivesse de enfrentá-la a cada momento pelo resto da minha vida, com a certeza de que estava devorando as horas que me restassem? Não era surpreendente que Shrewd se mantivesse drogado.

Ouvi a porta se abrir e fechar silenciosamente. Quando não ouvi o Bobo começar a fazer chá, forcei os olhos a se abrirem. Justin e Serene estavam junto à porta do meu quarto. Estavam congelados, como se tivessem entrado na toca de um animal selvagem. Quando movi ligeiramente a cabeça para encará-los, os lábios de Serene se retraíram, como se ela rosnasse. Dentro de mim, Olhos--de-Noite respondeu rosnando. O ritmo do meu coração aumentou de repente. Perigo. Tentei descontrair os músculos, para estar pronto para qualquer atitude. Mas a dor que atacava minha cabeça só me pedia para ficar quieto, ficar quieto.

— Não os ouvi bater — consegui dizer. Cada palavra estava orlada em vermelho conforme a voz ecoava no interior do meu crânio.

— Eu não bati — disse rispidamente Serene. As suas palavras claramente proferidas foram tão dolorosas para mim como uma bordoada. Rezei que ela não soubesse o poder que tinha sobre mim naquele momento. Rezei pelo regresso do Bobo. Tentei parecer descontraído, como se me mantivesse na cama só por considerá-los pouco importantes.

— Precisa de alguma coisa? — Soei brusco. Na realidade, cada palavra custava esforço demais para que uma sequer fosse desperdiçada.

— Precisar? Jamais — zombou Serene.

O Talento acotovelou-me. Desajeitadamente. Era Justin, espetando-me. Não consegui reprimir o tremor que me acometeu. O uso que o meu rei fizera de mim deixara minha mente em carne viva, como uma ferida sangrando. O sondar desastrado de Justin era como garras de gato arranhando meu cérebro.

Proteja-se. Verity era um sussurro. Fiz um esforço para erguer defesas, mas não consegui encontrar o suficiente de mim mesmo para fazê-lo. Serene sorria.

Justin abria caminho para o interior da minha mente como uma mão se introduziria num pudim. Os meus sentidos embaralharam-se de súbito. Ele cheirava mal na minha cabeça, era um terrível amarelo esverdeado e podre e soava como esporas tilintantes. *Proteja-se,* suplicou Verity. Parecia desesperado, fraco, e eu sabia que ele estava fazendo muito esforço para segurar meus farrapos juntos. *Ele vai te matar com pura estupidez. Ele nem sequer sabe o que está fazendo.*

Ajude-me!

De Verity, nada. O nosso vínculo desvanecia-se como perfume no vento à medida que as minhas forças se reduziam.

SOMOS ALCATEIA!

Justin foi lançado de costas com tanta força que até a cabeça colidiu contra a porta do meu quarto. Foi mais do que um *repelimento.* Não tinha nenhuma palavra para aquilo que Olhos-de-Noite fez de dentro da mente do próprio Justin. Foi uma magia híbrida; Olhos-de-Noite usou a Manha através de uma ponte que o Talento criara. Ele atacou o corpo de Justin a partir de dentro da mente do próprio Justin. As mãos de Justin saltaram para a garganta, combatendo mandíbulas que não conseguia tocar. Garras rasgaram a pele e fizeram nascer vergões vermelhos sob a fina túnica de Justin. Serene gritou, como uma lâmina sonora que me atravessava, e atirou-se sobre Justin, tentando ajudá-lo.

Não o mate. Não o mate! NÃO O MATE!

Olhos-de-Noite finalmente me ouviu. Deixou Justin cair, atirando-o para o lado como se fosse uma ratazana. Aproximou-se de mim em guarda, defendendo-me. Quase conseguia ouvir a sua respiração ofegante, sentir o calor do seu pelo. Não tinha energia para questionar o que acontecera. Encolhi-me como um filhote de cachorro, abrigado embaixo dele. Sabia que ninguém passaria pela defesa que Olhos-de-Noite me fornecia.

— O que foi isto? O que foi isto? O que foi isto? — Serene gritava histericamente. Pegara Justin pela camisa e pusera-o em pé. Havia marcas lívidas na sua garganta e peito, mas através de olhos que quase não conseguia abrir, vi-as desvanecendo-se rapidamente. Em breve não haveria qualquer sinal do ataque de Olhos-de-Noite, exceto a mancha molhada que se espalhava pela parte da frente das calças de Justin. Seus olhos fecharam-se. Serene sacudiu-o como se fosse um boneco. — Justin! Abra os olhos, Justin!

— O que você está fazendo com esse homem? — A voz impostada do Bobo, expressando indignação e surpresa, encheu o meu quarto. Atrás dele, a porta estava escancarada. Uma criada que passava pelo corredor, com os braços cheios de camisas, espreitou para dentro, sobressaltou-se e parou para olhar. A pequena pajem que a seguia transportando um cesto veio correndo espreitar também. O Bobo pousou no chão a bandeja que trazia e entrou no meu quarto. — Qual é o propósito disso?

— Ele atacou Justin — soluçou Serene.

A incredulidade inundou o rosto do Bobo.

— Ele? Ele parece que não consegue atacar nem uma almofada. Você foi a única que vi importunando o rapaz.

Serene largou o colarinho de Justin, e ele caiu como um trapo a seus pés. O Bobo baixou os olhos para ele com uma expressão de piedade.

— Pobre coitado! Ela estava tentando te agarrar?

— Não seja ridículo! — Serene estava indignada. — Foi ele! — E apontou para mim.

O Bobo olhou-me pensativamente.

— É uma acusação grave. Diga-me a verdade, bastardo. Ela estava mesmo tentando agarrá-lo?

— Não. — A minha voz saiu como me sentia. Doente, exausta e zonza. — Eu estava dormindo. Eles entraram silenciosamente no meu quarto. Depois... — Cerrei as sobrancelhas e deixei a voz sumir. — Acho que inalei Fumo demais essa noite.

— E eu concordo! — disse o Bobo com desdém. — Nunca vi espetáculo de perversão tão indecente como este! — O Bobo rodopiou de repente para encarar a criada e a pajem que espreitavam: — Isso envergonha toda a Torre do Cervo! Descobrir os nossos Talentosos comportando-se dessa maneira. Exijo que não falem sobre isso com ninguém. Que não comece qualquer fofoca sobre esse assunto. — Virou-se para Serene e Justin. A cara de Serene estava inundada de escarlate, a boca aberta de indignação. Justin conseguiu sentar-se a seus pés e lá ficou balançando. Agarrou-se às suas saias como um bebê, tentando ficar em pé.

— Eu não sinto desejo por este homem — disse ela fria e claramente. — E também não o ataquei.

— Bem, seja o que for que estejam fazendo, é melhor que o façam nos seus aposentos! — O Bobo lançou as palavras com severidade. Sem olhá-la de volta, virou-se, pegou sua bandeja e levou-a corredor afora. Ao ver o chá de casco-de--elfo partindo não consegui conter um gemido de desespero. Serene virou-se para mim, com os lábios repuxados numa careta.

— Eu vou chegar ao fundo dessa história! — rosnou-me.

Respirei fundo.

— Mas nos seus aposentos, por favor. — Consegui erguer uma mão e apontar para a porta aberta.

Ela saiu furiosa, com Justin cambaleando ao seu encalço. A criada e a pajem recuaram com repugnância quando eles passaram. A porta do meu quarto foi deixada escancarada. Precisei de um esforço enorme para me erguer e fechá-la. Senti como se a cabeça fosse algo que se equilibrava nos ombros. Depois de fechar a porta, nem sequer tentei regressar à cama, limitei-me a deslizar pela parede até me sentar encostado à porta. Sentia-me em carne viva.

Irmão. Está morrendo?

Não. Mas dói.

Descanse. Eu fico de vigia.

Não posso explicar o que aconteceu em seguida. Abri mão de alguma coisa, algo a que me agarrara a vida toda sem saber que o agarrava. Afundei-me numa escuridão suave e tépida, penetrando num lugar seguro, enquanto um lobo se mantinha de vigia através dos meus olhos.

BURRICH

Lady Patience, aquela que fora princesa herdeira do príncipe herdeiro Chivalry, provinha originalmente de sangue do interior. Seus pais, lorde Oakdell e lady Averia, pertenciam a uma nobreza muito baixa. Para eles, vê-la subir de status o suficiente para se casar com um príncipe deve ter sido um choque, especialmente dada a natureza caprichosa e, diriam alguns, obtusa da filha. A ambição confessada por Chivalry de casar com Patience fora a causa da primeira divergência com o pai, o rei Shrewd. Através daquele casamento, Chivalry não conquistou nenhuma aliança valiosa ou vantagens políticas; apenas uma mulher excêntrica ao extremo, cujo grande amor pelo marido não a impedia de expressar abertamente opiniões impopulares. Tampouco a dissuadia de se dedicar obstinadamente a qualquer distração que atraísse sua instável imaginação. Os pais haviam morrido no ano da Peste do Sangue, ela não tinha filhos e era tida como estéril na época em que o marido, Chivalry, caiu de um cavalo para a morte.

Acordei. Ou, pelo menos, voltei a mim. Estava na cama, rodeado de calor e suavidade. Não me mexi, em vez disso perscrutei-me cautelosamente em busca de dores. A cabeça já não latejava, mas me sentia cansado, dolorido e rígido como às vezes ficamos depois de sentir muita dor. Um arrepio percorreu minhas costas. Molly estava nua a meu lado, respirando suavemente contra o meu ombro. O fogo na lareira já quase se extinguira. Fiquei à escuta. Ou era muito, muito tarde, ou muito cedo. A torre estava quase em silêncio.

Não me lembrava de ter chegado ali.

Voltei a estremecer. Ao meu lado, Molly se mexeu. Aproximou-se de mim, deu um sorriso sonolento.

— Às vezes você é tão estranho — expirou. — Mas eu te amo. — Voltou a fechar os olhos.

Olhos-de-Noite!

Estou aqui. Ele estava sempre lá.

De repente não consegui perguntar, não quis saber. Limitei-me a ficar quieto, sentindo-me doente, triste e com pena de mim mesmo.

Tentei acordá-lo, mas você não estava pronto para regressar. Aquele Outro o esgotara.

Esse "Outro" é o nosso rei.

O seu rei. Os lobos não têm reis.

O que foi que... deixei que o pensamento sumisse. *Obrigado por me proteger.*

Ele detectou as minhas ressalvas. *O que eu devia ter feito? Mandá-la embora? Ela estava desconsolada.*

Não sei. Não vamos falar disso. Molly estava triste e ele a confortara? Eu nem sequer sabia por qual razão ela estava triste. Estivera triste, corrigi, olhando o suave sorriso no seu rosto adormecido. Suspirei. Melhor enfrentar as coisas cedo do que tarde. Além disso, tinha de mandá-la de volta ao seu quarto. Não seria bom que ela estivesse ali quando a torre acordasse.

— Molly? — disse suavemente.

Ela se mexeu e abriu os olhos.

— Fitz — concordou, sonolenta.

— Por segurança precisa voltar para o seu quarto.

— Eu sei. Nem devia ter vindo. — Parou. — Todas aquelas coisas que te disse há alguns dias. Eu não...

Coloquei o dedo nos seus lábios. Ela sorriu através dele.

— Você torna esses novos silêncios... Muito interessantes. — Afastou minha mão, deu-me um beijo caloroso. Então deslizou para fora da minha cama e começou a se vestir com movimentos vivos. Eu me levantei, movendo-me mais devagar. Ela me olhou de relance, com uma expressão amorosa.

— Eu vou sozinha. É mais seguro. Não devemos ser vistos juntos.

— Um dia isso vai... — comecei. Dessa vez foi ela que me silenciou, com a pequena mão nos meus lábios.

— Não vamos falar disso agora. Deixemos a noite de hoje como foi. Perfeita. — Beijou-me de novo, rapidamente, e esgueirou-se para longe dos meus braços e depois porta afora. Fechou-a silenciosamente atrás de si.

Perfeita?

Acabei de me vestir e alimentei o fogo. Sentei-me na cadeira junto da lareira e esperei. Não se passou muito tempo até que fosse recompensado. A entrada para os domínios de Chade abriu-se. Subi as escadas o mais depressa que consegui. Chade estava sentado à frente da sua lareira.

— Precisa me escutar — saudei-o. Suas sobrancelhas ergueram-se, alarmadas com a intensidade da minha voz. Indicou com um gesto a cadeira à sua frente e eu me sentei. Abri a boca para falar. O que Chade fez então arrepiou todos os pelos do meu corpo. Olhou em torno de si, como se estivéssemos no meio de uma grande multidão. Então tocou nos lábios, e fez um gesto pedindo voz baixa. Inclinou-se para mim até nossas cabeças quase se tocarem.

— Fale baixinho, baixinho. Sente-se. O que é?

Sentei-me, no meu velho lugar na lareira. Meu coração saltava no peito. De todos os lugares de Torre do Cervo, este era o único que nunca pensara em ter de tomar cuidado com o que dizia.

— Está bem — sussurrou ele. — Conte-me.

Respirei fundo e comecei. Nada omiti, revelando o meu vínculo com Verity para que toda a história fizesse sentido. Contei todos os detalhes: o espancamento do Bobo e a oferta de Kettricken a Bearns, bem como o serviço que eu prestara ao rei naquela noite. Serene e Justin no meu quarto. Quando sussurrei acerca dos espiões de Regal, ele apertou os lábios, mas não pareceu demasiado surpreendido. Quando terminei, olhou-me calmamente.

De novo, em um sussurro:

— E o que conclui de tudo isto? — perguntou-me, como se fosse um enigma que tivesse me dado como lição.

— Posso falar francamente minhas suspeitas? — perguntei em voz baixa.

Um aceno.

Suspirei de alívio. Enquanto falava da imagem que emergira em mim ao longo das últimas semanas, senti que um grande peso era tirado dos meus ombros. Chade saberia o que fazer. E então falei, rápida e sobriamente. Regal sabia que o rei estava morrendo por causa da doença. Wallace era o seu instrumento, para manter o rei sedado e aberto aos murmúrios de Regal. Ele queria descreditar Verity, iria despir Torre do Cervo de cada mínima riqueza que conseguisse encontrar. Queria abandonar Bearns aos Navios Vermelhos, para mantê-los ocupados enquanto punha em ação suas próprias ambições. Pintava Kettricken como uma estrangeira com ambições ao trono, uma esposa desonesta e desleal. Pretendia reunir poder. O seu objetivo, como sempre, era o trono. Ou pelo menos o máximo que conseguir reunir dos Seis Ducados para si. Daí as suntuosas diversões que oferecia aos Duques Interiores e respectivos nobres.

Chade foi anuindo renitentemente enquanto eu falava. Quando fiz uma pausa, ele interveio em voz baixa:

— Há muitos buracos nessa teia que diz que Regal está tecendo.

— Posso preencher alguns — sussurrei. — Suponhamos que o círculo que Galen criou é leal a Regal. Suponhamos que todas as mensagens chegam a ele primeiro, e só as que ele aprova prosseguem até o destinatário a quem eram dirigidas.

A cara de Chade ficou imóvel e grave. O meu murmúrio tornou-se mais desesperado:

— E se as mensagens forem atrasadas só o suficiente para tornarem patéticos os nossos esforços de nos defendermos? Ele faz Verity parecer um tolo, mina a confiança no homem.

— E Verity não seria capaz de detectá-lo?

Abanei lentamente a cabeça.

— Ele é um Talentoso poderoso, mas não pode escutar tudo ao mesmo tempo. A força do seu Talento está na capacidade de focá-lo de modo tão estreito. Para espiar o seu próprio círculo, teria sido obrigado a desistir de vigiar as águas costeiras em busca de Navios Vermelhos.

— E ele... Verity está consciente dessa discussão neste momento?

Envergonhado, encolhi os ombros.

— Não sei. Esse é um dos meus defeitos. O vínculo com ele é errático. Por vezes, sei o que pensa tão claramente como se estivesse ao meu lado e o dissesse em voz alta. Em outras vezes quase nem consciente dele estou. Na noite passada, quando conversaram através de mim, ouvi todas as palavras. Agora... — Tateei dentro de mim mesmo, quase como se apalpasse os bolsos. — Não sinto nada além de estarmos ainda ligados. — Inclinei-me para a frente e pousei a cabeça nas mãos. Senti-me esgotado.

— Chá? — perguntou-me Chade com suavidade.

— Por favor. E se puder ficar sentado mais um pouco, tranquilo. Não me lembro de a minha cabeça já ter latejado tanto assim.

Chade pôs a chaleira no fogo. Observei com desagrado o modo como ele misturava ervas para a infusão. Um pouco de casco-de-elfo, mas nem perto de ser tanto como eu teria precisado mais cedo. Folhas de hortelã-pimenta e erva--de-gato. Um pouco da preciosa raiz de gengibre. Reconheci a maior parte do que ele costumava dar a Verity para a sua exaustão de Talento. Então voltou a se sentar junto de mim.

— Não pode ser. O que sugere requereria uma lealdade cega a Regal por parte do círculo.

— Ela pode ser criada por alguém fortemente Talentoso. O meu defeito é resultado do que Galen me fez. Lembra-se da admiração fanática de Galen por Chivalry? Era uma lealdade criada. Galen poderia ter feito o mesmo a eles, antes de morrer, quando estava concluindo o treino.

Chade balançou lentamente a cabeça.

— Acha que Regal poderia ser tão estúpido de pensar que os Navios Vermelhos se contentariam com Bearns? Acabarão por querer Cervo, por querer Rippon e Shoaks. Em que posição ficaria ele nessa altura?

— Ficaria com os Ducados Interiores. Os únicos que lhe interessam, os únicos com os quais tem uma lealdade mútua. Isso lhe daria um vasto perímetro de terra como isolamento contra qualquer coisa que os Navios Vermelhos pudessem fazer. E assim como você, talvez acredite que eles não querem território, apenas terrenos para saquear. São gente do mar, não avançarão tanto para o interior que lhe causem problemas. E os Ducados Costeiros estarão ocupados demais combatendo os Navios Vermelhos para se voltarem contra Regal.

— Se os Seis Ducados perderem a sua costa, o reino perde o comércio e as rotas de navegação. Quão satisfeitos ficarão os Duques Interiores com isso?

Encolhi os ombros.

— Não sei. Não tenho todas as respostas, Chade. Mas essa é a única teoria que fui capaz de montar, na qual quase todas as peças encaixam.

Ergueu-se para despejar água fumegante da chaleira num bule castanho bojudo. Enxaguou-o bem com a água fervente, e então despejou lá dentro a folha cheia de ervas que misturara. Observei-o despejar a água fervente sobre as ervas. O aroma de jardim encheu os aposentos. Memorizei a imagem do velho tampando o bule, embrulhei-a com o momento simples e doméstico em que ele colocou o bule na bandeja com algumas chávenas, e guardei-a cuidadosamente em algum lugar em meu coração. A idade aproximava-se sorrateiramente de Chade, com a mesma certeza com que a doença devorava Shrewd. Os seus hábeis movimentos já não tinham exatamente a mesma precisão, a sua vivacidade de pássaro não era tão rápida como fora. Meu coração doeu de repente com o vislumbre do inevitável. Quando me entregou a xícara de chá fumegante, franziu a sobrancelha ao ver a minha expressão.

— Que se passa? — sussurrou ele. — Quer um pouco de mel no chá?

Respondi à pergunta abanando a cabeça, bebi um gole de chá e quase queimei a língua. Um sabor agradável cobria o picante do casco-de-elfo. Após alguns minutos, senti a mente clarear, e uma dor de que quase não estava consciente voltou a adormecer.

— Muito melhor. — Suspirei, e Chade esboçou-me uma mesura, satisfeito consigo mesmo.

Voltou a se inclinar para mim.

— Continua a ser uma teoria fraca. Talvez tenhamos apenas um príncipe autoindulgente que se diverte com distrações para os seus aduladores enquanto o herdeiro está longe. Negligencia a proteção da costa porque tem uma visão limitada e espera que o irmão volte para casa e limpe a sujeira que ele faz. Assalta o tesouro e vende cavalos e gado para acumular riqueza para si mesmo enquanto não há ninguém que o detenha.

— Nesse caso, para que pintar Bearns como traidor? E Kettricken como uma forasteira? Para que espalhar rumores ridículos acerca de Verity e da sua busca?

— Ciúmes. Regal sempre foi o filho predileto e mimado do pai. Não acho que ele se voltaria contra Shrewd. — Algo na voz de Chade me fez achar que ele queria desesperadamente acreditar nisso. — Sou eu que forneço as ervas que Wallace administra a Shrewd para sua dor.

— Não duvido das suas ervas. Mas acho que há outras que lhes são acrescentadas.

— Para quê? Mesmo se Shrewd morrer, Verity continua sendo o herdeiro.

— A menos que Verity morra primeiro. — Ergui a mão quando Chade abriu a boca para protestar. — Não que isso vá mesmo acontecer. Se Regal controla o círculo, pode transmitir a notícia da morte de Verity a qualquer momento. Regal torna-se príncipe herdeiro. E então... — Deixei as palavras se desvanecerem.

Chade soltou um longo suspiro.

— Basta. Já me deu o suficiente para ponderar. Irei examinar essas ideias com os meus próprios recursos. Por enquanto, tem de cuidar de si mesmo. E de Kettricken. E do Bobo. Se existir nem que seja uma gota de verdade nas suas teorias, todos se tornarão obstáculos ao objetivo de Regal.

— E você? — perguntei em voz baixa. — Que cautela toda é essa agora?

— Existe um aposento, cuja parede é contígua a este. Antes, sempre foi deixado vazio. Mas um dos hóspedes de Regal está agora metido nele. Bright, primo de Regal e herdeiro do Ducado de Vara. O homem tem um sono muito leve. Queixou-se aos criados de guinchos de ratazanas nas paredes. E então, na noite passada, Sorrateiro derrubou uma chaleira, fez uma barulheira danada. Acordou-o. O homem também é bem curioso. Agora anda perguntando aos criados se alguma vez se soube de espíritos pela Torre do Cervo. E eu o ouvi bater nas paredes. Acho que suspeita da existência deste aposento. Não é coisa que nos deva preocupar muito; ele em breve partirá, certamente. Mas é necessário um pouco mais de cuidado.

Senti que havia mais, mas fosse o que fosse o que ele não queria dizer não seria obtido através de perguntas. No entanto, fiz mais uma:

— Chade. Ainda consegue visitar o rei uma vez por dia?

Ele olhou para as mãos e negou lentamente com a cabeça.

— Regal parece suspeitar da minha existência. Isso eu admito. Pelo menos suspeita de algo, e parece sempre ter alguém enviado por ele à espreita. Torna a vida difícil. Mas basta de falar das nossas preocupações. Tentemos pensar em como as coisas podem dar certo.

E então Chade deu início a uma longa discussão sobre os Antigos, baseada no pouco que sabíamos a respeito deles. Conversamos sobre como seria se Verity tivesse sucesso e especulamos sobre a forma que a ajuda dos Antigos tomaria. Chade parecia falar com bastante esperança e sinceridade, até entusiasmo. Eu tentei partilhar desse entusiasmo, mas a minha crença na salvação dos Seis Ducados dependia de eliminar a víbora que se alojava em nosso seio. Não demorou muito até que ele me mandasse de volta ao meu quarto. Deitei-me na cama, pretendendo descansar apenas alguns minutos antes de enfrentar o dia, mas em vez disso caí num sono profundo.

Fomos abençoados com tempestades por algum tempo. Cada dia que eu acordava ao som de vento enérgico e de chuva torrencial contra as minhas janelas era um dia a ser estimado. Tentei não chamar atenção na torre, evitando Regal, mesmo que isso significasse fazer todas as refeições na casa da guarda, e saindo de qualquer sala em que Justin e Serene pudessem entrar. Will também regressara do seu posto de Talento na Torre Vermelha em Bearns. Em raras ocasiões, via-o na companhia de Serene e Justin. Era mais frequente encontrá-lo vagueando à mesa, no salão, com os olhos pesados parecendo sempre prestes a se fecharem. A sua antipatia por mim não era o ódio focado que Serene e Justin partilhavam, mas mesmo assim eu também o evitava. Disse a mim mesmo que estava sendo sensato, mas temi estar sendo um covarde. Visitei o meu rei todas as vezes que me permitiram. Não era com a frequência suficiente.

Acordei sobressaltado em uma manhã com alguém batendo com força à porta e berrando o meu nome. Saí aos tropeções da cama e escancarei a porta. Um rapaz do estábulo estava pálido tremendo à porta.

— Hands pediu para ir aos estábulos. Agora mesmo!

Não me deu tempo de responder à sua mensagem urgente e desapareceu correndo, como se sete espécies de demônio o perseguissem.

Enfiei a roupa do dia anterior. Pensei em lavar o rosto ou alisar o cabelo e fazer um rabo de cavalo novo, mas esses pensamentos ocorreram-me depois de descer metade da escada. Enquanto corria pelo pátio, consegui ouvir as vozes alteradas de uma discussão nos estábulos. Sabia que Hands não teria me chamado por causa de uma simples discussão entre seus rapazes. Não conseguia imaginar o motivo de ter me chamado. Empurrei as portas e abri caminho através de uma aglomeração de rapazes do estábulo e cavalariços para chegar ao centro da confusão.

Era Burrich. Já não estava mais gritando. Desgastado pela viagem e cansado, agora estava em silêncio. Hands estava ao seu lado, pálido mas firme.

— Não tive alternativa — disse ele calmamente em resposta a qualquer coisa que Burrich dissera. — Você teria feito o mesmo.

A expressão de Burrich parecia desolada. Os seus olhos estavam incrédulos, esvaziados pelo choque.

— Eu sei — disse, depois de um momento. — Eu sei. — Virou-se para mim. — Fitz, os meus cavalos desapareceram. — Oscilava ligeiramente sobre as pernas.

— Não foi culpa de Hands — disse em voz baixa. Então perguntei: — Onde está o príncipe Verity?

As suas sobrancelhas uniram-se, e ele me olhou de um jeito estranho.

— Não estava me esperando? — Fez uma pausa, disse em voz mais alta: — Foram enviadas mensagens à minha frente. Não recebeu nenhuma?

— Não soubemos de nada. O que aconteceu? Por que voltou?

Ele olhou em volta para os rapazes do estábulo que o olhavam perplexos, e algo do Burrich que eu conhecia regressou aos seus olhos.

— Se ainda não soube de nada, então não é assunto para fofoca e tagarelice. Tenho de falar diretamente com o rei. — Endireitou-se, voltou a olhar em volta, para os rapazes e para os cavalariços. A velha chicotada voltou à voz quando perguntou: — Vocês não têm trabalho? Vou verificar como cuidaram das coisas durante a minha ausência assim que regressar da torre.

Como nevoeiro à luz do sol, os trabalhadores dissiparam. Burrich virou-se para Hands:

— Cuida do meu cavalo? O pobre Ruivo foi maltratado nos últimos dias. Trate-o bem, agora que está em casa.

Hands anuiu:

— Claro. Devo mandar buscar o curandeiro? Posso providenciar que ele esteja aqui à sua espera quando voltar.

Burrich negou com a cabeça.

— O que pode ser feito, pode ser feito por mim mesmo. Venha, Fitz. Dê-me o braço.

Incrédulo, ofereci o braço e Burrich aceitou-o, apoiando-se pesadamente em mim. Foi então que olhei para baixo. O que tomara à primeira vista por grossas polainas de inverno eram na verdade uma grossa bandagem na perna ferida. Ele a poupava colocando a maior parte do peso em mim enquanto avançava mancando. Eu conseguia sentir a exaustão pulsar dentro dele. De perto, conseguia sentir nele o suor de dor. Suas roupas estavam manchadas e rasgadas, as mãos e o rosto encardidos. Aquilo estava menos de acordo com o homem que eu conhecia do que qualquer coisa que eu pudesse imaginar.

— Por favor — disse em voz baixa enquanto o ajudava a se dirigir ao castelo —, Verity está bem?

Ele me deu o fantasma de um sorriso.

— Acha que o nosso príncipe poderia estar morto e eu continuar vivo? Não me insulte. Além disso, use a cabeça. Você saberia se ele estivesse morto. Ou ferido. — Fez uma pausa e estudou-me cuidadosamente. — Não saberia?

Aquilo de que ele estava falando era evidente. Envergonhado, admiti:

— O nosso vínculo não é absolutamente confiável. Há coisas que são claras. Outras não são. Sobre isso, não sei nada. O que aconteceu?

Ele fez uma expressão pensativa.

— Verity disse que iria tentar mandar a notícia através de você. Se não transmitiu as novidades a Shrewd, então essa informação deve ser primeiro entregue ao rei.

Não fiz mais perguntas.

Esquecera-me do tempo que passara desde que Burrich vira o rei Shrewd. As manhãs não eram o melhor momento para o rei, mas quando mencionei isso a Burrich, ele disse que achava melhor entregar o relatório imediatamente: antes em mau momento do que deixar a informação atrasada. Então batemos na porta do rei e, para minha surpresa, deixaram-nos entrar. Uma vez lá dentro, compreendi que isso acontecera porque não se via Wallace em lugar algum.

Em vez dele, quando entrei, o Bobo perguntou-me com benevolência.

— Veio arranjar mais Fumo? — Então, ao ver Burrich, o sorriso trocista se desvaneceu do rosto. Os olhos cruzaram-se com os meus. — O príncipe?

— Burrich veio transmitir as notícias ao rei.

— Tentarei acordá-lo. Apesar de que, do jeito que ele está nos últimos tempos, tanto faz transmitir-lhe notícias dormindo ou acordado. De uma forma ou de outra, a atenção que ele presta é a mesma.

Apesar de estar acostumado como estava à zombaria do Bobo, aquilo me chocou. O sarcasmo não soava bem, havia demasiada resignação na voz dele. Burrich olhou-me com um ar preocupado. Sussurrou:

— O que se passa com o meu rei?

Pedi-lhe que se calasse com a cabeça e o levei a uma cadeira.

— Eu fico em pé perante meu rei, até que ele permita que me sente — disse ele com obstinação.

— Está ferido. Ele compreenderia.

— Ele é meu rei. É isso que eu compreendo.

Então desisti de insistir. Esperamos durante algum tempo, e por mais um pouco. Por fim, o Bobo saiu do quarto do rei.

— Ele não está bem — acautelou-nos. — Demorei bastante para fazê-lo compreender quem está aqui. Mas diz que irá ouvir o seu relato nos aposentos dele.

E assim Burrich apoiou-se em mim enquanto entrávamos na escuridão e no Fumo do quarto do rei. Vi Burrich franzir o nariz com desagrado. A fumaça acre de Fumo pairava densa, e vários pequenos incensários ardiam. O Bobo prendera os dosséis da cama e, enquanto esperávamos em pé, ele sacudiu e enfiou almofadas atrás das costas do rei até que Shrewd lhe disse, com um pequeno gesto, para se afastar.

Olhei para o nosso monarca e me perguntei como pude não ter enxergado antes os sinais da sua doença. Eram óbvios quando se olhava para ele. O declínio geral do seu corpo, o ranço amargo do suor, o amarelo no branco dos olhos: pelo menos essas coisas eu deveria ter percebido. O choque na expressão de Burrich disse-me claramente que a mudança desde que o vira pela última vez era imensa. Mas escondeu-o bem e aprumou-se.

— Meu rei, permita-me que eu me reporte — disse formalmente.

Shrewd piscou lentamente.

— Reporte — disse com uma voz vaga.

Fiquei sem saber com certeza se ele estaria apenas repetindo uma palavra ou dando a Burrich uma ordem. Burrich tomou-o como uma ordem. Foi tão meticuloso e preciso como sempre exigira que eu fosse. Eu permaneci em pé, e ele apoiou o seu peso no meu ombro enquanto falava sobre a viagem com o príncipe Verity através das neves de inverno, avançando sempre em direção ao Reino da Montanha. Não rebuscou palavras, falou claramente. A viagem fora cheia de dificuldades. Apesar dos mensageiros que foram enviados à frente da expedição de Verity, a hospitalidade e o auxílio ao longo do trajeto tinham sido muito pobres. Os nobres cujas casas ficavam ao longo da rota alegavam nada saber sobre a vinda de Verity. Em muitos casos, encontraram apenas criados para recebê-los e uma hospitalidade que não ultrapassava a que teria sido oferecida a qualquer viajante comum. Provisões e cavalos adicionais que deveriam estar à espera deles em determinados locais não estavam. Os cavalos tinham sofrido mais do que os homens. O frio estava feroz.

Enquanto Burrich apresentava o relatório senti um tremor que o percorria de vez em quando. O homem estava à beira da completa exaustão. Mas, a cada vez que tremia, sentia-o respirar fundo, firmar-se e continuar.

Sua voz fraquejou apenas ligeiramente quando contou como tinham sido emboscados nas planícies de Vara, antes de chegarem à vista do Lago Azul. Não tirou conclusões, limitando-se a observar que os ladrões de estrada lutavam com um estilo militar. Embora não usassem as cores de nenhum duque, pareciam bem vestidos e bem armados para salteadores. Era óbvio que o alvo deles era Verity. Quando dois dos animais de carga se libertaram e fugiram, nenhum dos atacantes abandonou a luta para tentar buscá-los. Bandidos teriam normalmente preferido perseguir animais de carga carregados a combater homens armados. Os homens de Verity finalmente encontraram um lugar onde resistir e conseguiram afugentá-los. Os atacantes enfim desistiram quando perceberam que a guarda de Verity morreria até o último homem antes de se render ou ceder. Afastaram-se a cavalo, deixando os seus mortos caídos na neve.

— Eles não nos derrotaram, mas não ficamos incólumes. Perdemos boa parte das provisões. Sete homens e nove cavalos foram mortos de imediato. Dois dos nossos estavam gravemente feridos. Três outros sofreram ferimentos leves. Foi decisão do príncipe Verity mandar os feridos de volta para Torre do Cervo. Conosco, enviou dois homens ilesos. O seu plano era prosseguir a viagem, levar a guarda consigo até o Reino da Montanha e lá deixá-la à espera do seu regresso. Aqueles nossos que iriam regressar foram deixados sob o comando de Keen. A ele, Verity confiou informações escritas. Não sei o que esse pacote de informações continha. Keen e os outros foram mortos há cinco dias. Fomos emboscados perto da fronteira de Cervo, enquanto viajávamos junto ao rio Cervo. Arqueiros. Foi muito... rápido. Quatro nossos caíram na hora. O meu cavalo foi atingido no flanco. Ruivo é um animal jovem e entrou em pânico. Saltou em um barranco e mergulhou no rio, e eu com ele. O rio é profundo nesse trecho, e a corrente, forte. Agarrei-me a Ruivo, mas fomos ambos arrastados pela correnteza. Ouvi Keen gritar aos outros para montarem, para que alguns conseguissem chegar a Torre do Cervo. Mas nenhum chegou. Quando Ruivo e eu conseguimos escalar para fora do rio Cervo, tínhamos voltado boa parte do percurso. Encontrei os corpos. Os papéis que Keen levava tinham desaparecido.

Permaneceu ereto enquanto apresentava o relatório, e a sua voz manteve-se clara. Suas palavras eram simples. O relatório era uma simples descrição daquilo que acontecera. Não fez nenhuma menção ao que sentira por ser mandado de volta ou ao que sentia por ser o único sobrevivente do regresso. Suspeitei que naquela noite iria beber até cair. Perguntei a mim mesmo se gostaria de companhia. Mas por enquanto estava ali, em pé, em silêncio, à espera das perguntas do seu rei. O silêncio estendeu-se por muito tempo.

— Meu rei? — arriscou.

O rei Shrewd moveu-se nas sombras da sua cama.

— Lembrou-me dos meus tempos de juventude — disse com uma voz rouca. — Há muito tempo fui capaz de montar a cavalo e empunhar uma espada. Quando um homem perde isso, bem, quando tudo isso se vai, ele realmente perde muito mais do que só isso. Mas o seu cavalo ficou bem?

Burrich franziu a testa.

— Eu fiz o que pude por ele, meu rei. Não ficará com nenhum dano permanente.

— Ótimo. Pelo menos isso. Pelo menos isso. — O rei Shrewd fez uma pausa. Por um momento escutamos sua respiração. Parecia estar concentrado nela. — Vá descansar, homem — disse por fim, bruscamente. — Está com uma cara péssima. Eu volto... — Fez uma pausa e inspirou duas vezes. — Eu volto a chamá-lo mais tarde. Depois de descansar. Tenho certeza de que há perguntas a fazer. — A voz sumiu outra vez, limitou-se a respirar. A respiração profunda de um homem quando a dor é quase insuportável. Lembrei-me do que senti naquela noite. Tentei imaginar como seria escutar o relatório de Burrich enquanto suportava uma dor assim. Ainda mais lutando para não demonstrá-la. O Bobo se debruçou sobre o rei e olhou-o no rosto. Então olhou para nós e fez um minúsculo aceno com a cabeça.

— Venha — eu disse suavemente a Burrich. — O seu rei deu uma ordem.

Ele pareceu apoiar-se ainda mais pesadamente em mim quando saímos do quarto do rei.

— Ele não pareceu se importar — disse-me cautelosamente Burrich em voz baixa enquanto avançávamos penosamente ao longo do corredor.

— Ele se importa. Confie em mim. Importa-se profundamente. — Tínhamos chegado à escada. Hesitei: um lance para baixo, atravessar o corredor, as cozinhas, cruzar o pátio, entrar nos estábulos e depois subir as íngremes escadas até o sótão de Burrich. Ou subir dois lances de escada e percorrer o corredor até o meu quarto. — Vou levá-lo para o meu quarto.

— Não. Quero ir para o lugar a que pertenço. — Soava rabugento como uma criança doente.

— Daqui a pouco. Depois de descansar — disse-lhe com firmeza. Ele não resistiu quando o ajudei a subir os degraus. Acho que não tinha força para resistir. Encostou-se à parede enquanto eu destrancava a minha porta. Depois de abri-la, ajudei-o a entrar. Tentei levá-lo até a cama para se deitar, mas ele insistiu em sentar-se na cadeira junto à lareira. Depois de se aninhar ali, inclinou a cabeça para trás e fechou os olhos. Quando relaxou, todas as privações da viagem apresentaram-se no seu rosto. Muito osso aparecia sob sua carne, e sua cor era terrível.

Ergueu a cabeça e passou os olhos pelo quarto como se nunca antes o tivesse visto.

— Fitz? Tem alguma coisa para beber aqui em cima?

Eu sabia que ele não estava se referindo a chá.

— Conhaque?

— Aquela coisa vagabunda de amoras silvestres que você bebe? Prefiro beber unguento para cavalos.

Virei-me para ele, sorrindo.

— Talvez tenha um pouco de unguento aqui em cima.

Ele não reagiu. Foi como se não tivesse me escutado.

Espevitei o fogo. Vasculhei rapidamente o pequeno suprimento de ervas que guardava no quarto. Não havia muita coisa. Dera a maior parte ao Bobo.

— Burrich, vou buscar um pouco de comida para você e mais umas coisas. Está bem?

Não houve resposta. Ele já estava profundamente adormecido ali sentado. Fui ao seu lado. Nem precisei tocar a pele do seu rosto para sentir a febre ardendo. Perguntei-me o que teria acontecido à perna dessa vez. Um ferimento no local de um ferimento antigo, e depois uma jornada. Ele não se curaria rápido, isso era evidente para mim. Apressei-me a sair do quarto.

Nas cozinhas, interrompi Sara, que fazia pudins, para lhe dizer que Burrich estava ferido e doente no meu quarto. Menti, dizendo que ele tinha uma fome voraz, e pedi o favor de mandar até lá em cima um rapaz com comida e alguns baldes de água limpa e quente. Ela imediatamente colocou outra pessoa para mexer o pudim e desatou a tilintar bandejas, bules e talheres. Muito em breve, teria comida suficiente para fornecer um pequeno banquete.

Corri aos estábulos para informar Hands de que Burrich estava no meu quarto e que lá ficaria por algum tempo. Então subi os degraus que levavam ao quarto de Burrich. Pretendia arranjar as ervas e raízes de que iria precisar. Abri a porta. O aposento estava frio, a umidade tinha entrado, e com ela o mofo. Fiz uma nota mental de mandar alguém ali acender a lareira e abastecer o quarto de lenha, água e velas. Burrich esperara estar longe todo o inverno. Como era típico dele, arrumara o quarto severamente. Encontrei alguns potes de unguento de ervas, mas não descobri nenhuma reserva de ervas recentemente secas. Ou as levara consigo, ou as dera a alguém antes de partir.

Parei no centro do quarto e olhei em volta. Havia passado meses desde que estivera ali pela última vez. Memórias de infância preencheram minha cabeça. As horas passadas em frente daquela lareira, a consertar ou a olear arneses. Costumava dormir em uma esteira junto ao fogo. Narigudo, o primeiro cão a que me ligara. Burrich afastara-o, para tentar impedir-me de usar a Manha. Abanei a cabeça perante a inundação de emoções conflituosas e apressei para fora.

A porta a que bati em seguida foi a de Patience. Lacy abriu-a e, ao ver a expressão no meu rosto, quis imediatamente saber:

— O que está havendo?

— Burrich regressou. Está lá em cima, no meu quarto. Está gravemente ferido e eu não tenho muitas ervas curativas.

— Mandou chamar o curandeiro?

Hesitei.

— Burrich sempre gostou de fazer as coisas do seu jeito.

— É bem verdade. — Era Patience, que entrava na sala de estar. — O que esse louco fez a si mesmo agora? O príncipe Verity está bem?

— O príncipe e a sua guarda foram atacados. O príncipe nada sofreu e prosseguiu viagem para as Montanhas. Mandou de volta aqueles que foram feridos, com dois homens ilesos como escolta. Burrich foi o único a sobreviver e a chegar em casa.

— A viagem de volta foi assim tão difícil? — perguntou Patience. Lacy já se mexia pela sala, reunindo ervas, raízes e materiais para curativos.

— Foi fria e traiçoeira. Pouca hospitalidade lhes foi oferecida ao longo do caminho. Mas os homens morreram quando foram emboscados por arqueiros, já perto da fronteira de Cervo. O cavalo de Burrich atirou-o em um rio. Foram levados pela correnteza por uma boa distância; isso foi provavelmente a única coisa que o salvou.

— Qual o seu ferimento? — Agora Patience também se movia. Abriu um pequeno aparador e começou a retirar de lá preparados de unguentos e tinturas.

— Na perna. Na mesma perna. Não sei falar com certeza, ainda não a examinei. Mas não suporta o peso dele; ele não consegue andar sozinho. E tem febre.

Patience pegou um cesto e começou a enchê-lo de remédios.

— Bem, por que que está aí parado? — perguntou-me rispidamente quando me viu à espera. — Volte para o seu quarto e veja o que pode fazer por ele. Nós subimos logo mais com isto.

Falei sem rodeios:

— Eu acho que ele não vai deixá-las ajudar.

— Veremos — disse calmamente Patience. — Agora providencie água quente.

Os baldes de água que eu pedira estavam junto da minha porta. Quando a água na chaleira começou a ferver, as pessoas começaram a convergir para o meu quarto. A cozinheira mandou duas bandejas de comida para cima, além de leite aquecido e chá quente. Patience chegou e começou a dispor as ervas em cima da minha arca. Rapidamente mandou Lacy ir buscar uma mesa e duas cadeiras. Burrich dormia na minha cadeira, profundamente adormecido apesar de ocasionais ataques de tremores.

Com uma familiaridade espantosa, Patience colocou a mão na testa dele e depois procurou sob o ângulo do seu maxilar por algum inchaço. Agachou-se ligeiramente para olhar sua face adormecida.

— Burr? — perguntou em voz baixa. Ele sequer estremeceu. Com muita suavidade, ela afagou seu rosto. — Está tão magro, tão maltratado — lamentou-se, suavemente. Umedeceu um pano em água quente e limpou com gentileza seu rosto e suas mãos, como se ele fosse uma criança. Então tirou uma manta da minha cama e aconchegou-a cuidadosamente em volta de seus ombros. Pegou-me observando-a e devolveu-me um olhar furioso. — Preciso de uma bacia de água quente — disse.

Quando fui encher a bacia, ela se agachou à frente dele, pegou calmamente a sua tesoura de prata e cortou a lateral da bandagem que envolvia a perna de Burrich. As faixas manchadas pareciam não ter sido trocadas desde o mergulho no rio. Cobriam a perna até acima do joelho. Quando Lacy pegou a bacia de água quente e ajoelhou ao lado dela, Patience abriu a bandagem suja como se fosse uma concha.

Burrich acordou com um gemido, deixando cair a cabeça para a frente, sobre o peito, enquanto abria os olhos. Por um momento, ficou desorientado. Olhou para mim, em pé ao seu lado, e depois para as duas mulheres agachadas junto da sua perna.

— Quê? — foi só o que conseguiu dizer.

— Isto está nojento! — disse-lhe Patience. Cambaleou para trás sobre os calcanhares e o confrontou como se ele tivesse deixado um rastro de esterco no chão limpo. — Por que ao menos não a manteve limpa?

Burrich olhou a perna de relance. Sangue velho e lodo do rio tinham secado juntos por cima da fissura inchada que descia pelo joelho. Dava pra ver que ele sentia repugnância por aquilo. Quando respondeu a Patience, sua voz estava baixa e tensa.

— Quando o Ruivo me levou para o rio, perdemos tudo. Não tinha bandagens limpas, não tinha comida, não tinha nada. Podia ter deixado o ferimento descoberto e lavado, e depois congelado. Acha que isso seria melhor?

— Aqui está a comida — disse eu abruptamente. Parecia que a única maneira de impedir que discutissem era evitar que falassem um com o outro. Desloquei a pequena mesa com uma das bandejas da cozinheira para perto dele. Patience levantou-se para sair do caminho. Servi a ele uma caneca de leite aquecido nas mãos. Elas começaram a tremer ligeiramente quando ele levou a caneca à boca. Não havia percebido quão faminto ele estava.

— Não beba de uma vez! — protestou Patience. Lacy e eu lançamos a ela um olhar de advertência, mas a comida parecia ocupar toda a atenção de Burrich.

Ele pousou a caneca e pegou um pãozinho quente em que eu tinha passado manteiga. Comeu-o quase inteiro no tempo que eu levei para encher a caneca novamente. Era estranho vê-lo tremer assim com a comida nas mãos. Não conseguia imaginar como tinha aguentado até agora.

— O que aconteceu com sua perna? — perguntou-lhe Lacy gentilmente. E então: — Prepare-se — avisou-o, e pousou no joelho dele um pano pingando água quente.

Ele estremeceu e ficou mais pálido, mas se conteve e não soltou um pio. Bebeu mais um pouco de leite.

— Uma flecha — disse, por fim. — Foi um azar maldito ter me atingido no mesmo lugar, o mesmo que o javali dilacerou, há tantos anos, e alojou-se no osso. Verity conseguiu extraí-la. — Recostou-se de súbito na cadeira, como se a memória o deixasse enjoado. — Exatamente em cima da velha cicatriz — disse debilmente. — E sempre que dobrava o joelho, abria-se e voltava a sangrar.

— Devia ter mantido a perna imóvel — observou Patience. Nós três olhamos para ela. — Oh, suponho que realmente não podia — se corrigiu.

— Vamos examiná-la — sugeriu Lacy e pegou o pano úmido.

Burrich afastou-a com um gesto.

— Deixe. Eu mesmo tratarei da ferida, depois de comer.

— Depois de comer, irá descansar — informou-o Patience. — Lacy, afaste--se por favor.

Para meu espanto, Burrich não replicou. Lacy recuou para fora do caminho, e lady Patience ajoelhou-se em frente ao mestre dos estábulos. Ele a observou, com uma expressão estranha no rosto, enquanto ela erguia o pano. Umedeceu o canto do pano na água limpa, torceu-o e lavou habilmente o ferimento. O pano tépido e úmido soltou a crosta de sangue. Limpo, o ferimento não tinha tão mau aspecto como tivera inicialmente. Ainda era uma ferida feia, e as dificuldades pelas quais Burrich passara complicaram a sua recuperação. A carne fendida estava escancarada, e formara-se uma carne esponjosa onde o ferimento devia ter se fechado. Mas todos nós visivelmente relaxamos à medida que Patience limpava o ferimento. Havia vermelhidão, inchaço e infecção numa das extremidades. Mas não havia putrefação, nenhum escurecimento da carne que rodeava a ferida. Patience estudou-o por um momento.

— O que você acha? — perguntou em voz alta, para ninguém em particular. — Raiz de bengala do diabo? Aquecida e esmagada para fazer um cataplasma? Temos um pouco, Lacy?

— Um pouco, senhora. — Virou-se para o cesto que tinham trazido e começou a remexer lá dentro.

Burrich virou-se para mim.

— Aqueles potes vieram do meu quarto?

Perante o meu sinal de assentimento, ele respondeu com um aceno seu.

— Foi o que pensei. Aquele pequeno, largo e castanho. Traga-o aqui.

Tomou-o das minhas mãos e tirou a rolha:

— Eu tinha um pouco disso, quando parti de Torre do Cervo, mas foi usado com os animais de carga, depois da primeira emboscada.

— O que é? — perguntou Patience. Aproximou-se, com a raiz de bengala do diabo na mão, para espreitar curiosa.

— Morugem e tanchagem. Cozidas em azeite no fogo brando e depois trabalhadas com cera de abelha para fazer um unguento.

— Isso deve servir bem — concedeu ela. — Depois do cataplasma de raiz.

Preparei-me para as objeções dele, mas Burrich limitou-se a fazer um aceno com a cabeça. De repente pareceu muito cansado. Recostou-se e aconchegou-se melhor na manta. Seus olhos se fecharam.

Ouviu-se uma batida na minha porta. Fui ver quem era e descobri Kettricken ali em pé, com Rosemary ao lado.

— Uma das minhas damas contou-me um rumor de que Burrich tinha regressado — começou. Então olhou através de mim, para o quarto. — Então é verdade. Ele está ferido? E o meu senhor, oh, e Verity? — Ficou subitamente mais pálida do que eu julgava ser possível.

— Ele está bem — assegurei-lhe. — Entre. — Amaldiçoei-me pela minha falta de consideração. Devia ter imediatamente enviado a ela a notícia do regresso de Burrich e das novidades que ele trazia. Devia saber que, se assim não fosse, ela não seria informada. Quando Kettricken entrou, Patience e Lacy ergueram o olhar da raiz de bengala do diabo que estavam cozinhando no vapor para cumprimentá-la com mesuras rápidas e murmúrios de saudação.

— O que aconteceu com ele? — quis saber Kettricken. E eu lhe contei, relatando tudo aquilo que Burrich contara ao rei Shrewd, pois achava que ela tinha tanto direito a ter notícias do marido quanto Shrewd de ter notícias do filho. Voltou a perder a cor quando mencionei o ataque a Verity, mas guardou o silêncio até a minha história terminar. — Graças a todos os nossos deuses que ele se aproxima das minhas Montanhas. Lá estará a salvo, pelo menos dos homens. — Dito aquilo, aproximou-se de onde Patience e Lacy preparavam a raiz. O vapor deixara-a suficientemente mole para que fosse esmagada até fazer uma massa maleável, e a estavam deixando esfriar antes de aplicá-la na infecção.

— Bagas cinzentas da montanha dão uma excelente loção para um ferimento como este — sugeriu em voz alta.

Patience ergueu acanhadamente os olhos para ela.

— Já tinha ouvido dizer. Mas esta raiz aquecida será muito útil para absorver a infecção da ferida. Outra boa loção para carne esponjosa é feita de folha de framboesa e olmo-vermelho. Ou então como cataplasma.

— Não temos folha de framboesa — lembrou Lacy a Patience. — A umidade penetrou nela, não sei como, e ela embolorou.

— Eu tenho folha de framboesa, se precisarem — disse Kettricken em voz baixa. — Preparei um chá matinal com ela. Foi um remédio que a minha tia me ensinou. — Baixou os olhos e deu um sorriso estranho.

— Ahn? — perguntou Lacy com um interesse súbito.

— Oh, minha querida — exclamou Patience de repente. Estendeu a mão para pegar a de Kettricken com repentina e estranha familiaridade. — Tem certeza?

— Tenho. Em princípio pensei que fosse apenas... Mas depois comecei a ter os outros sinais. Em certas manhãs, até o cheiro do mar consegue me deixar num estado miserável. E só quero dormir.

— Mas deveria dormir — exclamou Lacy com uma risada. — E quanto ao mal-estar, ele passa depois dos primeiros meses.

Permaneci quieto, alheio, excluído, esquecido. As três mulheres subitamente riram juntas.

— Não admira que estivesse tão ansiosa por notícias dele. Ele soube, antes de partir?

— Àquela altura eu nem sequer suspeitava. Queria tanto contar a ele, ver a sua reação.

— Está esperando um bebê — disse eu estupidamente. Todas se viraram para mim e então rebentaram em gargalhadas.

— Ainda é segredo — preveniu-me Kettricken. — Não quero boatos antes que o rei seja informado. Quero ser eu a contar-lhe.

— Claro — assegurei-lhe. Não lhe disse que o Bobo já sabia, e já sabia havia vários dias. "O filho de Verity", disse a mim próprio. Um súbito e estranho tremor submergiu-me. A bifurcação no caminho que o Bobo vira, o súbito multiplicar de possibilidades. Um fator emergiu acima de todos os outros: o repentino afastamento de Regal, empurrado mais um passo para longe do trono. Mais uma pequena vida entre ele e o poder a que ansiava. Como ele gostaria pouco dessa notícia. — Claro! — repeti com mais ânimo. — É melhor manter essa notícia em segredo absoluto.

Pois uma vez que ela viesse à tona, não tinha dúvidas de que Kettricken correria tanto perigo quanto o marido.

AMEAÇAS

Aquele inverno viu Bearns ser lentamente devorado, tal como uma falésia é comida pelas marés de tempestade. Em princípio, o duque Brawndy mandou regularmente notícias a Kettricken. As novidades chegavam a ela diretamente do duque através de mensageiros de libré, que vinham a cavalo. No começo as notícias que eles traziam eram otimistas. As opalas da rainha reconstruíram Barca. O povo de lá mandou-lhe não só os seus agradecimentos mas também um pequeno cofre com as minúsculas pérolas que tanto estimavam. Estranho. O que era demasiado valorizado para ser sacrificado até mesmo para reconstruir a sua aldeia era livremente oferecido em agradecimento a uma rainha que cedera as suas joias para que seu povo tivesse abrigo. Duvido de que o sacrifício daquela gente tivesse tanto significado para qualquer outra pessoa. Kettricken chorou sobre o minúsculo cofre.

Mensageiros posteriores trouxeram notícias mais sombrias. Entre tempestades, os Navios Vermelhos atacaram outra vez e mais outra. Os mensageiros relataram a Kettricken que o duque Brawndy perguntava a si próprio por que motivo o membro do círculo teria abandonado a Torre Vermelha. Quando Kettricken teve a ousadia de interrogar Serene sobre aquilo ser verdade, ela disse que tinha se tornado muito perigoso manter Will lá, pois o seu Talento era precioso demais para ser arriscado junto dos Navios Vermelhos. Poucos foram os que não notaram a ironia. A cada mensageiro que chegava, as novidades pioravam. Os ilhéus tinham estabelecido bases nas ilhas Gancho e Besham. O duque Brawndy reuniu embarcações de pesca e guerreiros e atacou valentemente sozinho, mas descobriu que os Navios Vermelhos estavam ali muito bem entrincheirados. Navios e guerreiros sucumbiram, e Bearns relatou gravemente que não havia fundos para outra expedição. Nessas circunstâncias, as esmeraldas de Verity foram entregues a Kettricken. Ela as enviou sem qualquer remorso. Se serviram para alguma coisa, nunca soubemos. Nem sequer tivemos a certeza de terem sido recebidas. As mensagens vindas de Bearns tornaram-se mais erráticas, e logo ficou evidente que tinham sido enviadas notícias que nós não recebemos. Por fim a comunicação com Brawndy interrompeu-se por completo. Depois de dois mensageiros nossos terem sido enviados de Torre do Cervo para não regressarem, Kettricken jurou que não arriscaria mais vidas. A essa altura, os Salteadores de Gancho e Besham tinham começado a assolar a costa mais ao sul, evitando a vizinhança imediata de Torre do Cervo, mas simulando ataques e lançando provocações tanto ao norte de nós como ao sul. Perante todas essas incursões, Regal manteve-se resolutamente indiferente. Afirmava estar conservando recursos até que Verity regressasse com os Antigos para expulsar os Salteadores de uma vez por todas. Mas os divertimentos e entretenimentos em Torre do Cervo tornaram-se ainda mais luxuosos e frequentes, e os presentes que ele dava aos seus duques e nobres do interior eram cada vez mais generosos.

No meio da tarde, Burrich estava de volta aos seus aposentos. Quis mantê-lo onde pudesse vigiá-lo, mas ele zombara da ideia. A própria Lacy tratara de aprontar o seu quarto, e Burrich resmungara bastante a esse respeito. Tudo o que ela fizera fora acender a lareira, mandar trazer água fresca, mandar sacudir e arejar a roupa de cama, e mandar varrer o chão e trazer palha fresca. Uma das velas de Molly ardia no centro da mesa, dando um perfume de pinho fresco ao quarto mofado. Mas Burrich resmungara que aquilo nem parecia o seu quarto. Deixei-o lá, bem recostado na cama e com uma garrafa de conhaque à mão.

Compreendia o motivo da garrafa bem demais. Quando o ajudei a atravessar os estábulos e a subir ao sótão, passamos por cocheiras vazias atrás de cocheiras vazias. Não tinham sido só cavalos a desaparecer; cães de caça de primeira categoria também haviam sumido. Não tive coragem de ir ver os cercados; tinha a certeza de que os encontraria igualmente saqueados. Hands caminhara ao nosso lado, silencioso mas esgotado. Os seus esforços eram visíveis. Os estábulos propriamente ditos estavam impecáveis, os cavalos que restavam tinham sido tratados até brilhar. Até as cocheiras vazias haviam sido esfregadas e caiadas. Mas uma despensa vazia, por mais limpa que esteja, não dá conforto algum a um homem esfomeado. Eu sabia que os estábulos eram o tesouro e o lar de Burrich. Ele voltara e encontrara ambos pilhados.

Depois de deixar Burrich, dei uma volta pelos celeiros e currais. Era lá que o melhor gado reprodutor passava o inverno. Encontrei-os tão minguados como os estábulos. Touros premiados tinham desaparecido. Das ovelhas negras de dorso encaracolado que costumavam encher o curral, só restavam seis e um carneiro raquítico. Não lembrava exatamente que outro gado estivera outrora ali, mas havia muitos currais e baias vazios numa estação do ano em que geralmente estavam todos cheios.

Depois dos celeiros, vagueei pelos armazéns e dependências. À porta de um, alguns homens carregavam sacas de cereais numa carroça. Duas outras carroças, já carregadas, encontravam-se ali perto. Parei por um tempo, observando-os, e então ofereci-me para ajudar quando a carga da carroça ficou mais alta e se tornou mais difícil empilhar as sacas. Eles aceitaram prontamente a minha ajuda, e conversamos enquanto trabalhávamos. Acenei-lhes um adeus alegre quando terminamos o trabalho e regressei lentamente à torre, perguntando-me por que motivo um armazém inteiro de cereais estaria sendo carregado numa barcaça e enviado rio acima para o Lago do Bode.

Decidi que iria ver como estava Burrich antes de regressar aos meus aposentos. Subi a escada que levava ao seu quarto e fiquei transtornado ao encontrar a porta escancarada. Temendo algum tipo de perfídia, entrei de rompante, sobressaltando Molly, que colocava pratos na mesa ao lado da cadeira de Burrich. Vê-la ali perturbou-me, e parei a fitá-la. Quando me virei para Burrich, ele estava me observando.

— Achei que estava sozinho — disse, de um modo pouco convincente.

Burrich olhou-me com uma expressão de coruja. Já tinha feito um bom avanço na garrafa de conhaque.

— Eu também achei que estaria — disse num tom sério. Como sempre, aguentava bem o álcool, mas Molly não se deixou enganar. Seus lábios eram duas finas linhas retas. Prosseguiu com seus deveres, ignorando-me. Em vez de olhar para mim, falou para Burrich.

— Não vou te incomodar por muito tempo. Lady Patience mandou-me trazer comida quente, pois comeu pouco de manhã. Sairei assim que tiver servido a refeição dele.

— E levando com você os meus agradecimentos — acrescentou Burrich. Os seus olhos saltaram de mim para Molly, sentindo o desconforto no ar e também o desagrado que ela sentia por ele. Tentou uma desculpa. — Passei por uma viagem dura, senhora, e o ferimento dói muito. Espero que não a tenha ofendido.

— Não cabe a mim me sentir ofendida por qualquer coisa que deseje fazer, senhor — respondeu ela. Acabou de pôr na mesa a comida que tinha trazido. — Há mais alguma coisa que possa fazer para te deixar confortável? — Havia cortesia na sua voz, e nada mais do que isso. Não deu sequer uma olhadela para mim.

— Poderia aceitar os meus agradecimentos. Não só pela comida mas também pelas velas que refrescaram o meu quarto. Sei que são obra sua.

Vi-a descongelar ligeiramente.

— Lady Patience pediu-me para trazê-las. Fiquei feliz em agradá-la.

— Entendo. — As palavras que proferiu em seguida foram-lhe mais custosas: — Então, por favor, inclua-a nos meus agradecimentos. E agradeça a Lacy também, é claro.

— Agradecerei. Então não precisa de mais nada? Tenho tarefas de lady Patience a fazer na Cidade de Torre do Cervo. Ela disse que se você precisar de alguma coisa da cidade eu poderia trazê-la.

— Nada. Mas foi gentil da parte dela lembrar-se disso. Obrigado.

— De nada, senhor. — De cesto vazio ao braço, Molly passou por mim em marcha como se eu nem estivesse ali.

Burrich e eu ficamos olhando um para o outro. Eu segui Molly de relance, e então tentei afastá-la da mente.

— Não são só os estábulos — disse a Burrich, e rapidamente relatei o que vira nos celeiros e armazéns.

— Deveria ter-lhe contado um pouco sobre isso — disse ele bruscamente. Olhou para a comida que Molly trouxera, e então serviu-se de mais conhaque. — Enquanto descíamos a estrada do rio Cervo ouvimos boatos e notícias. Uns disseram que Regal tinha vendido os animais e os cereais para pagar a defesa das costas. Outros que ele enviara o gado reprodutor para o interior, para pastagens mais seguras em Lavra. — Ele emborcou mais conhaque. — Os melhores cavalos desapareceram. Vi isso num piscar de olhos quando voltei. Daqui a dez anos, talvez pudesse criar animais com a qualidade dos que tínhamos. Mas duvido. — Serviu- -se novamente. — O trabalho de toda minha vida se foi, Fitz. Um homem gosta de pensar que deixará sua marca em algum lugar do mundo. Os cavalos que eu tinha criado, as linhagens que estava estabelecendo... Foram espalhados pelos Seis Ducados. Oh, não é que eles não irão se aprimorar. Afinal, foram criados para isso. Mas eu nunca verei o que se tornariam se me tivesse sido permitido continuar. O Firme certamente irá se reproduzir com as éguas de cria de Lavra. E quando Brasa parir o próximo potro, quem quer que o escove irá achar que não passa de mais um cavalo. Há seis gerações que eu estou à espera precisamente desse potro. Vão pegar o melhor cavalo de caça já nascido e vão prendê-lo a um arado.

Não havia nada a responder àquilo. Eu temia que fosse tudo verdade.

— Coma alguma coisa — sugeri. — Como está a sua perna agora?

Ele ergueu a manta para lhe fazer uma inspeção indiferente.

— Ainda está aqui, pelo menos. Suponho que deveria ficar grato por isso. A bengala do diabo realmente absorveu a infecção. Apesar de ter um cérebro de galinha, a mulher ainda conhece as ervas.

Não precisei perguntar a quem ele se referia.

— Não vai comer? — insisti.

Ele pousou a taça e pegou uma colher. Provou a sopa que Molly servira, fez de má vontade um sinal de aprovação.

— Então, aquela é a mocinha. Molly — observou entre colheradas.

Eu confirmei com a cabeça.

424

— Pareceu um pouco fria com você.

— Um pouco — respondi secamente.

Burrich deu um sorriso.

— Você está tão irritado comigo quanto ela. Imagino que Patience não tenha falado bem de mim para a garota.

— Ela não gosta de bêbados — disse-lhe sem rodeios. — O pai dela bebeu até a cova. Mas antes de terminar esse serviço, conseguiu tornar-lhe a vida desagradável durante anos, espancando-a quando era mais nova. Insultando-a e repreendendo-a quando cresceu demais para levar pancada.

— Oh. — Burrich voltou a encher o copo com cuidado. — Lamento ouvir isso.

— Ela lamentou vivê-lo.

Ele me olhou com uma expressão sincera.

— Não fui eu, Fitz. E também não fui grosseiro com ela quando esteve aqui. Nem sequer estou bêbado. Não ainda. Portanto, meta uma rolha nessa desaprovação e me conte o que andou acontecendo em Torre do Cervo enquanto eu estive longe.

Então me aprumei e fiz um relatório a Burrich, como se ele tivesse o direito de exigi-lo. De certa forma, suponho que tinha. Ele comeu enquanto eu falava. Quando terminei, serviu-se de mais conhaque e recostou-se na cadeira, com o copo na mão. Girou o conhaque no copo, baixou os olhos para a bebida e ergueu-os de novo para mim.

— E Kettricken está grávida, mas nem o rei nem Regal sabem ainda.

— Pensei que estivesse dormindo.

— Estava. Estava quase convencido de ter sonhado essa conversa. Bem... — Terminou o conhaque, ergueu-se na cadeira e tirou a manta de cima da perna. Enquanto eu observava, dobrou deliberadamente o joelho até a carne repuxada começar a abrir a ferida. Estremeci ao ver aquilo, mas Burrich limitou-se a ficar pensativo. Serviu-se de mais conhaque e bebeu. Metade da garrafa já desaparecera. — Bom. Vou ter de colocar uma tala para manter a perna reta, se quiser que isto fique fechado. — Olhou-me. — Você sabe do que vou precisar, poderia ir buscar, por favor?

— Acho que não devia forçá-la por um dia ou dois. Dê-se a chance de repousar. Não precisa de uma tala se estiver na cama.

Olhou-me profundamente.

— E quem guarda a porta de Kettricken?

— Eu não acho que... acredito que ela tem mulheres que dormem no quarto exterior dos seus aposentos.

— Você sabe que ele tentará matá-la e ao bebê assim que souber.

— Ainda é segredo. Se ficar de guarda à sua porta, todos saberão.

— Pelas minhas contas, somos cinco a saber. Isso não é segredo nenhum, Fitz.

— Seis — admiti, pesaroso. — O Bobo adivinhou há dias.

— Oh! — Tive a satisfação de ver Burrich chocado. — Bem, pelo menos ele não tem a língua solta. Mesmo assim, como você sabe, não permanecerá em segredo por muito tempo. Boatos voarão antes de o dia acabar, escute bem o que estou dizendo. Eu guardo a porta dela esta noite.

— Tem de ser você? Por que não descansa, e eu...

— Um homem pode morrer por falhar, Fitz. Sabia? Um dia te disse que uma luta não acaba até que a vença. Isto — indicou a perna com um gesto repugnado — não será a minha desculpa para desistir. Já é vergonhoso o suficiente que meu príncipe tenha prosseguido viagem sem mim. Não posso falhar a ele aqui. E além disso — soltou uma gargalhada amarga —, agora não há animais suficientes nos estábulos para manter Hands e eu ocupados. E o ânimo para os estábulos, para mim, desapareceu. Vai arranjar o material para as talas?

E foi o que fiz, e ajudei-o a emplastrar o ferimento com o unguento antes de fazer a bandagem e colocar a tala. Ele cortou um par de calças velhas para vestir por cima da tala, e eu o ajudei a descer as escadas. Então, apesar do que dissera, foi até a cocheira de Ruivo para ver se o ferimento de flecha que havia sofrido tinha sido limpo e tratado. Deixei-o lá, e regressei à torre. Queria falar com Kettricken, para informá-la de que haveria um homem de guarda à sua porta naquela noite e explicar-lhe o porquê.

Bati à porta dos seus aposentos e Rosemary me deixou entrar. A rainha realmente estava com uma seleção das suas damas de companhia. A maior parte estava fazendo bordados ou trabalhando em pequenos teares portáteis enquanto conversavam. Ela mandara abrir a janela ao suave dia de inverno e estava observando de cenho franzido o mar calmo. Me lembrava Verity quando usava o Talento, e suspeitei de que muitas das mesmas preocupações a atormentassem. Segui o seu olhar e me perguntei, tal como ela, onde atacariam hoje os Navios Vermelhos e o que estaria acontecendo em Bearns. Essas interrogações eram inúteis. Oficialmente, não havia nenhuma novidade vinda de Bearns. Os boatos diziam que as costas estavam cobertas de sangue.

— Rosemary, desejo conversar discretamente com Sua Majestade.

Rosemary fez um aceno grave e uma reverência à sua rainha. Em um instante, a rainha ergueu o olhar e, com um aceno e um gesto, convidou-me a fazer-lhe companhia no banco à sua janela. Cumprimentei-a em voz baixa e dirigi um gesto sorridente à água, como se falássemos sobre o bom tempo. Mas disse baixinho:

— Burrich deseja guardar sua porta a partir desta noite. Ele teme que quando outros descobrirem que está grávida, sua vida corra perigo.

Outra mulher poderia ter empalidecido ou pelo menos parecido surpreendida. Mas Kettricken tocou levemente a prestativa faca que deixava sempre perto das chaves.

— Quase acharia bem-vindo um ataque tão direto. — Pensou um pouco. — Suponho que seja sensato. Que mal pode haver em deixá-los notar que suspeitamos? Mais que isso, que sabemos. Por que haveria eu de ser prudente e diplomática? Burrich já recebeu os cumprimentos deles sob a forma de uma flecha espetada na perna. — A amargura na sua voz e a ferocidade que lhe subjazia me chocaram. — Ele pode ocupar o posto de guarda, e com a minha gratidão. Podia escolher um homem mais saudável, mas não teria nele a confiança que tenho em Burrich. Aquele ferimento na perna permitirá que ele cumpra o seu dever?

— Acredito que o orgulho dele jamais permitirá que outra pessoa o faça.

— Então está bem. — Fez uma pausa. — Mandarei colocar lá uma cadeira para ele.

— Duvido que a use.

Ela suspirou.

— Todos temos a nossa maneira de oferecer sacrifício. A cadeira estará lá, de qualquer forma.

Inclinei a cabeça em aceitação e ela me mandou embora. Voltei ao meu quarto com a intenção de arrumar tudo o que fora desarrumado para uso de Burrich. Mas ao caminhar suavemente pelo corredor, sobressaltei ao ver a porta do meu quarto abrir-se lentamente. Deslizei para a soleira de outra porta e achatei-me contra ela. Após um momento, Justin e Serene emergiram do meu quarto. Saí para confrontá-los.

— Ainda à procura de um lugar para seus encontros amorosos? — perguntei em tom ácido.

Ambos se imobilizaram. Justin deu um passo para trás, quase se escondendo atrás de Serene. Serene olhou-o furiosa, e então adotou uma postura firme na minha frente.

— Não devemos nenhum tipo de explicação a você.

— Nem por estarem no meu quarto? Encontraram alguma coisa interessante?

Justin respirava como se tivesse acabado de fazer uma corrida. Olhei-o deliberadamente nos olhos. Ele estava mudo. Sorri para ele.

— Sequer precisamos falar com você — anunciou Serene. — Sabemos o que você é. Venha, Justin.

— Sabem o que eu sou? Interessante. Pois fiquem sabendo que eu sei o que vocês são. E que não sou o único que sabe.

— Homem-animal! — silvou Justin. — Você chafurda na mais nojenta das magias. Acha que conseguiria passar despercebido por nós? Não me admira que

Galen tenha te achado indigno de usar o Talento! — A sua flecha atingira o alvo e vibrava no meu medo mais secreto. Tentei não demonstrar.

— Eu sou leal ao rei Shrewd. — De rosto composto, olhei-os firmemente. Nada mais disse do que aquilo. Não com palavras. Mas medi-os de cima a baixo, comparando-os com o que deviam ser, e descobri-os hesitantes. No diminuto arrastar de pés, nos rápidos relances que atiraram um ao outro, decidi que eles sabiam que eram traidores. Eles se reportavam a Regal; sabiam que deveriam informar o rei. Não se deixavam iludir quanto ao que eram, e compreendiam-no. Talvez Galen lhes tivesse cauterizado na mente uma lealdade a Regal; talvez não pudessem conceber virar-se contra ele. Mas parte deles ainda sabia que Shrewd era o rei, e que eram desleais a um rei a quem tinham prestado juramento. Guardei para mim essa fração de conhecimento; era uma fissura que um dia poderia virar uma grande rachadura.

Dei um passo adiante e gostei de ver Serene encolher-se para longe de mim, enquanto Justin se espremia entre ela e a parede. Mas não fiz qualquer ataque. Virei-lhes as costas e abri a porta. Ao entrar no meu quarto, senti um sorrateiro fiapo de Talento tateando as bordas da minha mente. Sem pensar, bloqueei-o como Verity me ensinara. *Guardem os pensamentos para si mesmos*, preveni-os, e não me dignei a olhar para trás. Fechei a porta.

Por um momento fiquei parado, ofegante. Calma. Calma. Não afrouxei minhas guardas mentais. Então, em silêncio, cautelosamente tranquei a porta. Depois de trancá-la bem, me movi com cuidado pelo quarto. Chade dissera-me uma vez que os assassinos têm sempre de acreditar que as outras pessoas têm mais habilidades do que eles. É a única maneira de sobreviver e de se manter atento. Então não toquei em nada, caso algo no quarto tivesse sido revestido com veneno, e fui para o centro do quarto. Fechei os olhos e tentei lembrar-me exatamente do aspecto que ele tinha quando saí pela última vez. Abri os olhos e procurei por mudanças no ambiente.

A pequena bandeja de ervas estava bem no centro da arca. Eu a tinha deixado perto da beirada, ao fácil alcance de Burrich. Portanto, haviam revistado a arca. A tapeçaria do rei Wisdom, que estava ligeiramente torta havia meses, estava agora alinhada. Foi tudo o que consegui perceber, e isso me confundiu. Não fazia ideia do que eles poderiam ter procurado. O fato de terem remexido a arca sugeria que seria um objeto pequeno o bastante para caber ali dentro. Mas por que erguer a tapeçaria e espreitar por trás? Permaneci imóvel, pensando. Não tinha certeza do que eles esperavam encontrar, mas suspeitei de que lhes teria sido dito para procurarem uma passagem secreta no meu quarto. Isso significava que Regal concluíra que matar lady Thyme não era o suficiente. As suas suspeitas eram mais fortes do que Chade me levara a crer. Fiquei quase grato por nunca ter sido capaz de descobrir como fazer funcionar a entrada para os aposentos de Chade. Isso me deu mais confiança no seu sigilo.

Inspecionei cada objeto no meu quarto antes de manuseá-lo. Joguei fora cada migalha de comida que permanecera nas bandejas da cozinheira, para que nada nem ninguém pudesse prová-la. Também me livrei da água dos baldes, bem como da que tinha na jarra. Inspecionei a minha reserva de lenha e velas, em busca de pó ou resina, verifiquei se havia pó na roupa de cama e relutantemente descartei toda a minha reserva de ervas. Não iria correr riscos. Não senti falta de nenhum dos meus pertences, nem encontrei algo que tivesse sido acrescentado ao quarto. Algum tempo depois, sentei-me na cama, sentindo-me exausto e irritado. Concluí que precisaria estar mais atento. Recordei a experiência do Bobo e refleti sobre ela. Não queria encontrar um saco e um espancamento da próxima vez que entrasse no meu quarto.

O quarto de repente pareceu-me limitante, uma armadilha a que teria de regressar todos os dias. Saí, sem me incomodar em trancá-lo. As trancas eram inúteis. Que eles pensassem que eu não temia as intrusões. Embora temesse.

Lá fora, o fim da tarde estava suave, e o céu, limpo. O atípico bom tempo perturbou-me, mesmo enquanto aproveitava o passeio pelo castelo. Decidi descer à cidade para fazer uma visita ao *Rurisk* e aos meus companheiros da tripulação, e depois talvez ir a uma taberna beber cerveja. Havia se passado muito tempo desde que eu caminhara até a cidade, e mais ainda desde que escutara os mexericos da gente da cidade. Seria um alívio afastar-me durante algum tempo das intrigas de Torre do Cervo.

Ia passar pelo portão quando um jovem guarda se interpôs no meu caminho.

— Alto! — ordenou-me, e então: — Por favor, senhor — acrescentou, quando me reconheceu.

Parei obedientemente.

— Sim?

Ele pigarreou, e então de repente ficou vermelho até a raiz dos cabelos. Tomou fôlego e permaneceu em silêncio.

— Precisa de algo de mim? — perguntei.

— Por favor, espere um momento, senhor — disse o rapaz atrapalhadamente.

Ele entrou na casa da guarda, e um momento mais tarde uma oficial de vigia mais velha saiu. Ela me olhou com uma expressão grave, respirou fundo como que para se preparar, e então disse em voz baixa:

— Você está proibido de sair da torre.

— O quê? — Não conseguia acreditar nos meus ouvidos.

Ela se endireitou. Quando falou, sua voz saiu mais firme:

— Você está proibido de sair da torre.

Uma onda de raiva ferveu meu sangue. Confrontei-a:

— Por ordens de quem?

Ela se manteve firme diante de mim.

— As minhas ordens vieram do capitão da guarda, senhor. É tudo o que sei.

— Gostaria de falar com esse capitão. — Mantive a polidez.

— Ele não está na casa de guarda, senhor.

— Entendo.

Mas não estava, não propriamente. Conseguia perceber todos os nós se apertando à minha volta, mas não conseguia compreender por que naquele momento. A outra questão óbvia, no entanto, era: "e por que não?". Com o enfraquecimento de Shrewd, Verity transformara-se no meu protetor. Mas estava longe. Poderia me voltar a Kettricken, mas só se estivesse disposto a trazê-la a um conflito aberto com Regal. E eu não estava. Chade era, como sempre, um poder das sombras. Tudo isso me passou rapidamente pela cabeça. Estava me afastando do portão quando ouvi alguém chamando meu nome. Virei-me.

Subindo a colina, vinda da cidade, estava Molly. Seu vestido azul de criada esvoaçava em volta das pernas conforme ela corria. E corria pesadamente, de um modo irregular, diferente do seu costumeiro passo gracioso. Estava exausta, ou perto disso.

— Fitz! — gritou novamente, e havia medo na sua voz.

Comecei a ir na direção dela, mas a guarda entrou no meu caminho. Havia igualmente medo no seu rosto, mas também determinação.

— Não posso deixá-lo passar pelo portão. Tenho ordens.

Quis atirá-la para fora do meu caminho, mas me forcei a conter a ira. Uma luta com ela não ajudaria Molly.

— Então vá você falar com ela, maldição! Não percebe que a mulher está com algum problema?

Ela permaneceu imóvel, fitando-me nos olhos.

— Miles! — chamou, e o rapaz saltou da casa da guarda. — Vá ver o que se passa com aquela mulher. Depressa!

O rapaz saiu correndo como uma flecha. Eu fiquei ali, com a guarda parada na minha frente, e vi, impotente, por cima do seu ombro enquanto Miles corria em direção a Molly. Quando a alcançou, pôs um braço à sua volta e pegou o cesto que ela carregava. Apoiando-se pesadamente nele, ofegando e quase chorando, Molly se aproximou do portão. Pareceu demorar uma eternidade até que o atravessasse e caísse nos meus braços.

— Fitz, oh, Fitz! — soluçou.

— Vamos — disse-lhe. Afastei-a do guarda e ajudei-a a virar as costas ao portão. Sabia que agira do modo mais sensato, mais calmo, mas senti-me envergonhado e pequeno por causa disso.

— Por que você não... veio até mim? — arfou Molly.

— A guarda não me deixou sair. Eles têm ordens de não me deixar sair de Torre do Cervo — disse calmamente. Consegui senti-la tremendo quando se encostou a mim. Levei-a para trás da esquina de um armazém, para longe da vista dos guardas que estavam boquiabertos ao portão. Envolvi-a nos braços até que se acalmasse. — O que houve? O que aconteceu? — Tentei tornar a minha voz tranquila. Afastei o cabelo que lhe pendia sobre o rosto. Após alguns momentos, ela sossegou nos meus braços. A respiração se regularizou, mas continuou tremendo.

— Fui à cidade. Lady Patience liberou a tarde para mim. E eu precisava arranjar algumas coisas... Para as minhas velas.

Enquanto falava, o tremor foi diminuindo. Levantei seu rosto pelo queixo para poder olhá-la nos olhos.

— E depois?

— Estava voltando... Estava num lugar íngreme, logo à saída da cidade. Onde crescem os amieiros?

Concordei com a cabeça. Sabia onde era.

— Ouvi cavalos se aproximando a galope. Então saí da estrada para lhes dar passagem. — Voltou a tremer. — Continuei andando, pensando que passariam por mim. Mas de repente estavam bem atrás de mim, e quando olhei para trás, vinham diretamente para mim. Não na estrada, mas na minha direção. Saltei para trás, para os arbustos, e eles continuaram cavalgando na minha direção. Virei-me e fugi, mas continuaram a se aproximar. — A sua voz ia ficando cada vez mais alta.

— Shh! Espere um pouco. Acalme-se. Pense. Quantos eram? Você os conhece?

Ela balançou violentamente a cabeça.

— Dois. Não consegui ver o rosto deles. Estava fugindo, e eles usavam um elmo cobrindo os olhos e o nariz. Perseguiram-me. Ali é íngreme, você sabe, e há muitos arbustos. Tentei escapar, mas eles vieram direto com os cavalos através dos arbustos atrás de mim. Pastoreando-me, como os cães pastoreiam ovelhas. Eu corria, e corria, mas não conseguia me afastar deles. Então caí, meu pé ficou preso num tronco de árvore, e caí. Eles saltaram dos cavalos; um deles me empurrou no chão enquanto o outro pegava meu cesto. Derrubou tudo, como se procurasse alguma coisa, mas estavam rindo, e rindo. Eu pensei...

Meu coração batia agora tão fortemente quanto o de Molly.

— Eles te machucaram? — perguntei ferozmente.

Ela fez uma pausa, como se não fosse capaz de chegar a uma conclusão, e então balançou a cabeça com violência.

— Não como você está pensando. Ele só... Me segurou no chão. E riu. E o outro... o outro disse que eu era uma idiota por me deixar ser usada por um bastardo. Disseram...

De novo ela se interrompeu. O que quer que lhe tivessem dito, do que quer que lhe tivessem chamado, era suficientemente feio para ela não conseguir repetir para mim. Era como ser transpassado por uma espada saber que eles tinham sido capazes de magoá-la tanto que ela nem sequer conseguisse partilhar a dor.

— Eles me avisaram — prosseguiu por fim. — Disseram para ficar longe do bastardo. Para não fazer o seu trabalho sujo. Eles disseram... coisas que eu não entendi, sobre mensagens e espiões e traição. Disseram que podiam fazer todos ficarem sabendo que eu era a prostituta do bastardo. — Ela tentou apenas dizer a palavra, mas ela saiu com mais força do que as outras. Desafiou-me a recuar diante dela. — Depois disseram... que eu seria enforcada... se não lhes desse ouvidos. Que transmitir recados para um traidor era ser traidora. — A voz tornou-se estranhamente mais calma. — Depois cuspiram em mim. E me largaram. Ouvi-os se afastando a cavalo, mas durante muito tempo tive medo de me levantar. Nunca senti tanto medo. — Olhou-me, e os seus olhos pareciam feridas abertas. — Nem mesmo o meu pai me assustou tanto.

Dei-lhe um abraço apertado.

— É tudo culpa minha. — Nem sequer percebi que havia falado em voz alta até que ela se afastou de mim, olhando para cima, perplexa.

— Sua culpa? Fez alguma coisa errada?

— Não. Eu não sou traidor coisa nenhuma. Mas sou um bastardo. E deixei que isso te atingisse. Todas as coisas contra as quais Patience me preveniu, todas as coisas contra as quais Ch... todos me avisaram, está tudo se tornando realidade. E deixei que te envolvesse também.

— O que está acontecendo? — perguntou ela em voz baixa, com os olhos muito arregalados. De repente prendeu a respiração. — Você disse... A guarda não queria te deixar sair pelo portão. Que não pode sair de Torre do Cervo? Por quê?

— Não sei ao certo. Há muitas coisas que não compreendo. Mas uma coisa sei. Tenho de te manter a salvo. Isso quer dizer manter-me afastado de você durante algum tempo. E você de mim. Compreende? — Uma cintilação de ira surgiu nos seus olhos.

— Compreendo que está me largando sozinha nessa situação!

— Não! Não é isso. Temos de levá-los a crer que conseguiram te assustar, que está obedecendo às ordens deles. Então ficará em segurança. Não terão nenhum motivo para virem de novo atrás de você.

— Mas eles conseguiram me assustar, seu idiota! — ela sussurrou. — De uma coisa eu sei. Assim que alguém sabe que você tem medo dela, você nunca mais ficará a salvo dessa pessoa. Se lhes obedecer agora, voltarão atrás de mim. Para me dizer para fazer outras coisas, para ver até que ponto o medo me levará a obedecê-los.

Essas eram as cicatrizes que o pai deixara na sua vida. Cicatrizes que eram uma espécie de força, e ao mesmo tempo uma vulnerabilidade.

— Agora não é o momento certo de enfrentá-los — sussurrei. Não parava de olhar por cima do ombro dela, à espera de que a guarda surgisse a qualquer momento para ver onde teríamos nos metido. — Venha — disse, e levei-a mais para dentro do labirinto de armazéns e anexos. Ela caminhou em silêncio a meu lado por um tempo, mas então soltou a mão da minha.

— É o momento de enfrentá-los — declarou —, porque uma vez que começa a adiar, adiará para sempre. Por que não haveria agora de ser o momento certo?

— Porque eu não quero você envolvida nisso. Não quero que você se machuque. Não quero ouvir pessoas dizendo que é a prostituta do bastardo. — Quase não consegui forçar as palavras a saírem da boca.

Molly ergueu a cabeça.

— Não fiz nada que me envergonhe — disse num tom monocórdico. — E você?

— Não. Mas...

— "Mas". A sua palavra preferida — disse com amargura e se afastou de mim.

— Molly! — Saltei atrás dela, agarrei-a pelos ombros. Ela rodopiou e me bateu. Não foi um tapa. Foi um sólido murro na boca, que me fez balançar para trás com a boca sangrando. Ela ficou me olhando, desafiando-me a tocá-la novamente. Não o fiz.

— Eu não disse que não iria lutar contra isso tudo... Apenas que não quero você envolvida. Dê-me a chance de lutar do meu jeito. — Sabia que o sangue escorria pelo queixo. Deixei que ela o visse. — Confie que com tempo serei capaz de encontrá-los e obrigá-los a pagar por isso. À minha maneira. Bem, fale-me dos homens. Como estavam vestidos, como montavam. Como eram os cavalos? Falavam como pessoas de Cervo ou como gente do Interior? Tinham barba? Lembra a cor do cabelo e dos olhos deles?

Percebi que ela estava tentando ponderar, vi sua mente se desviando daquele pensamento.

— Castanhos — disse por fim. — Cavalos castanhos, com crina e cauda pretas. E os homens falavam como qualquer pessoa. Um tinha a barba escura. Eu acho. É difícil enxergar com a cara enfiada na terra.

— Ótimo. Isso é muito bom — disse-lhe, embora ela não tivesse me dito absolutamente nada. Olhou para baixo, para longe do sangue no meu rosto. — Molly — disse em voz mais baixa —, eu não irei... ao seu quarto. Durante algum tempo. Porque...

— Tem medo.

— Sim! — sussurrei. — Sim, tenho medo. Tenho medo de que te machuquem, tenho medo de que te matem, para me ferir. Não te arriscarei mais indo te procurar.

Ela ficou imóvel. Não sabia se estava me ouvindo ou não. Cruzou os braços sobre o peito, se envolvendo neles.

— Eu te amo demais para deixar que isso aconteça. — As palavras soaram fracas até para mim.

Ela se virou e se afastou de mim. Ainda se abraçava, como que para evitar que se despedaçasse. Parecia completamente solitária arrastando a saia azul e com a orgulhosa cabeça inclinada.

— Molly Saias Vermelhas — murmurei para as suas costas, mas já não conseguia ver essa Molly. Só aquilo em que eu a transformara.

BAÍA LIMPA

O Homem Pustulento é um lendário anunciador do desastre para o povo dos Seis Ducados. Vê-lo caminhando pela estrada é saber que a doença e a pestilência virão em breve nos visitar. Diz-se que sonhar com ele é um aviso de morte iminente. As histórias sobre ele normalmente contam o seu aparecimento àqueles que merecem punição, mas, na maioria das vezes, é usado em teatro de fantoches como um presságio de desastre. Uma marionete do Homem Pustulento balançando, pendurada no cenário, é um aviso a toda a audiência de que em breve testemunhará uma tragédia.

Os dias do inverno arrastavam-se agonizantemente lentos. A cada hora que passava, eu me preparava para que alguma coisa acontecesse. Nunca entrava em uma sala sem antes inspecioná-la, não comia nada cuja preparação não tivesse visto, bebia apenas a água que eu mesmo tirava do poço. Dormia mal. A constante vigilância revelava-se em mim em uma centena de maneiras. Respondia mal a quem se dirigia casualmente a mim, ficava mal-humorado quando ia ver como estava Burrich, e reticente com a rainha. Chade, o único com quem eu poderia desabafar, não me chamava.

Estava miseravelmente solitário. Não me atrevia a encontrar Molly. Mantinha as visitas a Burrich o mais breves possível por temer levar os meus problemas até ele. Não podia sair abertamente de Torre do Cervo para passar algum tempo com Olhos-de-Noite, e temia escapar pela nossa saída secreta pela possibilidade de estar sendo vigiado. Esperei e observei, mas que nada mais me acontecesse transformou-se em uma sofisticada tortura de expectativa.

Quem eu visitava diariamente era o rei Shrewd. Vi-o degenerar perante os meus olhos, vi o Bobo tornar-se a cada dia mais taciturno, com um humor cada vez mais ácido. Ansiava pelo inverno violento, que se adequasse à minha disposição, mas os céus continuaram azuis e os ventos calmos. Dentro de Torre do Cervo, as noites eram ruidosas de alegria e diversão. Havia bailes de máscaras e competições de menestréis por bolsas bem recheadas. Os duques e nobres do Interior comiam bem à mesa de Regal, e bebiam bem com ele noite adentro.

— Como carrapatos num cão moribundo — eu disse furiosamente a Burrich um dia, enquanto trocava o curativo de sua perna. Ele havia comentado que não precisava recorrer a truques para permanecer acordado durante as noites de guarda à porta de Kettricken, pois o ruído dos festejos tornava difícil dormir.

— Quem está morrendo? — perguntou ele.

— Todos nós. Um dia de cada vez, estamos todos morrendo. Ninguém te contou ainda? Mas a perna está se curando, e surpreendentemente bem para tudo o que fez a ela.

Ele baixou os olhos para a perna nua e dobrou-a com cuidado. O tecido repuxou de forma desigual, mas não cedeu.

— A ferida talvez tenha fechado, mas não a sinto curada por dentro — observou.

Não era uma queixa. Ergueu a taça de conhaque e esvaziou-a. Eu o olhei de olhos semicerrados. Os seus dias tinham agora um padrão. Após abandonar a porta de Kettricken de manhã, dirigia-se à cozinha e comia. Depois regressava ao seu quarto e começava a beber. Depois de eu chegar e ajudá-lo a trocar a bandagem da perna, beberia até a hora de dormir. E acordava à noite, bem a tempo de comer e ir guardar a porta de Kettricken. Já não fazia nada nos estábulos. Entregara-os a Hands, que andava por ali com uma expressão que era como se o trabalho fosse uma punição que não merecera.

Dia sim, dia não, Patience mandava Molly arrumar o quarto de Burrich. Eu pouco sabia sobre essas visitas além de que aconteciam, e que Burrich, surpreendentemente, as tolerava. Tinha sentimentos contraditórios sobre elas. Por mais que Burrich bebesse, sempre tratava as mulheres atenciosamente; mas as fileiras de garrafas de conhaque vazias não poderiam deixar de trazer o pai à memória de Molly. Mesmo assim, desejava que eles se conhecessem. Um dia contei a Burrich que Molly fora ameaçada por causa de sua associação comigo.

— Associação? — perguntara-me bruscamente.

— Há quem saiba que gosto dela — admitira com cuidado.

— Um homem não deixa cair sobre a mulher de quem gosta seus problemas — dissera-me com severidade.

Não tive resposta a dar àquilo. Em vez de tentar, forneci a ele os poucos detalhes que Molly recordara sobre os seus atacantes, mas nada lhe sugeriram. Durante algum tempo, ele olhou fixamente para fora, através das paredes do quarto. Depois pegou a taça e a esvaziou. Disse cuidadosamente:

— Vou dizer-lhe que está preocupado com ela. Vou dizer-lhe que se recear perigo deverá vir falar comigo. Estou mais em posição de lidar com isso. — Ergueu os olhos e para mim. — Vou dizer a ela que está sendo sensato por permanecer afastado, para o bem dela. — Enquanto se servia de outra bebida, acrescentou em voz baixa, fitando o tampo da mesa: — Patience tinha razão. E foi sábia em mandá-la a mim.

Empalideci ao refletir sobre todas as implicações daquela afirmação. Pela primeira vez, fui inteligente o bastante para saber ficar calado. Ele bebeu o conhaque e olhou para a garrafa. Lentamente, empurrou-a na mesa, na minha direção.

— Guarde isso para mim na prateleira, está bem? — pediu.

Animais e provisões de inverno continuaram escoando de Torre do Cervo. Alguns eram vendidos a um preço muito barato aos Ducados Interiores. Os melhores entre os cavalos de caça e de montaria foram enviados por barcaça pelo Cervo acima, para uma área próxima de Lago do Bode. Regal anunciou-o como um plano para preservar o nosso melhor gado reprodutor longe de possíveis saques dos Navios Vermelhos. O que se murmurava entre o povo da Cidade de Torre do Cervo, segundo Hands me disse, era que se o rei não conseguia defender o seu próprio castelo, que esperança haveria para eles? Quando um carregamento de finas e antigas tapeçarias e móveis foi também enviado rio acima, o murmúrio passou a dizer que em breve os Farseers iriam abandonar Torre do Cervo por completo, sem sequer lutar, sem sequer esperar por um assalto. Tive a desconfortável suspeita de que o rumor era verdadeiro.

Confinado como estava em Torre do Cervo, tinha pouco acesso direto ao que se dizia entre a gente comum. Um silêncio saudava agora a minha entrada na casa da guarda. Com a minha restrição à torre chegaram também os mexericos e a especulação. A conversa que tinha corrido a meu respeito no dia em que não conseguira salvar a garotinha dos Forjados ganhou novo fôlego. Poucos guardas falavam comigo sobre algo que não fosse o tempo ou amenidades. Embora não me transformassem num completo pária, fui banido das conversas comuns e discussões desconexas que normalmente enchiam a casa da guarda. Falar comigo passara a dar azar. Não imporia isso a homens e mulheres de que gostava.

Ainda era bem-vindo nos estábulos, mas tentava não falar muito com nenhuma pessoa ou parecer próximo demais de nenhum dos animais. Os trabalhadores dos estábulos estavam rabugentos naqueles dias. Não havia trabalho suficiente para mantê-los ocupados, o que tornava as discussões mais frequentes. Os rapazes de estábulo eram a minha maior fonte de notícias e rumores. Nenhum era animador. Havia histórias confusas sobre ataques a vilas de Bearns, mexericos sobre rixas nas tabernas e nas docas da Cidade de Torre do Cervo e relatos de gente se mudando para o sul ou para o interior, de acordo com o que permitiam suas posses. O que se dizia de Verity e de sua busca era aviltante e ridicularizante. A esperança perecera. Tal como eu, o povo de Torre do Cervo estava em suspenso, esperando que o desastre lhes viesse bater à porta.

Tivemos um mês de tempo tempestuoso, e o alívio e a alegria em Torre do Cervo foram mais destrutivos do que o período de tensão que o antecedera. Uma taberna ribeirinha incendiou-se durante uma noite de diversão particularmente violenta. O fogo espalhou-se, e só a chuva torrencial que se seguiu ao vento de fortes rajadas evitou que se alastrasse aos armazéns das docas. Isso teria sido um desastre em diversas maneiras, pois como Regal esvaziava os armazéns de cereais e provisões do castelo, o povo da cidade via pouca razão para conservar o que restava. Mesmo se os Salteadores nunca chegassem a Torre do Cervo propriamente dita, eu já me resignara a rações escassas antes do fim do inverno.

Acordei uma noite e encontrei uma perfeita quietude. O uivo dos ventos de tempestade e o tamborilar da chuva tinham cessado. Meu coração se afundou. Uma terrível premonição preencheu-me, e quando me levantei na manhã limpa e azul, o terror aumentou. Apesar do dia ensolarado, a atmosfera no castelo estava opressiva. Diversas vezes senti as cócegas do Talento roçando meus sentidos. Isso quase me levou à loucura, pois não sabia se seria Verity tentando um contato melhor ou Justin e Serene se intrometendo. A visita, ao fim da tarde, ao rei Shrewd e ao Bobo me desanimou ainda mais. O rei, transformado em pouco mais do que ossos, estava sentado e sorrindo vagamente. Sondou debilmente com o Talento na minha direção quando surgi à porta, e então cumprimentou-me dizendo: "Ah, Verity, meu rapaz. Como foi hoje a sua aula de esgrima?". O resto da sua conversa fez tanto sentido quanto isso. Regal surgiu quase imediatamente após minha chegada. Sentou-se numa cadeira de encosto reto, com os braços cruzados sobre o peito, me observando. Não houve palavras trocadas entre nós. Não consegui decidir se o meu silêncio seria covardia ou contenção. Escapei dali assim que pude fazê-lo com decência, apesar do olhar de censura do Bobo.

O próprio Bobo tinha um aspecto pouco melhor do que o do rei. Em uma criatura tão desprovida de cor quanto ele, os círculos escuros em volta dos olhos pareciam pintados. Sua língua tornara-se tão silenciosa quanto os badalos de seus guizos. Quando o rei Shrewd morresse, nada se interporia entre o Bobo e Regal. Perguntei a mim mesmo se haveria alguma maneira de ajudá-lo.

Como se eu pudesse ajudar a mim mesmo, refleti amargamente.

À noite, na solidão do meu quarto, bebi mais do que devia do conhaque barato de amoras silvestres que Burrich desprezava. Sabia que no dia seguinte estaria de ressaca, e não me importei. Então me deitei na cama, escutando os sons distantes de alegria que vinham do Grande Salão. Desejei que Molly estivesse ali para me repreender por estar bêbado. A cama era grande demais, os lençóis brancos e frios como gelo. Fechei os olhos e procurei conforto na companhia de um lobo. Confinado ao castelo, começara a procurar a sua companhia onírica todas as noites, só para obter a ilusão de liberdade.

Acordei pouco antes de Chade me agarrar e me sacudir. Foi bom tê-lo reconhecido naquele instante, senão tenho certeza de que teria tentado matá-lo.

— Levante-se! — sussurrou com voz rouca. — Levante-se, seu palerma bêbado, seu idiota! Baía Limpa está cercada. Cinco Navios Vermelhos. Aposto que não deixarão nada em pé se nos atrasarmos. Levante-se, mas que inferno!

Fiquei em pé, cambaleante, com a névoa da bebida cedendo perante o choque das palavras dele.

— O que podemos fazer? — perguntei estupidamente.

— Contar ao rei. Contar a Kettricken, a Regal. Certamente nem mesmo Regal pode ignorar isso, é à nossa porta. Se os Navios Vermelhos tomarem Baía Limpa e mantiverem controle sobre a vila, irão nos encurralar. Nenhum navio sairá de Porto Cervo. Até Regal verá isso. Agora vá! Vá!

Enfiei as calças e uma túnica, corri descalço para a porta com o cabelo ondulando em volta do rosto. Ali, parei.

— Como é que eu sei disso? De onde digo que o aviso vem?

Chade pulou de frustração.

— Mas que droga, que inferno! Diga qualquer coisa! Diga a Shrewd que sonhou com o Homem Pustulento tendo uma visão em uma poça d'água! Ele, pelo menos, deve compreender! Diga que um Antigo te contou a notícia! Diga qualquer coisa, mas mova-se, e já!

— Certo! — Corri pelo corredor, derrapando pelas escadas abaixo e finalmente pelo corredor que levava aos aposentos do rei Shrewd. Bati violentamente à porta. Na outra ponta do corredor, Burrich encontrava-se em pé, ao lado da sua cadeira, à porta de Kettricken. Olhou-me, puxou a espada curta e ficou em guarda, com os olhos saltando de um lado para o outro.

— Salteadores! — gritei a ele pelo corredor, sem me importar com quem me ouvisse ou com o modo como pudessem reagir. — Cinco Navios Vermelhos em Baía Limpa! Acorde Sua Majestade, diga-lhe que eles precisam da nossa ajuda imediatamente!

Burrich virou-se sem questionar, bateu à porta de Kettricken e foi deixado entrar no mesmo instante. Para mim não foi tão fácil. Wallace abriu finalmente uma renitente fresta da porta, mas não se mexeu até eu sugerir que ele devia correr escadas abaixo para informar Regal das minhas notícias. Creio que foi a ideia de fazer uma entrada dramática para falar com o príncipe perante todos os foliões que o fez decidir. Deixou a porta sem guarda enquanto corria à sua pequena antecâmara para ficar apresentável.

O quarto do rei estava em completa escuridão, o ar pesado com o fedor do Fumo. Peguei uma vela na sala de estar, acendi-a na lareira quase apagada, e apressei-me para entrar. Na escuridão, quase pisei no Bobo, que estava encolhido como um vira-lata ao lado da cama do rei. Fiquei boquiaberto, espantado. Ele nem uma manta ou almofada tinha para o seu conforto, simplesmente se aninhava no tapete ao lado da cama do rei. Desenrolou-se com rigidez, acordando, e então ficou alarmado em um instante.

— O que é? O que aconteceu? — perguntou.

— Salteadores em Baía Limpa. Cinco Navios Vermelhos. Tenho de acordar o rei. O que você está fazendo dormindo aí? Tem medo de voltar ao seu quarto?

Ele soltou uma gargalhada amarga.

— É mais ter medo de sair deste e nunca mais ser autorizado a voltar a entrar. Da última vez que Wallace me trancou lá fora, passei uma hora aos berros e aos murros na porta até que o rei se desse conta de que eu não estava com ele e exigisse saber onde estava. Na vez anterior, entrei escondido com as coisas do café da manhã. Na vez antes dessa...

— Estão tentando te separar do rei?

Ele anuiu com a cabeça.

— Com mel ou com chicote. Essa noite Regal ofereceu-me uma bolsa com cinco pepitas de ouro, caso me vestisse de forma apresentável e descesse para entretê-los. Oh, como ele falou depois de você sair, sobre como sentiam a minha falta na corte, lá embaixo, e como era uma pena que eu desperdiçasse a juventude trancado aqui em cima. E quando eu disse que achava a companhia do rei Shrewd mais simpática do que a dos outros bobos, ele atirou em mim o bule. Isso fez Wallace ter um acesso de raiva, pois tinha acabado de ferver uma mistura tão porca de chás de ervas que era capaz de fazer um homem ansiar por perfume de peidos.

O Bobo havia começado a acender velas e a espevitar o fogo na lareira do rei enquanto conversávamos. Agora puxava para trás um dos pesados dosséis da cama.

— Meu suserano? — disse tão suavemente quanto falaria com uma criança adormecida. — FitzChivalry está aqui com notícias importantes para vós. Não quer acordar para ouvi-las?

Em princípio o rei não respondeu.

— Majestade? — chamou novamente o Bobo. Umedeceu um pano com um pouco de água fresca e deu leves pancadinhas no rosto do rei com ele. — Rei Shrewd?

— Meu rei, seu povo precisa de você. — As palavras jorraram de mim em desespero. — Baía Limpa está cercada por Navios Vermelhos. Cinco. Temos de enviar ajuda imediatamente, caso contrário tudo estará perdido. Depois de firmarem ali uma base...

— Poderiam fechar Porto Cervo. — Os olhos do rei se abriram enquanto falava. Não saiu da posição em que se encontrava, deitado de bruços, mas apertou mais os olhos, como quem os cerra contra a dor. — Bobo, um pouco de vinho tinto, por favor. — A sua voz era baixa, pouco mais do que um suspiro, mas era a voz do meu rei. Meu coração disparou como se eu fosse um cão velho ouvindo a voz do dono que regressava.

— O que devemos fazer? — supliquei-lhe.

— Todos os navios que tivermos, costa abaixo até eles. Não só os navios de guerra. A frota de pesca também. Agora lutamos por nossas vidas. Como se atrevem a chegar tão perto, de onde tiraram tamanha ousadia? Mande a cavalaria por terra. Que partam esta noite, digo, em uma hora. Podem não chegar lá até depois de amanhã, mas mande-os mesmo assim. Coloque Keen ao comando.

Meu coração deu uma volta no peito.

— Majestade — interrompi suavemente —, Keen está morto. No regresso das montanhas, com Burrich. Foram atacados por salteadores de estrada.

O Bobo fuzilou-me com os olhos, e eu me arrependi instantaneamente da interrupção. O comando desvaneceu-se na voz do rei Shrewd. Com incerteza, disse:

— Keen está morto?

Respirei fundo.

— Sim, Majestade. Mas há Red. Kerf também é um bom homem.

O rei pegou o vinho que o Bobo ofereceu. Bebeu um gole e pareceu retirar dele forças.

— Kerf. Nesse caso, coloque Kerf no comando. — Uma sombra da confiança regressou. Mordi a língua para não dizer que a cavalaria que nos restava não valia o trabalho de ser enviada. Sem dúvida o povo de Baía Limpa receberia de bom grado todos os reforços que aparecessem.

O rei Shrewd pensou um pouco.

— Que notícias há de Angra do Sul? Eles enviaram guerreiros e navios?

— Majestade, ainda não recebemos notícias de lá. — Aquilo não era mentira.

— O que está acontecendo aqui? — Os gritos começaram antes mesmo de ele chegar ao quarto. Era Regal, inchado de bebida e fúria. — Wallace! — Apontou um dedo acusador para mim. — Tire-o daqui. Vá buscar ajuda para isso se precisar. Não tem de ser gentil!

Wallace não teria de procurar longe. Dois dos musculosos guardas dos ducados interiores de Regal tinham vindo dos festejos com ele. Fui erguido no ar; Regal escolhera homens corpulentos para aquele serviço. Olhei em volta em busca do Bobo, em busca de qualquer aliado, mas o Bobo desaparecera. Tive um vislumbre de uma mão pálida desaparecendo debaixo da cama e resolutamente afastei o olhar. Não o censurava. Nada havia que pudesse fazer por mim ficando à vista, além de ser expulso comigo.

— Meu pai, ele perturbou o seu descanso com as suas histórias loucas? E você tão doente! — Regal debruçou-se solicitamente sobre a cama.

Já haviam me levado quase até a porta quando o rei falou. A sua voz não era sonora, mas possuía autoridade.

— Fiquem onde estão — ordenou o rei Shrewd aos guardas. Continuava de bruços na cama, mas virou os olhos para Regal. — Baía Limpa está cercada — disse firmemente o rei Shrewd. — Temos de enviar ajuda.

Regal balançou tristemente a cabeça.

— É apenas mais um dos estratagemas do bastardo, para te perturbar e te roubar o descanso. Não houve nenhum pedido de ajuda, nenhuma mensagem de qualquer tipo.

Um dos guardas era muito profissional no modo como me agarrava. O outro parecia determinado a deslocar meu ombro, mesmo eu me recusando a lutar contra ele. Memorizei cuidadosamente seu rosto enquanto tentava não demonstrar a dor.

— Não precisa se incomodar, Regal. Eu descobrirei o que aqui há de verdade ou mentira. — A rainha Kettricken tinha reservado tempo para se vestir. Uma jaqueta curta de pele branca, calças e botas de cor púrpura. A sua longa espada da Montanha pendia-lhe do flanco, e Burrich estava à porta, segurando um manto de montar com capuz pesado e luvas. Ela falou como se falaria a uma criança mimada: — Volte para os seus convidados. Eu irei até Baía Limpa.

— Eu a proíbo! — A voz de Regal ressoou de um modo estranhamente estridente. O silêncio repentinamente inundou o quarto.

A rainha Kettricken calmamente falou o que todos no quarto já sabiam:

— Um príncipe nada proíbe à princesa herdeira. Parto esta noite.

A cara de Regal tornou-se púrpura.

— Isto é um embuste, uma intriga do bastardo para tumultuar Torre do Cervo e instilar medo no povo. Não houve nenhuma notícia de um ataque a Baía Limpa.

— Silêncio! — O rei cuspiu a palavra. Todos os presentes se imobilizaram. — FitzChivalry? Que maldição, soltem o homem! FitzChivalry, apresente-se a mim. Relate, de onde vêm as notícias?

Arrumei firmemente o gibão e alisei o cabelo para trás. Quando fiquei diante do meu rei, estava dolorosamente consciente dos meus pés descalços e cabelo desgrenhado. Respirei fundo e despejei tudo.

— Enquanto dormia tive uma visão, senhor. Do Homem Pustulento, adivinhando o futuro numa poça d'água. Ele me mostrou os Navios Vermelhos em Baía Limpa.

Não me atrevi a pôr ênfase em nenhuma palavra. Permaneci firme perante eles. Um dos guardas soltou uma fungadela de descrença. O maxilar de Burrich se escancarou, e os olhos se arregalaram. Kettricken parecia apenas confusa. Na cama, o rei Shrewd fechou os olhos e expirou lentamente.

— Ele está bêbado — declarou Regal. — Levem-no daqui. — Nunca ouvira tanta satisfação na voz de Regal. Seus guardas reagiram rapidamente para me prender de novo.

— Conforme — o rei respirou fundo, obviamente combatendo a dor — eu ordenei. — Encontrou um pouco de força. — Conforme ordenei. Vá já. JÁ!

Libertei o braço dos guardas atônitos com um puxão.

— Sim, Majestade — disse no silêncio. Falei claramente para que todos ouvissem. — Isso significa: todos os navios de guerra enviados para Baía Limpa, e o máximo da frota pesqueira que for possível reunir. E toda a cavalaria que estiver disponível a ser enviada por terra, sob o comando de Kerf.

— Sim. — O rei suspirou a palavra. Engoliu em seco, inspirou, abriu os olhos. — Sim, é o que eu ordeno. Agora vá.

— Um pouco de vinho, meu suserano? — O Bobo se materializara do outro lado da cama. Eu fui o único que se sobressaltou. O Bobo esboçou um sorriso por causa disso. Então, debruçou-se sobre o rei, ajudando-o a erguer a cabeça e a bebericar o vinho. Fiz uma profunda reverência ao meu rei. Endireitei-me e virei-me para sair do quarto.

— Você pode acompanhar a minha guarda, se desejar — disse-me a rainha Kettricken.

O rosto de Regal estava escarlate.

— O rei não ordenou que ele fosse! — balbuciou.

— E também não o "proibiu". — A rainha olhou-o sem expressão.

— Minha rainha! — Uma das guardas dela se anunciou à porta. — Estamos prontos para avançar. — Eu a olhei espantado. Kettricken limitou-se a acenar com a cabeça.

Olhou-me de relance.

— É melhor se apressar, Fitz. A menos que planeje partir vestido assim.

Burrich sacudiu o manto da rainha e entregou-o a ela.

— O meu cavalo está pronto? — perguntou Kettricken à sua guarda.

— Hands prometeu que estaria à porta quando descesse.

— Preciso apenas de um minuto ou dois para me preparar — disse calmamente Burrich. Reparei que ele não elaborou a frase como um pedido.

— Então vão. Ambos. Tentem nos alcançar assim que puderem.

Burrich fez um aceno. Seguiu-me até o meu quarto, onde pegou emprestado vestuário de inverno da minha arca enquanto eu me vestia.

— Escove o cabelo para trás e lave o rosto — ordenou-me secamente. — Os guerreiros têm mais confiança num homem que aparente esperar estar acordado a esta hora.

Segui o seu conselho, e então nos apressamos a descer as escadas. A sua perna coxa parecia esquecida naquela noite. Assim que descemos ao pátio, começou a berrar aos rapazes de estábulo para trazerem Fuligem e Ruivo. Mandou outro rapaz correr para encontrar Kerf e transmitir-lhe as ordens, e outro para preparar todos os cavalos que estivessem disponíveis nos estábulos. Enviou quatro homens à cidade, um para os navios de guerra e mais três para percorrer as tabernas e reunir a frota. Invejei a sua eficiência. Ele não havia percebido que tirou de mim o comando até o momento em que estávamos montando. De repente pareceu desconfortável. Eu sorri para ele:

— A experiência conta — disse-lhe.

Cavalgamos para os portões.

— Devemos alcançar a rainha Kettricken antes de ela chegar à estrada costeira — Burrich estava dizendo no momento em que um guarda se interpôs ao nosso caminho.

— Alto! — ordenou o guarda, interrompendo Burrich.

Os nossos cavalos empinaram-se, alarmados, mas conseguimos dominá-los.

— O que é isto? — quis saber Burrich.

O homem permaneceu firme.

— Você pode passar, senhor — disse ele respeitosamente a Burrich. — Mas tenho ordens de não deixar o bastardo sair de Torre do Cervo.

— O bastardo? — Nunca ouvira tanta indignação na voz de Burrich. — Diga "FitzChivalry, filho do príncipe Chivalry".

O homem olhou-o boquiaberto, perplexo.

— Diga, já! — berrou Burrich, e desembainhou a espada. De repente ele pareceu duas vezes mais alto do que antes. A ira irradiava dele em ondas que eu conseguia sentir.

— FitzChivalry, filho do príncipe Chivalry — balbuciou o homem. Respirou fundo e engoliu em seco. — Mas como quer que eu o chame, tenho as minhas ordens. Ele não está autorizado a sair.

— Ainda não há uma hora ouvi a nossa rainha nos ordenar que a acompanhássemos, ou que a alcançássemos o mais depressa possível. Está dizendo que a sua ordem é superior à dela?

O homem fez uma expressão de incerteza.

— Um momento, senhor. — Entrou novamente na casa da guarda.

Burrich bufou.

— Quem quer que tenha o treinado deveria se envergonhar. Ele confia inteiramente na nossa honra para saber que não iríamos simplesmente embora.

— Talvez ele só o conheça — sugeri.

Burrich trespassou-me com o olhar. Após um momento, o capitão de turno saiu. Deu-nos um sorriso.

— Boa viagem, e boa sorte na Baía Limpa.

Burrich acenou-lhe algo entre uma saudação e uma despedida, e incitamos os cavalos a avançar. Deixei Burrich escolher o ritmo. Estava escuro, mas assim que descemos a colina, a estrada era reta e boa, e havia um pouco de luar. Burrich estava mais receoso do que alguma vez o vira; pôs os cavalos a meio galope e mantivemos o ritmo até vermos a guarda da rainha à nossa frente. Abrandou logo antes de nos juntarmos a eles. Eles se voltaram a nós para nos reconhecer, e um soldado ergueu a mão em saudação.

— Uma égua grávida, no início da gravidez, faz bem em ser exercitada. — Burrich olhou para mim através da escuridão. — Não sei se isso vale para as mulheres — disse num tom hesitante.

Eu sorri para ele.

— E acha que eu sei? — Abanei a cabeça e fiquei sério. — Não sei. Há mulheres que não montam quando estão grávidas. Outras montam. Acho que Kettricken não poria o filho de Verity em risco. Além disso, ela está mais segura aqui conosco do que se ficasse para trás com Regal.

Burrich não disse nada, mas eu detectei o seu assentimento. Não foi tudo o que detectei.

Finalmente voltamos a caçar juntos!

Silenciosamente!, avisei-o, olhando de relance pelo canto do olho para Burrich. Mantive os pensamentos minúsculos e privados. *Vamos para longe. Será capaz de acompanhar os cavalos?*

Em distância curta, eles são mais rápidos do que eu. Mas nada corre mais do que o lobo trotador.

Burrich tornou-se ligeiramente rígido na sela. Eu sabia que o lobo seguia a um dos lados da estrada, trotando através das sombras. Era bom estar de novo fora dos portões e perto dele. Era bom estar fora e fazer coisas. Não que eu rejubilasse por Baía Limpa estar sendo atacada; mas pelo menos teria a chance de fazer algo a esse respeito, mesmo que fosse apenas para limpar o que tivesse restado em pé. Olhei para Burrich. A ira irradiava dele.

— Burrich? — arrisquei-me a dizer.

— É um lobo, não é? — Burrich falava com má vontade para a escuridão. Olhava diretamente em frente enquanto avançava. Conhecia a expressão da sua boca.

Você sabe que sou. Uma resposta sorridente, de língua pendente.

Burrich retraiu-se como se tivesse sido acotovelado.

— Olhos-de-Noite — admiti em voz baixa, traduzindo a imagem do seu nome em palavras humanas. O terror instalou-se em mim. Burrich detectara-o. Ele sabia. Já de nada servia negar fosse o que fosse. Mas também havia uma minúscula ponta de alívio. Eu estava mortalmente cansado de todas as mentiras que vivia. Burrich continuou cavalgando em silêncio, sem olhar para mim. — Não pretendi que acontecesse. Simplesmente aconteceu. — Uma explicação. Não uma desculpa.

Eu não dei nenhuma alternativa a ele. Olhos-de-Noite estava brincando com o silêncio de Burrich.

Pousei a mão no pescoço de Fuligem, absorvendo conforto do calor da vida que nela havia. Esperei. Burrich continuou sem dizer nada.

— Sei que nunca aprovará — disse em voz baixa. — Mas não é algo que eu possa escolher. É o que sou.

É o que somos todos, disse Olhos-de-Noite sorrindo. *Vá, Coração da Matilha, fale comigo. Não caçaremos bem juntos?*

Coração da Matilha?, perguntei.

Ele sabe que é o nome dele. É como o chamavam, todos aqueles cães que o idolatravam quando ladravam durante a perseguição. Era com isso que se provocavam uns aos outros. "Coração da Matilha, aqui, aqui, a caça está aqui, e eu a encontrei para você, para você!" Então todos latiam e tentavam ser os primeiros a latir para ele. Mas agora desapareceram todos, levados para longe. Não gostaram de abandoná-lo. Sabiam que ele escutava, mesmo que não quisesse responder. Nunca os escutou?

Suponho que tentei não ouvir.

Um desperdício. Por que escolher ser surdo? Ou mudo?

— Precisa fazer isso na minha presença? — A voz de Burrich estava dura.

— Perdão — disse eu, consciente de que ele estava verdadeiramente ofendido. Olhos-de-Noite soltou outra risadinha. Ignorei-o. Burrich se recusava a olhar para mim. Passado um tempo, esporeou Ruivo e avançou a meio galope para ultrapassar a guarda de Kettricken. Eu hesitei, mas depois me emparelhei com ele. Fez um relatório formal a Kettricken sobre tudo o que fizéramos antes de abandonar Torre do Cervo, e ela fez um aceno grave, como se estivesse habituada a ouvir esses relatórios. A um sinal dela, fomos honrados pela autorização de cavalgar à sua esquerda, enquanto a capitã da sua guarda, uma tal Foxglove, cavalgava à sua direita. Antes de a alvorada nos encontrar, o resto dos soldados montados de Torre do Cervo tinha nos alcançado. Quando se juntaram a nós, Foxglove reduziu o ritmo durante algum tempo, para permitir que os seus cavalos esgotados tomassem fôlego. Mas depois de chegarmos a um riacho e deixarmos que todos os animais bebessem, avançamos com determinação. Burrich não falou comigo.

Anos antes, eu fizera uma viagem à Baía Limpa como parte da comitiva de Verity. Então, tínhamos demorado cinco dias, mas viajáramos com carroças e liteiras, malabaristas, músicos e criados. Dessa vez viajávamos a cavalo, com guerreiros experientes, e não tínhamos de seguir pela larga estrada costeira. A única coisa que não estava a nosso favor era o tempo. Pelo meio da manhã do nosso primeiro dia, uma tempestade de inverno instalou-se. Foi uma cavalgada miserável não só devido ao desconforto físico mas também pela inquietação de sabermos que os ventos fortes iriam retardar o progresso dos navios de nossa companhia. Sempre que o nosso caminho nos deixava à vista de água eu os procurava, mas não cheguei a ver nenhum.

O ritmo que Foxglove imprimira era exigente, mas não assolador para cavalo ou cavaleiro. Embora as paradas não fossem frequentes, ela variava o ritmo, e assegurava-se de evitar que qualquer animal passasse sede. Nessas paradas, havia cereais para os cavalos e pão duro e peixe seco para os cavaleiros. Se alguém percebera um lobo nos seguindo, ninguém mencionou o fato. Dois dias mais tarde, quando a aurora e uma pausa no mau tempo nos encontraram, foi possível contemplar o largo vale fluvial que se abria para Baía Limpa.

Guarda da Baía era o Castelo de Baía Limpa. E Guarda da Baía era o lar do duque Kelvar e de lady Grace, o coração do Ducado de Rippon. A torre de vigia situava-se numa falésia arenosa sobre a cidade. O castelo propriamente dito fora construído em terreno razoavelmente plano, mas era fortificado por uma série de muralhas e trincheiras de terra. Uma vez me fora dito que nunca nenhum inimigo passara da segunda muralha. Isso não era mais verdade. Paramos e examinamos a destruição.

Os cinco Navios Vermelhos ainda se encontravam na praia. Os barcos de Baía Limpa, a maioria pequenas embarcações de pesca, eram uma série de destroços queimados e arrombados espalhados pela orla. As marés tinham brincado com eles desde que os Salteadores os destruíram. Edifícios enegrecidos e destroços em brasas espalhavam-se como um rastro a partir do local do desembarque, marcando o caminho que fora seguido como o alastrar de uma doença contagiosa. Foxglove ficou em pé sobre os estribos e apontou para Baía Limpa, combinando suas observações com o que conhecia da cidade e do castelo.

— A baía é pouco profunda e arenosa ao longo de todo o perímetro. Então quando a maré fica baixa, fica baixa até bem longe. Eles atracaram os navios numa posição demasiado alta. Se pudermos forçá-los a recuar, teremos de fazê-lo na maré baixa, quando os navios deles estão encalhados secos e acima do nível do mar. Cortaram a cidade como uma faca quente na manteiga. Duvido que tenham feito grande esforço para defendê-la. Não é muito defensável. Provavelmente, o povo todo se dirigiu para o castelo ao primeiro sinal de um casco vermelho. A mim parece que os ilhéus conseguiram abrir caminho através do terceiro círculo. Mas Kelvar deve ser capaz de os conter quase indefinidamente agora. A quarta muralha é de pedra trabalhada. Levou anos sendo construída. Guarda da Baía tem um bom poço, e os seus armazéns ainda devem estar repletos de cereais, já que estamos tão no início do inverno. O castelo não cairá, exceto por traição. — Foxglove parou de gesticular e voltou a instalar-se na sela. — Este ataque não faz sentido — disse com voz mais baixa. — Como podem os Navios Vermelhos esperar sustentar um cerco tão longo? Ainda mais se forem atacados pelas nossas forças?

— A resposta pode ser eles não esperarem que alguém viesse em auxílio de Guarda da Baía — disse sucintamente Kettricken. — Têm a cidade, de onde podem pilhar provisões, e talvez outros navios estejam vindo. — Virou-se para Kerf, indicando-lhe com um gesto que ele ficasse ao lado de Foxglove. — Eu não tenho experiência de batalha — disse com simplicidade. — Vocês dois terão de planejar isto. E eu agora escuto, como um soldado. O que deveremos fazer a seguir?

Vi Burrich estremecer. Uma honestidade assim é admirável, mas nem sempre significa boa liderança. Vi Foxglove e Kerf trocarem olhares, se avaliando.

— Minha rainha, Kerf tem mais experiência de batalha do que eu. Aceitaria o seu comando — ofereceu Foxglove em voz baixa.

Kerf baixou os olhos, como se estivesse ligeiramente envergonhado.

— Burrich foi um homem de Chivalry. Viu muito mais batalhas do que eu — observou, olhando para o pescoço da sua égua, e então ergueu subitamente os olhos. — É quem eu recomendo, minha rainha.

O rosto de Burrich era uma confusão de emoções conflituosas. Por um momento, os olhos se iluminaram. Então vi a hesitação em construção.

Coração da Matilha, eles caçarão bem por você, aconselhou Olhos-de-Noite.

— Burrich, tome o comando. Eles lutarão com coragem por você.

Fiquei arrepiado ao ouvir a rainha Kettricken servindo praticamente de eco ao pensamento de Olhos-de-Noite. De onde estava, consegui ver um arrepio percorrer Burrich. Endireitou-se na sela.

— Não temos nenhuma chance de surpreendê-los nesta região plana. E os três círculos que já conquistaram podem servir de defesas para eles. Não somos uma grande força. Aquilo que mais temos, minha rainha, é tempo. Podemos encurralá-los. Eles não têm acesso a água doce. Se Guarda da Baía resistir, e nós mantivermos os ilhéus presos onde estão, entre a terceira fortificação e a muralha, podemos simplesmente esperar que os nossos navios cheguem. A essa altura poderemos avaliar se queremos desencadear um ataque contra eles, ou simplesmente derrotá-los pela fome.

— Isso me parece inteligente — aprovou a rainha.

— São tolos se não deixaram pelo menos uma pequena força com os seus navios. Com esses temos de lidar imediatamente. Então teremos de destacar os nossos guardas para os navios, com ordens de destruírem-nos caso alguns dos ilhéus que passarem por nós tentarem escapar. Se não, teremos navios para somar à frota do príncipe herdeiro Verity.

— Isso também parece razoável. — Era evidente que a ideia agradava a Kettricken.

— É um bom plano, mas só se agirmos rapidamente. Eles em breve estarão cientes da nossa presença, se é que já não estão. Certamente verão a situação com tanta clareza como nós. Temos de ir lá para baixo, conter aqueles que cercam o castelo e aniquilar os que guardam os navios.

Kerf e Foxglove estavam ambos assentindo com a cabeça. Burrich olhou para eles.

— Quero os seus arqueiros para o círculo em volta do castelo. Queremos contê-los lá, não entrar em combate corpo a corpo. Simplesmente encurralá-los onde estão. O local em que abriram brecha nas muralhas será por onde tentarão sair. Montem uma guarda mais pesada lá, mas vigiem toda a muralha exterior. E, por enquanto, não tentem penetrar na muralha exterior em lugar nenhum. Que eles corram à volta dela como caranguejos numa panela.

Acenos secos de ambos os capitães. Burrich prosseguiu.

— Quero espadas para os navios. Esperem um combate feio. Eles estarão defendendo suas únicas vias de fuga. Enviem alguns arqueiros menos hábeis, e ordene que preparem flechas incendiárias. Se tudo falhar, queimem os navios onde estão encalhados. Mas primeiro tentem tomá-los.

— O *Rurisk!* — O grito foi solto por alguém nas fileiras de trás. Todas as cabeças se viraram para a água. Lá estava o *Rurisk,* contornando o promontório norte de Baía Limpa. Um momento mais tarde, surgiu uma segunda vela. Atrás de nós, os guerreiros a cavalo romperam em algazarra. Mais adiante, para lá dos nossos navios, ancorado em águas profundas, branco como a barriga de um morto e com velas igualmente infladas, flutuava o navio branco. No momento em que o vi, uma gota gelada de terror cortou minhas entranhas.

— O navio branco! — disse, sufocado. O medo injetou em mim um tremor que era quase uma dor.

— O quê? — perguntou Burrich, sobressaltado. Foi a primeira palavra que me dirigiu ao longo do dia inteiro.

— O navio branco! — repeti, e apontei na direção dele.

— O quê? Onde? Aquilo? Aquilo é um banco de nevoeiro. Os nossos navios estão entrando no porto, ali.

Olhei. Ele tinha razão. Um banco de nevoeiro, derretendo sob o sol da manhã enquanto eu observava. O meu terror recuou como a gargalhada trocista de um fantasma. Mas o dia pareceu ficar subitamente mais frio, e o Sol que separara brevemente as nuvens de tempestade tornou-se fraco e lânguido. Um ar maligno impregnou o dia, como um mau cheiro.

— Dividam suas forças e coloquem-nas em campo imediatamente — disse Burrich em tom calmo. — Não queremos que os nossos navios encontrem resistência ao chegar à costa. Depressa. Fitz, você vai com a força que atacará os Navios Vermelhos. Esteja lá quando o *Rurisk* aportar e informe os que vêm a bordo o que decidimos. Assim que os Navios Vermelhos forem varridos dali, quereremos que todos os combatentes se juntem a nós na contenção dos ilhéus. Gostaria que houvesse maneira de transmitir ao duque Kelvar o que estamos fazendo. Suponho que ele verá logo. Bem, vamos andando.

Houve alguma movimentação de gente de um lado para o outro, algumas consultas entre Kerf e Foxglove, mas passado um tempo surpreendentemente curto dei por mim cavalgando atrás de Foxglove com um contingente de guerreiros. Tinha a minha espada, mas aquilo de que realmente sentia a falta era o machado que se tornara tão confortável durante o verão.

Nada foi tão ordenado como o planejado. Encontramos ilhéus nos destroços da cidade, muito antes de chegarmos à praia. Estavam voltando para os navios, mas em passos lentos por causa da fila de prisioneiros que fizeram. Então atacamos os Salteadores. Alguns mantiveram-se firmes e lutaram, outros abandonaram os prisioneiros e fugiram à frente dos nossos cavalos. Nossos efetivos logo se espalharam pelas construções ainda incandescentes e pelas ruas cheias de destroços de Baía Limpa. Parte da nossa força ficou para trás, para cortar as cordas que prendiam os prisioneiros e ajudá-los como fosse possível. Foxglove praguejou perante o atraso, pois os Salteadores que tinham fugido iriam avisar aos guardas dos navios. Rapidamente dividimos as nossas forças, deixando alguns soldados para ajudar o castigado povo da cidade. O cheiro dos cadáveres e da chuva na madeira carbonizada lembrava Forja com uma nitidez que quase me fez perder a coragem. Havia corpos por todo o lado, muitos mais do que esperávamos encontrar. Em algum lugar, senti um lobo caminhando entre as ruínas, e obtive dele conforto.

Foxglove insultou-nos com uma eloquência única e então agrupou a tropa que estava com ela em uma formação de flecha. Caímos sobre os Navios Vermelhos a tempo de ver um deles ser lançado à maré que recuava. Pouco havia que pudéssemos fazer a esse respeito, mas chegamos a tempo de evitar que um segundo navio zarpasse. Matamos esses homens com surpreendente agilidade. Não eram muitos, apenas o esqueleto de uma equipe de remadores. Conseguimos matá-los antes mesmo de terem tempo de matar a maior parte dos prisioneiros amarrados aos bancos dos navios. Suspeitamos de que o navio que escapara estaria carregado de um modo semelhante. Portanto, imaginei, o plano inicial não era atacar o *Rurisk* ou qualquer um dos navios que agora convergiam sobre aquele que nos escapara.

Mas os Navios Vermelhos escaparam com reféns. Para onde? Para um navio fantasma que só eu vislumbrara? Até pensar no navio branco me fez estremecer e me gerou uma pressão na cabeça que era como o início de uma dor. Talvez tivessem intenção de afogar os reféns, ou de forjá-los, seja qual for o método que usassem para isso. Não estava em posição de refletir muito sobre aquilo naquele momento, mas guardei a informação para Chade.

Cada um dos três navios que continuavam atracados na praia tinha um contingente de guerreiros, e eles lutaram tão desesperadamente como Burrich previra. Um navio foi incendiado por um arqueiro excessivamente precavido, mas os outros foram capturados intactos.

Tínhamos já controlado todos os navios quando o *Rurisk* foi atracado. Havia agora tempo de erguer a cabeça e passar os olhos por Baía Limpa. Nem sinal do navio branco. Talvez tivesse sido apenas uma formação de nuvens. Atrás do *Rurisk* vinha o *Constance,* e atrás deles uma flotilha de embarcações de pesca e até um par de navios mercantes. A maior parte tinha de ancorar no porto raso mas os homens a bordo foram rapidamente trazidos para terra em botes. A tripulação dos navios de guerra esperou que os seus capitães soubessem o que estava havendo, mas os que tinham vindo nas embarcações de pesca e navios mercantes passaram correndo por nós e dirigiram-se diretamente para o castelo sitiado.

A tripulação treinada dos navios de guerra em breve os alcançou, e quando chegamos às muralhas externas do castelo, havia um clima de cooperação, embora não uma verdadeira organização. Os prisioneiros que tínhamos libertado estavam fracos por falta de comida e de água, mas se recuperaram depressa e foram indispensáveis para nos fornecer um conhecimento maior das fortificações externas. À tarde, o nosso cerco aos sitiantes estava instalado. Com dificuldade, Burrich persuadiu os envolvidos de que pelo menos um dos nossos navios de guerra deveria permanecer com a tripulação completa e em alerta, na água. Sua premonição provou estar correta na manhã seguinte, quando mais dois Navios Vermelhos dobraram a ponta setentrional da baía. O *Rurisk* tentou expulsá-los, mas eles fugiram com demasiada facilidade para que pudéssemos ficar satisfeitos. Todos sabiam que os Navios Vermelhos iriam simplesmente encontrar uma aldeia indefesa para assolar mais acima, ao longo da costa. Várias das embarcações de pesca engajaram-se tardiamente em uma perseguição, embora houvesse pouca chance de conseguirem alcançar as embarcações providas de remos dos Salteadores.

No segundo dia de espera, começamos a ficar entediados e desconfortáveis. O tempo voltara a piorar. O pão duro começava a mofar, o peixe seco já não estava completamente seco. Para nos animar, o duque Kelvar acrescentara a bandeira do Cervo dos Seis Ducados à sua própria insígnia que esvoaçava sobre Guarda da Baía. Mas, tal como nós, escolhera uma estratégia de espera. Os ilhéus estavam encurralados, não tinham tentado abrir caminho por nós nem avançar para mais perto do castelo. Tudo estava calmo e à espera.

— Você não dá ouvidos a avisos. Nunca deu — disse-me Burrich em voz baixa.

A noite já caíra. Era a primeira vez desde a nossa chegada que passávamos juntos mais do que alguns instantes. Ele estava sentado num tronco de árvore, com a perna ferida esticada. Agachei-me junto da fogueira, tentando aquecer as mãos. Estávamos à porta de um abrigo temporário construído para a rainha, cuidando de uma fogueira fumacenta. Burrich quis que ela se instalasse em uma das poucas construções intactas que restavam em Baía Limpa, mas ela se recusou, insistindo em ficar perto dos seus guerreiros. A sua guarda ia e vinha livremente a seu abrigo e a sua fogueira. Burrich franzia o cenho perante essa familiaridade, mas aprovava a lealdade deles.

— O seu pai também era assim — observou quando dois guardas de Kettricken saíram do abrigo e foram render outros que estavam de vigia.

— Não dava ouvidos a avisos? — perguntei, surpreendido.

Burrich concordou com a cabeça.

— Não. Sempre com os soldados, indo e vindo, a qualquer hora. Sempre me perguntei quando teria ele encontrado privacidade para te fazer.

Devo ter feito uma expressão chocada, pois Burrich também enrubesceu de repente.

— Desculpe. Estou cansado, e minha perna está... desconfortável. Não estava pensando no que estava dizendo.

Descobri um sorriso inesperado.

— Não tem problema — disse, e não havia. Quando ele descobriu Olhos-de--Noite, temi que fosse me banir outra vez. Um gracejo, mesmo um gracejo rude, era bem-vindo. — Estava falando sobre avisos? — perguntei com humildade.

Ele suspirou.

— É como você disse. Somos como somos. E *ele* disse. Às vezes eles não dão alternativa, simplesmente se vinculam a nós.

Em algum lugar na escuridão, um cão uivou. Não era realmente um cão. Burrich olhou para mim.

— Não consigo controlá-lo — admiti.

Nem eu a você. Por que precisaria haver controle de um sobre o outro?

— E ele também se mete em conversas pessoais — observei.

— E em qualquer coisa que seja pessoal — acrescentou Burrich num tom monocórdico. Falava com a voz de quem sabia o que estava dizendo.

— Pensei que tinha dito que nunca usou... aquilo. — Nem mesmo ali diria "a Manha" em voz alta.

— Não uso. Dela não vem nada de bom. Vou dizer agora claramente o que te disse antes. Isso... muda você. Se ceder a ela, se vivê-la. Se não conseguir afastá-la, pelo menos não a procure. Não se transforme...

— Burrich?

Ambos saltamos. Era Foxglove, que saíra em silêncio da escuridão para se erguer do outro lado da fogueira. Quanto teria ela ouvido?

— Sim? Algum problema?

Ela se agachou na escuridão, ergueu as mãos para o fogo. Suspirou.

— Não sei. Como é que eu pergunto isso? Você sabia que ela está grávida?

Burrich e eu trocamos olhares.

— Quem? — perguntou ele sem expressão.

— Eu tenho dois filhos, sabia? E a maior parte da guarda dela é feminina. Ela vomita todas as manhãs e vive de chá de folha de framboesa. Nem sequer consegue olhar para o peixe salgado sem vomitar. Ela não devia estar aqui vivendo dessa maneira. — Foxglove indicou a tenda com um sinal de cabeça.

Oh. A Raposa.

Cale-se.

— Ela não pediu o nosso conselho — disse cautelosamente Burrich.

— A situação aqui está sob controle. Não há motivo para não mandá-la de volta para Torre do Cervo — disse calmamente Foxglove.

— Não consigo imaginar "mandá-la de volta" seja para onde for — observou Burrich. — Acho que teria de ser uma decisão a que ela chegasse sozinha.

— Você poderia sugerir a ela — arriscou Foxglove.

— Você também — contrapôs Burrich. — É capitã da sua guarda. Tem direito a essa preocupação.

— Não sou eu quem estou de vigia à sua porta todas as noites — objetou Foxglove.

— Talvez devesse estar — e então temperou as palavras dizendo —, agora que já sabe.

Foxglove olhou para o fogo.

— Talvez devesse. Bom. A questão é: quem a escolta de volta a Torre do Cervo?

— Toda a sua guarda pessoal, claro. Uma rainha não pode viajar com menos do que isso.

Em algum lugar na escuridão houve um súbito grito. Fiquei em pé num pulo.

— Fique quieto! — mandou Burrich. — Espere algum sinal. Não se afobe sem saber o que está acontecendo!

Mais tarde, Whistle, da guarda da rainha, chegou à nossa fogueira. Apresentou--se a Foxglove para fazer um relatório.

— Ataque duplo. Na brecha logo abaixo da torre sul tentaram quebrar o cerco. E alguns conseguiram passar em...

Uma flecha atravessou-a e levou para sempre consigo o que ela havia começado a dizer. Ilhéus de repente caíam sobre nós, mais do que a minha mente era capaz de imaginar, e todos convergindo para a tenda da rainha.

— Para a rainha! — gritei, e tive o magro conforto de ouvir o meu grito sendo repetido ao longo das fileiras. Três guardas saíram da tenda correndo para encostarem-se às suas frágeis paredes, enquanto Burrich e eu defendíamos o terreno à sua frente. Empunhei a espada e pelo canto do olho vi a luz da fogueira percorrendo, rubra, o gume da espada de Burrich. A rainha apareceu de repente à porta da tenda.

— Não me defendam! — repreendeu-nos. — Vão para onde está o combate!

— Ele está aqui, senhora — grunhiu Burrich e deu um súbito passo à frente para decepar o braço de um homem que ousara chegar perto demais.

Lembro-me claramente dessas palavras e lembro-me de ver Burrich dando esse passo. É a última recordação coerente que tenho daquela noite. Depois disso, tudo eram gritos e sangue, metal e fogo. Ondas de emoções esmagavam-se contra mim enquanto à minha volta soldados e Salteadores lutavam até a morte. No início do confronto, alguém incendiou a tenda. O fogo violento iluminou a cena de batalha como se fosse um palco. Lembro-me de ver Kettricken, de vestido apertado e atado, combatendo de pernas e pés nus no chão gelado. Brandia com as duas mãos a sua espada da Montanha ridiculamente longa. A sua graça transformava a batalha numa dança mortífera que teria me distraído em qualquer outro momento.

Ilhéus continuavam surgindo. Em certo ponto, tive a certeza de ter ouvido Verity gritando ordens, mas não consegui compreender nenhuma delas. Olhos--de-Noite aparecia de vez em quando, combatendo sempre no limite da luz, uma súbita força de pelo e dentes rente ao chão, atingindo-os com um único golpe, acrescentando o próprio peso para transformar o ímpeto deles em uma queda. Burrich e Foxglove combateram, costas contra costas, quando a situação piorou para o nosso lado. Eu fazia parte do círculo que protegia a rainha. Pelo menos pensava que fazia, até notar que ela estava, na verdade, combatendo ao meu lado.

Em algum momento, larguei a espada para apanhar um machado de Salteador caído no chão. Peguei a minha lâmina no chão gelado no dia seguinte, coberta de lama e sangue secos. Mas naquele momento nem sequer hesitei em me desfazer do presente de Verity em prol de uma arma mais selvagem e eficiente. Enquanto combatíamos, só havia o agora a ponderar. Quando, por fim, a maré da batalha virou, não refleti na sensatez do que fazia, simplesmente saí à caça e perseguição de inimigos espalhados pelos escombros negros como a noite e pelo odor fétido de queimado da aldeia de Baía Limpa.

Realmente, ali, Olhos-de-Noite e eu caçamos muito bem juntos. Lutei corpo a corpo com o último homem que matei, machado contra machado, enquanto Olhos-de-Noite rosnava e rasgava brutalmente seu caminho através da espada de um homem menor. Ele aniquilou seu homem poucos segundos antes de eu derrubar o meu.

Com essa última matança tive um prazer violento e selvagem. Não sabia onde Olhos-de-Noite terminava e eu começava; sabia apenas que tínhamos ganhado e ainda estávamos vivos. Mais tarde fomos juntos em busca de água e bebemos avidamente do balde de um poço comunitário, e lavei o sangue das mãos e do rosto. Então nos deixamos cair, com as costas apoiadas no poço de tijolos e ficamos vendo o sol nascer atrás da espessa névoa rasteira. Olhos-de-Noite encostou-se quente contra mim, nem sequer pensamos.

Acho que cochilei um pouco, pois um encontrão colocou-me alerta quando ele me deixou às pressas. Ergui os olhos para ver o que o assustara e encontrei uma menina de Baía Limpa me olhando amedrontada. O sol matinal refletia em seu cabelo ruivo. Trazia um balde na mão. Levantei-me e sorri, erguendo o machado em cumprimento, mas ela fugiu como um coelho assustado por entre as ruínas das construções. Espreguicei-me, e então regressei, através do nevoeiro rasteiro, ao local onde a tenda da rainha estava. Enquanto caminhava, cenas da caçada de lobo da noite anterior voltaram à memória. As recordações eram muito nítidas, muito vermelhas e negras, e eu as enterrei na parte mais profunda da mente. Seria sobre aquilo que Burrich tentou me avisar?

Mesmo à luz do dia, ainda era difícil compreender tudo o que havia acontecido. A terra em volta dos restos enegrecidos do abrigo da rainha virou lama pisoteada. Ali a luta foi mais intensa. Ali caiu a maior parte dos inimigos. Alguns corpos tinham sido arrastados para uma pilha, outros ainda jaziam onde tinham caído. Evitei olhar para eles. Uma coisa era matar submerso em medo e ira, outra é refletir sobre o que se fez à luz gélida e cinzenta da manhã.

Que os ilhéus tivessem tentado furar o nosso cerco era compreensível. Tinham tido uma chance de conseguir chegar aos navios e recuperar um ou dois deles. Que o ataque parecesse focado na tenda da rainha era menos compreensível. Depois de atravessarem as fortificações, por que não teriam se agarrado à chance de sobrevivência dirigindo-se para a praia?

— Talvez — observou Burrich, cerrando os dentes enquanto eu examinava o inchaço irritado da sua perna — não esperassem escapar. É um costume ilhéu decidir morrer, e tentar causar o máximo de danos antes disso. Portanto, atacaram aqui, com o intuito de matar a nossa rainha.

Havia encontrado Burrich mancando pelo campo de batalha. Não chegou a dizer que estava à procura do meu corpo, mas o alívio ao me ver foi evidência suficiente disso.

— Como eles sabiam que quem estava naquela tenda era a rainha? Não hasteamos bandeira, não colocamos barreiras. Como sabiam que ela estava aqui? Pronto. Está melhor? — Verifiquei se a bandagem estava bem atada.

— Está seco e limpo, e a bandagem parece aliviar a dor. Creio que não podemos fazer muito mais do que isso. Acho que sempre que forçar demais esta perna, ficará inchada e com febre. — Falava tão apático como se estivesse discutindo sobre a pata ferida de um cavalo. — Pelo menos o ferimento manteve-se fechado. Parecia que eles estavam se dirigindo diretamente para a tenda da rainha, não parecia?

— Como abelhas para o mel — observei, fatigado. — A rainha está em Guarda da Baía?

— Claro. Todos estão lá. Devia ter ouvido a aclamação quando abriram os portões para nós. A rainha Kettricken entrou a pé, ainda com as saias atadas de um lado, com a espada na mão e ainda pingando. O duque Kelvar caiu de joelhos para lhe beijar a mão. Lady Grace olhou para ela e disse: "Oh, minha querida, vou imediatamente mandar preparar um banho para você".

— Ora, eis aí o material de que farão canções — eu disse, e rimos. — Mas nem todos estão lá em cima no castelo. Vi agora mesmo uma menina à procura de água, lá embaixo, nas ruínas.

— Bem, lá no castelo estão regozijando. Poucos terão ânimo para isso. Foxglove enganou-se. O povo de Baía Limpa não cedeu facilmente perante os Navios Vermelhos. Muitos, muitos morreram antes de o povo de Baía Limpa se retirar para o castelo.

— Não acha isso um pouco estranho?

— Que o povo se defenda? Não. É...

— Não acha que havia ilhéus demais aqui? Mais do que cinco navios deles?

Burrich parou. Olhou para trás, para os corpos espalhados.

— Talvez esses outros navios os tenham trazido até aqui, e depois zarpado em patrulha.

— Não é assim que eles agem. Suspeito de um navio maior, que transportava uma força considerável de homens.

— Onde?

— Agora já se foi. Acho que o vislumbrei, entrando naquele banco de nevoeiro.

Ficamos em silêncio. Burrich levou-me até onde prendera Ruivo e Fuligem e seguimos juntos até Guarda da Baía. As grandes portas do castelo estavam escancaradas, e uma combinação de soldados de Torre do Cervo e gente de Guarda da Baía misturava-se. Fomos saudados com um grito de boas-vindas, e foram-nos oferecidos copos de hidromel cheios até a borda antes mesmo de desmontarmos. Rapazes suplicaram-nos que entregássemos os cavalos ao seu cuidado e, para minha surpresa, Burrich permitiu. Dentro do salão havia uma alegria genuína que teria envergonhado qualquer uma das festas de Regal. Toda a Guarda da Baía nos fora escancarada. Jarros e bacias de água quente e perfumada tinham sido colocados no Grande Salão para nos refrescarmos, e as mesas estavam fartas de comida, e não com pão duro e peixe salgado.

Permanecemos três dias em Baía Limpa. Durante esse período os nossos mortos foram enterrados e os corpos dos ilhéus, queimados. Soldados de Torre do Cervo e guardas da rainha puseram-se ao lado do povo de Baía Limpa para ajudar a reparar as fortificações de Guarda da Baía e a recuperar o que restava da Cidade de Baía Limpa. Eu fiz algumas perguntas discretas. Descobri que o sinal da torre de vigia foi acendido assim que os navios foram avistados, mas que uma das primeiras coisas que os Navios Vermelhos fizeram foi extingui-lo. "E o membro do círculo em Baía Limpa?", perguntei. Kelvar olhou-me surpreso. Burl fora requisitado havia semanas, para algum dever essencial no interior. Kelvar achava que ele tinha ido para Vaudefeira. No dia seguinte à batalha, chegaram reforços de Angra do Sul. Não tinham visto a fogueira sinaleira, mas os mensageiros a cavalo tinham chegado até eles. Eu estava presente quando a rainha Kettricken elogiou o duque Kelvar por sua cautela em pôr em campo uma equipe de cavaleiros para essas mensagens, e enviou também os seus agradecimentos a lorde Shemshy de Shoaks por sua resposta. Ela sugeriu que dividissem os navios capturados, para já não terem de esperar que os navios de guerra chegassem, mas pudessem fazer zarpar os seus próprios, para a formação de uma mútua defesa. Esse foi um presente suntuoso, e foi recebido num silêncio assombrado. Quando o duque Kelvar se recuperou do choque, levantou-se para fazer um brinde à sua rainha e ao herdeiro Farseer por nascer. Então, rapidamente o rumor se tornou um conhecimento geral. A rainha Kettricken enrubesceu violentamente, mas se saiu bem nos agradecimentos.

Esses breves dias de vitória foram um bálsamo curativo para todos nós. Tínhamos combatido, e combatêramos bem. Baía Limpa seria reconstruída, e os ilhéus não possuíam nenhuma base em Guarda da Baía. Durante um breve período pareceu possível conseguirmos nos ver livres por completo.

Antes de sairmos de Baía Limpa, já estavam sendo cantadas as canções sobre uma rainha de saias atadas que enfrentou ousadamente os Navios Vermelhos e sobre a criança no seu ventre que era um guerreiro antes de nascer. Que a rainha arriscasse não apenas a si mesma mas ao herdeiro ao trono pelo Ducado de

Rippon não deixou de ser notado por nenhum deles. Primeiro o duque Brawndy de Bearns, e agora Kelvar de Rippon, pensei comigo mesmo. Kettricken estava fazendo um bom trabalho em conquistar a lealdade dos ducados.

Tive os meus momentos em Baía Limpa, tanto reconfortantes como arrepiantes. Lady Grace, ao me ver no Grande Salão, reconheceu-me e veio falar comigo.

— Então — ela disse depois de me cumprimentar em voz baixa — o meu garoto dos cães da cozinha tem o sangue de reis. Não admira que tenha me dado tão bom conselho, há tantos anos. — Ela havia entrado bem no papel de dama e de duquesa. O seu cão terrier continuava a acompanhá-la para todo lado, mas agora corria por aí atrás dela, e essa mudança me agradava quase tanto quanto o modo fácil como sustentava o título e o seu óbvio afeto pelo seu duque.

— Ambos mudamos muito, lady Grace — respondi, e ela aceitou o elogio que eu pretendera fazer. A última vez que a vira fora quando viajara até lá com Verity. A essa altura não lhe era tão confortável ser duquesa. Eu a encontrara nas cozinhas, quando o cão estava engasgado com uma espinha de peixe. Então, persuadira-a de que o dinheiro do seu duque era mais bem gasto em torres de vigia do que em joias para lhe dar. Nesse tempo, era uma duquesa muito recente. Agora parecia nunca ter sido outra coisa.

— Já não é mais um garoto dos cães? — perguntara com um sorriso irônico.

— Garoto dos cães? Homem-lobo! — observou alguém.

Virei para ver quem falara, mas o salão estava cheio de gente, e nenhum rosto parecia voltado para nos observar. Encolhi os ombros, como se o comentário não tivesse importância, e a lady Grace pareceu nem sequer tê-lo escutado. Presenteou-me com um sinal de sua gratidão antes de partirmos. Pensar nele ainda me faz sorrir: um minúsculo alfinete com formato de uma espinha de peixe.

— Mandei fazer isto, para lembrar de mim. Gostaria que ficasse com ele. — Raramente usava joias agora, disse-me ela, e entregou-me o alfinete numa varanda, numa noite escura em que as luzes das torres de vigia do duque Kelvar cintilavam como diamantes contra o céu negro.

TORRE DO CERVO

O Castelo de Vaudefeira, no rio Vim, era uma das residências tradicionais da família reinante de Vara. Foi esse o local em que a rainha Desire passou a infância, e era para lá que regressava nos verões durante a infância do filho, o príncipe Regal. A cidade de Vaudefeira é um lugar animado, um centro de comércio no coração de uma região de pomares e searas. O rio Vim é um curso de água sonolento e navegável, tornando as viagens fáceis e agradáveis. A rainha Desire sempre insistira que Vaudefeira era superior a Torre do Cervo em todos os aspectos e que teria servido muito melhor como sede da família real.

A viagem de volta a Torre do Cervo foi fértil em pequenos acontecimentos. Kettricken estava consumida e fatigada quando chegou a hora de regressar. Embora tentasse não demonstrar, o cansaço era evidente nos círculos sob os seus olhos e na tensão de sua boca. O duque Kelvar forneceu-lhe uma liteira para a viagem para casa, mas um breve percurso provou que o balanço só a deixava mais nauseada. Devolveu-a com agradecimentos e cavalgou para casa montada em sua égua.

Na nossa segunda noite na estrada para casa, Foxglove veio à nossa fogueira e disse a Burrich que pensava ter visto várias vezes um lobo naquele dia. Burrich encolheu os ombros com indiferença e assegurou-lhe que o animal provavelmente estaria apenas curioso, e não oferecia ameaça para nós. Depois de ela ir embora, Burrich virou-se para mim e disse:

— Esse tipo de coisa vai acontecer com bastante frequência.

— O quê?

— Um lobo, visto nas suas imediações. Fitz, tome cuidado. Houve boatos; quando matou aqueles Forjados, havia rastros por todo o lado, e os golpes naqueles homens não foram feitos por nenhuma lâmina. Alguém me disse que tinha visto um lobo caminhando por Baía Limpa na noite da batalha. Ouvi até uma história louca de um lobo selvagem que se transformou em homem quando a batalha terminou. Havia pegadas na lama perto até mesmo da tenda da rainha nessa noite; a sua sorte é que todos estavam muito cansados e com pressa de se desfazer dos mortos. Havia alguns que não morreram por mãos humanas.

Alguns? Bah!

O rosto de Burrich se contorceu de fúria.

— Isso vai acabar. Já.

Você é forte, Coração da Matilha, mas...

O pensamento foi quebrado, e eu ouvi um súbito ganido de surpresa vindo dos arbustos. Vários dos cavalos assustaram-se e olharam nessa direção. Eu olhei para Burrich. Ele *repelira* Olhos-de-Noite, violentamente e à distância.

A sua sorte foi ter sido à distância, porque a força daquilo... comecei a avisar Olhos-de-Noite.

O olhar de Burrich virou-se para mim.

— Eu disse que isso ia acabar! Já! — Afastou os olhos de mim com repugnância. — Preferiria ver você cavalgando com a mão enfiada nas calças a vê-lo fazer isso constantemente na minha presença. É ofensivo.

Não consegui pensar em nada para dizer. Anos de convivência já tinham me ensinado que tentar dissuadi-lo dos seus sentimentos sobre a Manha de nada serviria. Ele sabia que eu estava vinculado a Olhos-de-Noite. Continuar tolerando a minha presença era o máximo a que chegava a sua flexibilidade. Não precisava recordar constantemente que o lobo e eu partilhávamos a mente. Baixei a cabeça num assentimento. Naquela noite, pela primeira vez há muito tempo, os meus sonhos foram só meus.

Sonhei com Molly. Ela usava de novo saias vermelhas e estava agachada na praia, arrancando moluscos das rochas com a sua faca de cinto e comendo-os crus. Ergueu os olhos para mim e sorriu. Aproximei-me, e ela se levantou num pulo e correu descalça praia abaixo à minha frente. Corri atrás dela, mas ela estava mais veloz do que nunca. O cabelo era soprado para trás dos ombros, e ela apenas ria quando eu gritava para me esperar, esperar. Acordei sentindo-me estranhamente contente por ela ter fugido de mim, e com o aroma de lavanda do sonho ainda na cabeça.

Esperávamos ser bem recebidos em Torre do Cervo. Os navios, uma vez que o tempo melhorara, deviam ter chegado antes de nós com notícias do nosso sucesso. Então não ficamos surpresos ao ver um contingente da guarda de Regal avançando ao nosso encontro. O que pareceu estranho foi que, após terem nos avistado, continuaram com os cavalos a trote. Nenhum homem gritou ou acenou um cumprimento. Em vez disso, aproximaram-se de nós silenciosos e sóbrios como fantasmas. Acho que Burrich e eu vimos ao mesmo tempo o bastão que o homem da frente transportava, o pequeno pau polido que indicava notícias sérias.

460

Ele se virou para mim enquanto observávamos a aproximação deles. O terror estava escrito no seu rosto em letras garrafais.

— O rei Shrewd morreu? — sugeriu em voz baixa.

Não senti assombro, apenas uma perda escancarando-se em mim. Um menino assustado dentro de mim ofegava que agora nada nem ninguém se interporia entre mim e Regal. Outra parte de mim interrogava-se como teria sido chamar-lhe "avô", em vez de "meu rei". Mas essas partes egoístas eram pequenas se comparadas ao significado daquilo para esse homem do rei. Shrewd dera-me forma, fizera de mim aquilo que eu era, para o bem e para o mal. Um dia pegara a minha vida, a vida de um menino que brincava debaixo da mesa no Grande Salão, e gravou nela o seu selo. Fora sua a decisão de que eu tinha de ler e escrever, de que tinha de ser capaz de manejar uma espada ou dispersar um veneno. Parecia-me que com o seu falecimento eu teria agora de assumir responsabilidade pelos meus atos. Era um pensamento estranhamente assustador.

Todos tinham tomado consciência do fardo do homem da frente. Paramos na estrada. Como uma cortina se abrindo, a guarda de Kettricken afastou-se para permitir que ele se aproximasse dela. Um terrível silêncio foi mantido enquanto ele lhe entregava o bastão, e depois o pequeno pergaminho. A cera vermelha do selo foi quebrada pela unha da rainha, e eu observei as lascas vermelhas caírem na estrada lamacenta. Kettricken abriu lentamente o pergaminho e o leu. Algo escapou de dentro dela nessa leitura. A mão pendeu ao seu lado e deixou que o pergaminho seguisse a cera até a lama, uma coisa acabada, uma coisa que desejava nunca mais voltar a ler. Não desmaiou nem gritou. Os seus olhos se voltaram para longe, e ela pousou suavemente a mão na barriga. Com esse movimento, eu soube que não era Shrewd quem estava morto, mas Verity.

Sondei à sua procura. Em algum lugar, certamente em algum lugar, aninhado dentro de mim, uma centelha de vínculo, o mais minúsculo filamento de ligação. Não. Nem sequer sabia quando tinha desaparecido. Lembrei-me de que sempre que combatia era provável quebrar a ligação com ele. Isso não ajudava em nada. Recordei naquele momento o que não parecera mais do que um lance bizarro na noite da batalha. Julgara ouvir a voz de Verity, gritando, dando ordens que não faziam sentido. Não era sequer capaz de me lembrar de uma única palavra que ele tivesse gritado. Mas agora parecia-me que tinham sido ordens de batalha, ordens para dispersar, talvez para procurar abrigo, ou... mas não recordava nada com certeza. Olhei para Burrich e encontrei a pergunta nos seus olhos. Tive de encolher os ombros.

— Não sei — disse em voz baixa. A sua testa se franziu enquanto refletia sobre aquilo.

A princesa herdeira Kettricken ficou sentada, quieta, no cavalo. Ninguém fez um gesto para lhe tocar, ninguém proferiu palavra. Olhei de relance para Burrich, encontrei seu olhar, e, nele, uma resignação fatalista. Aquela era a segunda vez que ele via um príncipe herdeiro cair antes de ascender ao trono. Após um longo silêncio, Kettricken virou-se na sela. Inspecionou a sua guarda e os soldados a cavalo que a seguiam.

— O príncipe Regal recebeu a notícia de que o príncipe herdeiro Verity está morto. — Não ergueu a voz, mas as suas palavras chegaram claramente a todos. A alegria desvaneceu-se, e o triunfo esvaiu-se de muitos dos olhares. Ela lhes deu um momento para se habituarem à ideia. Então atiçou o cavalo, e nós a seguimos de volta a Torre do Cervo.

Aproximamo-nos do portão sem sermos parados. Os soldados de serviço ergueram os olhos à nossa passagem. Um deles fez um esboço de continência à rainha. Ela não reparou. Burrich franziu mais o cenho, mas nada disse.

Dentro do pátio do castelo, o dia parecia normal. Rapazes de estábulo vieram levar os cavalos enquanto outros criados e outras pessoas se deslocavam de um lado para o outro nas atividades normais. De algum modo, a própria familiaridade daquilo colidiu como pedras contra as minhas emoções. Verity estava morto. Não parecia certo que a vida prosseguisse de forma tão rotineira.

Burrich ajudou Kettricken a desmontar no meio de um aglomerado das suas damas. Uma parte de mim reparou na expressão no rosto de Foxglove quando Kettricken foi levada por senhoras da corte que soltavam exclamações sobre como ela parecia desgastada, se estaria ela bem, entre exclamações de comiseração, tristeza e dor. Uma pontada de ciúme passou pelo rosto da capitã da guarda da rainha. Foxglove não passava de um soldado sujeito ao juramento de proteger a sua rainha. Não podia, naquele momento, segui-la para dentro da torre, por mais que se preocupasse com a rainha; Kettricken estava agora entregue aos cuidados das suas damas da corte. Mas eu sabia que naquela noite Burrich não ficaria sozinho de guarda a sua porta.

O solícito murmúrio das damas em prol de Kettricken foi o suficiente para me informar de que o rumor sobre a sua gravidez já fora espalhado. Perguntei a mim mesmo se já teria sido partilhado com Regal. Tinha certeza de que havia mexericos que circulavam quase exclusivamente entre as mulheres antes de se transformarem em conhecimento comum. De repente senti um grande desejo de saber se Regal já sabia que Kettricken esperava o herdeiro ao trono. Entreguei as rédeas de Fuligem a Hands, agradeci a ele e prometi contar-lhe tudo mais tarde. Mas quando me dirigia para a torre, a mão de Burrich segurou meu ombro.

— Uma palavrinha com você. Agora.

Às vezes ele me tratava quase como um príncipe, às vezes como menos do que um rapaz de estábulo. Essas palavras não foram um pedido. Hands entregou-me de volta as rédeas de Fuligem com um sorriso seco e desapareceu para cuidar dos outros animais. Segui Burrich quando ele levou Ruivo para os estábulos. Não teve dificuldade para encontrar uma cocheira vazia para Ruivo perto da cocheira habitual de Fuligem; eram muitas as cocheiras disponíveis. Ambos começamos a tratar dos cavalos como num dia corriqueiro. A velha familiaridade dessa rotina, de cuidar de um cavalo enquanto Burrich trabalhava ali perto, era reconfortante. A ponta do estábulo onde estávamos encontrava-se relativamente calma, mas ele esperou até não haver ninguém por perto antes de perguntar:

— É verdade?

— Não tenho certeza. A minha ligação com ele desapareceu. Antes de irmos para Baía Limpa já era tênue, e eu tenho sempre problemas em manter a ligação com Verity quando entro em uma luta. Ele diz que ergo tão fortemente a guarda contra os que me rodeiam que o tranco do lado de fora.

— Não compreendo nada disso, mas sabia desse problema. Tem certeza de que foi nesse momento que o perdeu?

E assim contei-lhe sobre a vaga sensação de Verity durante a batalha e a possibilidade de ele ter sido atacado ao mesmo tempo. Burrich acenou impacientemente com a cabeça.

— Mas não pode contatá-lo pelo Talento, agora que as coisas estão calmas? Renovar a ligação?

Parei um instante, forcei a minha própria frustração fervente a diminuir.

— Não, não posso. Não tenho esse tipo de Talento.

Burrich franziu o cenho.

— Olhe, nós sabemos que as mensagens andaram se extraviando nos últimos tempos. Como podemos saber que essa não foi inventada?

— Suponho que não sabemos. Embora seja difícil acreditar que até mesmo Regal tivesse a ousadia de dizer que Verity estava morto se estivesse vivo.

— Não há nada que eu o ache incapaz de fazer — disse Burrich em voz baixa.

Eu parei de limpar a lama dos cascos de Fuligem e me endireitei. Burrich estava encostado à porta da cocheira de Ruivo, com os olhos perdidos na distância. A madeixa branca no seu cabelo era uma viva lembrança de quão implacável Regal podia ser. Ele ordenara que Burrich fosse morto com a mesma indiferença com que poderia ter esmagado uma mosca irritante. Nunca parecera causar a Regal um momento de preocupação que ele não tivesse permanecido morto. Não tinha medo da vingança de um mestre dos estábulos ou de um bastardo.

— Bom, o que diria ele quando Verity voltasse? — perguntei eu em voz baixa.

— Depois de virar rei, poderia cuidar para que Verity nunca voltasse. O homem que se senta no trono dos Seis Ducados pode se livrar de pessoas inconvenientes. — Burrich não olhou diretamente para mim quando disse isso, e eu tentei desviar da faísca. Mas era verdade. Uma vez que Regal chegasse ao poder, não tinha dúvidas de que haveria assassinos prontos para cumprir as suas ordens. Talvez já houvesse alguns. Esse pensamento causou-me um estranho calafrio.

— Se quisermos saber definitivamente se Verity ainda está vivo, a nossa única chance é enviar alguém à sua procura e regressar com notícias sobre ele.

Pensei em Burrich.

— Mesmo assumindo que o mensageiro consiga sobreviver, levaria muito tempo. Depois de Regal chegar ao poder, a palavra de um mensageiro não é nada para ele. O portador dessa notícia não se atreveria a divulgá-la em voz alta. Precisamos de provas de que Verity está vivo, provas que o rei Shrewd possa aceitar, e precisamos delas antes que Regal chegue ao poder. Ele não seria príncipe herdeiro por muito tempo.

— O rei Shrewd e o filho de Kettricken ainda estão entre ele e o trono — protestei.

— Essa posição demonstrou ser pouco saudável para homens crescidos e fortes. Duvido de que um velho enfermo e uma criança por nascer o achem um lugar mais afortunado. — Burrich balançou a cabeça e colocou de lado aquele pensamento. — Bem, não pode contatá-lo pelo Talento. Quem pode?

— Qualquer um dos membros do Círculo.

— Bah. Não confio em nenhum deles.

— O rei Shrewd talvez consiga — sugeri hesitantemente. — Se retirar forças de mim.

— Mesmo que a sua ligação a Verity esteja rompida? — perguntou Burrich com uma expressão atenta.

Encolhi os ombros e abanei a cabeça.

— Não sei. Por isso disse "talvez".

Ele passou uma última vez a mão no pelo liso de Ruivo.

— Precisaremos tentar — disse decididamente. — E quanto mais cedo, melhor. Kettricken não deve ser deixada aflita e sofrendo se não houver motivo para tanto. Poderá perder o bebê por causa disso. — Suspirou e olhou para mim. — Vá descansar um pouco. Faça planos para visitar o rei esta noite. Quando o vir entrar nos aposentos, tratarei de que haja testemunhas para o que quer que o rei Shrewd descubra.

— Burrich — protestei —, não há nenhuma garantia. Nem sequer sei se o rei estará acordado à noite, ou se será capaz de usar o Talento, ou que o fará se eu o pedir. Se fizermos isso, Regal e todos os demais saberão que eu sou um homem do rei no que toca ao Talento e...

— Desculpe, garoto — Burrich falou de forma abrupta, quase friamente —, há aqui mais coisas em jogo do que o seu bem-estar. Não que não me preocupe com você, mas acho que estará mais seguro se Regal achar que é capaz de usar o

Talento, e todos souberem que Verity está vivo, do que se todos acreditarem que Verity está morto, e Regal achar que é hora de se livrar de você. Temos de tentar hoje à noite. Talvez não tenhamos sucesso, mas temos de tentar.

— Espero que consiga arranjar em algum lugar um pouco de casco-de-elfo — resmunguei.

— Está pegando gosto por isso? Tenha cuidado. — Mas então sorriu. — Estou certo de que consigo arranjar um pouco.

Correspondi ao sorriso, e então fiquei chocado comigo mesmo. Não acreditava que Verity estivesse morto. Era isso que estava admitindo a mim mesmo com aquele sorriso. Não acreditava que o meu príncipe herdeiro estivesse morto, e me preparava para enfrentar o príncipe Regal e provar isso. A única maneira de isso ser mais satisfatório era se pudesse fazê-lo com um machado na mão. E agora mesmo.

— Posso pedir um favor? — pedi a Burrich.

— O quê? — perguntou ele com prudência.

— Cuide-se muito bem.

— Sempre. E trate de fazer o mesmo.

Anuí com a cabeça, e então fiquei em silêncio, sentindo-me constrangido. Após um momento, Burrich suspirou e disse:

— Desembuche logo. Caso eu veja Molly, você quer que eu lhe diga... o quê?

Abanei a cabeça a mim próprio.

— Só que sinto saudades dela. O que mais poderia lhe dizer? Não tenho nada a oferecer-lhe além disso.

Ele olhou bem para mim, com um olhar estranho. Solidariedade, mas nenhum falso conforto.

— Deixarei que ela saiba disso — prometeu.

Saí dos estábulos sentindo que, de algum modo, tinha crescido. Perguntei a mim mesmo se algum dia deixaria de me medir pelo modo como Burrich me tratava.

Fui diretamente à cozinha, pretendendo pegar algo para comer e depois ir descansar conforme Burrich sugerira. A sala da guarda estava repleta dos soldados que haviam regressado e contavam histórias aos que tinham permanecido em casa enquanto devoravam ensopado e pão. Era o que eu esperava, e pretendia arranjar as minhas provisões e levá-las para o quarto. Mas, na cozinha, havia panelas borbulhando por todo o lado, pão crescendo e carne sendo virada nos espetos. Criados de cozinha cortavam, mexiam e andavam apressadamente de um lado para o outro.

— Haverá um banquete à noite? — perguntei estupidamente.

Sara virou-se para me encarar.

— Oh, Fitz, então está de volta e vivo, e inteiro, para variar. — Sorriu como se tivesse me elogiado. — Sim, claro, há um banquete para celebrar a vitória em Baía Limpa. Não nos esqueceríamos de vocês.

— Mesmo com Verity morto nos sentamos para banquetear? — A cozinheira olhou-me de frente. — Se o príncipe Verity estivesse aqui, qual seria o seu desejo?

Suspirei.

— Provavelmente diria para celebrar a vitória. O povo precisa mais de esperança do que de luto.

— Foi precisamente isso que o príncipe Regal me explicou hoje de manhã — disse a cozinheira com satisfação. Voltou à tarefa de esfregar especiarias numa perna de veado. — Estaremos de luto por ele, é claro. Mas tem de compreender, Fitz. Ele nos abandonou. Foi Regal quem ficou aqui. Ficou para cuidar do rei e para defender as costas o melhor possível. Verity desapareceu, mas Regal ainda está aqui conosco. E Baía Limpa não caiu nas mãos dos Salteadores.

Mordi a língua e esperei que o ataque passasse.

— Baía Limpa não caiu porque Regal aqui ficou para nos proteger. — Queria me certificar de que a cozinheira estava ligando um acontecimento ao outro, e não simplesmente mencionando-os na mesma fala.

Ela acenou com a cabeça enquanto continuava a esfregar a carne. Sálvia triturada, informou-me o nariz, e alecrim.

— É o que sempre foi preciso. Soldados enviados de imediato. É muito bom que se use o Talento, mas para que serve saber o que está acontecendo se não se faz nada a respeito?

— Verity sempre fez zarpar os navios de guerra.

— E eles sempre pareceram chegar lá tarde demais. — Ela se virou para mim, limpando as mãos no avental. — Oh, eu sei que o idolatrava, rapaz. O nosso príncipe Verity era um homem de bom coração, que se gastou até a morte tentando nos proteger. Não estou falando mal dos mortos. Só estou dizendo que usar o Talento e caçar Antigos não é o caminho para lutar com esses Navios Vermelhos. O que o príncipe Regal fez, enviando os soldados e navios no minuto em que soube, era o que precisava ser feito desde o início. Com o príncipe Regal no comando talvez sobrevivamos aqui.

— E o rei Shrewd? — perguntei eu em voz baixa.

Ela entendeu mal a minha pergunta. Ao fazê-lo, mostrou o que realmente pensava.

— Oh, está tão bem como se pode esperar. Até vai descer esta noite para o banquete, pelo menos durante algum tempo. Pobre homem. Está sofrendo tanto. Pobre, pobre homem.

Um morto. Foi o que ela praticamente disse. Já não um rei, Shrewd era apenas um pobre, pobre homem para ela. Regal vencera.

— Acha que a nossa rainha estará no banquete? — perguntei. — Afinal, ela acabou de saber da morte do seu esposo e rei.

— Ah, eu acho que ela estará lá. — Sara anuiu. Virou a perna do veado com estrondo, para esfregar o outro lado com ervas. — Ouvi dizer que ela está dizendo que está grávida. — A cozinheira parecia cética. — Vai querer anunciá-lo esta noite.

— Duvida de que ela esteja grávida? — perguntei sem rodeios. A cozinheira não se mostrou ofendida.

— Ah, não duvido de que esteja grávida, se diz que está. É só que parece um pouco estranho, ela dizê-lo depois de chegar a notícia da morte de Verity, e não antes.

— Como assim?

— Bem, alguns de nós poderíamos imaginar...

— Imaginar o quê? — perguntei friamente.

A cozinheira olhou-me rapidamente, e eu amaldiçoei a minha impaciência. Calá-la não era o que eu queria fazer. Precisava ouvir os rumores, todos os rumores.

— Bem... — hesitou, mas não pôde negar-se a satisfazer os meus ouvidos atentos. — As dúvidas que se tem sempre, quando uma mulher não concebe, e depois, de repente, quando o marido está longe, anuncia que está grávida dele. — Olhou em volta para ver quem mais poderia estar à escuta. Todos pareciam atarefados com o trabalho, mas não duvidava de que alguns ouvidos estavam inclinados na nossa direção. — Por que agora? De repente. E se ela sabia que estava grávida, no que estava pensando quando correu para a batalha, no meio da noite? Isso é um comportamento estranho para uma rainha à espera do herdeiro ao trono.

— Bem — tentei manter a voz suave —, suponho que quando a criança nascer mostrará quando foi concebida. Aqueles que desejarem contar luas nos dedos poderão fazê-lo então. Além disso — inclinei-me para ela com ar conspiratório —, ouvi dizer que algumas das suas damas sabiam antes de ela partir. Lady Patience, por exemplo, e a sua aia, Lacy.

Teria de me certificar de que Patience se gabasse do seu conhecimento prematuro e que Lacy fizesse barulho a esse respeito entre a criadagem.

— Oh. Essa... — O desdém da cozinheira Sara anulou a minha esperança numa vitória fácil. — Bem, sem querer ofender, Fitz, mas ela às vezes é meio estúpida. Mas Lacy não, Lacy é sólida. Não fala muito, e também não quer ouvir o que os outros têm a dizer.

— Bem — sorri e atirei-lhe uma piscadela de olho —, foi por aí que eu soube. E soube bem antes de partirmos para Baía Limpa. — Aproximei-me mais. — Pergunte por aí. Aposto que vai descobrir que a rainha Kettricken tem andado bebendo chá de folha de framboesa para os enjoos matinais. Verifique, e vai ver que tenho razão. Aposto uma moeda de prata.

— Uma moeda de prata? Oh! Como se eu tivesse uma para apostar. Mas eu pergunto, Fitz, isso farei. E devia ter vergonha por não ter compartilhado comigo há mais tempo uma fofoca dessas. Logo comigo, que te conto tudo!

— Bem, então eis mais uma coisa para você. A rainha Kettricken não é a única que está grávida!

— Oh? Quem mais?

Sorri.

— Não posso dizer ainda. Mas será uma das primeiras a saber, pelo que ouvi dizer. — Não fazia ideia de quem poderia estar grávida, mas era seguro dizer que alguém na torre estava, ou estaria a tempo de dar substância ao meu boato. Precisava manter a cozinheira contente comigo se quisesse contar com ela para o falatório da corte. Ela fez um aceno prudente, e eu pisquei para ela.

Ela terminou o trabalho com a perna de veado.

— Dod, venha cá buscar isto e coloque-a nos ganchos de carne acima do fogo alto. Nos ganchos mais altos. Quero a perna cozida, e não queimada. Agora vá. Kettle? Onde está o leite que pedi que fosse buscar?

Surrupiei pão e maçãs antes de ir para o meu quarto. Uma refeição simples, mas bem-vinda para alguém tão faminto como eu estava. Fui direto para o meu quarto, lavei-me, comi e deitei para descansar. Podia ter poucas chances com o rei naquela noite, mas mesmo assim queria estar o mais alerta possível durante o banquete. Pensei em ir falar com Kettricken e lhe avisar para ainda não fazer luto por Verity. Mas sabia que nunca conseguiria passar pelas suas damas para falar discretamente com ela. E se estivesse errado? Não. Enquanto eu não pudesse provar que Verity continuava vivo seria precipitado demais lhe dizer algo assim.

Fui acordado mais tarde com uma batida à minha porta. Fiquei imóvel por um momento, deitado, sem ter certeza de ter ouvido alguma coisa, e então ergui-me para destrancar a porta e entreabri-la. O Bobo estava na frente da minha porta. Não sei se fiquei mais espantado por ele ter batido em vez de deslizar o trinco ou se pelo modo como estava vestido. Olhei-o boquiaberto. Ele fez uma elegante reverência e abriu caminho para dentro do meu quarto, fechando a porta atrás de si. Fechou um par de trancas e em seguida foi ao centro do quarto e abriu os braços. Virou-se num círculo lento para que eu o admirasse.

— E então?

— Nem parece você — disse sem rodeios.

— Não pretendia parecer. — Alisou o gibão e puxou as mangas para exibir melhor não só os bordados que as decoravam como as fendas que mostravam o rico tecido das mangas por baixo. Amaciou o chapéu emplumado, colocou-o de volta sobre o cabelo sem cor. As cores iam do mais profundo índigo ao mais claro azul-celeste, e a cara branca do Bobo, qual ovo descascado, espreitava de dentro delas. — Os Bobos saíram de moda.

Sentei-me lentamente na cama.

— Foi Regal quem te vestiu assim — disse sinceramente.

— Nem tanto. Ele forneceu as roupas, claro, mas eu me vesti sozinho. Se os Bobos já não estão na moda, imagine quão humilde seria o criado particular de um Bobo.

— E o rei Shrewd? Já saiu de moda? — perguntei acidamente.

— Já saiu de moda ficar excessivamente preocupado com o rei Shrewd — replicou ele. Deu uma cambalhota, e então parou, adotou uma pose de dignidade como convinha às novas roupas e deu uma volta pelo quarto. — À noite deverei me sentar à mesa do príncipe e estar cheio de alegria e de humor. Acha que me sairei bem?

— Muito melhor do que eu — disse com amargura. — Realmente não se importa que Verity esteja morto?

— Realmente não se importa que as flores desabrochem ao sol do verão?

— Bobo, lá fora é inverno.

— Uma coisa é tão verdadeira como a outra. Acredite no que digo. — O Bobo ficou subitamente imóvel. — Vim pedir um favor, se conseguir acreditar nisto.

— É tão fácil acreditar na segunda coisa como na primeira. O que é?

— Não mate o meu rei com as ambições que tem para o seu.

Olhei-o horrorizado.

— Eu nunca mataria o meu rei! Como se atreve a dizer isso?

— Oh, eu me atrevo a muito nos dias que correm. — Pôs as mãos atrás das costas e começou a passear pelo quarto. Com as suas roupas elegantes e pose fora do comum, ele me deixava assustado. Era como se outro ser habitasse o seu corpo, um ser que eu não conhecia completamente. — Nem mesmo se o rei tivesse matado a sua mãe?

Senti um terrível enjoo subir em mim.

— O que é que está tentando me dizer? — murmurei.

O Bobo rodopiou perante a dor na minha voz.

— Não. Não! Você me interpretou completamente mal! — Sua voz foi sincera, e por um instante consegui enxergar de novo o meu amigo. — Mas — prosseguiu num tom de voz mais suave, quase dissimulado — se acreditasse que o rei matou a sua mãe, a sua querida, afetuosa e indulgente mãe, que a matou e a roubou de você para sempre. Acha que nesse caso poderia matá-lo?

Passara tanto tempo cego que precisei de um momento para compreender. Sabia que Regal acreditava que a mãe fora envenenada. Sabia que essa era uma das fontes do seu ódio por mim e pela "lady Thyme". Ele achava que nós a tínhamos assassinado, às ordens do rei. Eu sabia que tudo isso era falso. A rainha Desire havia se envenenado. A mãe de Regal apreciava excessivamente tanto a bebida como as ervas que dão fim às preocupações. Quando não fora capaz de ascender ao poder que julgava ser seu por direito, encontrara refúgio nesses prazeres. Shrewd tentara várias vezes fazê-la parar, chegara mesmo a recorrer a Chade para lhe fornecer ervas e poções que apaziguassem essa necessidade, mas em nada resultara. A rainha Desire fora envenenada, é verdade, mas fora sua própria mão autoindulgente que administrara o veneno. Eu sempre o soube, e sabendo-o, não me dei conta do ódio que germinaria no coração de um filho mimado ao ser, de repente, despojado da mãe.

Poderia Regal matar por uma coisa dessas? Claro que sim. Estaria ele disposto a levar os Seis Ducados à beira da ruína como um ato de vingança? E por que não? Ele nunca gostara dos Ducados Costeiros. Os Ducados Interiores, sempre mais leais à sua mãe do interior, eram onde se encontrava o seu coração. Se a rainha Desire não tivesse se casado com o rei Shrewd, ter-se-ia mantido como Duquesa de Vara. Às vezes, depois de algumas taças, e entorpecida com intoxicantes herbáceos, sugeria mordazmente que se tivesse permanecido duquesa teria sido capaz de exercer mais poder, o suficiente para persuadir Vara e Lavra a se unirem sob a sua liderança como rainha e renegar a sua submissão aos Seis Ducados. Galen, o mestre do Talento, filho bastardo da rainha Desire, alimentara o ódio de Regal em conjunto com o seu. Teria ele odiado o suficiente para subverter o seu círculo em prol da vingança de Regal? Isso parecia uma traição assombrosa, mas, para mim, fazia sentido. Ele o faria. Centenas de pessoas mortas, inúmeros Forjados, mulheres estupradas, crianças órfãs, aldeias inteiras destruídas pela vingança de um principezinho por uma maldade imaginada. Fiquei atônito. Mas tudo se encaixava. Encaixava-se tão bem como a tampa de um caixão.

— Acho que o atual duque de Vara talvez deva ter cuidado com a saúde — devaneei.

— Ele partilha o gosto que a irmã mais velha tinha por bom vinho e intoxicantes. Bem abastecido dessas coisas, e desatento a tudo o mais, acho que viverá uma longa vida.

— Tal como o rei Shrewd talvez possa viver? — sugeri com cautela.

Um espasmo de dor crispou-se no rosto do Bobo.

— Duvido que lhe reste uma vida longa — disse em voz baixa. — Mas a que resta pode ser tranquila, em vez de uma vida de sangue derramado e violência.

— Acha que chegaremos a esse ponto?

— Quem sabe o que emergirá do fundo de uma panela mexida? — Dirigiu-se subitamente à minha porta, e colocou a mão na tranca. — É isso que te peço

— disse em voz baixa —, que abra mão de mexer, Senhor Colher. Que deixe as coisas assentarem.

— Não posso.

O Bobo encostou a testa à porta, um gesto que lhe era muito atípico.

— Então você será a morte de reis. — Palavras doloridas proferidas numa voz grave. — Você sabe... o que eu sou. Já te disse. Disse porque estou aqui. Isto é algo de que tenho certeza. O fim da linhagem Farseer era um dos pontos decisivos. Kettricken espera um herdeiro, a linhagem continuará, é isso que é necessário. Não se pode deixar um velho morrer em paz?

— Regal não deixará que esse herdeiro nasça — disse sem rodeios. Até o Bobo arregalou os olhos ao me ouvir falar com tanta clareza. — Essa criança não chegará ao poder sem a mão de um rei sob a qual se abrigar. Shrewd, ou Verity. Você não acredita que Verity esteja morto. Praticamente o disse. Poderá deixar que Kettricken suporte o tormento de acreditar nessa morte? Poderá permitir que os Seis Ducados mergulhem no sangue e na ruína? De que serve um herdeiro da linhagem Farseer, se o trono não passar de uma cadeira partida num salão incendiado?

O Bobo encolheu os ombros.

— Há mil encruzilhadas — disse ele em voz baixa. — Algumas são claras e bem marcadas, outras são sombras dentro de sombras. Algumas são praticamente certezas; seria necessário um grande exército ou uma vasta peste para alterar esses caminhos. Outras estão envoltas em um nevoeiro, e eu não sei que estradas delas saem, ou para onde se dirigem. Você traz um nevoeiro, bastardo. Multiplica mil vezes os futuros, apenas por existir. Catalisador. De alguns desses nevoeiros saem os mais obscuros e retorcidos fios de perdição, e, de outros, brilhantes cordões de ouro. Para as profundezas ou para as alturas, segundo parece, são os seus caminhos. Eu anseio por um caminho intermediário. Anseio por uma morte simples para um amo que foi bondoso para um criado bizarro e zombeteiro.

Não fez mais reprimenda do que aquilo. Ergueu as trancas, abriu os trincos e saiu em silêncio. A roupa luxuosa e o andar cuidadoso faziam-no parecer deformado de modo que nem os retalhos coloridos e as cambalhotas conseguiam fazer. Fechei suavemente a porta atrás dele e encostei-me a ela, como se conseguisse segurar o futuro do lado de fora.

Arrumei-me cuidadosamente para o jantar daquela noite. Quando finalmente terminei de me vestir com o último conjunto que a sra. Hasty fizera para mim, fiquei quase tão elegante quanto o Bobo. Decidi que por enquanto não faria luto por Verity, nem sequer o aparentaria. Ao descer a escada, tive a impressão de que a maior parte da torre convergia para o Grande Salão naquela noite. Era evidente que todos tinham sido convidados, tanto os grandes quanto os humildes.

Encontrei meu lugar na mesma mesa de Burrich, Hands e o resto do pessoal dos estábulos. Era o lugar mais humilde que me fora dado desde que o rei Shrewd me acolhera sob a sua asa e, no entanto, a companhia me agradava muito mais do que a das mesas superiores. As mesas de honra do Grande Salão estavam repletas de gente que eu mal conhecia, com os duques e a nobreza de Lavra e Vara, na sua maior parte. Havia rostos dispersos que eu conhecia, naturalmente. Patience estava sentada num local que era quase próprio a sua condição, e Lacy encontrava--se sentada numa mesa acima de mim. Não vi sinal de Molly em lugar nenhum. Havia gente da Cidade de Torre do Cervo por todo o lado, principalmente gente abastada, e, na maioria, mais bem sentados do que eu esperaria. O rei foi trazido para o salão, apoiado no recém-elegante Bobo, seguido por Kettricken.

A sua aparência me chocou: ela usava uma simples túnica castanho-clara, e cortara o cabelo em sinal de luto. Deixara menos de um palmo de cabelo, que privado do seu pujante peso espetava-se em torno da cabeça como um dente--de-leão. A cor parecia ter sido cortada junto com o comprimento do cabelo, que agora parecia tão claro quanto o do Bobo. Estava tão habituado a ver suas pesadas tranças douradas que a cabeça dela agora me parecia estranhamente pequena em cima dos ombros largos. Os seus olhos azul-claros tornavam-se estranhos com as pálpebras avermelhadas pelo choro. Kettricken não parecia uma rainha de luto. Em vez disso, estava bizarra, um novo tipo de bobo para a corte. Eu nada reconhecia de minha rainha, nada de Kettricken no seu jardim, nada da guerreira descalça que dançava com a sua lâmina; apenas uma mulher estrangeira, que havia acabado de ser largada ali, sozinha. Regal, por outro lado, estava tão suntuosamente vestido como quem vai fazer a corte, e movia-se com a segurança de um gato caçador.

O que testemunhei naquela noite foi tão inteligentemente ritmado e cuida-dosamente dirigido como um espetáculo de marionetes. Ali estava o velho rei Shrewd, trêmulo e magro, com a cabeça cambaleando durante o jantar ou tendo conversas vagas e sorridentes com ninguém em especial. Ali estava a princesa herdeira, sem um sorriso sequer, quase sem comer, silenciosa e de luto. A presidir a tudo, Regal, o filho dedicado, sentado ao lado do débil pai. E ao seu lado o Bobo, magnificamente vestido e pontuando a conversa de Regal com gracejos para tornar a conversa do príncipe mais cintilante do que realmente era. O resto da mesa elevada era ocupado pelo duque e pela duquesa de Vara, pelo duque e pela duquesa de Lavra, e pelos atuais favoritos entre a nobreza menor desses ducados. Os ducados de Bearns, Rippon e Shoaks não estavam sequer representados.

Após a carne ser servida, foram feitos dois brindes a Regal. O primeiro veio do duque Holder de Vara, que fez um pródigo brinde ao príncipe, declarando-o defensor do reino, elogiando-o pela célere ação em prol de Baía Limpa e louvando também sua coragem em tomar as medidas necessárias para proteger os melhores interesses dos Seis Ducados. Isso me deixou de orelhas em pé. Mas foi tudo meio vago, parabenizando e elogiando sem nunca chegar propriamente a dizer o que Regal decidira fazer. Se tivesse se prolongado mais, teria sido adequado como um panegírico.

No início do discurso, Kettricken endireitou-se na cadeira e olhou incrédula para Regal, evidentemente incapaz de acreditar que ele pudesse acenar e sorrir calmamente perante elogios que não lhe eram devidos. Se mais alguém além de mim reparou na expressão da rainha, ninguém teceu comentários. O segundo brinde, previsivelmente, veio do duque Ram de Lavra. Brindou à memória do príncipe herdeiro Verity. Aquilo sim era um panegírico, mas um panegírico condescendente, que falava de tudo o que Verity tentara, tencionara, sonhara e desejara fazer. Depois de seus feitos já terem sido empilhados no prato de Regal, pouco havia a acrescentar. Kettricken ficou, se possível, ainda mais branca e com os lábios mais apertados.

Acho que quando o duque Ram terminou, ela estava à beira de se levantar para falar também. Mas Regal ergueu-se, quase às pressas, erguendo a taça que havia acabado de encher e pediu silêncio a todos com gestos, e então estendeu o copo na direção da rainha.

— Muito se disse de mim esta noite, e pouco da nossa tão bela princesa herdeira, Kettricken. Ela voltou para casa, e encontrou tão tristemente o luto. Mas não creio que o meu falecido irmão Verity desejasse que o desgosto pela sua morte se sobrepusesse a tudo o que é devido à sua dama pelo seu empenho. Apesar da sua condição — e o sorriso cúmplice no rosto de Regal aproximava-se perigosamente de um sorriso de escárnio —, ela considerou os melhores interesses do seu reino adotivo ao decidir arriscar-se a sair para confrontar pessoalmente os Navios Vermelhos. Sem dúvida muitos Salteadores caíram pela sua valente espada. Ninguém pode duvidar que os nossos soldados se sentiram inspirados ao ver a sua rainha determinada a batalhar por eles, independentemente do risco que corria.

Dois pontos de cor começaram a brilhar nas faces de Kettricken. Regal prosseguiu, colorindo o relato dos feitos de Kettricken com condescendência e lisonja. A falta de sinceridade das suas frases de cortesão de certo modo diminuíram o seu feito, transformando-o em algo realizado pelas aparências.

Procurei em vão por alguém na mesa elevada que a defendesse. Erguer-me do meu lugar de plebeu e contrapor a minha voz à de Regal pareceria quase uma piada. Kettricken, que nunca estivera segura do seu lugar na corte do marido, e que agora não o tinha para apoiá-la, pareceu encolher-se em si mesma. O modo como Regal contou as suas façanhas as fez parecerem questionáveis e imprudentes, em vez de ousadas e decisivas. Vi-a minguar perante si mesma, e soube que agora não falaria em defesa própria. A refeição foi retomada com uma rainha subjugada, cuidando do confuso rei Shrewd a seu lado, grave e silenciosa perante os vagos esforços que o rei fazia para conversar.

Mas o pior ainda estava por vir. No fim da refeição, Regal voltou a pedir silêncio. Prometeu aos presentes que haveria menestréis e titereiros após a refeição, mas pediu-lhes paciência enquanto anunciava outra coisa mais. Após longa e séria análise e muitas consultas, e com grande relutância, compreendera aquilo que o ataque a Baía Limpa acabara de comprovar. A própria Torre do Cervo já não era o lugar seguro e tranquilo que fora um dia. Certamente não era mais um lugar próprio para uma pessoa de saúde delicada. E, assim, chegou à decisão de que o rei Shrewd (e o rei ergueu a cabeça e pestanejou perante a menção ao seu nome) iria viajar para o interior, a fim de residir em segurança em Vaudefeira, no rio Vim, em Vara, até que sua saúde melhorasse. Então, fez uma pausa para agradecer prodigamente ao duque Holder de Vara por disponibilizar o Castelo de Vaudefeira para a família real. Acrescentou, também, que lhe agradava muito que fosse tão acessível para ambos os castelos principais de Vara e Lavra, pois desejava manter contato próximo com esses duques tão leais, que nos últimos tempos haviam viajado com tanta frequência até tão longe para ajudá-lo naqueles tempos tão, tão conturbados. Agradaria a Regal levar a vida da corte real àqueles que tinham antes sido obrigados a viajar tanto para usufruir dela. Fez uma pausa para aceitar os acenos de agradecimento e os murmúrios de apoio fiel dos duques, os quais se silenciaram em imediata obediência quando Regal voltou a erguer a mão.

Convidava, não, ele rogava, suplicava que a princesa herdeira se juntasse ao rei Shrewd em Vaudefeira. Ela estaria mais segura lá, e acharia o castelo mais confortável, já que fora construído como um lar, não como uma fortaleza. Saber que o futuro herdeiro e a sua mãe estavam bem tratados e bem longe dos perigos da costa descansaria as mentes dos seus súditos. Prometeu que não se poupariam esforços para fazê-la se sentir em casa. Prometeu-lhe que uma corte alegre voltaria a se formar lá. Grande parte da mobília e dos tesouros de Torre do Cervo deveria ser transferida para lá quando o rei partisse, para tornar a mudança menos perturbadora para ele. Regal não parou de sorrir nem por um momento enquanto relegava o pai à posição de um idiota idoso e Kettricken à de égua de criação. Atreveu-se a fazer uma pausa para ouvi-la aceitar o seu destino.

— Não posso — disse ela com dignidade. — Foi em Torre do Cervo que o meu senhor Verity me deixou, e, antes de fazê-lo, entregou o castelo aos meus cuidados. Aqui ficarei. E será aqui que o meu filho nascerá.

Regal virou a cabeça, com o pretexto de esconder dela um sorriso, mas na verdade para exibi-lo melhor à plateia.

— Torre do Cervo será bem defendida, senhora minha rainha. O meu próprio primo, lorde Bright, herdeiro de Vara, expressou interesse em assumir a sua defesa. Toda a força militar ficará aqui, visto que não temos necessidade deles em Vaudefeira. Duvido de que precisem da ajuda de uma mulher impossibilitada por saias e uma barriga em desenvolvimento.

A erupção de risos me aturdiu. Era um comentário grosseiro, uma piada mais própria para um valentão de taberna do que para um príncipe no próprio castelo. Isso me lembrou nada mais que a rainha Desire em seu pior estado, inflamada com vinho e ervas. E, no entanto, eles riram na mesa elevada, e não foram poucos os das mesas baixas que se juntaram a eles. Os encantos e entretenimentos de Regal tinham cumprido bem o serviço. Qualquer que fosse o insulto ou a farsa que fosse servida nessa noite, os aduladores a aceitariam junto com a carne e o vinho que emborcavam à mesa. Kettricken parecia incapaz de falar. Chegou a se levantar, e teria abandonado a mesa se o rei não tivesse estendido uma mão trêmula:

— Por favor, minha querida — disse, e a sua voz vacilante projetou-se com demasiada clareza —, não me deixe. Quero você ao meu lado.

— Veja só, é o desejo do nosso rei — admoestou-a apressadamente Regal, e duvido que até ele fosse capaz de se dar conta da sorte que levara o rei a fazer aquele pedido a Kettricken nesse momento. A rainha sentou-se novamente com relutância. O lábio inferior tremeu, e seu rosto enrubesceu. Por um momento aterrorizante, pensei que ela iria rebentar em lágrimas. Isso seria o triunfo final para Regal, uma traição da sua fraqueza emocional como fêmea parideira. Mas ela respirou fundo. Virou-se para o rei e falou baixo, mas de forma audível, enquanto lhe segurava pela mão:

— É você o meu rei, o rei ao qual prestei juramento. Meu suserano, será como desejar. Não sairei do seu lado.

Baixou a cabeça, e Regal fez um aceno afável, e uma explosão geral de conversas congratulou-se com o acordo dela. Regal falou um pouco mais quando o burburinho se acalmou, mas já havia alcançado os seus objetivos. Falou principalmente da sabedoria da sua decisão e de como Torre do Cervo seria mais capaz de se defender sem temer pelo seu monarca. Teve até a audácia de sugerir que, ao afastar-se e afastar o rei e a princesa herdeira de Torre do Cervo, estaria transformando o castelo num alvo menos visado para os Salteadores, visto que teriam menos a ganhar com a sua captura. Tudo foi absolutamente nada, um rodeio feito em prol do espetáculo. Não muito tempo depois, o rei foi levado de volta aos seus aposentos, após cumprir o dever de aparecer. A rainha Kettricken se despediu para acompanhá-lo. O banquete desfez-se numa cacofonia geral de divertimentos. Foram trazidos barris de cerveja e de vinhos de qualidade inferior. Vários menestréis do interior começaram a atuar em cantos opostos do Grande

Salão, enquanto o príncipe e o seu grupo preferiam se divertir com um espetáculo de fantoches, uma peça picante intitulada *A sedução do filho do estalajadeiro*. Eu afastei o meu prato e olhei para Burrich. Nossos olhos se encontraram, e nos levantamos da mesa como se fôssemos um só.

TALENTO

Os Forjados pareciam ser incapazes de qualquer emoção. Não eram malignos, não obtinham satisfação com sua maldade ou seus crimes. Quando perdiam a capacidade de sentir qualquer coisa pelos outros seres humanos, ou por quaisquer outras criaturas do mundo, perdiam a capacidade de fazer parte da sociedade. Um homem sem compaixão, um homem agressivo, um homem indiferente ainda possui sensibilidade suficiente para saber que não pode expressar quão pouco se importa com os outros e continuar sendo aceito no seio de uma família ou de uma aldeia. Os Forjados haviam perdido até a capacidade de dissimular o que sentiam pelos seus semelhantes. Suas emoções não haviam simplesmente sumido; tinham sido esquecidas, tão completamente perdidas para eles que nem sequer eram capazes de prever o comportamento de outros seres humanos com base em reações emocionais.

Um Talentoso pode ser visto como a outra extremidade desse espectro. Um homem assim pode sondar e dizer, de longe, o que outros estão pensando ou sentindo. Pode, se for fortemente Talentoso, impor aos outros os seus pensamentos e sentimentos. Com essa sensibilidade maior às emoções e aos pensamentos de outros, ele tem em excesso aquilo que falta por completo aos Forjados.

O príncipe herdeiro Verity confidenciou que os Forjados pareciam imunes ao seu Talento. Isto é, ele não conseguia sentir o que eles sentiam nem descobrir os seus pensamentos. No entanto, isso não significa que eram insensíveis ao Talento. Poderia o uso de Talento por parte de Verity ter sido o que os atraía à Torre do Cervo? Poderia o seu sondar ter acordado neles uma fome, uma lembrança, talvez, do que tinham perdido? Levados como foram a viajar, através do gelo e das inundações, sempre na direção de Torre do Cervo, certamente a motivação deve ter sido intensa. E quando Verity partiu de Torre do Cervo na sua demanda, o movimento de Forjados para Torre do Cervo pareceu diminuir.

Chade Fallstar

* * *

Chegamos à porta do rei Shrewd e batemos. O Bobo abriu-a. Eu não havia deixado de perceber que Wallace era um dos convivas que se encontravam no salão, e que lá havia permanecido quando o rei partiu.

— Deixe-me entrar — disse em voz baixa enquanto o Bobo me atravessava com o olhar.

— Não — disse ele terminantemente e começou a fechar a porta. Coloquei meu ombro contra ela, e Burrich me ajudou. Foi a primeira e a última vez que usei a força contra o Bobo. Não ficava nada satisfeito em provar que era fisicamente mais forte do que ele. A expressão nos seus olhos quando o forcei a se afastar era uma que ninguém gostaria de ver no rosto de um amigo.

O rei estava sentado em frente à lareira, resmungando apaticamente. A princesa herdeira estava a seu lado, desolada, enquanto Rosemary cochilava aos seus pés. Kettricken ergueu-se da cadeira para nos olhar com surpresa.

— FitzChivalry? — perguntou em voz baixa.

Dirigi-me rapidamente a ela:

— Tenho muito a explicar, e pouco tempo para fazê-lo. Pois o que tenho de fazer tem de ser feito agora, esta noite. — Fiz uma pausa, tentei decidir qual a melhor forma de explicar-lhe. — Lembra-se de quando se comprometeu com Verity?

— É claro que sim! — Ela me olhou como se eu estivesse louco.

— Ele então usou August, um membro do círculo, para ficar na sua mente, para te mostrar o que ele trazia no coração. Lembra-se disso?

Ela enrubesceu.

— Claro que me lembro. Mas achava que ninguém mais sabia exatamente o que havia acontecido nesse momento.

— Poucos sabiam. — Olhei em volta e vi que Burrich e o Bobo acompanhavam a conversa de olhos muito abertos.

— Verity estendeu o Talento até você, através de August. Ele é forte no Talento. Sabe disso, sabe como ele o usa para guardar as nossas costas. É uma magia ancestral, uma capacidade da linhagem Farseer, e Verity a herdou do pai. E eu herdei um pouco do meu.

— Por que está me dizendo isso?

— Porque não acredito que Verity esteja morto. O rei Shrewd costumava ser forte no Talento, pelo que ouvi dizer. Já não é assim. A doença o roubou, tal como roubou tantas outras coisas. Mas se conseguirmos persuadi-lo a tentar, se formos capazes de o despertar para esse esforço, eu posso oferecer-lhe forças suficientes para sustentar o Talento dele, e ele pode ser capaz de contatar Verity.

— Isso irá matá-lo! — contestou o Bobo sem rodeios. — Ouvi falar do que o Talento retira de um homem. Não resta ao meu rei o suficiente para isso.

— Não acho que o matará. Se contatarmos Verity, ele romperá o contato antes de fazer mal ao pai. Mais de uma vez ele recuou antes de esgotar as minhas forças, para ter certeza de não me ferir.

— Até um Bobo consegue ver a falha na sua lógica. — O Bobo puxou os punhos da sua camisa nova. — Se contatar Verity, como poderemos saber que é verdade, e não uma cena?

Abri a boca para soltar um protesto irritado, mas o Bobo ergueu a mão para me calar:

— Claro, meu querido, querido Fitz, todos devemos acreditar em você, porque é nosso amigo e tem apenas os nossos melhores interesses no coração. Mas pode haver alguns outros inclinados a duvidar da sua palavra, ou a não enxergá-lo como alguém com objetivos tão altruístas. — O seu sarcasmo corroeu-me como ácido, mas consegui permanecer em silêncio. — E se você não conseguir alcançar Verity, o que teremos? Um rei exausto e esgotado, para ser exibido ainda mais como incapaz. Uma rainha de luto, forçada a pensar, para além de todas as outras dores, se não estará chorando por um homem que ainda não está morto. Esse é o pior tipo de luto que existe. Não, nada ganhamos, mesmo se tiver sucesso, pois a nossa confiança em você não seria o suficiente para travar as rodas que já estão girando. E temos muito a perder se isso falhar. Muito.

Os olhos deles estavam pregados em mim. Havia dúvida até nos olhos escuros de Burrich, como se ele questionasse a sensatez do que me pedira para fazer. Kettricken estava muito quieta, tentando não se precipitar sobre o osso nu da esperança que eu atirara aos seus pés. Desejei ter esperado, para falar primeiro com Chade. Suspeitava que nunca mais teria outra oportunidade depois daquela noite, de ter aquelas pessoas naquele quarto, Wallace fora do meu caminho e Regal ocupado lá embaixo. Tinha de ser agora, ou não seria nunca.

Olhei para a única pessoa que não estava olhando para mim. O rei Shrewd observava ociosamente o saltitar da dança das chamas na lareira.

— Ele ainda é o rei — disse eu em voz baixa. — Perguntemos a ele e deixemos que decida.

— Não é justo! Ele não está lúcido! — O Bobo interpôs-se a nós num salto. Esticou-se bem para tentar olhar-me nos olhos. — Com as ervas que lhe dão, fica tão dócil como um cavalo de arado. Peça-lhe para cortar a própria garganta, e ele ficará à espera de que lhe entregue a faca.

— Não. — A voz tremulava. Perdera o seu timbre e ressonância. — Não, meu Bobo, não estou tão entregue assim.

Esperamos, sem fôlego, mas o rei Shrewd nada mais disse. Enfim, atravessei lentamente o quarto. Agachei-me ao lado dele e tentei fazer os seus olhos encontrarem os meus.

— Rei Shrewd? — supliquei.

Os seus olhos buscaram os meus, saltaram para longe, regressaram contra a vontade. Por fim, olhou para mim.

— Ouviu tudo o que dissemos? Meu rei, acredita que Verity esteja morto?

Ele separou os lábios. Por trás deles, a sua língua estava acinzentada. Inspirou longamente.

— Regal disse-me que Verity está morto. Ele recebeu notícias.

— Vindas de onde? — perguntei com suavidade.

Ele balançou a cabeça lentamente.

— Um mensageiro... eu acho.

Virei-me para os outros.

— Teria de ter chegado por mensageiro. Vindo das Montanhas, pois Verity deve estar lá a essa altura. Estava quase nas Montanhas quando Burrich foi mandado de volta. Eu não acredito que um mensageiro percorresse todo o caminho desde as Montanhas e não esperasse para entregar tal notícia à própria Kettricken.

— Pode ter vindo por vários mensageiros — disse Burrich com relutância. — Para um homem e um cavalo é uma viagem esgotante demais. Um cavaleiro teria de trocar de cavalo. Ou transmitir a notícia a outro cavaleiro, que prosseguiria viagem, num cavalo rápido. A segunda hipótese é mais provável.

— Talvez. Mas quanto tempo demoraria essa notícia a chegar até nós se viesse das Montanhas? Eu sei que Verity estava vivo no dia em que Bearns partiu daqui. Porque foi então que o rei Shrewd me usou para falar com ele. Naquela noite em que eu praticamente desmaiei nessa mesma lareira. Foi isso que aconteceu, Bobo. — Fiz uma pausa. — Acredito que o senti comigo durante a batalha em Baía Limpa.

Vi Burrich contar os dias de cabeça. Encolheu os ombros relutantemente.

— Continua sendo possível. Se Verity tivesse sido morto nesse mesmo dia, e a notícia fosse enviada imediatamente, e os cavaleiros e cavalos fossem bons... teria sido possível... Por um triz, mas possível.

— Eu não acredito. — Virei-me para os outros, tentei instilar neles a minha esperança. — Não acredito que Verity esteja morto. — Virei de novo os olhos para o rei Shrewd. — Você acredita? Acredita que o seu filho pudesse morrer sem que você sentisse qualquer coisa?

— Chivalry... morreu assim. Como um suspiro que se desvanece. "Pai", disse ele, acho, "pai".

Um silêncio infiltrou-se na sala. Esperei, apoiado nos calcanhares, a decisão do meu rei. Lentamente, a sua mão se ergueu, como se tivesse vida própria. Atravessou o pequeno espaço até mim e pousou no meu ombro. Por um momento, isso foi tudo. Só o peso da mão do meu rei no meu ombro. O rei Shrewd moveu-se ligeiramente na cadeira e inspirou pelas narinas.

Fechei os olhos e mergulhamos de novo no rio negro. Deparei-me de novo com o jovem desesperado encurralado no corpo moribundo do rei Shrewd. Tropeçamos juntos na forte corrente do mundo.

— Não há ninguém aqui. Já não há ninguém aqui além de nós. — Shrewd parecia muito solitário.

Não conseguia me encontrar. Ali, não tinha corpo nem língua. Ele me segurou submerso consigo, na correnteza e no estrondo. Quase não conseguia pensar, quanto mais lembrar-me do pouco que retivera das lições de Talento duramente ministradas por Galen. Era como tentar recitar um discurso decorado enquanto estava sendo estrangulado. Desisti. Desisti de tudo. Então, vindo de algum lado, como uma pena flutuando na brisa ou um cisco dançando num raio de sol, chegou a voz de Verity, que me dizia:

— Estar aberto é simplesmente não estar fechado.

O mundo inteiro era um lugar sem espaço, com todas as coisas dentro de todas as outras coisas. Não disse o seu nome em voz alta nem pensei no seu rosto. Verity estava ali, sempre estivera ali mesmo, e juntar-me a ele não requeria esforço. *Está vivo!*

É claro. Mas você não sobreviverá, derramando-se por todo os lados dessa maneira. Está despejando tudo o que tem numa golfada. Regule a sua força. Seja preciso. Equilibrou-me, devolveu-me a minha forma, e então suspirou de reconhecimento.

Pai!

Verity empurrou-me rudemente. *Recue! Largue-o, ele não tem força suficiente para isso. Você o está drenando, seu idiota! Largue-o!*

Foi como ser *repelido*, mas de forma mais rude. Quando dei por mim e abri os olhos, estava estatelado de lado em frente à lareira. Meu rosto estava desconfortavelmente próximo do fogo. Rolei, gemendo, e vi o rei. Os seus lábios projetavam-se e encolhiam-se a cada respiração, e havia uma tonalidade azulada na sua pele. Burrich, Kettricken e o Bobo eram um círculo impotente em pé à volta dele.

— Façam... alguma coisa! — disse-lhes, ofegante.

— O quê? — perguntou o Bobo, achando que eu saberia.

Debati-me com a minha mente, e pensei no único remédio que era capaz de recordar.

— Casco-de-elfo — murmurei. Os limites do quarto não paravam de se tornar pretos. Fechei os olhos e fiquei escutando-os em pânico. Lentamente compreendi o que fizera. Usara o Talento. Extraíra forças do meu rei para fazê-lo.

"Você será a morte de reis", dissera-me o Bobo. Uma profecia, ou um palpite sagaz? Um palpite sagaz. Lágrimas subiram aos meus olhos.

Senti o cheiro de chá de casco-de-elfo. Casco-de-elfo simples e forte, sem gengibre ou menta para disfarçar. Forcei-me a abrir uma fenda nos olhos.

— Está quente demais! — chiou o Bobo.

— Ele esfria rápido na colher — insistiu Burrich, e enfiou um pouco na boca do rei. Ele puxou o líquido, mas não o vi engolir. Com a experiência rotineira de anos nos estábulos, Burrich puxou suavemente o maxilar inferior do rei, e depois massageou sua garganta. Enfiou outra colherada na sua boca frouxa. Não estava acontecendo grande coisa.

Kettricken agachou-se junto a mim. Colocou minha cabeça sobre os joelhos dela, levou uma xícara quente a minha boca. Sorvi, quente demais, não me importei, sorvi o chá com ar, ruidosamente. Engoli, lutei contra a ânsia de vômito gerada pelo amargor. A escuridão recuou. A xícara regressou, voltei a sorver. O chá estava suficientemente forte para deixar a língua quase dormente. Ergui os olhos para Kettricken, encontrei os dela. Consegui fazer um minúsculo aceno com a cabeça.

— Ele está vivo? — perguntou ela em voz baixa.

— Sim. — Foi tudo o que consegui dizer.

— Ele está vivo! — Ela gritou em voz alta para os outros, com alegria na voz.

— Pai! — Foi Regal quem gritou as palavras. Estava cambaleando à porta, com o rosto vermelho de bebida e fúria. Atrás dele, vislumbrei a sua guarda e a pequena Rosemary, que espreitava do canto, de olhos arregalados. Sem que eu soubesse como, conseguiu esgueirar-se por entre os homens e vir correndo agarrar-se às saias de Kettricken. Por um instante, a cena ficou imóvel.

Então Regal entrou de rompante no quarto, reclamando, exigindo, questionando, mas sem dar a ninguém uma chance de falar. Kettricken manteve-se protetoramente agachada a meu lado e, se não tivesse sido assim, juro que os guardas de Regal teriam voltado a agarrar-me. Acima de mim, na sua cadeira, o rei tinha novamente um pouco de cor no rosto. Burrich levou-lhe outra colherada de chá aos lábios, e eu fiquei aliviado ao vê-lo bebericando.

Mas Regal não.

— O que você está dando a ele? Pare com isso! Não quero o meu pai envenenado por um rapaz de estábulos!

— O rei teve outro ataque, meu príncipe — disse subitamente o Bobo. Sua voz atravessou o caos que se instalara na sala, e cavou um buraco que se transformou em silêncio. — Chá de casco-de-elfo é um tônico comum. Certamente até Wallace já ouviu falar dele.

O príncipe estava bêbado. Não sabia se estava sendo ridicularizado ou tranquilizado. Olhou furioso para o Bobo, que lhe respondeu com um sorriso bondoso.

482

— Oh — disse de má vontade, sem realmente querer ser apaziguado. — Bem, e então o que há com ele? — Fez um gesto irritado na minha direção.

— Está bêbado. — Kettricken levantou-se deixando cair a minha cabeça ao chão com um baque convincente. Raios luminosos perturbaram minha visão. Havia apenas repugnância na sua voz: — mestre dos estábulos. Leve-o daqui. Devia tê-lo feito parar antes de chegar a esse ponto. Da próxima vez, veja se usa o seu juízo quando ele não tiver nenhum.

— O nosso mestre dos estábulos é bem conhecido por ter gosto pela taça, senhora rainha. Acho que deviam estar juntos na bebedeira. — Regal soltou uma risadinha.

— A notícia sobre a morte de Verity foi um golpe duro para ele — disse Burrich. Ele foi fiel a si mesmo, oferecendo uma explicação, mas não uma desculpa. Agarrou-me pela frente da camisa e alavancou-me do chão. Sem fazer eu precisar me esforçar na atuação, cambaleei até ele me segurar com mais firmeza. Tive um rápido vislumbre do Bobo dando apressadamente outra colherada de chá de casco-de-elfo ao rei. Rezei para que ninguém o interrompesse. Enquanto Burrich me empurrava rudemente para fora do quarto, ouvi a rainha Kettricken censurando Regal, dizendo que devia estar lá embaixo com os seus convidados e prometendo que ela e o Bobo conseguiriam levar o rei para a cama. Enquanto subíamos as escadas, ouvi Regal e a sua guarda descendo. Continuava resmungando, reclamando, protestando que não era estúpido, que era capaz de distinguir uma conspiração quando a via. Isso me preocupou, mas tinha certeza de que ele não fazia ideia do que realmente havia acontecido.

À minha porta, já me sentia suficientemente bem para abrir as trancas. Burrich entrou atrás de mim.

— Se eu tivesse um cão que adoecesse tão frequentemente como você, o sacrificaria — observou com simpatia. — Precisa de mais casco-de-elfo?

— Não me faria nenhum mal. Mas uma dose mais baixa. Tem gengibre, menta ou bagas de rosa mosqueta?

Ele me lançou um olhar. Sentei-me na cadeira enquanto ele atiçava as patéticas brasas que restavam na lareira até fazê-las brilhar novamente. Acendeu o fogo e despejou água para aquecer na panela. Encontrou um bule e despejou dentro dele as lascas de casco-de-elfo, encontrou uma caneca e limpou o pó dela. Preparou as coisas e olhou em volta. Algo semelhante a repugnância estampava seu rosto.

— Por que vive assim? — perguntou.

— Assim como?

— Num quarto tão pelado, com tão pouco zelo. Vi tendas de aquartelamentos de inverno mais acolhedoras do que este quarto. É como se nunca tivesse esperado ficar aqui mais do que uma ou duas noites.

Encolhi os ombros.

— Nunca pensei muito nisso.

Ficamos em silêncio durante algum tempo.

— Mas devia — disse ele relutantemente. — E devia pensar na frequência com que se machuca ou fica doente.

— Com o que aconteceu esta noite, não havia como evitar.

— Sabia o que custaria a você, mas fez do mesmo jeito — notou.

— Tinha de fazer. — Observei-o despejando a água fumegante sobre o casco-de-elfo que já estava no bule.

— Tinha? O Bobo tinha um argumento bastante convincente contra aquilo. E, no entanto, você prosseguiu. Você e o rei Shrewd, ambos avançaram.

— E?

— Eu tenho um pouco de conhecimentos sobre o Talento — disse Burrich em voz baixa. — Fui homem do rei de Chivalry. Não foram muitas vezes, e nunca fiquei tão mal como você está agora, com exceção de uma ou duas vezes, mas senti a excitação do Talento, a... — Procurou as palavras certas, suspirou. — A plenitude que ele traz. A unicidade com o mundo. Chivalry falou uma vez sobre isso. Um homem pode ficar viciado, ele disse. A ponto de procurar desculpas para usar o Talento, e depois acaba sendo consumido por ele. — E acrescentou após um momento: — Não é diferente da excitação da batalha, em alguns aspectos. A sensação de se mover sem a interferência do tempo, de ser uma força mais poderosa do que a própria vida.

— Uma vez que não consigo usar o Talento sozinho, atrevo-me a dizer que isso não é um perigo para mim.

— Mas se oferece com frequência àqueles que conseguem — disse sem rodeios. — Com a mesma frequência com que mergulha voluntariamente em situações perigosas que oferecem o mesmo tipo de excitação. Em uma batalha, você entra em transe. É isso o que acontece com você quando usa o Talento?

Nunca havia refletido sobre as duas coisas juntas àquela luz. Algo semelhante ao medo mordiscou-me. Deixei-o de lado.

— Ser um homem do rei é o meu dever. Além disso, essa noite não foi ideia sua?

— Foi. Mas eu teria deixado que as palavras do Bobo nos dissuadissem. Você estava determinado. Não deu valor algum àquilo que lhe causaria. Talvez devesse ter cuidado consigo mesmo.

— Eu sei o que estou fazendo. — Falei de um modo mais ríspido do que pretendia, e Burrich não respondeu. Encheu a caneca com o chá que fizera e a entregou a mim com uma expressão de "viu o que estou falando?". Peguei a caneca e olhei para o fogo. Ele se sentou na minha arca. — Verity está vivo — eu disse em voz baixa.

— Eu ouvi a rainha dizer. Nunca acreditei que estivesse morto. — Ele aceitou muito calmamente. Tão calmamente como acrescentou: — Mas não temos provas.

— Provas? Eu falei com ele. O rei falou com ele. Não é o suficiente?

— Para mim, é mais do que suficiente. Para a maior parte das outras pessoas, bem...

— Quando o rei se recuperar, ele corroborará o que eu digo. Verity está vivo.

— Duvido de que isso seja suficiente para impedir Regal de se proclamar príncipe herdeiro. A cerimônia está marcada para a próxima semana. Acho que ele o teria feito hoje à noite, se não fosse necessário que todos os duques estivessem presentes para testemunharem a proclamação.

O casco-de-elfo batalhando contra a exaustão, ou simplesmente a implacável marcha dos acontecimentos de repente fizeram o quarto oscilar à minha volta. Sentia-me como se tivesse me atirado à frente de uma carroça para detê-la e, em vez disso, ela tivesse me atropelado. O Bobo tinha razão. O que eu havia feito contava para quase nada, exceto talvez a paz de espírito que trouxera a Kettricken. Uma súbita inundação de desespero encheu-me. Pousei o copo vazio. O reino dos Seis Ducados estava se desfazendo. O meu príncipe herdeiro, Verity, iria regressar para uma caricatura do que deixara: um país dividido, uma costa assolada, um castelo saqueado e vazio. Se eu acreditasse nos Antigos, talvez tivesse conseguido acreditar que tudo aquilo terminaria bem. Tudo o que conseguia ver naquele momento era o meu fracasso.

Burrich estava me olhando estranhamente.

— Vá para a cama — sugeriu. — Um estado de espírito desolado às vezes é tudo o que uma dose excessiva de casco-de-elfo consegue fazer. Pelo menos é o que ouvi dizer.

Anuí. A mim mesmo, perguntei se aquilo explicaria o frequente humor sisudo de Verity.

— Descanse de verdade. De manhã as coisas poderão parecer melhores. — Ele deu uma gargalhada e um sorriso lupino. — Por outro lado, talvez não. Mas pelo menos o descanso o preparará melhor para enfrentá-las. — Fez uma pausa, ficando sério. — Molly veio ao meu quarto, hoje cedo.

— Ela está bem? — quis saber.

— Trazendo-me velas que sabia que não faziam falta — prosseguiu Burrich, como se eu não tivesse falado. — Quase como se procurasse uma desculpa para falar comigo.

— O que foi que ela disse? — Levantei-me da cadeira.

— Não disse muito. É sempre muito correta comigo. Eu fui muito direto com ela, disse-lhe simplesmente que você sente saudades dela.

— E o que ela disse?

— Nada. — Sorriu. — Mas ficou muito ruborizada. — Suspirou, repentinamente sério. — E de um modo igualmente direto, perguntei-lhe se alguém lhe tinha dado mais algum motivo para sentir medo. Ela endireitou os ombrinhos e contraiu o queixo como se eu estivesse tentando fazê-la engolir comida goela abaixo. Disse que agradecia sinceramente a preocupação, assim como fizera antes, mas que era capaz de cuidar de si. — Em voz mais baixa, perguntou: — Ela pedirá ajuda se precisar?

— Não sei — confessei. — Tem seu próprio estoque de coragem. Sua própria maneira de lutar. Ela se vira e confronta as coisas. Já eu me esgueiro à volta delas e tento coiceá-las quando estão desprevenidas. Às vezes ela faz eu me sentir um covarde.

Burrich levantou-se, espreguiçando-se com tanta força que os ombros estalaram.

— Você não é nenhum covarde, Fitz. Isso eu posso garantir. Talvez compreenda melhor do que ela as possibilidades, é só isso. Gostaria de poder deixá-lo descansado a respeito dela. Mas não posso. Vou protegê-la o melhor que eu conseguir. O melhor que ela permitir. — Olhou-me de canto de olho. — Hands me perguntou hoje quem é a moça bonita que me visita com tanta frequência.

— O que foi que lhe respondeu?

— Nada. Só o olhei.

Conhecia o olhar. Não haveria mais perguntas de Hands. Burrich saiu, e estendi-me na cama, tentando descansar. Não consegui. Obriguei meu corpo a ficar imóvel, pensando que pelo menos a carne obteria algum descanso mesmo que a mente continuasse agitada. Um homem melhor dedicaria todos os seus pensamentos ao flagelo de seu rei. Temo que uma boa porção dos meus estivessem voltados à Molly, sozinha em seu quarto. Quando não consegui mais suportar aquilo, levantei-me da cama e saí, como um fantasma, pelos corredores da torre.

Sons de festejos esmorecendo ainda vinham do Grande Salão, logo abaixo. O corredor estava vazio. Aventurei-me a ir às escadas. Disse a mim mesmo que seria muito, muito cuidadoso, que tudo o que faria seria bater à porta, talvez entrar por alguns minutos, só para ver se ela estava bem. Nada mais do que isso. Só a mais breve das visitas.

Está sendo seguido. O novo cuidado que Olhos-de-Noite tomou por causa de Burrich tornava a sua voz o mais minúsculo dos sussurros na minha cabeça.

Não parei. Isso teria informado quem me seguia de que eu tinha suspeitas. Em vez disso, cocei o ombro, como pretexto para girar a cabeça e olhar de relance para trás. Não vi ninguém.

Fareje.

Obedeci, uma curta expiração seguida de uma profunda inspiração. Um odor inconfundível no ar. Suor e alho. Sondei suavemente, e fiquei com o sangue gelado. Ali, na ponta mais distante do corredor, escondido na soleira de uma porta. Will. O escuro, esguio Will, com os seus olhos sempre semicerrados. O membro do círculo que fora chamado de Bearns. Com muito cuidado toquei o escudo de Talento que o escondia de mim, uma sutil imposição de que não reparasse nele, um calmo odor de autoconfiança enviado na minha direção para me incentivar a fazer o que desejava fazer. Muito traiçoeiro. Muito engenhoso, um toque muito mais delicado do que Serene ou Justin alguma vez haviam mostrado.

Um homem muito mais perigoso.

Dirigi-me ao patamar das escadas e tirei velas da reserva que ficava guardada ali, e então regressei ao meu quarto como se aquela tivesse sido a minha única tarefa.

Quando fechei a porta atrás de mim, minha boca estava seca. Soltei um suspiro trêmulo. Obriguei-me a examinar as defesas que protegiam a minha mente. Ele não estivera em mim, isso eu podia ver. Portanto, não andou farejando os meus pensamentos, mas impondo os seus em mim para que fosse mais fácil me seguir. Se não fosse Olhos-de-Noite, teria realmente me seguido até a porta de Molly naquela noite. Forcei-me a deitar de novo na cama, a tentar recordar tudo o que fizera desde que Will regressara a Torre do Cervo. Eu o havia ignorado como inimigo simplesmente porque não irradiava por mim o mesmo ódio que Serene e Justin irradiavam. Sempre fora um jovem calmo e discreto. Crescera e transformara-se em um homem apagado, que praticamente não justificava a atenção de ninguém.

Tinha sido um tolo.

Não acho que ele tenha te seguido antes. Mas também não posso garantir isso.

Olhos-de-Noite, meu irmão. Como posso te agradecer?

Mantenha-se vivo. Uma pausa. *E traga-me bolos de gengibre.*

Levarei, prometi com fervor.

O fogo acendido por Burrich já havia quase se extinguido, e eu ainda não dormira quando senti a ventania de Chade varrer o meu quarto. Foi quase um alívio levantar-me e ir falar com ele.

Encontrei-o impacientemente à minha espera, dando voltas pelo seu pequeno quarto. Saltou sobre mim assim que emergi das escadas.

— Um assassino é uma ferramenta! — informou-me em um sussurro. — Não sei bem como, mas nunca consegui enfiar isso na sua cabeça. Nós somos ferramentas. Não fazemos nada por vontade própria.

Fiquei imóvel, chocado pela ira em sua voz.

— Não matei ninguém! — disse, indignado.

— Shh! Fale baixo! Se eu fosse você não teria tanta certeza assim — respondeu. — Quantas vezes eu fiz o meu trabalho, sem enfiar pessoalmente a faca, mas apenas dando a alguma outra pessoa motivos e oportunidades suficientes para que o fizesse por mim?

Não respondi.

Ele olhou para mim e suspirou, a fúria e as forças o abandonando. Suavemente, disse:

— Às vezes, a única coisa que se pode fazer é simplesmente um trabalho de conter os danos e ver o que dá pra salvar. Às vezes temos de nos resignar a isso. Não somos nós quem colocamos as rodas em movimento, rapaz. O que fez esta noite foi mal ponderado.

— Foi o que o Bobo e Burrich me disseram. Duvido que Kettricken concorde.

— Kettricken e o seu filho poderiam sobreviver ao seu luto. Assim como o rei Shrewd. Veja o que eles eram: uma mulher estrangeira, viúva de um príncipe herdeiro morto, mãe de uma criança que ainda não está visível, e que não será capaz de exercer o poder durante os próximos anos. Regal achava que Shrewd não passava de um velho trêmulo e impotente, útil como fantoche talvez, mas bastante inofensivo. Regal não tinha nenhum motivo imediato para bani-los. Oh, eu concordo que a posição de Kettricken não estava tão segura como poderia estar, mas ela não estava em direta oposição a Regal. Que é onde está agora.

— Ela não lhe disse o que descobrimos — respondi com má vontade.

— Não precisa. Isso vai transparecer, no seu porte e na vontade de resistir. Ele a tinha reduzido a uma viúva. Você a restaurou à princesa herdeira. Mas é com Shrewd que me preocupo, é ele quem tem nas mãos a chave, quem pode erguer-se e dizer, mesmo que num sussurro: "Verity ainda está vivo, Regal não tem direito a ser príncipe herdeiro". É ele a quem Regal deve temer.

— Eu vi Shrewd, Chade. Realmente o vi. Não acho que trairia o que sabe. Por baixo daquele corpo vacilante, por baixo das drogas anestesiantes e da violência da dor ainda existe um homem sagaz.

— Talvez. Mas está profundamente enterrado. As drogas e, principalmente, a dor podem levar um homem perspicaz a fazer tolices. Um homem morrendo dos ferimentos montará em cavalo para liderar uma última carga. A dor pode levar um homem a correr riscos ou a afirmar-se de maneiras estranhas.

O que ele estava dizendo fazia sentido demais.

— Não pode aconselhá-lo a não permitir que Regal saiba que ele sabe que Verity está vivo?

— Talvez pudesse tentar. Se aquele maldito Wallace não estivesse sempre no meu caminho. No princípio não era tão mau; ele era dócil e útil, fácil de manipular de longe. Ele nunca soube que eu estava por trás das ervas e drogas que lhe eram trazidas; nunca sequer suspeitou da minha existência. Mas, agora, agarra-se ao rei como um carrapato, e nem mesmo o Bobo consegue afastá-lo por muito tempo. Agora raramente tenho alguns minutos para passar com Shrewd. E tenho sorte se meu irmão está lúcido na metade deles.

Havia algo na sua voz. Baixei a cabeça, envergonhado.

— Lamento — disse em voz baixa. — Às vezes me esqueço de que ele é mais para você do que apenas o seu rei.

— Bem. Nunca fomos realmente assim tão próximos, dessa maneira. Mas somos dois velhos, que envelheceram juntos. Às vezes isso é uma proximidade ainda maior. Atravessamos o tempo até a sua época. Podemos conversar calmamente e partilhar recordações de um tempo que já não existe. Eu posso te contar como era, mas não é a mesma coisa. É como se fôssemos dois estranhos, encurralados numa terra a que chegamos, incapazes de regressar à nossa, e tendo só um ao outro para confirmar a realidade do lugar em que um dia vivemos. Ao menos, antes podíamos fazê-lo.

Pensei em duas crianças correndo livres pelas praias de Torre do Cervo, arrancando moluscos das rochas e comendo-os crus. Molly e eu. Era possível ter saudades de uma época e de sentir solidão pela única outra pessoa que podia recordá-la. Concordei com a cabeça.

— Ah. Bem. Hoje ponderamos o que é possível salvar. Agora me escute, tenho de ter a sua palavra. Não fará nada que possa ter grandes consequências sem me consultar primeiro. De acordo?

Baixei os olhos.

— Quero dizer que sim, estou disposto a concordar. Mas nos últimos tempos até os menores dos meus atos parecem ter grandes consequências, como uma pedra numa avalanche. E os acontecimentos se empilham até o ponto em que tenho de tomar uma decisão imediata, sem a possibilidade de consultar seja quem for. Então não posso prometer, mas prometo tentar. É suficiente?

— Acho que terá de ser. Catalisador — murmurou ele.

— É como o Bobo também me chama — protestei.

Chade parou abruptamente quando se preparava para dizer qualquer coisa.

— Ah, chama? — perguntou atentamente.

— Usa a palavra comigo sempre que tem oportunidade. — Dirigi-me à lareira de Chade e sentei-me diante do fogo. O calor era agradável. — Burrich diz que uma dose muito forte de casco-de-elfo pode levar a um estado de espírito desolado.

— Você concorda?

— Sim. Mas podem ser as circunstâncias. Por outro lado Verity parecia muitas vezes deprimido, e ele usava casco-de-elfo com frequência. De novo, podem ser as circunstâncias.

— Pode ser que nunca saibamos.

— Está falando muito livremente esta noite. Dizendo nomes, atribuindo motivos.

— Esta noite é de alegria no Grande Salão. Regal está certo de que ganhou o jogo. Todas as suas vigias foram relaxadas, a todos os seus espiões foi dada uma noite de liberdade. — Olhou-me com amargura. — Tenho certeza de que isso não voltará a acontecer tão cedo.

— Então acha que é possível escutar aquilo que dizemos aqui.

— De onde quer que eu consiga escutar e espreitar, é possível que seja escutado e espiado. É só uma possibilidade. Mas ninguém chega à minha idade correndo riscos.

Uma velha recordação de repente fez sentido.

— Uma vez me disse que no Jardim da Rainha você é cego.

— Exatamente.

— Portanto não sabia...

— Não sabia no que Galen estava fazendo você passar, naquele momento. Estava a par dos mexericos, muitos dos quais pouco confiáveis e todos muito atrasados em relação aos fatos. Mas na noite em que ele te espancou e te deixou à beira da morte... Não. — Ele me olhou de um modo estranho. — Achou que eu poderia saber de uma coisa dessas e não agir?

— Prometeu que não iria interferir na minha instrução — disse, constrangido.

Chade ocupou a sua cadeira, recostou-se nela com um suspiro.

— Acho que nunca confiará completamente em ninguém. Nem acreditará que alguém se preocupa com você.

O silêncio preencheu-me. Não sabia a resposta. Primeiro Burrich, e agora Chade, forçando-me a olhar para mim mesmo de maneira desconfortável.

— Ah, bem — concedeu Chade ao meu silêncio. — Como eu estava começando a dizer há pouco. Salvamento.

— O que quer que eu faça?

Ele expirou pelo nariz.

— Nada.

— Mas...

— Absolutamente nada. Lembre-se disso para sempre. O príncipe herdeiro Verity está morto. Viva essa crença. Acredite que Regal tem o direito de reclamar o seu lugar, acredite que ele pode fazer tudo aquilo a que julga ter direito. Acalme-o por enquanto, não lhe dê nenhum motivo para ter medo. Temos de fazê-lo acreditar que venceu.

Pensei por um momento. Então me levantei e puxei a faca do cinto.

— O que está fazendo? — quis saber Chade.

— O que Regal esperaria que eu fizesse, se eu realmente acreditasse que Verity está morto. — Estendi as mãos para a nuca, para onde uma tira de couro prendia meu rabo de cavalo de guerreiro.

— Eu tenho uma tesoura — disse Chade, aborrecido. Foi buscá-la e veio atrás de mim. — Quanto?

Pensei um pouco.

— Tanto quanto possível sem fazer luto por ele como se fosse um rei coroado.

— Tem certeza?

— É o que Regal esperaria de mim.

— Isso é verdade, suponho. — Com uma única tesourada, Chade cortou o cabelo no laço. Foi estranho senti-lo cair de uma vez para a frente, sem sequer chegar à altura do maxilar. Como se fosse de novo um pajem. Ergui a mão e apalpei quão curto estava, enquanto perguntava a Chade:

— E o que você vai fazer?

— Vou tentar encontrar um lugar seguro para Kettricken e para o rei. Tenho de preparar tudo para a partida deles. Quando eles forem, terão de desaparecer como sombras quando chega a luz.

— Tem certeza de que isso é necessário?

— O que mais nos resta? Eles agora não passam de reféns. Impotentes. Os duques interiores se aliaram a Regal, os costeiros perderam a confiança no rei Shrewd. Kettricken, no entanto, formou alianças entre eles. Tenho de puxar os fios que ela teceu e ver o que consigo fazer. Pelo menos podemos colocá-los num lugar onde a sua segurança não possa ser usada contra Verity quando ele regressar para reclamar a sua coroa.

— Se ele regressar — disse sombriamente.

— Quando. Os Antigos virão com ele. — Chade olhou-me com amargura. — Tente acreditar em alguma coisa, rapaz. Por mim.

Sem nenhuma dúvida, o tempo que eu passara sob a tutela de Galen foi o pior período da minha vida em Torre do Cervo. Mas a semana que se seguiu àquela noite com Chade ocupa uma segunda posição bastante próxima. Éramos um formigueiro perturbado. Aonde quer que fosse no castelo, havia constantes lembranças de que os alicerces da minha vida haviam sido estilhaçados. Nada nunca mais seria como antes.

Houve um grande afluxo de gente vinda dos Ducados Interiores para testemunhar a ascensão de Regal a príncipe herdeiro. Se os nossos estábulos já não estivessem tão empobrecidos, isso teria sobrecarregado Burrich e Hands para manterem tudo de acordo com o movimento. Assim, parecia que havia gente do interior por todo o lado, homens altos de cabelos claros, agricultores musculosos e criadores de gado de Lavra. Faziam um grande contraste com os sombrios soldados de Torre do Cervo, com os seus cabelos cortados em sinal de luto. Não foram poucos os confrontos que ocorreram. Os resmungos na Cidade de Torre do Cervo tomaram a forma de gracejos que comparavam a invasão da gente do interior com os ataques dos ilhéus. O humor tinha sempre uma ponta amarga.

O contraponto desse afluxo de gente e negócios à Cidade de Torre do Cervo era a saída de bens de Torre do Cervo. Salas eram despidas descaradamente. Tapeçarias e tapetes, móveis e ferramentas, abastecimentos de todos os tipos eram tirados da torre para serem carregados em barcaças e levados rio acima para Vaudefeira, sempre para serem "mantidos a salvo" ou "para o conforto do rei". A sra. Hasty já não sabia o que fazer para alojar tantos convidados quando metade da mobília tinha ido carregada para barcaças. Em certos dias parecia que Regal estava tentando fazer tudo o que não pudesse levar consigo ser devorado antes de partir.

Ao mesmo tempo, não poupava despesas para se certificar de que a sua coroação como príncipe herdeiro fosse tão cheia de pompa e circunstância quanto possível. Eu realmente não entendia por que ele se incomodava tanto com aquilo. A mim, pelo menos, parecia evidente que planejava abandonar quatro dos Seis Ducados à própria sorte. Mas, como o Bobo me avisara um dia, não fazia sentido tentar medir o trigo de Regal com a minha medida. Não tínhamos nenhum parâmetro em comum. Insistir que os duques e outros nobres de Bearns, Rippon e Shoaks viessem testemunhar o momento em que ele assumia a coroa de Verity talvez fosse uma sutil forma de vingança que eu não conseguia compreender. Pouco lhe importavam as dificuldades que tinham de enfrentar para vir até Torre do Cervo num momento em que as suas costas estavam tão ameaçadas. Não me surpreendeu que fossem lentos em chegar e que, ao chegarem, ficassem chocados com o saque de Torre do Cervo. As notícias sobre o plano de Regal de partir com o rei e Kettricken não tinham sido espalhadas pelos Ducados Costeiros de nenhuma forma que não por boatos.

Mas muito antes de os duques costeiros chegarem, enquanto eu ainda suportava o caos geral, o resto da minha vida começou a se desfazer aos poucos. Serene e Justin começaram a me assombrar. Eu estava consciente deles, muitas vezes me seguindo fisicamente e, com a mesma frequência, usando o Talento nos limites da minha consciência. Eram como pássaros debicando em busca de pensamentos soltos que eu pudesse ter, apanhando os devaneios ocasionais ou qualquer momento desprotegido da minha vida. Isso já era ruim o bastante. Mas, agora, via-os apenas como uma distração, a dispersão criada para evitar que eu tomasse consciência da assombração mais sutil de Will. Então ergui defesas mais fortes em torno da minha mente, sabendo que provavelmente estava mantendo também Verity do lado de fora dela. Temi que fosse essa a verdadeira intenção deles, mas não me atrevi a revelar esse medo a ninguém. Vigiava constantemente o que se passava atrás de mim, usando todos os sentidos que Olhos-de-Noite e eu possuíamos. Jurei que seria mais prudente e estabeleci a mim mesmo a tarefa de descobrir em que estavam trabalhando outros membros do círculo. Burl encontrava-se em Vaudefeira, a pretexto de preparar o lugar para o conforto do rei Shrewd. Não fazia ideia de onde estaria Carrod, e não havia ninguém a quem pudesse perguntar discretamente. A única coisa segura que consegui descobrir foi que já não se encontrava a bordo do *Constance,* o que me deixou preocupado. E fiquei quase louco de preocupação quando parei de detectar Will me seguindo. Saberia que eu tinha tomado consciência dele? Ou seria tão bom que era incapaz detectá-lo? Comecei a viver a vida como se cada um dos meus movimentos fosse observado.

Não eram só cavalos e gado de criação que eram levados dos estábulos. Burrich disse-me uma manhã que Hands partira. Não teve tempo de se despedir de ninguém.

— Levaram o resto dos animais bons ontem. Os melhores já se foram há muito, mas aqueles eram bons cavalos, e iam levá-los por terra a Vaudefeira. Simplesmente disseram a Hands que ele ia também. Veio falar comigo, protestando, mas eu lhe disse para ir. Pelo menos os cavalos terão mãos bem treinadas para tratar deles na nova casa. Além disso, aqui não há nada para ele. Já não resta nenhum estábulo para cuidar.

Segui-o em silêncio naquilo que em tempos tinha sido a nossa ronda matinal. As gaiolas continham apenas aves velhas ou feridas. O clamor dos cães reduzira-se a um latido ocasional e alguns ganidos. Os cavalos que restavam eram os que não se encontravam em boas condições, os quase promissores, os que haviam passado o apogeu, os lesionados que tinham sido mantidos na esperança de ainda dar crias tão boas quanto eles. Quando cheguei à cocheira vazia de Fuligem, o meu coração parou. Não consegui falar. Encostei-me à sua manjedoura, com as mãos no rosto. Burrich colocou a mão no meu ombro. Quando ergui os olhos para ele, deu um sorriso estranho. Balançou a cabeça de cabelos cortados.

— Vieram buscá-la e a Ruivo ontem. Disse-lhes que eram idiotas, que já os tinham levado semana passada. E realmente eram idiotas, porque acreditaram em mim. Mas levaram a sua sela.

— Aonde? — consegui perguntar.

— É melhor você não saber — disse Burrich num tom sombrio. — Um de nós pendurado como ladrão de cavalos é mais do que suficiente. — E nada mais me diria sobre aquilo.

A visita a Patience e a Lacy ao fim da tarde não foi o interlúdio calmo que eu esperara. Bati à porta, e houve uma pausa incaracterística antes de a porta ser aberta. Fui encontrar a sala de estar num caos, pior do que alguma vez a vira, e Lacy tentando desalentadamente deixar as coisas nos eixos. Havia muito mais coisas no chão do que de costume.

— Um novo projeto? — arrisquei, tentando um pouco de leveza. Lacy olhou-me sombriamente.

— Vieram de manhã levar a mesa da minha ama. E a minha cama. Alegaram que eram necessárias para os hóspedes. Bem, não deveria ficar surpresa, com o tanto de coisas enviadas rio acima. Mas tenho sérias dúvidas de que voltemos a ver tanto a mesa quanto a cama.

— Bem, talvez estejam à sua espera quando chegarem a Vaudefeira — sugeri tolamente. Não notara o tamanho da liberdade que Regal estava tomando.

Houve um longo silêncio antes de Lacy falar.

— Então esperarão muito tempo, FitzChivalry. Não estamos entre as pessoas que serão levadas para Vaudefeira.

— Pois é. Estamos entre a gente estranha que ficará aqui, com a mobília estranha — ouvi de Patience, enquanto entrava abruptamente no aposento. Estava com os olhos vermelhos e o rosto pálido, e eu compreendi de repente que se escondera quando eu bati à porta até ter as lágrimas sob controle.

— Então certamente regressarão a Floresta Mirrada — sugeri. A minha cabeça estava trabalhando rapidamente. Assumira que Regal estava mudando o castelo todo para Vaudefeira. Agora me perguntava quem mais iria ser abandonado ali. Coloquei-me no topo da lista. Acrescentei Burrich e Chade. O Bobo? Talvez fosse por isso que nos últimos tempos ele parecesse ser uma das criaturas de Regal. Para que lhe fosse permitido acompanhar o rei até Vaudefeira.

Estranho como eu nem sequer pensara que o rei e Kettricken iriam ser afastados não só do alcance de Chade como também do meu. Regal renovara as ordens que me confinavam a Torre do Cervo propriamente dita. Não quis incomodar Kettricken pedindo que as anulasse, afinal de contas, prometera a Chade que não faria rebuliço.

— Não posso regressar a Floresta Mirrada. August, o sobrinho do rei, governa lá. Foi chefe do círculo de Galen, antes do seu acidente. Não gosta de mim, e eu não tenho o direito de exigir estar lá. Então não. Ficaremos aqui, e nos acomodaremos o melhor que pudermos.

Debati-me para encontrar algo reconfortante para dizer.

— Ainda tenho cama. Vou trazê-la para baixo, para Lacy. Burrich me ajudará.

Lacy balançou a cabeça.

— Eu arranjei um catre, e ficarei suficientemente confortável. Deixe sua cama onde está. Talvez não se atrevam a tomá-la. Se estiver aqui embaixo, sem dúvida simplesmente será levada amanhã.

— O rei Shrewd não se preocupa com o que está acontecendo? — perguntou-me lady Patience em tom de tristeza.

— Não sei. Ultimamente todos estão afastados da sua porta. Regal diz que ele está doente demais para receber seja quem for.

— Pensei que fosse só a mim que ele não quisesse ver. Enfim. Pobre homem. Perder dois filhos e ver o seu reino se reduzir a isso. Diga-me, como está a rainha Kettricken? Não tive oportunidade de visitá-la.

— Estava bem, da última vez que a vi. De luto pela morte do marido, claro, mas...

— Então não se feriu na queda? Temi que pudesse abortar. — Patience virou-me as costas, para fitar uma parede despojada de uma tapeçaria familiar. — Fui muito covarde para ir vê-la pessoalmente, se quiser saber a verdade. Conheço bem demais a dor de perder uma criança antes de tê-la nos braços.

— Na queda? — perguntei estupidamente.

— Não ficou sabendo? Naquela escada horrível que desce do Jardim da Rainha. Dizia-se que algumas estátuas tinham sido removidas dos jardins, e ela foi lá em cima ver quais e, na descida, caiu. Não chegou a rolar escada abaixo, mas foi uma queda feia. De costas, naqueles degraus de pedra.

Não consegui me manter concentrado na conversa de Patience depois daquilo. Ela começou a falar do esvaziamento das bibliotecas, algo em que eu não queria pensar, de qualquer forma. Assim que pude fazê-lo educadamente, desculpei-me, com a pouco sólida promessa de lhes trazer diretamente notícias da rainha.

Fui mandado embora da porta de Kettricken. Várias senhoras me disseram ao mesmo tempo para não me afligir, para não me preocupar, que ela estava bem, que só precisava descansar, oh, mas foi terrível. Suportei o suficiente para ter a certeza de que ela não abortara e depois fugi.

Mas não voltei para os aposentos de Patience. Ainda não. Em vez disso, subi lentamente a escada que levava ao Jardim da Rainha. Levei um lampião comigo e avancei com todo o cuidado. No topo da torre, descobri o que temia. As menores e as mais valiosas das estátuas tinham sido removidas. Tinha certeza de que só o peso salvara as peças maiores. As partes que faltavam levaram consigo o cuidadoso equilíbrio da criação de Kettricken e somaram-se à desolação do jardim no inverno. Fechei com cuidado a porta atrás de mim e desci os degraus. Muito, muito lentamente. Muito, muito cautelosamente. Ao chegar ao nono degrau, descobri. Quase o descobri da mesma forma que Kettricken, mas me equilibrei e em seguida agachei-me para estudar o degrau. Fuligem fora misturada à gordura, para lhe retirar o brilho e emplastrar os degraus mais usados. Era ali que o pé pisaria, especialmente se alguém descesse as escadas às pressas, de mau humor. Suficientemente perto do topo da torre para que a culpa por um escorregão pudesse ser atribuída à neve suja ou à lama dos jardins no sapato. Esfreguei o negrume do degrau que veio agarrado aos dedos e cheirei-o.

— Uma bela quantidade de banha de porco — observou o Bobo. Fiquei em pé num salto e quase caí degraus abaixo. Rodopiei violentamente os braços para recuperar o equilíbrio. — Interessante. Acha que poderia me ensinar a fazer isso?

— Não tem graça, Bobo. Venho sendo seguido nos últimos tempos e estou com os nervos à flor da pele. — Espreitei a escuridão do fundo das escadas. Se o Bobo havia se aproximado sem ser notado, não poderia Will fazê-lo também? — Como está o rei? — perguntei em voz baixa. Se aquele atentado tinha sido cometido contra Kettricken, não tinha nenhuma confiança na segurança de Shrewd.

— Me diga você. — O Bobo saiu das sombras. A sua roupa boa tinha desaparecido, substituída por um trapo de retalhos azuis e vermelhos. Combinava bem com os novos hematomas que lhe manchavam um lado do rosto. No lado direito, a bochecha estava cortada. Um braço segurava o outro junto ao peito. Suspeitei de um ombro deslocado.

— De novo, não — ofeguei.

— Exatamente o que lhes disse. Mas não deram muita atenção. Algumas pessoas simplesmente não têm o dom da palavra.

— O que foi que aconteceu? Achei que você e Regal...

— Sim, bem, nem mesmo um Bobo pode parecer suficientemente estúpido para agradar a Regal. Não queria sair hoje de perto do rei Shrewd. Estavam fazendo um interrogatório implacável sobre o que aconteceu na noite do banquete. Talvez eu tenha sido um pouco espirituoso demais ao sugerir outras coisas que eles poderiam fazer para se divertirem. Jogaram-me para fora.

Meu coração se afundou. Tinha certeza de que sabia exatamente qual dos guardas o ajudara a sair. Era como Burrich sempre me avisara: nunca poderíamos saber o que Regal ousaria fazer.

— O que o rei lhes disse?

— Ah! Não é "o rei estava bem?", ou "o rei estava se recuperando?" Não. É só "o que o rei lhes disse?". Teme que a sua preciosa pele esteja em perigo, principezinho?

— Não. — Não era capaz de sentir ressentimento pela pergunta, ou até pelo modo como ele a formulara. Eu a merecia. Nos últimos tempos não cuidara bem da nossa amizade. Apesar disso, quando ele precisara de ajuda viera falar comigo. — Não, mas enquanto o rei não disser nada sobre Verity estar vivo, Regal não terá motivo para...

— O meu rei estava sendo... taciturno. Começou com uma conversa agradável entre pai e filho, com Regal dizendo-lhe como devia estar contente por finalmente tê-lo como príncipe herdeiro. O rei Shrewd estava bastante vago, como é frequente acontecer ultimamente. Algo nisso irritou Regal, e ele começou a acusá-lo de não estar contente, ou até de se opor. Por fim começou a insistir que havia um conluio, uma conspiração para evitar que ele chegasse a subir ao trono. Não há homem mais perigoso do que aquele que não consegue decidir o que teme. Esse homem é Regal. Até Wallace ficou perturbado com sua ira. Havia trazido ao rei uma das suas infusões, para amortecer a mente junto com as dores, mas, quando se aproximou, Regal pegou-a e voltou-se para o pobre Bundão, acusando-o de fazer parte da conspiração. Afirmou que Wallace queria drogar o nosso rei para evitar que dissesse o que sabia, ordenou que ele saísse do quarto, dizendo que o rei não precisaria dele até resolver falar claramente com o filho. Também ordenou que eu saísse nesse momento. A minha relutância em sair foi derrotada por um par dos seus gigantescos lavradores do interior.

Uma sensação de terror ergueu-se em mim. Recordei o momento em que partilhara a dor do rei. Regal observaria sem remorso enquanto essa dor ultrapassava as ervas entorpecentes e subjugava seu pai. Não conseguia imaginar que um homem fosse capaz de uma coisa dessas. E, no entanto, sabia que Regal o faria.

— Quando foi que isso aconteceu?

— Há apenas uma hora, mais ou menos. Você não é uma pessoa fácil de encontrar.

Olhei melhor para o Bobo.

— Vá até lá embaixo, aos estábulos, e fale com Burrich. Veja o que ele pode fazer por você. — Eu sabia que o curandeiro não tocaria no Bobo. Como muitos outros em Torre do Cervo, temia a sua estranha aparência.

— O que você vai fazer? — perguntou ele em voz baixa.

— Não sei — respondi honestamente. Essa era exatamente uma das situações sobre as quais havia prevenido Chade. Sabia que quer eu agisse, quer não agisse, as consequências seriam graves. Tinha de distrair Regal daquilo que estava fazendo. Tinha certeza de que Chade estava consciente do que estava acontecendo. Se Regal e todos os outros pudessem ser atraídos para longe do rei por algum tempo... Conseguia pensar em apenas uma única notícia que poderia ser suficientemente importante para levar Regal a deixar Shrewd. — Vai ficar bem?

O Bobo afundara-se para se sentar nos frios degraus de pedra. Encostou a cabeça à parede.

— Acho que sim. Vá.

Comecei a descer a escada.

— Espere! — gritou de repente.

Parei.

— Quando levar o meu rei embora, eu vou com ele.

Apenas olhei para ele.

— Estou falando sério. Usei a coleira de Regal por causa da promessa que me fez. Agora não significa nada para ele.

— Não posso fazer promessas — disse eu em voz baixa.

— Eu posso. Prometo que se o meu rei for levado, e eu não for com ele, trairei todos os seus segredos. Todos, um a um. — A voz do Bobo tremia. Voltou a encostar a cabeça à parede.

Virei-lhe as costas apressadamente. As lágrimas que escorriam pela bochecha dele iam se tingindo de rosa por causa dos cortes. Não aguentava vê-las. Corri escadas abaixo.

CONSPIRAÇÃO

O Homem Pustulento à sua janela
O Homem Pustulento à sua porta
O Homem Pustulento traz os dias de peste
Para estirá-lo como palha morta.

Quando a chama azul a sua vela houver sugado
Uma velha bruxa a sorte lhe terá roubado.

Não enfrente a cobra sobre as pedras do seu lar
Ou seus filhos a peste até os ossos irá mirrar.

Seu pão não fermentará, seu leite azedará,
Sua manteiga ranço criará.
As hastes das suas flechas se entortarão ao secar,
Sua própria faca se virará para te cortar,
Seus galos cantarão ao luar...
Assim um homem que foi amaldiçoado o saberá.

— Vamos precisar arranjar sangue em algum lugar. — Kettricken ouvira-me até o fim, e agora fazia esse pedido com a mesma tranquilidade com que alguém pediria uma taça de vinho. Olhou alternadamente para Patience e Lacy, em busca de ideias.

— Eu vou buscar uma galinha — disse Lacy por fim, de má vontade. — Vou precisar de um saco para enfiá-la e mantê-la quieta.

— Então vá — disse-lhe Patience. — Vá depressa. Leve-a para o meu quarto. Eu vou arranjar uma faca e uma bacia, trataremos disso lá para não termos de trazer aqui nada além de um copo de sangue. Quanto menos fizermos aqui, menos teremos de esconder.

Primeiro fui falar com Patience e Lacy, sabendo que nunca conseguiria passar sozinho pelas acompanhantes da rainha. Enquanto fazia uma rápida visita ao meu quarto, elas foram ver a rainha antes de mim, sob o pretexto de levar-lhe um chá especial de ervas, mas, na realidade, a fim de lhe pedir discretamente que me recebesse em particular. Ela mandou embora todas as suas damas, dizendo-lhes que ficaria bem só com Patience e Lacy, e então mandou Rosemary me buscar. Rosemary agora estava brincando junto à lareira, absorvida pela tarefa de vestir uma boneca.

Quando Lacy e Patience saíram do quarto, Kettricken olhou para mim.

— Eu vou salpicar o vestido e a roupa de cama com o sangue e mandarei chamar Wallace, dizendo-lhe que temo um aborto provocado pela queda. Mas não vou mais longe do que isso, Fitz. Não permitirei que aquele homem ponha a mão em mim, nem serei insensata de beber ou comer qualquer coisa que ele receite. Farei isso apenas para distrair sua atenção do meu rei. E também não vou lhe dizer que perdi a criança. Só que temo tê-la perdido. — Falava com ferocidade. Gelava-me o sangue que aceitasse tão facilmente o que Regal fizera, o que estava fazendo e o que eu dissera que ela teria de fazer em contrapartida. Desejei desesperadamente ter certeza de que a sua confiança em mim estava bem entregue. Não falou de traição ou de mal. Limitou-se a discutir a estratégia com a frieza de um general planejando uma batalha.

— Será o suficiente — prometi-lhe. — Eu conheço o príncipe Regal. Wallace irá correndo contar a história para ele, e ele seguirá Wallace até aqui, por mais inapropriado que isso seja. Não será capaz de resistir, desejará ver exatamente quão grande foi o seu sucesso.

— Já é suficientemente enfadonho ter sempre todas as minhas damas exprimindo pesar pela morte de Verity. Será quase impossível suportá-las falar como se eu também tivesse perdido o filho. Mas suportarei, se é realmente preciso. E se eles deixarem alguém de guarda para o rei? — perguntou Kettricken.

— Assim que saírem para te visitar, pretendo bater à porta e criar alguma distração. Eu vou lidar com qualquer guarda que tenham deixado.

— Mas se tiver de atrair a guarda para longe, como pode conseguir seja o que for?

— Tenho o... outra pessoa que me irá ajudar. — Esperava eu. Voltei a amaldiçoar o fato de Chade nunca ter me deixado arranjar alguma maneira de contatá-lo em situações como aquela. "Confie em mim", sempre me dizia, "eu vigio, escuto onde é necessário. Chamo-te quando é seguro chamar-te. Um segredo só é secreto enquanto só um homem conhecê-lo." Não confidenciaria a ninguém que já divulgara os meus planos à lareira, na esperança de que Chade estivesse à escuta. Esperava que, no breve intervalo de tempo que eu conseguisse, Chade encontraria um jeito de chegar ao rei, para levar-lhe alívio para as dores, a fim de que ele fosse capaz de suportar Regal.

— Isso equivale à tortura — disse Kettricken em voz baixa, como se conseguisse ler meus pensamentos. — Abandonar um velho assim às dores. — Olhou diretamente para mim. — Não confia o suficiente em sua rainha para me dizer quem é o seu ajudante?

— O segredo não é meu para compartilhá-lo, mas do meu rei — disse-lhe com gentileza. — Em breve, acredito, terá de ser revelado a você. Até lá...

— Vá — disse-me ela. Mudou desconfortavelmente de posição no divã. — Machucada como estou, pelo menos não terei de fingir infelicidade. Só tolerância por um homem que tenta matar seu sobrinho por nascer e que atormenta o seu pai idoso.

— Vou — disse rapidamente, sentindo a sua raiva crescendo e sem querer alimentá-la.

Tudo tinha de ser convincente naquela farsa. Ela não poderia revelar que já sabia que a queda não fora culpa sua. Saí, passando por Lacy, que trazia uma bandeja com um bule. Patience vinha logo atrás. Não havia chá nenhum naquele bule. Quando passei pelas damas da rainha na sua antecâmara, tive o cuidado de parecer preocupado. As reações delas ao pedido da rainha para que o curandeiro pessoal do rei Shrewd fosse chamado seriam bastante genuínas. Esperei que fosse o suficiente para fazer Regal sair da toca.

Entrei nos aposentos de Patience e deixei a porta apenas ligeiramente entreaberta. Esperei. Enquanto esperava, pensei em um velho, as ervas desvanecendo-se do seu corpo, e a dor voltando a despertar dentro dele. Visitara aquela dor. Suportando-a e com um homem interrogando-me implacavelmente, durante quanto tempo conseguiria permanecer silencioso e vago? Pareciam ter se passado dias. Enfim houve uma agitação de saias e uma rápida sucessão de passos pelo corredor, um bater frenético à porta do rei Shrewd. Não precisei escutar palavras, estava tudo no tom de voz, na súplica assustada das mulheres com alguém à porta, seguida pelas perguntas irritadas de Regal, de repente transformadas em preocupação fingida. Ouvi-o chamar Wallace de onde quer que fosse o canto para onde fora banido, ouvi a excitação na sua voz ao ordenar ao homem que fosse imediatamente tratar da rainha, pois ela estava sofrendo um aborto.

As damas passaram ruidosamente perto da minha porta outra vez. Fiquei imóvel, prendendo a respiração. Aquele trote, aquele resmungo, deveria ser Wallace, sem dúvida carregado com todos os tipos de remédios. Esperei, respirando lenta e silenciosamente, tentando ser paciente, esperei até ter certeza de que o meu estratagema falhara. Então ouvi os passos determinados de Regal, e em seguida os passos corridos de um homem o seguindo.

— Isto é bom vinho, idiota, não derrube! — repreendeu-o Regal, e então ambos saíram do alcance dos meus ouvidos. Voltei a aguardar. Muito depois de ter a certeza de ele ter sido admitido nos aposentos da rainha, ainda contei até cem e, então, saí de onde me encontrava e dirigi-me aos aposentos do rei.

Bati. Não bati com força, mas a minha batida era insistente e não parava. Após um momento ou dois uma voz exigiu saber quem estava ali.

— FitzChivalry — disse eu em tom vigoroso. — Exijo ver o rei.

Silêncio. Então:

— Ninguém pode entrar.

— Por ordem de quem?

— Do príncipe Regal.

— Eu trago uma insígnia que me foi dada pelo rei, uma insígnia com a qual ele me deu a sua palavra de que me seria permitido vê-lo sempre que desejasse.

— O príncipe Regal disse que você especificamente não estava autorizado a entrar.

— Mas isso foi antes. — E baixei bem a voz, murmurando sílabas sem significado.

— O que disse?

Voltei a murmurar.

— Fale mais alto.

— Não é algo para toda a torre ouvir! — retorqui em tom indignado. — Não é hora para espalhar pânico.

Aquilo funcionou. A porta abriu uma minúscula fenda.

— O que se passa? — sussurrou o homem.

Inclinei-me para a porta e olhei de um lado para o outro ao longo do corredor. Espreitei para além dele através da fenda.

— Está sozinho? — perguntei em tom de suspeita.

— Sim! — E disse com impaciência: — O que é? Espero que seja importante!

Levei as mãos à boca ao inclinar-me para a porta, para não deixar escapar o mínimo suspiro do meu segredo. O guarda se aproximou da fenda. Dei uma rápida soprada, e o pó branco nebulou seu rosto. O homem cambaleou para trás, sufocado e levando as mãos aos olhos. Num instante estava no chão. Névoa-noturna: rápida e eficaz. É também frequentemente mortífera. Não consegui encontrar consideração para me importar. Talvez por esse ser o meu bom amigo torcedor de ombros. Não havia como o homem ficar de guarda na antecâmara do quarto de Shrewd e continuar ignorando completamente o que acontecia lá dentro.

Eu tinha enfiado a mão através da fenda e lutava contra as correntes que prendiam a porta quando ouvi um sibilo familiar:

— Saia daqui! Deixe a porta em paz, apenas vá embora. Não a destranque, seu idiota! — Tive um breve vislumbre de uma feição cheia de cicatrizes, e a porta foi fechada firmemente na minha cara. Chade tinha razão. Seria melhor que Regal encontrasse uma porta completamente trancada e perdesse o tempo necessário para que os seus homens a arrombassem à machadada. Cada momento que Regal passasse trancado do lado de fora era um momento a mais que Chade tinha com o rei.

O que se seguiu foi mais difícil de fazer do que o que já havia feito. Desci as escadas até a cozinha, conversei amigavelmente com a cozinheira, e então perguntei-lhe o que fora o alvoroço lá em cima. Teria a rainha perdido o bebê? Ela me expulsou rapidamente para ir em busca de alguém com quem pudesse conversar e obter mais informações. Dirigi-me à casa da guarda junto da cozinha para tomar um pouco de cerveja e me forçar a comer, como se tivesse vontade. A comida chegou ao estômago como cascalho. Ninguém falou muito comigo, mas eu estava presente. Os rumores sobre a queda da rainha iam e vinham à minha volta. Havia ali agora guardas de Lavra e Vara, homens grandes de movimentos lentos, parte das comitivas dos seus duques, confraternizando com os seus colegas de Torre do Cervo. Ouvi-los falar avidamente que a perda da criança significaria mais chances de Regal ascender ao trono era mais triste do que enfurecedor. Era como se estivessem fazendo apostas em uma corrida de cavalos.

A única outra fofoca que conseguia competir com aquela era o rumor de que um garoto vira o Homem Pustulento perto do poço do castelo, no pátio. Diziam que o moço o vira perto da meia-noite. Ninguém teve o bom senso de perguntar o que ele estaria fazendo ali ou que luz teriam os seus olhos usado naquela visão de mau agouro. Em vez disso, estavam jurando permanecer bem longe da água, pois aquele presságio significava que o poço se estragara. No ritmo em que bebiam cerveja, decidi que tinham pouco com que se preocupar. Fiquei ali até chegar a notícia de que Regal queria que três homens fortes com machados fossem mandados imediatamente aos aposentos do rei. Isso excitou uma nova rodada de falatório, e, no meio desse burburinho, saí discretamente da sala e fui aos estábulos.

Pretendia procurar Burrich e ver se o Bobo já o teria encontrado. Mas, em vez disso, encontrei Molly, que descia as escadas do quarto dele no exato momento em que eu começara a subi-las. Ela olhou para baixo, para a minha expressão atônita e riu. Mas foi uma gargalhada curta, que não chegou aos seus olhos.

— Por que foi visitar Burrich? — quis saber, e percebi no mesmo instante quão rude a pergunta era. Temi que ela tivesse ido procurar ajuda.

— Ele é meu amigo — disse ela de forma sucinta. Começou a passar por mim. Sem pensar, eu não lhe abri passagem. — Deixe-me passar! — ela sussurrou furiosamente.

Em vez disso, coloquei os braços em volta dela.

— Molly, Molly, por favor — disse com a voz rouca enquanto ela me empurrava sem ânimo. — Vamos arranjar um lugar para conversar, mesmo que só por um momento. Não posso suportar que me olhe dessa maneira, quando juro que não lhe fiz nada errado. Age como se eu tivesse abandonado você, mas está sempre no meu coração. Se não posso estar com você, não é por não o desejar.

Ela parou de repente de lutar.

— Por favor? — supliquei.

Ela olhou para o celeiro mal iluminado.

— Ficaremos aqui, em pé, e conversaremos, por pouco tempo. Aqui mesmo.

— Por que está tão zangada comigo?

Ela quase respondeu. Vi-a reprimir palavras, e depois ficar subitamente fria.

— Por que você acha que aquilo que sinto a seu respeito é o pilar central da minha vida? — retorquiu. — Por que acha que não tenho outras preocupações além de você?

Olhei-a boquiaberto.

— Talvez porque seja assim que me sinto em relação a você — disse em tom grave.

— Não, não é. — Estava irritada, corrigindo-me como corrigiria uma criança que insistisse que o céu é verde.

— É, sim — insisti e tentei puxá-la para mais perto, mas ela parecia imóvel nos meus braços.

— O seu príncipe herdeiro Verity era mais importante. A rainha Kettricken e o seu filho por nascer são mais importantes. — Contou-os nos dedos, como se estivesse enumerando os meus defeitos.

— Eu assumi um dever — disse eu em voz baixa.

— Eu sei onde está o seu coração — disse sem expressão. — E ele não está comigo.

— Verity está... já não está mais aqui para proteger a sua rainha, o seu filho ou o seu pai — disse eu contidamente. — Portanto, por enquanto, tenho de colocá-los à frente da minha própria vida. À frente de tudo o que me é querido. Não porque os ame mais, mas... — Comecei a tatear inutilmente em busca de palavras. — Sou um homem do rei — disse, resignadamente.

— E eu sou uma mulher de mim mesma. — Molly transformou essa afirmação na mais solitária afirmação do mundo. — Cuidarei de mim mesma.

— Não para sempre. Um dia seremos livres. Livres para casar, para fazer...

— Seja o que for que o seu rei peça para você fazer — terminou ela por mim. — Não, Fitz. — Sua voz ganhou um tom decisivo. Dor. Afastou-se de mim, passou por mim na escada. Quando estava a dois degraus de distância e todo o inverno parecia soprar entre nós, disse: — Tenho de lhe contar uma coisa — disse, quase com suavidade. — Há outro agora na minha vida. Alguém que é para mim o que o seu rei é para você. Alguém que vem antes da minha própria vida, que vem antes de tudo o que me é mais querido. Pelas suas próprias palavras, não pode me culpar. — Olhou para trás, para mim.

Não sei em que estado fiquei, sei apenas que ela afastou os olhos como se não conseguisse suportá-lo.

— Para o bem dessa pessoa, vou embora — disse-me. — Para um lugar mais seguro do que este.

— Molly, por favor, ele não pode amá-la como eu amo — implorei.

Ela não olhou para mim.

— O seu rei também não pode amá-lo como eu... o amava. Mas... Não é uma questão do que ele sente por mim — disse ela lentamente. — A questão é o que eu sinto por ele. Ele tem de estar em primeiro lugar na minha vida, ele precisa disso. Tente compreender. Não é que eu já não goste mais de você. É que não posso pôr esse sentimento à frente do que é melhor para ele. — Desceu mais dois degraus. — Adeus, Novato.

Disse essas últimas palavras como um breve suspiro, mas elas se afundaram no meu coração como se as tivesse gravado com um ferro em brasa.

Fiquei nas escadas, vendo-a partir. E de repente aquele sentimento tornou-se muito familiar, a dor demasiadamente bem conhecida. Atirei-me pelas escadas abaixo atrás dela, agarrei-a pelo braço e puxei-a para baixo da escuridão da escada do sótão.

— Molly, por favor. — Ela não respondeu. Nem sequer resistiu ao meu apertão no seu braço. — O que posso te dar, o que posso dizer para te levar a compreender o que você é para mim? Não posso simplesmente te deixar ir embora!

— E também não pode me obrigar a ficar — lembrou-me em voz baixa. Senti algo sair dela. Um pouco de raiva, um pouco de energia, um pouco de vontade. Não tenho palavra que o designe. — Por favor — disse, e a palavra me feriu, porque ela suplicava —, deixe-me ir. Não torne as coisas difíceis. Não me faça chorar. — Larguei seu braço, mas ela não partiu. Falou com cuidado: — Há muito tempo disse que você era como Burrich.

Confirmei com a cabeça na escuridão, sem me importar que ela não pudesse me enxergar.

— Em certas coisas é, e, em outras, não. Agora eu decido por nós, assim como ele um dia decidiu por Patience e por si mesmo. Não há futuro para nós. Alguém já preenche o seu coração. E o fosso entre as nossas posições é grande demais para qualquer amor ultrapassar. Eu sei que me ama, mas o seu amor é... diferente do meu. Eu queria que compartilhássemos a vida. Você deseja me manter numa caixa, separada da sua vida. Não posso ser alguém para quem regressa quando não tem nada mais importante para fazer. Nem sequer sei o que você faz quando não está comigo. Nunca chegou a compartilhar isso comigo.

— Você não gostaria do que eu faço — disse-lhe. — Você realmente não quer saber.

— Não me diga isso! — sussurrou furiosa. — Não percebe que é justamente com isso que eu não posso viver, com o fato de você nem sequer deixar que eu decida por mim mesma? Não pode tomar essa decisão por mim. Não tem esse direito! Se nem sequer pode me dizer o que faz, como poderei acreditar que me ama?

— Eu mato gente — ouvi-me dizer. — Pelo meu rei. Sou um assassino, Molly.

— Não acredito em você! — sussurrou ela. Falou depressa demais. O horror na sua voz era tão grande como o desprezo. Uma parte dela sabia que tinha lhe dito a verdade. Finalmente. Um terrível silêncio, breve, mas gelado, cresceu entre nós enquanto ela esperava que eu admitisse a mentira. Uma mentira que ela sabia ser verdade. Por fim, negou-a por mim. — Você, um assassino? Nem sequer conseguiu passar pelos guardas naquele dia para descobrir por que eu estava chorando! Não teve coragem de desafiá-los por mim! Mas quer que eu acredite que mata gente pelo rei. — Soltou um som estrangulado, de ira e desespero. — Por que é que diz essas coisas agora? Por que logo agora? Para me impressionar?

— Se eu achasse que poderia te impressionar, provavelmente teria dito há muito tempo — confessei. E era verdade. A capacidade para guardar os meus segredos fundava-se completamente no medo que sentia de que contá-los a Molly significasse perdê-la. E tinha razão.

— Mentira — disse ela, mais para si mesma do que para mim. — Mentira, tudo mentira. Desde o começo. Fui tão estúpida. Dizem que, se um homem te bate uma vez, vai voltar a te bater. E o mesmo vale para as mentiras. Mas eu fiquei, e escutei e acreditei. Que estúpida tenho sido! — Essa última frase foi dita com tanta fúria que eu me retraí perante ela como se fosse um golpe. Ela se libertou de mim. — Tornou isso muito mais fácil para mim.

E virou as costas para mim.

— Molly — supliquei. Estendi a mão para pegar seu braço, mas ela girou em torno de si mesma, de mão erguida para me bater.

— Não me toque — avisou com voz grave. — Nunca mais se atreva a me tocar!

E foi embora.

Após algum tempo, lembrei-me de que estava debaixo das escadas de Burrich, na escuridão. Estremeci de frio e de algo mais. Não. De algo a menos. Os lábios afastaram-se dos dentes em algo que não era sorriso nem esgar. Sempre temi que as minhas mentiras me levassem a perder Molly. Mas a verdade cortara num instante aquilo que as mentiras tinham mantido unido durante um ano. Perguntei-me o que deveria aprender com isso. Muito lentamente, subi a escada e bati à porta.

— Quem é? — perguntou Burrich.

— Eu. — Ele destrancou a porta, e eu entrei no quarto. — O que Molly estava fazendo aqui? — perguntei-lhe, sem me importar como soaria, sem me importar que um Bobo coberto de ataduras ainda estivesse sentado à mesa de Burrich. — Precisava de ajuda?

Burrich pigarreou.

— Veio buscar ervas — disse com um ar desconfortável. — Não pude ajudá-la, não tinha o que ela queria. Depois o Bobo chegou, e ela ficou para me ajudar a cuidar dele.

— Patience e Lacy têm ervas. Montes delas — lembrei-o.

— Foi isso que lhe disse. — Afastou os olhos de mim e começou a arrumar as coisas que usara para tratar do Bobo. — Ela não queria pedir a elas.

Havia algo na sua voz que parecia me cutucar, me empurrar para a pergunta seguinte:

— Ela vai embora — disse em voz baixa. — Vai embora. — Sentei-me em uma cadeira em frente à lareira de Burrich e apertei as mãos entre os joelhos. Percebi que estava balançando para a frente e para trás, tentei parar.

— Deu certo? — perguntou o Bobo em voz baixa.

Parei de oscilar. Juro que por um instante não tinha ideia do que ele estava falando.

— Sim — disse em voz baixa. — Sim, acho que consegui. — Também conseguira perder Molly. Conseguira gastar a sua lealdade e o seu amor, considerando-a como algo conquistado. Conseguira ser tão lógico e prático e leal ao meu rei que acabara de perder qualquer chance de algum dia ter uma vida que fosse minha. Olhei para Burrich. — Você amava Patience? — perguntei de repente. — Quando decidiu abrir mão?

O Bobo espantou-se e arregalou visivelmente os olhos. Então havia alguns segredos que nem ele sabia. Nunca vira o rosto de Burrich escurecer tanto. Cruzou os braços ao peito, para se conter. Ele talvez me matasse, pensei. Ou talvez procurasse apenas conter alguma dor dentro de si.

— Por favor — acrescentei —, preciso saber.

Ele me atravessou com o olhar e então falou com cuidado:

— Não sou um homem instável — disse-me. — Se a tivesse amado, ainda a amaria.

Então era isso. Nunca desapareceria.

— Mas mesmo assim decidiu...

— Alguém tinha de decidir. Patience não queria enxergar que não era possível. Alguém tinha de pôr fim àquele tormento pelos dois.

Assim como Molly decidira por nós. Tentei pensar no que faria em seguida. Nada me ocorreu. Olhei para o Bobo.

— Você está bem? — perguntei-lhe.

— Estou melhor do que você — respondeu com sinceridade.

— Estava falando do seu ombro. Pensei que...

— Foi torcido, mas não quebrado. Está bem melhor do que o seu coração.

Uma brincadeira rápida de palavras espirituosas. Não sabia que ele era capaz de carregar um gracejo com tanta compaixão. Sua gentileza quase me estilhaçou.

— Não sei o que fazer — disse, destroçado. — Como posso viver assim?

A garrafa de conhaque fez um pequeno baque quando Burrich a pousou no centro da mesa. Colocou três copos à sua volta.

— Vamos beber uma taça — disse. — Que Molly encontre em algum lugar a felicidade. Vamos desejá-lo por ela de todo o coração.

Bebemos uma rodada e Burrich voltou a encher as taças.

O Bobo rodopiou o conhaque em sua taça.

— Será mesmo sensato beber neste momento? — perguntou.

— Neste momento estou farto de ser sensato — disse-lhe. — Preferiria ser um bobo.

— Não sabes o que está dizendo — disse-me ele. Mesmo assim, ergueu o copo junto ao meu. E uma terceira vez, ao nosso rei.

Fizemos um esforço sincero, mas o destino não nos deixou tempo suficiente. Uma batida determinada à porta de Burrich nos interrompeu para deixar entrar Lacy com um cesto no braço. Entrou rapidamente, fechando depressa a porta atrás de si.

— Livrem-se disto por mim, sim? — pediu, e despejou a galinha morta na mesa a nossa frente.

— Jantar! — anunciou entusiasmado o Bobo.

Lacy demorou um pouco para notar o estado em que estávamos. Precisou de menos do que isso para ficar furiosa.

— Enquanto nós arriscamos nossa vida e nossa reputação, vocês se embebedam! — Voltou-se para Burrich: — Em vinte anos ainda não aprendeu que isso não resolve nada!

Burrich não hesitou nem por um instante.

— Há coisas que não podem ser resolvidas — disse em tom filosófico. — Beber torna essas coisas muito mais toleráveis. — Facilmente ficou em pé, firme como uma rocha à frente dela. Anos de bebida haviam lhe ensinado bem a lidar com ela. — Do que precisava?

Lacy mordeu o lábio por um momento. Decidiu seguir para onde ele apontara a conversa.

— Preciso me livrar disso. E preciso de um unguento para hematomas.

— Será que ninguém aqui recorre mais ao curandeiro? — perguntou o Bobo a ninguém em especial. Lacy ignorou-o.

— Foi a pretexto do unguento que eu vim aqui, portanto é bom que regresse com ele, caso alguém peça para vê-lo. A minha verdadeira missão é encontrar o Fitz e perguntar-lhe se ele sabe que há guardas arrombando a machadadas a porta do rei Shrewd.

Anuí gravemente. Não tentaria imitar a postura graciosa de Burrich. Mas o Bobo ficou em pé num pulo, gritando:

— O quê? — E veio contra mim. — Pensei que tinha dito que teve sucesso! Que sucesso é esse?

— O melhor que consegui fazer com o pouco tempo que tive para me preparar — retorqui. — Ou ficará tudo bem, ou não ficará. Por enquanto fizemos tudo o que podíamos fazer. Além disso, pense. Aquela é uma ótima e robusta porta de carvalho. Demorarão algum tempo para atravessá-la. E quando o fizerem, imagino que vão descobrir que a porta interior do quarto do rei também está fechada e trancada.

— Como conseguiu isso? — perguntou calmamente Burrich.

— Não consegui — disse rudemente. Olhei para o Bobo. — Já disse o bastante. Está na hora de ter um pouco de confiança. — Virei-me para Lacy: — Como estão a rainha e Patience? Como correu o nosso embuste?

— Bastante bem. A rainha se machucou muito na queda, e eu não estou completamente convencida de que o bebê esteja fora de perigo. Um aborto causado por uma queda nem sempre acontece imediatamente. Mas não vamos atrair os problemas. Wallace mostrou-se preocupado, mas ineficaz. Para um homem que diz ser curandeiro, a falta de conhecimentos da verdadeira arte das ervas é notável. E quanto ao príncipe... — Lacy soltou uma fungadela, e não disse mais nada.

— Será que ninguém além de mim pensa no perigo de deixar que um boato de aborto se espalhe? — perguntou o Bobo com uma expressão aérea.

— Não tive tempo de inventar outra coisa — retorqui. — Dentro de um dia ou dois a rainha negará o boato, dizendo que tudo parece estar bem com a criança.

— Bom. No momento nos garantimos como foi possível — observou Burrich. — Mas o que vem depois? Vamos assistir ao rei e à rainha Kettricken sendo levados para Vaudefeira?

— Confiança. Peço um dia de confiança — disse eu com cautela. Esperei que fosse o suficiente. — E agora temos de dispersar e levar nossas vidas tão normalmente quanto possível.

— Um mestre dos estábulos sem cavalos e um Bobo sem rei — observou o Bobo. — Burrich e eu podemos continuar bebendo. Acho que essa deve ser a vida normal sob estas circunstâncias. E quanto a você, Fitz, não faço ideia de qual o título que dá a si mesmo ultimamente, muito menos o que faz o dia todo. Então...

— Ninguém vai ficar por aí bebendo — entoou Lacy de forma ameaçadora. — Ponham já a garrafa de lado e mantenham a cabeça atenta. E dispersem, como disse o Fitz. Já foi dito e feito o suficiente neste quarto para nos deixar balançando numa árvore por traição. Menos você, claro, FitzChivalry. Para você teria de ser veneno. Não é permitido enforcar os de sangue real.

As palavras dela tiveram um efeito assustador. Burrich pegou a rolha e fechou a garrafa. Lacy foi a primeira a sair, com um frasco do unguento de Burrich no cesto. O Bobo seguiu-a pouco depois. Quando deixei Burrich, ele já havia limpado a ave e estava arrancando dela as últimas penas obstinadas. O homem não desperdiçava nada.

Saí e vagueei pelo castelo durante um tempo. Mantive-me atento à possibilidade de haver alguém me seguindo. Kettricken devia estar descansando, e acho que não suportaria naquele momento a tagarelice de Patience ou as suas ideias. Se o Bobo estivesse em seu quarto, seria por não querer companhia. E se estivesse em outro lugar, não fazia ideia de onde esse lugar pudesse ser. Torre do Cervo estava tão infestada de gente do interior quanto um cão moribundo de pulgas. Passeei pelas cozinhas, surrupiando pão de gengibre. Depois vagueei por aí, desconsolado, tentando não pensar, tentando parecer não ter um rumo enquanto me dirigia à cabana onde um dia se escondera Olhos-de-Noite. A cabana estava agora vazia, tão fria por dentro como por fora. Já se passara algum tempo desde que Olhos-de-Noite se entocara ali. Ele preferia os montes arborizados atrás de Torre do Cervo. Mas não esperei muito tempo até que a sua sombra cruzou a soleira da porta aberta.

O maior conforto do vínculo de Manha talvez seja nunca precisar de explicações. Eu não tinha de lhe contar os acontecimentos do dia anterior, não precisava encontrar palavras para descrever como me sentira ao ver Molly afastando-se de mim. E ele também não fazia perguntas nem inventava conversas educadas. Os acontecimentos humanos fariam pouco sentido para ele. Ele agia com base na força do que sentia, e não dos porquês. Simplesmente veio perto de mim e sentou-se ao meu lado, no chão sujo. Pude passar um braço em volta dele, encostar o rosto ao pelo do seu pescoço e ficar simplesmente assim.

Mas que alcateias fazem os homens, observou ele depois de um tempo. *Como podem caçar juntos quando não conseguem nem correr na mesma direção?*

Não respondi. Não tinha resposta, e ele não a esperava.

Baixou a cabeça para mordiscar uma coceira na pata. Então ergueu-se, sacudiu-se e perguntou: *Como vai encontrar outra parceira agora?*

Nem todos os lobos têm parceiras.

O líder sempre tem. De que outra maneira a alcateia se multiplicaria?

O meu líder tem parceira, e ela espera uma criança. Talvez a maneira dos lobos seja a correta, e os homens devessem prestar atenção neles. Talvez só o líder devesse acasalar. Foi essa a decisão que o Coração da Matilha tomou há muito tempo. Que não podia ter ao mesmo tempo uma parceira e um líder que seguia de todo o coração.

Esse é mais lobo do que gosta de admitir. Seja a quem for. Uma pausa. *Pão de gengibre?*

Entreguei-o. Ele o devorou avidamente enquanto eu observava.

Tive saudades dos seus sonhos à noite.

Não são meus sonhos. São a minha vida. É bem-vindo a ela, desde que o Coração da Matilha não se zangue conosco. A vida compartilhada é melhor. Uma pausa. *Você prefere partilhar a vida da fêmea.*

É a minha fraqueza, querer tanto.

Ele piscou os olhos profundos. *Ama pessoas demais. A minha vida é muito mais simples.*

Ele só amava a mim.

É verdade. A única verdadeira dificuldade que tenho é saber que você nunca aceitará que as coisas são assim.

Soltei um profundo suspiro. Olhos-de-Noite espirrou e se sacudiu todo.

Não gosto dessa poeira de rato. Antes de eu ir embora, use as suas mãos habilidosas para coçar dentro das minhas orelhas. É difícil fazê-lo direito sem me arranhar.

Então cocei suas orelhas, a parte debaixo do pescoço e depois a nuca, até que ele caiu de lado como um cachorro.

— Cãozinho — disse-lhe afetuosamente.

Vai pagar por esse insulto! Virou-se sobre as patas, mordeu-me com força através da manga e depois se precipitou porta afora e desapareceu. Puxei a manga para cima para examinar a profunda dentada na pele, que não estava propriamente sangrando. Humor de lobo.

O breve dia de inverno terminara. Voltei para a torre e obriguei-me a passar pelas cozinhas para deixar que a cozinheira me contasse todos os mexericos. Encheu-me de bolo de ameixa e de carneiro enquanto me falava do possível aborto da rainha, e depois de como os homens tinham aberto a machadadas a porta exterior do quarto do rei depois de o seu guarda ter subitamente morrido de apoplexia.

— E a segunda porta também, e o príncipe Regal estava morrendo de preocupação, incentivando-os a continuar com receio de ter acontecido alguma coisa ao rei. Mas quando entraram, apesar de todas as machadadas, o rei estava dormindo como um bebê. E num sono tão profundo que não conseguiram acordá-lo para lhe dizer que tinham destruído as portas a machadadas.

— Espantoso — concordei, e ela prosseguiu com os mexericos menores do castelo.

Descobri que nos últimos dias esses mexericos se concentravam principalmente em quem estava ou não incluído na ida para Vaudefeira. A cozinheira iria partir, por causa das suas tortas de groselha e bolos confeitados. Não sabia quem iria ficar com o lugar de cozinheiro ali, mas seria sem dúvida um dos guardas. Regal dissera-lhe que poderia levar todas as melhores panelas, algo pelo qual se sentia grata, mas aquilo de que iria realmente sentir falta era a lareira ocidental, pois nunca cozinhara numa melhor, com a saída de ar exatamente como devia ser e todos os ganchos de carne nas alturas certas. Eu a escutei e tentei pensar apenas nas suas palavras, ficando com a curiosidade completamente intrigada pelos pequenos detalhes daquilo que ela considerava importante na sua vida.

A guarda da rainha, descobri, deveria permanecer em Torre do Cervo, e o mesmo aconteceria com os poucos que ainda usavam as cores da guarda pessoal do rei Shrewd. Desde que tinham perdido o privilégio de lhe guardar os aposentos, haviam se transformado num grupo abandonado. Mas Regal insistia que era necessário que esses grupos ficassem, para manter uma presença régia em Torre do Cervo. Rosemary iria, bem como a sua mãe, mas isso não era propriamente surpreendente, tendo em vista a quem elas serviam. Fedwren não iria, e Mellow também não. Essa era uma voz de que ela sentiria falta, mas provavelmente acabaria se acostumando aos gorjeios do interior depois de algum tempo.

Ela nem sequer pensou em perguntar se eu ia.

Enquanto subia a escada até o meu quarto, tentei visualizar como ficaria Torre do Cervo. A Mesa Elevada estaria vazia em todas as refeições, a comida servida não passaria da simples comida de campanha com que os cozinheiros militares estavam mais familiarizados. Pelo menos enquanto durassem as reservas de comida. Previ que comeríamos muita carne de caça e algas antes da Primavera. Me preocupava mais com Patience e Lacy do que comigo. Aposentos desconfortáveis e alimentação de qualidade inferior não me incomodavam, mas não era aquilo a que elas estavam acostumadas. Pelo menos ainda haveria Mellow para cantar, se a sua natureza melancólica não o subjugasse em virtude do abandono. E Fedwren. Com poucas crianças para ensinar, talvez ele e Patience pudessem finalmente estudar o fabrico de papel que tanto a interessava. E assim, tentando encarar com bravura, tentei encontrar um futuro para nós.

— Onde se meteu, bastardo?

Serene, saindo subitamente da soleira de uma porta. Ela tinha a esperança de me assustar, mas eu soube pela Manha que alguém estava ali. Não vacilei.

— Lá fora.

— Você cheira a cão.

— Pelo menos eu tenho a desculpa de estar com os cães. Com os poucos que restam nos estábulos.

Ela precisou de um segundo para entender o insulto velado na minha resposta cortês.

— Cheira a cão porque não passa de um meio cão. Encantador de animais.

Quase respondi com um comentário sobre a mãe dela. Em vez disso, de repente recordei de fato a mãe dela.

— Quando estávamos aprendendo a escrever, lembra-se de que sua mãe sempre te obrigava a usar uma bata escura porque você se manchava muito com a tinta?

Ela me olhou carrancuda, revirando o comentário na cabeça, tentando descobrir nele algum insulto, desfeita ou truque.

— O que tem? — perguntou por fim, incapaz de ignorar a pergunta.

— Nada. Simplesmente me lembrei disso. Naquela época eu te ajudava a desenhar as pernas das letras do jeito certo.

— Isso não tem nada a ver com esse momento! — declarou num tom zangado.

— Não, não tem. Esta é a minha porta. Esperava entrar comigo?

Ela cuspiu, não exatamente em mim, mas o cuspe aterrou no chão aos meus pés. Por algum motivo, presumi que ela nunca teria feito isso se não fosse abandonar Torre do Cervo com Regal. Aquele já não era o seu lar, e sentia-se livre para o conspurcar antes de partir. Isso disse-me muito. Ela não esperava regressar jamais.

Dentro do meu quarto, fechei meticulosamente todas as trancas e depois acrescentei à porta a barra pesada. Verifiquei a janela, e as persianas ainda estavam bem fechadas. Olhei embaixo da cama. Enfim, sentei-me numa cadeira perto da lareira para cochilar até que Chade me chamasse.

Acordei de um sono leve ao ouvir uma batida à minha porta.

— Quem é? — gritei.

— Rosemary. A rainha deseja te ver.

Quando terminei de destrancar a porta, a pequena tinha ido embora. Era só uma menina, mas mesmo assim me irritava receber uma mensagem daquelas através da porta. Me arrumei às pressas e me dirigi rapidamente aos aposentos da rainha. Reparei de passagem nos destroços que fora a porta de carvalho do quarto de Shrewd. Um guarda corpulento ocupava a abertura; um homem do interior, não um dos que eu conhecia.

A rainha Kettricken encontrava-se reclinada num divã perto da sua lareira. Vários punhados das suas damas fofocavam em cantos diferentes da sala, mas a rainha estava sozinha. Estava com os olhos fechados. Parecia tão completamente exausta que eu perguntei a mim mesmo se a mensagem de Rosemary teria sido um erro. Mas lady Hopeful fez sinal para que eu fosse falar com a rainha e buscou um banco baixo para me empoleirar. Ofereceu-me uma xícara de chá, e eu a aceitei. Assim que lady Hopeful partiu para prepará-la, Kettricken abriu os olhos.

— E agora? — perguntou, com voz tão baixa que eu tive de me aproximar para conseguir escutá-la. Olhei-a de soslaio. — Shrewd agora está dormindo. Não pode dormir para sempre. O efeito do que quer que lhe tenha sido dado irá passar, e quando isso acontecer voltaremos à posição em que nos encontrávamos.

— A cerimônia do príncipe herdeiro se aproxima. O príncipe talvez esteja ocupado com isso. Sem dúvida haverá novas roupas a serem cosidas e as quais ele terá de provar, e todos os outros detalhes com que ele se preocupa. Isso poderá mantê-lo afastado do rei — eu disse.

— E depois?

Lady Hopeful estava de volta com a minha xícara de chá. Aceitei-a com agradecimentos murmurados, e quando ela puxou uma cadeira para se sentar ao nosso lado, a rainha Kettricken sorriu debilmente e perguntou se podia beber também uma chávena. Fiquei quase constrangido com a rapidez com que lady Hopeful saltou para fazer o que ela pedia.

— Não sei — murmurei em resposta à sua pergunta.

— Eu sei. O rei ficaria em segurança nas minhas Montanhas. Ele seria honrado e protegido, e Jonqui talvez soubesse de... oh, obrigada, Hopeful. — A rainha Kettricken aceitou a xícara que lhe era oferecida e bebericou enquanto lady Hopeful se sentava.

Sorri para Kettricken, e escolhi as palavras com cautela, confiando que ela compreenderia o que queria dizer.

— Mas até as montanhas a distância é tão grande, minha rainha, e o tempo tão duro nesta época do ano. Quando um mensageiro conseguisse chegar lá para procurar o remédio da sua mãe, estaríamos quase na primavera. Há outros lugares que podem oferecer a mesma cura para os seus problemas. Bearns ou Rippon talvez a possam oferecer se lhes for pedida. Os generosos duques dessas províncias não lhe podem negar nada, como bem sabe.

— Eu sei. — Kettricken sorriu de um jeito fatigado. — Mas eles têm tantos problemas neste momento, que hesito em pedir-lhes mais alguma coisa. Além disso, a raiz a que chamamos vida-longa só cresce nas Montanhas. Um mensageiro determinado poderia viajar até lá, eu acho. — Voltou a beber o chá.

— Quem enviar com um pedido desses... Ah, essa é a questão mais difícil — adverti-a. Certamente ela conseguiria perceber a dificuldade de enviar um velho doente em viagem até as Montanhas durante o inverno. Ele não poderia ir sozinho. — O homem que fosse teria de ser muito digno de confiança e de possuir uma grande força de vontade.

— Um homem assim soa como uma mulher para mim — gracejou Kettricken, e Hopeful riu alegremente, mais por ver o bom humor na rainha do que pela piada. Kettricken fez uma pausa com a xícara junto aos lábios. — Talvez eu devesse ir, para que a coisa fosse bem feita — acrescentou e sorriu quando os meus olhos se arregalaram. Mas o olhar que me dirigiu era sério.

Seguiu-se uma conversa leve e uma receita de ervas, quase todas fictícias, que prometi fazer o meu melhor para arranjar a Kettricken. Achei que tinha compreendido o que ela quisera dizer. Quando me retirei e regressei ao meu quarto, perguntei a mim mesmo como poderia impedi-la de agir antes de Chade. Era um belo quebra-cabeça.

Quase não tive tempo de fechar todas as minhas trancas e trincos antes de sentir a corrente de ar que subia pelas minhas costas. Virei-me e vi escancarada a entrada para os domínios de Chade. Subi pesadamente a escada. Queria dormir, mas sabia que assim que me deitasse seria incapaz de fechar os olhos.

O cheiro de comida me seduziu quando entrei nos aposentos de Chade, e fiquei subitamente consciente de estar com fome. Chade já estava sentado à pequena mesa que pusera.

— Sente-se e coma — disse-me secamente. — Temos de fazer planos, os dois.

Tinha dado duas mordidas em uma torta de carne quando ele me perguntou suavemente:

— Quanto tempo acha que poderemos manter o rei Shrewd aqui, nestes aposentos, sem ser descoberto?

Mastiguei e engoli.

— Nunca fui capaz de encontrar as passagens para este quarto — notei em voz baixa.

— Oh, mas elas existem. E como a comida e outras necessidades têm de entrar e sair por elas, há algumas pessoas que as conhecem, sem saberem exatamente que sabem. A minha toca está ligada a salas que são regularmente abastecidas de coisas para mim. Mas a minha vida era muito mais simples quando comida e roupa de cama eram fornecidas à lady Thyme.

— Como irá se virar depois de Regal partir para Vaudefeira? — perguntei.

— Provavelmente não tão bem como até agora. Algumas tarefas continuarão, sem dúvida, sendo desempenhadas por hábito, se os que tiverem hábitos ficarem aqui. Mas à medida que a comida se tornar mais escassa, haverá quem se pergunte sobre o motivo de ela ser armazenada numa parte da torre que não é usada. Mas estamos falando do conforto de Shrewd, e não do meu.

— Depende de como Shrewd desaparecer. Se Regal pensar que ele saiu do castelo por meios comuns, poderá mantê-lo escondido aqui durante algum tempo. Mas se Regal souber que ele ainda está em Torre do Cervo, não medirá esforços.

Acho que a primeira ordem seria fazer homens martelarem as paredes do quarto do rei.

— Direto e efetivo — concordou Chade.

— Encontrou algum lugar seguro para ele, em Bearns ou Rippon?

— Assim de repente? Claro que não. Teríamos de escondê-lo aqui durante dias, ou talvez semanas, até que um lugar fosse preparado. E então ele teria de ser contrabandeado para fora da torre. Isso significa arranjar homens que possam ser subornados, e saber quando eles estivessem no portão. Infelizmente, homens que podem ser subornados para fazer uma coisa podem ser subornados para falar dela mais tarde. A menos que sofram acidentes... — E olhou para mim.

— Melhor que isso não seja uma preocupação. Há outra maneira de sair de Torre do Cervo — disse-lhe, pensando no caminho do meu lobo. — Também temos outro problema: Kettricken. Ela irá agir por conta própria se não souber depressa que temos um plano. As ideias dela levaram-na na mesma direção que as suas. Hoje à noite se propôs a levar Shrewd para as Montanhas em busca de segurança.

— Uma grávida e um velho doente no meio do inverno? Ridículo. — Chade fez uma pausa. — Mas... Ninguém desconfiaria. Nunca procurariam por eles na estrada. E com o fluxo de gente que Regal criou subindo o rio Cervo, uma mulher com seu pai enfermo dificilmente chamariam atenção.

— Continua sendo ridículo — protestei. Não gostara das cintilações de interesse que enxerguei nos olhos de Chade. — Quem poderia ir com eles?

— Burrich. Isso o salvaria de beber até morrer de desgosto, e ele poderia cuidar dos animais deles. E provavelmente de muitas das suas outras necessidades também. Ele iria?

— Você sabe que sim — disse a contragosto. — Mas Shrewd nunca sobreviveria a uma viagem desse porte.

— Tem mais chances de sobreviver a uma viagem desse porte do que a Regal. Aquilo que o consome continuará devorando sua vida, esteja ele onde estiver. — Franziu bem a sobrancelha. — Mas o motivo de o consumir tão mais depressa nos últimos tempos está além da minha compreensão.

— O frio, a privação. Nada disso o ajudará.

— Há estalagens em parte da viagem. Posso já arrumar algum dinheiro para eles. Shrewd já se parece tão pouco com o que era antes, que quase não precisamos temer que seja reconhecido. A rainha pode ser mais complicado. Há poucas mulheres com a sua cor e altura. Mesmo assim, com muita roupa, poderíamos engordar sua silhueta. Encapuzar o cabelo e...

— Não pode estar falando sério.

— Amanhã à noite — replicou. — Temos de fazer alguma coisa até amanhã à noite. É quando acaba o efeito da poção para dormir que dei a Shrewd. É provável que não haja outro atentado contra a rainha até ela estar a caminho de Vaudefeira. Mas depois de Regal tê-la em seu poder, bem... há tantos acidentes que podem acontecer em uma viagem. Uma escorregadela de uma barcaça para um rio gelado, um cavalo fugido, uma refeição de carne estragada. Se o assassino tiver metade da nossa perícia, será bem-sucedido.

— Um assassino de Regal?

Chade olhou-me com compaixão.

— Não acha que o nosso príncipe se disporia a espalhar pessoalmente banha e fuligem nos degraus, acha? Quem acha que é?

— Serene. — O nome escapou dos meus lábios.

— Então, obviamente não é ela. Não, provavelmente descobriremos que é um homenzinho insignificante qualquer com um comportamento agradável e uma vida estável. Se chegarmos a descobri-lo. Enfim, deixe isso para lá por enquanto. Embora não haja nada mais desafiador do que perseguir outro assassino.

— Will — disse em voz baixa.

— Will de quê? — perguntou ele.

Contei-lhe sobre Will, rápida e calmamente. Enquanto escutava, os seus olhos foram se abrindo.

— Seria brilhante — disse ele com admiração. — Um assassino Talentoso. É espantoso que ninguém antes tenha pensado nisso.

— Talvez Shrewd tenha pensado — falei resignadamente. — Mas o seu assassino talvez não tenha conseguido aprender.

Chade recostou-se na cadeira.

— Tenho minhas dúvidas... — disse ele com uma expressão especulativa. — Shrewd é suficientemente boca fechada para ter uma ideia desse tipo e mantê-la em segredo até de mim. Mas duvido de que Will seja algo além de um espião, por enquanto. Um perigosíssimo espião, sem dúvida alguma. Você precisa estar o mais alerta possível, mas não acho que precisemos temê-lo como assassino — pigarreou. — Enfim, nossa necessidade de urgência torna-se ainda mais evidente. Essa fuga deve acontecer a partir do quarto do rei. Tem de dar um jeito de afastar outra vez os guardas.

— Durante a cerimônia do príncipe herdeiro.

— Não. Não podemos nos arriscar a esperar tanto tempo. Amanhã à noite. Não pode ser mais tarde do que isso. Não precisa mantê-los ocupados por muito tempo. Precisarei apenas de alguns minutos.

— Temos de esperar! Senão, todo o plano é inviável. Quer que a rainha e Burrich estejam preparados até amanhã à noite, isso significa contar a eles que você existe. E Burrich terá de preparar cavalos e provisões.

— Cavalos de trabalho. Nada de animais finos. Eles rapidamente chamariam atenção. E uma liteira para o rei.

— Cavalos de trabalho temos com fartura, pois são tudo o que nos restou. Mas vai corroer as entranhas de Burrich ver o seu rei e sua rainha os montando.

— E uma mula para ele. Serão gente humilde, com pouco dinheiro para viajar para o interior. Não pretendemos atrair salteadores.

Bufei ao imaginar Burrich montado numa mula.

— Isso é impossível — disse em voz baixa. — Não temos tempo suficiente. Tem de ser na noite da cerimônia do príncipe herdeiro. Estarão todos lá embaixo no banquete.

— Qualquer coisa que precise ser feita pode ser feita — asseverou Chade. Ficou pensativo por um momento. — Mas talvez tenha razão. Regal não pode ter o rei incapacitado para a cerimônia. Se o rei não estiver lá, nenhum dos duques costeiros lhe dará crédito. Regal terá de permitir que Shrewd tome as suas ervas para dor, pelo menos para mantê-lo tratável. Assim seja. Depois de amanhã à noite. E se tiver necessidade absoluta de falar comigo amanhã, ponha um pouco de cascamarga na lareira. Não muito, que não tenho vontade nenhuma de ser defumado. Mas um punhado generoso, e eu abro a entrada.

— O Bobo vai querer ir com o rei — lembrei lentamente a mim mesmo.

— Não pode — disse Chade decididamente. — Não há como disfarçá-lo. Só aumentaria o risco. Além disso, é necessário que ele fique. Precisaremos da sua ajuda para preparar o desaparecimento.

— Não acho que isso o fará mudar de ideia.

— Deixe o Bobo comigo. Posso mostrar-lhe que a vida do seu rei depende de sair daqui desacompanhado. Tem de ser criada uma "atmosfera" na qual o desaparecimento do rei e da rainha não seja visto como... enfim. Deixe essa parte comigo. Irei desencorajá-los de quebrar paredes. O papel da rainha é fácil. Tudo o que ela tem de fazer é retirar-se cedo da cerimônia, declarar que deseja dormir por muito tempo e mandar embora os criados. Deve mandar dizer que não deseja ser incomodada até que mande chamá-los. Se tudo correr bem, devemos conseguir dar a Shrewd e a Kettricken a maior parte da noite para ganharem alguma distância. — Sorriu gentilmente para mim. — Bom, acho que é todo o plano que podemos fazer. Não, não, eu sei que não há nada definido. É melhor assim. Temos mais flexibilidade. E agora vá dormir o que puder, rapaz. Amanhã terá um dia atarefado. E eu tenho muito que fazer agora. Tenho de misturar remédios para o rei Shrewd que durem o caminho todo até as Montanhas. Além de embrulhá-los de forma segura. Burrich sabe ler, não sabe?

— Sabe e muito bem — assegurei-lhe. Fiz uma pausa. — Esteve no poço do castelo na noite passada, por volta da meia-noite? Parece que o Homem Pustulento foi visto. Há quem ande dizendo que isso significa que o poço vai estragar. Outros dizem que é mau agouro para a cerimônia de Regal.

— Ah, é? Bem, e talvez seja. — Chade soltou uma risadinha para si mesmo. — Eles terão agouros e maus presságios, rapaz, até que um rei desaparecido e uma rainha em falta pareçam coisas naturais no meio deles. — Sorriu como um garoto, e os anos caíram-lhe da cara. Algo como um velho brilho de travessura subiu aos seus olhos verdes. — Vá descansar um pouco. E informe Burrich e Kettricken dos nossos planos. Eu falarei com Shrewd e com o Bobo. Ninguém mais deve saber de nem mesmo um suspiro. Para parte do plano, teremos de confiar na sorte. Mas quanto ao resto, confie em mim!

O seu riso não foi um som completamente reconfortante ao seguir-me pelas escadas abaixo.

TRAIÇÕES E TRAIDORES

O príncipe Regal foi o único filho do rei Shrewd e da rainha Desire a sobreviver ao parto. Há quem diga que as parteiras nunca se importaram com a rainha e não se esforçavam muito para fazer os bebês sobreviverem. Outros afirmam que as parteiras, ansiosas por poupar a rainha dos tormentos do parto, lhe davam ervas demais para amortecer a dor. Mas, como apenas dois natimortos passaram mais do que sete meses em seu ventre, a maioria das parteiras dizia que a culpa era do uso de entorpecentes pela rainha, bem como o mau hábito de usar a faca de cinto com a lâmina apontada para a barriga, pois todos sabem que isso dá má sorte à mulher nos anos férteis.

Não dormi. Quando conseguia afastar as preocupações com o rei Shrewd da mente, Molly aparecia, ao lado de alguém. A minha mente se revezava entre os dois, tecendo à minha volta um casulo de infelicidade e preocupação. Prometi a mim mesmo que assim que o rei Shrewd e Kettricken estivessem a salvo daria um jeito de reconquistar Molly de quem quer que a tivesse roubado de mim. Com isso decidido, virei-me na cama e fitei um pouco mais a escuridão.

A noite ainda reinava quando rolei da cama. Passei como um fantasma por cocheiras vazias e animais adormecidos para subir silenciosamente as escadas de Burrich. Ele me escutou até o fim, e então perguntou com suavidade:

— Tem certeza de que não teve um pesadelo?

— Se tive, durou a maior parte da minha vida — disse em voz baixa.

— Também estou começando a me sentir assim — concordou ele.

Estávamos conversando no escuro. Ele continuava na cama, e eu estava sentado no chão ao seu lado, sussurrando. Não consenti que Burrich acendesse a lareira, ou mesmo uma vela, pois não queria que ninguém estranhasse uma repentina quebra da sua rotina.

— Realizar em dois dias tudo o que ele está pedindo significa que cada tarefa tem de ser realizada perfeitamente na primeira tentativa. Vim falar com você primeiro. Pode fazê-lo?

Ele ficou em silêncio e no escuro eu não conseguia enxergar seu rosto.

— Três cavalos robustos, uma mula, uma liteira e provisões para três pessoas. Tudo sem ninguém perceber. — Ficou novamente em silêncio. — E também não posso simplesmente carregar o rei e a rainha e sair pelos portões de Torre do Cervo.

— Sabe aquela mata de amieiros onde aquela grande raposa fez uma toca? Leve os cavalos para lá. O rei e Kettricken encontrarão você ali. — Com relutância, acrescentei: — O lobo os guiará até você.

— Além de mim, eles também precisam saber o que você faz? — A ideia o horrorizava.

— Eu uso os instrumentos que tenho. E não vejo as coisas como você.

— Durante quanto tempo poderá partilhar a mente com quem se coça e lambe, com quem é capaz de rolar na carniça, com quem enlouquece com uma fêmea no cio, com quem não pensa em mais do que na próxima refeição, antes de aceitar os valores dele como seus? Então você será o quê?

— Um guarda? — arrisquei.

Contra a vontade, Burrich soltou uma gargalhada abafada.

— Estou falando sério — disse.

— E eu também, sobre o rei e a rainha. Temos de colocar a cabeça a funcionar para darmos um jeito de fazermos isso. Não me importo mais com o que terei de sacrificar para conseguirmos.

Ele ficou calado por um momento.

— Então terei de tirar quatro animais e uma liteira de Torre do Cervo sem chamar atenção?

Confirmei com a cabeça na escuridão.

— É possível?

Com má vontade, ele respondeu:

— Ainda restam um ou dois rapazes de estábulo em quem confio. Não é um favor que goste de pedir a quem quer que seja. Não quero ver um rapaz pendurado à corda por uma coisa que lhe pedi para fazer. Suponho que poderia fazer os animais parecerem parte de uma caravana se preparando para subir o rio. Mas os meus rapazes não são estúpidos; eu não aceitaria um estúpido nos estábulos. Assim que a notícia do desaparecimento do rei se espalhar, eles deduzirão o que aconteceu.

— Escolha um que goste do rei.

Burrich suspirou.

— Provisões. Não serão rações suntuosas. Será mais como comida de aquartelamento. Também terei de arranjar roupas de inverno?

— Não. Só para você. Kettricken pode usar ou transportar o que lhe fizer falta. E Chade cuidará das necessidades do rei.

— Chade. O nome é quase familiar, como se já o tivesse escutado, há muito tempo.

— Ele supostamente morreu, há muito tempo. Antes disso, era visto no castelo.

— Viver todos estes anos como uma sombra. — Ficou espantado.

— E planeja continuar vivendo como uma sombra.

— Não precisa temer que eu o traia. — Burrich pareceu magoado.

— Eu sei. Só estou tão...

— Eu sei. Então vá embora. Já me disse o suficiente para que eu faça a minha parte. Estarei lá com os cavalos e as provisões. A que horas?

— Durante a noite, enquanto a festa ainda estiver movimentada. Não sei exatamente. Darei um jeito de você saber.

Ele deu de ombros.

— Assim que anoitecer vou para lá e fico à espera.

— Burrich, obrigado.

— Ele é meu rei. Ela é minha rainha. Não preciso de agradecimentos seus por cumprir o meu dever.

Deixei Burrich e desci a escada. Segui pelas sombras e estendi todos os sentidos para tentar me assegurar de que ninguém me espionava. Depois de sair dos estábulos, esgueirei-me do armazém para o chiqueiro e do chiqueiro para o curral, de sombra em sombra, até chegar à velha cabana. Olhos-de-Noite veio, ofegante, ao meu encontro. *O que está acontecendo? Por que fui chamado enquanto caçava?*

Amanhã à noite, quando escurecer. Posso precisar de você. Pode ficar aqui, dentro do castelo, para vir depressa se te chamar?

Claro que sim. Mas por que me chamou aqui? Não precisa estar perto de mim para pedir um favor tão simples.

Agachei-me na neve e ele se aproximou de mim e pousou a garganta no meu ombro. Abracei-o com força.

Tolices, disse-me, rabugento. *Vá embora. Estarei aqui caso precise de mim.*

Obrigado.

Irmão.

A discrição e a pressa se debatiam em mim enquanto voltava à torre e ao meu quarto. Tranquei a porta e deitei-me na cama. A excitação trovejava dentro de mim. Não saberia o que era descansar de verdade até que tudo tivesse acabado.

No meio da manhã fui admitido nos aposentos da rainha. Levei comigo alguns pergaminhos sobre ervas. Kettricken encontrava-se reclinada num divã em frente à lareira. Eu podia perceber que a queda lhe causara mais dores do que queria admitir. Parecia um pouco melhor do que na noite anterior, e eu a cumprimentei calorosamente e comecei a discorrer sobre as ervas listadas nos pergaminhos, uma após outra, explicando-lhe longamente os benefícios de cada uma delas. Consegui afastar a maior parte das damas pelo tédio, e ela acabou por mandar as últimas três lhe trazerem chá, lhe arranjarem mais almofadas e procurarem outro pergaminho sobre ervas que disse estar no estúdio de Verity. A pequena Rosemary já havia muito adormecera num canto quente perto da lareira. Assim que o farfalhar das saias se afastou, falei rapidamente, sabendo que teria pouco tempo.

— Partirá amanhã à noite, após a cerimônia do príncipe herdeiro — disse-lhe e continuei falando, apesar de ela ter aberto a boca para fazer uma pergunta. — Vista roupa quente e leve coisas de inverno. Não muitas. Vá para o quarto sozinha, assim que puder se dispensar sem parecer desrespeitosa, diga que a cerimônia e o luto te deixaram exausta. Mande embora os criados, diga que precisa dormir e para não voltarem até que os chame. Tranque a porta. Não, escute. Temos pouco tempo. Prepare-se para partir e fique no quarto. Um homem te buscará. Confie no Homem Pustulento. O rei irá com vocês. Confie em mim — disse-lhe, desesperado, conforme escutávamos os passos que regressavam. — Todo o resto estará preparado. Confie em mim.

Confiança. Não tinha confiança de que nada daquilo viria a acontecer. Daffodil estava de volta com as almofadas, e pouco depois chegou o chá. Conversamos amigavelmente, e uma das damas mais novas de Kettricken até flertou comigo. A rainha Kettricken pediu que eu deixasse os pergaminhos sobre as ervas com ela, porque ainda sentia muita dor nas costas. Decidira que se recolheria cedo naquela noite, e os pergaminhos talvez a ajudassem a passar o tempo antes de dormir. Despedi-me educadamente e fugi.

Chade havia dito que lidaria com o Bobo. Eu havia feito as minhas patéticas tentativas de planejar a fuga. Agora, o que me restava fazer era arranjar alguma maneira de o rei estar sozinho após a cerimônia. Chade pediu apenas alguns minutos. Me perguntei se teria de dar a minha vida por esses minutos. Deixei a ideia de lado. Apenas alguns minutos. As duas portas quebradas seriam um obstáculo ou uma ajuda, não tinha certeza. Pensei em todos os estratagemas óbvios. Podia fingir estar bêbado e desafiar os guardas a lutar. Mas, a menos que eu tivesse um machado na mão, eles não precisariam de mais do que alguns minutos para acabar comigo. Não, precisava permanecer sendo útil depois. Considerei uma dúzia de planos e rejeitei todos eles. Muitos dependiam de fatores que eu não poderia controlar: quantos guardas estariam ali, se seriam meus conhecidos, se Wallace estaria presente, se Regal apareceria para uma conversa.

Na minha última visita ao quarto de Kettricken, reparei que cortinas improvisadas tinham sido pregadas sobre os batentes destruídos das portas dos aposentos do rei. A maior parte dos destroços havia sido removida, mas ainda havia pedaços de porta de carvalho espalhados pelo corredor. Nenhum trabalhador fora chamado para fazer reparos. Mais um sinal de que Regal não tinha a menor intenção de algum dia voltar a Torre do Cervo.

Tentei inventar uma desculpa para me apresentar no quarto. O andar térreo da torre estava mais ocupado do que nunca, pois era o dia em que se esperava a chegada dos Duques de Bearns, Rippon e Shoaks com as suas comitivas para testemunhar a cerimônia de coroação de Regal como príncipe herdeiro. Eles seriam alojados nos quartos pequenos para hóspedes, do outro lado do castelo. Perguntei-me como eles reagiriam ao repentino desaparecimento do rei e da rainha. Seria visto como traição, ou Regal daria um jeito de esconder deles o sumiço? O que significaria esse início para o seu novo reinado? Afastei essa ideia da cabeça; não estava me ajudando a achar uma maneira de fazer com que o rei acabasse sozinho no quarto.

Saí do meu quarto e percorri Torre do Cervo de um lado para o outro, esperando encontrar inspiração. Em vez disso, encontrei apenas confusão. Havia gente de todos os graus de nobreza chegando para a cerimônia de Regal, e o afluxo de hóspedes e de suas respectivas comitivas e criados submergia e turbilhonava em volta do êxodo de bens e pessoas que Regal enviava para o interior. Os pés me levaram involuntariamente ao escritório de Verity. A porta estava entreaberta, e eu entrei. A lareira estava fria, e a sala, mofada de desuso. Havia um nítido odor de rato no ar. Torci para que os pergaminhos em que eles tivessem feito ninho não fossem insubstituíveis. Estava bastante convicto de que tinha levado aqueles que Verity estimava para os aposentos de Chade. Passeei pela sala, tocando suas coisas. De repente senti profundamente a sua falta. A sua inflexível firmeza, a sua calma, a sua força; ele nunca teria deixado que as coisas chegassem a uma situação daquelas. Sentei-me na sua cadeira de trabalho perto da mesa dos mapas. Raspões e rabiscos de tinta onde ele experimentara cores desfiguravam o tampo da mesa. Ali havia duas penas mal cortadas, descartadas com um pincel que perdera os pelos com o uso. Em uma caixa sobre a mesa havia vários pequenos frascos de tinta colorida, agora lascada e seca. Eles tinham o cheiro de Verity, da mesma forma que o couro e o óleo para arneses sempre seriam o cheiro de Burrich. Debrucei-me sobre a mesa e apoiei a cabeça nas mãos.

— Verity, precisamos de você agora.

Não posso ir.

Dei um pulo, tropecei nas pernas da cadeira e caí no tapete. Freneticamente tentei ficar em pé novamente, e ainda mais freneticamente tentei fazer contato.

Verity!

Estou te ouvindo. O que acontece, rapaz? Uma pausa. *Contatou-me sozinho, não? Muito bem!*

Precisamos que volte para casa agora mesmo!

Por quê?

Os pensamentos jorraram muito mais depressa do que as palavras e com mais detalhes do que ele teria desejado saber. Senti Verity se entristecer com a informação e ficar também abatido.

Venha para casa. Se estivesse aqui, poderia pôr tudo nos eixos. Regal não poderia afirmar ser príncipe herdeiro, não poderia despojar Torre do Cervo dessa maneira, ou levar o rei embora.

Não posso. Acalme-se. Pense bem; eu não poderia chegar a tempo de evitar nada disso. Entristece-me, mas agora estou muito próximo do meu objetivo para desistir dele. E se vou ser pai — os seus pensamentos eram aquecidos por essa nova sensação —, é ainda mais importante que tenha sucesso. O meu objetivo tem de ser manter os Seis Ducados intactos, e com a costa livre de lobos do mar. É isso que quero que a criança herde.

E o que eu faço?

Faça exatamente o que planejou. O meu pai, a minha esposa e o meu filho; é um fardo pesado que coloquei sobre suas costas. Soava de repente hesitante.

Farei o que puder, disse-lhe, temendo prometer mais do que isso.

Confio em você. Fez uma pausa. *Sentiu isso?*

O quê?

Há outra pessoa aqui, tentando entrar, tentando escutar a nossa comunicação. Alguém da ninhada de víboras espiãs de Galen.

Não sabia que isso era possível!

Galen descobriu como e treinou sua descendência venenosa nisso. Por enquanto não me contate mais pelo Talento.

Senti algo semelhante ao que sentira quando ele quebrara o nosso contato da última vez para poupar as forças de Shrewd, mas de forma muito mais violenta. Um fluxo de Talento que Verity dirigiu para fora, empurrando alguém para longe de nós. Acho que pude sentir o esforço que lhe causou. O nosso contato de Talento se desfez.

Ele desaparecera tão abruptamente quanto como o encontrara. Tentei reencontrar o nosso contato às cegas, mas não encontrei nada. O que ele disse sobre outra pessoa nos escutar me afligia. O medo e o triunfo batalhavam dentro de mim. Eu usara o Talento. Tínhamos sido espionados. Mas eu usara o Talento, sozinho e sem ajuda! Mas o que teriam eles escutado? Afastei a cadeira da mesa, fiquei mais um minuto sentado em meio à tempestade dos meus pensamentos. Usar o Talento tinha sido fácil. Ainda não sabia bem como iniciara o contato, mas foi fácil. Senti-me como uma criança que havia montado um quebra-cabeça mas que era incapaz de recordar a sequência exata. Saber que podia fazê-lo levava-me a querer tentar imediatamente de novo. Domei decididamente a tentação. Tinha outras tarefas a desempenhar, tarefas bem mais importantes.

Levantei-me e saí às pressas do escritório, quase tropeçando em Justin. Estava sentado, de pernas esticadas, com as costas apoiadas na parede. Parecia bêbado. Eu sabia que não estava. Estava meio atordoado pelo empurrão que Verity lhe dera. Estaquei e fitei-o. Sabia que deveria matá-lo. O veneno que compusera para Wallace havia tanto tempo continuava guardado no bolso do punho da minha manga. Podia enfiá-lo goela abaixo. Mas não tinha sido concebido para ter efeito rápido. Como se conseguisse adivinhar meus pensamentos, ele se afastou de mim, engatinhando ao longo da parede.

Fiquei mais um momento olhando para ele, procurando pensar com calma. Prometera a Chade não agir por iniciativa própria sem consultá-lo. Verity não me pediu para encontrar e matar o espião. E ele poderia tê-lo feito, em menos de um instante de pensamento. Aquela decisão não me pertencia. Uma das coisas mais difíceis que fiz na vida foi me obrigar a me afastar de Justin. Após meia dúzia de passos ao longo do corredor, ouvi-o dizer:

— Eu sei o que anda fazendo!

Virei-me para confrontá-lo.

— Do que está falando? — perguntei com uma voz grave. O coração começou a trovejar no peito. Tive esperança de que ele me obrigasse a matá-lo. Foi assustador saber de repente o quanto o desejava.

Ele empalideceu, mas não recuou. Parecia um moleque prepotente:

— Anda por aí como se fosse o rei em pessoa, me olha com desprezo e zomba de mim pelas costas. Não pense que eu não sei! — Cambaleou em pé, agarrando-se à parede. — Mas não é grande coisa. Usa uma vez o Talento e acredita que é um mestre, mas seu Talento fede à sua magia de cão! Não ache que vai sempre andar com esse orgulho. Será derrubado! E depressa!

Um lobo clamou em mim por vingança imediata. Domei meu temperamento.

— Atreve-se a espionar a minha comunicação com o príncipe Verity, Justin? Não achei que tivesse coragem para tanto.

— Sabe muito bem que tenho, bastardo. Não tenho medo de você para precisar me esconder. Atrevo-me a muito, bastardo! A muito mais do que você pode imaginar. — A sua atitude mostrava-o cada vez mais corajoso.

— Até mesmo se eu imaginar perfídia e traição? O príncipe herdeiro Verity não foi declarado morto, ó lealmente juramentado membro de círculo? E, no entanto, você espiona a minha comunicação com ele e não expressa surpresa alguma?

Por um momento, Justin ficou imóvel. Então reuniu coragem:

— Diga o que quiser, bastardo. Nunca ninguém acreditará em você se o negarmos.

— Tenha pelo menos o bom senso de ficar calado — declarou Serene. Avançou pelo corredor como um navio de velas cheias. Não lhe dei passagem, fazendo-a passar muito perto de mim. Ela agarrou o braço de Justin, puxando-o como se fosse um cesto caído.

— O silêncio não passa de outra maneira de mentir, Serene. — Ela virara Justin e o afastava de mim.

— Vocês sabem que o rei Verity ainda está vivo! — gritei para as costas deles. — Acham que ele nunca regressará? Que nunca terão de responder pela mentira que vivem?

Eles viraram a esquina e desapareceram, deixando-me ferver em silêncio e amaldiçoando-me por gritar tão espalhafatosamente aquilo que por enquanto tínhamos de esconder.

O incidente me deixara num estado de espírito agressivo. Abandonei o escritório de Verity e percorri o castelo. As cozinhas estavam uma bagunça, e a cozinheira não teve para mim mais do que o tempo necessário para perguntar se eu sabia que havia sido encontrada uma serpente junto da lareira principal. Eu respondi que sem dúvida ela teria se esgueirado para o meio da lenha em busca de abrigo para o inverno e que assim deveria ter acabado sendo trazida para dentro. O calor a teria trazido à vida. Ela se limitou a sacudir a cabeça e dizer que nunca ouvira falar de nada parecido, mas que era mau agouro. Voltou a falar do Homem Pustulento perto do poço, mas, na sua história, ele estava bebendo do balde e, quando o baixou, a água que escorreu pelo seu queixo marcado pelas cicatrizes era vermelha como sangue. Estava obrigando os ajudantes de cozinha a trazer água do poço dos pátios de lavagens para todos os cozidos. Não queria ninguém caindo morto à sua mesa.

Com essa nota alegre, saí da cozinha com alguns bolos doces que tinha surrupiado de uma bandeja. Não estava muito longe quando um pajem parou na minha frente:

— FitzChivalry, filho de Chivalry? — disse-me ele com cautela.

As largas maçãs do rosto identificavam-no como, provavelmente, oriundo de Bearns. Encontrei a flor amarela, símbolo de Bearns, cosida no seu gibão remendado. Para um rapaz da sua altura, era extremamente magro. Anuí gravemente.

— O meu amo, o duque Brawndy de Bearns, deseja poder contar com a sua presença com a prontidão que lhe seja conveniente. — Ele proferia as palavras cuidadosamente. Duvidei de que fosse pajem há muito tempo.

— Agora é conveniente.

— Então devo levá-lo até ele?

— Eu posso ir sozinho. Tome, não devo levar isso comigo. — Entreguei-lhe os bolos, e ele os aceitou hesitantemente.

— Devo guardá-los para você, senhor? — perguntou ele com uma expressão séria. Foi triste ver um garoto dando um valor tão elevado à comida.

— Talvez queira comê-los por mim e, se te agradarem, poderia ir às cozinhas dizer à nossa cozinheira Sara o que achou do trabalho dela.

Por mais ocupada que ela estivesse nas cozinhas, eu sabia que um elogio vindo de um rapaz magro o faria ganhar pelo menos uma tigela de guisado.

— Sim, senhor! — Seu rosto se iluminou com as minhas ordens, e ele se afastou rapidamente de mim, já com metade de um bolo na boca.

Os menores quartos de hóspedes eram os que ficavam do outro lado do Grande Salão, do lado oposto aos aposentos do rei. Eram considerados inferiores, suponho, principalmente porque as janelas davam para as montanhas, e não para o mar, e por consequência ficavam mais sombrios. Mas não eram menores nem menos bonitos sob qualquer outro aspecto. Exceto pelo fato de que na última vez que entrara em um ele estava decentemente mobiliado.

Guardas de Bearns admitiram-me em uma sala de estar que oferecia apenas três cadeiras e uma mesa nua e bamba no centro. Faith cumprimentou-me com uma neutralidade formal, e depois foi informar o duque Brawndy de que eu estava ali. As tapeçarias e cortinas que durante muito tempo haviam aquecido as paredes e dado cor ao aposento de pedra tinham desaparecido. A sala seria tão alegre como uma masmorra, se não fosse um fogo iluminando a lareira. Permaneci em pé, no centro da sala, até que o duque Brawndy emergiu do seu quarto para me cumprimentar. Convidou-me a sentar, e puxamos desajeitadamente duas cadeiras para mais perto da lareira. Deveria haver pães e bolos na mesa, deveria haver chaleiras, canecas e ervas para o chá, e garrafas de vinho naqueles quartos para dar boas-vindas aos hóspedes de Torre do Cervo. Era doloroso ver que não havia. Faith ficou pairando em segundo plano como um falcão caçador. Não consegui evitar me perguntar onde estaria Celerity.

Trocamos algumas amenidades, e, então, Brawndy mergulhou no seu assunto como um cavalo de tração numa tempestade de neve.

— Sei que o rei Shrewd está doente, doente demais para receber qualquer um dos seus duques. Regal, claro, está muito ocupado com os preparativos para amanhã. — O sarcasmo era denso como um creme espesso. — Então quis visitar Sua Majestade, a rainha Kettricken — anunciou com imponência. — Como você sabe, ela foi muito cortês comigo no passado. Mas à porta suas damas me disseram que ela não estava bem e que não podia receber visitas. Ouvi um boato sobre ela estar grávida e sobre agora, com o luto e a sua tolice de correr em defesa de Rippon, ter perdido o bebê. É verdade?

Respirei fundo, estudei as palavras certas para a minha resposta:

— O nosso rei está, como disse, muito doente. Não acho que o verá, exceto na cerimônia. A nossa rainha está igualmente indisposta, mas tenho certeza de que, se tivesse sido informada da sua presença à porta, ela o teria mandado entrar. Ela não perdeu a criança. Cavalgou em defesa de Baía Limpa pelas mesmas razões que a levaram a presenteá-lo com opalas; por temer que, se não agisse, ninguém mais o faria. E não foram as suas ações em Baía Limpa que ameaçaram o seu filho, mas a queda de uma escada da torre aqui em Torre do Cervo. E a criança foi apenas ameaçada, e não perdida, embora a nossa rainha tenha ficado bastante ferida.

— Entendo. — Ele se recostou na cadeira e refletiu durante algum tempo. O silêncio ganhou raízes entre nós e cresceu enquanto eu esperava. Por fim, ele se inclinou para a frente e fez um sinal para eu fazer o mesmo. Quando as nossas cabeças se aproximaram, perguntou em voz baixa:

— FitzChivalry, você tem ambições?

Era aquele o momento. O rei Shrewd previra-o havia anos, e Chade mais recentemente. Quando não dei uma resposta imediata, Brawndy prosseguiu como se cada palavra fosse uma pedra preciosa que ele lapidava antes de dizê-la:

— O herdeiro do trono Farseer é um bebê que ainda não nasceu. Depois de Regal se declarar príncipe herdeiro, acha que ele esperará muito tempo para reclamar o trono? Nós não. Embora essas palavras venham dos meus lábios, falo também pelos Ducados de Rippon e Shoaks. Shrewd está velho e fraco. Um rei apenas no título. Já tivemos um gostinho do tipo de rei que Regal seria. O que teremos de aguentar enquanto Regal for regente até que o filho de Verity chegue à maioridade? Não que eu tenha esperança de que a criança consiga nascer, muito menos de que consiga subir ao trono. — Fez uma pausa, pigarreou e me olhou com um ar grave. Faith mantinha-se em pé junto da porta, como que a guardar a nossa conversa. Eu permaneci em silêncio. — Você é um homem que conhecemos, filho de um homem que conhecemos. Tem a fisionomia e quase o mesmo nome dele. Tem tanto direito de chamar a si mesmo de régio como muitos que usaram a coroa. — Fez outra pausa, à espera.

Mais uma vez, permaneci em silêncio. Aquilo não era, disse a mim mesmo, uma tentação. Iria simplesmente ouvi-lo até o fim. Era tudo. Até aquele momento, ele não dissera nada que sugerisse que eu traísse o meu rei.

Tentou encontrar palavras e ergueu os olhos, cruzando o olhar com o meu.

— São tempos difíceis.

— Realmente são — concordei em voz baixa.

Baixou os olhos para as mãos. As mãos desgastadas, mãos que mostravam as pequenas cicatrizes e a aspereza de um homem que trabalhava com elas. Sua camisa estava lavada e remendada, não era um traje novo, feito especialmente para aquela ocasião. Os tempos podiam ser duros em Torre do Cervo, mas eram mais duros em Bearns. Em voz baixa, ele disse:

— Se concordasse em se opor a Regal e declarar-se príncipe herdeiro no lugar dele, teria o apoio de Bearns, Rippon e Shoaks. Tenho plena convicção de que a rainha Kettricken também o apoiaria e de que Cervo a seguiria. — Voltou a erguer os olhos para mim. — Conversamos muito sobre isso. Acreditamos que o filho de Verity teria mais chances de obter o trono com você como regente do que com Regal.

Ou seja, já haviam descartado Shrewd.

— Por que não seguir Kettricken? — perguntei cuidadosamente.

Ele olhou para as chamas.

— É duro dizer isto, depois de ela se ter mostrado tão leal. Mas é estrangeira e, em certos aspectos, inexperiente. Não é que duvidemos dela; não duvidamos. Nem desejaríamos deixá-la de lado. Ela é rainha e continuará sendo rainha, e o seu filho irá reinar depois dela. Mas em tempos como esses precisamos tanto de um príncipe como de uma princesa herdeira.

Uma pergunta borbulhou em mim. Um demônio quis que eu a fizesse: "E se, quando a criança chegar à maioridade, eu não quiser abdicar do poder, o que faria então?". Eles tinham de ter se perguntado sobre essa possibilidade, tinham de ter concordado em alguma resposta pronta para mim. Fiquei imóvel e silencioso por um tempo. Quase conseguia sentir os turbilhões de possibilidades rodopiando ao meu redor; seria sobre aquilo que o Bobo sempre falava, seria aquele um dos seus entroncamentos nebulosos no centro dos quais eu me encontrava sempre?

— Catalisador — provoquei-me em voz baixa.

— Perdão? — Brawndy se aproximou mais de mim.

— Chivalry — disse. — Como disse, eu levo o nome dele. Ou quase. Duque Bearns, você é um homem pressionado. Sei o que arriscou para falar comigo, e serei igualmente franco com você. Sou um homem com ambições. Mas não desejo a coroa do meu rei.

Respirei fundo e olhei para o fogo. Pela primeira vez refleti realmente nas consequências para Bearns, Rippon e Shoaks se tanto Shrewd como Kettricken desaparecessem de repente. Os Ducados Costeiros se tornariam semelhantes a um navio sem leme com os deques inundados. Brawndy tinha praticamente dito que não seguiriam Regal. E, no entanto, eu nada mais tinha a oferecer-lhes naquele momento. Dizer-lhes confidencialmente que Verity vivia exigiria que se erguessem no dia seguinte para negar a Regal o direito de se proclamar príncipe herdeiro. Avisá-los de que Shrewd e Kettricken iriam subitamente desaparecer não daria a eles nenhuma garantia, mas certamente significaria que muitos não ficariam surpreendidos quando isso acontecesse. Depois de os fugitivos estarem a salvo no Reino da Montanha, então, talvez, tudo pudesse ser dito aos duques costeiros. Mas isso poderia demorar semanas. Tentei pensar no que lhes podia oferecer agora, que garantias, que esperanças.

— Dou minha palavra de homem de que estarei ao seu lado haja o que houver — disse cautelosamente cada palavra, perguntando-me se estaria proferindo uma traição. — Estou juramentado ao rei Shrewd. Sou leal à rainha Kettricken e ao herdeiro que ela traz no ventre. Prevejo dias sombrios à nossa frente, e os Ducados Costeiros têm de agir como um só contra os Salteadores. Não temos tempo para nos preocuparmos com o que o príncipe Regal faz no interior. Que ele vá para Vaudefeira. A nossa vida é aqui, e é aqui que teremos de resistir.

Com as minhas próprias palavras, senti um mar de mudança em mim. Como se me libertasse de um manto, ou como um inseto que sai do seu casulo, senti-me emergindo. Regal me deixaria ali em Torre do Cervo, abandonando-me, pensava ele, às dificuldades e ao perigo, com aqueles de quem eu mais gostava. Pois bem, que deixasse. Com o rei e a rainha Kettricken escondidos e em segurança nas Montanhas, eu já não temeria Regal. Molly fora embora, estava perdida para mim. O que dissera Burrich, algum tempo antes? Que eu podia não vê-la, mas que ela talvez me visse. Então que visse que eu podia agir, que um homem resistindo pode fazer diferença. Patience e Lacy estariam mais seguras sob os meus cuidados do que no interior, como reféns de Regal. Meus pensamentos estavam acelerados. Poderia eu tornar Torre do Cervo minha, e defendê-la em nome de Verity até o seu regresso? Quem me seguiria? Burrich estaria longe. Não poderia contar com a sua influência. Mas aqueles soldados beberrões do interior também teriam ido embora. O que restaria seriam os guerreiros de Torre do Cervo, com o interesse pessoal de evitar que o frio rochedo desse castelo ruísse. Alguns me viram crescer, alguns aprenderam a lutar e a brandir uma espada ao mesmo tempo que eu. Conhecia a guarda de Kettricken, e os velhos soldados que ainda usavam as cores da guarda do rei Shrewd me conheciam. Eu pertenci a eles antes de pertencer ao rei Shrewd. Será que eles se lembrariam disso?

Apesar do calor do fogo, fui tomado por um arrepio; se eu fosse um lobo os pelos do meu pescoço teriam se eriçado. A centelha em mim avivou-se.

— Não sou rei. Não sou príncipe. Não passo de um bastardo, mas um bastardo que ama Cervo. Não quero derramamento de sangue com Regal, não quero confronto. Não temos tempo a perder, e não tenho ânimo para matar gente dos Seis Ducados. Que Regal fuja para o interior. Quando ele e os cães que o seguem farejando suas pegadas tiverem partido, serei seu. E o máximo de Cervo que consiga reunir para me seguir.

As palavras foram proferidas, o compromisso selado. "Traição, traidor", murmurou uma pequena voz dentro de mim. Mas intimamente sabia que o que fiz era correto. Chade poderia não enxergá-lo da mesma forma que eu. Mas senti naquele momento que a única maneira de me declarar partidário de Shrewd, de Verity e do filho de Kettricken era declarar apoio àqueles que não queriam seguir Regal. Quis ter certeza de que eles compreendiam claramente essa lealdade. Olhei firmemente os olhos exaustos de Brawndy.

— Este é o meu objetivo, duque Brawndy de Bearns. Afirmo-o com clareza, e não apoiarei ninguém mais. Quero ver os Seis Ducados unidos, com a sua costa livre de Salteadores, e colocar uma coroa na cabeça do filho de Kettricken e Verity. Tenho de ouvi-lo dizer que partilha esse objetivo.

— Juro que partilho, FitzChivalry, filho de Chivalry.

Para meu horror, o velho marcado pela guerra tomou as minhas mãos nas suas e levou-as à testa, no antigo sinal de alguém que jura lealdade. Respirei fundo para não puxá-las de volta. *Lealdade a Verity*, disse a mim mesmo. Foi assim que comecei isso, e é assim que terei de prosseguir.

— Falarei com os outros — Brawndy disse em voz baixa. — Direi a eles que é assim que você deseja que as coisas sejam. Na verdade, não queremos de forma alguma derramar sangue. É como você diz: que o cãozinho fuja para o interior com o rabo entre as pernas. É aqui que os lobos irão resistir e combater.

Senti um formigamento no couro cabeludo com sua escolha de palavras.

— Compareceremos à cerimônia de Regal. Até nos apresentaremos a sua frente e juraremos uma vez mais sermos leais a um rei da dinastia Farseer. Mas esse rei não é ele. Jamais será. Acho que ele partirá nesse mesmo dia, após a cerimônia. Nós o deixaremos partir, embora, segundo a tradição, um novo príncipe herdeiro seja obrigado a comparecer perante os seus duques e ouvir os seus conselhos. Talvez permaneçamos por perto, mais um dia ou dois, depois de Regal partir. Pelo menos Torre do Cervo será sua antes de partirmos. Trataremos de que assim seja. E haverá muito a discutir. A distribuição dos nossos navios. Há outros navios, inacabados, nos barracões, não há?

Assenti brevemente, e Brawndy sorriu com uma satisfação de lobo.

— Trataremos de que sejam lançados à água, você e eu. Regal saqueou as provisões de Torre do Cervo; todo mundo sabe disso. Teremos de dar um jeito de voltar a encher os seus armazéns. Os lavradores e pastores de Cervo terão de compreender que têm de procurar mais, que terão de dar aquilo que esconderam, se quiserem que os seus soldados mantenham as costas livres. Será um inverno duro para todos nós, mas dizem que os lobos magros são os mais ferozes combatentes.

E nós estamos magros, irmão; ah, como estamos magros.

Um terrível pressentimento cresceu em mim. Perguntei a mim mesmo o que havia feito. Teria de conseguir falar com Kettricken antes de ela partir, para lhe assegurar de que não a traíra. E tinha de contatar Verity pelo Talento, assim que pudesse. Iria ele compreender? Tinha de compreender. Ele sempre fora capaz de enxergar as profundezas do meu coração. Certamente veria as minhas intenções. E o rei Shrewd? Um dia, havia muito tempo, quando comprara pela primeira vez a minha lealdade, dissera-me: "Se alguma vez algum homem ou mulher tentar virá--lo contra mim, oferecendo mais do que eu, venha até mim e me diga de quanto é a oferta, e eu a cobrirei". Deixaria Torre do Cervo nas minhas mãos, velho rei?, perguntei a mim mesmo.

Percebi que Brawndy se calara.

— Não tema, FitzChivalry — disse em voz baixa. — Não duvide de que o que fazemos está certo, senão estaremos todos condenados. Se não fosse sua mão a se erguer para reclamar Torre do Cervo, seria a de outro. Não poderíamos deixar Cervo sem ninguém ao leme. Fique contente por ser você, assim como nós estamos. Regal foi para onde nenhum de nós pode seguir; fugiu para o interior, para se esconder debaixo da cama da mãe. Temos de resistir sozinhos. Todos os presságios e prenúncios nos viram nessa direção. Dizem que o Homem Pustulento foi visto bebendo sangue de um poço de Torre do Cervo, e que uma serpente se enrolou na lareira principal no Grande Salão e se atreveu a atacar uma criança. Eu mesmo, a caminho do sul para chegar aqui, testemunhei uma jovem águia sendo atormentada por corvos. Mas no momento em que pensei que ela deveria mergulhar no mar para evitá-los, ela se virou e, em pleno ar, capturou um corvo que veio de cima, lançando-se sobre ela. Apertou-o e deixou--o cair, ensanguentado, à água, e todos os outros corvos fugiram grasnando e batendo violentamente as asas. Isso são sinais, FitzChivalry. Seríamos tolos se os ignorássemos.

Apesar do meu ceticismo quanto a esses sinais, um arrepio me percorreu, deixando os pelos dos braços em pé. Brawndy afastou os olhos de mim para a porta interior do aposento. Segui o seu olhar. Celerity estava ali. O cabelo curto e escuro enquadrava seu rosto orgulhoso, e os seus olhos cintilavam com um feroz tom de azul.

— Filha, escolheu bem — disse-lhe o velho. — Cheguei a me perguntar o que teria visto num escriba. Talvez agora também o veja.

Fez-lhe sinal para entrar na sala, e se aproximou farfalhando suas saias. Parou ao lado do pai, olhando-me ousadamente. Pela primeira vez, vislumbrei a vontade de aço que se escondia dentro daquela criança reservada. Era inquietante.

— Pedi a você para esperar, e você esperou — disse-me o duque Brawndy. — Demonstrou ser um homem de honra. Hoje lhe entreguei a minha lealdade. Aceitará também o compromisso de se casar com a minha filha?

Em que precipício eu oscilava. Cruzei o olhar com o de Celerity. Ela não tinha dúvidas. Se eu nunca tivesse conhecido Molly, a teria achado bela. Mas quando a olhei, só conseguia enxergar quem ela não era. Não me restava coração para dar a mulher nenhuma, em especial num momento como esse. Olhei novamente para o pai, determinado a falar com firmeza:

— Honra-me mais do que eu mereço, senhor. Mas, duque Brawndy, as coisas são como disse. São tempos maus e incertos. Com você, sua filha está segura. Ao meu lado, ela só poderia conhecer uma incerteza maior. Sobre o que discutimos hoje, há quem chame traição. Não quero que se diga que eu aceitei sua filha para ligar você a mim em um empreendimento questionável; nem que entregou sua filha por esse motivo. — Forcei-me a olhar de novo para Celerity, para olhá-la nos olhos. — A filha de Brawndy está mais segura do que a esposa de FitzChivalry. Até que a minha posição esteja mais firme, não posso comprometer ninguém comigo de forma alguma. A minha estima por você é grande, lady Celerity. Não sou um duque, nem mesmo um nobre. Sou aquilo de que me chamam, um bastardo, o filho ilegítimo de um príncipe. Até que possa dizer que sou mais do que isso, não procurarei esposa nem cortejarei mulher alguma.

Celerity ficou claramente desapontada. Mas o pai assentiu lentamente com a cabeça perante as minhas palavras.

— Vejo a sabedoria das suas palavras. A minha filha, receio eu, vê apenas o adiamento. — Olhou para o beicinho de Celerity, e sorriu afetuosamente. — Um dia ela compreenderá que as pessoas que procuram protegê-la são as pessoas que gostam dela. — Percorreu-me com o olhar como se eu fosse um cavalo. — Creio — disse em voz baixa — que Cervo resistirá. E que o filho de Verity herdará o trono.

Deixei-o, e essas palavras ecoaram na minha mente. Repeti mais uma vez, e depois mais uma, que não havia feito nada de errado. Se não tivesse reivindicado Torre do Cervo, outra pessoa o teria feito.

— Quem? — perguntou-me Chade furioso algumas horas mais tarde.

Eu estava sentado, fitando meus pés.

— Não sei. Mas eles teriam encontrado alguém. E essa pessoa poderia ser muito mais propensa ao derramamento de sangue. A agir na cerimônia de proclamação do príncipe herdeiro e colocar em perigo os nossos esforços para afastar Kettricken e Shrewd desta confusão.

— Se os duques costeiros estão tão perto da rebelião, como o seu relatório indica, então talvez devamos reconsiderar esse plano.

Espirrei. O quarto ainda cheirava a cascamarga. Usara demais.

— Brawndy não veio a mim falar de rebelião, mas de lealdade ao verdadeiro e legítimo rei. E foi nesse espírito que eu respondi a ele. Não tenho desejo algum de derrubar o trono, Chade, só de defendê-lo para o seu legítimo herdeiro.

— Eu sei disso — disse ele concisamente. — Senão, iria diretamente falar com o rei Shrewd sobre essa... loucura. Não sei bem que nome dar a isso. Não é traição, propriamente e, no entanto...

— Não sou traidor do meu rei. — Falei veementemente.

— Ah, não? Então permita-me perguntar: se apesar, ou, que os deuses nos protejam, por causa dos nossos esforços para salvar Kettricken e Shrewd, eles não resistirem e morrerem antes de a criança nascer, e caso Verity nunca regresse. E então? Continuará igualmente ansioso em ceder o trono ao legítimo rei?

— A Regal?

— Pela linha de sucessão, sim.

— Ele não é rei nenhum, Chade. É um principezinho mimado, e sempre o será. Eu tenho tanto sangue Farseer quanto ele.

— E o mesmo poderia dizer do filho de Kettricken, quando chegasse o momento. Percebe como é perigoso o caminho que trilhamos quando nos colocamos acima da nossa posição? Você e eu prestamos um juramento à linhagem Farseer, da qual não passamos de rebentos casuais. Não apenas ao rei Shrewd, ou apenas a um rei sábio, mas um juramento para apoiar o legítimo rei da dinastia Farseer. Mesmo se ele for Regal.

— Você serviria Regal?

— Já vi príncipes mais tolos do que ele se tornarem sensatos com a idade. Aquilo que você planeja causará uma guerra civil. Vara e Lavra...

— Não têm interesse em nenhum tipo de guerra. Dirão boa viagem e deixarão os Ducados Costeiros partir. Foi o que Regal sempre disse.

— E ele provavelmente pensa que acredita nisso. Mas quando descobrir que não pode comprar boa seda e que os vinhos de Vila Bing e das terras mais distantes já não sobem o rio Cervo até o seu palato, pensará duas vezes. Ele precisa das suas cidades portuárias, e voltará por elas.

— Então o que nós fazemos? O que é que eu deveria ter feito?

Chade sentou-se na minha frente, apertou as mãos manchadas entre os velhos joelhos ossudos.

— Não sei. Brawndy está realmente desesperado. Se você tivesse recusado altivamente a proposta e o tivesse censurado por traição, bem... não digo que teria acabado com você. Mas lembre-se de que não hesitou nem por um instante em lidar rapidamente com Virago quando ela representou uma ameaça para ele. Isso tudo é demais para um velho assassino. Precisamos de um rei.

— Sim.

— Pode contatar Verity pelo Talento de novo?

— Tenho medo de tentar. Não sei como proteger-me contra Justin ou Serene. Ou Will. — Suspirei. — Apesar disso, tentarei. Verity certamente saberá se eles tentarem invadir o meu Talento. — Outro pensamento se intrometeu: — Chade, amanhã à noite, quando indicar o caminho da fuga a Kettricken, tem de arranjar um minuto ou dois para lhe contar o que aconteceu, e assegurar-lhe de que sou leal.

— Oh, serão novidades tranquilizadoras para lhe dar enquanto foge de volta às Montanhas. Não, amanhã à noite, não. Garantirei que a notícia chegue a ela, quando estiver em segurança. E você tem de continuar tentando contatar Verity, mas cuidado com a possibilidade de espionarem o seu Talento. Tem certeza de que eles não sabem dos nossos planos?

Tive de balançar a cabeça.

— Mas acredito que estejam em segurança. Contei tudo a Verity logo que consegui contatá-lo. Foi só no fim que ele disse que alguém estava tentando nos espionar.

— Provavelmente devia ter matado Justin — resmungou Chade para si mesmo. Então riu da minha expressão indignada. — Não, não, acalme-se. Não te repreenderei por ter se contido. Gostaria que tivesse sido igualmente prudente em relação à intriga que Brawndy trouxe a você. Bastaria um sopro sobre isto para que Regal mandasse pendurar o seu pescoço. E se ele fosse implacável e insensato, poderia também tentar enforcar os seus duques. Não. Não vamos nem pensar nesse tipo de coisa! Os salões de Torre do Cervo ficariam cobertos de sangue antes de isso acabar. Você deveria ter dado um jeito de mudar o rumo da conversa, antes mesmo de ele ter te feito uma proposta como essa. A menos, como você disse, que eles pudessem encontrar outro rumo. Enfim, não podemos colocar velhas cabeças em ombros jovens. Infelizmente, Regal poderia arrancar a sua jovem cabeça dos seus jovens ombros com muita facilidade. — Ajoelhou-se e colocou mais lenha na lareira. Encheu os pulmões de ar e esvaziou-os com um suspiro. — Tem todas as outras coisas prontas? — perguntou de repente.

Dificilmente ficaria mais satisfeito em mudar de assunto.

— O quanto foi possível. Burrich estará no lugar e à espera, na mata de amieiros onde a raposa fez uma toca.

Chade revirou os olhos.

— Como é que eu encontro isso? Pergunto a uma raposa que estiver passando por acaso?

Eu sorri, inadvertidamente.

— Quase. Por onde você sairá do Castelo de Cervo?

Ele ficou teimosamente silencioso por um momento. Essa raposa velha ainda detestava revelar suas passagens secretas. Por fim, disse:

— Sairemos pelo armazém dos cereais, o terceiro atrás dos estábulos.

Eu acenei lentamente com a cabeça.

— Um lobo cinzento irá ao seu encontro. Siga-o em silêncio, e ele te mostrará uma maneira de atravessar as muralhas de Cervo sem passar pelos portões.

Durante um longo momento, Chade limitou-se a olhar para mim. Esperei por uma condenação, por um olhar de repugnância e até por curiosidade. Mas o velho assassino passara tempo demais estudando o modo de mascarar os sentimentos. Afinal, disse:

— Somos tolos se não usarmos todas as armas que tivermos à mão. Ele é... perigoso para nós?

— Não mais do que eu. Não precisa usar acônito nem lhe oferecer carneiro para que te deixe passar. — Eu estava tão familiarizado com o velho folclore como Chade. — Apenas apareça, e ele virá para guiá-lo. Ele o fará atravessar as muralhas, e depois o levará até a mata onde Burrich espera com os cavalos.

— É uma caminhada longa?

Sabia que ele estava pensando no rei.

— Não é muito longa, mas não é curta, e a neve está funda e fofa. Não será fácil engatinhar pela fenda na muralha, mas é possível fazê-lo. Poderia pedir a Burrich para esperar junto à muralha, mas não quero chamar a atenção para ela. O Bobo talvez possa te ajudar?

— Terá de fazê-lo, pelo que parece. Não estou disposto a trazer mais ninguém para esta conspiração. A nossa posição parece se tornar cada vez mais insustentável.

Inclinei a cabeça perante aquela verdade.

— E você? — ousei perguntar.

— Minhas tarefas estão completamente concluídas, e antes do tempo. O Bobo me ajudou. Escamoteou roupas e dinheiro para a viagem do rei. Shrewd concordou relutantemente com o nosso plano. Ele sabe que é sensato, mas cada milímetro dele está contrariado por isso. Apesar de tudo, Fitz, Regal é seu filho, o seu filho mais jovem e favorito. Mesmo depois de sentir na pele a crueldade de Regal, ainda lhe é difícil admitir que o príncipe ameaça a sua vida. Compreenda como ele está amarrado: admitir que Regal se viraria contra ele é admitir que se enganou em relação ao filho. Fugir de Torre do Cervo é ainda pior, pois isso é não só admitir que Regal se voltaria contra ele como também que fugir é a única opção. O nosso rei nunca foi covarde. Envergonha-o agora ter de fugir do homem que lhe devia ser mais leal. E, no entanto, tem de fugir. Convenci-o disso; principalmente, admito, dizendo que, sem o seu reconhecimento, o filho de Kettricken teria uma fraca pretensão ao trono. — Chade suspirou. — Está tudo pronto. Preparei os remédios, e está tudo bem embalado.

— O Bobo compreendeu que não pode ir com o rei?

Chade esfregou a testa.

— Pretende segui-lo, alguns dias mais tarde. Seria impossível convencê-lo por completo. O melhor que consegui fazer foi levá-lo a viajar separadamente.

— Então tudo depende apenas de eu dar um jeito de livrar o quarto do rei de testemunhas, e de você fazê-lo desaparecer.

— Ah, sim — observou Chade sem ânimo. — Tudo está bem planejado e pronto para ser levado a cabo, menos o ato propriamente dito.

Então ambos fitamos o fogo.

FUGAS E CAPTURAS

A eclosão do conflito entre os ducados costeiros e interiores no fim do reinado do rei Shrewd não foi uma nova separação, mas muito mais o resgate de velhas divergências. Os quatro Ducados Costeiros, Bearns, Cervo, Rippon e Shoaks, já eram um reino muito antes do surgimento dos Seis Ducados. Quando as táticas unificadas de batalha dos Estados de Chalced convenceram o rei Wielder de que a sua conquista não seria lucrativa, ele voltara suas ambições para o interior. A região de Vara, com suas dispersas populações nômades, cedeu facilmente perante as tropas organizadas que ele dirigia. A mais numerosa e sedentária população de Lavra rendeu-se quando o antigo rei da região descobriu que o território estava cercado e as rotas comerciais, cortadas.

Tanto o antigo reino de Lavra como a região que viria a ser conhecida como Vara foram governados como território conquistado durante mais de uma geração. A riqueza de seus celeiros, pomares e rebanhos foi abundantemente explorada para benefício dos Ducados Costeiros. A rainha Munificence, neta de Wielder, foi sensata o suficiente para perceber que isso estava gerando descontentamento nas áreas do interior. Ela demonstrou ter muita tolerância e sabedoria ao elevar os anciões tribais do povo de Vara e as antigas famílias governantes de Lavra a nobres. Usou casamentos e concessões de terras para forjar alianças entre os povos costeiros e interiores. Foi a primeira a referir-se ao seu reino como Seis Ducados. Mas nem todas as manobras políticas podiam alterar os interesses geográficos e econômicos das diferentes regiões. O clima, o povo e o modo de vida dos Ducados Interiores permaneceram muito distintos daqueles dos povos costeiros.

Durante o reinado de Shrewd, os interesses divergentes das duas regiões foram exacerbados pelas descendências de suas duas rainhas. Os filhos mais velhos, Verity e Chivalry, eram filhos da rainha Constance, uma nobre de Shoaks com parentes também entre a nobreza de Bearns. Pertencia profundamente ao povo costeiro. A segunda rainha de Shrewd, Desire, era de Vara, mas sua linhagem familiar re-

montava à realeza de Lavra, em declínio havia muito tempo, e a distantes ligações com a linhagem Farseer. Era daí que vinha a sua repetida afirmação de que o filho Regal era mais régio do que qualquer um dos meio-irmãos e que, por isso, tinha mais direito ao trono.

Com o desaparecimento do príncipe herdeiro Verity, os rumores sobre sua morte e a evidente debilidade do rei Shrewd, pareceu aos Ducados Costeiros que o poder e o título seriam herdados pelo príncipe Regal, de linhagem interior. Esses ducados preferiram apoiar o filho ainda não nascido de Verity, um príncipe costeiro, e previsivelmente fizeram tudo o que puderam para manter e consolidar o poder nas linhagens costeiras. Ameaçados como os Ducados Costeiros estavam por Salteadores e Forjados, essa realmente era a única decisão razoável que poderiam ter tomado.

A cerimônia de proclamação do príncipe herdeiro foi longa demais. As pessoas foram reunidas com bastante antecedência, para que Regal fizesse uma imponente entrada através de nossas fileiras e ascendesse ao trono, onde o rei Shrewd, meio adormecido, o esperava. A rainha Kettricken, pálida como uma vela de cera, estava em pé ao lado esquerdo de Shrewd. Ele estava adornado com mantos, golas de peles e com toda a suntuosidade das joias reais, mas Kettricken resistira às sugestões e aos engodos de Regal. Mantinha-se alta e ereta com uma túnica simples púrpura, cinturada acima da barriga que se arredondava. Uma tiara de ouro singela prendia os restos podados do seu cabelo. Se não fosse essa faixa de metal que lhe cingia as têmporas, ela poderia perfeitamente ser uma criada a postos para servir Shrewd. Eu sabia que ela ainda se via como Sacrifício, e não como rainha. Não conseguia perceber que o despojo dos seus trajes a fazia parecer dramaticamente estrangeira à corte.

O Bobo também estava ali, usando um traje surrado de retalhos pretos e brancos e, novamente, com Ratita na ponta do seu cetro. Ele também pintara o rosto com listras pretas e brancas, e eu me perguntei se seria para camuflar os hematomas ou simplesmente para complementar os retalhos. Aparecera algum tempo antes de Regal, e ficou evidente o contentamento que sentira com o espetáculo que criou passeando vagarosamente pelo corredor, brandindo Ratita de um lado para o outro em descontraídas bênçãos, antes de fazer uma reverência à assembleia e de se deixar cair graciosamente aos pés do rei. Guardas tinham começado a avançar para interceptá-lo, mas foram bloqueados por pessoas sorridentes que esticavam o pescoço para enxergar melhor o Bobo. Quando chegou ao estrado e se sentou, o rei estendeu a mão para despentear distraidamente suas madeixas esparsas, e assim foi tolerado que ele permanecesse onde estava. Carrancas ou sorrisos foram trocados sobre a performance do Bobo, dependendo, em grande parte, de quão profundamente cada qual prometera lealdade a Regal. Pessoalmente, temi que aquela fosse a última travessura do Bobo.

A atmosfera no castelo estivera o dia inteiro semelhante à de uma panela fervente. A minha confiança em Bearns ser um homem de bico fechado havia dissipado. De repente, uma quantidade realmente excessiva de nobres menores acenava para mim com a cabeça, ou tentavam trocar um olhar comigo. Temi que fosse impossível evitar que os lacaios de Regal reparassem naquilo, e por isso fiquei no meu quarto ou, durante boa parte do começo da tarde, na torre de Verity, onde tentara em vão contatá-lo pelo Talento. Escolhera esse local na esperança de invocar a sua memória de forma limpa, mas falhara. Em vez disso, dei por mim fazendo esforço para encontrar o vestígio de uma pegada de Will nos degraus da torre, ou de um resquício da presença de Justin ou Serene contra o meu sentido do Talento.

Depois de desistir do Talento, permaneci sentado por bastante tempo, refletindo sobre o insolúvel quebra-cabeça de como tirar os guardas do quarto do rei. Ouvia o barulho do mar e o vento soprando lá fora e, quando abri brevemente as janelas, as rajadas tempestuosas fizeram-me quase voar pela sala. A maior parte das pessoas veria aquele dia como um bom dia para a cerimônia; a tempestade que chegava poderia manter os Salteadores ancorados onde quer que se encontrassem e assegurar-nos de que não haveria novos ataques. O que eu via era a chuva gelada cobrindo com uma crosta de gelo a neve acumulada enquanto tornava as estradas traiçoeiramente escorregadias. Imaginei Burrich viajando por elas à noite com a rainha e o rei Shrewd na sua liteira. Não era uma tarefa que eu apreciasse.

O sinal de que algo de grande porte aconteceria fora bem preparado. Agora, além das histórias sobre o Homem Pustulento e sobre serpentes na lareira, havia desespero nas cozinhas. O pão do dia não fermentou, e o leite coalhou nos barris antes mesmo de haver tempo de retirar dele a nata. A pobre cozinheira Sara ficou abalada até o âmago e declarou que jamais algo assim ousara acontecer antes nas suas cozinhas. Os criadores nem sequer queriam deixar que o leite azedo fosse dado aos porcos, de tão certos que estavam de que ele fora amaldiçoado. O problema com o pão significava o dobro de trabalho para os criados da cozinha, que já estavam sobrecarregados com a alimentação de todos os hóspedes que haviam chegado para a cerimônia. Agora eu poderia atestar que o humor de um castelo inteiro poderia ser perturbado por uma equipe de cozinha insatisfeita.

As rações para a casa da guarda foram reduzidas, e o guisado ficou salgado demais, enquanto, sem que se soubesse como, a cerveja havia ficado choca. O duque de Lavra queixou-se de haver vinagre em vez de vinho nos seus aposentos, o que levou o duque de Bearns a comentar com os de Shoaks e Rippon que até um pouco de vinagre teria sido bem-vindo aos seus quartos em sinal de hospitalidade.

O infeliz comentário de algum modo chegou aos ouvidos da sra. Hasty, a qual deu uma grande reprimenda a todos os camareiros e criados que não tinham arranjado um jeito de fazer durar os poucos aperitivos que restavam a Torre do Cervo para abastecer também os quartos de hóspedes menores. Protestou-se entre os criados menores que lhes fora ordenado gastar o mínimo com esses hóspedes, mas ninguém estava disposto a admitir ter dado tal ordem, ou tê-la transmitido. E assim se passou o dia, e eu me senti completamente aliviado ao me isolar na torre de Verity.

Mas não me atrevi a faltar à cerimônia de proclamação, pois muito se poderia inferir dessa atitude. E assim fiquei lá, em pé, vítima de uma desconfortável camisa de mangas exageradamente bufantes e polainas que davam muita coceira, pacientemente à espera da entrada de Regal. Minha mente não participava de toda aquela pompa e circunstância; ela rodopiava cheia de perguntas e preocupações. Estava angustiado por não saber se Burrich conseguira tirar discretamente do castelo os cavalos e a liteira. Já era noite, ele provavelmente estaria lá fora, naquela tempestade, sob o patético abrigo da mata de amieiros. Teria, sem dúvida, coberto os cavalos com mantas, mas isso de pouco serviria contra a neve úmida que agora caía constantemente. Dera-me o nome da ferraria para onde tinham sido levados Fuligem e Ruivo. Teria de dar um jeito de manter os subornos semanais do homem e de visitar os animais com frequência, para me assegurar de que estavam sendo bem tratados. Burrich obrigou-me a prometer que não confiaria essa tarefa a mais ninguém. Conseguiria a rainha retirar-se sozinha para o seu quarto? E, de novo, como eu iria tirar todos do quarto do rei Shrewd, para que Chade pudesse fazê-lo desaparecer?

Um murmúrio de espanto me tirou do devaneio. Virei-me para o estrado, para onde todos pareciam estar olhando. Houve um breve tremeluzir e, por um instante, uma das velas brancas cintilou com uma chama azul. Então, outra cuspiu uma faísca e ardeu com uma chama azul por apenas um segundo. Houve um novo murmúrio, mas as caprichosas velas voltaram a arder normalmente. Nem Kettricken nem o rei Shrewd pareceram reparar em algo incomum, mas o Bobo se aprumou e balançou Ratita na direção das velas malcomportadas, em tom de reprimenda.

Enfim, Regal apareceu, resplandecente em veludo vermelho e seda branca. Uma pequena aia caminhava à sua frente, fazendo balançar um incensório com sândalo. Regal sorria a todos enquanto avançava lentamente em direção ao trono, cruzando olhares com muitos dos presentes e inclinando a cabeça em reconhecimento para outros enquanto se encaminhava para a cadeira elevada. Tenho certeza de que as coisas não correram tão bem como Regal havia planejado. O rei Shrewd hesitou e pareceu confuso com o pergaminho que lhe fora dado para ler. Por fim, Kettricken tirou-o de suas mãos trêmulas, e ele sorriu enquanto ela lia em voz alta palavras que deviam ficar cravadas no seu coração. Era uma lista cuidadosa dos filhos que o rei Shrewd gerara, incluindo uma filha que morrera na infância, ordenados por ordem de nascimento e, depois, por ordem de morte, tudo conduzindo a Regal como único sobrevivente e legítimo herdeiro. Ela não hesitou quando chegou ao nome de Verity, e leu em voz alta a breve declaração: "Perdido por uma fatalidade durante uma expedição ao Reino da Montanha". Parecia uma lista de ingredientes. Ao filho que ela esperava nenhuma menção foi feita. Um bebê ainda no ventre era um herdeiro, mas não um príncipe herdeiro. A criança não poderia reclamar esse título até ele ou ela ter pelo menos dezesseis anos.

Kettricken tirou da arca de Verity o diadema de prata com a pedra azul simples, que era a coroa de um príncipe herdeiro, e o pingente de ouro e esmeraldas esculpido na forma de um cervo saltante. Entregou os objetos primeiro ao rei Shrewd, que os pegou com um olhar desorientado. O rei não fez nenhum gesto para concedê-los a Regal, que por fim estendeu a mão na direção deles. Shrewd então permitiu que ele tomasse as joias de suas mãos. E, assim, Regal colocou a coroa na própria cabeça e o pingente em volta do pescoço, e apresentou-se a todos: o novo príncipe herdeiro dos Seis Ducados.

O senso de oportunidade de Chade falhou ligeiramente. As velas só começaram a cintilar em azul depois de os duques começarem a abrir caminho para a frente, a fim de, mais uma vez, prestarem juramento à Casa dos Farseers. Regal tentou ignorar o fenômeno, até que o burburinho das pessoas começou a abafar o juramento do duque Ram de Lavra. Então ele se virou e, despreocupadamente, apagou com os dedos a vela transgressora. Fiquei admirado com a sua desenvoltura, especialmente quando uma segunda vela, quase de imediato, se tornou azul, e ele repetiu o gesto. Até eu achei que o sinal de presságio foi um pouco exagerado quando um archote no candeeiro da porta principal soltou de repente uma ruidosa chama azul e um cheiro nauseabundo antes de se extinguir em cinzas. Todos os olhos se voltaram para ver aquilo. Regal esperou até que terminasse, mas eu vi a tensão no seu maxilar e a minúscula veia que latejava na sua têmpora.

Eu não sei como ele havia planejado encerrar a cerimônia, mas, depois disso, conduziu-a a um desfecho bastante abrupto. Ao seu brusco sinal, menestréis começaram subitamente a tocar, enquanto, perante outro aceno, as portas se abriram e homens trouxeram para a sala mesas já carregadas de comida, enquanto rapazes corriam atrás deles com suportes para montá-las. Pelo menos para esse banquete despesas não foram poupadas. E as carnes e os bolos muito bem preparados foram bem recebidos por todos. Se a escassez de pão foi notada, ninguém pensou em queixar-se dela. Tinham sido postas mesas e toalhas no Salão Menor para o povo, e foi para lá que vi Kettricken escoltar o rei Shrewd enquanto o Bobo e

Rosemary os seguiam. Para aqueles de menor status havia comida mais simples, mas abundante, à disposição e um piso livre para dançar.

Havia planejado fazer uma refeição reforçada durante o banquete, mas fui diversas vezes abordado por homens que me davam firmes palmadas no ombro ou mulheres que lançavam olhares de quem sabia demais. Os duques costeiros estavam à mesa com os outros grandes nobres, jantando com Regal e fazendo gestos afetados para cimentar as novas relações com ele. Haviam me dito que os três duques costeiros seriam informados de que eu concordava com o plano; era irritante encontrar evidências de que ele era também conhecido entre a nobreza menor. Celerity não me reclamou abertamente como acompanhante, mas deixou-me aflito e cauteloso, seguindo-me por todo lado, sorrateira como um cão de caça. Não podia me virar sem encontrá-la a meia dúzia de passos de mim. Era evidente que desejava que eu falasse com ela, mas eu não estava em perfeito juízo para encontrar palavras adequadas. Quase perdi o controle quando um nobre menor de Shoaks me perguntou despreocupadamente se eu achava que algum dos navios de guerra seria aportado em Baía Falsa, tão ao sul.

Com um aperto no coração, de repente me dei conta de como estava enganado. Nenhum deles temia Regal. Para eles, o príncipe não representava perigo, mas apenas um moleque esnobe e mimado que queria usar roupas finas e um diadema e reclamar um título para si. Achavam que ele iria embora e que então poderiam simplesmente ignorá-lo. Mas eu sabia que as coisas não eram bem assim.

Sabia do que Regal era capaz em busca de poder, ou por um capricho, ou simplesmente por acreditar que não sofreria consequências. Ele poderia abandonar Torre do Cervo, não queria o castelo. Mas se achasse que eu o queria, faria tudo que estivesse ao seu alcance para se assegurar de que eu não o obteria. Supostamente, eu seria largado ali, como um cão sarnento, abandonado para morrer de fome ou ser saqueado, e não para ascender ao poder entre os destroços do que ele deixara para trás.

Se eu não fosse muito cuidadoso, eles dariam um jeito de me matar. Ou pior, se Regal conseguisse imaginar qualquer coisa pior.

Tentei duas vezes escapar da sala, mas em ambas fui encurralado por alguém que queria um momento calmo para conversar comigo. Por fim dei a desculpa de uma dor de cabeça e declarei abertamente que iria para a cama. Então tive de me resignar a pelo menos uma dúzia de pessoas que apressadamente vieram me desejar boa noite antes de me retirar. Quando pensei estar livre, Celerity tocou minha mão com timidez e desejou-me boa noite com uma voz tão abatida que ficou claro que eu havia ferido seus sentimentos. Acho que isso me deixou mais abalado do que qualquer outra coisa. Agradeci-lhe e, no mais covarde dos meus atos daquela noite, atrevi-me a beijar as pontas dos seus dedos. A luz que ressurgiu nos seus olhos me envergonhou. Fugi para as escadas. Enquanto subia, me perguntava como teria Verity, ou o meu pai, aguentado aquele tipo de coisa. Se alguma vez eu havia pensado ou sonhado ser um verdadeiro príncipe, em vez de um bastardo, abandonei o sonho naquela noite. Era um ofício demasiadamente público. Com um aperto no coração, compreendi que a minha vida seria assim até que Verity regressasse. A ilusão do poder estava agora colada a mim, e eram muitos os que estavam deslumbrados com ela.

Fui para os meus aposentos e, com grande alívio, coloquei uma roupa confortável. Quando vesti a camisa, senti o minúsculo recipiente de veneno de Wallace, ainda cosido no punho. Talvez, refleti amargamente, me trouxesse sorte. Saí do quarto e em seguida cometi provavelmente o ato mais insensato da noite. Subi ao quarto de Molly. O átrio dos criados estava vazio, e o corredor, apenas tenuemente iluminado por dois archotes bruxuleantes. Bati à porta. Não houve resposta. Forcei suavemente a tranca, mas não estava presa, e a porta se abriu sob o meu toque.

Escuridão. Vazio. Não havia fogo na pequena lareira. Encontrei algumas velas e acendi-as num candelabro. Então voltei para o seu quarto e fechei a porta. Fiquei ali, em pé, enquanto a devastação ia se tornando real. Era tão típico de Molly. A cama nua, a lareira limpa, mas com uma pequena pilha de lenha pronta para o próximo ocupante. Esses foram os vestígios que me disseram que ela abandonara o quarto. Da mulher que vivia ali como criada não restava nem uma fita, nem uma vela, nem mesmo um pedaço de pavio. O jarro estava virado de boca para baixo na bacia para não juntar pó. Sentei-me na sua cadeira à frente da lareira fria, abri a arca de roupas e espreitei lá para dentro. Mas não era a sua cadeira, lareira ou arca. Aqueles eram apenas objetos que ela tocara no breve período que passara ali.

Molly tinha partido.

Ela não ia voltar.

Eu me contive, recusando-me a pensar nela. Aquele quarto vazio arrancou a venda dos meus olhos. Olhei para mim mesmo e desprezei o que vi. Desejei poder tomar de volta o beijo que pousara nas pontas dos dedos de Celerity. Conforto para o orgulho ferido de uma menina ou artifício para ligá-la, e ao pai, a mim? Já não sabia. Nenhuma delas se justificava, ambas estavam erradas, se eu realmente acreditasse no amor que prometera a Molly. Esse único ato era a prova de que eu era culpado de tudo aquilo de que ela me acusara. Sempre colocaria os Farseers em primeiro lugar. Abanei o casamento para ela como uma isca, usurpei o orgulho e a confiança que tinha em mim. Ela me magoou ao me abandonar. Mas não poderia abandonar o que eu fiz a sua autoconfiança. Levaria consigo para sempre a certeza de que fora enganada e usada por um garoto egoísta e mentiroso a quem faltava coragem até de lutar por ela.

Poderá a desolação ser uma fonte de coragem? Ou seria apenas imprudência e um impulso de autodestruição? Desci impetuosamente as escadas e fui diretamente aos aposentos do rei. A chama dos archotes na parede à sua porta, cuspindo faíscas azuis quando passei por eles, me irritou. Um pouco dramático demais, Chade. Fiquei imaginando se ele teria tratado todas as velas e archotes da torre. Empurrei a cortina e entrei. Não havia ninguém ali. Nem na sala de estar, nem sequer no quarto do rei. O ambiente tinha um ar decadente, todas as coisas valiosas haviam sido retiradas e carregadas rio acima. Parecia o quarto de uma estalagem medíocre. Não restara nada que valesse a pena ser roubado, do contrário Regal teria deixado um guarda à porta. De um jeito estranho me lembrava o quarto de Molly. Mas ali ainda restavam objetos — roupas de cama, peças de vestuário e coisas do tipo. Mas aquele já não era o quarto do meu rei. Aproximei-me de uma mesa, do local exato onde estivera quando menino. Era ali, enquanto tomava café da manhã, que Shrewd toda semana me interrogava astuciosamente sobre as minhas aulas e me fazia tomar consciência, sempre que falava comigo, de que se, eu era seu súdito, era também por ele ser o meu rei. Esse homem desaparecera, despojado daquele quarto. A bagunça de um homem ativo, as formas para botas, as lâminas, os pergaminhos espalhados, tinham sido substituídos por incensários para ervas e xícaras de chá pegajosas de alucinógenos. O rei Shrewd abandonara aquele quarto havia muito tempo. Naquela noite eu levaria dali um velho doente.

Ouvi passos e me amaldiçoei pela inépcia. Escondi-me atrás de uma tapeçaria e fiquei imóvel. Ouvi o murmúrio de vozes vindas da sala de estar. Era Wallace. A resposta zombeteira era do Bobo. Deslizei para fora do meu esconderijo fiquei à entrada do quarto para espreitar através da cortina improvisada. Kettricken estava sentada no divã ao lado do rei, conversando com ele em voz baixa. Parecia muito cansada. Olheiras escuras marcavam seus olhos, mas ela sorria para o rei. Fiquei contente ao ouvi-lo murmurar uma resposta ao que ela lhe perguntara. Wallace agachou-se perto da lareira, colocando mais lenha ao fogo com um zelo excessivo. Rosemary se aninhou do outro lado da lareira; parecia um pacotinho com o vestido novo amontoado ao seu redor. Enquanto a observava, ela bocejou sonolentamente, soltou um suspiro e se endireitou. Senti pena dela. A longa cerimônia fez eu me sentir exatamente do mesmo jeito. O Bobo parou em pé atrás da cadeira do rei então virou-se de repente e olhou diretamente para mim, como se a cortina não fosse uma barreira entre nós. Eu não conseguia ver mais ninguém na sala.

O Bobo virou-se abruptamente para Wallace.

— Sim, sopre, lorde Wallace, sopre bastante e tepidamente. Talvez não tenhamos necessidade de fogo, com o calor do seu sopro para expulsar o frio da sala.

Wallace não se levantou, mas virou-se para olhar furioso o Bobo por cima do ombro.

— Você só faz besteira. Por que não vai buscar um pouco de madeira? Nem mesmo um só graveto desses daqui quer pegar fogo. A chama corre bem ao longo deles, mas a madeira não queima. Preciso de água quente para fazer chá para o rei dormir.

— Quem só faz besteira buscaria madeira? Busco madeira ou faço besteira? De madeira não sou, caro Wallace. Nem faria a besteira de me queimar, não importa o quanto você soprasse ou bufasse. Guardas! Ei, guardas! Entrem e tragam madeira, não me venham com besteira!

O Bobo saltou detrás do rei e deu uma cambalhota até à porta, onde fez uma grande cena tentando usar a cortina como se realmente fosse uma porta. Então colocou a cabeça para fora e começou a chamar os guardas ruidosamente pelo corredor. Pouco depois colocou a cabeça para dentro e voltou à sala com um ar cabisbaixo, dizendo:

— Nem guardas nem madeira, pobre Wallace.

Estudou gravemente o homem. Wallace estava de joelhos, quase engatinhando para tentar espevitar o fogo com gestos furiosos.

— Talvez com o barco ao contrário, popa para a frente em vez de para trás, o sopro que vem dali fizesse as chamas dançarem mais. Quem sabe com a proa para trás e a popa para a frente, o seu sopro, bravo Wallace, seja mais eficiente.

Uma das velas que iluminavam a sala de repente cuspiu faíscas azuis. Todos, até mesmo o Bobo, se retraíram com o seu barulho, enquanto Wallace desastradamente ficava de pé. Não o julgava supersticioso, mas houve um breve fulgor nos seus olhos que revelou o quanto o presságio o desagradou.

— O fogo simplesmente não quer arder — anunciou, e em seguida se deu conta do significado do que acabara de dizer e estancou, de boca aberta.

— Estamos amaldiçoados — disse suavemente o Bobo. Na lareira, a pequena Rosemary encostou os joelhos ao queixo e olhou em volta com olhos arregalados. Todos os sinais de sono tinham desaparecido de seu rosto.

— Por que não há guardas? — perguntou Wallace irritado. Impetuosamente se dirigiu até à porta do quarto e espreitou para o corredor. — As chamas dos archotes estão azuis, as chamas de todos eles! — ofegou. Puxou a cabeça para dentro, olhou energicamente em volta. — Rosemary, vá chamar os guardas! Eles deveriam ter nos seguido, de qualquer maneira.

Rosemary balançou a cabeça e se recusou a se mexer. Apertou os joelhos com força.

— Guardas buscariam maneira? Não seria melhor buscarem madeira? Esse sim é um assunto quente! Será que guardas sem maneira arderiam como madeira?

— Chega de conversa fiada! — explodiu Wallace. — Vá buscar os guardas!

— Vá buscar? Primeiro pensa que sou de madeira, agora que sou o seu cãozinho de estimação. Ah! Vai buscar a madeira; o graveto, você quer dizer. Cadê o graveto? — E o Bobo começou a ladrar como um cão e pular pela sala como se procurasse um graveto que tivesse sido arremessado.

— Vá buscar os guardas! — Wallace praticamente uivou.

A rainha falou com firmeza:

— Bobo, Wallace. Basta. Já estamos cansados dos seus disparates. Wallace, você está assustando Rosemary. Vá você buscar os guardas, se quer tanto que eles venham aqui. Quanto a mim, gostaria de um pouco de paz. Estou cansada. Logo mais devo me retirar.

— Minha rainha, há algo maligno acontecendo esta noite — insistiu Wallace. Olhou cautelosamente em volta. — Não costumo me abalar com presságios casuais, mas ultimamente tem havido sinais demais para serem ignorados. Eu irei buscar os guardas, já que o Bobo não tem coragem.

— Ele clama e choraminga por guardas que venham defendê-lo de madeira que não quer arder, mas sou eu que não tenho coragem? Ah, eu!

— Bobo, trégua, por favor! — A súplica da rainha parecia genuína. — Wallace, vá buscar, não guardas, mas apenas outra lenha. O nosso rei não quer esse tumulto, ele quer simplesmente descansar. Vá agora. Vá.

Wallace hesitou à porta, claramente relutante em enfrentar sozinho a luz azul do corredor. O Bobo dirigiu-lhe um sorriso afetado.

— Quer que eu vá com você, para segurar sua mão, bravo Wallace?

Aquilo, finalmente, o fez sair decididamente da sala. Quando os seus passos se afastaram, o Bobo voltou a olhar na direção do meu esconderijo, em um claro convite.

— Minha rainha — eu falei em voz baixa, e uma rápida inspiração foi o único sinal de que a assustei ao aparecer no quarto do rei. — Se quiser se retirar, o Bobo e eu podemos levar o rei para a cama. Eu sei que está cansada e que precisa descansar cedo esta noite. — Junto à lareira, Rosemary me olhava com olhos arregalados.

— Acho que realmente deveria — disse Kettricken, erguendo-se com uma energia surpreendente. — Venha, Rosemary. Boa noite, meu rei.

Saiu rapidamente da sala, com Rosemary quase trotando ao seu encalço. A menina olhou muitas vezes por cima do ombro. Assim que a cortina que servia de porta se fechou atrás delas, parei ao lado do rei.

— Meu rei, chegou o momento — disse-lhe suavemente. — Ficarei aqui de vigia enquanto parte. Há alguma coisa especial que deseje levar com você?

Ele engoliu em seco e focou os olhos em mim.

— Não. Não, não há nada aqui para mim. Nada para deixar para trás e nada por que ficar. — Fechou os olhos e sussurrou: — Mudei de ideia, Fitz. Acho que ficarei aqui, e morrerei na minha própria cama esta noite.

O Bobo e eu ficamos mudos de espanto por um instante.

— Ah, não! — protestou o Bobo em voz baixa.

— Meu rei, está apenas cansado — eu disse ao mesmo tempo.

— E a única coisa que vou conseguir é ficar mais cansado. — Havia uma estranha lucidez em seus olhos. O jovem rei que eu tocara brevemente quando usamos juntos o Talento olhava para mim daquele corpo devastado pela dor. — Meu corpo está falhando. O meu filho se transformou em uma serpente. Regal sabe que o irmão está vivo. Sabe que a coroa que usa não é legitimamente sua. Nunca pensei que ele faria isso... Pensei que no último instante ele mudaria de ideia... — Lágrimas brotaram nos seus olhos velhos. Pensara em salvar o meu rei de um príncipe desleal. Deveria saber que não havia como salvar um pai da traição de um filho. Ele estendeu a mão para mim, a mão que se transformara de um musculoso membro que empunhava espada em uma garra raquítica e amarelada. — Quero dizer adeus a Verity. Quero que ele saiba, através de mim, que eu não aprovei nada disto. Deixe-me pelo menos ter essa lealdade para com o filho que se manteve leal a mim. — Apontou para um ponto a seus pés. — Venha, Fitz. Leve-me até ele.

Eu não podia não obedecer àquela ordem. Não hesitei. Aproximei-me e me ajoelhei a sua frente. O Bobo ficou atrás dele, com lágrimas abrindo caminhos cinzentos através da tinta preta e branca no seu rosto.

— Não — sussurrou com uma voz urgente. — Meu rei, erga-se. Vamos nos esconder. Depois poderá pensar melhor nisso. Não precisa decidir agora.

Shrewd não prestou atenção nele. Senti sua mão se acomodar no meu ombro. Cedi a ele as minhas forças, tristemente surpreso por finalmente ter aprendido a fazer isso de acordo com a minha vontade. Mergulhamos juntos no rio negro do Talento. Rodopiamos nessa corrente enquanto eu esperava que ele nos desse uma direção. Em vez disso, ele me abraçou de repente.

Filho do meu filho, sangue do meu sangue. À minha maneira, eu te amei.

Meu rei.

Meu jovem assassino. O que foi que eu fiz de você? Como retorci a minha própria carne? Não tem consciência de quão jovem ainda é. Filho de Chivalry, não é tarde demais para voltar a se endireitar. Erga a cabeça. Veja além de tudo isto.

Passara a vida me tornando aquilo que ele desejava que eu fosse. Aquelas palavras me enchiam de confusão e de perguntas que não teriam tempo de serem respondidas. Conseguia sentir sua força se desvanecer.

Verity, sussurrei para alertá-lo.

Senti-o sondar e equilibrei a sondagem. Senti o roçar da presença de Verity, e então o repentino recolhimento do rei. Tateei atrás dele como se mergulhasse atrás de um homem que se afogava em águas profundas. Agarrei a sua consciência, abracei-a a mim, mas era como segurar uma sombra. Ele era um menino nos meus braços, assustado e lutando contra algo que não sabia o que era.

E então ele se foi.

Como uma bolha estourando.

Pensei ter vislumbrado a fragilidade da vida quando segurara nos braços a criança morta. Agora a conheci. Estava aqui, e de repente não mais. Até mesmo uma vela apagada deixaria um fio de fumaça. O meu rei simplesmente desaparecera.

Mas eu não estava sozinho.

Acho que toda criança já virou uma ave morta encontrada nos bosques e ficou estarrecida e apavorada com o enérgico trabalho dos vermes do lado de baixo. As pulgas se proliferam e os carrapatos ficam mais gordos em um cão moribundo. Justin e Serene, como sanguessugas abandonando um peixe agonizante, ergueram-se e tentaram agarrar-se a mim. Ali estava a fonte de sua força e a explicação da lenta decadência do rei. Eles eram a névoa que nublava sua mente e enchia seus dias de cansaço. Galen, o seu mestre, fizera de Verity um alvo, mas, ao tentar matá-lo, conseguiu o contrário, e encontrou a própria morte. Eu jamais saberia há quanto tempo aqueles dois estavam agarrados ao rei, há quanto tempo sugavam dele a força do Talento. Provavelmente sabiam de tudo o que ele comunicara a Verity através de mim pelo Talento. De repente tudo ficou claro para mim, mas era tarde demais. Eles se aproximaram, e eu não tinha a mínima ideia de como repeli-los. Senti os dois agarrando-se a mim, soube que agora mesmo estavam drenando minhas forças e que, se algo não os impedisse, me matariam em segundos.

Verity, gritei, mas já estava fraco demais. Jamais o alcançaria.

Saiam de cima dele, seus vira-latas! Um rosnado familiar, e então Olhos-de--Noite *repeliu-os* através de mim. Não achei que fosse funcionar, mas, como da outra vez, ele lançou o poder da Manha contra eles através do canal que o Talento abrira. A Manha e o Talento eram duas coisas diferentes, tão distintas como ler e cantar, ou nadar e montar a cavalo. No entanto, quando eles estavam ligados a mim pelo Talento ficavam vulneráveis a essa outra magia. Senti Justin e Serene sendo repelidos para longe de mim, mas eram dois contra um. Olhos-de-Noite não poderia derrotá-los.

Levante-se e corra! Fuja daqueles que não consegue enfrentar!

Achei que era uma sugestão sensata. O medo me levou de volta ao meu próprio corpo, e tranquei minha mente contra o toque do Talento deles. Quando finalmente consegui abrir os olhos, jazia no chão do quarto do rei, ofegante, enquanto, por cima de mim, o Bobo se atirara sobre o rei, chorando descontroladamente. Senti tentáculos rastejantes do Talento tatearem à minha procura. Retirei-me, mais profundamente para dentro de mim mesmo, defendi-me sofregamente, como Verity me ensinara. E ainda sentia a presença deles, como dedos fantasmagóricos que me puxavam pela roupa, enfiando-se sob minha pele. A sensação me dava repulsa.

— Você o matou! Você o matou! Você matou o meu rei, traidor desgraçado! — o Bobo gritava para mim.

— Não! Não fui eu! — Quase não conseguia arfar as palavras.

Para meu horror, Wallace apareceu à porta, registrando toda a cena com olhos frenéticos. Então ergueu os olhos e soltou um grito de terror. Derrubou a lenha que trouxera. O Bobo e eu viramos para ele.

À porta do quarto do rei estava o Homem Pustulento. Mesmo sabendo que era Chade, por um momento fiquei arrepiado de pavor. Estava com roupas fúnebres e esfarrapadas, manchadas de terra e bolor. O longo cabelo grisalho pendia em madeixas sujas em volta do rosto, e borrara a pele com cinzas para que as lívidas cicatrizes se destacassem ainda mais. Ergueu lentamente a mão para apontar para Wallace. O homem gritou, e então fugiu aos berros pelos corredores. Sua gritaria pelos guardas ecoou pela torre.

— O que está acontecendo aqui? — quis saber Chade assim que Wallace fugiu. Aproximou-se do irmão com um único passo e pousou os longos dedos magros na garganta do rei. Eu sabia o que ele descobriria. Cambaleei dolorosamente até ficar de pé.

— Ele está morto. EU NÃO O MATEI! — O meu grito se sobrepôs ao lamento do Bobo. Os dedos de Talento me puxavam insistentemente. — Eu vou assassinar quem o matou. Leve o Bobo para um local seguro. Você sabe da rainha?

Os olhos de Chade estavam arregalados. Fitou-me como se nunca tivesse me visto. Todas as velas na sala começaram subitamente a crepitar com chamas azuis. Parecia adequado.

— Coloque-a em segurança — ordenei eu ao meu mestre. — E assegure-se de que o Bobo vá com ela. Se ele ficar aqui, será morto. Regal não deixará vivo ninguém que tenha estado no quarto esta noite.

— Não! Não o deixarei! — Os olhos do Bobo estavam dilatados e vazios como o de um louco.

— Leve-o como puder, Chade! A vida dele depende disso! — Agarrei o Bobo pelos ombros e sacudi-o violentamente. A sua cabeça chicoteou para trás e para a frente sobre o fino pescoço. — Vá com Chade e fique quieto. Cale-se, se quiser que a morte do seu rei seja vingada. Pois é isso que eu vou fazer. — Um súbito tremor me percorreu, e o mundo começou a balançar, ficando com as bordas sombrias. — Casco-de-elfo! — ofeguei. — Preciso de casco-de-elfo. E depois, fuja!

Atirei o Bobo para os braços de Chade, e o velho acolheu-o nas mãos macilentas. Era como vê-lo ser recebido pelos braços da morte. Saíram da sala, Chade empurrando o Bobo em prantos. Um minuto depois, ouvi um rangido baixo de pedra raspando, e soube que tinham ido embora.

Fiquei de joelhos, não resisti e tombei. Acabei encostado às pernas do meu rei morto. A mão que arrefecia caiu do braço da cadeira e pousou sobre a minha cabeça.

— Péssimo momento para lágrimas — eu disse em voz alta para a sala vazia. Mas isso não as impediu. A escuridão rodopiava nas bordas da minha visão. Os fantasmagóricos dedos de Talento roçavam nas muralhas da minha defesa, raspando o reboco, testando cada tijolo. Empurrei-os, mas eles logo voltaram. Pelo modo como Chade me olhara, duvidei de que regressasse. Mesmo assim respirei fundo.

Olhos-de-Noite, guie-os até a toca da raposa. Mostrei-lhe o armazém de onde sairiam e para onde deveriam ir. Foi tudo o que consegui fazer.

Irmão?

Guie-os, meu coração! Empurrei-o debilmente, e senti-o indo embora. As estúpidas lágrimas continuavam rolando pelo meu rosto. Estendi a mão para me equilibrar, mas ela caiu sobre a cintura do rei. Abri os olhos, forcei os olhos a clarear a visão. A sua faca. Não era um punhal cravejado de joias, mas uma faca simples das que todos os homens usam à cintura, para as tarefas simples do dia a dia. Respirei fundo e puxei-a da bainha. Segurei-a sobre as pernas para examiná-la. Uma lâmina honesta, amolada até ficar fina por anos de uso. Um cabo feito de chifre de veado, provavelmente um dia esculpido, mas já liso pelo desgaste. Passei levemente os dedos por ela, e eles descobriram o que os meus olhos já não conseguiam ler. A marca de Hod. A armeira fizera aquele objeto para o seu rei. E ele havia feito bom uso dela.

Uma recordação fez cócegas no fundo da minha mente. "Nós somos ferramentas", havia me dito Chade. Eu era a ferramenta que ele forjara para o rei. O rei olhara para mim e perguntara a si mesmo *"O que foi que eu fiz de você?"*. Eu não precisava perguntar. Era o assassino do rei. Em todos os sentidos. Mas, uma última vez, iria servi-lo como sempre se pretendera.

Alguém se agachou ao meu lado. Era Chade. Virei lentamente a cabeça para vê-lo.

— Semente de caris — disse-me. — Não há tempo para preparar casco-de-elfo. Venha. Deixe-me escondê-lo também.

— Não. — Peguei o pequeno bloco de sementes de caris compactadas com mel. Enfiei-o inteiro na boca e mastiguei, triturando as sementes com os dentes do fundo para libertar totalmente seu efeito. Engoli. — Vá. Tenho uma tarefa a cumprir, e você também. Burrich está esperando. O alarme será dado em breve. Leve depressa a rainha para longe, enquanto tem chance de se adiantar à perseguição. Eu vou mantê-los ocupados.

Ele me soltou.

— Adeus, garoto — disse com má vontade e abaixou-se para me dar um beijo na testa.

Era uma despedida. Ele não esperava voltar a me ver com vida.

Éramos dois.

Deixou-me ali e, antes mesmo de ouvir as pedras rangerem, senti a semente de caris fazer efeito. Já havia tomado antes a semente, na Festa da Primavera, como todo mundo faz. Uma pequena pitada de caris no topo de um bolo doce deixa o coração com uma tontura alegre. Burrich uma vez me disse que alguns vendedores desonestos de cavalos misturavam óleo de caris aos grãos dos animais para vencerem corridas ou fazerem um cavalo doente parecer saudável em um leilão. Ele também falou que era comum um cavalo tratado com a semente nunca mais voltar a ser o mesmo. Isso se ele sobrevivesse. Eu sabia que esporadicamente Chade usava a semente, e já o vira caindo como uma pedra quando o efeito passava. E, mesmo assim, não pensei duas vezes. Talvez, admiti por um momento, talvez Burrich tivesse razão a meu respeito. Sobre o êxtase do Talento ou a frenética euforia e o calor da caçada. Será que eu menosprezava a autodestruição, ou será que a desejava? Não perdi muito tempo me preocupando com isso. A semente de caris me dominou. Minha força se multiplicou por dez, meu coração disparou como uma águia. Levantei-me rapidamente e fui para a porta, mas então resolvi voltar.

Ajoelhei-me perante o meu rei morto. Ergui a sua faca e segurei-a em frente da testa enquanto lhe jurava:

— Esta lâmina o vingará. — Beijei sua mão e deixei-o em frente à lareira.

Se tinha pensado que as velas cuspindo faíscas azuis eram irritantes, o brilho azul dos archotes no corredor era de outro mundo. Era como olhar através de águas profundas e paradas. Corri pelo corredor, rindo sozinho. Conseguia ouvir um tumulto lá embaixo, e a voz estridente de Wallace se sobrepondo às demais. "Chamas azuis e o Homem Pustulento", ele berrava. Não havia passado tanto tempo quanto eu pensara, e agora o tempo esperava por mim. Leve como uma brisa, fluí pelo corredor. Encontrei uma porta entreaberta e me escondi ali. Esperei. Eles demoraram uma eternidade para subir a escada, e demoraram ainda mais para passar pela minha porta. Esperei que eles chegassem aos aposentos do rei e, quando ouvi os gritos assustados, saltei do meu esconderijo e corri pelas escadas abaixo.

Alguém gritou por mim enquanto eu fugia, mas ninguém me perseguiu. Estava já no fim das escadas quando finalmente escutei alguém ordenar que me apanhassem. Gargalhei. Como se fossem capazes! O Castelo de Torre do Cervo era um labirinto de caminhos ocultos e passagens de criados para um rapaz que crescera ali. Eu sabia para onde ir, mas não fui diretamente para lá. Corri como uma raposa, passando brevemente pelo Grande Salão, correndo pelos pátios de lavagens, aterrorizando a Cozinheira com a correria frenética pela cozinha. E todo o tempo os pálidos dedos de Talento me puxavam e tateavam, sem imaginar que eu estava cada vez mais perto, cada vez mais perto, queridos, cada vez mais perto de encontrá-los.

Galen, nascido e criado em Vara, sempre odiara o mar. Acho que tinha medo dele e, portanto, seu quarto ficava do lado da torre que dava para as montanhas. Após a sua morte, ouvi dizer que o aposento se transformara em uma espécie de santuário para ele. Serene havia ocupado o quarto, mas manteve a sala de estar como o local de reunião do círculo. Eu nunca tinha ido a seus aposentos, mas sabia onde ficavam. Voei a caminho como uma flecha, passei a toda a velocidade por um casal que dava um caloroso abraço e parei na frente de uma porta reforçada com ferro. Mas uma porta espessa que não está devidamente trancada não é barreira alguma, e em poucos momentos ela se abriu para mim.

Havia um semicírculo de cadeiras dispostas em volta de uma mesa alta, na qual uma grossa vela ardia no centro. Deveria servir de foco, imaginei. Só duas das cadeiras estavam ocupadas. Justin e Serene, sentados lado a lado e de mãos dadas, com os olhos fechados, cabeças pendentes para trás na convulsão do Talento. Will não estava. Tinha a esperança de encontrá-lo ali também.

Por menos de um segundo, olhei para o rosto deles. Estava lustroso de suor, e eu me senti lisonjeado por depositarem tanto esforço na tentativa de derrubar as minhas muralhas. A boca deles se retorcia em pequenos sorrisos, resistindo ao êxtase do Talento, focando-se no objetivo, e não no prazer da atividade. Não hesitei.

— Surpresa! — sussurrei, já puxando a cabeça de Serene para trás. Passei a lâmina do rei na sua garganta exposta. Ela se sacudiu apenas uma vez, e eu a deixei cair aó chão.

Uma poça considerável de sangue se formou.

Justin deu um pulo, gritando, e eu me preparei para enfrentá-lo. No entanto, ele me enganou e, ao invés de investir contra mim, fugiu aos berros pelo corredor, e eu o persegui, com faca na mão. Parecia um porco grunhindo, e era incrivelmente rápido. Justin não tinha truques de raposa, e preferiu o caminho mais direto até ao Grande Salão, gritando sem parar. Ao me lembrar disso agora parece inacreditável, mas não posso negar que eu ria enquanto corria atrás dele. Ele achava mesmo que Regal puxaria uma espada para defendê-lo? Achava mesmo que, depois de ter assassinado o meu rei, alguma coisa no mundo conseguiria se interpor entre nós?

No Grande Salão, músicos tocavam e pessoas dançavam, mas a entrada de Justin interrompeu-os. Eu o havia alcançado; não havia mais de vinte passos entre nós quando ele se intrometeu impetuosamente em uma das mesas repletas. As pessoas que estavam sentadas à sua volta continuavam chocadas com a sua entrada quando saltei sobre ele e o puxei para baixo. Enfiei a faca nele meia dúzia de vezes antes de alguém achar que deveria intervir. Quando os guardas de Vara, a serviço de Regal, tentaram me pegar, atirei neles o corpo de Justin, que se contorcia. Saltei sobre uma mesa atrás de mim e ergui a faca, que ainda pingava.

— A faca do rei! — disse-lhes, e exibi-a para todos. — Derramando sangue em vingança pela morte do rei. É só isso!

— Ele está louco! — alguém gritou. — A morte de Verity o enlouqueceu!

— Shrewd! — gritei furiosamente. — O rei Shrewd morreu hoje à noite, vítima de traição!

Os guardas de Regal caíram sobre a minha mesa como uma onda. Não achei que fossem tantos. Viemos abaixo em uma onda de comida e louças. Havia gente gritando, mas os que se aproximavam para ver melhor eram tantos quanto os que recuavam de horror. Hod teria ficado orgulhosa de mim. Com a faca de cinto do rei, resisti a três homens armados com espadas curtas. Dancei, saltei, fiz piruetas. Era rápido demais para eles, e os golpes que me infligiam não causavam dor. Consegui cortar profundamente dois deles, apenas porque não acreditaram que eu pudesse ousar me aproximar o bastante para lhes ferir.

De algum lugar, ao fundo da multidão, alguém berrou.

— Armas! Ao bastardo! Estão tentando matar FitzChivalry! — Um combate eclodiu, mas eu não conseguia ver quem estava envolvido nem me concentrar nele. Apunhalei um dos guardas na mão, e ele deixou a sua arma cair.

— Shrewd! — alguém gritou na algazarra. — O rei Shrewd foi assassinado!

Pelo barulho, mais pessoas estavam se envolvendo na luta. Não podia me virar para ver. Ouvi outra mesa cair ao chão e um grito do outro lado do salão. Então a guarda de Torre do Cervo invadiu a sala. Ouvi a voz de Kerf se sobrepor ao tumulto:

— Separem-nos! Contenham a luta! Tentem não derramar sangue na casa do rei!

Meus atacantes estavam cercados, vi a expressão de consternação de Blade quando me viu, e então gritou por cima do ombro:

— É FitzChivalry! Estão tentando matar o Fitz!

— Separem eles! Desarmem-nos! — Kerf deu uma cabeçada em um dos guardas de Regal, derrubando-o. Atrás dele, vi nós de combate se desfazendo conforme guardas de Cervo investiam sobre a guarda pessoal de Regal, obrigando-os a abaixar as lâminas e exigindo que as espadas fossem embainhadas. Tive espaço para respirar e tirar os olhos da minha luta para constatar que, realmente, uma grande quantidade de pessoas se envolvera, e não apenas guardas. Brigas de soco também irromperam entre os hóspedes. Parecia que aquilo se transformaria em mais briga e tumulto quando Blade, um dos nossos guardas, abriu subitamente caminho entre dois dos que me atacavam, fazendo-os cair no chão. Saltou para a frente e me confrontou.

— Blade! — saudei-o alegremente, julgando-o meu aliado. Então, ao reparar na sua postura defensiva, disse-lhe: — Sabe que eu jamais desembainharia a espada contra você!

— Sei disso, garoto — disse-me ele com uma voz triste, e o velho soldado atirou-se para a frente, agarrando-me com um abraço de urso. Não sei quem me bateu na nuca, nem com o quê.

MASMORRAS

Se um criador de cães suspeita de que um ajudante está usando a Manha para profanar os cães e desviá-los para os seus próprios fins, deve ficar atento a esses sinais. Se o rapaz não conversar muito com os colegas, tenha cautela. Se os cães levantam as orelhas antes de ele estar à vista, ou começam a ganir antes de ele partir, fique vigilante. Se um cão desiste de farejar uma cadela no cio ou se afasta de um rastro de sangue e se deita tranquilo à ordem do rapaz, não há dúvida. Que o rapaz seja enforcado, em cima de água, se possível, bem longe dos estábulos, e que o seu corpo seja queimado. Que todos os cães que ele treinou sejam afogados, assim como as crias dos cães profanados. Um cão que conheceu o uso da Manha não temerá nem respeitará nenhum outro dono, e é certo que ficará violento quando afastado do praticante da Manha. Um rapaz que usa a Manha não é confiável para bater em um cão insubmisso, e ele não permitirá que o cão ao qual se ligou através da Manha seja vendido ou usado como isca para ursos, por mais velho que o animal seja. Um rapaz dado à Manha desviará os cães do seu dono para os próprios fins, e jamais será verdadeiramente leal para com o seu mestre, mas apenas para com o cão com qual se vinculou através da Manha.

A certa altura acordei. De todas as brincadeiras maldosas que o destino recentemente preparou para mim, decidi que acordar naquele dia foi a mais cruel delas. Fiquei imóvel e listei os meus muitos desconfortos. A exaustão decorrente do frenesi de semente de caris somava-se ao esgotamento da batalha de Talento com Justin e Serene. Meu braço direito estava com cortes feios, além de um na coxa esquerda, do qual não tinha nenhuma recordação. Nenhum dos ferimentos recebeu cuidados; a manga da camisa e a calça estavam coladas à pele com sangue seco. Quem quer que tivesse me deixado inconsciente tinha se assegurado do trabalho com vários outros golpes. Fora isso, estava ótimo. Disse isso a mim mesmo várias vezes, ignorando o tremor na perna esquerda e no braço. Abri os olhos.

A sala em que estava era pequena e de pedra. Havia um penico no canto. Quando finalmente decidi que conseguia me mexer, estiquei a cabeça o suficiente para ver que havia uma porta, com uma pequena janela com barras. Aquela era a fonte de luz, alimentada por um archote em algum lugar do corredor, do lado de fora. Ah, sim. As masmorras. Com a curiosidade satisfeita, fechei novamente os olhos e adormeci. Com o focinho encostado à cauda, descansei em segurança num profundo covil coberto apenas pela neve soprada pelo vento. A ilusão de segurança era o máximo que Olhos-de-Noite podia me oferecer. Me sentia tão fraco que até os pensamentos que ele me mandava pareciam nebulosos. *Seguro.* Era o máximo que ele era capaz de transmitir.

Despertei novamente. Sabia que algum tempo havia passado porque sentia muito mais sede. Fora isso, tudo estava exatamente igual. Agora percebi que o banco em que estava deitado também era de pedra. Nada havia entre mim e a pedra, salvo a roupa que estava usando.

— Ei! Guardas! — gritei.

Não houve resposta. Tudo parecia um pouco vago. Um tempo depois, não lembrava se já havia gritado ou se estava apenas reunindo forças para fazê-lo. Após mais algum tempo decidi que não tinha forças. Voltei a dormir. Não conseguia imaginar fazer qualquer outra coisa.

Acordei com a voz de Patience discutindo com alguém. A pessoa com quem ela falava, seja lá quem fosse, não respondia direito e não cedia.

— É ridículo. Está com medo de que eu faça o quê?

Silêncio.

— Eu o conheço desde que ele era uma criança!

Silêncio.

— Ele está ferido. Que mal pode haver em me deixar pelo menos examinar seus ferimentos? Você pode facilmente enforcá-lo tanto ileso como ferido, não pode?

Mais silêncio.

Um momento mais tarde decidi que talvez fosse capaz de me mexer. Tinha um monte de hematomas e escoriações que não sabia de onde tinham vindo, provavelmente adquiridos no trajeto do Grande Salão até aqui. A pior parte de me mexer era sentir minha roupa raspando nas crostas dos ferimentos, mas me determinei a suportar a dor. Para uma sala tão pequena, a distância entre a cama e a porta era muito longa. Quando cheguei lá, descobri que não era possível espreitar grande coisa pela pequena janela de grades. O que conseguia enxergar era a parede de pedra do outro lado do estreito corredor. Agarrei uma das barras com a mão esquerda, que estava ilesa.

— Patience? — grasnei.

— Fitz? Ah, Fitz! Você está bem?

Ora, mas que pergunta. Comecei a rir mas, em vez disso, tossi, acabando com gosto de sangue na boca. Não soube o que dizer. Não estava bem, mas não seria bom para ela ficar tão preocupada comigo. Mesmo desorientado tinha consciência disso.

— Estou bem — grasnei então.

— Oh, Fitz, o rei está morto! — ela gritou do fundo do corredor. As palavras jorraram na pressa de me contar tudo. — E a rainha Kettricken desapareceu, e o príncipe herdeiro Regal alega que você está por trás de tudo isso. Eles dizem...

— Lady Patience, você precisa ir embora agora — o guarda tentou interrompê-la, mas ela o ignorou.

— ... que você enlouqueceu de sofrimento pela morte de Verity, e que matou o rei, Serene e Justin. E que não sabem o que você fez com a rainha, e ninguém consegue...

— Não pode falar com o prisioneiro, minha senhora! — O homem falava convictamente, mas ela não lhe deu ouvidos.

— ... encontrar o Bobo! Wallace, foi ele! Foi ele quem disse que viu você e o Bobo discutindo perto do corpo do rei, e que depois viu o Homem Pustulento vir levar o espírito dele. O homem é doido! E Regal também está te acusando da baixa magia, de ter a alma de um animal! Disse que foi assim que você matou o rei. E...

— Senhora! Precisa ir embora já, ou terei de retirá-la.

— Então faça isso! — disse Patience. — Eu o desafio a tentar. Lacy, este homem está me incomodando. Ah! Você nem ouse pensar em encostar em mim! Em mim, que fui princesa herdeira de Chivalry! Lacy, não o machuque, ele é só um menino. Um menino mal-educado, mas, ainda assim, um menino.

— Lady Patience, eu imploro. — Uma mudança de tom por parte do guarda.

— Não pode me arrastar daqui para fora sem abandonar o seu posto. Acha que eu sou tão estúpida que não consigo perceber isso? Vai fazer o quê? Atacar duas velhas com a espada?

— Chester! Chester, onde está você? — berrou o guarda do turno. — Maldito seja, Chester! — Dava para ouvir a frustração na sua voz enquanto ele berrava pelo parceiro, que devia estar em um intervalo. Provavelmente estaria na casa da guarda, junto da cozinha, bebendo cerveja gelada e comendo guisado quente. Uma onda de tontura passou por mim. — Chester? — A voz do guarda foi ficando cada vez mais distante. Ele realmente foi estúpido o bastante para abandonar o posto com lady Patience ali e ir à procura do amigo. Em seguida, ouvi os passos ligeiros dos sapatos dela perto da minha porta. Senti seus dedos tocarem minha mão que segurava a grade. Ela não era alta o suficiente para olhar para dentro, e o corredor era tão estreito que não podia afastar-se para onde eu pudesse vê-la. Mas o toque da sua mão era bem-vindo como luz do sol.

— Fique de olho até ele voltar, Lacy — mandou e começou a falar comigo. — Como está de verdade? — Falava em voz baixa, para que apenas eu pudesse ouvi-la.

— Com sede. Com fome. Com frio. Com dor. — Não vi motivo para mentir para ela. — Como está a torre?

— Um caos. Os guardas de Torre do Cervo dominaram o motim no Grande Salão, mas, depois, lá fora, houve uma briga entre alguns dos homens do interior que Regal trouxe e a guarda de Torre do Cervo. A guarda da rainha Kettricken abriu um espaço entre eles, e os oficiais puseram as tropas na linha. Mesmo assim, as coisas estão tensas. Os combatentes não eram apenas soldados. Muitos hóspedes estão com o olho roxo ou mancando. Felizmente, nenhum deles ficou seriamente ferido. Blade foi o que mais se feriu, pelo que dizem. Foi derrubado enquanto tentava manter os homens de Vara afastados de você. Ele está com costelas quebradas e olhos roxos, e também machucaram seu braço. Mas Burrich diz que ele ficará bom. No entanto, as linhas foram traçadas, e os duques estão brigando como cães.

— Burrich? — perguntei com voz rouca.

— Não se envolveu — disse ela em tom tranquilizador. — Está bem. Se é que ser mal-humorado e grosseiro com todo mundo é estar bem. Mas acho que ser assim, para ele, é normal.

O coração trovejou dentro de mim. Burrich. Por que não teria partido? Não me atrevi a fazer mais perguntas sobre ele. Uma pergunta a mais, e Patience ficaria curiosa. Então...

— E Regal? — perguntei.

Ela fungou.

— A sensação é de que o que realmente irrita Regal é não ter mais uma desculpa para abandonar Torre do Cervo. Antes, como você sabe, ia levar o rei Shrewd e Kettricken para o interior para que ficassem a salvo, e esvaziou o castelo para que eles tivessem coisas familiares à sua volta. Agora não tem mais essa desculpa, e os duques costeiros exigiram que ele ficasse e defendesse a torre, ou que, pelo menos, deixasse aqui um homem escolhido por eles. Ele sugeriu o primo, lorde Bright de Vara, mas os duques costeiros não gostam dele. Agora Regal subitamente se viu como rei, e não parece que esteja gostando tanto quanto esperava.

— Então ele se coroou?

Um zunido ameaçava os meus ouvidos. Permaneci agarrado às barras. *Não posso desmaiar*, disse a mim próprio. O guarda regressaria em breve, essa era a única chance de saber o que estava acontecendo.

— Nós todos estávamos ocupados demais enterrando o rei e procurando a rainha. Quando o rei foi encontrado morto, nos mandaram acordá-la, mas as portas estavam trancadas, e ninguém atendeu nossas batidas. No fim, Regal mais uma vez recorreu aos seus homens com machados. A porta do quarto interior também estava trancada. Mas a rainha desapareceu. É um mistério para todos nós.

— O que Regal diz disso tudo? — Minha mente tentava se soltar das teias de aranha. Ah, como minha cabeça doía...

— Pouco, exceto que ela e a criança certamente estão mortos e que você, de algum jeito, é o responsável. Profere acusações estapafúrdias sobre a magia dos animais, dizendo que você matou o rei com sua Manha. Todos exigem provas das suas alegações, e ele só diz "em breve", "em breve".

Nem menção de buscas por Kettricken nas estradas e nos caminhos secundários. Eu poderia apostar que os seus espiões de Talento não tinham descoberto todo o nosso plano. Mesmo assim, continuava aflito; se ele tivesse enviado gente à procura de Kettricken, duvido que lhes tivesse ordenado que a trouxessem de volta em segurança e com vida.

— E o que Will está fazendo? — perguntei.

— Will?

— Will, o filho de Hostler. Um dos membros do círculo.

— Ah, ele. Não o vi, que me lembre.

— Ah. — Outra onda de tonturas me ameaçou. De repente a lógica fugiu de mim. Sabia que deveria fazer mais perguntas, mas não conseguia imaginar quais. Burrich ainda estava em Torre do Cervo, mas a rainha e o Bobo tinham partido. O que teria dado errado? Não havia nenhuma forma segura de perguntar isso a Patience. — Alguém mais sabe que vocês estão aqui? — consegui perguntar. É claro que Burrich teria enviado uma mensagem se soubesse.

— Claro que não! Não foi fácil planejar vir aqui, Fitz. Lacy precisou colocar emético na comida de um dos guardas para que apenas um deles ficasse de vigia. Depois tivemos de esperar que ele saísse. Ah! Lacy me disse para entregar isso para você. Essa sim é esperta. — A mão desapareceu e, então, enfiou, desastradamente uma e, em seguida, outra maçã pelas barras. Elas caíram ao chão antes que eu conseguisse apanhá-las. Resisti à vontade de me jogar imediatamente sobre elas.

— O que dizem de mim? — perguntei em voz baixa.

Ela ficou em silêncio por um instante.

— A maioria diz que você enlouqueceu. Outros, que foi enfeitiçado pelo Homem Pustulento para trazer a morte ao nosso seio naquela noite. Há um rumor sobre ter planejado liderar uma rebelião e depois assassinado Serene e Justin porque eles descobriram. Outros, não muitos, concordam com Regal, dizendo que você usa a magia dos animais. Wallace é o que mais diz essas coisas. Diz que as velas não soltaram faíscas azuis nos aposentos do rei até você entrar lá. E diz que o Bobo estava gritando que você matou o rei. Mas o Bobo também desapareceu.

Houve tantos presságios malignos, e todo mundo está com tanto medo agora. — A voz sumiu.

— Eu não matei o rei — disse eu em voz baixa. — Quem matou o rei foi Justin e Serene. Por isso eu os matei, com a faca do próprio rei.

— Os guardas estão voltando! — sussurrou Lacy.

Patience a ignorou.

— Mas Justin e Serene sequer estavam...

— Não dá tempo para explicar. Ele foi assassinado com o Talento. Mas foram eles, Patience, eu juro. — Fiz uma pausa. — O que pretendem fazer comigo?

— Na verdade ainda não está decidido.

— Não temos tempo para mentiras educadas.

Consegui ouvi-la engolir em seco.

— Regal quer enforcá-lo. Teria mandado te matar ali mesmo naquela noite, no Grande Salão, se Blade não tivesse impedido os seus guardas até a briga ser controlada. Depois, os duques costeiros ficaram ao seu lado. Lady Grace de Rippon lembrou Regal de que nenhum portador de sangue Farseer pode ser morto pela espada ou por enforcamento. Ele não queria admitir que você tem sangue real, mas muitos se opuseram quando ele tentou negar isso. Agora jura que pode provar que você usa a Manha, e diz que quem usa a magia dos animais deve ser enforcado.

— Lady Patience! Precisa ir embora já, agora mesmo, ou quem será enforcado sou eu! — O guarda estava de volta, obviamente acompanhado de Chester, pelo barulho dos passos. Apressavam-se na direção da cela. Patience largou meus dedos.

— Farei o que puder por você — murmurou. Ela estava tentando não deixar o medo transparecer na voz, mas ele irrompeu nessas palavras.

E então foi embora, gritando com ele como uma gralha, enquanto Chester, ou outro qualquer, a escoltava para longe das celas. No momento em que se foi, eu me abaixei com dificuldade para pegar as maçãs. Não eram grandes, e estavam murchas por terem sido armazenadas para o inverno, mas estavam deliciosas. Comi até o caule. A pouca umidade delas não matou a sede. Sentei-me no banco por um tempo, segurando a cabeça com as mãos, forçando-me a permanecer alerta. Sabia que tinha de pensar, mas era terrivelmente difícil. Minha mente não queria entrar em foco. Quis desgrudar a camisa dos ferimentos do braço, mas me controlei para não fazê-lo. Enquanto eles não começassem a gangrenar, não mexeria neles. Não podia me dar ao luxo de sangrar. Precisei reunir todas as minhas forças para mancar de volta até a porta.

— Guardas! — grasnei novamente.

Eles me ignoraram.

— Quero água. E comida.

Onde você está? Foi a resposta ao meu pedido.

Fora do seu alcance, amigo. Como você está?

Ótimo. Mas senti a sua falta. Você dormiu tão pesado, que quase achei que tinha morrido.

Até eu achei que tinha morrido. Naquela noite. Você os guiou até os cavalos?

Guiei. E eles partiram. O Coração da Matilha lhes disse que eu era um híbrido, que você tinha me adestrado. Como se eu fosse um vira-lata, fazendo truques.

Ele tentou me proteger, não te insultar. Por que é que o Coração da Matilha não foi com eles?

Não sei. O que vamos fazer agora?

Esperar.

— Guardas! — chamei novamente, o mais alto que consegui. Não era tão alto assim.

— Afaste-se da porta. — A voz do homem estava bem à porta da minha cela. Distraí-me tanto com Olhos-de-Noite que não o ouvira chegar. Eu nem parecia eu mesmo.

Uma pequena tábua na parte de baixo da porta deslizou. Um cântaro de água e meio pão foram introduzidos na cela. A tábua se fechou novamente.

— Obrigado.

Não houve resposta. Peguei o pão e a água e examinei-os cuidadosamente. O cântaro cheirava a água parada, mas nem o odor, nem um pequeno gole cauteloso revelaram qualquer sinal de veneno. Quebrei o pão em pedaços menores, procurando manchas na massa ou alguma descoloração. Não era fresco, mas não estava envenenado de nenhuma forma que eu fosse capaz de detectar. E alguém havia comido a outra metade. Pouquíssimo tempo depois, água e pão já não existiam mais. Deitei de novo no banco de pedra, e tentei encontrar a posição menos desconfortável.

A cela era seca, mas gelada, daquele jeito que qualquer aposento não utilizado em Torre do Cervo ficava durante o inverno. Sabia exatamente onde estava. As celas não ficavam longe das adegas. Sabia que poderia gritar até os pulmões sangrarem e ninguém, além dos guardas, escutaria. Quando menino eu costumava explorar essa parte subterrânea da torre. Era raro encontrar ocupantes nas celas, e ainda mais raro encontrar guardas para vigiá-los. Com a rapidez da justiça de Torre do Cervo, raramente havia razão para manter um prisioneiro durante mais do que algumas horas. Transgressões da lei geralmente eram pagas com a vida ou com o trabalho do transgressor. Suspeitava de que aquelas celas teriam muito mais uso agora que Regal havia se coroado rei.

Tentei dormir, mas o torpor me abandonara. Em vez de dormir, mudei de posição sobre a pedra fria e dura e pensei. Tentei durante algum tempo me convencer de que, se a rainha conseguira escapar, eu vencera. Afinal de contas, vencer é conseguir o que se quer, certo?

Mas, em vez disso, comecei a pensar em como rei Shrewd se fora. Com a rapidez de uma bolha estourando. Se me enforcassem, seria assim tão depressa? Ou sufocaria e me debateria durante muito tempo?

Para me afastar daqueles pensamentos agradáveis, imaginei quanto tempo duraria a guerra civil que Verity teria de travar com Regal antes de colocar os Seis Ducados de volta no mapa como Seis Ducados. Presumindo, claro, que Verity regressaria e que seria capaz de livrar a costa dos Navios Vermelhos. Quando Regal abandonasse Torre do Cervo, como eu tinha certeza de que faria, quem se ergueria para receber o castelo? Patience disse que os duques costeiros não queriam nem ouvir falar de lorde Bright. Cervo tinha alguns nobres menores, mas achava que nenhum deles teria a ousadia de reclamar Torre do Cervo. Talvez um dos três duques costeiros erguesse a mão. Não. Nenhum deles naquele momento tinha poder suficiente para se preocupar com nada além de suas fronteiras. Agora seria cada um por si, a menos que Regal ficasse em Torre do Cervo. Com a rainha desaparecida e Shrewd morto, ele era, afinal, o legítimo rei. A menos que se soubesse que Verity está vivo. Mas poucos sabiam. Iriam os duques costeiros aceitar agora Regal como rei? Eles aceitariam Verity como rei quando ele regressasse? Ou debochariam do homem que os abandonara para se dedicar a uma busca idiota?

O tempo passava lentamente naquele lugar imutável. Só me davam água e comida se eu pedisse e, às vezes, nem assim. Então não era possível contar os dias pelas refeições. Quando acordado, era prisioneiro dos meus pensamentos e preocupações. Uma vez tentei contatar Verity pelo Talento, mas o esforço escureceu minha visão e me deu uma latejante dor de cabeça por um bom tempo. Não tive forças para uma segunda tentativa. A fome tornou-se constante, tão implacável quanto o frio da cela. Escutei os guardas mandarem Patience embora duas vezes, se recusando a me darem a comida e os curativos que ela trouxe. Não a chamei, queria que ela desistisse, que se dissociasse de mim. Meu único alívio era quando dormia e caçava nos sonhos com Olhos-de-Noite. Tentei usar os seus sentidos para explorar o que se passava em Torre do Cervo, mas ele se importava apenas com o que tinha valor para um lobo, e, quando eu estava com ele, partilhava os seus valores. O tempo não era dividido em dias e noites, mas de morte em morte. A carne que devorava com ele não podia sustentar o meu corpo humano; no entanto, ficava satisfeito ao devorá-la. Com os seus sentidos, podia perceber a mudança do clima, e acordei uma manhã sabendo que um claro dia de inverno nascera. Tempo de Salteadores. Os duques costeiros não podiam ficar muito mais em Torre do Cervo, se é que ainda estavam lá.

Para corroborar esse pensamento, ouvi vozes no posto dos guardas e botas contra o chão de pedra. Escutei a voz de Regal, tensa de ódio, seguida do cumprimento cordial do guarda, e depois eles se aproximarem pelo corredor. Pela primeira vez desde que acordara ali, ouvi uma chave na fechadura da minha cela, e a porta foi aberta. Sentei-me lentamente. Três duques e um príncipe traidor espreitaram para dentro, para mim. Consegui ficar em pé. Atrás dos nobres havia uma fileira de soldados armados com lanças, como se estivessem a postos para manter afastado um animal enlouquecido. Um guarda com a espada desembainhada ficou ao lado da porta, entre mim e Regal. Ele não subestimava o meu ódio.

— Viram? — perguntou Regal. — Está vivo e bem, não me livrei dele. Mas fiquem sabendo que tenho esse direito. Ele matou um homem, um servo meu, no meu próprio salão, e uma mulher lá em cima, nos seus aposentos. Só por esses crimes a vida dele já me pertence.

— Príncipe herdeiro Regal, você acusou FitzChivalry de ter assassinado o rei Shrewd usando a Manha — declarou Brawndy. E então ponderadamente argumentou: — Eu nunca tinha ouvido falar de uma coisa dessas ser possível. Mas, se assim for, então é ao conselho que sua vida pertence, pois ele antes teria assassinado o rei. É necessário convocar o conselho para decidir sua culpa ou inocência, e determinar a sentença.

Regal arfou, furioso.

— Então convocarei o conselho. Vamos acabar logo com isso. É ridículo atrasar a minha coroação por causa da execução de um assassino.

— Senhor, a morte de um rei nunca é ridícula — frisou o duque Shemshy de Shoaks. — É preciso fechar o ciclo de um rei antes de termos outro, Regal, príncipe herdeiro.

— O meu pai está morto e enterrado. O que mais vocês podem querer encerrar nesse ciclo? — Regal começava a se tornar imprudente. Não havia luto ou respeito algum em sua resposta.

— Queremos saber como ele morreu e por quais mãos — respondeu Brawndy de Bearns. — O seu homem, Wallace, disse que FitzChivalry matou o rei; e você, príncipe herdeiro Regal, concordou, dizendo que ele usou a Manha para matá-lo. Muitos de nós acreditamos que FitzChivalry era particularmente dedicado ao seu rei e que não faria uma coisa dessas. E FitzChivalry acusou os Talentosos.

Pela primeira vez, o duque Brawndy olhou diretamente para mim. Olhei-o nos olhos e falei em voz baixa, como se estivéssemos a sós:

— Justin e Serene o mataram. Foi traição, eles mataram o meu rei.

— Silêncio! — berrou Regal. Ergueu a mão como que para me bater, mas eu não recuei.

— E por isso eu matei os dois com a faca do rei — prossegui, olhando apenas para Brawndy. — Que outro motivo teria para escolher essa arma?

— Homens loucos fazem coisas estranhas — disse o duque Kelvar de Rippon, enquanto Regal sufocava, lívido de ódio.

Olhei calmamente Kelvar nos olhos. A última vez que falara com ele fora à sua mesa, em Baía Limpa.

— Eu não sou louco — assegurei calmamente. — Não estava mais louco nessa noite do que estava quando brandi um machado perto das muralhas de Guarda da Baía.

— Ele pode ter razão — afirmou Kelvar em tom pensativo. — Dizem que é comum ele ficar transtornado quando luta.

Um brilho surgiu nos olhos de Regal.

— E também dizem que ele foi visto com sangue na boca depois de lutar. Que se transforma em um dos animais com que foi criado. Ele usa a Manha.

O silêncio acolheu aquele comentário. Os duques trocaram olhares e, quando Shemshy me olhou, havia repulsa no seu olhar. Brawndy finalmente respondeu a Regal.

— Essa acusação é grave. Tem alguma testemunha?

— De haver sangue na boca dele? Várias.

Brawndy balançou a cabeça.

— Qualquer um pode terminar uma batalha com o rosto ensanguentado. Um machado não é uma arma asseada. Isso eu posso assegurar. Não. É preciso mais do que isso.

— Então vamos convocar o conselho — repetiu impacientemente Regal. — Ouçam o que Wallace tem a dizer sobre como o meu pai morreu e por quais mãos.

Os três duques trocaram olhares. Os seus olhos se voltaram para mim, refletindo. Agora era o duque Brawndy quem liderava a costa. Tive certeza disso quando foi ele a falar:

— Príncipe herdeiro Regal, vamos falar claramente. Você acusa FitzChivalry, filho de Chivalry, de usar a Manha, a magia dos animais, para matar o rei Shrewd. Realmente essa é uma acusação grave. Para nos convencer dela, pedimos que nos prove que ele não só possui a Manha, mas que é capaz de usar essa magia para causar danos a outra pessoa. Todos somos testemunhas de que não existiam marcas no corpo do rei Shrewd, nenhum sinal de uma luta. Se você não tivesse clamado que foi traição, poderíamos simplesmente aceitar que o rei morrera de velhice. Alguns, inclusive, chegaram a cogitar que você procura apenas uma desculpa para se livrar de FitzChivalry. Sei que ouviu esse boato; e o digo em voz alta para que possamos encará-lo.

Brawndy fez uma pausa, como se ponderasse consigo mesmo. Olhou de relance os outros. Quando nem Kelvar nem Shemshy mostraram discordar dele, pigarreou e prosseguiu:

— Temos uma proposta, príncipe herdeiro Regal. Prove, senhor, que FitzChivalry possui a Manha e que a usou para matar o rei Shrewd, e nós permitiremos que mande matá-lo como bem entender. Testemunharemos a sua coroação como rei dos Seis Ducados. Além disso, aceitaremos lorde Bright como seu representante em Torre do Cervo e permitiremos que retire a corte para Vaudefeira.

O triunfo iluminou o rosto de Regal por um momento. E, então, a desconfiança cobriu-o como uma máscara.

— Duque Brawndy, e se não provar isso de um modo que os convença?

— Nesse caso FitzChivalry permanece vivo — decretou calmamente Brawndy. — E você entregará a ele a administração de Torre do Cervo e das forças de Cervo durante a sua ausência. — Os três duques costeiros ergueram os olhos para Regal.

— Isso é traição e perfídia! — sussurrou Regal.

A mão de Shemshy quase caiu sobre a espada. Kelvar enrubesceu mas continuou calado. A tensão na fileira de homens atrás deles aumentou. Brawndy foi o único que permaneceu impassível.

— Senhor, está fazendo mais acusações? — perguntou calmamente. — Mais uma vez, exigiremos que sejam provadas. Isso poderá atrasar ainda mais a sua coroação.

Após um minuto de olhares petrificados e silêncio, Regal disse em voz baixa:

— Falei sem pensar, meus duques. São tempos difíceis para mim. Privado da orientação do meu pai, assim, tão de repente, e de luto pelo meu irmão, com a nossa rainha e o filho que espera desaparecidos. Tudo isso é mais do que o suficiente para fazer qualquer homem proferir declarações precipitadas. Eu... está bem. Eu concordo com isso... com a proposta de vocês. Provarei que FitzChivalry possui a Manha, caso contrário o libertarei. Temos um acordo?

— Não, meu príncipe herdeiro — disse Brawndy em voz baixa. — Não foram essas as condições que propusemos. Se inocente, FitzChivalry será colocado no comando de Torre do Cervo. Se provar que ele é culpado, aceitaremos Bright. Essas eram as nossas condições.

— E a morte de Justin e Serene, servos valiosos e membros do círculo? Pelo menos por essas mortes sabemos que ele é o responsável. Ele admitiu. — O olhar que Regal me dirigiu quase me matou ali mesmo. Devia estar profundamente arrependido de me acusar do assassinato de Shrewd. Se não fossem as acusações disparatadas de Wallace e o apoio que Regal lhes dera, poderia ordenar que me afogassem pela morte de Justin. Como todos testemunharam, essa morte era obra minha. Ironicamente, seu desejo de me vilipendiar era o que adiava a minha execução.

— Você terá oportunidade de provar que ele possui a Manha e que assassinou seu pai. É por esses crimes que permitiremos que o enforque. Quanto aos outros... ele afirma que foram eles que assassinaram o rei. Se não for ele o culpado, estamos dispostos a aceitar que quem ele matou morreu por justiça.

— Isto é inaceitável! — cuspiu Regal.

— Senhor, essas são as nossas condições — retorquiu calmamente Brawndy.

— E se eu recusar as suas condições? — Regal ardia de ódio.

Brawndy deu de ombros.

— Os céus estão limpos, senhor. É tempo de Salteador para aqueles como nós que residem nas costas. Precisamos ir para os nossos castelos, para defender nossas costas o melhor que pudermos. Sem a reunião do conselho completo, você não poderá se coroar rei nem nomear legalmente um homem para administrar Cervo em seu nome. Terá de passar o inverno em Torre do Cervo, senhor, e, assim como todos nós, enfrentar os piratas marítimos.

— Vocês me cercam de tradições e leis insignificantes, para me obrigar a obedecer a sua vontade. Sou ou não sou o seu rei? — exigiu Regal sem rodeios.

— Você não é o nosso rei — lembrou-o com a voz calma, mas firme. — Você é o nosso príncipe herdeiro. E provavelmente continuará à espera da herança até que essas acusações e esse caso estejam resolvidos.

O peso no olhar de Regal deixava claro o quanto aquilo o desagradava.

— Muito bem — disse em tom cortante. — Suponho que tenho de submeter a esse... acordo. Lembrem-se de que foram vocês, e não eu, que decidiram que tinha de ser assim. — Virou-se e olhou para mim. Nesse momento, soube que não manteria a palavra; soube que morreria naquela cela. Essa repentina e mórbida consciência da minha própria morte escureceu minha visão, minhas pernas ficaram moles. Senti como se tivesse me afastado dois passos da vida. Um frio cresceu dentro de mim.

— Então temos um acordo — disse Brawndy com voz suave. Virou os olhos para mim e franziu a sobrancelha. O que eu estava sentindo deve ter transparecido no meu rosto, pois rapidamente ele perguntou: — FitzChivalry, você está sendo tratado com justiça aqui? Eles te alimentam?

Enquanto fazia essa pergunta, soltou o broche que trazia ao ombro. O seu manto estava muito surrado, mas era de lã, e quando o atirou para mim, o peso dele me jogou contra a parede. Agarrei-me ao manto, ainda morno com o calor do seu corpo, sentindo-me grato.

— Água. Pão — disse, resumidamente. Baixei os olhos para a pesada peça de vestuário de lã. — Obrigado — disse, em voz mais baixa.

— É mais do que muitos têm! — retorquiu Regal com raiva. — São tempos difíceis — acrescentou de modo pouco convincente. Como se aqueles com quem falava não soubessem disso melhor do que ele.

Brawndy me observou, e eu continuei quieto. Finalmente, dirigiu um olhar frio a Regal.

— Difíceis ao ponto de não poder lhe dar pelo menos palha sobre a qual dormir, em vez de uma pedra?

Regal fulminou-o com os olhos. Brawndy não vacilou.

— Precisaremos de provas da culpa dele, príncipe herdeiro Regal, antes de sancionarmos a sua execução. Enquanto isso, esperamos que o mantenha vivo.

— Pelo menos dê-lhe rações de soldado — aconselhou Kelvar. — Ninguém dirá que o está mimando. E teremos um homem vivo, para depois você enforcá-lo ou para comandar Cervo em nosso nome.

Regal cruzou os braços ao peito e não deu resposta. Eu sabia que não ganharia mais do que água e meio pão. Acho que ele teria tentado tirar o manto de Brawndy se não soubesse que eu lutaria por ele. Com um aceno de queixo, Regal indicou ao guarda que fechasse a minha porta. Quando ela se fechou, eu me atirei para a frente, agarrado às barras para vê-los. Pensei em gritar, em dizer-lhes que Regal não me deixaria viver, que daria um jeito de me matar ali. Mas não o fiz. Eles não teriam acreditado em mim. Ainda não temiam Regal o suficiente. Se o conhecessem como eu conhecia, saberiam que nenhuma promessa o prendia ao acordo. Ele iria me matar. Estava nas suas mãos, e ele não resistiria a acabar comigo.

Larguei a porta e caminhei inexpressivamente de volta ao banco. Sentei-me. Foi mais o reflexo do que o pensamento que me levou a colocar o manto de Brawndy sobre os ombros. O frio que sentia agora não poderia ser afastado pela lã. Como a onda de uma maré alta inunda uma caverna perto do mar, a consciência da minha morte voltou a me inundar. Novamente, achei que iria desmaiar. *Repeli* vagamente os meus próprios pensamentos sobre como Regal decidiria me matar. Havia demasiadas maneiras. Suspeitava de que ele iria tentar arrancar uma confissão de mim. Com tempo suficiente, ele poderia ser bem-sucedido. A ideia me deixou enjoado. Tentei me afastar da beira do abismo; seria melhor não ter plena consciência de que iria morrer dolorosamente.

Com um estranho lampejo no coração, pensei que poderia enganá-lo. Dentro do punho da minha manga coberta de sangue havia um minúsculo bolso que ainda continha o veneno que havia tanto tempo preparara para Wallace. Se não causasse uma morte tão horrenda, o teria tomado naquele momento. Mas não formulara esse veneno para um sono rápido e indolor, e sim para cólicas, diarreia e febre. Mais tarde, pensei, talvez fosse preferível ao que Regal oferecesse. Esse pensamento não era reconfortante. Deitei com as costas na pedra e me enrolei bem no grande manto de Brawndy. Esperava que ele não sentisse muito a falta do manto. Provavelmente era a última coisa que alguém faria por mim. Não adormeci. Fugi, submergindo-me voluntariamente no mundo do meu lobo.

Acordei mais tarde de um sonho humano, no qual Chade brigava comigo por não prestar atenção. Aninhei-me no manto de Brawndy. Luzes de archotes escorriam para a minha cela. Não tinha certeza se era dia ou noite, mas achei que deveria ser noite cerrada. Tentei reencontrar o sono, mas a voz urgente de Chade continuava a suplicar.

Sentei-me lentamente. A cadência e o tom da voz abafada eram sem dúvida de Chade. Pareceu mais tênue quando me ergui. Deitei novamente. Agora parecia mais alto, mas continuava sem conseguir distinguir as palavras. Pressionei a orelha contra o banco de pedra. Não. Ergui-me lentamente e andei pela pequena cela, segui pela parede até o canto da cela e voltei. Havia um canto, no qual a voz era mais sonora, mas eu continuava sem entender o que dizia.

— Não estou entendendo — disse para a cela vazia.

A voz abafada fez uma pausa. Então voltou a falar, em tom de interrogação.

— Não estou entendendo! — disse mais alto.

A voz de Chade reapareceu, mais excitada, mas não mais alta.

— Não estou entendendo! — gritei, frustrado.

Ouvi passos fora da minha cela.

— FitzChivalry!

A guarda era baixa. Não conseguia olhar para dentro.

— O que foi? — perguntei, com voz de sono.

— O que está gritando?

— O quê? Ah, foi um pesadelo.

Os passos se afastaram. Escutei-a rir com o outro guarda e dizer:

— É difícil imaginar que pesadelo poderia ser pior para ele do que acordar. — Ela tinha um sotaque do interior.

Voltei para o meu banco e me deitei. A voz de Chade sumira. Estava muito inclinado a concordar com a guarda. Não consegui dormir durante algum tempo, tentando imaginar o que Chade tentara tão desesperadamente me dizer. Duvidava que fossem boas notícias, e não queria imaginar as más. Se iria morrer ali, que fosse por ter ajudado a rainha a fugir. Queria saber o quanto ela teria avançado na viagem. Pensei no Bobo e senti curiosidade de saber como ele suportaria a rigorosa viagem de inverno. Proibi-me de pensar no motivo de Burrich não estar com eles. Em vez disso, pensei em Molly.

Devo ter cochilado, porque a vi. Ela estava subindo um caminho com dificuldade, com uma parelha de baldes de água aos ombros. Estava pálida, doente e esgotada. No topo da colina havia uma cabana arruinada, com montes de neve nas paredes. Ao chegar à porta, ela parou, pousou os baldes de água no chão e olhou para longe, sobre o mar. Franziu o cenho perante o bom tempo e o vento ligeiro que se limitava a pintar de branco a ponta das ondas. O vento soprava seu espesso cabelo, como eu costumava fazer, e deslizou a mão ao longo da curva do seu tépido pescoço e maxilar. Os seus olhos de repente se arregalaram, e lágrimas brotaram deles.

— Não — ela disse em voz alta. — Não, eu não vou mais pensar em você. Não.

Abaixou-se, ergueu os pesados baldes e entrou na cabana. Fechou firmemente a porta atrás de si. O vento soprou através dela. O telhado estava mal coberto com palha. O vento soprou com mais força, e eu deixei que ele me levasse para longe.

Caí no vento, mergulhei através dele e permiti que levasse as minhas dores para longe. Pensei em mergulhar mais fundo, para a sua corrente principal, para onde poderia me arrebatar por completo, para fora de mim e de todas as minhas insignificantes preocupações. Arrastei as mãos nessa corrente mais funda, rápida e pesada como um rio em movimento. Ela me puxou.

Eu me afastaria disso se fosse você.

Se afastaria? Permiti que Verity analisasse a minha situação por um momento.

Talvez não, respondeu soturnamente. Soltou algo como um suspiro. *Devia ter adivinhado como as coisas estavam ruins. Parece que você precisa sempre de uma grande dor, uma doença, ou uma extrema coação para conseguir quebrar as muralhas e poder usar o Talento.* Fez uma longa pausa, e ficamos ambos em silêncio, pensando em nada e em tudo ao mesmo tempo. *Enfim. O meu pai está morto. Justin e Serene. Eu deveria ter adivinhado. O cansaço e as forças que se esgotavam; são os traços típicos de um homem do rei, quando drenado demais e com muita frequência. Suspeito de que isso já estivesse acontecendo há muito tempo, provavelmente desde antes de Galen... morrer. Só ele poderia conceber algo assim, ainda mais desenvolver um jeito de colocar em prática. Que maneira desprezível de usar o Talento. E eles nos espiaram?*

Sim. Não sei quanto ficaram sabendo. E há outra pessoa a temer. Will.

Que eu seja triplamente amaldiçoado por ser idiota. Veja bem, Fitz. Nós devíamos ter desconfiado. Os navios funcionaram tão bem para nós a princípio e, depois, assim que eles souberam o que eu e você estávamos fazendo, deram um jeito de nos bloquear. O círculo está nas mãos de Regal desde que foi formado. E então tivemos mensagens atrasadas, ou mensagens não entregues. Ajuda enviada sempre tarde demais, ou simplesmente não enviada. Há mais ódio nele do que sangue em um carrapato. E ele venceu.

Não ainda, meu rei. Controlei a mente, evitando pensar em Kettricken e em sua segurança a caminho das Montanhas. Em vez disso, disse: *Ainda há Will. E Burl e Carrod. Temos de ser prudentes, meu príncipe.*

Uma sombra de aconchego.

Serei. Você sabe quão profundamente agradecido eu sou. Talvez tenhamos pago um preço alto, mas o que compramos valeu a pena. Pelo menos para mim.

Para mim também. Detectei nele cansaço e resignação. *Está desistindo?*

Ainda não. Mas, assim como o seu, o meu futuro não parece promissor. Os outros estão todos mortos ou em fuga. Eu prosseguirei. Mas não sei quanto mais terei de avançar. Ou o que terei de fazer quando chegar ao meu destino. E estou muito cansado. Ceder seria tão fácil.

Eu sabia que Verity podia me ler com facilidade. Mas eu tive de sondar na direção dele e de tudo o que não estava transmitindo para mim. Senti o rigoroso frio que o rodeava e um ferimento que tornava doloroso respirar. A solidão e a dor de saber que os que tinham morrido, tinham morrido tão longe de casa, e por ele. Hod, pensei, com o meu pranto ecoando o dele. Charim. Desaparecidos para sempre. E algo mais, algo que ele não era completamente capaz de transmitir. Uma inquietação, a tentativa de se equilibrar à beirada de alguma coisa. Uma pressão, alguma coisa repuxando, muito semelhante ao Talento de Serene e Justin que eu sentira me puxando. Tentei atravessar Verity, olhar o que era isso mais de perto, mas ele me reteve.

Há perigos que se tornam mais perigosos quando confrontados, avisou-me. *Esse é um deles. Mas tenho certeza de que é o caminho que devo seguir, se quiser encontrar os Antigos.*

— Prisioneiro!

Saí do transe com um sobressalto. Uma chave girou na fechadura da minha porta, e ela se abriu. Uma menina parou à soleira. Regal estava a seu lado, com a mão no seu ombro, reconfortando-a. Dois guardas, ambos do interior, a julgar pelo corte das suas roupas, estavam ao seu lado. Um deles inclinou-se para a frente, para enfiar um archote na minha cela. Encolhi-me involuntariamente, e então me sentei, piscando com os olhos desacostumados à luz.

— É ele? — perguntou suavemente Regal à menina. Eu olhei para ela, tentando lembrar por que motivo me parecia familiar.

— Sim, senhor, lorde príncipe, rei, senhor. É ele. Fui ao poço naquela manhã, tive de ir; sem água o bebê morreria da mesma forma que morreria nas mãos dos Salteadores. Tudo já estava calmo havia algum tempo, toda a Baía Limpa tão quieta quanto um cemitério. Então fui ao poço no começo da manhã, através da neblina, senhor. E ali estava esse lobo, perto do poço, e ele olhou para mim e se assustou. E o vento soprou a neblina, e o lobo desapareceu, e então era um homem. Esse homem, senhor. Vossa Majestade Rei. — E continuou com os olhos arregalados.

Agora eu me lembrava dela. Na manhã após a batalha por Baía Limpa e Guarda da Baía. Olhos-de-Noite e eu tínhamos parado para descansar junto do poço. Me lembrei de como acordei com ele esbarrando em mim ao fugir da aproximação da menina.

— Você é uma menina muito corajosa — elogiou-a Regal, e deu-lhe palmadinhas no ombro. — Guarda, leve-a para cima, para as cozinhas, e trate de lhe dar uma boa refeição e uma cama em algum lugar. Não, deixe o archote aqui. — Saíram, e o guarda fechou a porta firmemente atrás de si. Ouvi passos se afastarem, mas a luz do lado de fora da minha cela ficou lá. Depois de os passos sumirem, Regal voltou a falar:

— Bem, bastardo, parece que as cartas estão na mesa. Os que estão ao seu lado vão te abandonar bem depressa; suspeito que assim que perceberem o que você é. Há outras testemunhas, é claro. Testemunhas que falarão sobre como havia pegadas de lobo e homens mortos com dentadas em todos os lugares pelos quais você lutou em Baía Limpa. Há até alguns membros da nossa guarda de Torre do Cervo que, quando estiverem sob juramento, terão de admitir que os corpos dos Forjados que você combateu tinham marcas de dentes e garras. — Regal soltou um grande suspiro de satisfação. Ouvi o barulho que ele fez ao prender o archote em uma arandela da parede. Voltou para perto da porta. Era alto apenas o suficiente para espreitar dentro da cela. Infantilmente, fiquei em pé e me aproximei da porta para olhá-lo de cima para baixo. Ele deu um passo para trás. Senti uma satisfação mesquinha. Aquilo desfez seu bom humor.

— Foi tão ingênuo. Um perfeito idiota. Voltou das montanhas para casa, mancando, com o rabo entre as pernas, e pensou que a proteção de Verity era tudo o que precisava para sobreviver. Você e todas as suas tolas conspirações. Eu sabia de todas elas. Todas, bastardo. De todas as suas conversinhas com a nossa rainha, do suborno no jardim da torre para virar Brawndy contra mim. Até dos planos de tirá-la de Torre do Cervo. "Vista roupas quentes", você disse a ela. "O rei irá com vocês." — Regal ficou nas pontas dos pés para se assegurar de que eu via o seu sorriso. — Ela não partiu nem com uma coisa nem com a outra, bastardo. Nem com o rei, nem com as coisas quentes que tinha empacotado. — Fez uma pausa. — Nem sequer com um cavalo. — A sua voz acariciou as últimas palavras como se as estivesse guardando há muito tempo. Ele olhava para o meu rosto avidamente.

De repente percebi que era um perfeito idiota. Rosemary. A doce, sonolenta criança, sempre cochilando em um canto. Tão esperta que se podia confiar a ela qualquer recado. Tão novinha que dava até para se esquecer de que ela estava ali. No entanto, eu deveria ter desconfiado. Eu não era mais velho do que ela quando Chade começara a me ensinar o meu ofício. Fiquei enjoado, e isso deve ter transparecido no meu rosto. Não conseguia me lembrar do que eu tinha ou não dito em frente a ela. Não tinha como saber que segredos confidenciara Kettricken na frente da pequena cabeça cheia de cachinhos escuros. Que conversas com Verity teria testemunhado, que conversas com Patience? A rainha e o Bobo estavam desaparecidos. Essa era a única coisa de que tinha certeza. Teriam chegado a sair vivos de Torre do Cervo? Regal estava sorrindo, muito satisfeito consigo mesmo. A porta gradeada entre nós era a única coisa que fazia com que eu mantivesse a promessa que fizera a Shrewd.

Ele foi embora, ainda sorrindo.

Regal conseguira sua prova de que eu possuía a Manha. A menina de Baía Limpa era o nó que amarrava tudo aquilo. Agora o que faltava era ele me torturar para arrancar a confissão de ter assassinado Shrewd. Tinha tempo mais do que suficiente para isso. Fosse lá qual fosse o tempo necessário, ele o tinha.

Afundei-me no chão. Verity tinha razão. Regal vencera.

TORTURA

Mais nada satisfaria a princesa Wilful, a não ser montar o Garanhão Pigarço na caçada. Todas as suas damas a avisaram, mas ela as ignorou e recusou-se a lhes dar ouvidos. Todos os seus lordes a avisaram, mas ela zombou do medo deles. Até o mestre dos estábulos tentou dissuadi-la dizendo:

— Alteza, o garanhão deveria ser abatido em sangue e fogo, pois foi treinado por Sly da Manha, e só a ele é fiel!

Então a princesa Wilful se enfureceu e disse:

— Esses são os meus estábulos e os meus cavalos, e não posso escolher qual dos meus animais montarei?

Então todos se calaram perante a sua irritação, e ela ordenou que o Garanhão Pigarço fosse selado para a caçada.

E assim partiram, com muitos cães ladrando e cores tremulando. O Garanhão Pigarço conduziu-a bem e a levou para bem longe pelos campos afora e, por fim, completamente para longe da vista dos outros caçadores. Então, quando a princesa Wilful estava muito distante, para lá da colina e à sombra das árvores verdes, o Garanhão Pigarço continuou até que ela se perdesse, e os latidos dos cães se reduzissem a ecos nas colinas. Por fim, ela parou junto de um riacho para beber um pouco de água fresca, mas eis que, quando se virou, o Garanhão Pigarço desaparecera, e no seu lugar encontrava-se Sly da Manha, tão malhado quanto o seu animal de Manha. Então fez com ela o que um garanhão faz com uma égua. E assim, antes de o ano virar ela já estava com a barriga redonda. E quando aqueles que a assistiram no parto viram o bebê, com o rosto e os ombros malhados, grita-ram alto, com medo. Quando a princesa Wilful o viu, também gritou e abandonou o espírito em sangue e vergonha, pois deu à luz o filho de Manha de Sly. E assim nasceu o príncipe Pigarço, em medo e vergonha — e foi isso que ele trouxe consigo para o mundo.

— "Lenda do príncipe Pigarço"

* * *

O archote que Regal tinha deixado fazia as sombras da grade dançarem. Observei-as durante algum tempo, sem pensamentos, sem esperança. A consciência de que iria morrer me entorpecera. Por fim, e gradualmente, a minha mente recomeçou a funcionar, embora desordenadamente. Teria sido aquilo que Chade tentara me dizer? Nem sequer com um cavalo; até que ponto Regal sabia dos cavalos? Conheceria o destino? Como teria Burrich escapado? Ou não teria? Será que eu o encontraria na sala de tortura? Será que Regal achava que Patience tinha algo a ver com o plano de fuga? Se achasse, ainda ficaria satisfeito simplesmente em abandoná-la, ou se vingaria dela mais diretamente? Quando viessem me buscar, eu deveria lutar? Não. Partiria com dignidade. Não. Mataria com as minhas próprias mãos quantos dos imbecis do interior conseguisse. Não. Iria calmamente, e esperaria pela chance de me atirar sobre Regal. Sabia que ele estaria lá, para me ver morrer. A promessa que fizera a Shrewd, de não matar um dos seus? Já não me impedia. Impedia? Ninguém poderia me salvar. Não tinha nenhuma esperança de que Chade pudesse agir, ou de que Patience poderia fazer alguma coisa. Depois de Regal arrancar uma confissão com tortura... ele me manteria vivo para enforcar e esquartejar diante de todos? Claro que sim. Por que ele se negaria esse prazer? Patience iria me ver morrer? Esperava que não. Talvez Lacy conseguisse mantê-la afastada. Tinha desperdiçado a minha vida, sacrificara tudo para nada. Pelo menos havia matado Serene e Justin. Tinha valido a pena? A minha rainha escapou ou estaria escondida em algum lugar no interior das muralhas do castelo? Era isso o que Chade estava tentando me dizer? Não. A minha mente escorregava e se debatia nos pensamentos como uma ratazana em um barril de água da chuva. Queria conversar com alguém, com qualquer pessoa. Me obriguei a me acalmar, a ser racional, e por fim encontrei algo a que me agarrar. Olhos-de-Noite. Olhos-de-Noite disse que os levou, que os guiou até Burrich.

Irmão? Sondei na direção dele.

Estou aqui. Estou sempre aqui.

Me conte daquela noite.

Qual noite?

A noite em que guiou as pessoas da torre até Coração da Matilha.

Ah. Senti que ficou contrariado. Os seus hábitos eram de lobo. O que estava feito estava feito. Não planejava além da próxima caçada, não se lembrava de quase nada que havia acontecido um mês ou um ano antes, a menos que afetassem muito diretamente a sua sobrevivência. Lembrava-se da gaiola de onde eu o tirara, mas o local onde caçara quatro noites atrás estava perdido para ele. Lembrava-se de coisas genéricas: uma trilha marcada de coelhos, uma nascente que não havia congelado, mas detalhes específicos sobre quantos coelhos matara três dias antes estavam perdidos para sempre. Controlei a respiração, esperando que ele pudesse me dar esperança.

Guiei-os até Coração da Matilha. Queria que estivesse aqui. Fui espetado por um porco-espinho no lábio. Não consigo soltar o espinho com as patas. Dói.

E como foi que você conseguiu isso? Mesmo no meio de tudo isso, tive de sorrir. Ele sabia as consequências, mas não foi capaz de resistir à gorda criatura rebolante.

Não tem graça.

Eu sei. Realmente não tinha graça. Um espinho era uma coisa farpada e desagradável, que só se enterrava mais, inflamando todos os tecidos em que tocava. Aquilo poderia piorar o suficiente para impedi-lo de caçar. Voltei a atenção para o seu problema. Até que o resolvesse, ele não seria capaz de se concentrar em mais nada. *O Coração da Matilha poderia tirar isso de você, se lhe pedisse educadamente. Pode confiar nele.*

Ele me empurrou quando falei com ele. Mas depois falou comigo.

Falou?

O pensamento se desenvolveu lentamente.

Naquela noite. Quando os guiei até ele. Ele me disse: "Traga-os para cá, e não para a toca da raposa".

Me mostre como era esse lugar.

Isso era mais difícil para ele. Mas, quando tentou, recordou a beira da estrada, vazia na neve soprada pelo vento, exceto por Burrich, montado em Ruivo e levando Fuligem pelo arreio. Vislumbrei a "Fêmea" e o "Sem-cheiro", como Olhos-de-Noite pensava neles. De Chade lembrava-se bem, principalmente por causa do grande osso de vaca que ele lhe ofereceu quando se separaram.

Falaram uns com os outros?

Bastante. Deixei-os latindo uns com os outros.

Por mais que tentasse arrancar-lhe mais informações, aquilo era tudo o que o lobo tinha para mim. Foi o suficiente para eu saber que os planos se alteraram drasticamente, e no último minuto. Era estranho. Estava disposto a dar minha vida por Kettricken, mas, no fim das contas, não tinha certeza de como me sentia em relação a abrir mão da minha égua. Então me lembrei de que provavelmente nunca mais voltaria a montar, exceto no cavalo que me levaria até a árvore onde me enforcariam. Pelo menos Fuligem partira com alguém de quem eu gostava. E Ruivo. Por que esses dois cavalos? E só esses dois? Será que Burrich não conseguiu tirar outros dos estábulos? Teria sido por isso que ele não partira?

O espinho dói, me lembrou Olhos-de-Noite. *Não consigo comer porque dói muito.*

Queria poder te ajudar, mas não posso. Precisa pedir a Coração da Matilha.

Você não pode pedir a ele? A você ele não repele.

Sorri comigo mesmo. *Ele me repeliu uma vez. Foi o bastante; aprendi a lição. Mas se for falar com ele para pedir ajuda, ele não te repelirá.*

Não pode pedir a ele para me ajudar?

Não posso conversar com ele como nós conversamos. E ele está distante demais de mim para latir para ele.

Então vou tentar, disse Olhos-de-Noite em tom de dúvida.

Deixei-o ir. Pensei em tentar fazê-lo entender a minha situação. Decidi não fazer isso. Nada havia que ele pudesse fazer; só o perturbaria. Olhos-de-Noite diria a Burrich que eu o enviara; Burrich saberia que eu ainda estava vivo. Não haveria muito mais a dizer que ele já não soubesse.

Um longo tempo se passou. Medi-o da melhor maneira que pude. O archote que Regal deixara se apagou. A guarda do turno foi rendida. Alguém me deu comida e água através da porta. Não a pedira. Imaginei se isso queria dizer que se passara muito tempo desde a última vez que comera. A guarda foi trocada novamente. Os de agora eram uma dupla tagarela, um homem e uma mulher. Mas conversavam em voz baixa, e tudo o que eu ouvia eram murmúrios e risadas. Algum tipo de flerte irreverente entre os dois, imaginei, interrompido pela chegada de alguém.

A conversa amigável cessou de repente. Murmúrios em voz baixa, num tom muito respeitoso. O meu estômago deu uma volta gelada dentro de mim. Em silêncio, fiquei em pé, deslizei até a porta. Espreitei através das barras, na direção do posto dos guardas.

Ele veio como uma sombra pelo corredor. Em silêncio. Não de forma furtiva. Era tão discreto que não tinha de se preocupar em ser furtivo. Aquilo era Talento usado de uma forma que eu nunca vira antes. Senti os pelos da nuca se arrepiarem quando Will parou junto da porta e olhou para dentro, para mim. Não falou, e eu não me atrevi a fazê-lo. Até mesmo olhar para ele era lhe dar abertura demais. No entanto, temi afastar o olhar. O Talento tremeluzia à volta dele como uma aura de consciência. Aninhei-me no fundo de mim mesmo, mais e mais, retraindo tudo o que sentia ou pensava, erguendo as minhas muralhas o mais depressa que podia, mas sabendo, de algum modo, que até mesmo essas muralhas lhe diziam muito sobre mim. Até as minhas defesas eram uma maneira de aquele homem me ler. Mesmo enquanto ficava com a boca e a garganta secas de medo, uma questão surgia suspensa no ar. Onde estivera ele? Que assunto era tão importante para Regal que ele tivesse enviado Will para tratar dele, em vez de usá-lo para proteger a coroa?

Navio branco.

A resposta surgiu, vinda do meu íntimo, fundada em uma ligação tão profunda que eu não era capaz de desenterrá-la. Mas não duvidei dela. Olhei-o, refletindo sobre sua relação com o navio branco. Ele franziu o cenho. Senti um aumento de tensão entre nós, uma pressão de Talento contra as minhas barreiras. Ele não me arranhava nem puxava, como Serene e Justin tinham feito. Ao contrário, eu podia comparar o que ele fazia a um duelo de espadas, no qual se testa a força do ataque do oponente. Firmei-me contra ele, sabendo que, se vacilasse ou se, mesmo que por um instante, não conseguisse contê-lo, ele deslizaria através das minhas guardas e trespassaria a minha alma. Os seus olhos se arregalaram e surpreenderam-me com uma breve expressão de incerteza. Mas seguiu-a um sorriso tão hospitaleiro como a mandíbula de um tubarão.

— Ah — suspirou. Parecia satisfeito. Afastou-se da minha porta, espreguiçou--se como um gato preguiçoso. — Eles o subestimaram, mas eu não cometerei esse erro. Conheço bem as vantagens que ganhamos quando nosso rival nos subestima. — Então foi embora, nem abrupta nem lentamente, mas como fumaça afastada por uma brisa. Em um momento aqui e, em seguida, desaparecido.

Depois de ele ir embora, voltei para a minha pedra e me sentei. Respirei fundo e suspirei para aquietar o tremor dentro de mim. Senti como se tivesse passado por um julgamento. Pelo menos daquela vez, consegui me garantir. Encostei-me à parede de pedra fria e voltei a olhar para a porta.

Os olhos semicerrados de Will perfuraram-me.

Dei um salto tão abrupto que o ferimento encrostado da minha perna se abriu novamente. Fitei fixamente a janela. Nada. Ele desaparecera. Com o coração aos pulos, forcei-me a ir até minúscula janela e a espreitar para fora. Não havia ninguém que eu conseguisse ver. Ele fora embora. Mas eu não conseguia acreditar que tinha ido.

Manquei de volta ao banco de pedra e sentei-me, enrolando-me no manto de Brawndy. Fiquei olhando para a janela, em busca de um movimento, de alguma mudança na luz sombria do archote do guarda, de algo que indicasse que Will se escondia perto da minha porta. Nada. Queria sondar, com a Manha e com o Talento, para ver se conseguiria senti-lo do lado de fora, mas não me atrevi. Não poderia me arriscar para fora de mim sem abrir uma fresta para outra pessoa forçar a entrada.

Ergui as defesas em volta dos meus pensamentos e, pouco depois, reforcei-as. Quanto mais tentava me acalmar, mais violento se tornava o meu pânico quando ressurgia. Eu havia temido a tortura física. Agora, o amargo suor do medo escorria pelas minhas costelas e pelo rosto enquanto pensava em tudo o que Will poderia fazer comigo se conseguisse passar pelas minhas barreiras. Depois de se instalar dentro da minha cabeça, eu me ergueria perante todos os duques e contaria detalhadamente como matara o rei Shrewd. Regal inventara para mim algo pior do que a mera morte. Eu poderia morrer como covarde e traidor confesso. Iria me encolher aos pés de Regal, suplicando o seu perdão perante todos.

Acho que o tempo que passou foi de uma noite. Nesse período, não dormi, salvo momentos em que cochilava e logo acordava, assustado, sonhando com olhos à janela. Nem sequer me atrevi a sondar na direção de Olhos-de-Noite em busca de conforto, e esperei que ele não tentasse me contatar em pensamento. Saí de um desses cochilos com um sobressalto, pensando ter escutado passos no corredor. Estava com os olhos secos, com dor de cabeça pelo estado de vigilância e com os músculos rígidos de tensão. Fiquei parado no banco, conservando todas as minhas forças.

A porta foi aberta de repente. Um guarda enfiou um archote na minha cela e, cautelosamente, seguiu-o. Dois outros guardas entraram atrás dele.

— Você. Em pé! — ladrou o do archote. Tinha sotaque de Vara.

Não ganharia nada se me recusasse a obedecê-lo. Levantei-me, deixando que o manto de Brawndy caísse no banco. O líder fez um gesto brusco e eu acabei entre os dois guardas. Havia mais quatro fora da minha cela, à espera. Regal não queria correr riscos. Eu não conhecia nenhum dos homens. Todos usavam as cores da guarda de Regal. Eu podia adivinhar que ordens tinham recebido pela expressão no rosto deles. Não inventei desculpas. Percorremos um curto trajeto pelo corredor, passando pelo posto de vigia desocupado, até o aposento maior que havia tempos servira como casa da guarda. Com exceção de uma cadeira confortável, não havia nenhuma mobília. Cada arandela continha um archote, o que tornava a sala dolorosamente brilhante para os meus olhos desacostumados à luz. Os guardas deixaram-me em pé no meio da sala e se juntaram aos outros que se alinhavam ao longo das paredes. O hábito, mais do que a esperança, levou-me a avaliar a minha situação. Contei catorze guardas. Obviamente aquilo era um exagero, até para mim. As duas portas do aposento estavam fechadas. Esperamos.

Esperar, em pé, em uma sala ofuscada, rodeado por homens hostis, pode ser subestimado como forma de tortura. Tentei ficar calmo, mudar discretamente o peso de um pé para o outro. Logo me cansei. Era assustador descobrir a rapidez com que a fome e a inatividade tinham me deixado fraco. Me senti quase aliviado quando a porta finalmente se abriu. Regal entrou, seguido por Will. Will vinha discutindo com ele em voz baixa:

— ... desnecessário. Mais uma noite ou duas, é tudo de que eu preciso.

— Eu prefiro que seja assim — disse Regal num tom ácido.

Will inclinou a cabeça em um assentimento silencioso. Regal sentou-se, e Will ficou atrás do seu ombro esquerdo. Regal me examinou e se recostou insolentemente na cadeira. Inclinou a cabeça para um lado e expirou pelo nariz. Ergueu um dedo, indicou um homem.

— Bolt, você. Não quero nada quebrado. Quando conseguirmos o que queremos, quero que ele fique de novo apresentável. Entende?

Bolt assentiu brevemente. Despiu o seu manto de inverno e deixou-o cair, tirando também a camisa. Os outros homens observaram com os olhos petrificados. De uma longínqua discussão com Chade, lembrei-me de um pequeno conselho: "É possível aguentar mais tempo sob tortura se você se focar no que quer dizer, e não no que não quer. Ouvi falar de homens que repetiram a mesma frase tantas vezes, que chegaram ao ponto de não ouvirem mais as perguntas. Focando-se no que se quer dizer, a probabilidade de falar o que não quer diminui".

Mas o conselho teórico podia não ser tão útil. Regal não parecia ter perguntas a fazer.

Bolt era mais alto e mais pesado do que eu. Parecia ter uma dieta com muito mais do que pão e água. Ele se alongou e espreguiçou como se fôssemos lutar por uma bolsa na Festa do Inverno. Eu fiquei parado, olhando para ele, e ele me devolveu o olhar, sorrindo com os lábios comprimidos. Calçou um par de luvas de couro sem dedos. Tinha vindo preparado para isso. Então fez uma reverência a Regal, que respondeu com um aceno de cabeça.

O que é isso?

Fique quieto!, ordenei a Olhos-de-Noite. Mas quando Bolt se aproximou determinadamente de mim, senti um rosnado torcer o meu lábio superior.

Esquivei-me do primeiro soco, avancei para devolvê-lo e recuei quando ele tentou me dar outro soco. O desespero me deu agilidade. Não esperara ter chance de me defender, esperava estar amarrado e compungido. Claro, haveria tempo mais do que suficiente para isso. Regal tinha todo o tempo do mundo. Pare de pensar nisso. Eu nunca tinha sido bom naquele tipo de luta. Pare de pensar nisso também. O punho de Bolt raspou no meu rosto, causando uma dor aguda. Tenha cuidado. Estava tentando ganhar abertura, para avaliá-lo, quando o Talento me envolveu. Cambaleei perante a investida de Will, e Bolt atingiu-me sem esforço com os três socos. Maxilar, peito e maçã do rosto. Todos rápidos e sólidos, atitude de um homem que tinha experiência naquilo. E o sorriso de um homem que gostava do que fazia.

Pareceu passar uma eternidade. Não conseguia me defender de Will ao mesmo tempo em que me defendia do espancamento de Bolt. Raciocinei, se é que aquilo que se pensa num estado desses pode ser chamado de "raciocínio", que o meu corpo tinha as suas próprias defesas contra a dor física. Desmaiaria, ou morreria. Morrer talvez fosse a única vitória que poderia ter esperança de conquistar ali. Portanto decidi defender a mente, e não o corpo.

Evito recordar o espancamento. A minha defesa simbólica era desviar dos seus golpes e obrigá-lo a me perseguir, manter os olhos nele, bloquear sempre que pudesse, desde que isso não me distraísse da vigília contra a pressão do Talento de Will. Ouvi os guardas zombando da minha suposta falta de coragem, uma vez que quase não lutava. Quando um dos golpes de Bolt me atirou contra os soldados que nos rodeavam, empurrões e pontapés me atiraram de volta para ele.

Não podia dedicar pensamentos à estratégia. Quando tentava socar, fazia-o descontroladamente, e nas poucas vezes que os meus punhos atingiram o alvo, o impacto era fraco. Queria me libertar, abraçar a minha fúria e simplesmente acabar com Bolt como pudesse. Mas isso me deixaria escancarado para Will. Não. Tinha de permanecer tranquilo e aguentar. Conforme Will aumentava a pressão que fazia sobre mim, Bolt podia me socar mais à vontade. Acabei reduzido a duas alternativas: usar os braços para defender a cabeça ou o corpo. Ele simplesmente alternava os alvos. O horror era saber que o homem estava se contendo, batendo apenas para infligir dor e danos menores. Uma vez baixei as mãos e enfrentei diretamente o olhar de Will. Tive a breve satisfação de ver o suor que lhe escorria pelo rosto. Nesse momento, o punho de Bolt atingiu meu nariz com toda força.

Blade uma vez descreveu o som que ouviu quando quebrou o nariz numa briga. As palavras não faziam justiça. Era um som repugnante, combinado com uma dor pavorosa. Uma dor tão intensa que de repente era a única dor de que eu tinha consciência. Perdi os sentidos.

Não sei quanto tempo fiquei desacordado. Flutuei até ao limite da consciência, pairando. Alguém me virara de costas. Seja lá quem fosse se endireitou, depois de me examinar.

— O nariz está quebrado — anunciou.

— Bolt, eu disse que não queria nada quebrado! — gritou Regal, irado com ele. — Tenho de mostrá-lo ileso depois. Traga mais vinho — acrescentou com voz irritada, para outra pessoa.

— Não tem problema, rei Regal — assegurou-lhe alguém. Essa pessoa se inclinou sobre mim, agarrou com firmeza a ponta do meu nariz e endireitou-o brutamente. Isso doeu mais do que ter o nariz quebrado, e novamente mergulhei na inconsciência. Demorei-me por lá, ouvindo vozes que discutiam sobre mim antes de elas começarem a constituir palavras, e as palavras começarem a fazer sentido.

A voz de Regal.

— Então o que ele é supostamente capaz de fazer? Por que ainda não o fez?

— Só sei o que Serene e Justin me disseram, Majestade. — A voz de Will estava cansada. — Afirmaram que ele estava exausto por usar o Talento, e Justin foi capaz de abrir caminho para dentro dele. E então o bastardo... reagiu de alguma forma. Justin disse que achou que estava sendo atacado por um grande lobo. Serene disse que chegou a ver marcas de garras em Justin, mas que se desvaneceram pouco depois.

Ouvi o ranger de madeira quando Regal se atirou de volta para a cadeira.

— Bem, faça-o fazer isso. Quero ver a Manha com os meus próprios olhos.
— Uma pausa. — Ou será que você não tem força suficiente? Talvez devesse ter
mantido Justin de reserva.

— Eu sou mais forte do que Justin era, Majestade — afirmou calmamente
Will. — Mas Fitz sabe das minhas intenções. Já o ataque de Justin ele não esperava.
— Em voz mais baixa, acrescentou: — Ele é muito mais forte do que eu achava.

— Não quero saber, faça! — ordenou Regal com aversão.

Então Regal queria ver a Manha? Respirei fundo, reuni as poucas forças que
restavam em mim. Tentei focar a minha ira em Regal, *repeli-lo* com força suficiente para fazê-lo atravessar a parede, mas não consegui. Tinha dor demais para
conseguir me concentrar. As minhas próprias muralhas me derrotaram. Regal
apenas levou um susto, e então me olhou com mais atenção.

— Ele está acordado — observou. De novo o seu dedo se elevou indolentemente. — Verde. Fique à vontade. Mas tenha cuidado com o nariz. Deixe o rosto
dele em paz. O resto é fácil de cobrir.

Verde levou algum tempo me levantando para então me derrubar. Cansei
daquela repetição muito antes dele. O chão causava tantos danos como os seus
punhos. Não era capaz de manter os pés debaixo de mim, nem de erguer os braços para me defender. Retirei-me para dentro de mim mesmo, cada vez menor,
aninhando-me até que a pura dor física me obrigasse a ficar alerta e me forçasse
a voltar a lutar. Geralmente logo antes de desmaiar de novo. Tomei consciência
de outra coisa. O prazer de Regal. Ele não queria simplesmente me amarrar e
causar dor. Queria me ver lutar, me ver tentar revidar e falhar. Também observava os seus guardas, identificando, sem dúvida, quais deles afastavam os olhos
do seu divertimento. Estava me usando para avaliá-los. Obriguei-me a não me
importar que ele tivesse prazer com a minha dor. O que realmente importava era
manter as muralhas erguidas e Will fora da minha cabeça. Essa era a batalha que
eu tinha de vencer.

Na quarta vez que acordei, estava no chão da minha cela. Um terrível som
de fungadas, uma respiração ofegante e chiada, era o que tinha me acordado. Era
o som da minha própria respiração. Fiquei onde tinham me largado. Depois de
algum tempo, ergui uma mão e puxei de cima do banco o manto de Brawndy, que
caiu parcialmente sobre mim. Permaneci imóvel mais algum tempo. Os guardas
de Regal o obedeceram. Eu não tinha quebrado nenhum osso. Tudo doía, mas
não havia ossos partidos. Tudo o que tinham me dado era dor. Nada de que eu
pudesse morrer.

Rastejei até a água. Não enumerarei a intensidade da dor que o gesto de
levantar o cântaro para bebê-la me custou. As minhas tentativas iniciais de me
defender deixaram as mãos inchadas e doloridas. Tentei em vão evitar que a

borda do cântaro batesse na minha boca. Por fim, consegui beber. A água me deu forças para me deixar ainda mais consciente de todos os pontos que doíam. O meu meio pão também estava lá. Mergulhei a ponta no que restava da água e fui sugando o pão ensopado à medida que ia amolecendo. Tinha gosto de sangue. O espancamento de Bolt à minha cabeça deixou meus dentes moles e a boca cheia de cortes. O nariz latejava intensamente. Não conseguia tocá-lo. Não havia prazer em comer, apenas um alívio parcial da fome que me atormentava junto com a dor.

Um tempo depois, sentei-me. Envolvi-me no manto e refleti sobre o que sabia. Regal me espancaria fisicamente até que eu manifestasse a Manha num ataque que os seus guardas pudessem testemunhar, ou até que baixasse as muralhas o suficiente para que Will pudesse entrar na minha mente e me fazer confessar. Não sei por qual caminho ele preferiria vencer. Não tinha dúvidas de que venceria. A única maneira de sair daquela cela era morrendo. As opções eram tentar fazê-los me espancar até a morte antes de usar a Manha ou baixar a barreira de Talento a Will, ou tomar o veneno que fizera para Wallace. Se o tomasse morreria, isso era certeza. Fraco como estava, provavelmente seria mais rápido do que eu planejei para ele. Mas continuaria sendo doloroso. Pavorosamente doloroso.

Uma dor tão boa quanto outra qualquer. Custosamente, arregacei a manga direita ensanguentada. O bolso secreto estava fechado por um fio que devia se soltar com um ligeiro puxão, mas o sangue colara-o. Raspei-o cuidadosamente. Não podia derramá-lo. Teria de esperar até que me dessem mais água para ingeri-lo, do contrário eu só engasgaria e vomitaria o pó amargo. Ainda estava mexendo no bolso quando ouvi vozes no fundo do corredor.

Não parecia justo que viessem me buscar tão cedo. Fiquei à escuta. Não era Regal. Mas alguém vir até aqui significava que tinha algo a ver comigo. Uma voz profunda, resmungando de forma desconexa. Os guardas davam respostas breves, em tom hostil. Outra voz, intercedendo, argumentando. De novo os resmungos, mais altos, cada vez com mais beligerância. De repente um grito.

— Vai morrer, Fitz! Enforcado por cima de água, e o seu corpo será queimado!

A voz de Burrich. Uma estranha mistura de ira, ameaça e dor.

— Leve-o daqui! — Uma das guardas, falando agora alto e com clareza. A mulher era obviamente originária do interior.

— Eu o levo, eu o levo. — Conhecia aquela voz. Blade. — Ele bebeu um pouco demais, só isso. Sempre foi um problema para ele. E teve o rapaz como aprendiz lá embaixo, nos estábulos, durante anos. Estão dizendo que ele devia saber, que sabia e que talvez não tenha feito nada.

— Simmmmm. — Burrich expeliu a furiosa afirmação. — E agora estou sem emprego, bastardo! Sem brasões de cervo para mim. Bem, pelo cu de El, pouco importa. Os cavalos se foram. Os melhores cavalos que treinei na vida, maldição!

Foram agora para o interior, entregues a idiotas! Os cães foram levados, os falcões foram levados! Só restam arbustos e um par de mulas. Não tenho um cavalo que não me envergonhe admitir que é meu! — A sua voz estava se aproximando. Ela transparecia loucura.

Me levantei, arranhando a porta, agarrei-me às barras para enxergar. Não conseguia ver o posto de vigia, mas viam-se as sombras deles na parede. A de Burrich estava tentando avançar pelo corredor, enquanto os guardas e Blade tentavam puxá-lo para trás.

— Esperem. Ah, esperem só um minuto — protestou ebriamente Burrich. — Esperem. Olha, eu só quero falar com ele. É só isso.

O aglomerado de pessoas avançou pelo corredor, parou novamente. Os guardas estavam entre Burrich e a minha porta. Blade agarrava-se ao braço de Burrich. Ainda exibia os sinais da briga, um dos braços estava em uma tipoia. Não conseguia impedir Burrich de avançar.

— Só quero ter a minha parte antes de Regal ter a dele. É só isso. É só isso. — A voz de Burrich estava grave e engrolada pela bebida. — Vá lá. Só um minuto. Que importância tem, afinal? Ele está praticamente morto. — Outra pausa. — Olhem. Eu farei valer a pena. Olhem aqui.

Os guardas trocavam olhares.

— Hum, Blade, ainda tem algumas moedas? — Burrich procurava na bolsa dele, e depois soltou uma bufada de repugnância e virou-a ao contrário acima da mão. Moedas chuviscaram, derramando-se entre os seus dedos. — Tomem, tomem. — Ouviu-se o tilintar e chocalhar de moedas que caíam e rolavam pelo chão de pedra do corredor, e ele abriu bem os braços num gesto de generosidade.

— Ah, ele não está falando sério. Burrich, não se suborna guardas assim, vai acabar sendo atirado para uma cela também. — Blade abaixou-se apressadamente, desculpando-se enquanto juntava, afoito, as moedas derramadas. Os guardas abaixaram-se junto com ele, e eu vi a mão de um deles fazendo uma viagem furtiva entre o chão e o bolso.

De repente o rosto de Burrich espreitou pela minha janela. Por um momento ficamos imóveis, olhos nos olhos, pela janela gradeada. Tristeza e indignação batalhavam no rosto dele. Os olhos estavam injetados de sangue devido à bebida, e estava com um forte bafo de álcool. O tecido da sua camisa estava rasgado no local onde o brasão do cervo lhe fora arrancado. Fitou-me furioso e, enquanto me olhava, os seus olhos se arregalaram em choque. Por um momento os nossos olhares se cruzaram, e eu pensei que a compreensão da despedida passou entre nós. Então ele se inclinou para trás e cuspiu bem no meu rosto.

— Isso é para você — rosnou. — Isso é pela vida que você roubou de mim. Todas as horas, todos os dias que passei com você. Melhor seria que tivesse jazido e morrido entre os animais antes que isso acontecesse. Vão enforcá-lo, garoto. Regal já mandou construir a forca, em cima da água, como manda a velha sabedoria. Vão enforcá-lo, e depois esquartejá-lo e queimá-lo até o osso. Não vai sobrar nada para enterrar. Ele provavelmente tem medo que os cães o desenterrem. Gostaria bastante disso, hein, garoto? Enterrado como um osso para algum cão desenterrá-lo depois? É melhor se deitar e morrer aí mesmo.

Eu havia me encolhido quando ele cuspiu em mim. Agora me afastava da porta, cambaleando enquanto ele agarrava as barras e me fitava, de olhos esbugalhados e brilhantes de loucura e bebida.

— É tão bom com a Manha, dizem eles. Por que é que não se transforma numa ratazana e foge daqui? Hein? — Encostou a testa às barras e me olhou. Quase pensativamente, disse: — Antes isso do que ser enforcado, cachorro. Transforme-se num animal e fuja com o rabo entre as pernas. Se puder... ouvi dizer que pode... Dizem que você pode se transformar em um lobo. Bem, se não puder vai ser enforcado. Vai ser pendurado pelo pescoço, vai sufocar e se debater. — A sua voz sumiu. Os seus olhos escuros prenderam-se nos meus. Lacrimejavam da bebida. — Antes deitar e morrer aí mesmo do que ser enforcado. — De repente pareceu cheio de fúria. — Talvez eu te ajude a se deitar e morrer! — ameaçou através dos dentes cerrados. — Antes morrer à minha maneira do que à de Regal! — Começou a lutar com as barras, sacudindo a porta contra as trancas.

Os guardas caíram instantaneamente sobre ele, agarrando-se cada um a um braço, puxando-o e xingando-o enquanto ele os ignorava. O velho Blade saltitava atrás deles, dizendo:

— Desista, Burrich, já disse o que queria dizer, vamos, homem, antes que se meta em apuros de verdade.

Não conseguiram fazê-lo soltar as barras, mas ele desistiu de repente, limitando-se a deixar os braços caírem. Isso pegou os guardas de surpresa, e ambos se desequilibraram para trás. Eu me agarrei à janela gradeada.

— Burrich! — Foi difícil obrigar a boca a formar palavras. — Nunca quis te magoar. Me desculpe. — Respirei fundo, tentei encontrar algumas palavras que pusessem fim ao tormento nos seus olhos. — Ninguém deveria te culpar. Fez o melhor que pôde comigo.

Ele balançou a cabeça, o rosto se contorcendo de dor e raiva.

— Deite-se e morra, garoto. Apenas se deite e morra. — Virou as costas e se afastou de mim.

Blade caminhava de costas, se desculpando cem vezes com os dois guardas irritados que o seguiam pelo corredor. Vi-os ir, e depois vi a sombra de Burrich se afastar cambaleando, enquanto a de Blade ficou um pouco mais, para apaziguar os guardas.

Limpei a cusparada do rosto inchado e voltei lentamente para o banco de pedra. Fiquei muito tempo sentado, lembrando. Desde o princípio ele tentou me afastar da Manha. Tirara-me impiedosamente o primeiro cão a que me vinculara. Eu lutei por esse cão, *repeli* por ele, com cada pedacinho de força que possuía, e Burrich limitara-se a devolver o *repelimento* contra mim. A força foi tamanha que depois disso eu sequer tentei *repelir* alguém durante anos. E quando se tornou menos severo, ignorando, mesmo que não aceitando, a minha ligação com o lobo, acabou sendo atingido por ela. A Manha. Todos os momentos em que tentou me avisar, e todos os momentos em que eu sabia perfeitamente o que estava fazendo.

E sabia.

Olhos-de-Noite, cumprimentei-o. Não tinha energia para fazer mais do que isso.

Venha comigo. Venha comigo e vamos caçar. Eu posso afastá-lo de tudo isso.

Talvez daqui a algum tempo, desencorajei-o. Não tinha forças para lidar com ele.

Fiquei sentado por muito tempo. O encontro com Burrich doía tanto quanto o espancamento. Tentei pensar em uma única pessoa na minha vida a quem não falhara, a quem não desiludira. Não consegui me lembrar de ninguém.

Olhei de relance o manto de Brawndy. Sentia frio suficiente para desejá-lo, mas estava com dor demais para alcançá-lo. Uma pedrinha no chão ao seu lado chamou minha a atenção. Me intrigou. Olhara durante tempo suficiente para aquele chão para saber que não havia pedrinhas soltas e escuras na cela.

A curiosidade é uma força perturbadoramente forte. Por fim, inclinei-me e recolhi o manto, e a pedrinha que estava a seu lado. Precisei de algum tempo para me envolver no manto. Então examinei a pedrinha. Não era uma pedrinha. Era escura e úmida. Uma bola de alguma coisa? Folhas. Uma bolinha de folhas comprimidas. Uma bolinha que espetou meu queixo quando Burrich cuspira? Cautelosamente, ergui-a para a luz tremeluzente que vagueava através da janela gradeada. Alguma coisa branca prendia a folha exterior. Soltei-a. O que pegou no meu queixo era a extremidade branca de um espinho de porco-espinho, enquanto a ponta negra e farpada prendia o embrulho de folhas. Desenrolada, a folha revelou uma bolinha pegajosa e castanha. Levei-a ao nariz e cheirei-a cautelosamente. Uma mistura de ervas, mas uma dominava. Reconheci o odor com uma sensação de enjoo. Levame. Uma erva das Montanhas. Um analgésico e sedativo poderoso, comumente usado para sacrificar alguém de forma misericordiosa. Kettricken usara-o quando tentou me matar nas Montanhas.

Venha comigo.

Não agora.

Aquilo seria o presente de despedida de Burrich? Um fim misericordioso? Repensei o que ele disse. É melhor simplesmente deitar e morrer. Isto, vindo do homem que me ensinara que a luta não termina até ser ganha? A contradição era grande demais.

O Coração da Matilha diz que deveria vir comigo. Agora. Hoje à noite. Deite-se, diz ele. Seja um cão para os cães te desenterrarem mais tarde, diz ele. Podia sentir o esforço que Olhos-de-Noite fazia para transmitir aquela mensagem.

Permaneci em silêncio, pensando.

Ele tirou o espinho do meu lábio, irmão. Acho que podemos confiar nele. Venha comigo, já, hoje à noite.

Refleti sobre as três coisas que jaziam na minha mão. A folha, o espinho, a bolinha. Enrolei novamente a bolinha de ervas na folha e amarrei-a com o espinho.

Não entendo o que ele quer que eu faça, lamentei.

Deite-se e fique quieto. Acalme-se e venha comigo, e eu... uma longa pausa, enquanto Olhos-de-Noite resolvia algo na cabeça. *Coma o que ele te deu só se for preciso. Só se não puder vir comigo por conta própria.*

Não faço ideia do que ele está fazendo. Mas, assim como você, acho que podemos confiar nele. Na escuridão, além de toda a exaustão, sentei-me para soltar os pontos na minha manga. Quando finalmente se soltaram, espremi para fora o minúsculo pacote de papel cheio de pó e então enfiei lá dentro a bolinha embrulhada em folhas. Consegui forçar o espinho a segurá-la no lugar. Olhei para o pacote de papel que tinha na mão... uma pequena ideia me ocorreu, mas me recusei a pensar nela. Fechei o pacote na mão. Então me enrolei no manto de Brawndy e me deitei lentamente no banco. Sabia que deveria ficar atento, para o caso de Will regressar, mas estava desesperançado e cansado demais. *Estou com você, Olhos-de-Noite.*

Corremos para longe juntos, sobre a neve branca e encrostada, penetrando num mundo de lobos.

EXECUÇÃO

O mestre dos Estábulos Burrich era conhecido durante os anos que passou em Torre do Cervo como um extraordinário tratador de cavalos, bem como criador de cães e falcoeiro. A sua perícia com os animais era quase lendária, mesmo em vida.

Começou os anos de serviço como soldado comum. Dizem que ele provinha de gente que se estabelecera em Shoaks. Alguns afirmam que a sua avó era de ascendência escrava e comprou a liberdade de um dono de Vila Bing com um serviço extraordinário.

Como soldado, a sua ferocidade em batalha chamou a atenção do jovem príncipe Chivalry. Murmura-se que a primeira vez que ele foi chamado à presença do príncipe foi devido a uma questão de disciplina por causa de uma briga de taberna. Serviu Chivalry durante algum tempo como companheiro de armas, mas Chivalry descobriu o seu dom para os animais e encarregou-o dos cavalos de seus guardas. Em breve estava cuidando também dos cães e dos falcões de Chivalry, e acabou por supervisionar todos os estábulos de Torre do Cervo. A forma sábia como tratava de enfermidades dos animais, e o conhecimento do organismo deles estendia-se ao gado bovino, às ovelhas e aos porcos e ao tratamento ocasional de aves. Ninguém compreendia os animais melhor do que ele.

Gravemente ferido em um acidente de caça ao javali, Burrich ficou manco para o resto da vida. Isso parece ter acalmado o temperamento explosivo e violento de quando jovem. No entanto, continuou a ser até o fim dos seus dias um homem que poucos irritariam voluntariamente.

O seu remédio de ervas foi responsável pelo fim no surto de escaleira que afligiu as ovelhas do Ducado de Bearns, após os anos da Praga de Sangue. Salvou os rebanhos de serem totalmente dizimados e evitou que a doença se espalhasse para o Ducado de Cervo.

Uma noite límpida sob estrelas brilhantes. Um corpo bom e saudável, descendo uma colina coberta de neve numa série de saltos exuberantes. A nossa passagem deixava para trás cascatas de neve nos arbustos. Tínhamos matado, tínhamos comido. Todas as fomes estavam satisfeitas. A noite estava fresca e aberta, com um frio de trincar os ossos. Nenhuma gaiola nos prendia, nenhum homem nos batia. Juntos, conhecíamos a plenitude da nossa liberdade. Fomos até onde a nascente fluía tão forte que quase nunca congelava e lambemos a água gélida. Olhos-de-Noite nos sacudiu, e então farejou profundamente o ar.

A manhã está chegando.

Eu sei. Não quero pensar nisso. Manhã, quando os sonhos têm de terminar e a realidade deve ser suportada.

Precisa vir comigo.

Olhos-de-Noite, eu já estou com você.

Não. Precisa vir comigo, por completo. Precisa se soltar.

Ele já havia dito isso, pelo menos vinte vezes. Era impossível não perceber a urgência dos seus pensamentos. A sua insistência era evidente, e essa persistência me espantava. Não era comum Olhos-de-Noite se agarrar tão firmemente a uma ideia que nada tinha a ver com comida. Aquilo era algo que ele e Burrich tinham decidido. Eu tinha de ir com ele.

Não conseguia imaginar o que ele queria que eu fizesse.

Mais de uma vez, expliquei-lhe que estava preso, o corpo em uma gaiola, assim como ele um dia esteve. A minha mente podia acompanhá-lo, pelo menos durante algum tempo, mas eu não podia ir com ele como me pedia para fazer. Todas as vezes que lhe explicara, ele me disse que entendia, que eu é que não estava entendendo. E agora estávamos de volta nisso.

Senti que ele tentava ter paciência. *Precisa vir comigo, agora. Completamente. Antes que eles venham te acordar.*

Não posso. O meu corpo está trancado numa gaiola.

Abandone-o!, disse ele furiosamente. *Largue-o!*

O quê?

Deixe o seu corpo, largue-o, venha comigo.

Morrer, você quer dizer? Comer o veneno?

Só se não tiver outro jeito. Mas precisa fazer isso depressa, agora, antes que possam feri-lo mais. Abandone o corpo e venha comigo. Largue-o. Já fez isso uma vez. Lembra?

O esforço para encontrar algum sentido nas suas palavras estava me deixando consciente do nosso vínculo. A dor no corpo torturado irrompeu para me perturbar. Em algum lugar, eu estava rígido de frio, e repleto de dor. Em algum lugar, cada inspiração trazia como resposta uma pontada nas costelas. Engatinhei para longe disso, de volta ao corpo são e forte do lobo.

Isso mesmo, isso mesmo. Abandone-o. Já! Largue-o. Simplesmente, largue-o.

Soube de repente o que ele queria que eu fizesse. Não sabia bem como, e não tinha a certeza de ser capaz. Me lembrei de que tinha sim, uma vez, abandonado meu corpo, de que o tinha deixado aos seus cuidados. Para acordar horas mais tarde ao lado de Molly. Mas não sabia como havia feito aquilo. E era diferente. Deixara o lobo me defendendo, quando parti para onde quer fosse. Dessa vez ele queria que eu simplesmente libertasse a consciência do corpo. Que abrisse mão, voluntariamente, da ligação que unia a mente à carne. Mesmo que fosse capaz de descobrir como, não sabia se queria fazê-lo.

Deite-se e morra, dissera-me Burrich.

Sim. Isso mesmo. Morra se tiver de ser, mas venha comigo.

Tomei uma decisão abrupta. Confiar. Confiar em Burrich, confiar no lobo. O que tinha a perder?

Respirei fundo, me preparei dentro de mim mesmo, como que para mergulhar em água fria.

Não. Não, simplesmente, largue-se.

Estou largando. Estou largando. Tateei dentro de mim pela ligação que me unia ao corpo. Abrandei a respiração, obriguei o coração a bater mais devagar. Recusei a sensação de dor, de frio, de rigidez. Afundei-me para longe de tudo isso, para mais fundo dentro de mim.

Não! Não!, uivou Olhos-de-Noite em desespero. *Para mim! Venha para mim, largue isso, venha para mim!*

Mas ouvi passos e um murmúrio. Um estremecimento de medo percorreu-me, e, involuntariamente, aninhei-me melhor ao manto de Brawndy. Consegui abrir um dos olhos um pouco. O que vi foi a mesma cela pouco iluminada, a mesma minúscula janela gradeada. Havia uma profunda dor gelada dentro de mim, algo mais traiçoeiro do que a fome. Não tinham quebrado ossos, mas, dentro de mim, algo estava rasgado. Eu sentia.

Voltou para a gaiola!, gritou Olhos-de-Noite. *Largue-o! Abandone o corpo e venha para mim!*

É tarde demais, sussurrei. *Fuja, fuja. Não divida isso comigo.*

Não somos alcateia? Um desespero palpitante como o longo uivo de um lobo.

Estavam à minha porta, ela estava se abrindo. O medo me abocanhou e me sacudiu no ar. Quase levei o punho da camisa à boca e masquei a bolinha da manga nesse momento. Em vez disso, apertei o minúsculo pacote de papel no punho e me determinei a desistir dele.

O mesmo homem com o archote, os mesmos dois guardas. A mesma ordem.

— Você. Em pé!

Afastei o manto de Brawndy. Um dos guardas ainda era suficientemente humano para empalidecer diante do que viu. Os outros dois ficaram impassíveis. E quando não fui capaz de me mover depressa o suficiente para seu gosto, um deles me agarrou pelo braço e me levantou com um puxão. Soltei um grito inarticulado de dor; não consegui evitá-lo. E isso me fez tremer de medo. Se não conseguia evitar gritar, como poderia manter erguidas as defesas contra Will?

Tiraram-me da cela e me levaram pelo corredor. Não digo que caminhei. Todos os hematomas tinham endurecido durante a noite. O espancamento reabrira os golpes de espada no braço direito e na coxa. Essas dores também estavam renovadas. A dor agora era como o ar; movia-me através dela, eu a inspirava e expirava. No centro da casa da guarda, um dos guardas empurrou-me, e eu caí. Fiquei deitado de lado, no chão. Não vi motivo para me esforçar para me sentar; não tinha dignidade a defender. Era melhor que pensassem que não conseguia me levantar. Apesar de conseguir, era melhor ficar imóvel e reunir qualquer força que eu ainda pudesse encontrar. Lenta e penosamente clareei a mente e comecei a erguer minhas defesas. Mais e mais, através da névoa da dor, voltei às muralhas de Talento que erguera, fortalecendo-as, selando-me atrás delas. As muralhas da mente eram o que tinha de defender, não a carne do corpo. À minha volta na sala, homens alinhavam-se junto das paredes. Moviam-se e conversavam entre si em voz baixa, à espera. Quase não os notava. O meu mundo eram as muralhas e a dor.

Houve um rangido e a corrente de ar de uma porta que se abria. Regal entrou. Will caminhava atrás dele, irradiando descuidadamente força de Talento. Estava consciente dele como nunca antes estivera consciente de nenhum homem. Mesmo sem ver podia senti-lo, a sua forma, o calor do Talento que ardia nele. Era perigoso. Regal supunha que Will não passava de uma ferramenta. Atrevi-me a sentir uma minúscula satisfação em saber que Regal não conhecia os perigos de uma ferramenta como Will.

Ele ocupou uma cadeira. Alguém lhe trouxe uma pequena mesa. Ouvi uma garrafa ser aberta e senti o cheiro de vinho sendo servido. A dor havia deixado meus sentidos insuportavelmente aguçados. Ouvi Regal beber. Recusei-me a reconhecer o quanto eu queria fazer o mesmo.

— Caramba. Olhe para ele. Acha que fomos longe demais, Will? — Algo no malicioso divertimento na voz de Regal informou-me de que naquele dia ele tomara algo além de vinho. Fumo, talvez? Tão cedo? O lobo falou que estava amanhecendo. Regal nunca estaria de pé ao amanhecer... havia algo de errado com a minha sensação do tempo.

Will caminhou lentamente na minha direção, parou sobre mim. Não tentei me mexer para ver seu rosto. Agarrei-me firmemente à minha pequena reserva de força. Ele me empurrou bruscamente com o pé, e eu ofeguei por reflexo. Quase no mesmo instante, atirou a força do seu Talento contra mim. Nesse ponto, pelo menos, aguentei firme. Will inspirou rapidamente pelo nariz, soltou uma bufada. Voltou para perto de Regal.

— Majestade. Fez quase tudo o que era possível ao seu corpo, sem arriscar danos claramente visíveis mesmo daqui a um mês. Mas, por dentro, ele ainda resiste. A dor pode distraí-lo de proteger a mente, mas não é algo que enfraqueça inerentemente a força do seu Talento. Não acho que conseguirá quebrá-lo desse jeito.

— Não foi isso que perguntei, Will — repreendeu-o rispidamente Regal. Escutei-o se mover até uma posição mais confortável. — Ah, isso está levando tempo demais. Os meus duques estão ficando impacientes. Ele tem de ser quebrado hoje. — Com um ar pensativo, perguntou a Will: — Quase tudo o que era possível ao seu corpo, você disse? Nesse caso o que sugeriria a seguir?

— Deixe-o sozinho comigo. Posso conseguir dele o que você deseja.

— Não. — A recusa de Regal era taxativa. — Eu sei o que *você* quer dele, Will. Você o vê como um pote gordo, cheio de força de Talento, o qual gostaria de drenar. Bem, no fim talvez haja uma forma de você ficar com ele. Mas ainda não. Quero que ele apareça perante os duques e confesse ser traidor. Mais que isso, quero vê--lo prostrado perante o trono suplicando misericórdia. Quero que ele denuncie todos os que me desafiaram. Ele mesmo os acusará. Ninguém duvidará quando ele os chamar de traidores. Que o duque Brawndy veja a própria filha acusada, que toda a corte ouça dizer que lady Patience, que tão ruidosamente clama por justiça, traiu a coroa. E quanto a ele... aquela veleira, aquela moça, Molly.

O meu coração retumbou dentro de mim.

— Ainda não a encontrei, senhor — aventurou-se Will a dizer.

— Silêncio! — trovejou Regal. Soou quase como o rei Shrewd. — Não o anime com isso. Ela não tem de ser encontrada para ser declarada traidora pelos seus próprios lábios. Podemos encontrá-la quando nos convier. Ele pode caminhar para a morte, sabendo que ela o seguirá, traída por suas palavras. Limparei Torre do Cervo, da pilha de estrume até o topo das torres, de todos aqueles que tentaram me trair e me desafiar! — Ergueu a taça num brinde a si mesmo e bebeu longamente.

Soava, pensei comigo mesmo, muito como a rainha Desire dentro de seus copos. Parte zombeteiro e parte hipócrita e covarde. Temeria todos aqueles que não controlasse. E no dia seguinte temeria ainda mais aqueles que controlava.

Regal pousou a taça de vinho com um baque surdo. Recostou-se na cadeira.

— Bem. Continuemos, sim? Kelfry, levante-o.

Kelfry era um homem competente que não retirava prazer do seu trabalho. Não era gentil, mas também não era mais brutal do que tinha de ser. Veio atrás de mim, agarrando-me pelos braços para me manter ereto. Hod não o treinara.

Eu sabia que se atirasse com força a cabeça para trás quebraria seu nariz e possivelmente partiria alguns de seus dentes da frente. Atirar rapidamente a cabeça para trás pareceu-me apenas um pouco mais simples do que levantar o chão em que os meus próprios pés se apoiavam. Aguentei-me em pé, com as mãos fechadas de forma protetora à frente da barriga, empurrando a dor para longe, reunindo forças. Após um momento, ergui a cabeça e olhei para Regal.

Passei a língua pelo interior da boca, para soltar os lábios dos dentes, e então falei:

— Você matou seu próprio pai.

Regal endireitou-se na cadeira. O homem que me segurava ficou mais tenso. Encostei-me aos seus braços, obrigando-o a suportar o meu peso.

— Serene e Justin o fizeram, mas foi você quem deu a ordem — disse, calmamente. Regal ficou em pé. — Mas não antes de termos contatado Verity através do Talento. — Tornei a voz mais forte. O esforço me fez suar. — Verity está vivo, e sabe de tudo. — Regal vinha contra mim, com Will logo atrás. Desviei os olhos para Will, coloquei um tom ameaçador na voz. — Ele sabe de você também, Will. Ele sabe de tudo.

O guarda me segurou quando Regal me atingiu com as costas da mão. De novo. Outra bofetada, e eu senti a pele inchada do meu rosto abrir-se sob o impacto. Regal puxou o punho atrás. Preparei-me para ser atingido, deixei toda a dor de lado, concentrei-me, preparei-me.

— Cuidado! — berrou Will, e saltou para empurrar Regal para o lado.

Desejei demais, e ele percebeu através do Talento o que eu pretendia fazer. Quando Regal esboçou o soco, eu me libertei do meu guarda, esquivei-me do golpe de Regal e avancei. Segurei a parte de trás do pescoço de Regal para puxar o seu rosto para a minha outra mão, que segurava o papel de pó, agora esmagado. A minha intenção era esfregá-lo no nariz e boca, esperando, contra qualquer esperança, que ele inalasse pó suficiente para morrer.

Will estragou tudo. Os meus dedos inchados não se fecharam no pescoço de Regal. Will arrancou Regal das minhas mãos rígidas, empurrou-o para o lado, para longe de mim. Quando o ombro de Will colidiu com o meu peito, ergui a mão para o seu rosto, esmaguei o papel rasgado e o fino pó branco contra o seu nariz, boca e olhos. A maior parte flutuou numa nuvem fina entre nós. Vi-o ofegar perante o sabor amargo do pó, e então caímos no chão, os dois, sob uma onda de guardas de Regal.

Mergulhei, procurando a inconsciência, mas ela fugiu. Fui agredido, chutado e estrangulado até alguém além de mim parecer dar importância aos gritos frenéticos de "Não o matem! Não o matem!" de Regal. Senti-os saírem de cima de mim, senti-os arrastando Will debaixo de mim, mas não conseguia ver. Sangue escorria sobre o meu rosto, e lágrimas se misturavam a ele. Era minha chance, e falhara. Nem sequer apanhara Will. Ah, ele ficaria doente por alguns dias, mas duvidava de que morresse. Ouvi-os murmurar a respeito dele.

— Levem-no a um curandeiro, então. — Ouvi finalmente Regal ordenar. — Vejam se o curandeiro consegue descobrir o que há de errado com ele. Algum de vocês o chutou na cabeça?

Pensei que ele estava falando de mim, até ouvir o barulho de Will sendo carregado para fora da sala. Então eu conseguira fazê-lo inalar mais pó do que pensava ou alguém o chutou na cabeça. Talvez tenha aspirado pó quando estava ofegante. Não tinha a menor ideia do que o veneno faria aos pulmões. Sentir a presença do Talento se desvanecer foi um alívio quase tão bem-vindo como o fim da dor. Cautelosamente, relaxei a vigilância contra ele. Era como soltar um peso gigantesco. Outro pensamento me ocorreu: eles não sabiam. Nenhum deles viu o papel e o pó, tudo aconteceu rápido demais para eles. Podiam nem sequer pensar em veneno até ser tarde demais.

— O bastardo está morto? — perguntou Regal irritado. — Se estiver, juro, todos vocês serão enforcados!

Alguém se baixou apressadamente perto de mim, para pousar os dedos na minha garganta.

— Está vivo — disse um soldado rispidamente, de um modo quase mal--humorado. Um dia Regal aprenderia a não ameaçar a própria guarda. Suspeitava de que essa lição lhe seria entregue por uma flecha espetada nas costas.

Pouco depois, alguém despejou um balde de água fria em cima de mim. O choque renovou o ímpeto da dor. Abri o olho com dificuldade. A primeira coisa que vi à minha frente foi água e sangue no chão. Se todo aquele sangue fosse meu, estaria em apuros. Desorientado, tentei imaginar de quem mais poderia ser. A minha cabeça não estava funcionando lá muito bem. O tempo parecia passar aos saltos. Regal estava em pé, ao meu lado, colérico e completamente despenteado, e então de repente estava sentado na sua cadeira. Para dentro e para fora. Luz e escuridão e de novo luz.

Alguém se ajoelhou a meu lado, examinou-me com a mão. Burrich? Não. Esse era um sonho de muito tempo atrás. Este homem tinha olhos azuis, e o sotaque anasalado de Vara.

— Ele está sangrando demais, rei Regal. Mas podemos estancar o sangue. — Alguém pressionou minha testa. Uma taça de vinho aguado, encostada aos meus lábios cortados, derramou-se na minha boca. Engasguei. — Viu, ele está vivo. Eu pararia por hoje, Majestade. Duvido que ele consiga responder a mais perguntas antes de amanhã. Irá apenas desmaiar nos seus braços. — Uma opinião calma e profissional. Quem quer que ele fosse, voltou a me estender no chão e foi embora.

Um espasmo sacudiu-me. Um ataque chegaria em breve. Ainda bem que Will saiu dali. Não acho que poderia manter as muralhas erguidas durante um ataque.

— Oh, levem-no daqui! — Regal, repugnado e desapontado. — Isso não passou de perda de tempo hoje. — As pernas da cadeira rasparam no chão quando ele a abandonou. Ouvi o som das suas botas no chão de pedra quando saiu da sala.

Alguém me agarrou pela camisa e me levantou com um puxão. Nem sequer consegui gritar com a dor.

— Imbecil — rosnou. — É melhor que não morra. Eu não vou ser açoitado por causa da morte de um monte de estrume como você.

— Bela ameaça, Verde — zombou alguém. — E o que vai fazer com ele, se ele já estiver morto?

— Cale a boca. As suas costas seriam esfoladas até o osso, como as minhas. Vamos levá-lo daqui e limpar essa sujeira.

A cela. A parede nua dela. Largaram-me no chão, de costas viradas para a porta. De algum modo, isso parecia injusto da parte deles. Eu teria de fazer todo o esforço de rolar sobre mim mesmo apenas para ver se tinham deixado um pouco de água para mim.

Não. Seria trabalho demais.

Está vindo agora?

Eu realmente quero, Olhos-de-Noite. Mas não sei como.

Alterador. Alterador! Irmão! Alterador.

O que é isso?

Ficou em silêncio durante muito tempo. Está vindo?

Estive... em silêncio?

Sim. Pensei que tivesse morrido, sem vir se juntar a mim. Não conseguia te contatar.

Provavelmente um ataque. Não sabia o que tinha acontecido. Mas agora estou aqui, Olhos-de-Noite. Estou aqui.

Então venha até mim. Depressa, antes que morra.

Um momento. Vamos nos certificar antes.

Tentei pensar em um motivo para não fazê-lo. Sabia que havia alguns, mas já não conseguia recordá-los. "Alterador", chamara-me ele. O meu próprio lobo me chamando daquilo, assim como o Bobo ou Chade me chamavam catalisador. Bom... Era o momento de alterar as coisas para Regal. A última coisa que eu podia fazer era morrer antes que Regal acabasse comigo. Se tinha de morrer, que fosse sozinho. Nenhuma palavra minha comprometeria nenhuma outra pessoa. Esperava que os duques exigissem ver o meu corpo.

Precisei de muito tempo para levar o braço do chão até o peito. Tinha os lábios cortados e inchados, e os dentes doíam muito na gengiva, mas mesmo assim levei o punho da camisa à boca e abri a minúscula saliência que a bolinha de folhas fazia no interior do tecido. Mordi-a com o máximo de força que consegui encontrar, e então chupei-a. Pouco depois, o sabor de levame inundou minha boca. Não era desagradável. Pungente. Quando a erva amorteceu a dor na boca, pude mastigar a manga com mais força. Com dificuldade, tentei ter cuidado com o espinho de porco-espinho, não queria que ele espetasse meu lábio.

Dói de verdade quando isso acontece.

Eu sei, Olhos-de-Noite.

Venha até mim.

Estou tentando. Dê-me um momento.

Como é que uma pessoa deixa o corpo para trás? Tentei ignorá-lo, estar consciente de mim só como Olhos-de-Noite. Focinho aguçado. Deitado de lado, mascando determinadamente um punhado de neve entre os dedos das patas. Provei a neve e a minha pata enquanto mordiscava e lambia a neve. Ergui os olhos. Estava anoitecendo. Em breve seria um bom momento para caçar. Ergui-me, sacudi-me inteiro.

Isso mesmo, encorajou-me Olhos-de-Noite.

Mas ainda havia aquele fio, aquela minúscula consciência de um corpo dolorido e rígido num chão de pedra fria. Bastava pensar nele para torná-lo mais real. Um tremor percorreu-o, sacudindo-lhe os ossos e os dentes. Um ataque se aproximava. E daquela vez era grande.

De repente, tudo se tornou muito fácil. Uma escolha tão simples. Trocar aquele corpo por este. De qualquer forma, aquele já não funcionava lá muito bem. Preso em uma gaiola. Não havia motivo para ficar com ele. Não havia nenhum motivo para ser um homem.

Estou aqui.

Eu sei. Vamos caçar.

E foi o que fizemos.

DIAS DE LOBO

O exercício para se centrar é simples. Pare de pensar no que pretende fazer. Pare de pensar no que acabou de fazer. Então, pare de pensar que parou de pensar nessas coisas. Assim encontrará o Agora, o tempo que se estende pela eternidade e que é, na verdade, o único tempo que existe. Lá, terá finalmente tempo para ser você mesmo.

Há uma pureza na vida que se pode alcançar quando não se faz nada além de caçar, comer e dormir. No fim das contas, ninguém precisa realmente de nada mais do que isso. Corríamos sozinhos, nós, o lobo, e não nos faltava nada. Não ansiávamos por veado quando um coelho surgia nem achávamos ruim que os corvos debicassem os restos do que havíamos caçado. De vez em quando lembrávamo-nos de um tempo e de uma maneira de viver diferentes. Quando isso acontecia, não sabíamos o que poderia haver de tão importante em tudo aquilo. Não matávamos o que não podíamos comer, e não comíamos o que não conseguíamos matar. O entardecer e o amanhecer eram os melhores momentos para caçar, e os outros momentos eram bons para dormir. Além disso, o tempo não significava nada.

Para os lobos, assim como para os cães, a vida é uma coisa mais breve do que para os homens, se for medida pela contagem dos dias e por quantas mudanças de estação se vê. Mas, em dois anos, um filhote de lobo faz tudo o que um homem faz em vinte. Chega ao ápice da sua força e tamanho, aprende tudo o que é necessário para ser um caçador, um parceiro de acasalamento ou um líder. A vela da sua vida arde de uma forma mais breve e brilhante do que a de um homem. Em uma década, faz tudo o que um homem faz em cinco ou seis décadas. Um ano passa para um lobo como uma década para um homem. O tempo não é avarento quando se vive sempre no presente.

Assim, conhecíamos as noites e os dias, a fome e a saciedade. Selvagens alegrias e surpresas. Apanhar um rato, atirá-lo ao ar, devorá-lo com uma dentada.

Tão bom. Assustar um coelho, persegui-lo enquanto ele se esquivava e corria em círculos e, então, de repente, apertar o passo e capturá-lo numa nuvem de neve e pelo. Sacudi-lo para quebrar seu pescoço e comê-lo calmamente, rasgando a barriga e esfregando o focinho nas suas entranhas quentes, a carne suculenta dos quadris, o fácil quebrar da coluna vertebral. Saciedade e sono. E acordar novamente para caçar.

Perseguir uma corça sobre a lagoa congelada, sabendo que não podemos abater um animal desse porte, mas rejubilando a caçada. Então ela quebra o gelo, e nós andamos em círculos, em círculos, eternamente em círculos enquanto ela esforça os cascos contra o gelo e finalmente consegue sair do buraco, fraca demais para fugir dos dentes que lhe cortam os tendões, das presas que se fecham na garganta. Comer a carcaça até a saciedade, não uma, mas duas vezes. Uma tempestade de gelo que chega nos levar para o covil. Dormir aconchegados, de focinho sobre a cauda, enquanto o vento fora do covil atira para todo o lado uma chuva gelada e, em seguida, neve. Acordar sob a pálida luz que resplandece para dentro através de uma camada de neve. Cavá-la e sair, farejar o dia límpido e frio que começa a cair. Ainda há carne na corça, gelada, vermelha e saborosa, pronta para ser desenterrada da neve. O que pode ser mais satisfatório do que saber que a carne está à nossa espera?

Venham.

Paramos. Não, a carne está à espera. Continuamos a correr.

Venham agora. Venham até mim. Tenho carne para vocês.

Já temos carne. E está mais perto.

Olhos-de-Noite. Alterador. O Coração da Matilha está chamando.

Paramos novamente. Sacudimo-nos. Não é confortável. O que o Coração da Matilha é para nós? Ele não é alcateia. Empurra-nos. Há carne mais perto. Está decidido, vamos para a margem da lagoa. Aqui. Por aqui. Ah. Escavar até a corça através da neve. Os corvos chegam para nos observar, esperando que terminemos.

Olhos-de-Noite. Alterador. Venham, venham agora. Em breve será tarde demais.

A carne está congelada, quebradiça e vermelha. Virar a cabeça para usar os dentes de trás para arrancá-la dos ossos. Um corvo desce, pousa na neve aqui perto. Saltitando, saltitando. Inclina a cabeça. Por diversão, investimos contra ele, fazendo-o voar. A carne é nossa, toda. Dias e noites de carne.

Venham. Por favor. Venham. Por favor, venham depressa, venham já. Voltem para nós. É necessário. Venham, venham.

Ele não vai embora. Viramos as orelhas para trás, mas continuamos a ouvi-lo, *venham, venham, venham.* Toda aquela choradeira rouba o prazer da carne. Basta. Já comemos o bastante por enquanto. Iremos, só para fazê-lo ficar quieto.

Ótimo. Muito bem. Venham até mim, venham até mim.

Nós vamos, trotando através da escuridão que cai. Um coelho ergue de repente a cabeça, rompe numa correria pela neve. Devíamos? Não. A barriga está cheia. Continuar a trotar. Atravessar um caminho de homem, uma faixa aberta e vazia sob o céu noturno. Rapidamente desaparecemos através dela, continuamos a trotar pelos bosques que a ladeiam.

Venham até mim. Venham. Olhos-de-Noite, Alterador, estou chamando. Venham até mim.

A floresta termina. Há uma vertente sem árvores abaixo de nós, e mais para frente um lugar nu e plano, descampado, sob o céu noturno. Descampado demais. A neve acumulada não tem rastro, mas, ao fundo da colina, há humanos. Dois. Coração da Matilha cava, enquanto outro vigia. Coração da Matilha cava depressa e com força. Sua respiração faz fumaça na noite fria. O outro tem uma luz, uma luz muito brilhante que contrai os olhos que a contemplam. Coração da Matilha para de cavar. Olha para a gente.

Venham, diz ele. *Venham.*

Ele salta para dentro do buraco que cavou. Há terra negra, punhados gelados de terra negra, em cima da neve limpa. Ele aterrissa com um barulho como o de chifres de veado batendo em uma árvore. Agacha-se e faz um barulho muito alto. Ele está usando uma ferramenta, com a qual bate e despedaça. Sentamos para observá-lo, enrolando a cauda para aquecer as patas da frente. O que temos a ver com isso? Estamos saciados, podíamos dormir. Ele levanta subitamente os olhos para nós através da noite.

Esperem. Só mais um pouco. Esperem.

Ele então rosna para o outro, que coloca a luz sobre o buraco. Coração da Matilha se curva, e o outro estende a mão para ajudá-lo. Arrastam alguma coisa de dentro do buraco. O cheiro da coisa arrepia os pelos do nosso pescoço. Viramo-nos, saltamos para fugir, descrevemos um círculo, não podemos partir. Medo, perigo, uma ameaça de dor, de solidão, de términos.

Venham. Venham aqui conosco, aqui abaixo. Precisamos agora de vocês. Está na hora.

Não está na hora. A hora é sempre, é tudo. Você talvez precise de nós, mas nós talvez não queiramos que precise de nós. Temos carne e um lugar quente para dormir, e mais carne para depois. De barriga cheia e covil quente, o que mais nos falta? No entanto, nos aproximaremos. Farejaremos, veremos o que é que ameaça e chama. Com a barriga na neve e o rabo baixo, descemos furtivamente a colina.

Coração da Matilha senta-se na neve, segurando algo. Faz sinal ao outro para se afastar, e ele dá um passo para trás, para trás, para trás, levando consigo a luz dolorosa. Mais perto. A colina ficou para trás agora, nua, descampada. É uma longa corrida de volta ao esconderijo, se formos ameaçados. Mas nada se move. Ali só está

Coração da Matilha e a coisa que ele segura. Cheira a sangue velho. Ele a sacode, como que para soltar um pedaço de carne. Depois a esfrega, movendo as mãos como os dentes de uma cadela percorrendo um cachorro para livrá-lo das pulgas. Conhecemos o cheiro. Aproximamo-nos. Mais. Está apenas a um salto de distância.

O que você quer?, perguntamos-lhe.

Volte.

Já voltamos.

Volte para cá, Alterador. Ele é insistente. *Volte para cá.* Ergue o braço, levanta a mão. Mostra-nos uma cabeça que pende sobre o seu ombro. Vira a cabeça para nos mostrar o rosto. Não reconhecemos.

Isso?

Isto. Isto é seu, Alterador.

Cheira mal. É carne estragada, não a queremos. Há carne melhor do que isso perto da lagoa.

Venha aqui. Aproxime-se.

Não é uma boa ideia. Não nos aproximaremos mais. Ele nos olha e prende os seus olhos em nós. Ele se aproxima de nós, trazendo aquilo consigo, e aquilo está desfalecido nos seus braços.

Calma. Calma. Isto é seu, Alterador. Aproxime-se mais.

Rosnamos, mas ele não afasta o olhar. Encolhemo-nos, com o rabo na barriga, querendo ir embora, mas ele é forte. Pega a coisa e pousa-a na nossa cabeça. Agarra-nos pelo pescoço para nos acalmar.

Volte. Precisa voltar. Ele é tão insistente.

Agachamo-nos, enterrando as patas na terra misturada com neve. Curvando o dorso, tentamos nos soltar, lutar para dar um passo atrás. Ele continua agarrando nossa nuca. Reunimos forças para girar, libertando-nos.

Largue-o, Olhos-de-Noite. Ele não é seu. Uma mordiscada entre as palavras, os seus olhos têm muita força.

Ele também não é seu, diz Olhos-de-Noite.

Então sou de quem?

Um rompimento momentâneo, um momento de equilíbrio entre dois mundos, duas realidades, duas carnes. Então um lobo rodopia e foge, de rabo entre as pernas, sobre a neve, correndo para longe sozinho, fugindo do acontecimento bizarro. No topo de uma colina, para, aponta o focinho para o céu e uiva. Uiva à injustiça de tudo aquilo.

Não tenho nenhuma lembrança daquela cova gelada. Tenho uma espécie de sonho. Estava com um frio desgraçado, sentia-me rígido, e o sabor forte do conhaque queimou não só a boca, mas todo o corpo. Burrich e Chade não me deixavam em paz. Não se importaram com o quanto me feriam, apenas esfregavam as mãos e os pés, sem se preocuparem com os antigos hematomas, com as crostas nos meus braços. Sempre que eu fechava os olhos, Burrich me sacudia como se eu fosse um trapo.

— Fique comigo, Fitz — não parava de dizer. — Fique comigo, fique comigo. Vamos, garoto. Não está morto. Não está morto. — Então, de repente, me abraçou, arranhando meu rosto com a barba e deixando lágrimas caírem quentes pelo meu rosto. Embalou-me, para a frente e para trás, sentado na neve à beira da minha sepultura. — Não está morto, filho. Não está morto.

EPÍLOGO

Era uma coisa de que Burrich tinha ouvido falar, numa história contada pela sua avó. Uma história sobre um possuidor de Manha que podia abandonar o corpo, durante cerca de um dia, e depois regressar a ele. E Burrich contara-a a Chade, e Chade misturara os venenos que me levariam à beira da morte. Disseram-me que eu não morri, que o meu corpo apenas diminuiu seu ritmo até aparentar estar morto.

Não acredito nisso.

E assim voltei a viver num corpo de homem. Embora tivesse levado alguns dias e algum tempo para me lembrar de ter sido um homem. E até hoje às vezes ainda duvido disso.

Não retomei a minha vida. A minha vida como FitzChivalry tinha ficado em ruínas fumegantes atrás de mim. No mundo inteiro, apenas Burrich e Chade sabiam que eu não morrera. Entre aqueles que tinham me conhecido, poucos sorriam ao se lembrar de mim. Regal me matou, de todas as formas que tinham importância para mim enquanto homem. Apresentar-me a qualquer um dos que tinham me amado, aparecer na frente deles na minha carne humana, serviria apenas para lhes dar provas da magia com que me maculara.

Morrera na minha cela, um dia ou dois depois daquele espancamento final. Os duques tinham ficado furiosos com a minha morte, mas Regal obtivera provas e testemunhas suficientes da minha Manha para livrar a cara. Creio que os seus guardas se livraram de chicotadas testemunhando que eu atacara Will com a Manha e que fora por isso que ele ficou doente durante tanto tempo. Disseram que tinham sido obrigados a me espancar para quebrar o domínio que eu tive sobre ele com a Manha. Perante tantas testemunhas, os duques não só me abandonaram como testemunharam a coroação de Regal e a nomeação de lorde Bright como castelão de Torre do Cervo e toda a costa de Cervo. Patience suplicou que o meu corpo não fosse queimado, mas enterrado inteiro. Lady Grace também enviou uma mensagem intercedendo por mim, para grande descontentamento do marido. Só essas duas falaram por mim, perante as provas que Regal apresentou de que eu era manchado pela Manha. Mas duvido de que tenha sido por consideração a elas que ele desistiu de mim, mas apenas porque, ao morrer prematuramente, eu estraguei o espetáculo de me enforcar e queimar. Privado da sua vingança completa, Regal simplesmente perdeu interesse. Abandonou Torre do Cervo e foi para o interior, para Vaudefeira. Patience reclamou o meu corpo para me enterrar.

Foi para essa vida que Burrich me despertou, para uma vida da qual nada mais restava para mim. Nada, a não ser o meu rei. Os Seis Ducados ruiriam nos meses que se seguiriam, os Salteadores tomariam posse dos nossos bons portos quase a seu bel-prazer, o nosso povo seria expulso de suas casas ou reduzido à escravidão enquanto os ilhéus se instalavam. Forjamentos floresceriam. Mas, tal como o meu príncipe Verity fizera, eu dei as costas a tudo aquilo e parti para o interior. Mas ele partiu para ser um rei, e eu parti seguindo a minha rainha, procurando o meu rei. Foram dias difíceis.

Mesmo agora, quando a dor é mais pesada e nenhuma erva é capaz de afastar o seu profundo sofrimento, quando penso no corpo que encurrala o meu espírito, me lembro dos dias em que vivi como Lobo e sei que não foram alguns poucos, mas uma estação de vida. Há conforto em recordar esses dias, e também há tentação. "Venha, venha caçar comigo", sussurra o convite no meu coração. "Deixe a dor para trás e permita que a sua vida seja sua de novo." Há um lugar onde todo o tempo é agora, e onde as opções são simples e sempre suas.

Os lobos não têm reis.

GLOSSÁRIO

August: augusto, majestoso, de grande imponência.

Bidewell: próximo de "bode well", que significa bons presságios.

Bounty: generosidade, recompensa.

Brawndy: próximo em sonoridade de "brawn", que significa musculoso, fisicamente forte.

Burrich: próximo em sonoridade de "burr", que significa espinhoso.

Chade: próximo em sonoridade a "shade", que significa sombreado, obscuro.

Chivalry: cavalheirismo, bravura; pode se referir também ao juramento de cavalaria da época medieval.

Cob: um pequeno cavalo de constituição robusta.

Cook: cozinheira.

Desire: desejo, vontade; pode também ter uma conotação de cobiça sexual.

Graciousness: graciosidade, benevolência.

Hands: mãos; pode se referir também a trabalhadores braçais.

Hasty: apressada, ligeira.

Lacy: rendado, elaborado.

Patience: paciência, resignação.

Regal: régio, majestoso, suntuoso.

Ruler: governante, soberano.

Serene: serena, calma.

Shrewd: astuto, perspicaz, de raciocínio frio e calculista.

Solicity: solicitude, boa vontade; pode se referir também a dedicação em alcançar objetivos.

Tactic: tática, estratégia.

Taker: tomador, captor; pode se referir também a alguém que aceita apostas e desafios.

Thyme: tomilho, uma planta aromática.

VERITY: veracidade, verdade fundamental.
VICTOR: vitorioso, conquistador.
WISDOM: sabedoria, sensatez.

ESTA OBRA FOI COMPOSTA PELA ABREU'S SYSTEM EM CAPITOLINA REGULAR
E IMPRESSA EM OFSETE PELA LIS GRÁFICA SOBRE PAPEL PÓLEN NATURAL
DA SUZANO S.A. PARA A EDITORA SCHWARCZ EM JULHO DE 2022

A marca FSC® é a garantia de que a madeira utilizada na fabricação do papel deste livro provém de florestas que foram gerenciadas de maneira ambientalmente correta, socialmente justa e economicamente viável, além de outras fontes de origem controlada.